中国文化心灵诗学论集

庆祝胡晓明教授七十华诞　王守雪　项念东◎主编

安徽师范大学出版社
ANHUI NORMAL UNIVERSITY PRESS

·芜湖·

图书在版编目（CIP）数据

中国文化心灵诗学论集 / 王守雪, 项念东主编 . -- 芜湖 : 安
徽师范大学出版社, 2025. 6. -- ISBN 978-7-5676-7336-6

Ⅰ . I206.2-53

中国国家版本馆 CIP 数据核字第 2025QT2690 号

中国文化心灵诗学论集   王守雪　　项念东◎主编

ZHONGGUO WENHUA XINLING SHIXUE LUNJI

封面画作：胡晓明

责任编辑：李克非   责任校对：平韵冉　王雨嫣

装帧设计：王晴晴　冯君君   责任印制：桑国磊

出版发行：安徽师范大学出版社

　　　　　芜湖市北京中路 2 号安徽师范大学赭山校区

网　　址：https://press.ahnu.edu.cn/

发 行 部：0553-3883578　5910327　5910310（传真）

印　　刷：安徽新华印刷股份有限公司

版　　次：2025 年 6 月第 1 版

印　　次：2025 年 6 月第 1 次印刷

规　　格：787 mm × 1092 mm　1/16

印　　张：34.25　　　插页：6

字　　数：600 千字

书　　号：978-7-5676-7336-6

定　　价：160.00 元

胡晓明教授1976年在贵州东方机床厂

胡晓明教授在书房

胡晓明教授父母合影

胡晓明教授与夫人张玲老师合影

胡晓明教授与邓小军教授合影

胡晓明教授早年与其导师王元化先生合影

合影照，左起：李平、吴家荣、祖保泉教授、胡晓明、朱良志、杨柏岭

胡晓明教授与饶宗颐教授合影

胡晓明教授在贵州孔学堂讲座

胡晓明教授在美国密西根大学

胡晓明教授在杭州

胡晓明教授在绍兴讲江南文化

胡晓明教授在雅典

胡晓明教授的启蒙老师赖高翔先生和祖母胡佩玖先生

胡晓明教授在中国美术学院讲苏轼诗

胡晓明教授在台湾讲学时与诸位学者合影。左起：张健、张宏生、陈国球

胡晓明教授与部分学生合影

胡晓明教授2024年夏生日时与学生们聚会

代序：中国文化心灵诗学如何可能

胡晓明

一、引论：回顾与缘起

众所周知，在现代学术格局下，传统的诗话、诗文评，转变而为批评史、古代文论；百年以来，文献的整理与诗史的研究较为充分，而理论的阐发，尤其是富有中国思想文化特色的阐发，相形见绌。王国维、宗白华、朱光潜以还，"接着讲"的士气不足[①]；尤其是近十年来，文论现代转换与当代价值的声音渐行渐远，海外抒情传统一支，也力道渐消，学术范式群趋于还原主义与历史语境一隅，理论创新与学术个性淡出视野。本文认为，范式与方法，本来崇尚多样；理论与文献，更应并肩诗衢。"中国文化心灵诗学"，是本文作者于"文化"与"心灵"的综合角度，在后五四时代中国文论建设性的探索中[②]，尝试由传统诗学而发展出一套论述，时日既久，篇什零散，旨趣未彰，乃不揣浅陋，就其缘起、义旨、理论、方法与特色，略作董理，以就教于学界先进。

"文化心灵"的定义是：一、深深潜藏在作品与诗人之骨血中、以儒道释为代表的士人文化心灵内容；二、诗作为时代、历史、国族的一大心灵。前者是

---

① 关于三家接着讲的功过得失，最新研究参见陈伯海：《漫议"中国文论"构建之路——从王国维、朱光潜、宗白华说起》，《美学与艺术评论》2023年第2期，第1—14页。

② 有关"后五四文论建设"的其他相关论述，参见胡晓明：《中国文论九辨》，安徽人民出版社，2023年。

群体沉淀为个体，后者是客观表现于主观。①

文化心灵与诗学相结合，在我历年的专著写作、论文发表与诗歌实践中，有时称为"心灵诗学"，有时称为"中国文化诗学"，有时省称为"文化心灵"，渐成为一套自觉的论述。如云：

> 近现代以还，诗学散而为文献、笺疏、诗人、诗史、诗法、诗风及修辞，自守家法，各照隅隙，此其一也。考据、辞章、义理，鸡犬之声相通，而老死而不相往来，此其二也。诗学亦与古典中国思想之传承无关，与今日诗性之实践无关，与个体生命之表达无关，此其三也。

> 中国文化诗学之整体观，力图由现代道术之裂，上通生生之证息息相关上下相连之诗天地，以回应西学之偏胜与古学之偏枯。②

此文将"中国文化诗学"的背景，聚焦于诗学界长期以来缺失"整体诗学"，简括为三项回应，此正是缘起。有时省称为"心灵诗学"，如云：

> 本文在中国诗歌文化的论域，首次系统提出中国心灵诗学的概念。目前的诗学，还只是一个文艺学的概念，而中国诗学最深的义涵，是文化的结晶体。在中国文化中，"心"是广大精微、更能涵盖文化之中国性、更具中国文化特色之概念。道心、人心只是一心之不同认知觉解，所谓"一心开二门"。

> 依中国文化，心灵不是独立于心之外或者超越于心之上的超绝概念，心灵就寄寓于心之中，心灵是自由之心。中国文化破除我执以混融万物而为一是无我，保证个人生命之自足与完整是有我，此"心灵境界"可谓"无我而有我"。中国文化合理想于现实，融高明性于中庸性，此"心灵境界"可谓"有限而无限"。

> 中国心灵诗学，是由"心"转化为"心灵"但又包含了"心"之根源性、丰富性和具体性的诗学；是赋予天地万物与人类以更高心灵生命之诗学。③

将诗学建立在中国文化的"心"这一基石上，区别于情感论的现代诗学

---

① 参见胡晓明：《诗与文化心灵》，中华书局，2006年；《九首古诗里的中国》，上海文艺出版社，2019年。

② 胡晓明：《花溪随笔》，《文汇报 笔会》2017年12月16日。

③ 胡晓明、沈喜阳、Zhu Yuan：《中国心灵诗学之理论建构》，《孔学堂》2022年第3期，第14—26页。

（心兼情理而超情理）。但诗学之心灵本体，除了此文所论"合内外""一虚实"之外，其含义仍有待论述。所谓，首次提出"是以专论的方式"，但此前，如我于2016年5月31日在互联网上建立的诗学自媒体，即以"心灵诗学"为公众号名称，此公众号至今已发表以诗学理论批评或实践为主体的原创文章209篇，总用户数3898，获30000多点击率。至今仍在不断发表文章，在诗学界有一定的影响。

更早的时候，我论及心灵诗学与文化心灵的关系，是前者建立在后者之上，也是一错综互文的关系：如果只谈心灵而不谈文化心灵，就只是一种半截子的诗学，或个人化的诗学，或鸡汤化的诗学；如果只谈文化而不谈心灵，就只是一种美学哲学或历史学文化学。① 《诗与文化心灵》（2006）出版后，石明庆教授在书评中首次将我的这一套论述完整表述为"文化心灵诗学"，也表明"文化心灵诗学"区别于"文化诗学"，得到了学界的认同。② 所谓"整体诗学之缺失"，并非无视现代学术分工，并非要一人兼做所有的工作，所谓"诗学散而为文献、笺疏、诗人、诗史、诗法、诗风及修辞，自守家法，各照隅隙"，其实是

---

① 我一直认为，中国诗是中国历史与文化的最高表现，是中国人文精神至美之花。我这个观点与一些朋友同事不大一样，他们更多地从文艺学或史料文献的角度，来研究中国诗。从文艺学与文献学的方面进入中国诗的研究，确是十分基本重要的工作，我绝不反对。我只是更要补充一个观照的维度，即中国文化心灵的维度。我相信，中国诗无论有多少复杂的变化，无论有多少历史的形态，其背后总有一种强大而又无形的力量，我称之为"中国文化心灵"。有学生问：这里的工作其实非常具有"文化诗学"的意义，为什么不用"文化诗学"这样的题目？我了解"文化诗学"是中国当代文艺学一个重要的创意，是关于与历史文化观相结合的一种文学理论的新论说。这种文艺学的特点是：关心对于文学、历史和文化的整体的、综合的观照，这种观照又有着相当浓厚的诗性色彩；同时，又不同于传统所谓历史的与美学的批评，而是更富于个人意味的一种文论。这样一种能够通航于文学与思想之间的理论之筏，我乐观其成。但是我发现他们还是有一个问题，即对中国历史经验缺乏了解，以及中国文化意识的基本缺席……本书所涉及的内容，正是深入挖掘一些历史与心灵交会的体验，透过中国诗与中国文化的精神的阐释，来张扬一种具有时代精神的中国文论，力图通过诗与文化意识的互动式观照，得到一种新的美学图景。（胡晓明：《诗与文化心灵》序，中华书局，2006年，第1页）

② 石明庆："文化心灵诗学研究方法是现阶段文学的文化研究，文化诗学研究方法与士人心态文学研究方法的深化。其特点是：接续现代新儒家的思想脉络，对中国传统文化取同情之了解的正思维立场，以中国传统思想为切入视角的诗学研究之维，以历史主义为基本思维方式的文化心灵文论阐释方法，以弘扬中华文化核心价值为取向的文化保守主义姿态，以为己之学为安身立命方式的人文主义精神之提倡，其既具有学术上的方法论意义，也具有切实的现实针对性，对于中国文学批评史的研究，古代文论的转换与当代文艺学的建构，以及中国当代思想文化的建设，都将有重要的参考意义。"（石明庆：《重建中国文学的思想世界和心灵境界——试论"文化心灵诗学研究"方法的特点及其学术范式意义》，《湖州师范学院学报》2018年第9期，第52—57页）

批评中国诗学界渐渐成为文献学、历史学，遗产学以及诗歌修辞学的天下，而恰恰忘记了诗学的特点在于：第一，古典诗是活的，并未进入博物馆。自"五四"至今，弦歌不辍，传薪有自，因而不是遗产学。第二，古典诗学中核心思想与灵魂也是活的，所谓"考据、辞章、义理，鸡犬之声相通，而老死而不相往来"，即不满于诗学中不重义理、考据中不重价值。所谓义理，所谓价值，即儒道思想以及历代优秀人物对于什么是有意义的生活，什么是美好的人的看法与实践，这些义理与价值，应该得到客观的了解与共情的认同，因而不止是冷冰冰的文献、技艺与史学。第三，"诗学与今日诗性之实践无关，与个体生命之表达无关"，即不满于古今打为两截，诗学成为高头讲章、课题生产与概念游戏，学院派成为诗学盛而诗亡的原因。第四，诗学与文艺学，成为两个学科，做理论的与做古代文学的，分工即分家，老死不往来。因而，研究视野需要拓展，学术范式需要突围，诗学学科需要再认，需寻求更大胆的想象力、更多元与开阔的探索。

除了学术内部的不满，还有学术外部的条件变化。三十多年来数字人文与人工智能的成熟化，古籍电子化的发展，十多年来大型数据库的发展，近年来以 ChatGPT 为代表的大语言自动生成处理技术的发展，一方面给精细化的研究提供前所未有的资料便利，给跨学科、跨历史、跨文化的研究提供契机；然而另一方面 AI 读诗与作诗的当下成就与将来未可限量，也给反心灵化、非具身性的诗学降临，提出了尖锐的考验和迫切的问题。因而，学科正发生重大的知识重组与本质再认，新的范式虽尚未出现，但前所未有的挑战与机遇，至少正在修正旧的范式。

三是时代的变化以及时代对学术的新需求。从看不起中国文化的五四时代，到看不见中国文化的百年中国，再到当今重新获得身份认同与文化自觉的后五四时代，一个前所未有的机缘是提供了中国文学批评史发展出一套文学批评、诗学话语的可能。人文学科总的来说，或隐或显，离不开时代的赞助与对时代的反馈。中华民族伟大复兴，离不开华夏文化精髓的再发现再汲取，一代年轻建设者的价值观、心灵品质、思维能力与感悟能力，离不开诗教的传统熏习，以学术话语重新参与时代文化再建，是中国文化心灵诗学大有作为的愿景。

以下，拟透过三项要义，撮述中国文化心灵诗学（以下省称"心灵诗学"或"文心"）的基本宗旨、学术方法与理论思路，更全面系统的论述，有待于来日。

二、诗观立基

文化心灵诗学之所以又可称为"整体诗学",有三个拓展:一曰诗观立基,二曰兼顾三才,三曰采铜于山。一是诗学的研究基础,二是学术方法,三是研究探索的对象与材料之扩展。"整体诗学"既不是一本或一套书的任务,也不是相互独立分散的对象,而是一种学术的旨趣,力求做到三要义相互缘助,彼此流注。具体情况因研究者性情之所近,或以独到的诗观,或以经典的解释,或以传统的文体,或以思想内涵,各为探索之重心,典型犹在,有整体诗学眼光的,如王元化《文心雕龙讲疏》,通中西而接古今;如朱光潜《诗论》,畅美旨而析心理;如钱锺书《谈艺录》《管锥编》,以中西语文学互鉴为突破;如叶嘉莹的系列诗词论述,以生命感发为中心;如刘学锴《唐诗选注评鉴》,以文体为突破,具有文献文辞文心的整体诗学特征;又如邓小军《诗史释证》,以考据为中心,兼及义理与辞章与文化大义与历史面向。尽管上述诸家于心灵诗学主旨或有未尽之义,但整体诗学的形态与家数是多元开放的。以下先述"诗观立基"。

诗观立基,即用来自中国诗学的诗观来作为心灵诗学的基石,而不是西方理论。这里有两个前提条件,一是将文艺学与诗学合一[①],二是所谓文艺学,乃是去西方中心主义的文艺学[②]。核心内容为三项,第一以"心"为本体,第二以"兴"为动力,第三以"文"为经脉。

什么是"心"为本体?如果说用一句话来概述,可以称之为一种"心学化的诗学研究"。以其鲜明的特色,区别于目前诗学界历史化的中国诗学研究、体系化的中国诗学研究、关系化的中国诗学研究和西学化的中国诗学研究,以及生命意识型的诗学研究。

所谓历史化的中国诗学研究,即一个时代接一个时代、犹如挖矿式、地质学式的诗学研究。重点是诗史现象的地层积累,测定其年代、样式、风格以及周边关系。所谓体系化的中国诗学研究,即将范畴、观念、概念、命题组成有机的结构,建构中国古典诗学逻辑有序体系庞大的一座大厦。所谓关系化的中

---

① 陈伯海先生称之为区别于古代文论的"中国文论"(陈伯海:《漫议"中国文论"构建之路——从王国维、朱光潜、宗白华说起》,《美学与艺术评论》2023年第2期,第1—14页)。

② 见胡晓明:《中国文论的正名——近年中国文学理论研究的"去西方中心主义"思潮》,《西北大学学报(哲学社会科学版)》2005年第5期,第6页。

国诗学研究，即将社会学、文学、艺术、音乐、建筑、园林、书法、宗教、政治甚至人类学，作为诗学周边的关系，探讨其中的相互联系与作用。所谓西学化的中国诗学研究，即将西方自由主义、启蒙主义、结构主义、政治哲学以及存在主义、现象学、符号学等新学，运用于中国诗学研究，以他山之石，期以攻错。

心学化的诗学研究，首先有一基本认定，即中国文化是"心的文化"。区别于罪感文化、耻感文化、神本文化以及佛教的无明文化。尊重人心、突出心性、强调心灵，这个"心学"既来自王阳明，又并不简单等同于王阳明那个良知化的"心学"，而是从早期殷商神巫时代挣扎而出的文明突破，也是后世儒道禅共通的智慧传统。古典中国重视如何与自然相处，同时重视如何与自己相处。所谓生命的修行，不限于宗教，而是指有信仰的人生，有精神品质的人生，以利他为快乐的人生。在古典中国，有这样的精神土壤与生态，并且全社会有如此的正当目标。在广义的修行方面，儒释道都有共同的宗旨。可以说是贯穿思想与生活、社会与个人、艺术与人生的一条主线。目前国内外关于中国诗学的研究，不仅是知识体系，而且在价值认同上，真正转向中国本土，还有待开启。有两个新的趋势，一是突破康德传统以及鲍姆加登（A. Baumgarten）的认识论诗学，强调抒情传统与生命诗学①；二是强调本土资源，强调接续中国传统，从而建立生活诗学系统②。重趣味、重活化、重介入、重行动、重情绪，强调华夏传统中的生命意识、生活观念与人生追求。然而他们共同的缺失是"心学化的诗学"的不在场。

从诗学内部线索来看，心灵诗学区别于诗学史、文体学、史料学、考据学和鉴赏学，追求有主张有本根有理念的诗学，还要面对最为接近的生命型的诗学研究。在我看来，王国维的"境界"、宗白华的"艺境"、朱光潜的"意象"、顾随的"寂寞心"、叶嘉莹的"生命感发"，以及海外陈世骧为代表的"抒情传统"，确是我们最为邻近的参照系统，但他们都是相当尊重个体生命的感发。无论是王国维强调的"真感情"，还是叶嘉莹强调的"感发"，其骨子里是个体生命的真实主体，而宗白华的宇宙生命情调，更多是带有道家色彩与客观精神的

---

① 参见陈伯海：《一个生命论诗学范例的解读——中国诗学精神探源》《释"感兴"：中国诗学的生命发动论》，《在历史与当代交集点上——陈伯海文艺学文选》，山东文艺出版社，2021年，第139、185页。

② 参见萧驰：《诗与它的山河：中古山水美感的生长》，生活·读书·新知三联书店，2018年；刘悦笛：《中国人的生活美学》，广西师范大学出版社，2021年。

结晶，顾随的寂寞心，较为类似初心与童心，也缺乏更系统的论述。要说区别于他们，或许正在于：文化心灵诗学更多强调对儒家道家以及禅宗文化智慧的认同，强调诗心所承载的道心。

再具体而论，以"心"为本体，这个"心"既是儒家的天人一体之心（有限与无限），也同时是道家虚灵不昧之心，禅宗无住无执之心。对此岸与彼岸、担当与放下，同时加以肯定，忧乐圆融，内恕孔悲。为什么诗学要说到这里？一是因为大诗人如屈原、陶渊明、李白、杜甫、苏轼的心性本体，皆如是心，因而他们的诗不仅是诗，也是经（《离骚经》），以及优于圣（诗圣）、臻于道（岂止隐逸诗人之宗）、铭为金石（其肝心凝为金石，精气去为神明），具有文化中国的高贵身份；二是因为非如此，不足以涵容中国诗论中的物感、兴感、意境、情景、心境等关键词（即化经验世界为心灵世界的理论光彩）以及王国维境界说（强调主体的真与超）、朱光潜意象说（强调主体的美与化）、宗白华艺境说（强调主体的阔与大）、王元化心物交融说（强调一体互感）等一系列现代发展，正是由于这一现代发展，诗学才具有现代理性普世化的生命力；三是非如此，不足以植根于文化心灵（如王阳明无此心则无天地万物，无天地万物亦无此心，此心与天地万物一气流通，融为一体，不可间隔，以及道禅的虚灵与无住等等中国哲学的深厚内涵），亦无从表达文化心灵。诗乃华夏文化传统的心脉根系所在，亦由此认定。[1]如此说诗，可破现代文艺学或纯艺术崇尚，或黑暗人性至上，以及尊西黜中、学养不足之困境。

诗观要义之二，以"兴"为动力。即马一浮先生所论"如迷忽觉，如梦忽醒，如仆者之起，如病者之苏"，从创作来说，实质是个体精神生命的自我拯救、自我肯定、自我完成、自我主宰。[2]从诗教上说，也是人性精神的醒过来、站起来、活起来。

---

[1] 心灵诗学不只是诗的学问，而且向外普及辐射为美感与文化素养。我这里举一个文体与美感的例子。2022年4月，关于小学教科书插图的问题，引起讨论，大多数皆持批评态度，认为插图不美。某先生独持异议，认为"美是新奇"，因而认为教科书插图无问题。我的回应是：教科书插图的问题，根本不是什么政治问题，也不是什么道德问题。某先生的说法忘记了一点：美，还有一个很重要的内涵就是"得体""合宜"。即你有没有放对地方，你跟你的周边的关系是否恰当。真正的问题是，它放错了地方，教科书插图不是个人美展。这样一个语境，你错了，不能用艺术的创造的标准来评价。中国文化是一个非常讲究礼的文化。礼，最根本的就是合适、恰当。而合适、恰当，也是中国诗学的重要问题。可见，现代中国西化思维模式太深。

[2] 参见胡晓明：《唐诗与中国文化精神》《从文化心灵的角度看中国诗学》，《诗与文化心灵》，中华书局，2006年，第153、397页。

此外，"兴"即本体即方法，即诗史即诗旨，表达文化心灵，略有四义：第一，心物合一的心。早期的兴义，从人神相通，到心物合一（生命与生命的感发、连类），从巫术中挣扎而出。从巫师独占神意，到天意与人心和谐，是"兴"的历程。①心物合一的意思是，不是光秃秃的、荒漠化的心，不是孤立的破碎的心，是生命与生命相接触。一方面，不是孤立地专注于感觉世界的美，而是涵有对人事世界自发的关注、自觉的参与，将人事世界融入其中的美。现代主义诗学或西方唯美主义诗学，认为诗是人事信息越少越好的，这从根本上就不是中国诗的造型。另一方面，人事世界的美，又是鲜活的、在场的，洋溢着自然气息的，兴象葱茏、天机流荡的美。

第二，古今相连的心。李白所谓"今古一相接，长歌怀故人"。传统诗学中，有"以古为新""高古""入味""夺胎换骨""古典今典合一""诗犯古人""比兴寄托"等，这表明，诗人主体，并不是孤立的自我主体，而是有历史回声与共情、有人文共同体的主体。今人流行以西学释中学，如所谓互文（异文本）艺术，其实还是隔。"兴"的古今相连，直见华夏文化心灵，以文心滋养人心，与古人真意照面。

第三，生生不息的心。此谓刚健的士人精神，也包括诗向大自然采气，烟云供养，守道持正，诗人永不屈于世界的向下堕落，等等。

第四，心心相印的心。中国诗歌传统有相当个人化、私密化、灵心化的诗学。亲人、师长、友朋，情人的诗中对语、隐秘书写。从《诗经》到龚自珍《己亥杂诗》，从先秦的庄姜夫人（《诗·邶风·燕燕》），到明末的柳如是（《西湖八绝句》），皆如此。

"兴"充分体现了中国诗学的文化心灵特点，一心开二门（接通本体与现象），有体有用。"用"是展开的存在，"体"是根源的生命。心物合一、古今相连、生生不息、心心相印，此四项，既是展开（生命历程与日常实践），也是根源（心性本体与道义源头），既是宗旨，也是文本。每一种心灵维度，都含有展开与根源，但不是二重性，是即体即用，即根源即展开。心物合一的根源是"兴"，展开也是"兴象""兴味""兴寄"。古今相连的根源是"引譬连类"，是"诗者承也、志也、持也"（诗一名而三训②），展开是"兴会""兴喻""兴致"。生生不息的根源是"宇宙"，展开是刚健。心心相印的根源是心之诚正与持守，展开也是心之灵妙无方。前者是翕，后者是辟（熊十力语）；前者是阴，后者是

① 胡晓明：《比兴》，《中国诗学之精神》，江西人民出版社，2001年，第3—25页。

② 钱锺书：《管锥编》第一册，中华书局，1979年，第1页。

阳；前者是"大地"（隐），后者为"世界"（显），"世界建基于大地，大地穿过世界而涌现出来"[1]。诗的文化心灵，就是二者的应答过程。如此说诗，才是大义，可破现代文艺学的本体与现象二分、原理与创作二分、作家与作品二分之困境。

第三以文为经脉，"文"的引申义：文籍、文章、文献、文学、文辞、文彩、文明、文化、文质……"文"的根本义："错画也"（《说文》），"物相杂故曰文"（《周易》）。物相杂，即相间与交错，即文之根本"样式"或"图式"。图式化的表层义是：对偶、音韵、声调、节奏、句法以及其他语文技艺的文学……深层义是：心在宇宙的身体中运作，天心与人心的应和（阴阳，《文心雕龙·原道》），其结合点在于一切语文技艺都有的格式"相间与交错"。举几个例子如下：

1.声成文，谓之音。（《毛诗·关雎·序》）《传》："'成文'者，宫商上下相应。"

2.屈伸、俯仰、缀兆、舒疾，乐之文也。（《礼记·乐记》）

3.温良而能断者宜歌《齐》。……宽而静、柔而正者，宜歌《颂》。广大而静、疏达而信者，宜歌《大雅》。恭俭而好礼者，宜歌《小雅》。正直而静、廉而谦者，宜歌《风》。肆直而慈爱，商之遗声也。（《礼记·乐记》）

4.是故情深而文明，气盛而化神。（《礼记·乐记》）

5.写气图貌，既随物以宛转；属采附声，亦与心而徘徊。（刘勰《文心雕龙·物色》）

6.乾坤万里眼，时序百年心。（杜甫《春日江村五首·其一》）

第一条，"毛传"解释"成文"二字极精，宫商上下，即文之相间，而宫商相应，即文之交错。这就是古人对音乐的理解。第二条，是《乐记》对于应乐而舞之态的描述，是音乐表现于舞蹈的"文"，八个字构成四组两两"相间"的姿态，而四组彼此之间的组合照应又是"交错"。第三条，温而断、宽而静、柔而正等，都是两两相对，相间又交错，这是不同的诗乐之体不同的内在情感经脉。这是分而说之，而第四条是合而说之，情深与文明、气盛而化神，皆为相间的概念（深而不一定明，盛而不一定化），然亦合而文义交错。第五条是"文心"论述心物交融的名句。心与物，形与神，既相互对待区分，又彼此流注往还。第六条，诗人用极精炼的对偶句，错综时地，绾合人我，表达深广的忧思，以及期盼超越时空的知音知赏。

---

[1] 海德格尔:《林中路》,孙周兴译,商务印书馆,2020年,第38页。

心灵诗学认为，现代中国文学是"语"的系统，古典中国文学是"文"的系统。文与语，共同构成文学传统的两轮。现代理论完全疏离了"文"的系统，所以只是半截子的中国文论与中国诗学。"文心"即"相间"与"交错"互为体用。一般论述皆从"和谐"这一美学意义上理解"物相杂故曰文"（《易传》）、"物一无文"（《国语》），其实应从更具体的角度讨论，即："文"乃相间与交错之美。"相间"即变化与区分，"交错"即联系与互动。中国美文的音、篇、句以及兴象风神意境，皆离不开这两个要素。因而"文"既是诗学的观念结构本身，亦是形而下的技艺奥秘。相间与交错为语文技术，如何落实为具体的篇文和句文,在有古代诗法诗格诗评的大量写作中，有相当多的资源可以采用。①如此说诗，强调文言系统，可以破现代文艺学完全从语的系统论文学的缺失，可以将文学与书画乐艺术整合起来，可以从语文的角度，真正吸取古典诗学的养分。

三、兼顾三才与采铜于山

兼顾三才与采铜于山，是心灵诗学的方法论两翼，一翼对研究者能力的要求，一翼是对材料对象的要求。先说兼顾三才。所谓三才，即才、学、识。心灵诗学的研究方法，兼顾传统学术的义理（识）、考据（学）、辞章（才）。然而考据之学，不仅是疏通文句、整理古籍，更要像陈寅恪先生发皇钱柳心曲那样，潜入古人的生活场景，揣想古人的心理活动，与立说之古人，在同一境地。②不能同情地了解古人的考据，不如不做。正如岑仲勉批评张尔田《玉谿生年谱会笺》："笺诗之流常自诩得玉谿生三昧，详其实，则毁辱之、谩骂之而已。依其所言，乃为一患得患失辈，念念不忘子直（绚字），无丝毫自树力量，一不得当，则烦冤莫诉，如醉如迷，偶假颜色，则又将喜将惧，急自剖白。直如小孩哭笑，刻画得不成样子。与其唐突前贤，宁从盖阙。"③

义理，要能如熊十力、钱穆那样，得见文本中的文化大义。譬如钱穆解读传统文艺学中的"知音"，谈道：

① 胡晓明：《"文"：中国抒情技艺的一个秘密》，祁志祥主编：《中国当代美学文选（2023）》，复旦大学出版社,2023年。

② 胡晓明：《从凤城到拂水山庄——从〈柳如是别传〉看地点与地名要素在解诗中的方法与意义》，《江南文化诗学》，上海人民出版社,2018年。

③ 岑仲勉：《〈玉谿生年谱会笺〉平质》，傅杰编：《二十世纪中国文史考据文录》上册，云南人民出版社,2001年，第139页。

西方文学家要求之欣赏对象，即在当前之近处；而中国文学家要求之欣赏对象，乃远在身外之悠久后。此一不同，影响于双方文学心理与文学方法者至深微而极广大。故西方文学尚创新，中国文学尚传统。西方文学常奔放，而中国文学常矜持。……因此重时间绵历，甚于重视空间散布。"人不知而不愠"，以求知者知，钟子期之与郢人，有遥期于千里之外者，有遥期于百年之后者。[①]

"知音"的传统是极重要的心灵诗学传统。诗人创作因而注重精心、精工，注重语文材料的锤炼与精致，注重含蓄、耐读、隽永，相期于异代知音也。现代社会是工商社会、消费社会、信息社会、快节奏社会，自然不必有千里之外与百年之后的存念。"悠久"一语，含极深之文化涵养与自信。钱氏的知音说，富于文化心灵的内涵。

义理是当今讲中国诗学者较为忽视的关键点。我们强调文化慧命，即华夏先民千年积淀的文化智慧与命脉，透过诗歌得以代代传承。儒道释思想为诗之慧根思源。前述诗观立基，已经涉及文化心灵与诗之根本大法"兴"的关系。文化心灵的诗学不囿于文艺一隅，常常要由哲学讲文艺，由诗通思。其中有很多命题可以研究，如天籁、蝶梦、有无相生、出入互用，如孤与群、忧乐圆融、平淡而山高水深、宋韵、新自然说等，都不仅是诗学，也是哲学，需要将哲学与诗学打通，阐释循环，视界融合。

这里更要强调的是，就像先贤老子所说，为学日益，为道日损。当代人在诗学的学问方面，迷失得太久了；在诗性的道的方面，说得不够。道是什么？其实在中国人的观念里，无论诗性与诗学，不一定要回答诗是什么，诗艺是什么，更重要的是，要回答什么样的人生是有诗意的人生，如何过得真切踏实、内心快乐与意义丰饶，如何提取大千世界的魅力精粹，让生命增值。因此，诗性其实也是生命的学问。

重心是"中国式的诗性""诗性的中国性"。心灵诗学拟将文艺学通常讨论诗性问题所涉及的先天/后天、感性/理性、想象/直觉、对象/主体、内容/形式、阶级或集团/个人、历史/当代、变/常等极为繁复系统的纯粹学理，放入括号中，存而不论，心灵诗学主要所凸显的概念、所指涉的对象乃是"诗性的中国性"，即共时性的，中国传统文化中最具有特征性、稳定性和贯通性的诗学内涵，诗感能力与诗性心理结构。

① 钱穆：《中国民族之文字与文学》，《中国文学论丛》，九州出版社，2011年，第16—17页。

代序：中国文化心灵诗学如何可能

中西参汇应该也是文化心灵诗学能够区别于传统诗学、能够古今贯通的必由之路。这方面，朱光潜先生和钱锺书先生是典型，虽然很难，仍值得好好学习。

辞章要学钱锺书，更多采用语文学的方法。20世纪中国诗学有一大问题是过于强调与发展了朱光潜文艺心理美学一路、李泽厚哲学美学一路，而较为忽略了钱锺书语文诗学一路，于是产生两个缺失：一个是缺失了大量潜藏于文言句法字法章法中的理论，变成妙手空空的心理诗学与光秃秃的哲学美学；二是过于西化，忽略了中国千年积淀的诗性具体实践。①

心灵诗学的另一有待拓展的新方向，是采铜于山——即从作品中采掘理论。现有的中国诗学理论研究，基本上是从古人现成的理论形态材料入手，以观念、主张、范畴、概念、评论等为主体的知识内容作为资源的。历史上传承下来的各种经、史、子、诗文、诗文评、画论、乐论等，当然是心灵诗学的研究对象，但这样是不够的。心灵诗学更提倡从具体的文本作品中，提炼古人未经自觉整理成型的思想，一是可以丰富古典诗论的存量，二是可以发现大量潜在的理论。一般诗论与心灵诗学的区别是：前者乃概念与范畴的汇集系统，乃理论与主张的逻辑架构，乃纲举目张的成套论述，而心灵诗学非止于古人已经自觉总结的诗观诗法诗思，非止于经验、具体、实践、个案与特殊的问题，更非止于客观的知识整理。它同时兼顾神游冥想的创造性思维与还原古人的求真与传承，同时兼顾古人已认识到的理论与大量作品中古人未明确认识到的理论，钱锺书先生的《管锥编》论《诗经》中"风有三义"（58）、"同时异地"（70）、"情理反比"（74）、"逗引无迹"（79）、"尔汝群物"（86）、"代言与文学虚构权力"（87）、"暝色起愁"（100）、"企慕心境"（123）、"对方抒情"（113），以及论《楚辞》中的"似往已回"（584）、"迟暮心结"（586）、"思丝共织"（615）以及"问诘谋篇"（609）等②，都是典型。程千帆先生区分"中国古代的文学理论"与"中国古代文学的理论"，更以《中国诗学中的一多关系》等名篇论文③，开启新途。因而，采铜于山，有一大片美妙的风景，更是心灵诗学努力探讨的对象，透过具体个别的感性经验，提炼较为普遍性的理论观念，对于研究者的精神视野与理论品位，往往有很高的要求；同时，采铜于山对于理论的现成、固

---

① 胡晓明：《发现人类情感心理的深层语法——"后五四"时代中国文论如何再上层楼》，《南国学术》2020年第3期，第124页。

② 括号里的页码分别见于钱锺书的《管锥编》第一册、第三册（中华书局，1979年）。

③ 程千帆：《古诗考索》，上海古籍出版社，1984年，第3—26页。

定、有限、专制，是一个很好的消解：它以不确定的知识形态与观念预设，以有限理性的谦抑态度，开放了一个更多偶然性、多样性甚至颠覆性、充满迷人的神秘期待的诗学前景。

除了潜理论的呈现，还有意象的呈现。即深深浸入了艺术、历史与文化价值系统要素的诗歌意象，成为一种民族灵性的富于活力的内在风景与内在感官。可分为四大类，如：江南、潇湘、阳关、长城等胜地意象；孔子、伍子胥、神女、渔樵等人物意象；衣、读书、桃花、落花等文物意象与自然意象；雪夜访戴、秋风鲈鱼、川上之叹等事典意象。①过去有三大问题：一是狭窄。古典文学对于诗歌意象的研究，只限于文学本身，对于美术、音乐与建筑或民俗中的意象表现及其与文学的联系，未能充分顾及。二是封闭。过去，诗学对于意象的研究，只限于古代本身，未能真正打通古典文学与现代文学、现代思想文化的壁障。这样以古论古，不仅不能真正发明古典意象的原义，也未能对古典意象的精神，尽其可久可大之生命要义。三是难度大。过去，由于资料分散、文献量大、时代跨度广，以几人之力，试图在较广范围内研究文化意象，十分困难，然而所幸古籍数字化时代到来，许多意象可以一一检索而致，化繁重长期之劳动而为弹指之间的呈显，这是拜了时代科技之赐，诗歌中的文化意象可以畅遂其传统之生机，舒展其现代之脉络，为诗学在当今文化中的作用，增添一种新的可能。

总之，以意象呈现诗性，不是中国诗的专属，希腊诗、法国诗、印度诗、阿拉伯诗等，也自有其意象。这些意象，要从作品文本中去提取。因而，"中国诗性"是关键词。

四、古今贯通

心灵诗学是一种"再发现"，不能简单等同于"发现"。"发现"即还原研究，我们分析弄清某一古典诗学的概念、某一古代意象的诗性，如果只是将此

---

① 我以及我的团队在中国诗文化意象研究上的部分成果如：《陈三立陈寅恪海棠诗笺证》，吴盛青、高嘉谦主编：《抒情传统与维新时代》，上海文艺出版社，2012年，第432—452页；《略论文化意象的诗学》，《风清骨峻：庆祝祖保泉教授九十华诞论文集》，人民出版社，2009年，第142—150页；《水德江南——江南精神的七项辩证》，《华东师范大学学报(哲学社会科学版)》2021年第5期；《江南文化诗学》，上海人民出版社，2018年；《衣之华夏美学》，《岭南学报》复刊号，上海古籍出版社，2015年；《变脸的神女：〈文选·神女赋〉在后世的转义》，《华学》第九、十合刊，上海古籍出版社，2008年。另有殷学国：《青山青史：中国诗学中的渔樵母题研究》，东方出版中心，2017年。

一枚碎片，放回到大的拼图中确定其位置及其与周边的关系，这只是"发现"。如果我们不仅满足于此，还要将其放入中国文化与古今承接的大拼图中，确定其意义，那就是"再发现"。前者的研究已经很多（辞典、范畴、体系、各种诗学史，其中多低水平的重复劳动），而后者的探讨却并不多见（朱光潜《诗论》、宗白华《美学散步》、钱锺书《管锥编》、王元化《文心雕龙讲疏》仍是其中的典范）。"现代重建"，包含三个方面的意义。一是如何调适传统与现代。即承认现有的中国诗学系统都有缺失，要么太巧而碎乱，要么过于西化，要么过于以古说古，这里的现代重建更需要某种基础性的重建，即将诗性视为文明与文化的根本基石，是贯通传统与现代的意义气脉。

二是反思性优先，建立在对学术史的深刻把握上，懂得20世纪学术的最大病痛在哪里。力图展现个人的学术思想，不同于目前中国诗学研究者，在于更深更多更客观地同情了解中国思想，尤其这种了解，乃建立在对五四新文化以来的西学主体、西学体制上的研究史和学术史的充分反思上。具体而论，即针对20世纪对中国文化核心价值的种种误读，譬如，对诗言志、性情与诗、美与道德与宗教关系的误读，对传统阅读学的忽略，对礼义文化的误读与贬低，对性别书写的忽视与不理解，对魅、品味、物质诗性与意义问题的忽略与浅解，对诗与政治、非政治的政治性与诗性的不理解等，重新回到中国文化的正解与通识。在此基础上，才能真正开出新的理论建构。

第三个方面，心灵诗学区别于目前中国诗学研究的一项突出特色，首先是抛弃博物馆心态，摒弃游戏的心态，以及古今打成两截论。中国诗学不止是遗产，而且是当今生活与精神传统的活生生的存在。其次，反思唯历史主义/语境主义/还原论至上与价值相对论，校正知识绝对优先的心态，提倡"意义的再发现"。其成果不仅是知识论的，更是诗性的，有益于现代人心智的拓展。大学与研究院里的知识系统，一直过于停留在19世纪的知识系统里而不自觉。19世纪的知识系统，是以知识的客观化与理性化为其宗旨，是为了所谓科学的一套架构，而不是为了人本身。因而，心灵诗学主张的"现代重建"，不只是将中国诗性视为社会科学或人文学的一支，那只是博物馆意义的求真；真正意义上的"现代重建"，即试图为了人的成长、为了生命的美好发育而建立的一大系统：人与自我关系的诗性、人与社会关系的诗性、人与自然关系的诗性。有诗性，才有意义，无诗性，即无意义。真与美与善，诗性乃因此而成为可以衔接真与善两端、交流两端，也同时活化与改变两端的中心环节，成为人的生命、生活与生气贯注的环节。因而，诗学不仅是名词，而且是动词。作为动词的诗学，可以有多种进路，这里略论及三项：

一曰学艺双修。

这不仅是"不通一艺莫谈艺"，而且，更在于将个体生命经验注入理论研究与学术探讨。毕竟，诗学研究与社科研究、历史研究不一样。诗学史上有成就的理论家，如刘勰有非常精妙的骈文写作，李白、杜甫、苏轼、朱熹、王渔洋、钱谦益、沈曾植等大家的理论主张与他们的创作实践紧密联系，20世纪优秀的学者型诗家，如王国维、梁启超、马一浮、陈寅恪、钱锺书、饶宗颐、顾随、沈祖棻、程千帆、钱仲联、夏承焘、霍松林、叶嘉莹等，都是学艺兼修的。陈寅恪先生最重要的诗学主张为"古典今典合一"，正是他自己写作的特色所在。这个传统，当代年轻学人，仍然有待传承。

二曰诗思互进。

思想、哲学凭借着诗歌而抒发其高致远境，而诗歌亦因为哲理而涌现出更为高华清新的精神性。如刘熙载云："朱子《感兴诗》二十篇，高峻寥旷，不在陈射洪下。盖惟有理趣而无理障，是以至为难得。"①又如闻一多所分析的张若虚《春江花月夜》体现了"更复绝的宇宙意识"，超越了齐梁诗坛萎靡不振的"虚伪的存在"。以"哲理的光辉""庄严的诗笔"洗去了"宫体诗的污浊"。我接着闻一多、李泽厚、程千帆讲《春江花月夜》，也是强调了它诗思相生的文化精神意蕴。②

中国诗学传统中，有俯仰天地的"忘忧诗意"：与天地齐游、与大化同科，既塑造了诗人非凡不俗、挣脱枷锁的超越精神，也成就了他们万物一体的悲悯情怀。在传统诗学中，深厚的人间性是诗心诗格的基本面貌，也是其精微至理的所在。刘熙载云："诗一往作遗世自乐语，以为仙意，不知却是仙障。仙意须如阴长生《古诗》'游戏仙都，顾愍群愚'二语，庶为得之。抑《度人经》所谓'悲歌朗太空'也。"③又云："诗要超乎空、欲二界。空则入禅，欲则入俗。超之之道无他，曰'发乎情，止乎礼义'而已。"④人文传统中最为深厚的品格和精神即在此呈现，"太白云'日为苍生忧'，即少陵'穷年忧黎元'之志也；'天

---

① 刘熙载:《艺概》卷二,上海古籍出版社,1978年,第69页。

② 见胡晓明:《万川之月:中国山水诗的心灵境界》的《自序》,生活·读书·新知三联书店/锦绣出版公司,1993年;北京大学出版社,2005年;华东师范大学出版社,2020年。

③ 刘熙载:《艺概》卷二,上海古籍出版社,1978年,第84页。

④ 刘熙载:《艺概》卷二,上海古籍出版社,1978年,第83页。

地至广大，何惜遂物情'，即少陵'盘飧老夫食，分减及溪鱼'之志也"①。

三曰诗化生活。

文人的创作，呈现着他们精致、典雅，富有着人文光辉的心灵生活。如刘熙载云：

> 董广川《士不遇赋》云："虽矫情而获百利兮，复不如正心而归一善。"此即"正谊明道"之旨。司马子长《悲士不遇赋》云："没世无闻，古人唯耻。"此即"述往事、思来者"之情。陶渊明《感士不遇赋》云："宁固穷以济意，不委曲而累己。"此即"屡空晏如"之意。可见古人言必由志也。②

又云："陶诗云：'愿言蹑清风，高举寻吾契。'又云：'即事如已高，何必升华嵩。'可见其玩心高明，未尝不脚踏实地，不是'偶然无所归宿'也。"③"'幕天席地，友月交风'，原是平常过活，非'广己造大也'。太白诗当以此意读之。"④"太白诗举止极其高贵，不下商山采芝人语。"⑤也使得诗人在人生境遇中有着更富创造性、超越性的表现。"遇他人以为极艰极苦之境，而'能外形骸以理自胜'，此韩、苏两家诗意所同。"⑥

诗人的生活，是诗；诗，亦是生活。孟浩然《万山潭作》云：

> 垂钓坐磐石，水清心亦闲。鱼行潭树下，猿挂岛藤间。游女昔解佩，传闻于此山。求之不可得，沿月棹歌还。

闻一多赏析道："淡到看不见诗了，才是真正孟浩然的诗，不，说是孟浩然的诗，倒不如说是诗的孟浩然，更为准确。在许多旁人，诗是人的精华，在孟浩然，诗纵非人的糟粕，也是人的剩余。在最后这首诗里，孟浩然几曾做过诗？他只是谈话而已。甚至要紧的还不是那些话，而是谈话人的那副'风神散朗'的姿态。读到'求之不可得，沿月棹歌还'，我们得到一如张泊从画像所得到的印象，'风仪落落，凛然如生'。得到了象，便可以忘言，得到了'诗的孟浩然'便可以忘掉'孟浩然的诗'了。这是我们前面所提到的'诗如其人'或'人就

---

① 刘熙载：《艺概》卷二，上海古籍出版社，1978年，第58页。
② 刘熙载：《艺概》卷三，第96页。
③ 刘熙载：《艺概》卷二，上海古籍出版社，1978年，第55页。
④ 刘熙载：《艺概》卷二，上海古籍出版社，1978年，第58页。
⑤ 刘熙载：《艺概》卷二，上海古籍出版社，1978年，第58页。
⑥ 刘熙载：《艺概》卷二，上海古籍出版社，1978年，第67页。

是诗'的另一解释。"①

在当代中西美学主张中，有"生活美学"的理论派，但只是以衣食住行为美感欣趣，他们其实还是将诗作为一种现代知识化的东西来理解。他们对中国文化的根本价值仍然缺乏客观的历史的了解。譬如最重要的是，这一派过于受到西方实用主义和日常哲学的影响，而不能真正肯定中国诗歌诗性最大的特点是"修行意境"与"生活意义"，换言之，这也是古典中国区别于现代中国最大的不同之一，而这是心灵诗学的亮点。整个西方主流思想是拥抱权力意志、技术（如海德格尔所批判的）、现代性（人权民主进步），而忽视生活意义的。重新发现中国诗性，不只是生活美学，而更重要的是重新为生活赋予意义。修行意境、仁性感通、精雅生活、生命尊严等，都是重要命题。尤其是在 AI 写诗即将大举征服诗人的时代，诗有没有背后的大写的活生生的"人"，极富于挑战性地成为一个尖锐而真切的时代诗学问题。②

五、结语

"中国文化心灵诗学"是作者近四十年来，与时代思潮相摩相荡，由 20 世纪 80 年代的反传统思潮中逆反，到顺应本世纪近十年来全社会中国文化意识的自觉，而因应互动的一种诗学学术论述，它既尽量吸收采纳百年来中国诗学中西融汇的精华成果，又努力继承中国传统诗学的观念、命题、概念以及思维，尤其是主张采铜于山，更为注重大量深蕴于文本作品中、古人未形成理论的潜在诗学，以开掘其中具有中国精神、中国价值与中国气派的元素。尽管仍然不成熟，或许，永远也不会成为主流的诗学范式，但作为文化心灵诗学的"古典资源"既是更为广泛化的中国诗性存在的背景、根脉、水质，也是生长与活化中的现代中国诗性审美文化的动力与条件，前景仍大有可期。

心灵诗学之因缘际会，既因学术内部生长与发展的不满，而有修正旧范式的冲动，又因学术外部条件的充分刺激（古籍电子化、数字人文化、人工智能诗学以及全社会国学复苏）而有建构新范式的愿力，就其可期的愿景而论，在新一代中华文化价值观的培育、诗性思维能力、感悟能力与践行能力的传承光

---

① 闻一多：《唐诗杂论》,江苏文艺出版社,2007年,第35—36页。
② 在上海交通大学人文学院举办的《能写之:中国诗教十人谈》论坛上,《诗刊》主编李少君先生讲到编辑部收到稿件,最担心的事情就是这会不会是机器写作的。为了确认作品可靠,他们会多方联系作者。他提出"诗后有人"是当代最重要的标准之一。(2024年7月7日会议记录稿)

大意义上，或许能参与其他同类努力，而成为一种有所作为的人文学。说到底，人文学终当发生对社会的感召力、凝聚力和教化力，正如陈寅恪先生所论断的："吾民族所承受文化之内容，为一种人文主义之教育，虽有贤者，势不能不以创造文学为旨归。"①

---

① 陈寅恪：《吾国学术之现状及清华之职责》(1931)，见《金明馆丛稿二编》，生活·读书·新知三联书店，2001年，第361—363页。

目　录

辑三　历史心态论

辑四　意象或主题心境论

目
录

辑一

心灵诗学原论

中国传统"文观念"之生发

巫盛智

一、"文观念"的提出

众所周知，不同的文化对客观世界有不同的理解，而这些不同的理解又使同一种事物或行为在不同文化中存有不同的意义，并产生出不同的发展与影响。"书写"正是其中之一项。今天学者亦已厘清，我们现在用来审视中国传统书写的"文学"一词，乃是五四时期从西方移植过来的用语，其内容有别于中国传统对书写作品以至书写活动本身的认知和理解——西方的"文学"观念的视角正遮蔽了中国传统书写的真貌。①而更可幸的是，经过前贤的努力，诸如"大文学观""非虚构性"等各种中国传统对书写作品与书写活动的独特理解，已逐渐被发掘出来，好使后学有肩可站。然而本文想就此追问的是，这些特点是如何具体地形成？次之，虽然无法将所有特点完全连上，但我们是否可以有一个立脚点，让我们可以大抵贯穿中国传统有关书写的特点，甚至从而去考察中国几千年来有关书写的变化？如有幸者，更可有新的理解？

如上所述，中国传统对书写作品以至书写活动的独特理解，乃建基于中国传统对客观世界的认知方式，那么传统上作为一切书写之总名的"文"，其本身的字义、内涵以及隐含的概念，似乎正是一个极好，甚至本来就是最根本的考察点——作为一切书写之总名，"文"此一名目的内容自然影响到中国书写种种特点的出现，宛如无形的手影响中国传统书写，正如"poetry""literature"的本

---

① 关于今天"文学"一词的转介过程，可详见余来明：《"文学"概念史》，人民文学出版社，2016年；陈广宏：《中国文学史之成立》，上海古籍出版社，2017年。

义之于西方文学一样。有关"文"的基本字义及内容，不少学者都有所整理与胪列，如刘若愚的处理就已非常充实全面，不待赘言。①而除基本字义及内容外，宇文所安（Stephen Owen）就传统对"文"的概念所作出的勾勒亦甚值留意：他指出"文"在中国传统中不但具有"图式"义，而且此"图式"具"呈现"宇宙、世界的意义，故不但"从天地的最初构造到动植物，每一级都显现相应于它的种类的'文'"，而且人亦有其"文"，其中包括"书写"，书写之文是人"心"活动的外在、显明的形式。②宇氏的这个意见至今也已成为学界所普遍接受，海内外和之者众。

从各学者的意见我们至少可以见出两点：第一，"文"的字义非常繁富，除了与书写范畴相关外还包括其他内容，使得各种字义与成词，都可统摄于"文"之内。第二，"文"的所指（signified）并非单一或简单的事物，而是指向一个丰富繁复、更高层次的概念，是归属于一套独特认知世界方式、是成立该认知方式之一部分的概念——这不单从宇氏对"文"的传统概念之勾勒可以见到这一点，而且诸如历史上以"文"为谥号的各种缘由竟涵盖如此广泛的不同范畴，以及传统"文"与"德"关系之密切等种种迹象，亦可见出。如此若再回到书写范畴而再推之，则"文"之于书写范畴，应是纵向的统属关系，书写只是隶属于"文"的一个范畴，并理应受层次更高的"文"概念影响。

然而，传统的"文"的概念为何面目如此？是如何形成？除了上述学者的意见外，"文"所蕴含的概念又有无更实质、具体的内容？而回到本文原旨，本文所关心的是中国传统书写何以有其如此之特点，这些特点又是如何形成；又既如上文所指，中国传统书写乃受"文"这个概念影响，故本文欲意从"文"入手，尝试以正名方式考察中国传统之"文"的概念到底如何形成，其中又有何更具体的内容，以便日后考察"文"如何影响、指导中国传统书写的发展。而为要突显"文"此一独特的概念生成以后对书写活动、作品的影响、指导作用，"观念"一词似乎比"概念"更能突出此义，故称之为"文观念"。

惟在进入考察之先，有几点必须先作说明。第一，不同的时代、不同的人都可有其独特的思想，那么考察"文观念"是否可能？如果可能，又如何具体地作出考察？关于这一点，其实前贤对"文"的内容所作的归纳与勾勒，本身就已见出"文"在中国传统乃存有一独特的、具普遍性的观念。而历史虽然本

---

① 刘若愚著,杜国清译:《中国文学理论》,联经出版事业公司,2010年,第9—12页。

② 宇文所安著,陈小亮译:《中国传统诗歌与诗学:世界的征象》,中国社会科学出版社,2013年,第6—7页。

为动态，不同时期以至不同的人都必然有独特的思想，但历史的发展清楚地显示出，无论是"文"的字义抑或是整个中国思想发展的基本范畴都可谓是在先秦时期完成；我们今天仍可大致读懂先秦典籍即证前者，而后者则可从中国思想文化的发展而见之：如儒道两家的思想内容、模式、框架乃中国思想发展的基石，便是明证。由此，如果将"文观念"的完成划定于先秦时期，将其中对"文"所具理论意义的共有观念作出梳理，相信并无大误。而且，由德国学者雅斯贝斯（Karl Jaspers）提出、已得到中外学界广泛认同的"轴心时代"（Axial Age）论，也指出中国的轴心时代正在东周之时——"中国所有的哲学流派……都出现了"，并"产生了直到今天仍是我们思考范围的基本范畴"。①既然本文所探讨的"文观念"乃一具指导意义、思考的观念，那么轴心时代论亦正好为一理据，以支持先秦作为"文观念"的考察时期。

第二，按本文所考察，"文观念"由生发至完成，大抵都只与儒、道两家有关。其实即使平理而推想，虽在东周之世"中国所有的哲学流派都出现了"，但一方面由于无论是墨、法两家抑或是其他诸子，其思想主张主要针对的范畴基本上都是在于政治、经济等形而下的范畴，而"文"观念却是一属形而上的观念，故此多家诸子已自无触及；而另一方面，如阴阳家等诸家虽亦触及形而上的范畴，但其思想内容大抵都是依当时的形而上观而作出钻研，并未对价值作出重估、设定判准，能有为于此并产生影响者仅儒、道两家，此两家大概亦因此而影响后世极大。故按本文所考察，"文观念"建构不但主要在儒、道两家，更是由孔子所发端，再依思孟学派完成其基本架构，并在荀子、道家得以补充完成。但由于篇幅所限，本文仅能述其发端。

至于第三项需要说明的是，"文"本身作为一字，其繁复字义的演变源流乃考察"文观念"必不可少的步骤，本文亦有所考究并作判断。惟由于篇幅所限，加上"文"的字义于先秦时便已大致固定而与今几无距离，即便从略亦不碍论述，故本文只就"文观念"的生发与完成试作论述，字义的演变源流待另文再议，惟大概判断如下："文"之初义绝非今天所谓的"错画"说，所能肯定的仅是泛具美善之义；②而经过西周以后，才逐渐大幅增有"文"的其他字义，并在东周时期大抵固定下来。

---

① 雅斯贝斯著，魏楚雄、俞新天译：《历史的起源与目标》，华夏出版社，1989年，第8—9页。
② 关于"文"之初义绝非"错画"，陈民镇已作极翔实的辨识，可参陈民镇《有"文体"之前：中国文体的生成与早期发展》，上海古籍出版社，2019年，第19—25页。

二、"文"之"纹饰义"及先民对"纹饰活动"的初期看法

虽按本文考察,"文"之初义仅泛具美善之义,但最迟至商周,"文"已用作今天的"纹"来使用,以下姑引《书》《诗》之两条佐证:

> 厥贡漆丝,厥篚织文。(《尚书·禹贡》)①
> 织文鸟章,白旆央央。(《诗经·小雅·六月》)

以上之"文"与今天所用之"纹"相当,具纹饰义、花纹义、图纹义、纹彩义,并带含美义。《说文》中另有"彣"一条谓:"彣,䄪也。从彡,从文。"而"䄪"一条中,《说文》又曰:"有文章也。从有戫声。"就此,段注先于"彣"一条云:

> 《有部》曰:"䄪,有彣彰也。"是则有彣彰谓之彣,彣与文义别。凡言文章皆当作彣彰,作文章者,省也。文训逪画,与彣义别。以毛饰画而成彣彰会意。文亦声。②

至于"䄪"一条,段注又谓:

> 彣彰,各本作文章,误,今正。"彣"下曰:"䄪也。"是其转注也。"䄪"古多叚"或"字为之。"或"者,"戫"之隶变。今本《论语》"郁郁乎文哉",古多作"或或"。是以荀或字文若、宋书王或字景文。《大戴公冠篇》:"遵并大道邠或。""邠或"即"彬或",谓彬彬或或也。《小雅》:"黍稷或或",传云:"或或,茂盛皃。"卽有彣彰之义之引伸也。

由此可见,段注一方面认同《说文》之见将"文"训为"逪画",但另一方面又认为"与彣义别","彣"是"毛饰画而成彣彰会意",而且与"䄪""或"有关。虽按本文判断,"文"之原义绝非"逪画",但段注依《说文》的解释注意到"文""彣"的分别,却甚有见地。第一,就注这个"彣"字,甲骨文与金文均无此字,惟包山简《卜筮祭祷简》与清华简《管仲》中,方有此字出现,可知

---

① 本文凡引十三经及其中注疏者,均引自阮元校刻:《十三经注疏》,中华书局,1980年。惟标点按本文处理。

② 本文凡引《说文》与段注之文,均引自许慎著,段玉裁注:《说文解字注》,上海古籍出版社,1988年。惟标点按本文处理。

此字起于稍后，或是春秋后才生成。[1]第二，无论是按包山简还是清华简，"彣"都是就图纹义、纹彩义来作使用，与今天之"纹"义亦完全相同。如此，我们大概可以合理地将本节开首所列《诗》《书》两例之"文"同视为"彣"，而其义即"纹"。

不过，就此还有两点需要辨明，首先是今天通行之"纹"与"文""彣"的关系。《说文》并未收"纹"一字，惟段注于"文"一条中云："遒画者，文之本义。"又云："纹者，文之俗字。"即段注在承《说文》之见以为"文"原义为"遒画"的情况下，将"纹"一字归依于"文"之条。然而，既判断"文"之本义并非"错画""象交文"，故"纹"一字绝非直接从"文"而来，只能是从"彣"而来。与此同时，虽然"纹"之内容有"错画"之义，但一来既然"文"之本义并非"错画"，"纹"应是从具图纹义之"彣"而来，二来错画义又明显比图纹义抽象，加上从今存可见材料中，最早将"文"作"彣"使用者，均以图纹义为义，故"纹"不但应为从"彣"而来，而且亦是以图纹义为基本义；至于其所含的错画义，乃从图纹义本身带有而来。

其次，是"文"与"彣"的关系。虽然"彣"字起于后，但这并不表示这"彣"的字义、用法亦起于后：《甲骨文合集》27695有"文室"一例，用于地名，即似应是"纹"之义，指华美之室。综而推之，"文"之本义乃泛具美善之义，或可能因声近而以"文"之字指"纹"，又或可能因纹饰、图纹均为显见为美，因而先民亦使用"文"来指称本身含有"美"之义涵的"纹"。但无论如何，始终因"纹"之义别，故渐而生有增"彡"构件的"彣"来指称"纹"。惟若"彣"一字的产生真是依后者理路而来，即"彣"之花纹、纹饰之义与"文"之本义相关，则其"从彡，从文"就不能简单地理解前者是形符而后者是声符——"彣"所从之"文"应是有义的声符。事实上，当以"文"所原具的泛具美善之义用来指称对象时，大都与指称者的外在表现有关。

当"文"被用以作"彣"来使用，"文"的意义又变得更丰富；"彣"显然可作动词用，指作"纹饰"的活动，而从而又有调合义、规饰义：

> 君衣狐白裘，锦衣以裼之。[……]不文饰也不裼。裘之裼也，见美也。（《礼记·玉藻》）

---

① 详见朱晓雪：《包山楚墓文书简、卜筮祭祷简集释及相关问题研究》，吉林大学博士学位论文，2011年，第521页；李学勤主编：《清华大学藏战国竹简（陆）》，中西书局，2016年；《有"文体"之前：中国文体的生成与早期发展》，第27页。

凡六乐者，文之以五声，播之以八音。（《周礼·春官宗伯》）

声相应，故生变；变成方，谓之音。[……]情动于中，故形于声。声成文，谓之音。（《礼记·乐记》）

第一条之"文"自是作动词用而指纹饰活动。而在第二条中，郑注云："六者，言其均，皆待五声八音乃成也。"孙诒让疏郑注云："均，犹言调也。"又就原文云："此言六乐当调以声音也，'大师'说十二律亦有此文，义并同，互详彼疏。"即该"文"是指调合，从调合声音而达至对声音作出纹饰的作用。第三条郑注云"方，犹文章也"，孔疏又另有云"谓声之清浊杂比成文谓之音，则上文云'变成方，谓之音'是也"。如此，即"声成文"之"文"，乃是指对"声"作出调合，成有"清浊杂比"、有规饰的呈现，而此一被调合规饰后之音，即是"文"，亦即是"方"，也即是声音上的"彣彰"。

再者，"彣"又具"相间与交错"义。正如上谓"裘之裼也，见美也"，换言之，单一的白狐之裘纯白一片并不能见美，必须要另加裼（作纹饰活动），以裼与白狐之裘制成相间而交错之象，以制成彣，方能见美，可见"文（彣）"必具"相间与交错"的本质，而有此本质便是见美。另《考工记》又有载：

（画缋之事）青与赤谓之文，赤与白谓之章，白与黑谓之黼，黑与青谓之黻，五采备谓之绣。

此处言"文"仅是青、赤两色的相间交错所形成之花纹；但事实上，文、章、黼、黻、绣，当然均是"彣"——而值得一提的是，如段注《说文》所言，此处的"章"亦当作"彰"，具图纹义——都是由相间交错形成。

惟可留意的是，以上之"彣"都指纹饰，与本质无关，是纯粹形式上、外表上的"彣"，指称花纹、图纹。但从概念上来说，任何具象之物，即有其表现样式，而此样式亦可视之为一种"图纹"。也说是就，若从此角度来看，"彣"又可以是本质的表现，具有显现义。《鲁语下》曾载：

夫服，心之文也。如龟焉，灼其中，必文于外。若楚公子不为君，必死，不合诸侯矣。[1]

以上一语乃出自叔孙穆子之口，其时各诸侯国之大夫在虢地会盟，叔孙穆子见楚公子围所穿之服饰过美，不似大夫，便认为他有不臣之心，并以上语作解释。

---

[1] 本文凡引《国语》，均引自徐元诰：《国语集解》，中华书局，2002年。惟标点按本文处理。

叔孙穆子以龟甲被灼后的裂"纹"作喻，类比服饰亦是"心之文（彣）"：正如龟甲被灼后必然有裂纹"显现"，有不臣之心者亦会"显现"于其服饰。因此，"彣"而被视为本质的显现，具表现、显现义，并最迟至春秋时期成通行的看法。

既然"文（彣）"可视之为外在的图纹，同时又可以是"质"的显现，那么"彣"与"质"到底是一个什么样的关系？再进一步看，当人作出纹饰活动时，应如何看待"彣"与"质"的关系？关于这一点，不但同样在春秋时期，已为人所关注到，而且时人甚至对此应已有一共识。《晋语四》有载晋文公与胥臣的一段对话：

> 公曰："然则教无益乎？"对曰："胡为？文益其质。故人生而学，非学不入。[……]夫教者，因体能质而利之者也。若川然有原，以印浦而后大。"

此前胥臣曾指教育的重点在于学生的才性如何，晋文公自然地有"教无益乎"之问。惟从胥臣的回答中可见，教育显然是非常重要，而原因乃是为令本质得到美好的展现——即使本质有所谓的"缺憾"，亦可有其恰当美善的发挥。可留意的是，按胥臣的回答，他认为纹饰活动（教育）乃是"因体能质而利之者也"，是按"质"的情况将其修饰至美，故"文益其质"之"益"当指彰显、显现"质"，将"质"的特点彰显、展现出来。如此即若"彣"不合其"质"，即是不当的纹饰，这种"彣"也不能见美——"纹饰"与"质"必须配合。另外，在《晋语五》又曾有下言：

> 夫貌，情之华也；言，貌之机也。身为情，成于中。言，身之文也，言文而发之；合而后行，离则有衅。

上语出自一位称甯嬴氏的平民之口，他认为为人表里不一者便非君子，而上语正是他对此看法作出的解释。他认为言语是自身之情的"纹饰"，发言是对自身之情作纹饰活动；而作为情之"纹饰"的言语，必要与个人自身之情相合，然后才行动，否则便有缺瑕。言语既为"彣"，那么自身之情自可视为"质"，将"情"以语言表达出来的过程便是"纹饰活动"；甯嬴氏此处比胥臣更直接地指出，最终说出来的"言——彣"必须要与自身的"情"相合，在"合"的基础下"而后行"，若是分离，则有缺瑕。

由此可见，甯嬴氏对文、质的关系与胥臣相同：从纹饰活动来看，纹饰活

中国传统「文观念」之生发

动本身自然可以与质无关，但这种与质无关的纹饰活动并不是好的纹饰活动；真正的纹饰活动，应是使造成的花纹与花纹所在的"质"配合，彰显、显现"质"的特点，方是合宜、见美之"彣"。而从质的角度来看，由于真正的纹饰活动必须使花纹与所在的"质"配合，是依据、配合纹饰对象本体的特点作出纹饰，以彰显其本质，因而从此角度看，真正的纹饰活动所造成的花纹，又是本质的显现。在这个关系中，"彣"正好兼具了"外在纹饰"与"质的表现"两种情况。以上两段论述分别出自胥臣与甯赢氏，前者为卿大夫而后者为平民阶层，而两个阶层都不约而同地有着相同的观念，因而可以相信，这个对"纹饰活动"的看法应为时人所普遍接受。

三、孔子以"礼"为"文（彣）"的视角及其礼论

（一）礼制与"文（彣）的关系"

上述胥臣与甯赢氏的说话还可见出一点："文（彣）"并不单以物象的图纹、花纹为指涉对象，一切具修饰性的人为活动都可视之为"纹饰活动"。而在春秋时期，"礼"可谓是当时大部分具修饰性之人为活动的总体现。非常概略地说，当时的"礼"即西周之礼乐制度，相传为周公所制，是当时贵族阶层一整套生活仪节；上至祭祀、下至迎宾饮食都包括在内。既然一切具修饰性的人为活动都可视之为"纹饰活动"，那么行礼者之言语行动，当然亦可称为"彣"：

> 故君子在位可畏，施舍可爱，进退可度，周旋可则，容止可观，作事可法，德行可象，声气可乐，动作有文，言语有章，以临其下，谓之有威仪也。（《左传·襄公三十一年》）

"威仪"自是指"礼"，如《成公十三年》有谓："民受天地之中以生，所谓命也，是以有动作礼义威仪之则，以定命也。"以"威仪"指"礼"，乃两周常称；而按第一条所言，能"有威仪"者，即有"动作有文，言语有章"的表现。言行合礼，自是对言行作出规饰，又如上所言，"彣"本含规饰义，故此处之"文"当即指"彣"，亦即指言行有规矩修饰，是有"礼"的表现。不过，这样的"彣""礼"关系，只不过是就行礼有所规饰的表现而言。既然"礼"就是对日常生活活动作人为规范的仪节，那么整个礼制当然亦可视之为人为修饰，仪节——礼制也就可视之为"彣"。《礼记·仲尼燕居》载：

子曰："制度在礼，文为在礼，行之，其在人乎！"

郑注："文为，文章所为。"孔疏："制度在礼者，言国家尊卑、上下制度存在于礼。文为在礼者，人之文章所为，亦在于礼，言礼为制度、文章之本。"合郑孔之见，则孔子此处一来是分别从宏观与微观两方面来指出西周礼乐制度的作用，从整体国家制度以至个人行为，"礼"都有作用于其中，二来孔子此处之"文"亦当为"彣"之义。换言之，"文为在礼"即指"礼仪"是个人行为上的"彣"，人要行出具有"彣"意义的行为，即是要行"礼"。不过，虽然此语将国家制度分别开来，但礼乐制度既为当时的国家制度，那么自然整个西周礼制本身当然就是"彣"，一切"礼仪行为"即是"人之文（彣）"。[①]

可以留意的是，将整个礼制都视之为"彣"的看法，从现存材料来看似乎在孔子之前都从未有过，而且是在孔子之后始多有典籍以"文"称"礼"。惟即使有过，显然都不及孔子之成系统——仲尼学说既为维护周礼而生成，而孔子将"礼"视为"文（彣）"，也是孔子经过充分的、系统的审思后，才得出的看法。

（二）春秋时期对"礼义"的注视

如所周知，春秋时期逐渐礼坏乐崩，但僭礼之举只是具野心的贵族所为，不具野心的贵族依然大有人在。而在另一方面，周礼经过整个西周顺利运作，已成为根深蒂固的制度，纵然僭礼行为在现实上的确日趋严重，但时人对礼制的运作依然保留充分的肯定与认同，甚至在此礼坏乐崩之时大力推崇，以求稳定社政。正如陈来所指出，当时"社会生活依然浸润于礼乐文化的氛围之中，异姓的执政赵文子、韩宣子、赵简子对礼乐文化的认同和造诣，尤能表现出这一点"。[②]而时人又之所以大力推崇周礼以求稳定社政，其内在理路在于周礼本是依附于宗法——封建制度，并同时又有着将后者造就的社会阶级表现出来的作用，成为日常标准，有深化社会阶级秩序的功效；那么反过来看，即只要作为标准、准则的"礼"被贯彻实行，原有宗法——封建制度，就能稳健运作。而在春秋时期基于时人对礼制的肯定与认同，"礼"的这个功效便被予以注视，时人于是认为"礼"的畅行便是治国之本，并由此大力推崇周礼以求稳定社政。

---

① 《礼记·杂记下》载："孔子曰：'伯母、叔母，疏衰，踊不绝地。姑姊妹之大功，踊绝于地。如知此者，由文矣哉！由文矣哉！'"郑注谓："由，用也。言知此踊绝地、不绝地之情者，能用礼文哉！能用礼文哉！美之也"。

② 陈来：《古代思想文化的世界》，生活·读书·新知三联书店，2002年，第201页。

退一步说，时人是明确见出周礼被确切实行后，能稳固礼制背后所反映的阶级秩序，故而倡导实践礼制。

然而，礼制所设定的外在礼仪背后所隐含之阶级秩序，到底何以恰当？也就是说，整个阶级秩序的正当性、合理性何以成立？《昭公二十五年》便载有一次讨论：

> 子大叔见赵简子，简子问揖让周旋之礼焉。对曰："是仪也，非礼也。"简子曰："敢问何谓礼？"对曰："吉也闻诸先大夫子产曰：'夫礼，天之经也，地之义也，民之行也。'天地之经，而民实则之。则天之明，因地之性，生其六气，用其五行。气为五味，发为五色，章为五声，淫则昏乱，民失其性，是故为礼以奉之。[……]民有好、恶、喜、怒、哀、乐，生于六气。是故审则宜类，以制六志。哀有哭泣，乐有歌舞，喜有施舍，怒有战斗；喜生于好，怒生于恶。是故审行信令，祸福赏罚，以制死生。生，好物也；死，恶物也；好物，乐也；恶物，哀也。哀乐不失，乃能协于天地之性，是以长久。[……]礼，上下之纪，天地之经纬也，民之所以生也，是以先王尚之。故人之能自曲直以赴礼者，谓之成人。大，不亦宜乎？"

上文其中一段略引部分，乃言礼制的各阶级秩序与制度是如何依从自然的六气、五行、五味、五色等而设立，稍嫌烦琐故而从略，另一略引则因非关本文论述重点。从上可见，子大叔指出"礼"有两个特点，第一个亦是最重要、最根本的特点，是礼制乃依自然秩序制成，即将礼制隐含之阶级秩序上溯至宇宙论："礼"是"天之经也，地之义也，民之行也"，即"天地之经"本有一套自然运作的秩序法则，而人亦一样有一套本然、应然的"运作"秩序、法则。从概念上说，这套法则与天地之经一样，是自然的；从内容上说，"礼"则是仿效天地之经而来。由于自然法则有六气、五行、五味、五色等分类，因此作为与天地之经相同又仿效天地之经的"礼"，又有各种仪节（礼仪）的设立，这些仪节的运作便生成阶级秩序，体现出"上下之纪"（礼义），正如"天地之经纬"一样。第二，正因如此，人必须依从礼制的规范，否则便不是依自然之"天道"而行，"民失其性"。

（三）孔子对礼制恰当性的阐释

作为春秋时人，孔子自然亦秉受时人的看法，孔子亦曾言"夫礼，先王以承天之道，以治人之情"（《礼记·礼运》），这句话恰好是子大叔上言的极精炼总结，反映孔子对时人礼观的接受。惟正如劳思光所言：

> 以秩序或制度解释"礼"时，秩序制度之根据何在，始是基本问题；此点在孔子前没有人能作明确说明。一般知识分子大抵顺流俗信仰而立论，以为秩序制度，以所谓"天道"为本；换言之，即假定某种"本有之秩序"，作为文化中"创造之秩序"之基础。这固然是原始信仰之一部，但在孔子前不久尚是知识分子所乐道的说法。[①]

作为礼学大家，孔子又提出自身学说作为新理由，加以充实礼制的恰当性。

关于孔子学说的研究已汗牛充栋，本文无意亦无力在此范畴贡献毫厘。惟因论述需要，以下仅将本文对孔子学说核心部分的理解作一概述：作为维护礼制的礼学大家，孔子对礼的论述非常强调"人之情"，如行礼仪而无"情"充实之，该礼仪的实践便无足可为亦无足可观，如《论语·八佾》即载孔子谓："居上不宽，为礼不敬，临丧不哀，吾何以观之哉？"之所以如此，乃因孔子非常强调礼制是先王圣人"因人之情而为之节文，以为民坊者也"（《礼记·坊记》），即强调礼制同时是因应人的实况、实情、本情而设立的，如三年之丧正是因为父母之去甚哀，故而设置。那么为何三年之丧需守三年、其他礼仪上的具体设置又安排如此，或谓礼制的安排何以具有正当性、应然性、恰当性，则由于人之本情、实况有一特点，就是先天地对道德价值（Moral Value）有所觉有，凡遇与道德价值相关的情景，心中即有"安"与"不安"之感，此"安不安"即反映出应然不应然的价值判断。在此基础上，一方面由于这些行为明显是"爱"的表现，另一方面又由于这些"爱"的表现又并非出于私爱而属道德行为、具道德义，故孔子提起"仁"来统摄之。而既礼制之设立，正是基于人有"安不安"之心的"人之情"来设立，故此孔子更进一步指出"人而不仁，如礼何？人而不仁，如乐何？"（《论语·八佾》）仁为礼制之本，而礼制的外在礼仪行为为仁之末。

在孔子以发见人先天地对道德价值有所觉有来解释礼制的设置后，礼制礼制便具有完全的恰当性。虽然在仁为"礼之本"、"礼仪"为"礼之末"的诠释下，孔子也一定程度上认为只要符合内心之恰当性，礼仪也可有所改变，如《论语·八佾》即谓："礼，与其奢也，宁俭；丧，与其易也，宁戚。"然而这也似乎只在一定程度上，礼制仍有着典范的意义，这一点在礼制的作用上可见。就如春秋时人们认为礼制可以使人可以"协于天地之性"一样，孔子也认为礼

---

① 劳思光：《新编中国哲学史（一）》，生活·读书·新知三联书店，2015年，第85页。

制具典范义，可以"治人之情"。人虽有本然、应然的本情，但见之于人则人人不同，各人可因各种自身缘故而使所现之情或过之或不及，《礼记·丧服四制》曾载：

> 始死，三日不怠，三月不解，期悲哀，三年忧，恩之杀也。圣人因杀以制节，此丧之所以三年。贤者不得过，不肖者不得不及，此丧之中庸也，王者之所常行也。

孔门后学直言礼制之丧乃"贤者不得过，不肖者不得不及"，是"王者之所常行也"，可见礼制的制订全据恰当性。

四、孔子以"礼"为"文（彣）"的内在理路

以上为本文对孔子学说核心部分理解的概略。回到本文主题，接下来要处理的是孔子以"礼"为"文（彣）"的部分，即孔子以"礼"为"文（彣）"的这个看法是否得当？如果得当，这个看法又有何意义？在此先不烦重申，前已述及在春秋时期"文"已生出"彣"一字而指称"纹"，即纹饰，具花纹义、图纹义，并具美义、相间交错义；另外，此"文（彣）"亦可指称表现之象，具显现义。而就"文（彣）"既为外饰、亦为本质的矛盾，最迟至春秋时期已有一调和的共识：纹饰活动应该是使其所造成的外在之"纹"，与"纹"所在的"质"配合，彰显、显现"质"的特点，如此之"纹"方是合宜、见美。

以此为背景，首先，孔子对"礼"的阐释的确存有显现义。孔子确立了以"文（彣）"作为观看礼制的视角，并将周礼全归于"恰当性"上作阐释，以人的内心作为此一"恰当性"来源；顺而言之，道德价值即礼之"里"，而礼仪即道德价值之"表"；那么，不合礼之"德行"便不可算为"德"：

> 子曰："敬而不中礼，谓之野；恭而不中礼，谓之给；勇而不中礼，谓之逆。"（《礼记·仲尼燕居》）
>
> 子曰："恭而无礼则劳，慎而无礼则葸，勇而无礼则乱，直而无礼则绞。君子笃于亲，则民兴于仁；故旧不遗，则民不偷。"（《论语·泰伯》）

敬、恭、慎、勇、直，都是人应然之德，但孔子指一不合礼，便即成野、乱等行为，算不上为德。如以，若再配以孔子以"礼"为"文（彣）"的视角，那么"德"即为里、为"质"，"礼——文（彣）"即为表、为"显现"；孔子前

"文（彣）"的显现义，便从此层面上被体现出来；而这个观念，显然亦影响到其学生。《论语·颜渊》有云：

> 棘子成曰："君子质而已矣，何以文为？"子贡曰："惜乎！夫子之说君子也，驷不及舌。文犹质也，质犹文也。虎豹之鞟，犹犬羊之鞟。"

所谓"质而已矣，何以文为"，棘子成既是问君子，故"质"当指"德"，而从子贡以"鞟"为答，"文"亦当指"纹"；若考虑春秋时期与孔门学说的语境，言此"文"的具体内容即为"礼"，亦不为过。从棘子成之问可见，其将"质""文"分开，认为内在之德（质）是君子的条件，不需有"纹"（礼）；而子贡此处便承孔子之观念，认为有"德"即有"礼"的表现、无"礼"便为无"德"，故言"文犹质也，质犹文也"，"文（彣）"是"质"的显现。值得留意的是，子贡此处以正如虎豹与犬羊作喻，指两者去掉毛纹后便无什么差别；这一方面自然是表示"纹"正是判别"质"的重要依据，但更重要的，乃因其"质"之不同，自会生出、显现出不同的"文（彣）"。

以上就"文"与"质"的整体关系即"礼"为"德"的显现上说。其次，若从作用上、纹饰活动的角度看，"文（彣）"除了显现义外，本身更指涉外在纹饰；而在现实中，被孔子视为"文（彣）"的"礼仪"，人在行礼仪时，当然亦可不具"人之情"，纹饰亦可与"质"无关。但可想而知，孔子对此持反对态度，《礼记·曾子问》有载：

> 曾子问曰："三年之丧，吊乎？"孔子曰："三年之丧，练，不群立，不旅行。君子礼以饰情，三年之丧而吊哭，不亦虚乎？"

孔子此处言"礼以饰情"，直是将"礼"作"纹饰活动"看待之，而对象即为人的应然之情。换言之，行出礼仪行为后，该行为表现即为"文（彣）"，而应然之情则为"质"。三年之丧既为对父母离世所产生的应然哀情作出纹饰，若期间还去凭吊他人，便等于失却对父母的哀情（质）；如此之"文（彣）"，便与"质"无关，徒为"虚"文（彣）——孔子更直言"不亦虚乎"，指是无质的"虚饰"，而非有质的"表饰"。既然有纹无质，此纹亦自非配合质之纹，故不为孔子所认可。而进一步言之，《论语·八佾》又载：

> 子夏问曰："'巧笑倩兮，美目盼兮，素以为绚兮。'何谓也？"子曰："绘事后素。"曰："礼后乎？"子曰："起予者商也，始可与言《诗》已矣。"

邢疏云："案《考工记》云：'画绘之事，杂五色'，下云：'画缋之事，后素功'，是知凡绘画先布众色，然后以素分布其间，以成其文章也。"可知在先秦之时，绘画是先上五彩，再以白色线条加以勾勒。[1]子夏不明其所引之诗为何言"素以为绚"，孔子则指正如绘画需先上五彩，但最后必加以白线勾勒一样，将五彩明确规限出来以表现之，方能圆满见美。惟重要的是，子夏以此联想至"礼"的作用，并得到孔子深许：以白线勾勒喻礼，那么已有的五色即为德、本情；礼正是对德（本情）此一"质"的纹饰活动："礼——白线"是以"德（本情）——五彩"之质为基础来作纹饰，依据五彩的分布，明确勾勒，将个中或过或不及的不恰当边界（个别特殊的人之情）规限起来，以令已有的五彩（德、本情）得以更为彰显。而按此完成后而所生的纹理，即与质相配合，因此能"以为绚兮"，美之义随即而来。因而，孔子对于礼"治人之情"的作用，无疑与首节胥臣与甯嬴氏的"文益其质"看法相同："礼——文（彣）"，必与"质——本情"相配合，去除不合本情之处，以彰显"质"。由此，从整体上说，孔子乃认为"文（彣）"是"质"的显现；而从纹饰活动上说，"文（彣）"必须与质相配合；孔子对"礼"的整个看法，正与春秋对"文"的共识一致，"文（彣）""质"不能偏废。《论语·雍也》故而有载：

子曰："质胜文则野，文胜质则史。文质彬彬，然后君子。"

必须有"文（彣）"有"质"，达至"彬彬"的状态，方能称为君子。

由上可见，孔子对"礼"的阐释，完全符合春秋时期对"文"的看法，孔子视角下"礼"的内在理路，完全贴合春秋之"文"的框架。而作为"文"的"礼"，也自然而具相间与交错的内涵。上举《雍也》之言，还有一点可以留意：所谓"彬彬"，即文质相杂而适均的状态。[2]从对物的修饰来看，"文（彣）"的本身，当然地必有相间与交错的显现；但进一步看，既然好的纹饰活动必须与"质"相配合，即对"质"有所存留，那么最后制成的"文（彣）"便兼有"人为之纹"与"自然之质"内容，而此两者之相杂，亦为相间与交错，适均恰当者即为美。同样地，从"礼——文（彣）"的层面来看，礼（文）乃对人参差不齐（过或不及）的情况，按其人之本情（质）将此存留下来，作人为后天的纹饰，因而当人成为文质彬彬的君子时，在内容上亦具人为性（礼为后天人为之纹饰）与自然性（礼使人回归于本情），具相间与交错义。由此再推之，当人

---

① 钱穆：《钱宾四先生全集·第三册·论语新解》，联经出版事业公司，1998年，第81页。

② 详邢疏，另详见：《钱宾四先生全集·第三册·论语新解》，第214页。

能里外都能符合"礼——文"而成为君子，在个人层面上，个人的礼仪行为自然能起落有致；而在不同的关系层面上，亦因本情之等差性，造就出对不同等差阶级之人有不同的恰当行为——从此三个层面看来，都具相间与交错义。而当各人都能依"礼"之表里而行，使整个社政空间生成一等差性的阶级网络，相间与交错的内涵，就更不言而喻。

在孔子以"礼"为"文"的诠释下，从修饰的角度而言，由于"礼"乃依人之本情来制订，再以此一人为标准来纹饰人的殊别之情，因此，一来"礼"便不只是"文（彣）"，更是"人之文（彣）"；二来在孔子的诠释中，又建立出"仁——礼——人文（彣）"的图式。而若从显现的角度而言，由于"礼"的核心乃是人之本情，亦即是"仁"，礼制只是依"仁"来制成的具体条文，让或过或不及者所依循；如此，若人能全依"仁"来行事，使之内能具德、外又能恰当而行，那么在此境界下，先王所制之"礼"的修饰作用便再无意义，反之，更应该谓此境界的行为即为"礼"，是人的模范，同时亦是人应有的显现的"文（彣）"。因而在此境界下，便可称之为有"文（彣）"、有"文章（彣彰）"：

> 子贡曰："夫子之文章，可得而闻也；夫子之言性与天道，不可得而闻也。"（《论语·公冶长》）
>
> 子曰："大哉，尧之为君也！巍巍乎！唯天为大，唯尧则之。荡荡乎！民无能名焉。巍巍乎！其有成功也。焕乎，其有文章！"（《论语·泰伯》）

以上第一条之"文章"，如皇侃等注疏有解为经典之"六籍"；[1]但一来先秦之"文章"一词，从无解为书册，二来早在孔子之前，"文章"已有以"彣彰"用于人之动作言语之上，故此"文章"乃朱熹之解为"德之见乎外者，威仪文辞皆是也"；[2]亦如徐复观所言："所指者系一个人在人格上的光辉的成就"，即是就孔子对"仁"作内外贯彻之实行之形容。[3]至于第二条，被儒家视为圣人的

---

① 另外邢疏、钱穆等均亦取此解。详见《钱宾四先生全集·第三册·论语新解》，第167—168页。

② 朱熹：《四书章句集注》，中华书局，1983年，第107页。

③ 徐复观：《中国人性论史》，华东师范大学出版社，2005年，第50页。关于此处"文章"之义，传统以来亦有另一解，认为是指孔子书写的文献，如皇疏引太史叔明、邢疏、钱穆等，惟按本文所见，则不应作如是解。而徐复观更就此是否书写文献的解释作出梳理，亦认为绝不应作文献解，并对"文章"一词得出上述看法。

尧，是儒家最理想的典范，故孔子亦以"有文章（彣彰）"描述之。[①]

五、结语：孔子以"礼"为"文（彣）"的意义——"文观念"的生发

从上可见，孔子以"礼"为"文（彣）"的诠释非常得当，完全贴合"彣"之内容——这个贴合不单仅仅是视整个礼制为"纹饰活动"而已，背后还包含着孔子以"仁"说"礼"来充实与加强礼制恰当性的整套思想。而孔子的整个诠释显然有一个极重大的意义，就是为"文"拓展出一个"文"观念。

第一，孔子的阐释是将"文"提升至"观念"层次。非常明显，孔子的阐释其实没有对"文"作出字义上的发展，而是以"文"的字义来诠释其见解与观点。而当"文"被用作诠释见解与观点、成为论述的一部分时，"文"也就被赋予了"观念"的空间。具体一点而言，在孔子以"礼"为"文"的诠释下，"文"既是依人先天内存的恰当性而制定，同时又对常人有修饰——修正、复归本情——的作用，因此"文"不但在这个诠释中被赋予了极高的价值，是众人当所回归的标准，同时这个价值不是就字义上而言，而是就"观念"上而言。当然，作为"人之文（彣）"的西周礼乐制度，在历史上终会退席，因此孔子以"礼"为"文（彣）"的整个诠释，并非"文"观念的最终内容；但即使如此，孔子对"文"的诠释，的确是对"文"观念作出的开拓。

第二，孔子不但将"文"提升至"观念"层次，此观念更是归属于一套独特认知世界方式，是成立该认知方式之一部分的概念；这可从孔子阐释对象的客观意义来看。孔子虽以"仁"说"礼"，但他所"说"的自然不仅仅是"礼"，而是整个周文化。孔子将"仁"提出来，以发见人先天对道德价值有所觉悟，并指出周礼依此而立从而维护周礼；也就是说，孔子乃是将西周的治国原则标明出来，从而解释西周最具代表性的具体治国措施。然而，孔子所提出的这个原则，是具哲学、思想高度的原则，如此一来，周礼只是依据此原则所指导出来的最具体结果而非全部结果，但全部结果亦应然地服从于此一原则，此一原则便是整个社政运作方式——文化的核心。而一至文化层面，思想、指导的层

[①] 有趣的是，就第二条的"文章"，何晏解为"焕，明也。其立文垂制复着明。"朱熹又云："成功，事业也。焕，光明之貌。文章，礼乐法度也。"详《论语注疏》与朱熹《四书章句集注》。如此，两人似乎是因前提及治民而认为"文章"即有立"礼乐法度"之"文"。事实上，如上所言，孔子乃以"礼"为"彣彰"，且如本文所言，除孔子以外，先秦亦有以"彣彰"指"礼乐"，因此何、朱之言亦有可通之处，大概可备一说。然而，《论语》中既有子贡从道德义上以"彣彰"称孔子的"威仪文辞"，那么此处之"文章"义应为一。故本文不取此说。

面，便牵涉到信仰、亦牵涉到价值判断的命题，属如何认知世界的范畴。由此，孔子为"文"所提升至的"观念"层次，更是属于认知世界方式的层次。

第三，孔子不但拓展出"文观念"，更见其同时为"文观念"留下继续发展的余地；这可从孔子阐释的内在理路来看。虽然从客观意义上，孔子所阐释之对象不仅仅是"礼"，更是整个周文化，但其所阐释的具体对象终究是礼。而从其以"礼"为"文（彣）"并以"仁"说"礼"的整个内在理路来看，最终只会导致"文（彣）"的指向不在于"礼"：孔子以"仁"说"礼"，是认为"礼"是依人之情而有的、最模范、最恰当的表现，但若人能完全"依于仁"来行事，则"礼"之作用便再无意义，故不但孔子亦称尧为"有彣彰"，"文（彣）"之实际所指也是指向内能具德而外又能恰当之行。如此依孔子的整个诠释来以"礼"为"文（彣）"，便留有一个空间，可使"礼"从整个关系中退出，故而当周礼在历史逐渐以至完全退席，"文观念"依然可发展以至完全。当然，"文观念"要发展以至完全，仍待孔子以后的诸子发挥。

巫盛智，华东师范大学中文系 2023 届博士。本文原载于巫盛智著《"文"义溯源及其观念之影响发微》第三章，花木兰文化事业有限公司，2025 年 3 月版，收录时有修改。

辑一

中国传统「文观念」之生发

中国诗学中的"采诗"记忆及其他

项念东

《汉书·艺文志》提到的"古有采诗之官"问题，不仅见载于古来诸多文献，而且隐然构成中国古代思想世界中的一个记忆链条。尽管这些不同时代关于"采诗之制"的复述、转引抑或思想延伸，都不免赋予"采诗"记忆以某种现时性的目的性阐释，但此一记忆贯穿中国史两千多年，确乎构成一种阿斯曼所说的"文化记忆"——其种种有意识的保存及解读之中，展示出"对一个文化意义的传承"。①晚近学者或援引史料特别是新出考古发现以确证"采诗之制"乃历史实存而非文化想象，或梳理晚周至秦汉文献有关"采诗"记载的相互重叠与联系脉络，又或补充论述两汉以下特别是唐宋文学中的"采诗以谏政"的文化理想。②然而，"采诗"记忆所构筑的思想传统及其文化意义，仍是一个有意思的话题。

一、《夏书》开启的一个"采诗"记忆链

从文本记载看，《左传·襄公十四年》师旷回答晋侯时提到的《夏书》，可能是后世"采诗"记忆形成的源头。

> 师旷侍于晋侯。晋侯曰："卫人出其君，不亦甚乎？"对曰："或者其君

---

① 扬·阿斯曼著，金寿福、黄晓晨译：《文化记忆：早期高级文化中的文字、回忆和政治身份》"导论"，北京大学出版社，2015年，第12页。

② 相关论文甚多，如胡宁《从新出史料看先秦"采诗观风"制度》（《上海大学学报》2017年第6期）、付林鹏《行人制度与先秦"采诗"说新论》（《中国诗歌研究》第十辑）、王志清《〈汉书〉"采诗"叙述的生成与双重语境下的意义暗示》（《西南大学学报》2017年第1期）等。

实甚。良君将赏善而刑淫，养民如子，盖之如天，容之如地。民奉其君，爱之如父母，仰之如日月，敬之如神明，畏之如雷霆，其可出乎？夫君，神之主而民之望也。若困民之主，匮神乏祀，百姓绝望，社稷无主，将安用之？弗去何为？天生民而立之君，使司牧之，勿使失性。有君而为之贰，使师保之，勿使过度。是故天子有公，诸侯有卿，卿置侧室，大夫有贰宗，士有朋友，庶人、工、商、皂、隶、牧、圉皆有亲昵，以相辅佐也。善则赏之，过则匡之，患则救之，失则革之。自王以下，各有父兄子弟，以补察其政。史为书，瞽为诗，工诵箴谏，大夫规诲，士传言，庶人谤，商旅于市，百工献艺。故《夏书》曰：'遒人以木铎徇于路。官师相规，工执艺事以谏。'正月孟春，于是乎有之，谏失常也。天之爱民甚矣。岂其使一人肆于民上，以从其淫，而弃天地之性？必不然矣。"①

　　这段君臣对答，借师旷之口，声明了中国传统圣贤政治的基本思路——是否具有政德乃是拥有政治权力的前提，无德之君，"失则革之"。这与后来孟子所言诛独夫不谓之弑君极相似②。鉴于卫君之过，师旷特别提到百官士夫献诗箴谏以补察君政乃王者德政之体现，并引《夏书》所载摇铎采诗之制以对晋侯之问。

　　师旷所引《夏书》之言，见于世传《古文尚书·胤征》篇。③《胤征》篇真伪或有可议，但可以确定一点，至少到《左传》成书的年代，摇铎采诗之制已然成为社会记忆的一部分。

　　类似记载，另见《国语》。《国语·周语上》：

　　　　厉王虐，国人谤王……（召公曰）"防民之口，甚于防川；川雍而溃，伤人必多。民亦如之。是故为川者，决之使导；为民者，宣之使言。故天子听政，使公卿至于列士献诗，瞽献曲，史献书，师箴，瞍赋，矇诵，百工

　　①《十三经注疏》整理委员会整理：《十三经注疏·春秋左传正义（中）》，北京大学出版社，1999年，第926—929页。

　　②《孟子·梁惠王下》载，齐宣王问曰："汤放桀，武王伐纣，有诸？"孟子对曰："于传有之。"曰："臣弑其君，可乎？"曰："贼仁者谓之贼，贼义者谓之残，残贼之人，谓之一夫。闻诛一夫纣矣，未闻弑君也。"《十三经注疏》整理委员会整理：《十三经注疏·孟子注疏》，北京大学出版社，1999年，第53页。

　　③《尚书·胤征》：告于众曰："嗟予有众，圣有谟训，明征定保，先王克谨天戒，臣人克有常宪，百官修辅，厥后惟明明。每岁孟春，遒人以木铎徇于路，官师相规，工执艺事以谏，其或不恭，邦有常刑。"见《十三经注疏》整理委员会整理：《十三经注疏·尚书正义》，北京大学出版社，1999年，第181—182页。

谏，庶人传语，近臣尽规，亲戚补察，瞽、史教诲，耆艾修之，而后王斟酌焉。是以事行而不悖。"①

《国语·晋语六》：

> 赵文子冠……见范文子，文子曰："而今可以戒矣，夫贤者宠至而益戒，不足者为宠骄。故兴王赏谏臣，逸王罚之。吾闻古之王者，政德既成，又听于民，于是乎使工诵谏于朝，在列者献诗使勿兜，风听胪言于市，辨袄祥于谣，考百事于朝，问谤誉于路，有邪而正之，尽戒之术也。先王疾是骄也。"②

这两段文字，前者将"献诗"与"防民之口"的无德之政相联系，后者与"赏谏臣"的"政德"相关联。再联系前引师旷之言，凡此可见，尽管这些文字中并未直接出现"采诗"，而作为一种上古文化制度的"遒人以木铎徇于路"也并无确定不移的证据，但其中关于百官士夫献诗、陈诗，天子采之以"补察其政"，至少在《左传》所载师旷的言论中已然构成一个上古圣贤清明政治的记忆。不论这段记忆是出自更早时期的文化想象，还是一份真实的历史回忆，它都在强调，天子采纳"献诗"关系天下民众之心声，有助于"谏失常也"，乃王者为政以德、以天下民心为心的政德之体现，是政治清明不可或缺的一项有效措施。这也成为汉儒昌言"采诗"最直接的思想源头。

《汉书·艺文志》就此引申道：

> 《书》曰："诗言志，歌咏言。"故哀乐之心感，而歌咏之声发。诵其言谓之诗，咏其声谓之歌。故古有采诗之官，王者所以观风俗，知得失，自考正也。③

《汉书·食货志》说的更详细：

> 孟春之月，群居者将散，行人振木铎徇于路以采诗，献之大师，比其音律，以闻于天子。故曰王者不窥牖户而知天下。此先王制土处民，富而教之之大略也。④

---

① 徐元诰撰；王树民，沈长云点校：《国语集解》，中华书局，2002年，第10—12页。
② 徐元诰撰；王树民，沈长云点校：《国语集解》，中华书局，2002年，第387—388页。
③ 班固著；颜师古注：《汉书》，中华书局，1962年，第1708页。
④ 《汉书》，第1123页。

相较前此文献所说的天子"斟酌"百官所献之诗，汉儒更强调，采纳天下之言，并非有德天子被动使然，而是出于爱民保民之心的一种主动且谦逊的政治胸怀。甚至，所采之诗乃"怨刺之诗"。如《汉书·礼乐志》所说：

> 周道始缺，怨刺之诗起。王泽既竭，而诗不能作。王官失业，《雅》《颂》相错，孔子论而定之……至武帝……乃立乐府，采诗夜诵，有赵、代、秦、楚之讴。①

《公羊传》何休注也说：

> 男女怨恨，相从而歌，饥者歌其食，劳者歌其事。男年六十，女年五十者，官衣食之，使之民间求诗，乡移于邑，邑移于国，国以闻于天子。故王者不出牖户，尽知天下所苦，不下堂而知四方。②

就此而言，视"采诗"之制乃"先王制土处民，富而教之之大略也"，并肯定采取"怨刺之诗"为乐府的重要职责，正是汉儒为"采诗"记忆所构筑的思想传统的一个关键点。

继此，宋孝武帝《巡行诏》曰："当沿时省方，观察风俗。外详考旧典，以副侧席之怀。"③唐玄宗《答崔日用手诏》曰："夫诗者，动天地，感鬼神，厚于人，美于教矣。朕志之所尚，思与之齐，庶乎采诗之官，补朕之阙。"④而唐武宗朝宰相王起撰《振木铎赋》也倡言："国家敷文教，布时令。爰振铎于九衢，将采诗于万姓。上立其典，将兴咏之必闻；下听其音，知从谏而则圣。"⑤类似的文字，当然有官样文章的味道，但至少表明，自汉至唐，采诗观风以补察时政，乃是政治生活中从未消亡的一份记忆。北魏张彝《上采诗表》说得很明白：

> 窃惟皇王统天，必以穷幽为美；尽理作圣，亦假广采成明。故询于刍荛，着之周什，舆人献箴，流于夏典。不然，则美刺无以得彰，善恶有时不达。逮于两汉、魏、晋，虽道有隆污，而被绣传檄，未始阙也。及惠帝失御，中夏崩离……礼仪典制，此焉埋灭。暨大魏应历，拨乱登皇……犹且虑独见之不明，欲广访于得失，乃命四使，观察风谣……（臣）询采诗颂，研

①《汉书》，第1042页。
② 何休解诂；徐彦疏：《春秋公羊传注疏》，上海古籍出版社，2014年，第679页。
③ 沈约撰：《宋书》第1册，中华书局，2018年，第144页。
④ 董诰等编：《全唐文》第1册，上海古籍出版社，1990年，第125页。
⑤《全唐文》第2册，第2867页。

检狱情，实庶片言之不遗，美刺之俱显……常恐所采之诗永沦丘壑，是臣夙夜所怀，以为深忧者也。（《魏书·张彝传》）①

值得注意的是，固然大多数文献记载中，"采诗"指向的是"美刺俱显"，但更突显采诗的讽谏之意。故颜师古就明确提出"采诗，采取怨刺之诗也。"②白居易更力陈"立采诗之官，开讽刺之道，察其得失之政，通其上下之情"，目的就在"政有毫发之善，下必知也；教有锱铢之失，上必闻也。"③类似的言语，中唐元、白说得很多，后世也多有诗人言之，明末顾炎武说得更是深切：

"天下有道，则庶人不议。"然则政教风俗苟非尽善，即许庶人之议矣。故《盘庚之诰》曰……子产不毁乡校，汉文止辇受言，皆以此也。唐之中世，此意犹存……亦近于陈列国之风，听舆人之诵者矣。④

顾氏身处家国兴亡之际，所言最终指向的是诗人之责，但"陈列国之风，听舆人之诵"的"采诗"记忆，显然构成其问题言说的思想背景。

至乾隆元年，工科给事中曹一士在《请宽比附妖言之狱疏》中，再次援引"采诗观风"之说，明确提出："使以此类悉皆比附妖言，罪当不赦，将使天下告讦不休，士子以文为戒，殊非国家义以正法、仁以包蒙之意。"⑤

无需再多举例，透过上述材料可见，不管后世言及"采诗"出于何种视角，但古来"采诗观风"代代相续所构成的记忆链条，成为言说者基本的问题思考底色。正如陈寅恪在谈及元、白时所说："观于《策林》中议文章及采诗二目所言，知二公于采诗观风之意，盖蕴之胸中久矣。然则二公新乐府之作，乃以古昔采诗观风之传统理论为抽象之鹄的，而以唐代杜甫即事命题之乐府，如《兵车行》者，为其具体之楷模，固可推见也。"⑥应该说，这里提到的"古昔采诗观风之传统理论"，被称为文化记忆或许更合适。

"对于文化记忆来说，重要的不是有据可查的历史，而只是被回忆的历

---

① 魏收撰：《魏书》，中华书局，2017年，第1556—1557页。

②《汉书》，第1123页。

③《全唐文》，第3028页。

④ 顾炎武著，黄汝成集释，栾保群、吕宗力校点：《日知录集释》（中），上海古籍出版社，2006年，第1085页。

⑤ 赵尔巽等撰：《清史稿》第三十五册，中华书局，1977年，第10527页。

⑥ 陈寅恪：《陈寅恪集·元白诗笺证稿》，生活·读书·新知三联书店，2001年，第123页。

史。"①回忆，可能出之于真实的过去，但也可能来自某种不断被强化的历史想象。特别是当回忆慢慢成为记忆一部分的时候，被刻意强化的部分也就自然附着了记忆者自身思想的印记，并顺理成章地成为其思想的资源。阿斯曼在谈及文化记忆时提到，构成一种文化记忆会面对两种情形，一是种种有意识的保存，二是不断予以"现时化"（vergegenwartigen，即阐释性的回忆）的解读。应该说，正是在这样一种不断延续的回顾、解释中，甚至可以说，在一种历史实存与文化想象的复杂纠缠中，不仅仅个体，而是"社会通过构建出一种回忆文化的方式，在想象中构建了自我形象，并在世代相传中延续了认同"②。

就此而言，作为一种文化记忆的"采诗之制"，自然也就成为契入古代中国思想世界、追问其思想传统与文化心灵的一个重要入口。

二、冯桂芬《复陈诗议》提出的思考

1861年，晚清学者冯桂芬（1809—1874）完成了一本8万字的小书——《校邠庐抗议》。作为一本呼唤政治改革的力作，此书纵论政治、经济、军事、文化诸方面时弊及应对谏议，视野、识见均可谓超卓，曾国藩肯定其"必为世所取法"，李鸿章推许其深中"洋务机要"，张之洞更盛称它是"中体西用"论的先河③。戊戌变法时期，此书曾被光绪帝诏令颁布朝臣予以签议，名重一时。有意思的是，作者一面思索变革，一面反复宣扬"三代圣人之法"。

看似悖论的背后，不仅有大变局时代新旧牵缠的必然，其实也存在一种"文化记忆"使然。其种种言说的背后，"展示的是对一个文化意义的传承和现时化形式"。④《复陈诗议》，就是一个典型的例子。

作为四十余篇政论中篇幅较长的一篇，《复陈诗议》力陈上下之情不通乃三代以下"召乱之源"，故极力呼吁"复陈诗之法"，开言路，以备主政者了解民情民心。"陈诗"，即古来的"陈诗观风"或曰"采诗观风"。所以在这篇1700余字的文章开头，冯氏引经据典，讲述了一段关于古来"采诗"制度的"回忆"：

> 如后世之言诗，止以为吟咏性情之用，圣人何以与《易》《书》《礼》
> 《乐》《春秋》并列为经？谓可被管弦、荐寝庙，而变风、变雅又何为者？尝

① 《文化记忆：早期高级文化中的文字、回忆和政治身份》，第46页。
② 《文化记忆：早期高级文化中的文字、回忆和政治身份》"导论"，第8—9页。
③ 朱维铮：《冯桂芬的〈校邠庐抗议〉》，《重读近代史》，中西书局，2010年，第300页。
④ 《文化记忆：早期高级文化中的文字、回忆和政治身份》"导论"，第12页。

体味群经而始知，诗者，民风升降之龟鉴，政治张弛之本原也。《左传》：师旷引夏诗曰"遒人以木铎徇于路，官师相规，工执艺事以谏"。《礼》曰"命太师陈诗，以观民风"，郑康成曰"陈诸国之诗，将以知其缺失"。圣人盖惧上下之情之不通，而以诗通之。旁考传记，黄帝立明台之议，尧有衢室之问，舜有告善之旌，禹立谏鼓而备讯矣。春秋时，晋文听舆人之诵，子产不毁乡校。《汉书·食货志》："孟春之月，行人振木铎徇于路以采诗，献之太师，比其音律，以闻于天子，故曰王者不窥户牖而知天下"。《风俗通》曰："周秦帝以岁八月遣輶轩之使采异方言，还奏之藏于秘室。"《管子·大匡篇》："凡庶人欲通，乡吏不通，七日，囚。"《公羊》宣十五年传注："从十月尽正月止，男女有所怨恨，相从而歌，饥者歌其食，劳者歌其事，男年六十，女年五十无子者，官衣食之，使之民间求诗，乡移于邑，邑移于国，国以闻于天子，故王者不出牖户尽知天下所苦，不下堂而知四方。"无非求所以通上下之情，而言者无罪，闻者足戒，微而显、婉而讽，莫善于诗。后世以为迂阔而废之，宜乎上下之情之积不能通也。①

在冯氏看来，诗因有其不可或缺的现实关怀而具有重大社会功能——"民风升降之龟鉴，政治张弛之本原"，故古代圣王"通上下之情"的重要政治举措即"采诗"以观民风，"采诗之制"因此见载于晚周至两汉之际诸多文献。"后世以为迂阔而废之"，以至"上下之情不通"成为"召乱之源"。②因此，止乱去弊的关键，在于恢复"采诗之制"，"九州之大，万口之众，果有甚苦之政、甚恶之人，宜必有长言咏叹以及之者矣"，而"陈诗之法行，即有一人一家之冤，断无一乡一境之冤矣。"③

就冯氏的论述思路看，很容易让人想起孔子"吾从周"（《论语·八佾》）式的文化回溯，一种近乎从过去拯救未来的企盼。但与后者充满感喟意味的文化追怀不同，充斥冯氏这段议论的，恰有一个链接过去与现在的关键点——"采诗"记忆，一个可以点燃当下的往昔回忆。

① 冯桂芬著，戴扬本评注：《校邠庐抗议》，中州古籍出版社，1998年，第160页。

② 冯氏在下文接着描述道："三代以下，召乱之源不外两端：下所甚苦之政而上例行之，甚者雷厉风行以督之；下所甚恶之人而上例用之，甚者推心置腹以任之。于是乎鸾鸱可以不分，鹿马可以妄指，沸羹可以为清宴，嗷鸣可以为嵩呼，五尺童子皆以为不然，而上犹以为然。不特此也，今世部院大臣，习与京朝官处，绝不知外省情事；大吏习与僚属处，绝不知民间情事。甚至州县习与幕吏丁役处，亦绝不知民间情事。蒙生平愚直，间为大吏及州县，纵言民间疾苦，多愕然谓闻所未闻者。此上下不通之弊也。"《校邠庐抗议》，第161页。

③《校邠庐抗议》，第161、162页。

实际来看，冯桂芬将古来"采诗"记忆"现时化"的重要关节有两点：

其一，采诗乃德政之体现。在冯氏看来，"上下之情积而不通"乃时弊产生的渊薮，而"采诗"正是开言路、通上下之情的重要途径。这其实也是"采诗"记忆重要的出发点。接续汉儒已经提出的"采怨刺之诗"的思路，以及唐人所说的"古者采诗，言之无罪"[1]、"作之者有犯而无讳，闻之者伤惧而鉴诫"[2]，冯氏借用并强调了《毛诗序》已然提出的一个概念——"言者无罪，闻者足戒"对于"采诗之制"的不可或缺性，即不仅仅是说治理天下离不开对民心民情的深心体察，故为政者要有广开言路的胸怀，敢于并勇于采诗、观诗，也是强调通过"采诗之制"赋予古来士人以言说时弊的空间，真正使上下之情通而无积。换言之，"采诗"记忆见证着古来德政的传统，以民心为心，且保障民情民心代言者的言说与思考空间。这才是圣王之道，或者说一种良俗美政，也是"采诗"之制见载历代典籍所构筑的一份不容遗忘的思想传统。

其二，采诗与诗人的责任与义务。政有善恶，故诗有美刺。在冯氏心目中，诗显然不仅只是吟咏性情，更有变风变雅所夹带的责任与使命。所以，"微而显、婉而讽，莫善于诗"，冯氏所说不仅是重提古来主文谲谏、"微婉显晦"的写作传统，更是强调，真正的诗人应有对民生与天下的关怀，有直面黑暗与苦难的勇气，更有历史见证者的苦心与祈望。换言之，在冯桂芬的诗学思考中，诗人在用文字娱情颐性、言述其一人之所感的背后，更应有其作为知识人对家国政治、世相人心的贴心关怀、查察体认。诗，不仅是一种艺术，更成为一份关系群生的思想事业。所以说，"诗者，民风升降之龟鉴，政治张弛之本原也。"

三、"采诗"记忆中的诗人之心

隋末大儒王通在其《文中子》中留有一段对话：

> 薛收问曰："今之民胡无诗？"子曰："诗者，民之情性也。情性能亡乎？非民无诗，职诗者之罪也。"（《文中子·关朗》）[3]

马瑞辰《毛诗传笺通释·陈风总论》对此有一段解释：

---

① 《全唐文》第2册，第2374页。

② 《全唐文》第2册，第3527页。

③ 王通著，王心湛校勘：《文中子集解》，广益书局，1936年，第64页。

先儒多言诗亡于陈灵而后《春秋》作。案诗亡，非无诗也。孟子"王者之迹熄而诗亡，诗亡而后春秋作。"……古者天子巡狩，命大师陈诗以观民风。其后天子虽不巡守，方国犹有采诗之官……盖自道人之官不设，则下情不上通，无由观风俗，知得失，而诗教遂亡。此文中子所谓"非民无诗，职诗者之罪"也。①

应该说，中国诗从来不缺对美的关注，但更操心如何展现民心民情的丰富性，如何借助对现实世界的书写，挖掘隐藏在生活表象之下的人心人情。换言之，诗对社会人生的现实参与性，可谓"中国诗"最大的内在规定性，也可以说是中国诗学自始即赋予诗人的一项使命与责任。所以，支撑"采诗"记忆的"诗"本就承担着重要的社会批判功能，在其所记录的民心民情的背后，更有诗人对人生、对家国天下乃至整个现实世界的冷眼观察与热切思考。且看三例：

诗之义也，大矣远矣。肇自宗周，降及汉、魏，莫不由政治以讽谕，系国家之盛衰。宁同嘲戏风月，取欢流俗而已哉！（顾陶《唐诗类选序》，《全唐文》卷七六五）②

文须有益于天下。文之不可绝于天地间者，曰明道也，纪政事也，察民隐也，乐道人之善也。若此者有益于天下，有益于将来，多一篇，多一篇之益矣。（顾炎武《日知录》）③

昔夫子作《春秋》以继诗，诗虽亡而《春秋》不亡，故《春秋》者，诗之所以赖以不亡也。士君子生当乱世，有志修纂，当先纪亡而后纪存，不能以《春秋》纪之，当以诗纪之。（屈大均《东莞诗集序》，《翁山文钞》卷一）④

或许，这样的要求太苛刻、太沉重，但从某种程度上来说，这就是中国诗学自古以来固有的思想和文化传统。毕竟，如果说"通过对自身历史的回忆、对起着巩固根基作用的回忆形象的现时化，群体确认自己的身份认同"⑤，那么"采诗记忆"恰赋予了中国诗学以及诗人这样一份独特的身份认同或曰文化心

---

① 马瑞辰：《毛诗传笺通释》，中华书局，1989年，第401页。

②《全唐文》第2册，第3527页。

③《日知录集释》（中），第1079页。

④ 屈大均《东莞诗集序》，《翁山文钞》卷一，《清代诗文集汇编》编纂委员会：《清代诗文集汇编》第119册，上海古籍出版社，2010年，第10页。

⑤《文化记忆：早期高级文化中的文字、回忆和政治身份》"导论"，第47页。

灵。借用王元化先生的话来说，那就是："面向严酷的生活，不要借'艺术美'回避生活的尖锐矛盾。风中的物体会有各种各样的形态，站着的、摇摆的、倒伏的，但有生命力的文学从来都是迎着压力站着的文学！"①应该说，中国诗学中类似的文化记忆还有更多，本文所说，一例而已！

项念东，华东师范大学中文系 2009 届博士，现为安徽师范大学文学院教授、博士生导师。

---

① 王元化：《有生命力的文学是站着的文学》，《王元化集》卷二《文艺评论》，湖北教育出版社，2007 年，第 103 页。

语言演变及语体完形与"一代有一代之文学"

刘　顺

20世纪初期以来的中国文学史撰述，虽著家甚众，文风各异，但其逻辑结构与叙述框架，多难逃"一代有一代之文学"观念的影响与囿限。今日言及中国文学史，唐诗、宋词、元曲与明清小说为各时期的代表性文体并标识着此时期的文学高度，几为共识。但"一代有一代之文学"所描述的"文学事实"又隐含着文学语言由雅而俗、书面语与口语逐步重合的另一层事实。由此，在"文学改良"的风潮之下，"一代有一代之文学"遂自然而然地跨越了事实描述与价值判断之间的鸿沟，文学史不再只是文体自然兴替的历史，同时也是一部文学的进化史。虽然，并非没有学人注意到文学事实与文学价值之间的差异，[①]但在"进化论"的强力助推之下，"一代有一代之文学"实可称为20世纪最具影响的文学史观。然而颇为吊诡的是，这个20世纪最具影响的文学史观似乎并未得到应有的学理阐明，而依旧停留在事实描述的层次上。即使有学者或考辨其源流，上溯而及元朝；或作还原语境之尝试，明晰时人、后人文体认同之偏差，[②]但似乎多聚焦于细部的研磨推敲，其工作的价值自然毋庸置疑，只是无关于观念本身的检视。而在关于"文体代兴"之可能与必要问题的回应上，则或释之以社会生活与文化思想的变迁；[③]抑或以"不得不如此"者相敷衍，研究理路大体为"文变染乎世情，兴废系乎时序"的现代翻版。如此，则"一代有一代之文学"的内在可能性，即诗赋、词曲乃至小说能够成体的可能性问题；何

---

① 参见钱锺书：《钱锺书散文》，浙江文艺出版社，1997年，第504页。

② 参见欧明俊：《词为宋代"一代之文学"说质疑》，《中国韵文学刊》2005年第4期，第1—9页。

③ 参见胡适：《文学改良刍议》，欧阳哲生编：《胡适文集》北京大学出版社，1998年，第7页。

以在诗赋而外尚须有词曲，词曲而外尚须有小说的必要性问题；不同文体以及语言雅俗差异的背后是否有共同分享的语言学基础与功能机制等问题，均难逃被漠视的尴尬。虽然，今日的文学研究界对于外缘性研究已有足够的警惕，但回到文本层面的尝试，在"技术性壁垒"如语言学、音韵学面前依然步履维艰。本最易见出学科交叉影响痕迹的"原理考察"常常付之阙如，不仅是文学研究注重思想文化等"形上"层面之传统的遗响，也是研究者对于"技术壁垒"的主动回避使然。文学史在描述河流的扩容与改道时，似乎遗忘了对河床变动的考察。下文借助语言学研究成果所进行的讨论，虽然源于反思性追问的内在压迫，但亦仅是碰触技术壁垒的一次莽撞尝试。

一、韵律词的演化与"一代有一代之文学"

文体代兴是常见的文学史事实，也是"一代有一代之文学"观念的题中之义。虽然，相较于表层现象的复杂多变，作为文学物质载体的语言，更为稳定，其演化通常需要一个漫长的历史时段方能有效观察，但语言的演化方是文学现象，特别是文体变化的根本原因所在。文学文本由语词编织而成，一种文体的产生与发展乃至消亡与特定语言形态的演化与消亡，乃是文学史上隐显交织的并行现象。语言的演化通常体现于语词之基本韵律单位、语词形态以及作为其组合规则的语法的演化。由于语言的演化更为漫长也更为深层，故而，不同的文体可能建基于同样的语言条件，同时此一文体既可与他种文体此消彼长，亦可同存共亡。这也是"一代有一代之文学"虽被边缘化但终究不应忽视的下行判断。

汉语的基本韵律单位又可称为"韵律词"，韵律词不等于词汇词而是汉语最小的语用单位。如若不考虑拖拍的作用，自然诵读状态下，韵律词的长短受"相对轻重律"的制约。作为人类语言中节律的一个重要法则，"相对轻重律"意味着韵律词的最基本形式由一轻一重两个成分组成。[①]由于汉语在上古时期已基本实现了由韵素调声向音节调声的转变，"发一字未足舒怀，至于二音，殆成句矣。"[②]故而，最小的韵律词即为两个单音节的组合，又可称之为"标准音步"

---

① "汉语的韵律规则：A：音步最小而必双分；B：轻重相依而必足；C：虚字最轻而实词重。"冯胜利：《汉语韵律句法学》，商务印书馆，2015年，第20页。

② 成伯玙，《毛诗指说》，《文渊阁四库全书》（册七十），上海古籍出版社，1989年，第177页。

或"标准韵律词"。①标准韵律词在韵律词构成中占据主导地位时，汉语文本在诵读时其最长的音节组合即为二音节，而很少能延伸至三或更长的音节，这将对汉语文学的文体形式产生重要影响。

> 卿云烂兮，糺缦缦兮；日月光华，旦复旦兮。
>
> ——《尚书·卿云歌》②
>
> 汎彼柏舟，亦汎其流。耿耿不寐，如有隐忧。微我无酒，以敖以游。……
>
> 我心匪石，不可转也。我心匪席，不可卷也。威仪棣棣，不可选也。……
>
> ——《诗经·邶风·柏舟》③

古典诗歌的节奏依赖于变化与重复的共同作用，由于一个韵律单位通常遵循音高下倾与末尾重音的规则，④故而，诗歌一行以两个韵律单位为最小组合，方能体现节奏对变化的要求。同时又因为重复的要求，诗歌上下行之间在韵律单位的组成上以相同为最佳原则，从而形成以一联为节奏与语义之相对闭合单位的特点。循此原则，当标准音步为汉语最为流行的韵律单位时，最早成熟的诗歌形式必然为"二二"节拍形式的四言诗。但又因为，上古汉语正处于单音节向双音节的过渡期，所以，《诗经》中的四言诗大多并非两个双音节词的组合，而必须依赖虚词或衬字以为语助以形成双音节奏。随着汉语词汇双音节化的迅速发展，四言诗魏晋时，已过渡至可不依赖语助以成句的程度。⑤

> 息徒兰圃，秣马华山，流磻平皋，垂纶长川，
>
> 目送归鸿，手挥五弦，俯仰自得，游心太玄。
>
> 嘉彼钓叟，得鱼忘筌。郢人逝矣，谁与尽言。
>
> ——嵇康《兄秀才公穆入军赠诗十九首·其十四》⑥

---

① 参见冯胜利：《韵律系统的改变与二言诗体的消亡》，《汉语韵律诗体学论稿》，商务印书馆，2015年，第115—143页。

② 皮锡瑞：《尚书大传疏证》，光绪丙申师伏堂刊本，第16页。

③ 程俊英、蒋见元：《诗经注析》，中华书局，1999年，第62—65页。

④ 关于"音高下倾"的分析参见邓丹：《汉语韵律词研究》，北京大学出版社，2010年，第24页的论述。

⑤ 参见王云路：《中古诗歌语言研究》，世界图书出版公司，2014年，第445页。

⑥ 嵇康撰，戴明扬校注：《嵇康集校注》，人民文学出版社，1962年，第15—16页。

在汉语古典诗歌的主流诗体中，四言较之五言与七言对于齐整律的遵守最为严格，这也让四言具有了五七言难以超越的庄重感。但汉语双音节化的趋势在强化齐整律的同时，也造成了四言诗节奏的固化，四言作为诗体的独立价值反被削弱，五言诗迅速取代了四言的地位。而五言诗所以能够成立的语言学条件，正是三音节韵律词的出现。①三音节韵律词又称超音步或超级韵律词，由一个标准音步及一个挂单的音节组成，挂单的音节贴附于标准音步之上。根据单音节的位置，可以形成【1+2】的右起音步与【2+1】的左起音步两种形式。右起音步为短语音步，左起音步为构词音步。三音节超音步的成立让五言诗满足了诗行最小即为最佳的形式要求，五言诗由此成为能产的诗歌形式。与诗歌体式的演变相应，在楚骚与汉赋中同样可以见到韵律词对于文体的奠基作用。

> 昔三后之纯粹兮，固众芳之所在。杂申椒与菌桂兮，岂惟纫夫蕙茞？彼尧舜之耿介兮，既遵道而得路？何桀纣之猖披兮，夫唯捷径以窘步。惟夫党人之偷乐兮，路幽昧以险隘。岂余身之惮殃兮？恐皇舆之败绩。忽奔走以先后兮，及前王之踵武。荃不察余之中情兮，反信谗而齌怒。②

在楚辞流行的时段内，汉语词汇正经历由单音节向双音节形式的过渡，此时期汉语基本的韵律单位为单音节（加拖拍）与双音节的双行结构，而三音节则较为少见。在上引《离骚》一段中，其基本韵律结构为"单音节（加拖拍）+双音节+间拍+双音节"，单音节与双音节的优势明显。陈绎曾《文章欧冶》论楚赋式句法曰：

> 六言长句分字 （正）上一字单 体状字 呼唤字 作用字 虚字 实字
> 次二字双　中一字单之、乎、而、以、于、于、其、与、余、吾、我、尔、汝、曰、夫、又、孰、惟、焉、乃。 下二字双。③

由于先秦时期汉语单音节词仍优势明显，为满足韵律结构的要求，此时期的文

辑一

语言演变及语体完形与『一代有一代之文学』

---

① "据上述分析及当时的语言实际,我认为:先秦的三音节和汉以后的三音节不可同日而语。事实亦然。首先,先秦没有三言诗体,公认的三言诗到汉朝才出现。其次,先秦没有三言复合词,构词法上的三言复合词到东汉才开始出现,即如:养性书、马下卒、偃月钩、丧家狗、两头蛇、东南方、五音术、岁月神、工伎家——这种类型的词汇,在先秦是看不到的。三言复合词是三音节音步独立的标志;因此三言复合词法的出现可以作为验证三音节音步独立时代的下限标准(亦即东汉)。"《汉语韵律诗体学论稿》,第173页。

② 屈原:《离骚》,洪兴祖撰,白化文等点校:《楚辞补注》,中华书局,1983年,第7—10页。

③ 王水照编:《历代文话》,复旦大学出版社,2007年,第1276页。

学书写必须借助大量的语助成分补足音节，以满足"双音成步"的要求及调节语句内与语句间的节奏。"有，语助也。一字不成词，则加'有'字以配之。若虞、夏、殷、周皆国名，而曰有虞、有夏、有殷、有周是也。推之他类，亦多有此。"①语助成分的大量使用提升了语言的语法密度，也即提升了语言的文学性，但语法密度的加大，却意味着明晰度的弱化。故而，此时期的文学更便于记言抒情，而不便于叙事与铺陈。《左传》号善为叙事，然据其文本，实长于记言，而略于叙事。如秦晋殽之战，仅"夏四月辛巳，败秦师于殽，获百里孟明视、西乞术、白乙丙以归"②数语结之，可谓甚简。影响之下，即使是在说理性较强的子书中，也更容易感受到文气的沛然莫之能御。

> 夫大块噫气，其名为风。是唯无作，作则万窍怒号，而独不闻之寥寥乎！
>
> 山林之畏隹，大木百围之窍穴，似鼻，似口，似耳，似枅，似圈，似臼，似洼者，似污者；激者，謞者，叱者，吸者，叫者，譹者，宎者，咬者，前者唱于而随者唱喁。泠风则小和，飘风则大和，厉风济则众窍为虚，而独不见之调调，之刁刁乎！③

时入西汉，汉语双音节的优势已然确立，三音节的形式也在逐步发展，而单音节则呈现出明显的衰颓迹象，语气词在汉代文学文本中的使用频次大量降低并渐趋消失，同时，其他语助成分也大为减少。④

> 其山则盘纡岪郁，隆崇嵂崒。岑崟参差，日月蔽亏。交错纠纷，上干青云。罢池陂陀，下属江河。其土则丹青赭垩，雌黄白附，锡碧金银。众色炫耀，照烂龙鳞。其石则赤玉玫瑰，琳珉昆吾，瑊玏玄厉，硬石碔砆。其东则有蕙圃，衡兰芷若，芎藭菖蒲，江蓠蘼芜，诸柘巴苴。其南则有平原广泽，登降陁靡，案衍坛曼。缘似大江，限以巫山。其高燥则生葴菥苞荔，薛莎青蘋。其埤湿则生藏莨蒹葭，东蘠雕胡。莲藕觚卢，庵闾轩芋。众物居之，不可胜图。⑤

---

① 王引之:《经传释词》卷三,中华书局,1956年,第74页。

② 杨伯峻:《春秋左传注》,中华书局,1995年,第498页。

③ 庄子:《齐物论》,郭庆藩撰,王孝鱼点校:《庄子集释》,中华书局,1985年,第45—46页。

④ 参见孙锡信主编:《中古近代汉语语法研究述要》,复旦大学出版社,2014年,第11页。

⑤ 司马相如:《子虚赋》,高步瀛著,曹道衡等点校:《文选李注义疏》,中华书局,1985年,第1635—1660页。

《子虚赋》此段中，单音节作为独立的韵律单位已近乎完全消失，唯有"其土则"与"其石则"数例，双音节则贯穿始终，其强势地位一目了然。但双音节的叠加使用，便于场景的铺叙与静态的描述，却难以展现动态的过程，而三音节韵律词的出现则有效弥补了双音节表现功能的不足。"浮文鹢，扬旌栧。张翠帷，建羽盖。罔玳瑁，钓紫贝。摐金鼓，吹鸣籁。榜人歌，声流喝。水虫骇，波鸿沸。涌泉起，奔扬会。"①三音节【1+2】式，以动宾结构最为能产，也最能呈现场景与过程的动态。但由于三音节的节律构成为1：2式，轻重对比悬差极大，三音节通常不适于表现正式、严肃的内容。故而三音节在汉大赋中的使用频次难以比肩双音节。

单音节与双音节韵律单位的并行奠定了楚辞及先秦诸子的文体特征，双音节为主三音节为辅则构成了汉大赋的语言学基础。同时，超音步的独立与发展，也为五言诗的独立与发展提供了条件，五言诗汉末成体，并迅速成为"居文质之要，是众作之有滋味者"，四言诗的空间大幅压缩。然而，由于双音节与三音节间的并行不悖与相互依存，四言诗依然能够在五言诗兴盛之际，保有流行诗体的地位并有一流诗人与一流佳作。但随着四音节"复合韵律词"的出现，四言诗必须借助特定的技法才能维持"二二"前后并重的节拍节奏。高度的修辞性最终将四言诗的角色限定为庙堂雅颂之音。

> 《国风》《雅》《颂》之诗，率以四言成章，若五七言之句，则间出而仅有也。《选》诗四言，汉有韦孟一篇。魏晋间作者虽众，然惟陶靖节为最，后村刘氏谓其《停云》突过建安是也。宋、齐而降，作者日少。独唐韩、柳《元和圣德诗》《平淮夷雅》脍炙人口。先儒有云：二诗体制不同，而皆词严气伟，非后人所及。自时厥后，学诗者日以声律为尚，而四言益鲜矣。②

四音节"复合韵律词"由两个标准韵律词复合而成，但"复合韵律词"自成一个独立的节奏单位。复合韵律词的形成应是长期语词应用磨合的产物，只是在

① 《文选李注义疏》，第 1689—1692 页。
② 吴讷：《文章辨体序说》，人民文学出版社，1998 年，第 30—31 页。

此过程中汉译佛经对四字格的使用偏好起到了明显的促发效应。①"复合韵律词"萌芽发展于魏晋南北朝时期，而成熟于隋唐。所谓"四字密而不促"②与"上四字为一句，下三字为一句（七言）"的当世音感，③均足为复合韵律词的影响提供佐证。复合韵律词的成体，满足了七言诗体及四六文成体的语言学条件。七言诗与四六文的成熟大体同时，实因语言条件的相近。

玉露凋伤枫树林，巫山巫峡气萧森。江间波浪兼天涌，塞上风云接地阴。

丛菊两开他日泪，孤舟一系故园心。寒衣处处催刀尺，白帝城高急暮砧。

——杜甫《秋兴八首》之一④

嗟乎！时运不齐，命途多舛，冯唐易老，李广难封。屈贾谊于长沙，非无圣主；窜梁鸿于海曲，岂乏明时。所赖君子见机，达人知命。老当益壮，宁移白首之心；穷且益坚，不坠青云之志。酌贪泉而觉爽，处涸辙而相欢。北海虽赊，扶摇可接；东隅已逝，桑榆未晚。孟尝高洁，空余报国之情；阮籍猖狂，岂效穷途之哭？

——王勃《秋日登洪府滕王阁饯别序》⑤

七言诗以"上四字为一句，下三字为一句"，有四音节复合音步与三音节超音步的成立与流行方有七言诗体的成立与兴盛。同时，由于复合音步与超音步均派生于标准音步，故而二音节韵律词是七言诗成立更为基础的语言学条件。与之

---

① "四字句"的大量使用始于佛经译本，而影响渐及中土作品。七言诗歌中"四字格"的使用当受其推动。但七言诗上四节律(重音)模式，对于"四字句"及后世"四字格"的成型，当更具反哺之功。"翻译佛经的文体跟正统文言有点不同，比较接近口语。……可是佛经又跟其他接近口语的文体不同，……它的特有风格最初也许是由于翻译，可是后来中国佛教的著作也都采取这种笔调，甚至文人一时游戏也有模仿佛经的。这种风格最显明的特点就是爱用'四字句'，就是四字一顿，也不一定是语法上所谓的'句'。大概是译经的人有意这么安排，为的是便于熟读。"朱自清、叶圣陶、吕叔湘编：《文言读本》，《吕叔湘全集》(第八卷)，沈阳：辽宁教育出版社，2002年，第67页。

② 刘勰著，詹锳义证：《文心雕龙义证》，上海古籍出版社，1994年，第1265页。

③ 遍照金刚撰，卢盛江校考：《文镜秘府论汇校汇考》天卷《诗章中用声法式》，中华书局，2006年，第173页。

④ 杜甫著，仇兆鳌注：《杜诗详注》卷十七，中华书局，1999年，第1484页。

⑤ 王勃：《秋日登洪府滕王阁饯别序》，蒋清翊注：《王子安集注》，上海古籍出版社，1995年，第233—234页。

相类，四六文，在密集使用四音节的同时，也大量使用三音节与二音节，以调节节奏并推进文章语义的延伸发展。因为语言学条件的相近，故而当七言诗依然作为主流的文学形式而存在时，四六文也即自然而然地具有难以动摇的影响。四音节韵律词作为一个独立的韵律单位，其内部的主导重音模式为1324（数字越大则越重），而两个标准韵律词各自独立的四言诗，所遵循的重音模式则为1212。与三音节与二音节并行不悖不同，四音节的存在则会形成对二音节独立性的干扰。二二节奏欲要形成前后并重的效果，必须借助语法的帮助，通过语法制约韵律的方式强行阻断四字组的常态诵读节奏。但这也意味着，此类文学书写的高度技术化及其文体流行度的弱化。①

> 皇耆其武，于潏于淮。既巾乃车，环蔡其来。
> 狄众昏嚣，甚毒于酲。狂奔叫呶，以干大刑。
> 皇咨于度，惟汝一德。旷诛四纪，其徯汝克。
> 锡汝斧钺，其往视师。师是蔡人，以宥以厘。
> 度拜稽首，庙于元龟。既祸既类，于社是宜。②

使用虚词与并列结构的并置，是四言句保持"二二"节奏的语法手段，但在汉语词汇双音节化的趋势之下，此种手法已具有高度的技术性。柳宗元《平淮夷雅》大量使用"于""其""以""惟"等语法词，韩愈《元和圣德诗》亦如之。其诗序曰"辄依古作四言《元和圣德诗》一篇"，表明此诗为仿古之作，须精心构拟而成。由于四字句在七言近体与四六文中的奠基作用，能否有效挑战四音节韵律词在诗赋中的影响，即成为韩柳文体革新成败的衡量标尺。"昌黎不但创格，又创句法，《路傍堠》云：'千以高山遮，万以远水隔。'此创句之佳者。凡七言多上四字相连，而下三字足之。乃《送区弘》云：'落以斧引以纆徽。'又云：'子去矣时若发机。'《陆浑山火》云：'溺厥邑囚之昆仑。'则上三字相连，而下以四字足之。自亦奇辟，然终不可读。故集中只此数句，以后亦莫有人仿

---

① "我们知道，四言成语的发展与成熟，根据张铁文的统计，在隋唐之际。《汉语成语考释词典》中的6593条四字成语里，有68.07%的成语都是汉朝以后发展出来的，唐宋和明清时代的就占有59.33%，大部分出现在诗词之中。譬如成语'青天白日'就源于韩愈的'青天白日映楼台'。尽管成语的发展历史还有待深入研究，但是仅据目前的统计数字可知：复合韵律词（四字格）的单位化和模式化（韵律化）可能正是在魏晋前后发生的。"《汉语韵律诗体学论稿》，第214页。

② 柳宗元：《平淮夷雅》（其一），尹占华、韩文奇校注：《柳宗元集校注》，中华书局，2013年，第8页。

之也。"①韩愈对诗体的改造，不仅为尝试打破上二下三与上四下三的基本节奏，同时也在尝试打破四音节韵律词的强势地位。"以高山遮"与"以远水隔"虽然同为一个韵律单位，但已同日常口语，并不遵守1324的重音模式；而"引以纆徽""囚之昆仑"则是以语法制约韵律，将下四分为二二节奏独立的结构。虽然此类尝试因为诗体的特性，终难以奏效，但毕竟揭示了打破四音节韵律词强势影响的基本路径，即依赖语法与引入口语。

> 唐之文奇，宋之文雅，唐文句短，宋文之句长。唐人以诡卓顿挫为工，宋以文从字顺为至。②

唐人的文体革新多取法先秦两汉，以语法作用的标识为基本手法，所以其文奇，其句短，而以韩愈及其追随者为甚。宋时口语之影响大幅提升，以俗为雅又渐成一时之风气，故宋人之文雅，但此处之雅乃淡而雅非古而雅。宋之句长，亦为口语影响书面语的结果。

四音节韵律词是在书面语高度排斥口语时代，语义与语法密度最高，也即文学性最强的韵律单位。这也意味着只要雅俗之间的拉锯存续，则四音节的生命力即能得以维持。虽然在"文体代兴"的框架之下，诗以及四六的典范地位至赵宋已为词所取代。但文学史的事实同时也在提示，诗与四六在词曲小说等形式兴起后只是影响弱化，殊非一蹶不振。词有"诗余"之称，"余"有孑遗之义，故后世多以"余"表体卑之义。然而，若自词体成立的语言学条件而言，词体成立必须依赖于诗体的成熟方始可能，但词体也可视为雅文学在语言学条件上被口语的首度侵入，由此，"余"又可视为雅文学的余脉。

> 词与诗不同，词之句语有二字三字四字至六七八字者，若堆叠实字，读且不通，况付之雪儿乎？合用虚字呼唤，单字如"正""但""甚""任"之类；两字如"莫是""还又""那堪"之类；三字如"更能消""最无端""又却是"之类，此类虚字，却要用之得其所。若使尽用虚字，句语自活，必不质实，观者无掩卷之诮。③

词的韵律单位构成，可以有单音节、双音节、三音节与四音节，已经囊括了雅文学韵律单位的所有可能。不同韵律单位的交叉组合，强化了词在基本形式上

---

① 赵翼著，霍松林等校点：《瓯北诗话》卷三，人民文学出版社，1963年，第32页。
② 查慎行：《曝书亭集序》，朱彝尊：《曝书亭集》，世界书局，1937年影印本，第5页。
③ 张炎著，夏承焘校注：《词源注》，人民文学出版社，1963年，第15页。

对于差次律的遵循。但词成为雅俗文学的过渡文体，最为重要的原因，尚不在于差次律与齐整律之间的差异，而在于口语的引入。

> 记得那年花下，深夜，初识谢娘时，水堂西面画帘垂，携手暗相期。
> 惆怅晓莺残月，相别，从此隔音尘，如今俱是异乡人，相见更无因。①

口语通常以句为韵律单位，句子内部的语法与语义的密度较小，大多简单明了，一句之内只能一个重音成分并在整体上呈现出音高下倾的特点。②词之主题的公共性较诗为低且有明显的类型化特点，故以世人多因此而以词卑于诗。但若比较"如今俱是异乡人""请看藤萝石上月"，则不难发现，前者为语法单一的口语句，后者虽为七言诗中语法关系较为简明的推论句，但"藤萝石上月"间的语法关系并不清晰。即使如"松下问童子"之类的诗句，也存在"在松树下问一位小童"与"问一位在松树下的小童"两种解读的可能，依然具有一定的语法密度，故是诗句而非口语。语法密度的存在，确保了五言诗七言诗上四与下三作为韵律单位的独立性。而口语因为语法密度的消失，句中各成分随之丧失独立性。"如今俱是异乡人""记得那年花下""恰似一江春水向东流"等词中屡见不一的口语句，其中虽然同样有四字组，但其韵律节奏已不同于较为独立的复合韵律词——复合韵律词在口语中以相对独立之韵律单位的形式出现，则通常是已经固化为词的成语。随着文学语言韵律结构新形式的出现，口语在传统的书面语的领域中日益扩大影响。曲对于口语的依赖高于词，而话本、小说对于口语的依赖又远过于曲。所谓俗文学的兴起，虽然可以从主题、功能乃至语词的俗常诸角度加以释读，但最为基础的语言学条件，无疑是以一句为整体的韵律单位的出现。

二、词汇及语法的演化与"一代有一代之文学"

从单音节到四音节复合韵律词再到口语以句为韵律单位，汉语文学经历了韵律单位的漫长演化，与之相随而生的语言现象，则是词汇的演化以及作为词汇组合形式的语法的变化。三者之间相互依赖也相互促发，故而，"一代有一代

---

① 韦庄：《荷叶杯》，韦庄著，聂安福笺注：《韦庄集笺注》，上海古籍出版社，2002 年，第424 页。

② "词中用事，贵无事障。晦也、肤也、多也、板也，此类皆障也。"刘熙载撰，袁津琥校注：《艺概注稿》卷四《词曲概》，中华书局，2009 年，第 557 页。

之文学"所以可能的条件自然包含了词汇与语法的变化。由于词汇与语法演化研究的技术性以及其现象的复杂性，为尽可能地避免对语言学界研究成果的误读及追求行文的简洁，此处的论述只涉及以长时段考察而言，较为重要的词汇与语法演化。

汉语的演化与发展自上古延续至今，绵延数千年，但在汉语史的分期中，通常以晚唐五代为界，将汉语分为上古与近代两期。

> 吕叔湘先生从书面语反映口语的状况角度提出了另一种意见。吕先生在《近代汉语指代词》序中说：秦以前的书面语和口语的距离估计不至于太大，但汉魏以后逐渐形成了一种相当固定的书面语，即后来所说的"文言"。虽然在某些类型的文章中会出现少量的口语成分，但是以口语为主体的"白话"篇章，如敦煌文献和禅宗语录，却要到晚唐五代才开始出现，并且一直要到不久之前才取代了"文言"的书面汉语的地位。根据这个情况，以晚唐五代为界，把汉语的历史分成古代汉语和近代汉语两个大的阶段是比较合适的。至于现代汉语，那只是近代汉语内部的一个分期，不能跟古代汉语和近代汉语鼎足三分。[①]

晚唐五代之时，汉语文学已经完成了自单音节至四音节复合韵律词的演化，双音节词的主导地位完全确立，三音节词汇与四音节词汇也已大量产生。故而，以词汇的演化而言，其非外缘性的性质变化上古汉语时期也已大体完成。近代汉语时期所发生的重要变化，则是口语词影响的提升所形成的雅俗之辨。

由单音节向双音节的演化是汉语发展演化的基本路径，单音节的优势地位在秦汉之后逐步丧失，双音节词成为汉语新词最为主要的产生方式。"在《论语》《孟子》等先秦典籍中，单、双音节词的比例为3.7∶1；《诗经》较多使用连绵词，单、复音词的比例，仍为2.8∶1。这大体反映了先秦汉语单音词占明显优势的情况。到了魏晋六朝时期，新生词大多由双音节组成，单音节退居极为次要的地位。笔者对照14部先秦两汉要籍和考察现有的语文辞书，检得出现于《搜神记》（20卷本）一书中的魏晋新词81个，其中单音节新词只有埭、湾、墅、帕、村、懊、嘿、逻、地（助词）9个，双音节新词却多达72个。"[②]但与早期双音节化更多出于满足轻重律的节奏要求不同，上古汉语后期的双音节化则

---

① 方一新：《中古近代汉语词汇学》，商务印书馆，2010年，第198页。

② 骆晓平：《魏晋六朝汉语词汇双音化倾向三题》，王云路、方一新主编：《中古汉语研究》，商务印书馆，2000年，第52页。

更多源于表义的驱动。词汇双音化的语言实践，也推动了汉语词汇构词法的发展，至东汉王充时，其《论衡》一书中，双音词的构成已有联合式、偏正式、支配式、补充式、陈述式、附加式和双声、叠韵、叠音等多种手段。但汉语双音词化自长时段视之，其最为重要的变化，并非表层的由单音节到双音节乃至三音节、四音节的音节数量的增加，而是词汇的表义规则由"隐含"到"呈现"的变化。

> 除少许"主体"与"动作"成分融合之外，上古存在概念融合的词语主要有三类：修饰成分与中心成分融合、对象与动作融合、动作与结果融合。这三类融合也可理解为三类隐含，即修饰成分隐含于中心成分、对象隐含于动作（或动作隐含于对象）、动作隐含于结果。中古三类"隐含"纷纷"呈现"：修饰成分从中心成分中呈现出来，对象从动作（或动作从对象）中呈现出来、动作从结果中呈现出来。[①]

双音节词汇的"呈现"，主要集中于（1）性质状态，如"白→雪白"（例句：《吕览·应同》"故其色尚白，其事则金。"《后汉书·宋汉传》"太中大夫宋汉，清修雪白，正直无邪。"）、"黄→金黄"（例句：《易·坤》"天玄而地黄。"傅玄《郁金赋》"叶萋萋兮翠青，英蕴蕴兮金黄。"）；（2）名物对象，如"臂→手臂"（例句：《老子》"攘无臂，扔无敌。"东汉支谶译《阿阇世王经》"自问其佛：是谁手臂，姝好乃尔。"）、"波→水波"（例句：《诗·小雅·渐渐之石》"有豕白蹄，烝涉波矣。"毛传："将久雨，则豕进涉水波。"）；（3）动作行为，如"拱→拱手"（例句：《论语·微子》"子路拱而立。"《水经注·渭水三》"（鲁）班于是拱手与言。"）、"城→筑城"（例句：《诗经·小雅·出车》"王命南仲，往城朔方。"郑笺：王使南仲为将帅，往筑城于南方。），前者为动作中的对象从隐含到呈现，后者则为对象中的动作从隐含到呈现。[②]从"隐含"到"呈现"，是汉语对于表义复杂度与准确度要求的回应。其动力机制加速了汉语词汇双音节化的过程，也形成了双音节词在偏正、述宾、动补等三种类型上的数量优势。汉语词类加速分化，名词、形容词、动词之间的界限逐步清晰，词类活用现象衰减。词类活用本是综合性语言的典型特征，活用现象的衰减，意味着汉语已

① 胡敕瑞：《从隐含到呈现（上）——试论中古词汇的一个本质变化》，林焘主编：《语言学论丛》第三十一辑，商务印书馆，2005年，第21页。

② 所引例句均来自胡敕瑞《从隐含到呈现（上）——试论中古词汇的一个本质变化》。

大体完成向分析性语言的转变历程。①中古而后，词类活用已成为一种特殊的书写技法，"有风自南，翼彼新苗"②"人其人，火其书，庐其居"③均采用了词性活用的修辞手法，既形成区别于当时流行文体的书写风格，也提升了文本的语体层次。文学的复古运动常以"非先秦两汉之书不敢观"，而号之曰"古意渐漓"。虽然，倡导者并无明晰的理据，但长期阅读中的感悟，同样可以为汉语类型的转变提供佐证。

汉语词汇从"隐含"向"呈现"的演化，提升了汉语的表义能力，然而双音节以及后起的三音节与四音节词汇，在语义表现上却有着难以逾越的限度。以名词、形容词与动词三类而言：单音节名词，可以指称，但无法描述；单音节动词可以表明行为作态，但无法展现进程与结果；单音节形容词可以描述，但不能展现程度差异。词汇双音节化（包含三音节、四音节）组合中修饰成分的表义特性通常会成为新组合的表义特性。（1）名+名以及形+名的方式构成双音节名词，可以指称，可以描述，但因音节数的限制，其描述只能是概括性的直接描述。

> 加修饰的名词：A.被非限定方式形容词修饰：明月、黄金、白云；B.被限定形容词修饰：热风、黄云、香稻；C.被名词修饰：金殿、玉臂、云鬟、玉楼；D.专用名词：蓝田、皇后、玉门关、蓝海。这些分类代表了与意向构成有关的主要类型。我们将发现，除了专用名词，所有这些名词都是具有概括性的词，虽然它们的概括程度也许不同。④

概括性意味着只能展现一般性质，这样的特点同样出现在双音节形容词中。（2）形容词双音节化的基本方式为形+形与名+形。前者如："明亮""红艳"；后者如"雪白""金黄"，与双音节名词相类，同样不能表现特殊。而（3）双音节动词可以是动+名的述宾式，如"打人""买花"；也可以是动+动的动补式，如"杀死""看见"，但前者只能呈现对象，无法展现过程；后者可以展现起点与结果，也不能展现过程。双音节词汇在表义上的限制，无法通过自身音节数量的增加来弥补，而只能依赖于可以表示特性的副词系统。中古时期的汉语副词系统与汉语词类分化与双音节化的过程同步，也出现了巨大的变化。

---

① 参见高友工、梅祖麟著，李世耀译：《唐诗的魅力》，上海古籍出版社，1989年，第90页。
② 陶渊明：《时运》（其一），袁行霈：《陶渊明集笺注》卷一，中华书局，2003年，第8页。
③ 韩愈：《原道》，马其昶校注：《韩昌黎文集校注》，上海古籍出版社，2014年，第20—21页。
④《唐诗的魅力》，第63页。

副词较之上古有三个比较显著的变化：一是呈简化规范的趋势，纷繁歧异的现象开始消失，作用相同的副词形式有较大幅度的减少，前期习见的副词后缀，此期常用者仅留下一个"然"字。二是出现了一批新兴的副词以及副词后缀"自"与"复"。新兴的副词主要有：程度副词中表示极至的"偏、过、齐、酷、差、熟、绝"，表示转甚的"更、转"，表示轻微的"微、差"；范围副词中表示总括的"都、了、初、全、略、差、总、顿"，表示齐同的"通、齐"，表示仅独的"正、政、劣、只、单、空"；时间副词中表示曾经的"经"，表示将要的"行、欲"，表示立即的"顿、登"，表示随即的"便、仍、寻"，表示频数的"仍、频、累"，表示每常的"每、动、经"，表示往进的"向、比、近、当"；情态副词中表示猝然的"忽、猥、奄"，表示突然的"唐、空、坐"，表示恰适的"幸"，表示偶然的"偶"，表示几近的"垂、仅"，表示持续的"故、还、方、仍"，表示且暂的"暂"，表示类同的"也"，表示相互的"互"；语气副词中表示确认的"定"，表示或然的"脱"，表示疑问的"颇、可"，表示测度的"将、宁"，表示反问的"将、更、可"，表示使令的"仰"；指代性副词"相"与"见"。这些新兴的副词大多沿用到后代，成为近代汉语副词中的重要组成部分。①

汉语词汇由"隐含"向"呈现"的演化，意味着汉语词汇在单位音节内提供更为丰富的信息含量。故而，词汇化的过程必然伴随着语法密度的提升，也即语义上"隐含"向"呈现"的演化，却带来了语法上"呈现"向"隐含"的转变。汉语古典诗歌的典型形式由上下两个韵律单位组成，因各自音节数的限制，诗歌单位音节内的语法密度通常高于口语。在此层面上，汉语词汇的双音节化以及其延伸形式的三音节与四音节词，对于诗歌的成体与兴盛至关重要。与此同时，汉语词汇的"呈现"，还体现在明确的性质倾向与突显视觉的特点之上，这是汉语诗歌营构意象的重要条件。由此，大体可以得出结论，汉语词汇化的历程同时即是汉语韵文发展演化的历史。而副词的存在与发展则意味着挑战的存在。副词虽然同样可以形成副词的双音节形式，但却无法与名词、形容词等成分直接构词，而只能充当修饰性成分且依赖中心词而存在。当韵律单位的音节数受限时，副词的存在会降低其语法密度。对于诗歌而言，副词的使用会增强诗歌的流畅性，但也会造成诗句的口语化。

① 柳士镇：《试论中古语法的历史地位》，《汉语史学报》第二辑，上海教育出版社，2002年，第58页。

按七言乐府，鲍照以前，多每句押韵，殊欠灵通。自鲍氏《行路难》后，始变为隔句押韵，与五言无异，而气体始畅。然尤时杂硬语，罕用虚字，文句亦不尚排偶也。至道衡此篇，则几于无句不偶。虚字之呼应，尤蝉联而下，如"空忆""无复""谁用""自生""从来""况复""当学""莫作""不畏""只恐"之类，实为七言歌行演进中又一阶段。①

汉语诗歌创作以"超时空"的营构为技法的基本原则，表示时间、空间以及逻辑关联的语法标志，在诗歌中的使用有着非常严格的限制。而副词以及介词则具有提示时空与逻辑关系的特性，故而，副词与介词真正发挥作用的领域乃为非韵文文体尤其是口语体。魏晋以来书语与口语的分途以及口语在唐代对书语的渗入，乃是副词影响提升的一个侧面。②

又观于文字进化之理矣。昔罗马文学之发达也，盖韵文完备而后有散文，史诗工善而后有戏曲。及按之中国之文学，亦与罗马相同。上古之初，学术之受授，多凭口耳之流传，故古人之著书也，必杂以俪语韵文，以便记忆。降及东周，文字渐繁，至六朝而文与笔分。至唐宋而诗与词分（诗由四言而有五言，由五言而有七言，由七言而有长短句，皆文字进化之公理也）。宋代以下，文词益浅，而儒家之语录以兴，元代以来，复盛行词典，此皆语言文字合一之渐也。故小说体即由是而兴，今观于《水浒传》《三国演义》诸书，非即白话报历史传记之先导欤？陋儒不察，以为文字之日下也，然事物之理，莫不由简而趋繁，何独于文字而不然。故世之讨论古今文字者，以为有文质深浅之殊，而岂知此正进化之公理哉！③

由文言到白话的演化，虽然不必然标之以"进化"之名，但却是基本的文学事实。学界对此事实的成因，习于聚焦语言文字之外的因素，如世俗文化的兴起、外来文化的影响等，这自然有助于此问题理解的深化。但若自汉语词汇化由"隐含"向"呈现"的表义规则视之，汉语白话的兴起，却亦是其内在的理路使然。口语俗白，故与文言有雅俗之别。阶层之区分、内外之异同与地之远近及

---

① 萧涤非:《汉魏六朝乐府文学史》,人民文学出版社,2011年,第293页。

② "周侍御史侯思止,醴泉卖饼食人也,罗告准例酬五品,于上前索御史,上曰:'卿不识字。'对曰:'獬豸岂识字？但为国人触罪人而已。'遂授之。凡推勘,杀戮甚重,更无余语,但谓囚徒曰:'不用你书言笔语,但还我白司马。若不肯来俊,即与你孟青。'"张鷟:《朝野佥载》卷二,中华书局,1997年,第32页。

③ 李妙根编:《刘师培论学论政》,复旦大学出版社,1990年,第340页。

时之古今，均是形成口语之俗的重要原因。口语欲挑战文言的地位，必须形成体系，词类上与文言形成对应关系。文言之雅，本有修饰之义，故在常用词中，最能体现修饰性的形容词与副词，在口语中反不易发展，其口语化的方式主要通过音节单双的变化加以体现。"红艳"与"红艳艳"、"各国"与"各个国家"的变化即为其常例。名词与动词方是口语词较为能产的词类，而尤以前者为甚。名词之雅，既指所指称对象之性质与形态完美化倾向，也指名词本身的通用性。与之对应的俗语词，性质与形态或过度或不足，其通用性也较低，故口语名词多为方言或外来词。方言与外来词若不能雅化，则难以广泛流行，后世常须借助《方言》《事始》《物原》等类著作方能知晓其义。动词的口语形式，在数量上不及名词，但对语言演化的影响却较名词为重，尤其是在最为基本的行为动作词类上：

> 近代汉语阶段"说类词"的演变情况可以小结如下：唐代"话"主要作动词，成为"说类词"中的新成员，但宋代以后则几乎只做名词了，大约从晚唐五代起，"说"就成了表说话语义的核心词。唐代有了"说话"的组合，从此关于这一人类最基本的活动汉语有了新的表述格式，这可以说是由古代汉语演进为现代汉语的重要事件之一。"说"彻底取代"曰""云"至迟不晚于14世纪初。"道"在用法上有一个致命的缺陷是：一般不能直接带"话"作宾语，因此在跟"说"的竞争中地盘逐渐缩小，到《红楼梦》时代基本上只剩下S3和S4两种用法，不过S4的出现频率还相当高，这一用法在现代汉语书面语中还保存着，但已失去口语基础（特别是单用），使用频率也明显降低。"讲"字上古就有，但就文献语言来看，在元代以前并不用作一般的"讲话"义，在言说语义场中是个下位词。元代开始有用同"说"的例子，但直到清代文献中的使用频率一直不高，远不能与"说"相提并论，用法上也有局限，并且带有明显的地域色彩。[1]

动词的俗语形态，一般为下位动词。"打"无对应的俗语形态，但具体的击打行为，如"踢""推"等则有对应的俗语词。作为上位动词，"说"的口语性最强。与"曰"或"道（以非单音节方式使用）"携带所说内容可以文白间或杂用，[2]

① 汪维辉：《汉语词汇史新探》，上海人民出版社，2007年，第18页。

② "上知之，谓宰臣曰：'朕欲为太子求汝郑间衣冠子女为新妇，扶出来田舍蒟蒟地，如闻朝臣皆不愿与朕作亲情，何也？朕是数百年衣冠，无何神尧打朕家事罗诃去。'遂罢其选。"王谠撰、周勋初校证：《唐语林校证》卷四，中华书局，1987年，第368—369页。

"说"则只能纯用白话，即使偶有雅言，也或因常用而俗，或为句中的间接成分。汉语俗文学至此方有了在完整的语义单位上独立于雅文学的可能，文学雅俗之争的天平也由此倒向俗文学一方。

汉语的演变大体经历了书面语与口语由不分到分化再到以白话为主导而重合的漫长过程，与之相应，汉语文学在主导文体上，也经历了由散而韵再入散的过程。中古时期，书面语占优而口语逐步发展，文体上则是以韵文为主导。虽然，当下的汉语史研究，以中古为界将汉语的发展分为前后两期，但书面语发展的动力机制与内在理路与口语实有高度重合，故而，两者间存有必然的联系。汉语的语法演化同样也是以中古为重要的转变期，此种转变对于韵文以及后来的白话文体的发展至关重要。

> 词序的变化主要表现在五个方面：一是疑问代词宾语处于由前置向后置的发展过程中，大致说来新兴的疑问代词充任宾语时以后置为主，固有的疑问代词充任宾语时也常可后置。二是否定代词宾语前置的现象进一步减少，后置逐渐成为占主导地位的词序。不仅新兴的代词充任否定句宾语时不前置，便是固有的代词充任否定句宾语时也大多不前置。三是数量词内部先量后数的词序已渐趋淘汰，先数后量的词序已成为主流；而数量词组与名词组合时前附的词序正在逐渐形成规范，后附开始受到种种限制。四是表示谓语动词动作主体位置的介宾结构改变了先秦时期的词序，以置于动词之前为主，不仅由新兴的处所介词组成的介宾要前置，即便是由固有的处所介词组成的介宾结构也大多要前置。五是表示工具的介宾结构置前逐渐成为通则，后置只是少数的现象。①

汉语语法的演变，从词序的变化而言，其要者虽有五种，而类型则二，或后移、或前移。但此类移动，大多无语义上的明显变化，表义的需要非词序移动的主要动力，而韵律结构的变化，才是词序移动的主要原因。

第一类移动：何罪之有→有何罪

第二类移动：不我知→不知我

第三类移动：马三四→三四马

第四类移动：游于河上→于河上游

第五类移动：引以纆徽→以纆徽引

---

① 《试论中古语法的历史地位》，《汉语史学报》第二辑，第59页。

以上五类移动，无一例外地增强了节奏的密合度，移动之前，句中有节奏的明显停顿，读作两个韵律单位，移动之后，句中无明显停顿，读作一个韵律单位。由于韵律词，无论是双音节还是三音节与四音节，均以一个韵律单位的形式出现，后置成分的前置遂成为韵律词特别是三音节与四音节兴起的前提。由于诗歌与韵律词一体相关，后置成分的前移，同时也即是诗歌五言、七言发展的前提，赋的成体条件亦同于此。汉语词汇的主要类型为实词组合，但实词不能轻读，且语法与语义的密度较高，诗赋虽然在成体上依赖于词汇化，但虚词的使用对于诗赋的重要性同样不可忽视。诗歌以两个韵律词成行为最小最佳形式，韵律词的语义密度可以为韵律单位的独立提供支持，韵律词之间通常无需连接词的存在。诗歌对于虚词的使用，以副词为主。虚词可以轻读并能降低语法密度，从而形成诗歌在韵律、语法以及语义上的落差结构，增强诗歌的表现功能。赋则较少使用修饰性的副词，除非其在结构上为后置，如"觉天地之无穷"。此外，连接词的使用也是赋用以标记前后单位相对独立以舒缓语气的常规手法，如"女娲坐而长歌，声清畅而蜲蛇"①。

口语以"一句"为韵律单位，词序的移动是口语韵律单位成立的条件，但其完全成立还需要更为复杂的语法化过程。

> 梅广（2003）提出："从上古到中古，汉语的发展是从一种类型的语言演变成另一种类型的语言"，"历史上汉语句法的整个发展趋势就是从并列到主从。上古汉语是一种以并列为结构主体的语言；中古以降，汉语变成一种以主从结构为主体结构的语言。上古汉语发展出一个 semantically unmarked"的并列连词'而'，很可以用来说明以并列为结构主体的语言的特质。"梅文所说的并列结构，与本文所说的"双陈述结构"大体近似。当中古时期"而"衰落后，"双陈述结构"就不再是合法的句法结构了，我们认为，这是汉语语法从上古到中古发生结构性的重大变化的重要表现之一。②

汉语以并列为结构主体向以主从为结构主体的演化，满足了口语的韵律要求，也形成了被动式、处置式、判断式、动补式等重要的结构形式。为了满足

---

① 张衡：《西京赋》，《文选李注义疏》，第456页。

② 杨荣祥：《"而"在上古汉语语法系统中的重要地位》，《汉语史学报》第十辑，上海教育出版社，2010年，第114页。

结构形式的变化，新的结构助词"底""的"的出现，也随之成为必然。①虽然汉语语法的复杂化，中古之后依然持续，但汉语语法史上的重要变化至此大体完成，俗文学发展的条件已然成熟。

三、语体完形与"一代有一代之文学"

"文体代兴"是"一代有一代之文学"的题中之义，但韵律词与语法结构的演化分析，所尝试回应的可能性，只涉及"文体代兴"的语言学条件。而"文体代兴"之"文体"却不但要是可能的，同时也须是必要，只有如此，一种文体方是能产的文体，也惟其如此，此文体才能是一个时代的典型文体。"一代有一代之文学"作为文学事实的成立，在学理上尚须明确"文体代兴"的动力何在？一个常规的解答思路，是从社会需求着眼、以文本的功能呈现为依据的外在动力说。此种解答的合理性毋庸置疑，甚至恰恰是其过度的解释效应造成了一定程度上的自我消解。"功能"一词在文学批评的实践中已逐步成为离问题过远的超薄概念，即使其是正确的，但却无助于问题的深化，甚而压制新问题的产生。"功能说"难以解释为何同一文体有不同的功能、文体的功能为何会历时而变、不同的文体为何又存在功能上的交叉、新文体的产生如何突破旧文体的功能限度而文体的功能的形成机制又到底何在。"文体代兴"的学理分析，需要一种既能体现共时与历时差异，又能体现外缘与内因交互作用的理论，语言学界较为流行的语体说因为能够有效回应此种要求，而成为分析"文体代兴"颇为适切的理论工具。

语体是话语交际时，用于标记"说者"与"听者"之间相互关系的产物。语体的成立依赖于语境偏离，必"两级对立而后存在"。"正式与非正式（书面体/口语体）""庄典与便俗（庄典体/白话体）"是构成语体的两对基本范畴。②语体在语境中形成，言说所服务的对象、场合、话题以及说者的言说态度共同制约着语体的呈现。而语体的呈现手段，则包含语音与语法两类，这也即意味着，语音与语法的交互作用，将会决定话语行为的语体限度。由于"零度

---

① "唐代开始口语中出现了助词'地'和'底'，五代以后普遍使用，成为结构助词最占优势的形式。'底'的来源跟'者'或'之'有关，学者各有所从；'地'的来源有人推测就是实词'地'的虚化的结果。宋代以后，'底'转变成'的'，元以后'的'还可以代替'地'，于是'的'逐渐成为使用频次最高的结构助词。"《中古近代汉语语法研究述要》，第11页。

② 参见《汉语韵律诗体学论稿》，第67页。

距离"只存在于"理想语境",故一切言语活动必有"距离",也即必有语体。文体作为言语活动的特殊呈现方式,自然必有语体,但语体不等于文体。顾景星《白茅堂集》论梅圣俞诗曰:

> 梅诗诚有品,但其拙恶者亦复不少。读杨、刘诸公诗,如入玉室,绮疏秀闼,耳倦丝竹,口厌肥鲜,忽见葭墙艾席、青虀橡饭者,反觉高致。比欧公把臂入林,一时为之倾动也。诸人不明矫枉之意,盲推眯颂。如:"青苔井畔雀儿斗,乌白树头鸦舅鸣";"世事但知开口笑,俗情休要着心行";及《蟹》诗之"满腹红膏肥似髓,贮盘青壳大于盆",诚为过朴,亦甚推之。风气既移,当日所为美谈,今时悉成笑柄。[①]

同一文体即使同出一人之手,亦有品格高下之分,即语体雅俗之别。此外,不同文体之间又有雅俗之别。"曲欲其俗,诗欲其雅,词则介乎二者之间。"[②]文体内的雅俗之别提示文体的语体宽度,而文体间的雅俗之别则提示着文体的语体限度与语体的典范类型。

文体的语体由文本外与文本内的双重因素决定,文本外的因素包含言语活动所面对的对象、场合、态度与主题,以及体现在文体流行度上的文体与当下的时间距离。而以上诸种因素对于一切文体有效,也即在语体宽度的可能性上,诸类文体大体近似。王灼《碧鸡漫志》卷二曰:

> 东坡先生以文章余事作诗,溢而作词曲,高处出神入天,平处尚临镜笑春,不顾侪辈。或曰:长短句中诗也。为此论者,乃是遭柳永野狐涎之毒。[③]
>
> 东坡先生非醉心于音律者,偶尔作歌,指出向上一路,新天下之耳目,弄笔者始知自振。[④]

所谓"指出向上一路"即语体的提升,而非技法的例示。词本为歌舞宴乐而生,多写男女情事,语体本俗,但苏轼则以历史兴亡、家国军政等高度公共性的题材入词,提升了词的语体层次,也拓展了词的语体宽度。主题可以提升语体,同样也可拉低语体。

① 顾景星:《白茅堂集》卷三十四《梅圣俞诗选序》,清康熙刻本。
② 周本淳:《诗词蒙语》,上海文艺出版社,2001年,第32页。
③ 王灼著,岳珍校正:《碧鸡漫志校正》卷二,巴蜀书社,2000年,第34页。
④《碧鸡漫志校正》卷二,第37页。

> 玄冬猛寒，清晨之会，涕冻鼻中，霜凝口外，充虚解战，汤饼为最。弱似春绵，白若秋练，气勃郁以扬布，香飞散而远遍。行人失涎于下风，僮仆空嚼而邪眄，擎器者舐唇，立侍者干咽。[①]

束皙《饼赋》写世人日用常行之物，虽当世已有鄙俗之名，但只是常俗且有谐趣。相较而言，某些主题的书写则为低俗。

> 软玉温香抱满怀。呀，阮肇到天台，春至人间花弄色。将柳腰轻摆，花心轻折，露滴牡丹开。[②]
>
> 女儿悲，嫁个男人是乌龟；女儿愁，嫁个男人大马猴；女儿乐，一根ＸＸ往里戳。[③]

男女间的性事活动，在文学书写中公共度最低，而私密度最高。以上两段文字，虽遣词有文雅与粗鄙之别，但因主题相近，故同分低俗之目，惟前者艳俗而后者恶俗。话语活动所面对的对象以及话语态度，同样也会影响话语的语体呈现。话语活动中对象的社会身份（阶层与职业身份）的认可度越高，语体则越正式严肃；对象的教育程度越高，语体则越典雅，反之则随便而俗白。话语态度越严肃认真，则正式度、典雅度越高，反之则越低。游戏之作，如打油诗、藏头诗、诗谜、歇后语等，语词一般较为浅近，韵律节奏近于口语，言说双方的关系通常较为亲密，或言说者试图以此拉近距离。此外，时间的迁移流转也会造成文体的语体移位：

> 宋词出于唐诗，元曲出于宋词，正如子之肖父，虽性情、形体酷似，遭逢既异，行事亦殊。又雅俗有代降，其初尽雅，以雅杂俗，久而纯俗，此变而下也。雅俗有易形，其初尽俗，文之以雅，久而毕雅，此变而上也。由前之说，则高文可流为俳体；由后之说，则舆颂可变为丽词。然二者实两行于人间，故一代必有应时之俗文，亦必有沿古之词制。[④]

语体雅俗因时变而升降，与语言演化的历史趋势相关，其所遵循的基本规则为，

---

① 束皙：《饼赋》，《汉魏六朝百三家集》卷四十三，《摛藻堂四库全书荟要》（集部），世界书局，1985年，第2页。

② 王实甫著，王季思校注、张人和集评：《集评校注西厢记》，上海古籍出版社，1987年，第143—144页。

③ 曹雪芹、高鹗：《红楼梦》第二十八回，人民文学出版社，2005年，第384—385页。

④ 黄侃：《黄侃日记》，江苏教育出版社，2001年，第214页。

文体的流行度古今相照，衰减度高，则雅化的可能性越大；增值度高，则俗化的可能性更大。在影响语体的外在诸因素中，时间迁移需要通过语言的拉距作用加以体现。故而，实可视作外部因素与内部因素之间的中介体。时代的影响在漫长的历史进程中逐步生长，对于文本的书写者而言，这种影响更像是难以捕捉的风与影。

> 或曰：子前言一切文辞体裁各异，故其工拙亦因之而异。今乃欲以书志疏证之法，施之于一切文辞，不自相刺谬耶？答曰：前者所说，以工拙言也。今者所说，以雅俗言也。工拙者，系乎才调；雅俗者存乎轨则。轨则之不知，虽有才调而无足贵。是故俗而工者，无宁雅而拙也。雅有消极积极之分。消极之雅，清而无物，欧、曾、方、姚之文是也。积极之雅，闳而能肆，扬、班、张、韩之文是也。虽然，俗而工者，无宁雅而拙。故方姚之才虽驽，犹足以傲今人也。吾观日本人之论文者，多以兴会神味为主，曾不论其雅俗。或其取法泰西，上追希腊，以美之一字横梗结噎于胸中，故其说若是耶？彼论欧洲之文则自可尔，而复持此以论汉文，吾汉人之不知文者，又取其言以相矜式，则未知汉文之所以为汉文也。[1]

"风与影"是决定语体雅俗的深层"轨则"，工拙作为技巧，只有在明了轨则的基础上，才能有效影响文体的语体。"轨则"无体，须依附于语言而呈现，语音与语法作为文本内部的制约因素，将决定着语体实践的实际样态，也即决定着相应文体的语体限度与典范类型。

> 风雅颂之别，当于声求之，颂之所以异于风雅者，虽不可得而知，今就其著者言之，则颂之声较风雅为缓也……凡乐诗之所以用韵者，以同部之音，间时而作，足以娱人耳也。……然则风雅所以有韵者，其声促也。颂之所以多无韵者，其声缓，而失韵之用，故不用韵，此一证也；其所以不分章亦然……此二证也。[2]

语音是语体的呈现手段之一，平仄、韵部、节拍以及韵律单位与文章整体的节奏齐整度共同制约着语体的呈现，而尤以齐整度为要。《诗经》颂诗，可以不押韵且先秦之时去声与入声通押，四声离完备尚远，则韵部与平仄均非影响语体的核心要素。节拍数是齐整度的体现，故而对语体的影响最大。《诗经》颂诗，

① 章太炎：《文学论略》，郑振铎编：《晚清文选》，吉林人民出版社，1998年，第740页。
② 王国维：《观堂集林》卷二《说周颂》，中华书局，1961年，第111—112页。

四字成行，为"二二"节奏的双节拍组合，在形式上最为标准也最为齐整，从语音的角度而言，代表着语体雅化的最高可能。而通行的诗歌，如五七言，虽然无论古诗还是近体，在整体形式上大体遵循齐整律的形式原则，但组成诗行的两个韵律单位之间，却呈现出长短之别，故其雅化的层级较四言为低，而古诗因为可以转韵，平仄对应不及近体严格，其雅化的层级则又较近体为低。这即意味着节奏越流畅、韵律单位间的落差越大，则越能拉低语体。在诗歌中，三言的形式原则为悬差律，音节数之比为 1∶2，落差最大，故三言体，为诗歌语体的最低可能。词与曲的齐整度较诗为低，语体的俗化度高于诗，但因二者的构形原则为长短律，其悬差度，反不及三言诗。故而从语音的层面而言，三言与四言代表了语体在雅俗两极上的最高可能。以赋予其他文体而言，四六文的齐整度最高，其他文体均遵循长短律的形式原则，其语体的可能性由文体与当下的距离决定，故古文高于时文。语法是呈现语体的另一手段，包含词汇与句法。从语法的角度而言，语体的衡量标准主要包括：词汇的古今、音节的单双以及语法的古今与时空性语法标记的有无。正式体在词汇上偏好双音节词，语法结构上常以"仿古"手法追求"泛时空"效应；庄典体在词汇与语法结构上，则崇尚古雅，善用嵌偶词，强调与流行词汇与语法的区分。①文体在物质形式上是语音与语法的组合而成，语音与语法的历时性以及语音与语法组合的形式规则，决定了文体有其难以突破的语体限度，且某一文体有较为典型的语体特征。文学史上的尊体与破体之争，所欲维护并非文体而实为语体。

语体并不排斥"功能"概念，甚而语体本身即是功能性概念，但语体之所以不同于传统的"功能"概念，在于语体兼顾了文本内外的双重视角，并能够体现历时与共时的不同平面。传统的"功能"概念，只能做简单的类型划分，如雅与俗，但却无法指称雅俗两极的中间地带。相较而言，语体更像是由共时轴（正式/非正式）与历时轴（庄典/便俗）交叉而成的一个平面，在对立的两极之间有无数变化交叉的可能。由于，语体是话语交际的伴随标记，语体类型即是人类生活之可能性的体现，而语体完形则是人类对于作为生活之条件的可能性的话语实现。在这个意义上，语体完形同样是文体存在与演化最为根本的动力。

文体在理论的可能性上能够回应所有的语体要求，但因语音与语法的制约，文体又必然有语体限度与典型语体。此种对立，让文体的语体完形形成了两条互有交叉的演进脉络。其脉络之一为，语体的完形由具有不同典型语体的文体

① 参见《汉语韵律诗体学论稿》，第84—86页。

来共同完成。徐大椿《乐府传声》论元曲曰：

> 至其体制与诗词各别，取直而不取曲，取俚而不取文，取显而不取隐。盖此乃述古人之言语，使愚夫愚妇共闻共见，非文人学士自吟自咏之作也。若必铺叙故事，点染词华，何不竟作诗文，而立此体"耶?"譬之朝服游山，艳妆玩月，不但不雅，反伤俗矣。但直必有至味，俚必有实情，显必有深义，随听者之智愚高下，而各与其所能知，斯为至境。①

诗、词与曲以雅俗相别，乃是文学批评传统中的基本共识。诗雅、词俗而曲则更等而下之，新文体的产生由之成为语体完形的基本途径。若再顾及经史子集的分类传统，中国文学的演化过程或语体完形过程，即是一个由雅而俗的语体代降的过程。语体完形以文体新变的方式达成，意味着新文体对语体空位的填充，但新文体所面临的语体空位，也有可能来自旧文体的语体移位。旧文体的语体移位只能发生在较为漫长的时段中，其语体可能自俗而雅，亦可自雅而俗。以后者而言，自雅而俗，既可能源于世俗元素的渗入，②也可能因为使用的频次过高而造成的熟俗：

> 而性好诵古人之诗，而未尝自为之。盖自汉、魏到今，诗之变穷，其美尽矣；其体制大备，而不能创也；其径途各出，而不能辟也。自赋景、历情以及人事之丛细、物态之妍媸，凡吾所矜为心得者，前之作者已先具焉。故骛奇凿险，不则于古，则吊诡而不雅；循声接律，与古皆似，则可见而不鲜。以此知诗之难为也。③

语体因熟而俗，其表层是文体的语言学手段已大体耗尽，而其深层则是语体限度使然。如若将新文体对语体空位的填充称作外向型完形，文体内部的语体拓展则是可称之为内向型完形，这也即是语体完形的第二条脉络。

> 《金瓶梅》一书，不注作者名代。相传永陵中有今吾戚里，凭怙奢汰，淫纵无度，而其门客病之，采遗日逐行事，汇以成编，而托之西门庆也。书凡数百万言，为卷二十，始末不过数年事耳。其中朝野之政务，官私之晋接，闺阃之媟语，市里之猥谈，与夫势交利合之态，心输背笑之局，桑中濮上之期，尊罍枕席之语，驵侩之机械意智，粉黛之自媚争妍，狎客之从臾逢

---

① 徐大椿：《乐府传声》，《续修四库全书》，上海古籍出版社，2002年影印本，第500页。
② 参见汪师韩：《诗学纂闻》。
③ 方苞：《蒋詹事牡丹诗序》，《方望溪全集》（集外文卷四），世界书局，1936年，第300页。

迎，奴怡之秕唇淬语，穷极境象，駴意快心。譬之范工抟泥，妍媸老少，人鬼万殊，不徒肖其貌，且并其神传之。新稗官之上乘，炉捶之妙手也。[①]

语体的外向型完形，通过不同文体的语体分担来完成，而内向型完形则试图在一种文体之内实现多种语体甚至一切语体的可能。虽然在可能性上，文、赋、诗、词的语体可雅可俗，但难以雅俗混杂，而只能是或雅或俗，且其雅俗的弹性受语音与语法的高度制约，故而，以上文体难以通过内向型的手段达成语体完形。传统文体至曲的兴起，方始真正开启了内向型的完形历程。曲与词的根本区别不在于雅俗，而在于曲对语体的容受度，远高于词。及至明清小说兴起，纳多种语体于一种文体渐成可能。谢肇淛对于《金瓶梅》的称誉，也正是源于《金瓶梅》在语体上的多样性。相比于诗赋词曲文体特征较为清晰而言，小说更似以"无体"为体，故而能纳众体。语体的内向型完形，自不同文体发展的先后视之，能够看出俗文学对于雅文学的包容性，而自小说文体的自我演化观之，其结论亦如之。

四、余论："一代与一代之文学"与文学史书写的进化论偏好

20世纪是中国文学史书写的大发展期，在百年的时间内，不但成果数量惊人且经历了数次书写范式的转换。[②]"一代有一代之文学"的影响，也在此过程逐步扩大并最终成一家独大之势。20世纪的多部文学史，在逻辑结构与叙事框架上，基本沿用此说。在此观念影响提升的过程中，王国维、胡适等一流学者的倡导厥功甚伟。虽然，王、胡诸人的努力使得此观念能够在文学研究领域产生长久且具有全局性的影响，但进化论在20世纪中国社会的传播才是更为重要的决定因素。20世纪的文学史书写有着明显的"进化论"影响的痕迹，但一个值得注意的现象却是，进化论并非文学史书写已然成熟后的某种可供选择的观念，而是文学史能够成熟最具基础性的观念。20世纪的中国文学史书写具有明晰的"进化论"偏好，在"一代有一代之文学"与"进化论"偏好的关系上，不是前者体现了后者的存在，而是后者发现并定位了前者。

文学史是书写者文学观与文学史观的体现，无论书写者于此是否有明确的

---

① 谢肇淛：《金瓶梅跋》，《中国历代小说序跋集》，人民文学出版社，1996年，第1080—1081页。

② 董乃斌：《中国文学史的研究：范式的视角》，《中国社会科学》2001年第6期，第160—170页。

认识，也无论书写者的观念在文本中是明晰还是隐晦，书写者均须处理"何为文学"以及"文学的历史性何在"等类问题。文学史的价值不在于展现纷繁复杂的文学现象与罗列历史流程中所谓中性的文学事实。甚而，在文学史的眼光考量之前，"文学现象"以及"文学事件"并不是一个边界与轮廓已然清晰的存在物。文学史家需要为混沌的"现象"赋形并给予意义，赋形依赖于"形式"，意义则依赖于"历史"。"形式"的上行概念为"文学"，下行概念为"文体"，"历史"的上行概念为"历程与脉络"，下行概念则包含动力、路径、方式与价值等。进化论是文学史的偏好，而非文学史家的偏好，乃是因为在与循环论、退化论等史观的角力中，进化论最能协调形式与历史之间的关系。"一代有一代之文学"能够成为中国文学史书写最为流行的逻辑结构与叙述框架，其原因也在于对于"形式"与"历史"两重因素的容受。

　　"一代有一代之文学"出自王国维《宋元戏曲史》，而其源头则可上溯至元朝。虞集曰："一代之兴，必有一代之绝艺足称于后世者。汉之文章、唐之律诗、宋之道学，国朝之乐府，亦开于气数韵律之盛。"[1]以"戏曲"为元朝文学成就之代表，是虞集也是王国维论述的焦点之一。与倡言"一代之兴，必有一代之文章"，[2]依然是在旧文体的传统内立论不同，"一代之兴有一代之绝艺"则以新文体的成立为立论之前提。新兴的文体在被视为一代之典型时，需要完成自我身份的合法化，由此，后者首先涉及对于"文学"概念的考辨。其论证的思路或标识文本的语体功能与传统文体的同异；或阐明"文学"之性质，而尤以言志缘情为基本思路。由之而下推，又必然涉及对于情欲以及人性的理解。因为新文体的产生，而生发对于"文学"的考辨，由此又下推而及情欲与人性，牵一发而动全身。"一代有一代之文学"论述的另一焦点为：文学谱系的构建。谱系即是文学史的基本脉络，虽然"一代之兴，必有一代之文章"同样有其谱系，但此谱系涉及的文体过少且因难逃"文体代降"的囿限，单薄而封闭，且极易为文学外的因素所影响，他律特点明显。相较之下，虞、王之论所构建的谱系，主谱与副谱相互支撑且能保持对于未来可能的开放，文学的自律特征也更为凸显。唐诗、宋词、元曲的谱系，隐含诗、词、曲不同文体间的连续与变化以及雅俗关系的定位等问题。谱系明确了过渡的节点，也自然会引发过渡的动力与途径等，在此问题之下"文体代兴"何以可能与必要即会成为必须回应

---

　　① 孔齐撰，庄敏等点校：《至正直记》卷三《虞邵庵论》，上海古籍出版社，1987年，第96页。

　　② 参见魏骥：《南斋先生魏文靖公摘稿》卷五，北京图书馆古籍珍本丛刊影印弘治十一年洪钟刻本，书目文献出版社，1987年。

的问题。而诗词曲雅俗之间的转换又必然涉及文体价值的定位，文体内与文体外的。"一代有一代之文学"，对于中国文学批评而言，不只是，或者说其文学史的价值不在于提供一种关于文学事实的描述，而是最具突破效应的文学史的大判断。因其系统而开放，故最易为进化论所接受，于百年间大放异彩。

刘顺，华东师范大学中文系 2008 届博士，现为吉林大学文学院教授、博士生导师。本文原载于《上海师范大学学报（哲学社会科学版）》2017 年第 3 期，收录时有修改。

刘勰对"诗六义"的解释及其元理论意义

王守雪

一、问题的提出

"诗六义"是汉代《诗经》学的核心理论，刘勰《文心雕龙》对"诗六义"的解释则代表六朝诗学话语系统，在这二者之间，存在一些重要的问题。关于"诗六义"，古人论述颇多，其中影响最大的说法是唐代孔颖达的"三体三用"说[①]。近代以来，学者们纲引古人余绪，吸收外来学说，聚讼纷纭，间有创发，从大体上似乎仍然没有撼动体用经纬之说的地位。不过，有两种不同的立论值得注意：其一，"六体"说。近代章太炎主张"六诗"即"六体"，认为孔子删诗前古诗三千余篇，"比、赋、兴各有篇什"，后来经过删选，到《诗经》三百篇，作为诗体意义的比、赋、兴不存。[②]今人郭绍虞、朱自清皆在此说基础上有进一步的发挥和伸展。此一系列论述，关注"诗六义"的整体性，而且照顾了"六义"序列的关系，与郑玄、挚虞、刘勰等人"整体"论述"六义"有一定相应之处。然而，此一理论方向将"六义"理解为诗的体式或者乐歌类型，从根本上淡化了"六义"的创作意义；且向上越过《诗经》文本，越过汉代《诗经》学，将"六义"指向所谓原始乐歌，缺少传世文本的证明。有的学者更是离开"六义"的文化史语境，进行语言学、心理学的诠释建构，虽有理论新意，但毕竟缺少中国诗学历史材料的支持。其二，"三体六义"说。李健引用清人包世臣"体用说"，认为包氏的"三体六义"说优于"六体"之论和"三体三用"之论，

[①] 孔颖达:《毛诗正义》,《十三经注疏》上册,浙江古籍出版社,1998年,第271页。

[②] 章太炎:《检论·六诗说》,《章太炎全集》第三卷,上海人民出版社,1984年,第390页。

认为风、雅、颂不仅作为乐歌种类出现，具有"体"的意义，而且也和赋、比、兴一样具有"义"的意义。至于风、赋、比、兴、雅、颂的意义和关系，作者引用《文心雕龙·风骨》篇加以论证。①此一解释方向将"六义"作为儒家诗学的正源和法则，重新开发其创作方法的统一内涵，意义重大。然而，作者对于《文心雕龙》"六义"说虽然有所注意，但对其中理论传承发展的逻辑曲折并未充分重视，有待于深入探讨。一些学者虽然注意到刘勰的"赋比兴"论具有"承前启后"的意义，但往往又对"文心"理论缺少整体的把握。②20世纪以来，"龙学"作为显学一直长盛不衰，名家巨匠不乏其人，然而，对于"文心"的确切内涵，对于刘勰"诗六义"说包含的"文心"理论意义，仍然存在较大的分歧；特别是涉及《文心雕龙》的《原道》《神思》《风骨》《比兴》等篇的论说，往往显出思想立场的差别。黄侃以"文章本由自然生"解释《原道》，以"命意修辞"解释"风骨"，强调刘勰"循实反本酌中合古"的理论原则③，代表了一种以文辞艺术思维解释"文心"的方向。王元化《文心雕龙创作论》则以"文心"理论为基础，广泛展开与西方文论的比较，重建"文心"话语系统，如：以"艺术形象"解释"比兴"。④徐复观以情性论为基础建构《文心雕龙》的"文体论"，以"文体论"解释"文心"，强调"风骨"皆为作家"气"的实现与展开。⑤饶宗颐则认为"文心"即"为文之要解"，与佛教阿毗昙心乃"最上法之要解"有相通之处。⑥"风骨""比兴"等范畴命题上通"文心"，甚至可以解释刘勰的"审美理想"，这是当代《文心雕龙》学者达成的共识，但对于"风骨""比兴"背后的经学话语基础，对于"文心"包含的思想与艺术两个层面，仍然缺乏充分的开掘和贯通，甚至有割裂之弊。

20世纪以来最为流行的是经学与文学"对立说"，特别是围绕"比兴"的讨论极多。比如萧华荣《中国诗学思想史》认为：经学与文学两种意蕴在诗学思

---

① 李健：《诗"六义"新论》，《阜阳师院学报》(社科版)，1994年第二期。根据《文心雕龙·风骨》对"诗六义"的次序加以解释："文学首先是用来讽谕与教化的，故'风'在其首，它是一切思想情感的来源，为了更好地讽谕与教化(风)，必须铺陈事实(赋)，采用比喻(比)和感兴(兴)的手法，使文学作品情感真挚，委婉动人，这样，才能达到正天下得失(雅)和歌功颂德(颂)的目的。"

② 祁志祥：《刘勰的"赋比兴"论及其承前启后意义》，《陕西师范大学学报》(哲学社会科学版)，2015年第1期。

③ 黄侃：《文心雕龙札记》，上海古籍出版社，2000年，第102页。

④ 王元化：《文心雕龙创作论》，上海古籍出版社，1979年，第135页。

⑤ 徐复观：《〈文心雕龙〉的文体论》，《中国文学论集》，九州出版社，2014年，第41页。

⑥ 饶宗颐：《文心与阿毗昙心》，《梵学集》，上海古籍出版社，1993年，第185页。

想史上始终递相消长。①他用"缠夹"一词表达二者之间的对立与联系，较单一强调"对立"关系圆融一些，似乎给二者的共存留下了较为宽广的理论空间；但论述的价值落点，仍是强调二者的紧张关系，以所谓"文学"价值贬低"经学"价值，没有从根本上重视二者的共通性。近来张节末提出，"比兴"是先秦古人特有的"类比看"思维方式的体现，在汉末魏晋时期遭到缘情诗学的冲击，被物感审美经验所取代，后来"更无处立足"，在中国诗学史上没有贯通的意义。②他从思维方式的角度解释"比兴"，结合思想史的变迁，展现"比兴"理论在中国美学史、诗学史上的意义；然而，他得出的结论仍是强调先秦两汉的"比兴"与魏晋南北朝时期"物感审美经验"之间的对立冲突。美籍学者顾明栋提出："赋、比、兴并不是三种迥然不同的表达方式，而是诗歌创作整体过程中密不可分的三个有机组成部分。"③他强调六义的"整体性原则"，认为赋、比、兴具有诗歌创作元理论的意义，重视它们在中国诗学史上的中心地位。顾氏所论较一般学者仅重比兴而不及其余各"义"，有重要的开展，他重视"赋"对比、兴的基础作用，将赋、比、兴联为一体，极有启发意义；但他似乎仍没有重视"风、雅、颂"三义，没有接上汉代《诗经》学"六义"说的主流。

　　学术的创新往往建立在学术史的回顾上，但学术史的回顾不等于简单重复的陈词滥调。20世纪以来的"龙学"研究取得了巨大的成就，特别是一些涉及创作论的问题吸引了大批学者。然而，有些问题牵于当时讨论的社会文化语境，分歧颇多，甚至不了了之。如果转换一下视角，将刘勰《文心雕龙》放在中国

　　① 萧华荣：《中国诗学思想史》，华东师范大学出版社，1996年，第71—72页："作为'六义'中两义的'比''兴'，到刘勰时才连缀为有深远影响的'比兴'一语。'比兴'的概念，也有经学意蕴与文学意蕴的缠夹。经学的'比兴'说，要求以艺术形象托喻政教风化的思想内容；文学的'比兴'说，现在常被称为艺术创作的形象思维。《文心雕龙》多次言及'比兴'，也有这两种意蕴的缠夹。"

　　② 张节末：《比兴美学》，浙江大学出版社。2020年，第7页："比兴，尽管至关重要，但并不能作为贯通中国美学史或诗学史的红线，其存在依托特定的历史时空，发展呈现出阶段性。比兴是先秦古人类比看思维方式的体现，诞生于春秋战国时期，成形于汉儒之手，但却遭到汉末魏晋缘情诗学的冲击，被汉末新生的物感审美经验改造并取代，在玄学影响诗学之后更无处立足，比兴完成了其历史使命。"

　　③ 顾明栋著，张万民、汤晓沙译：《赋比兴：诗歌创作的元理论》，《古代文学理论研究·第32辑·中国文论的古与今》，华东师范大学出版社，2011年，第58页："孔颖达说'六义'都与诗的创作有关。由于单独的原则无法涵盖诗歌创作的全部过程，所以要用六个原则，它们'各自为文、其实一也。'……赋、比、兴的运作取决于对等原则的有顺序运用。"按：孔颖达"各自为文其实一也"就上文"六义"与"六诗"的称谓而言，言六义与六诗的称谓是一样的内涵，顾明栋先生虽对此处语义解释不确，但从中引出六义的"整体性"还是有重要意义的。

思想文化史的整体中来看，他如何上继两汉经学开出了《文心雕龙》的理论系统？其中有怎样的方法论的意义？由此还可以引申出一个重要问题：中国文学理论思想的传承发展问题。中国文论沿着怎样的线索发展演进？如果能很好地理出其中的线索，则不但是对理论史的清理，也是对中国文学理论发展演进的"可持续性"加以探究。就流传下来的有限资料来看，汉儒"六义"说立足于解说《诗经》的诗篇，重在政教，后世中国诗学的理论系统与之相关联而又有明显的不同。刘勰极为重视两汉经学，对马融、郑玄等学者充满敬意，也极为重视两汉经学系统中的"诗六义"学说，将它们完全"带入"了《文心雕龙》。然而，在《文心雕龙》的理论系统中，"诗六义"说经过刘勰的重新解释和安排，呈现出一种新的形态，具有中国诗学元理论的意义。

《毛诗序》里提出诗有六义："一曰风，二曰赋，三曰比，四曰兴，五曰雅，六曰颂。"《周礼·春官》"大师"："教六诗：曰风，曰赋，曰比，曰兴，曰雅，曰颂。"《毛诗序》着重解释了风、雅、颂，没有解释赋、比、兴。郑玄在对《周礼·春官》"大师"的注解中，补充注解了赋、比、兴。[1]如果将二者对接起来，还是能够约略见出汉儒对于"诗六义"的大体解释。刘勰在《文心雕龙》[2]中有5处（篇）明确论及"诗六义"：

《明诗》篇：

> 自商暨周，《雅》《颂》圆备，四始彪炳，六义环深。子夏监绚素之章，子贡悟琢磨之句，故商、赐二子，可与言诗。

《颂赞》篇：

> 化偃一国谓之风，风正四方谓之雅，雅容告神谓之颂。风雅序人，故事兼变正；颂主告神，故义必纯美。

《风骨》篇：

> 《诗》总六义，风冠其首，斯乃化感之本源，志气之符契也。

《诠赋》篇：

> 《诗》有六义，其二曰赋。赋者，铺也，铺采摛文，体物写志也。

---

① 以上参考《毛诗正义》卷一、《周礼注疏》卷二三，《十三经注疏》上册，第271页、第796页。
② 本文引用《文心雕龙》原文据詹锳：《文心雕龙义证》，上海古籍出版社，1989年。

《比兴》篇：

> 《诗》文阒奥，包韫六义；毛公述《传》，独标兴体，岂不以风通而赋同，比显而兴隐哉？……盖随时之义不一，故诗人之志有二也。

刘勰在《文心雕龙》中论述"六义"，特别强调以《诗经》学为起点，基本字词概念的解释接续汉儒的解释而来，对汉儒的解释似乎有一种"信仰"的信任。然而，就《文心雕龙》相关各篇展开的知识形态来说，还是和汉代诗经学的论述有明显差别。一些问题长期讨论，疑义重重，并没有得到很好地解决：比如：论及《风骨》篇，风骨的意义问题，风骨之"风"与《国风》之"风"到底一样还是不一样？历史上有人就明确地提出："风骨与六义无涉，信刘彦和所云，则雅颂皆无风骨乎？"①论及《比兴》篇，学者们对刘勰"风通赋同"之论往往有不同的理解。诸如此类的问题，往往是刘勰在前人理论基础上的新开展，是理论思想史河流的波澜起伏之处，最应引起注意。如果能认真加以探讨，则不仅对刘勰的思想融合之处加以了解，对刘勰解释立论的方法加以显示，对中国文论传承发展问题的进一步探讨也是有所助益的。

二、化感："六义"的心灵本源

（一）"六义"的整体性

刘勰论"诗六义"是分到各篇中来讲的，再加上《文心雕龙》骈体语言的蕴藉特征，其六义说的整体性极容易让人忽视；而这个"整体性"很重要，也可以说是超出六义分论之上的形式逻辑，其元理论的意义正奠基于此。《文心雕龙·风骨》篇云："诗总六义，风冠其首。"《文心雕龙·颂赞》篇云："四始之至，颂居其极。"这里都可以视为整体性的提示。②既然是"风冠其首"，其后应在逻辑上包含后续的"赋、比、兴、雅、颂"各义；说"颂居其极"，前应有"风、雅"义作为基础。也许有人认为"首""极"的字眼不过是刘勰对"六义"的历史表述次序的提示，但如果细致阅读"化偎一国谓之风，风正四方谓之雅，

---

① 《文心雕龙义证》风骨第二十八，引叶长青《文心雕龙杂记》，第1047页。

② 关于"诗六义"的次序，唐孔颖达在《毛诗正义》卷一中有论述："六义次第如此者，以《诗》四始以风为先，故曰风。风之所用，以赋比兴为之辞，故于风之下即次赋比兴，然后次以雅颂，雅颂亦以赋比兴为之。"《十三经注疏》上册，第271页。

雅容告神谓之颂"（《文心雕龙·颂赞》），以及"风通""赋同""比显""兴隐"（《文心雕龙·比兴》）的论述序列，就能够发现他对六义"整体性"意义的提示。

《文心雕龙》论"诗六义"各篇，往往仅在篇首引述汉儒之六义说，显示"振叶以寻根、观澜而索源"的理论方法。《风骨》篇前引："诗总六义，风冠其首"数语，意义非同寻常，前人讨论《风骨》篇很多，分歧也很多，往往起于对此数语理解的分歧。曹学佺认为："风骨虽有分重，然毕竟以风为主。风可包骨，而骨必待乎风也。故此篇以风发端，而归重于气。"[①]徐复观认为："彦和……引六义之风，乃其'原始'之例。仅原风之始而未原骨之始，是因为以骨论文，于经典无据，所以便把它略过去了。这种写法，并不是以风来包括骨；而从《文心雕龙》全般情形看，也不是认为风重于骨；这是彦和在写作的时候，陷于形式主义，反引起形式不完备的结果。"[②]一般学者仅从字面意思加以理解：解为"风能起感化作用而且是志、气的一种标志"，而忽略了"风冠其首"的重要意义。

（二）"风"如何贯通其他"五义"？

刘勰虽将六义分在各篇中来讲，特别是将赋、颂放在上篇中来讲，将比兴放在下篇中来讲，似乎有意区别了六义的"体"与"用"，稍后的钟嵘《诗品序》"三义说"，唐代孔颖达、宋代朱熹的"三体三用说"与之相应。如果仅从表象来说，六义说在《文心雕龙》各自成篇，似乎各自独立，自成系统，甚至互不相干。但深入考察，刘勰在论述六义其中一义的时候，往往兼及其他各义，且特别重视"风"的基础意义和贯通意义，"风"不但是可以贯通雅、颂的，而且也是可以贯通赋、比、兴的，是贯通六义的。只有从贯通意义上来了解"风"，才可以了解刘勰"风冠其首"的意义，才可以得到"化感本源志气符契"的确切解释。

风贯通雅、颂，乃是从诗的感化力量而言的，"风动一国"，是说风诗能够感动一国；"风正四方"，是说雅诗能够感动四方并使之归于正；"雅容告神"是说感动天地鬼神，其中的"感动"是中心线索。刘勰认为，风雅序人传达的是"人"，感动的对象也是"人"，而人有美善有不美善，所以才有风、雅的"正

---

① 《文心雕龙义证》风骨第二十八,引曹学佺语,第1046页。

② 徐复观：《中国文学中的气的问题——〈文心雕龙·风骨〉篇疏补》,《中国文学论集》,第285—286页。

变"；而颂诗歌颂的是"盛德"，感动的对象是"神明"，所以就情感内容来说，是纯粹的美善。就感动的力量和价值来说，颂诗更明确"感动"的指向是纯美的"形而上"的整体，所以说"颂居其极"。至于说风贯通赋、比、兴，则可以从风乃"志气符契"一面来理解，风不但是心灵感动的根本力量，而且也是志气的外显，是人的心理图像的展开，而赋比兴则是诗人体物写志的不同心理作用，也可以说诗人生命之气"应物"的不同表现，在这些不同表现之后，仍然是那个贯注"化感"精神的形而上的整体。

（三）风骨之"风"与《国风》之"风"

因为《毛诗序》解释"风"："风以动之，教以化之"；又云："上以风化下，下以风刺上。"一些学者作一般性理解，认为刘勰所讲"风"与《毛诗序》相同，只是讲"风"的功能性特征，这是不全面的，流于浅表。在汉代《诗经》学中所讲的"风"义，确实是功能论的讲法，讲的是具体的"风"诗具有具体的感化作用，但刘勰所讲的"化感本源志气符契"就不仅仅是功能论的意义，而具有本体论的意义。

刘勰论"风"乃化感本源，其基础在于"风"诗"由感而化"的生命精神，《诗经》中的风诗基本上采自民间，保留了生命原生态的本真，保留了人性的本真，也是世界的本真，是人与世界整体图像的真切传达。不过，需要注意的是，虽然是"民生而志"，人人都有一定的感受能力，但并不是人人皆能达到天地精神的本源，究竟怎样才能达到"诗心"的高度，这是汉代《诗经》学"诗言志"话语系统没有论及的。

刘勰列《乐府》篇，基于《诗经》"风"诗的"风"义有可能发生异变：

> 匹夫庶妇，讴吟土风，诗官采言，乐胥被律，志感丝篁，气变金石：是以师旷觇风于盛衰，季札鉴微于兴废，精之至也。（《文心雕龙·乐府》）

《诗经》所采民间歌谣真切动人，可以观民风，可以察政治之兴废。但是刘勰认为这些具有乡野气息的"土风"，具有"淫滥"的天然可能性，所以先王在主持采择民歌时，非常谨慎，"必歌九德"（《文心雕龙·乐府》）。他特别批评汉武帝立乐府采集歌谣编制乐歌流于靡丽：

> 暨武帝崇礼，始立乐府，总赵代之音，撮齐楚之气，延年以曼声协律，朱马以骚体制歌，《桂华》杂曲，丽而不经，《赤雁》群篇，靡而非典，河间

荐雅而罕御，故汲黯致讥于《天马》也。（《文心雕龙·乐府》）

即使对于建安时期以"风骨"见称的乐府诗，刘勰也持一定的批评意见，认为三曹诗歌缺乏中正和平的大雅之美；虽然继承的是前代乐调，但所写歌词中包含杂荡的情志。

> 至于魏之三祖，气爽才丽，宰割辞调，音靡节平。观其北上众引，《秋风》列篇，或述酣宴，或伤羁戍，志不出于杂荡，辞不离于哀思。虽三调之正声，实《韶》《夏》之郑曲也。（《文心雕龙·乐府》）

刘勰对于汉武帝时乐府诗、魏之三祖的乐府诗的批评，并不是从整体上否定这两个乐府诗群体的成就，更不是从根本上否定乐府诗所根据的诗之"风"义，而是着眼于"风"义容易出现的偏颇。汉武帝时乐府诗有的"丽而不经""靡而非典"，魏之三祖乐府诗存在的"杂荡"之志、"哀思"之辞，与雅颂的正大光明之义还是有距离的。汉儒论"风诗"显示了"化感"的力量，但并没有彰显其"本源"的意义。刘勰从具体的"国风"义引申出具有一般意义的"风骨"义，则可以显示诗的"本体义"，由风骨论通向"诗心""文心"的本体义，是重要的传承发展。

刘勰由"化感本源"提示的心灵本体，可以照应《文心雕龙》多篇甚至全书来深入理解。《明诗》篇提出："人禀七情，应物斯感，感物吟志，莫非自然。"《明诗》篇赞云："民生而志，咏歌所含。兴发皇世，风流《二南》。"此处的"人""民"都是整体性的说法，所感的"物"也是整体的说法，是世界的整体。人与人、人与世界的"感"代表了宇宙大生命的存在，因此诗的传达，乃是人的心灵对世界本真全体的传达，可以显现"化感"本源。刘勰解释"诗六义"强调"风冠其首"，正显示"风"诗最能显示诗的根本意义。如果结合《原道》篇篇末的结语："辞之所以能鼓天下者，乃道之文也。"那么，刘勰所论"民生而志"与"心生而言立"具有相通的意义，"化感本源"可以对接"天地之心""道心"的本体论。

在《原道》篇中，刘勰以"天地之文"论述"天地之心"，由"天地之心"引出"道心"，再由"道心"回转到"文心"。"道"的可感性体现为道之"文"，这是刘勰的重要论述，这一点有些学者觉得费解。宇文所安说：

> 说天地有"文"还不算过于极端，"道"有"文"则是一个极端的说法。人们通常从一个较高的、抽象的层面（形而上的层面）来理解"道"，如自

然之道；这不是说"道"本身具有某种特殊的决定性，而是说，它是那种特殊的决定性的发生方式（也就是发生之"道"）。因此，刘勰可以直截了当地说，"文"通过天地成型之"道"表现出来。不惟如此，刘勰还有另外的意思："文"不仅仅是任何特殊自然的结果，而且还是自然过程本身的那个可见的外在性。[1]

宇文所安以"自然哲学"的眼光和方法来解释刘勰"道之文"的观点，当然是不相应的，仅从文本的表层符号意义着眼，把它称作"神秘起源说""天真的起源说"就更显得隔膜。[2]刘勰所云"道之文"，既不是具体自然物运行变化的过程和结果，也不是自然物运行变化的方式、外在性，它是人对世界与人类历史运行轨迹、运行方向的感受和把握，"道之文"不是外饰的，它就是"道"的显现，"文"本身具有"道"的实体性、整体性。"道"应该接近现代文学理论中"世界"的概念，是文学要表达的对象，也是文学得以成立的根源，"道之文"可以说就是世界的存在方式，甚至可以说是世界本身。与"世界"概念不同的是，刘勰所强调的"道"，特别重视历史的轨迹与价值方向，特别强调它的可感性。另外一个重要的意思是，"道之文"必由人来"明"才能成立；同时"道之文"也是人领会弘扬"道"的方式和抓手，文原于道，道由文明，文由人明，因文明道，这是刘勰论文的大纲。此"道心"也是人与世界的同体共感，是一个具有本体意义的表述，它应该是"化感本源"的底蕴。

三、"气""志""学"圆成的工夫论

（一）"化感"的心灵如何实现？

在刘勰那里，化感的本源追究到"道心"似乎就再也不能向上追究了，任何理论的描述皆可能失去刘勰的原义，以至于对这个形而上的本体产生错误的领会。但是，对于作者的创作实践，刘勰还是给出了切实的建议，这些建议如

---

[1] 宇文所安著，王柏华、陶庆梅译：《中国文论：英译与评论》，上海社会科学院出版社，2002年，第192页。

[2]《中国文论：英译与评论》，第196页："刘勰为我们描述了一个文的发生过程，他在《文心雕龙》中一再重复这个历史（文学史家大多喜欢坚持这个说法）。它纯属那种不可理喻的神秘起源说。在现存最古的文本中，文又经历了一个纯粹而透明的阶段，后来才渐趋复杂、越来越形式化。……文学距离它那天真的起源说就更远了。"

果仅作为"创作论"来理解，似乎只是"写作方法"的指导。但如果从根源意义上来理解，这些建议则有心灵修养工夫论的内涵。刘勰极为重视写作者素质的培养，关于这个方面学者们的讨论已经很多了。刘勰既重视作者先天的才、气基础，又重视后天学、习的积累，所谓"因性以练才"，《神思》篇云："积学以储宝，酌理以富才，研阅以穷照，驯致以绎辞。""难易虽殊，并资博练。"这一系列的作者素养论皆有指导写作实践的意义。不过值得注意的是，如果对应他的宇宙本体论，对应他强调的"道心"及"化感本源"，来讨论他的工夫论，究竟沿着怎样的路径才能进入"道心"本体呢？也就是"人何以知'道'？"所以，讨论刘勰的作者素养论、创作心理论，仍然需要结合其中包含的哲学美学基础加以探究。

刘勰论作家心灵的养成是以才性的人性论为基础的。即所谓："肖貌天地，禀性五才，拟耳目于日月，方声气乎风雷，其超出万物，亦已灵矣。形同草木之脆，名逾金石之坚，是以君子处世，树德建言。"(《文心雕龙·序志》)他论作家修养，常以"才性"为起点。但才性只是基础，才性并不直接成就文学，才性要借助生命的"气"来显现和实现；而气可以是生理的血气，也可以是后天形成的精神气质，在这个生命的综合体中，包含着"志"，成为气的主宰，志、气融合一体，情性得以实现，成为神思的"关键"，也成为吐纳"文艺"的关键。这是一个"才—气—志"变化成就的过程，也可以说是一个工夫理论的"结构"。前人在研究刘勰"才性说"的时候，往往注重风格、创作个性问题，着眼于作家先天的禀赋和后天的学习，而少从工夫论立论。[①]刘勰强调人的禀性，乃是强调人的共同根源，强调人与天地万物的一体性，这是作家心灵修养的基础。人的才性确实有差异，但刘勰并不从才性的高低贤愚着眼，而是肯定这些差异性皆有价值，将论述的重点放在如何实现这些价值，即所谓"因性以练才"(《文心雕龙·体性》)。所以在《神思》篇，刘勰强调"陶钧文思，贵在虚静"；《养气》篇赞曰："玄神宜宝，素气资养。"虽然针对的是创作过程中的心理要求，但在刘勰以才性为基础的工夫论中，虚静工夫是重要的前提，它指向生命的本真状态，显示出来的是一个人的"素气"。但这个"素气"如果没有充实和激活，则不能成就由"气"向"志"升进，不能成就充盛的心灵。在这个由"素气"向"志气"升华的过程中，"学""习"一系列陶染性工夫就显得极为重要，刘勰所论"积学""酌理""研阅""驯致"(《神思》)等工夫正是气与志的升华，由此才能成就"玄解之宰""独照之匠"(《神思》)、"触物

---

① 《文心雕龙创作论》，第117页。

圆览"（《比兴》）的心灵。

（二）气与学的互补

近人牟宗三认为，才性人性论与气化宇宙论相关联，将人的生命仅看作从宇宙万物中分出来的一部分，与这个天然的综合体相比没有什么特异之处，只能服从宇宙法则；众多经学家、玄学家只能罗列物象，泛言体用，"而于性命则茫然不解也"。[①]"气化宇宙论"诚然不能推出人性异于万物的特异之处，不能推导出"人性善"的论述，但它可以推出：人具有天地万物之性，并且"实现"天地之性。而这一切皆是在人不断自觉不断努力的历史长河中实现的。刘勰在《风骨》篇中，一方面将"风骨"的根本归之于"气"，引"魏文称文以气为主"展开论述，强调"重气之旨"；另一方面同时强调学，强调"熔铸经典之范，翔集子史之术，洞晓情变，曲昭文体"，强调这两个方面的互补圆成，这个思想也可以说贯穿于《文心雕龙》全书之中。近世以来学者讨论刘勰重气之旨时，往往就将气理解为所谓的"个性"，而作浅表的气质风格讲，而不去追究个体生命背后宇宙生命的根本意义；在理解刘勰所论"学"时，也仅从具体的知识内容出发，而不去追究刘勰所提示的"经典子史"所包含的文化精神。所以不能确解刘勰所体认的"超出万物"的生命意义，也就不易领会刘勰树德建言的文学精神。刘勰在诗学方面，从"风"义转进至"风骨"论，提示本体，展开工夫，"化感本源"的提示为诗的表达确立了内容方向，既指向天地万物的自然之美神明之容，又指向伦理和谐的公平与正义；天地之道的"天性"，涵盖了以"气"为内容的生命精神，给诗人的尽气尽才留出巨大的理论空间；沿着此生命精神，实现心灵的超越与形式化，从而成就艺术的创造。

四、心灵空间的开展与艺术化

《比兴》篇中，刘勰以诗六义的"阃奥"开篇："《诗》文阃奥，包韫六义，毛公述传，独标兴体。岂不以风通而赋同，比显而兴隐哉！"现代学者一般认为"比显兴隐"比较好理解，而"风通赋同"则比较费解。他们往往以孔颖达《毛诗正义》"三体三用说"为基础，缘"风之所用，以赋比兴为之辞"，将"风通"解释为"风通赋比兴"；那么如何解释"赋同"？总不能解释为"赋同赋比兴"，

———————
① 牟宗三：《才性与玄理》，《牟宗三先生全集》(2)，联经出版事业公司，2003 年，第125 页。

只好解释为"赋具有一般诗的共同性",这就显得比较牵强。①

　　（一）"风通赋同"的问题

　　要理解"风通赋同"的问题，还是要回到"六义"的整体性。刘勰论"毛公述传，独标兴体"，应该是上接汉儒的论述而来，郑玄注《周礼·春官》大师："教六诗：曰风，曰赋，曰比，曰兴，曰雅，曰颂。教，教瞽矇也。风，言贤圣治道之遗化也。赋之言铺，直铺陈今之政教善恶。比，见今之失，不敢斥言，取比类以言之。兴，见今之美，嫌于媚谀，取善事以喻劝之。雅，正也，言今之正者，以为后世法。颂之言诵也，容也，诵今之德，广以美之。郑司农云：古而自有风雅颂之名，……时礼乐自诸侯出，颇有谬乱不正，孔子正之。曰比曰兴，比者，比方于物也。兴者，托事于物。"②刘勰在解释风、雅、颂诸义的时候，着重于"化感"的作用；在解释赋比兴诸义的时候，则着重于"体物"的方法和作用："赋者，铺也，铺采摛文，体物写志。"（《诠赋》）"比者，附也；兴者，起也。附理者，切类以指事；起情者，依微以拟议。"（《比兴》）而"化感"与"体物"在刘勰这里本就是贯通一体的，化感着重于心灵本体的揭示，而体物则是心灵对物的容纳和传达。刘勰以化感、风骨解风，强调的是风感动人心化育人心的特点，所谓"风通"也应该从这里理解，"通"应该指向"风"诗的"直感"，"风通"就是风诗体物直感动人。"赋"既为"直铺陈今之政教善恶"，则"赋同"应该理解"直写"事物。"风"的直感与"赋"的直写就书写效果来看，当然与比、兴不同，特别是兴的"环譬以寄讽"（《比兴》）更具有含蓄曲折的特点，所以才有刘勰所重视的"毛公述传，独标兴体"，"风

　　①《文心雕龙义证》比兴第三十六，第1335—1336页引郭绍虞："自来注家，对于比显兴隐之说论说颇多，但对风通赋同之说则都没有提。案'风通赋同'很难理解，各家均云'通一作异'，假使说'风异赋同'，那么说风指各国之风，当然可说是'异'，赋则介于体用之间，当然可说是'同'。假使照'通'字来讲，只能说风通于赋、比、兴三体，但对'赋同'之说多少有些牵强了。但是我们对于刘勰把风赋比兴连起来讲，却认为是一个值得注意的问题。"引郭晋稀《文心雕龙注译》："'风通'，风为诗之体裁，其创作方法包括赋比兴三者，故毛公作传，无需标出。"引牟世金《范注补正》："'风通'指风（包括雅、颂）通用赋、比、兴之法；而赋又'通正变，兼美刺'，具有一般诗的共同性。"

　　②《周礼注疏》卷二三，《十三经注疏》上册，第796页。

通赋同，比显兴隐"相联系，成为一个整体。①

"风通""赋同""比显""兴隐"，皆是展开的心灵物象的不同形态，同时也是对表达类型的概括，可以说是基于语言现象对诗的概括，因此具有心灵诗学元理论的意义。刘勰论"六义"皆是诗人心灵的呈现，特别是诗人容纳和传达"事物"作用的不同体现，并没有价值高低的区别，而是从心灵的根源出发，可以达到深广细微的境域。这里他似乎有意淡化了汉儒所强调的"政教善恶"，转而突出了对"物世界"的关注。

（二）心灵的扩展

从文化心灵开展的视角加以理解，才能贯通起来，也才能真正了解刘勰的传承发展。《比兴》篇赞云："诗人比兴，触物圆览"，是对诗人心灵之境作出的确切表述，此处"圆览"一语应与佛学有关。《易传》中说："蓍之德圆而神，卦之德方以智，六爻之义易以贡。"（《周易·系辞上》）以事物的形象之圆概括蓍卦意义解说的通圆，基本上还是形象的"圆"。佛经中的"圆悟""圆照""圆览"，是心灵对三界的照察，这里的圆，虽然也有形象的意义，但已不是具体形象的圆形，而是心灵向四面八方的打开，没有遮蔽，没有剩余，如阳光普照成就一种"圆满"的实在。刘勰"少依沙门僧佑"，僧佑是齐梁时期的高僧，著《弘明集》等，僧佑在《弘明集后序》中说："夫二谛差别，道俗斯分。道法空寂，包三界以等观；俗教封滞，执一国以限心。心限一国，则耳目之外皆疑；等观三界，则神化之理常照。"②佛教以打破世俗的拘限虚妄为修行的大法，而目标则在于心灵的弘大通透，给人指示光明的境界。佛教思想从根本上说是对人的生命存在终极意义的关心，并不在意文艺的成就，但它所强调的"等观""常照"暗含了人与世界的高度融合，也是对人的心灵境界空间的拓展。中国的

---

① 钟嵘：《诗品序》，曹旭集注：《诗品集注》，上海古籍出版社，1994年，第39页："故诗有三义焉：一曰兴，二曰比，三曰赋。文已尽而意有余，兴也；因物喻志，比也；直书其事，寓言写物，赋也。"按：钟嵘以"直书"论赋，以"文已尽而意有余"论兴，正是与刘勰话语方向一致，黄侃《文心雕龙札记》，第174页："至钟记室云，文已尽而意有余，兴也；因物喻志，比也。其解比兴，又与诂训乖殊。"黄侃肯定刘勰释比兴得先郑之意，而说钟嵘解释非古训，显然没有重视刘勰论"兴隐"与"文已尽而意有余"相通之义。

② 僧佑：《弘明集后序》，李小荣校笺：《弘明集校笺》，上海古籍出版社，2013年，第794页。按：《弘明集》虽完成于梁代僧佑晚年，《文心雕龙》完成于齐代，但《弘明集》有一个长时期的撰集过程，其中文章多为汉末魏晋后学者、僧人所作，已长期发生影响，不可以《弘明集》晚出而忽视僧佑及此集对刘勰思想的重要影响。

道家思想强调虚静玄览，与佛教空观境界相近，但道家偏重自然物意义上的世界，而佛教则强调普照三界。儒家思想强调德性修养，强调心灵的感化，与化俗度众生的佛教思想亦有相应之处。佛教进入中土初期，特别强调与中国思想文化的相应一致，同时也强调佛教超越中国思想的优胜之处，在"三教同源"的理论中，同时也包含互补互证，乃至互相成就提升的思想旨趣。宗炳论佛与儒、道思想之相通："生不独造必传所资，仰追所传则无始也，奕世相生而不已，则亦无竟也。是身也，既日用无限之实，亲由无始而来，又将传于无竟而去矣。然则无量无边之旷，无始无终之久，人固相与凌之以自敷者也。是以居赤县，于八极曾不疑焉，今布三千日月，罗万二千天下恒沙，阅国界飞尘纪积劫，普冥化之所容，俱眇末其未央，何独安我而疑彼哉！"①"生不独造"，这是一个重要的命题，生命必向外扩展，生命必向外攀援，生命与生命形成大的共同体，无始无竟，不断向外超越，这是中国玄佛思想宇宙论在《周易》"天地絪缊"论基础上的重要开发。这个以"化感"为基础的生命共同体的宇宙观，将"物"的生命与"人"的生命在一个更加超迈的宇宙中更加密切地融合在一起。人对物的"感"，不再是单向的"感"，不是仅取物象的比喻象征意义，而是生命深处相连一体心物相召的"感动"。胡晓明提出："比兴所蕴含的生命性，与《周易》'天之大德曰生'相通，……三千年中国诗学之精诣，即由此源泉流出。"②刘勰"触物圆览"的比兴说正是从此大本大源流出又吸收佛教超越宇宙论的结果；其实不但是比与兴，风、赋、雅、颂各义同样笼罩于此文化心灵之中。刘勰在《文心雕龙·物色》篇中所说的"物色相召"，"既随物以宛转、亦与心而徘徊"，皆显示了人与物在生命深处化感一体的原理。僧佑《弘明集序》说："夫觉海无涯，慧境圆照，化妙域中，实陶铸于尧舜；理擅系表，乃埏埴乎周孔矣。"③僧佑认为佛教化妙之理在中土早已开辟，合于儒家文化思想。在佛教借助中国儒、道话语系统进行传播的过程中，中国文化也逐步吸收了合乎自身文化的佛教思想，佛教引导人的自觉，实现慧境的圆照，与中国尧舜周孔的教化思想是一致的。救世在于救人，救人在于救心，佛教在提升人的心灵空间方面具有特别的意义，从而资助了中国思想文化的丰富和发展。刘勰"触物圆览"的比兴论，吸收了佛教"圆照""觉悟"的思想内容。

① 宗炳：《明佛论》，《弘明集校笺》，第86页。

② 胡晓明：《中国诗学之精神》，江西人民出版社，1991年，第12页。

③ 僧佑：《弘明集序》，《弘明集校笺》，第1页。

（三）艺术的深微

"圆照""独照""圆览"的心灵境界，同时也提示艺术心灵的深微丰富，刘勰往往以"深"来概括。《诗经》中的诗作为经典，其中包含深厚的心灵信息，这种"深"，与其说是艺术的呈现，不如说是诗歌中包含的心灵蕴涵的丰富："《诗》主言志，诂训同《书》，摛风裁兴，藻辞谲喻，温柔在诵，故最附深衷矣。"（《宗经》）"自商暨周，《雅》《颂》圆备，四始彪炳，六义环深。"（《明诗》）而后来诗歌史的作品就不见得皆有此种心灵境界，刘勰对汉代以来的诗赋，有表扬也有批评，特别是对汉赋，批评的较多，在《比兴》篇中，也对辞人夸毗而兴义销亡提出了批评，对近代以来文贵形似、极貌写真也持一种批评的态度，前后联系起来看，仍然是针对写物的艺术心灵不够"深微"提出的批评。艺术的"深微"来自心灵的"深微"，艺术的创造根源于心灵的真实展开，艺术的方法来自平时功夫的自然显现，《养气》篇所论"烦而即舍勿使雍滞"；《神思》篇所论"含章司契不必劳情"；《序志》篇最后指出的"逐物实难凭性良易"，皆应该从这里加以理解。

五、解释路径与理论重建

刘勰对"诗六义"的解释所显示出来的整体性，既超越了《毛诗序》不够完整的"六义"之说，也超越了汉儒解释《周礼》"教六诗"的论说，因为二者留下的资料太少了，且针对的是《诗经》作品的解读，重点论述诗之"作用"，对《诗经》创作背后的"诗人"少有探究。

《荀子·儒效》中将"《诗》言是，其志也"归结为"诗言道"，将诗的整体方向引向理性精神："圣人也者，道之管也。天下之道管是矣，百王之道一是矣。故诗书礼乐之道归是矣。诗言是其志也，书言是其事也，礼言是其行也，乐言是其和也，春秋言是其微也，故风之所以为不逐者，取是以节之也，小雅之所以为小雅者，取是而文之也，大雅之所以为大雅者，取是而光之也，颂之所以为至者，取是而通之也，天下之道毕是矣。"[1]至西汉董仲舒、司马迁皆将六经看作一个整体，指向整体上的"言道"，不但《诗经》如此，其他各部经书也都是"言道"，这就具有一种广义上的诗学精神，或者文化精神。董仲舒提出：

---

① 《荀子》卷四，《四部备要》第 52 册，中华书局，1989 年，第 34 页。

① 《荀子》卷四，《四部备要》第 52 册，中华书局，1989 年，第 34 页。

君子知在位者不能以恶服人，是故简六艺以赡养之。诗书序其志，礼乐纯其美，易春秋明其知，六学皆大，而各有所长。诗道志，故长于质；礼制节，故长于文；乐咏德，故长于风；书着功，故长于事；易本天地，故长于数；春秋正是非，故长于治人；能兼得其所长，而不能遍举其详也。①

董仲舒所说"六艺"对人的"赡养"，其实就是指的六艺的文化教育作用，这个意思与荀子所讲一脉相承，司马迁在《史记·太史公自序》中又加以引用强调。董仲舒将六艺之道向"天道"升进，提出"循天之道"，天道的背后是"天心"，天心可以从天文天象中窥知，天、人之间可以"感应"，在人与天之间架起了信仰的桥梁，"天心"也有了一定的形而上的意义。一些解诗的经师沿着这个思路解诗，纬书《诗·含神雾》中提出："诗者天地之心"。郑玄以天地为"道"的根源，将道的宇宙论意义系统化，向本体义有所转化。他论《易》有三义，简易、变易、不易。②其中的简易，具有方法论的意义，易则易知，简则易从；而变易则是宇宙论的意义，指"易"的展开则是天地万物的运行，是一个共同体；至于不易，则有形而上的本体论的意义，只是此义在郑玄处尚未作为阐述的重点，郑玄的论述的重点在于变易的宇宙论，他注《系辞》云：

君臣尊卑之贵贱，如山泽之有高卑也。动静，雷风也。类聚群分谓水火也。万象，日月星辰也，成形谓草木鸟兽也。……天地之数五十。天地之数五十有五，以五行气通，凡五行减五，大衍又减一，故四十有九也，衍，演也。……包牺，包，聚也，鸟兽全聚曰牺。③

从荀子到董仲舒、司马迁，再到东汉的郑玄皆将六经视作圣人之道的载体，后人不断从研读经典中得到启发，以求将揭示出来的"道"化育人，这个思想是汉儒解释《诗经》的基础，也是刘勰《文心雕龙》诗论的基础。然而，从先秦诸子以至两汉，有两个问题值得注意：其一，天地之"道"与人是悬隔的，董仲舒标举的"天人感应"，天人之间仍然是悬隔的，甚至是对立的，人对天地的上观下察仍然有对立的意思；其二，"心"的当下性。《诗序》论："在心为志，发言为诗"，强调的是感事而发，是对一国之事、天下之事的感发，强调的是心的当下性，流动性，本体意义不显；"诗言道"根究于"道"，指向天地之

---

① 《春秋繁露·玉杯第二》，《四部备要》第54册，中华书局，1989年，第10页。

② 郑玄撰，宋王应麟辑，清惠栋增补：《周易郑注》附《易赞》，古风主编：《经学辑佚文献汇编》第一册，国家图书馆出版社，2010年，第553页。

③ 《周易郑注》，《经学辑佚文献汇编》第一册，第450—451页。

道，在"心"与"道"之间缺少诗学理论的桥梁。特别是在解释心灵对天地万物"物象"的容纳时，仅重视赋比兴的言志美刺功能，基本上未展开心灵的工夫论。

刘勰以"化感"解释"风"义，以风义贯穿"六义"，从而彰显心灵的本体，是对先秦两汉诗经学"言志"与"言道"间隔的打通，是在郑玄"天地之道"理论基础上吸收道、释文化思想对儒家心灵文化思想的传承发展。在郑玄的解释中，人与天地是一体的，但人与天地万物的关系仍是隐喻的关系，释"天尊地卑"与"贵贱"之间、"物以类聚"与"人以群分"之间，皆是"如……"的关系，人与天地万物之间生命感通的意义不够凸显；对天地万物的描述更多是宇宙论的意义，而缺少人与万物共同体根源本体的升华。至魏晋玄学的展开，探讨的重点则在于本体论，王弼注《系辞》"一阴一阳之谓道"：

> 道者何？无之称也，无不通也，无不由也，况之曰道。寂然无体，不可为象。必有之用极，而无之功显，故至乎神无方而道无体，而道可见矣。故穷变以尽神，因神以明道，阴阳虽殊，无一以待之，在阴为无阴，阴以之生；在阳为无阳，阳以之成，故曰"一阴一阳"也。[①]

以"无"释天地之道，这是理论的一大升进，可以说人与天地万物真正实现了"合一"；但是，在"无"的本体论之下，人与天地万物合一的具体意义指向不易领会，且对社会生活、政治伦理容易发生消极的影响，因而理论界开始追寻"无"中之"有"，裴頠著《崇有论》云："夫总混群本，宗极之道也。方以族异，庶类之品也。形象著分，有生之体也。化感错综，理迹之原也。夫品而为族，则所禀者偏，偏无自足，故凭乎外资。是以生而可寻，所谓理也。理之所体，所谓有也。"[②]"崇有"的"有"是对"无"的释放，大体仍然承《周易》"天地絪缊，万物化醇"之义，但从玄学的"无"翻过来之后，"生"的意义更加突显，更加突出了人与万物"化感错综"生命一体的意义。另外，值得注意的是，当时学者以"觉"义解佛，以"化妙域中"解释佛教在中国的传播，以"化感"天地人，"化感"幽冥、"化感"人神、"化感"万物解释"三教"的共同性，大大拓展了文化心灵的理论空间，将"人"既为万物之一又为万物之灵的身份突显了出来，从根本上解答了"人何以知道""人何以体物"等问题。

---

① 王弼：《周易注·系辞上》卷七，《文渊阁四库全书》第7册，台湾商务印书馆，1983年，第258页。

② 裴頠：《崇有论》，《晋书》卷三十五"列传第五"，中华书局，2000年，第683页。

辑一

刘勰对『诗六义』的解释及其元理论意义

刘勰的论述,吸收了当时理论界的成果,返本开新,在文化传承的基础上完成了理论的重建。

总之,刘勰以"化感"本源义解释"风",在此基础上开发"风"的"风骨"义,以"化偃一国""风正四方""雅容告神"揭示"风""雅""颂"的心灵化感本体,以"风通""赋同""比显""兴隐"贯通"风""赋""比""兴"的心灵容物功能,整体上贯通"诗六义"的心灵展开,显示心灵对"物"容纳的不同形态和表达效果,明显超越了汉儒"风以动之""比方于物""托事于物"的比喻义解释,突出了"物"的整体意义。他强调蓄养素气、积学酌理、研阅穷照等修养工夫,乃是对儒、道、释多种思想因素的采纳融合,对诗人作家心灵的文化根源进行了充分的开发。"气"是生命力,也是生命体,其中包含了从天地那里秉承的一切,按照历史唯物论来说,人的生命是在千万年与自然界切磋交流的劳动中创造的,离不开自然物质的渗透熔铸;"学"是儒家最为强调的,每个人生命的历程要靠学习来打开、充实,所谓"才""气"方得实现;"阅"是生命历程中向外的"打量";人的生命须不断开发储藏于自身的"宇宙能量",同时打破自己对自己的限制,儒家强调反省,道家崇尚虚无,而佛家强调去执,才能达到"圆照"之境,才能与天地万物感通一体。刘勰提示的修养工夫,既是通向心灵本体的路径指示,也是对诗人创作的方法引导,本体、工夫、方法如三维立体坐标的打开,撑开了文化心灵阔大的空间,诗之六义,风、赋、比、兴、雅、颂,皆是此文化心灵开出的美花善果,成为中国诗学的元理论范畴。

王守雪,华东师范大学第一届高校教师硕士学位进修班(1995)学员,中文系2004届博士。现为湖北师范大学文学院教授、湖北师范大学古籍研究所研究员。本文原载于《中国文学研究》2025年第2期,发表时有删节,本书收录为全稿。

王夫之"继善成性"说辨证

付定裕

　　人性论是船山关注的核心思想问题，其学说主要涉及"习与性成""性日生日成""继善成性"等几个重要命题。在《船山全书》中《尚书引义》《周易外传》《读四书大全说》《周易内传》《四书训义》和《张子正蒙注》等均有对以上命题的论述。

　　现代学者对船山人性论的讨论，多强调其"人性生成论"的现代价值，如方克、蒙培元、萧萐父、许苏民、胡发贵、肖中云、吴根友、陈屹等。[①]也有学者在论著中留意到船山"人性生成论"与"人性先验地善"的思想存在矛盾处，如高觉敷、张怀承、刘兴邦、欧厚钊、陈伙平、吴晓华、臧慧远等。[②]最早明确提出船山"继善成性"论与"性日生日成"之间矛盾的是林保淳，但他试图以

---

① 代表性的论著有：方克《王船山辩证法思想研究》湖南人民出版社，1984年，第279页。蒙培元《理学的演变》福建人民出版社，1984年，第459页。萧萐父、许苏民《王夫之评传》南京大学出版社，2002年，第323页。胡发贵《试论王夫之的人性论及其理论贡献》，《船山学刊》2008年第3期：5—9页。肖中云《王船山人性论思想的三个维度》，《船山学刊》2008年第4期：21—24页。吴根友《明清之际三种人性论与中国伦理学的近代转向》，《明清哲学与中国现代哲学诸问题》中华书局，2008年，第178页。陈屹《王夫之人性生成哲学研究》，武汉大学2012年博士论文，第66、57页。

② 代表性论著有：高觉敷《王夫之论人性》，《高觉敷心理学文选》江苏教育出版社，1986年，第298页。张怀承《简论王船山的"继善成性"和"习与性成"》，《船山学报》1986年第2期：13—16页。刘兴邦《继善成性说的两种含义》，《船山学报》1988年，第2期：20—21页。欧厚钊《试论王船山人性学说中的不变与变》，《船山学刊》2000年第4期，26页。陈伙平《王夫之习性观评介》，《福建教育学报》2002年第4期：84—87页。吴晓华《王船山"命日受则性日生"关涉的几个命题》，《湖北社会科学》2009年第2期：96—99页。臧慧远《王夫之对孟子人性论的诠释与改进》，《求索》2011年第2期：124—126页。

船山把性分为"先天之性"和"后天之性"来调和这种矛盾。[①]张自文则提出"船山未把人性看作后天形成",[②]与主流观点截然不同。

针对以上学术公案,笔者从船山思想的前后期发展变化着眼,[③]考察得知,船山"人性生成论"主要体现在《周易外传》《尚书引义》《读四书大全说》等论著中,这些论著完成于船山36岁到47岁之间。而船山60岁以后所做的《周易内传》《四书训义》和《张子正蒙注》中的人性思想,则坚信人性先验地善、善为人之独,是船山晚年圆融的人性思想,后期人性论是对前期人性论的超越。以下笔者从船山对"继善成性"这一命题的诠释为线索,考察船山前、后期人性思想的发展,以就正于诸方家同好。

一、"继善成性"诠释小史

"继善成性"这一命题,出自《周易·系辞》:"一阴一阳之谓道,继之者善也,成之者性也。"在考察船山对"继善成性"这一命题的诠释之前,有必要简要追溯传世文献中汉至宋诸儒对这一命题的解释,以此作为讨论船山"继善成性"说之参照。

(一)汉唐易注对"继善成性"之解释

传世的汉唐易注对"一阴一阳之谓道,继之者善也,成之者性也。"[④]做出正面诠释的有三国虞翻、晋韩康伯、唐孔颖达三家。

唐李鼎祚《周易集解》引三国虞翻注:

> 继,统也,谓乾能统天生物,坤合乾性,养化成之,故继之者善,成之者性也。[⑤]

可见,虞翻以"乾""统天生物"为"继之者善","坤""养化成物"为"成之者性"。

晋韩康伯《周易·系辞注》:

---

① 代表性论著有:林保淳《释船山的继善成性》,《孔孟月刊》1986年24卷11期:33—35页。

② 张自文:《船山未把人性看作后天形成》,《船山学报》,1988年第2期:14—16页、19页。

③ 笔者以六十岁为界将船山思想分为前后二期,详述见拙著《王夫之晚年思想圆融论》,《船山学刊》2015年第6期:30—35页。

④ 王弼:《周易注》,中华书局,2011年,第346页。

⑤李道平:《周易集解纂疏》,中华书局,1994年,第560页。

道者何？无之称也，无不通也，无不由也，况之曰道。寂然无体，不可为象，必有之用极，而无之功显，故至乎"神无方而易无体"而道可见矣。故穷变以尽神，因神以明道，阴阳虽殊，无一以待之，在阴为无阴，阴以之生，在阳为无阳，阳以之成，故曰一阴一阳也。[1]

韩康伯主要解释"一阴一阳之谓道"，以"无"释"道"，未涉及"继善成性"的问题。

唐孔颖达《周易注疏》：

"一阴一阳之谓道"正义：一谓无也，无阴无阳乃谓之道，一得谓无者，无是虚无，虚无是太虚，不可分别，唯一而已，故以一为无也，若其有境则彼此相形，有二有三不得为一，故在阴之时，而不见为阴之功，在阳之时，而不见为阳之力，自然而有阴阳，自然无所营，为此则道之谓也。故以言之为道，以数言之谓之一，以体言之谓之无，以物得开通谓之道，以微妙不测谓之神，以应机变化谓之易，总而言之，皆虚无之谓也，圣人以人事名之，随其义理立其称号。

"继之者善也，成之者性也。"正义："继之者善也"者，道是生物开通，善是顺理养物，故继道之功者，惟善行也。"成之者性也"者，若能成就此道者，是人之本性，若性仁者成就此道为仁，性知者成就此道为知也，故云仁者见之谓之仁，知者见之谓之知，是仁之与知，皆资道而得成仁知也。[2]

以上可见：

第一，孔颖达对"一阴一阳之谓道"的解释，继承发展了韩康伯以"无"释"道"的思想。在韩康伯的基础上提出：道乃"虚无之谓"，进而认为"以数言之谓之一，以体言之谓之无，以物得开通谓之道，以微妙不测谓之神，以应机变化谓之易。"这里突出了道"生物开通"之意义。

第二，孔颖达以继道生物之功为"善"。他言"道是生物开通，善是顺理养物。"顺应天道之生物开通，以成就万物之生，即是善。

第三，孔颖达论"成之者性"，专从人性上论，他认为"仁智"为人性之内容，"仁智资道而成"。其意义在于：首先将人性的内容落实为"仁"与"知"。其次，言明人性之"仁智"根源于天道。

---

① 《周易注》，第346页。

② 孔颖达：《周易正义》，北京大学出版社，2000年，第317页。

（二）周敦颐、二程与朱熹对"继善成性"之解释

相对于汉唐诸儒，宋儒对"继善成性"的理论价值更为关注，发明了"继善成性"关于天道人性观的理论意义。周敦颐、二程与朱熹从"天道"上言善与性，具有相承性，故在此一并讨论。

周敦颐《通书·诚》：

> 诚者，圣人之本。"乾道变化，各正性命"，诚斯立焉。纯粹至善者也。故曰："一阴一阳之谓道，继之者善也，成之者性也。"元、亨，诚之通；利、贞，诚之复。大哉易也，性命之源乎！①

周敦颐用"诚"，沟通了天道、善、性之联系，并将"诚"视为善与性之源。"诚"是天道所具有的一种品性，天地生物是天道之"诚"的体现，"诚"是纯粹至善的。"继之者善"，即继天道者善，善根源于天道之诚。"成之者性也"，即性的根源在于天道之"诚"纯粹至善的品性。

程颐《易说·系辞》：

> 道者，一阴一阳也，动静无端，阴阳无始。非知道者，孰能识之。动静相因以成变化，顺继此道则为善也，成之在人，则谓之性也。在众人则不能识，随其所识，故仁者谓之仁，智者谓之智，百姓则由之而不知，故君子之道，人克鲜知。②

《二程遗书》卷二：

> "生生之谓易"，是天之所以为道也。天只是以生为道，继此生理者，即是善也。善便有一个元底意思。"元者善之长"，万物皆有春意，便是"继之者善也，成之者性也"，成却待佗万物自成其性须得。③

《二程遗书》卷十二程颢语：

> "一阴一阳之谓道"，自然之道也。"继之者善也"，有道则有用，"元者善之长"也。"成之者"却只是性，"各正性命"者也。④

---

① 周敦颐：《周敦颐集》，中华书局，2009年，第14页。
② 程颐、程颢：《二程集》，中华书局，2004年，第1029页。
③《二程集》，第29页。
④《二程集》，第135页。

二程解释"继善成性"的逻辑是：第一，"天只是以生为道"，第二，顺继此天道者即为善。所以第三，"继此生理者，即是善也"，生即是善。可见程子认为"善"是天道的"生生之德"。至于"成之者性"，程子说"万物皆有春意""各正性命"，所以，他所说的"性"是万物之性。对于人之"性"，他也认为"仁智"为其内容，只是君子能见其仁智之性，百姓则由之而不知。

朱熹《周易本义》：

> 阴阳迭运者，气也。其理则所谓道。道具于阴而行乎阳。继，言其发也。善，谓化育之功，阳之事也。成，言其具也。性，谓物之所受，言物生则有性，而各具是道也，阴之事也。周子、程子之书，言之备矣。①

朱熹对周敦颐《通书·诚》的注解：

> 此亦易文。阴阳，气也，形而下者也。所以一阴一阳者，形而上者也，道，即理之谓也。继之者，气之方出而未有所成之谓也。善则理之方行而未有所立之名也，阳之属也，诚之源也。成则物之已成，性则理之已立者也，阴之属也，诚之立也。②

朱熹对"继善成性"的解释：

第一，他继承了周子、程子之说。既注意到周子"以诚释善"的思想特点，又吸收了程子的"以生释善"的观念，朱子"善，谓化育之功"，即程子的"以生释善"。

第二，他将"理气"本体论贯通到对"继善成性"的解释。他以"阴阳迭运"论"气"，以阴阳迭运之道论"理"。阴阳二气，氤氲生物，则理在其中。化育之功，阳之事也，成物之性，阴之事也。而理气俱在生物之中。朱子的解释，和上文所引虞翻以"乾""统天生物"为"继之者善"，"坤""养化成物"为"成之者性"，其思路一致。

第三，他将"继善成性"解释为天地生物的"过程"，"继之者善也"，是天地生物过程中"气之方出""理之方行"的阶段，"成之者性也"，是"物之已成""理之已立"，也就是天地生物的完成。

以上可见，周敦颐"以诚释善"、二程"以生释善"，朱熹继承周子、程子之说，将"继善成性"解释为天地生物的过程。他们从天道言善言性，所讲的

---

① 朱熹：《周易本义》，中华书局，2009年，第228页。

② 《周敦颐集》，第14页。

成之者"性"，是"万物"之性，并非专指"人"之性。所以《朱子语类》卷七十四：

> 问"一阴一阳之谓道"。曰一阴一阳，此是天地之理，如"大哉乾元，万物资始"，乃"继之者善也"。"乾道变化，各正性命"，此"成之者性也"。这一段是说天地生成万物之意，不是说人性上事。[①]

朱熹所言的"不是说人性上事"，即"成之者性"，是天地生物的"万物"之性，不专指人性。"不是说人性上事"实际上是不专说"人性"上事，因为人亦是万物之一。

（三）张载对"继善成性"之解释

不同于周敦颐、二程、朱熹"不专从人上论继善成性"，张载则专从"人性"上讲"继善成性"。张载《横渠易说》释"继之者善也，成之者性也"：

> （一阴一阳是道也。）言继继不已者善也，其成就者性也，仁知各以成性，犹勉勉而不息，可谓善成，而存存在乎性，仁知见之，所谓"曲能有诚"者也，不能见道，其仁知终非性之有也。
>
> 性未成则善恶混，故亹亹而继善者斯为善矣，恶尽去则善因以亡（成），故舍曰善，而曰成之者性也。[②]

横渠认为：首先，人能不断承继天道，勉勉不息，则是善，存存以成其性，则人性之"仁智"才得以呈现。如果不能承继天道，则不能见道，则为不善，"仁智"则不能成为人性之内容。那么，"继"与"不继"就成为人性善恶的分水岭。其次，横渠认为"继善成性"是去恶存善的人性生成工夫。

《张子正蒙·诚明》：

> 形而后有气质之性，善反之，则天地之性存焉。故气质之性，君子有弗性者焉。人之刚柔、缓急，有才与不才气之偏也。天本参和不偏。养其气，反之本而不偏，则尽性而天矣。性未成则善恶混，故亹亹而继善者，斯为善矣。恶尽去则善因以亡（成），故舍曰"善"，而曰"成之者性"。[③]

---

① 朱熹：《朱子语类》，中华书局，1986年，第1897页。
② 张载：《张载集》，中华书局，2012年，第188页。
③ 《张载集》，第23页。

结合横渠"气质之性"与"天地之性"的论述,则其"继善成性"的思想内涵是:

第一,人有"气质之性",（王夫之解释:"盖孟子所谓耳目口鼻之于声色臭味者尔,盖性者,生之理也。"）气质之性根源于人有"攻取之气"的"气之偏",气质之性是有善有恶的,所以"君子有弗性者焉",（王夫之解释:不据为己性而安之也。）

第二,对于"气质之性",如果"善反之"（即道德之自觉）,"则天地之性存焉"。（天地之性即仁义礼智。）

第三,"继之者善"就是将"气质之性"去恶存善的澄汰过程,性未成则善恶混,继善去恶,反气质之性为天地之性,则为"成之者性"。

第四,"成之者性",所成之"性",即"天地之性","仁智各以成性",仁智为"天地之性"的内容。

综上所述,与汉唐诸儒解释《易传》"继善成性"说相比,宋儒更加重视此命题在天道人性论上的理论意义。其中,周敦颐、二程与朱熹一系是从"天生万物"处着眼论"继善成性",而张载则专从"人性"上论"继善成性",二者具有不同的思想进路。

二、王夫之《周易外传》《周易内传》释"继善成性"之不同

船山正面解释"继善成性"的著作主要有《周易外传》和《周易内传》。《外传》作于顺治十二年（1655）,船山三十七岁,《内传》作于康熙二十四年（1685）,船山六十七岁。对"继善成性"的解释,《外传》虽然有创造性的发明,但思想和表述还不成熟。《内传》所论是在《外传》所论基础上的新的发展,是船山"继善成性"说的晚年定论,亦可谓船山"人性论"的晚年定论。

（一）王夫之《周易外传》释"继善成性"

《周易外传》解释"继善成性"最大的创见是:分辨"天人之序"。《周易外传》:

> 人物有性,天地非有性。阴阳之相继者善,其未相继也不可谓之善。故成之而后性存焉,继之而后善著焉。言道者统而同之,不以其序,故知道者鲜矣。

　　成之者人也，继之者天人之际也，天则道而已矣。道大而善小，善大而性小。道生善，善生性。①

　　"人物有性，天地非有性。"言性为人物所有，而天地（道）无性。"阴阳之相继者善，其未相继也不可谓之善。"言天道生物为善，天道（不生物）则无善。"道"潜在地隐含着道德（善）的价值，但还没有自觉地充分实现，因为自觉地实现善是人特有的课题，天道本身没有这个问题。所以"天道"无性、无善。"道"无性、无善，与周敦颐、二程解释"继善成性"的思想进路有所不同。周敦颐"以诚释善"，隐然将"诚"作为天地之"性"。二程"以生释善"，潜在的将天地之"生"视为客观的善。而船山从天人之序的区分着眼，将"性"界定为人物所有的范畴，"善"为天人之际的范畴。

　　"成之而后性存焉，继之而后善著焉。"用两个时间性的"后"字，起到逻辑上的限定作用，言明道、善、性的逻辑次序。船山批评先儒"言道者统而同之，不以其序，故知道者鲜矣。"强调"天人之序"对理解道、善、性三者关系的重要性，潜在的有批评周、程之意。

　　船山进而言明"不辩天人之序"的思想弊端。《周易外传》：

　　小者专而致精，大者博而不亲。然则以善说道，以性说善，恢恢乎其欲大之，而不知其未得其精也。恢恢乎大之，则曰"人之性犹牛之性，牛之性犹犬之性"亦可矣。当其继善之时，有相犹者也，而不可概之已成乎人之性也，则曰"天地与我同根，万物与我共命"亦可矣。当其为道之时，同也共也，而不可概之相继以相授而善焉者也。②

　　这段话的关键在"以性说善""以善说道"之弊病。"以性说善"言不辩"性"与"善"的次序与区别，以性为善，其弊端在于可能得出"人之性犹牛之性，牛之性犹犬之性"的谬论，即孟子批评告子的"以生为性"。"以善说道"言不辩"善"与"道"的次序与区别，以善为道，其弊端流于"天地与我同根，万物与我共命"，在道的层面上，道、人、物具有同一性，近似于庄子的齐物思想，其弊病是"蔽于天而不知人"。

　　船山在分辨道、善、性的次序与区别时，并没有隔断三者之间的逻辑关联：

　　惟其有道，是以继之而得善焉，道者善之所从出也。惟其有善，是以成

---

① 王夫之：《周易外传》，岳麓书社，2011年，第1006页。
② 《周易外传》，第1007页。

之为性焉，善者性之所资也。方其为善，而后道有善矣，方其为性，而后善凝于性矣。①

简言之，"道生善，善生性。"

船山从分辨"天人之序"入手，指明了孟子与《系传》在人性论上不同的思想进路：

故孟子之言性善，推本而言其所资也，犹子孙因祖父而得姓，则可以姓系之。而善不于性而始有，犹子孙之不可但以姓称，而必系之以名也。然则先言性而系之以善，则性有善而疑不仅有善。不如先言善而纪之以性，则善为性，而信善外之无性也。观于《系传》，而天人之次序乃审矣。

专言性，则三品、性恶之说兴。溯言善，则天人合一之理得。概言道，则无善、无恶、无性之妄又熄矣。②

综上可见：第一，船山指明孟子"先言性而系之以善"和《系传》"先言善而纪之以性"不同的思想进路。

第二，指明孟子"就性言善"，其局限性是"性有善而疑不仅有善"，"专言性，则三品、性恶之说兴。"

第三，《系传》溯善言性，则"天人合一之理得"，所以，船山认同"辨天人之次序"的《系传》思想。

（二）王夫之《周易内传》释"继善成性"

《周易内传》释"继善成性"是在《周易外传》思想基础上的新发展。船山首先明确指出"道统天地万物，善、性则专就人而言也。"这是《周易外传》言"天人之序"思想的新发展。

《周易内传》释"一阴一阳之谓道"：

"一阴一阳之谓道"，推性之所由出而言之。道，谓天道也。阴阳者，太极所有之实也。……动静者，阴阳交感之几也。……"一一"云者，相合以成，主持而分剂之谓也。无有阴而无阳，无有阳而无阴，两相倚而不离也。随其隐见，一彼一此之互相往来，虽多寡之不齐，必交待以成也。一形之成，必起一事，一精之用，必载一气。浊以清而灵，清以浊而定。若经营

---

① 《周易外传》，第1007页。
② 《周易外传》，第1008页。

之，若拚挽之，不见其为，而巧无以逾，此则分剂之密，主持之之定，合同之之和也。此太极之所以出生万物，成物理而起万事者也，资始资生之本体也，故谓之道，亘古今，统天人，摄人物，皆受成于此。其在人也，则自此而善，自此而性矣。夫一阴一阳，易之全体大用也。乃泝善与性之所从出，统宗于道者，固即此理。[①]

船山对"一阴一阳之谓道"的解释，是其"本体论"的展开。其"气化生物"的思想将"气本论"发展到极其精微的境地。阴阳二气"相合"而成物。在阴气、阳气"相合"的过程中，船山提出"主持"和"分剂"两种倾向："分剂之密"成就了万物的丰富性和多样性，"主持之定"似乎又保证了万物自成其性的规定性和方向性。"有合同之之和"，也就是万物并生而不相害。船山感叹"若经营之，若拚挽之，不见其为，而巧无以逾。"这是船山格物致知后的哲学表述。

"道"为"资始资生之本体"，"其在人也，则自此而善，自此而性矣。"道落实到人，从而产生善与性，其言外之意是，天道乃性命之源，同时，"善"为"人之独"。

《周易内传》释"继之者善"：

"一阴一阳之谓道"，天地之自为体，人与万物之所受命，莫不然也。而在天者即为理，不必其分剂之宜，在物者乘大化之偶然，而不能遇分剂之适得，则合一阴一阳之美而首出万物而灵焉者，人也。

"继"者，天人相接续之际，命之流行于人者也。其合也有伦，其分也有理，仁智不可为之名，而实其所自生。在阳而为象为气者，足以通天下之志而无不知，在阴而为形为精者，足以成天下之务而无不能，斯其纯善而无恶者。孟子曰"人无有不善"，就其继者而言也。[②]

第一，船山对"继善成性"说最具突破性的发明在于对"善"之根源的解释。天生万物，"人与万物之所受命，莫不然也。"如果"以生释善"，天地生人为善，天地生物亦为善，则泯灭了人与物的区别。船山从"分剂"入手，指出人"合一阴一阳之美而首出万物而灵焉"，而物"乘大化之偶然，而不能遇分剂之适得"。人与物的分别（即人禽之辨），将善落实到"天地生人"上，"善"成

---

① 《周易内传》，第524页。
② 《周易内传》，第526页。

为"人之独",从而找到了人类共同价值的根基。

第二，船山汇通了易传"继之者善"和孟子的"人性善"思想。《周易外传》分疏了孟子"先言性而系之以善"和《系传》"先言善而纪之以性"在思想进路的不同。《周易内传》则从"继之者善"推论出"善"为"人之独"，"善为人之独"和孟子"人无有不善"的思想是一致的，这样就实现了易传"继之者善"和孟子的"人性善"思想的汇通。

《周易内传》释"成之者性"：

> "成之"，谓形已成，而凝于其中也。此则有生以后，终始相依，极至于圣而非外益，下至于牿亡之后犹有存焉者也。于是人各有性，而一阴一阳之道，妙合而凝焉。
>
> 然则性也，命也，皆通极于道，为"一之一之"之神所渐化，而显仁藏用者。道大而性小，性小而载道之大以无遗。道隐而性彰，性彰而所以能然者终隐。道外无性，性乃道之所函。是一阴一阳之妙，以次而渐凝于人，而成乎人之性。[1]

第一，"成之者性"，即凝善为性。所以人性本善，人性先天地善。

第二，"有生以后，终始相依，极至于圣而非外益，下至于牿亡之后犹有存焉者也。"[2]人性善先在于每一个人的人性之中。圣人并不比普通人的善性更多。人的善性会被损耗，但是"牿亡之后犹有存焉"，人不可能完全失去人性善。所以，晚年的船山是一位坚定的性善论者。

第三，性命通极于道，虽然"道大而性小"，但是"性小而载道之大以无遗"，人性能够承载天道，道函于人性之中。"道隐而性彰"，人性的灵觉能够充分彰显天道。所以，人之于天道，并不是被动地授受，而能"尽性知天"以成性。

（三）《周易内传》解释"继善成性"对《周易外传》的新突破

《周易内传》"道统天地万物，善、性则专就人而言也"的思想是《周易外传》分辨"天人之序"思想的新发展，这是两者思想一贯性的方面。同时，《周

---

①《周易内传》，第526页。
②"牿亡之后"出自《孟子·告子上》："虽存乎人者,岂无仁义之心哉? 其所以放其良心者,亦犹斧斤之于木也,旦旦而伐之,可以为美乎? ……则其旦昼之所为,有牿亡之矣。"孙奭疏:"牿,手械也。利欲之制善,使不得为,犹梏之制乎也。"

易内传》在"人性论"上又有对《周易外传》的新突破。

《周易外传》：

> 继之则善矣，不继则不善矣。天无所不继，故善不穷。人有所不继，则恶兴焉。……其不然者，禽兽母子之恩，嗞嗞虞虞，稍长而无以相识；夷狄君臣之分，炎炎赫赫，移时而旋以相戕；则惟其念与念之不相继也，事与事之不相继也尔矣。从意欲之兴，继其所继，则不可以期月守。反大始之原，继其所自继，则终不以终食忘。何也？天命之性有终始，而自继以善无绝续也。①

按照以上所引：船山认为，"继之者善"，有"天之继"，有"人之继"。"天无所不继，故善不穷。"人继天道，则为人之善；不继天道，则为人之恶。禽兽、夷狄不继天道，所以不能成其善。这样，"继之者善"则变成了人性善的自我实现问题。那么，"成之者性"也有两种可能，继天道则成性之善，不继天道则成性之恶，人性可以善、可以恶。

《周易内传》：

> "继"者，天人相接续之际，命之流行于人者也。其合也有伦，其分也有理，仁智不可为之名，而实其所自生。在阳而为象为气者，足以通天下之志而无不知，在阴而为形为精者，足以成天下之务而无不能，斯其纯善而无恶者。孟子曰"人无有不善"，就其继者而言也。
>
> "成之"，谓形已成，而凝于其中也。此则有生以后，终始相依，极至于圣而非外益，下至于牿亡之后犹有存焉者也。于是人各有性，而一阴一阳之道，妙合而凝焉。②

以上可见，

第一，船山晚年将善与性界定为人之所独有，从人禽之辨的角度看，则"继之者善"，不存在继与不继的问题，人无有不继天道者，所以"继之者善"是纯善无恶的，是孟子所言的"人无有不善"。

第二，"成之者性"，则凝善为性，善先于性，这是人之所以"首出万物而灵焉"之原因，是船山晚年人性论挺立人道之尊的命意所在。

第三，船山同时强调，人性之善，在有生之后，终始相依，"极至于圣而非

---

① 《周易外传》，第1007页。

② 《周易外传》，第526页。

外益，下至于牿亡之后犹有存焉者也"。所以人性之善是绝对之善，而没有先天、后天之别。

总之，从以上两则材料的分疏可见，船山在《周易外传》和《周易内传》中释"继善成性"有以下新的突破：

第一，《周易外传》言"继善成性"统于万物，禽兽、夷狄不能继天道之善，故不能成其性之善，人继天道之善则成其性之善，不继天道之善则不能成其性之善。故人性可善可恶，恶的根源是人不继天道之善。《周易内传》则径言"善、性则专就人而言"，人无有不继天道者，故人性源于天道，"斯其纯善而无恶者"，即孟子所言"人无有不善"。

第二，就经验世界中具体的人而言，按《周易外传》所言，人不继天道，则可以沦为禽兽，夷狄不继天道之善，故不能成其人性之善。而《周易内传》则言人"凝善成性"，为普遍之人性，"有生之后，始终"。圣人与下愚就普遍人性而言是平等的。于是，挺立人道之尊，则建立了人类价值的根基。[1]关于恶的根源问题，船山晚年强调"在习不在性"，笔者将有专文探讨。

三、王夫之对张载"继善成性"说的继承与发展

船山晚年"继善成性"论，一方面继承了横渠专从"人性"上说善与性，另一方面，突破了横渠"继善成性"的人性生成论。比较船山与横渠关于此说的异同，更益辨明船山晚年人性论的基本内涵。

嵇文甫曾指出："继善成性之说，横渠讲法亦和程朱颇有差异，船山也该受他一点暗示。"[2]程朱从"天地生物"上讲继善成性，张载专从"人性"上讲继善成性，其差别上文已有辨析。船山讲继善成性"受张载的暗示"，即受张载的影响，专从人性上讲继善成性。

船山专从"人性"上讲"继善成性"，是继承张载思想并对程朱思想的反动。但是，船山晚年与张载在"继善成性"说上又有差异。其差异性集中体现于《张子正蒙注·诚明》篇中，《张子正蒙注》作于康熙二十四年（1685），和《周易内传》同时，同样是船山"继善成性"说的晚年定论。《张子正蒙注·诚明》：

---

① 此处船山未言及夷狄的人性问题，但看船山其他著作（如《读通鉴论》）会发现船山并不认为夷狄具有人的身份，人的身份是华夏所独有，这是船山生活在明末清初那个时代的限制。

② 嵇文甫：《嵇文甫文集》，河南人民出版社，1985年，第517页。

性未成则善恶混，故亹亹而继善者，斯为善矣。

　　成，犹定也，谓一以性为体而达其用也。善端见而继之不息，则终始一于善而性定矣。盖才虽或偏，而性之善者不能尽掩，有时而自见；惟不能分别善者以归性，偏者以归才，则善恶混之说所以疑性之杂而迷其真。继善者，因性之不容掩者察识而扩充之，才从性而纯善之体现矣，何善恶混之有乎？

恶尽去则善因以亡（成），故舍曰"善"，而曰"成之者性"。

　　恶尽去，谓知性之本无恶，而不以才之偏而未丧者诬其性也。善恶相形而著，无恶以相形，则善之名不立，故《易》言"继之者善，成之者性。"分言之而不曰性善，反才之偏而恰合于人，以其可欲而谓之善矣。善者，因事而见，非可以尽太和之妙也。抑考孟子言天之降才不殊，而张子以才为有偏，似与孟子异矣。盖陷溺深，则习气重而并屈其才，陷溺未深而不知存养则才伸而屈其性。故孟子又言"为不善非才之罪"，则为善亦非之之功可见。是才者性之役，全者不足以为善，偏者不足以为害。故困勉之成功，均于生安。学者当专于尽性，勿恃才之有余，勿诿才之不足也。①

　　结合文章第一部分对张载"继善成性"思想的分析，上段所引张载之表述（黑体字部分），其基本思想可概括为：人性善的生成过程。人性未成则善恶混，能继天道则善，就是去恶存善的过程，恶尽去则善以成。反之，不能继天道，则不能去恶存善，不能成人性之善。恶的根源是人不能继天道。

　　船山对《张子正蒙》的注释，一方面阐明了其思想意蕴，另一方面又有对张子思想的修正。由于受注释体的限制，船山与张载思想的分歧未能作充分讨论，但以上所引船山之解释未必尽合于张载原有之思想，亦可见船山晚年对张载思想的突破。

　　第一，批评张载"性未成则善恶混"之说。张载言"性未成则善恶混"，其实是将人性作为一个生成过程，是反"气质之性"为"天地之性"的实践过程。善反之，则人性可成其善，换言之，不善反，则不能成其善。这和船山早年的人性生成理论是一致的。而晚年船山则批评"善恶混之说疑性之杂而迷其真。"断言"何善恶混之有乎？""性之本无恶"。显然对人性问题已经超越了早年人性生成的思想。

---

　　① 王夫之：《张子正蒙注》，上海古籍出版社，1990年，第138页。

第二，批评张载"才性论"。张载认为"以才为有偏"，能否"亹亹而继善者"，缘才之殊，换言之，能反"气质之性"为"天地之性"，是才之功。不能反"气质之性"为"天地之性"，是才之过。船山指出张载的"才或有偏"的思想与孟子"天之降才不殊"思想有异，进而申明孟子"为不善非才之罪"，为善亦非才之功的思想。"才者性之役，全者不足以为善，偏者不足以为害。"这是对张载才性论的批评。

第三，提出恶的根源在于"习气"，而非在"才"。张载认为在"继善成性"的过程中，能力之差异是能否反"气质之性"为"天地之性"的根由，所以，恶的根源在"才"。船山批评张载的才性论，指出为善非才之功，换言之，为恶非才之偏。那么，恶的根源是什么？船山认为在习而不在才："陷溺深，则习气重而并屈其才，陷溺未深而不知存养则才伸而屈其性。"习气是船山晚年颇具创获的思想概念，容他文详做申述。

综上所述，船山晚年在继承张载专从"人性"上论"继善成性"思想的基础上，对张载的思想有所超越，他回归了孟子人性先验地善，人"为不善非才之罪"的思想，进而发明恶的根源"在习而不在性"的观点。

结　论

综合以上所述，本文的基本观点可概括为：

第一，以船山对"继善成性"命题的解释来考察，《周易外传》解释："继之则善，不继则不善"，隐含着人性可善可不善，是后天不断生成的观念。代表了其前期的人性论思想。《周易内传》则认为人无有不继天道者，所以"继之者善"是纯善无恶的，即"人无有不善"，同时船山强调，人性之善，在有生之后，终始相依，"极至于圣而非外益，下至于牿亡之后犹有存焉者也"。所以人性之善是绝对之善，而没有先天、后天之别。这是船山晚年的人性论思想。

第二，船山的"人性论"思想存在前、后期之发展。《周易外传》《尚书引义》《读四书大全书》中的人性思想，重视的是人的主体性、自由性（可选择善或选择恶），将人性看作后天不断形成的思想，代表了船山前期人性论的主导趋向。《周易内传》《四书训义》和《张子正蒙注》中的人性思想，则更重视人的道德性、合理性（人之性善），坚信人性先验地善，"善为人之独"，代表了船山晚年人性论的主导趋向。当然，主体性和道德性是一体之两面，如同一个圆圈，主体性发展出道德性，才不会变得盲目空洞、飘忽无凭；道德性以主体性为前提，才不会变质成压迫。前后期虽然强调的重点不同，但背后都预设"主体性和道德性并重"的思想。

第三，船山对"继善成性"的解释，不同于程朱从"天地生物"的进路讲"继善成性"，而是遵从张载专从"人性"上讲"继善成性"的思想进路。但是，船山晚年对张载人性生成的思想有所超越，回归了孟子"人无有不善"的人性先验地善的思想。这是船山晚年强调人的道德性，阐明"善为人之独"，挺立人道之尊的命意所在。

付定裕，华东师范大学中文系 2007 届硕士。现为河南师范大学文学院教授。本文原载于《鹅湖月刊》第 46 卷第 7 期总号第 547，收录时有修改。

"天人合一的人生之艺术化"

——钱穆先生对"比兴"的阐释

芮宏明

"其实中国文学之全部精采，则正在比兴中。"[①]——这是钱穆对中国文学艺术特质的整体判认。钱穆认为，中国文学的基本特质就在于"比兴"，这是中国文学独特文化生命的创生原点。"《诗》为中国远古文学之鼻祖，其妙在能用比兴；而此后中国文学继起之妙者，亦莫不善用比兴。"[②]《诗经》之所以为中国文学不祧祖源，主要即在于其"善用比兴"，而此下中国文学史上一切上乘精妙之作，无论韵、散，乃至一切艺术创造，"莫不善用比兴"。钱穆指出，只有深透认识中国文学的比兴传统，才能真正领悟中国文学之妙趣与深致，而"比兴"作为中国文学的一种文学抒写，由表现技巧与艺术境界融凝化合而成，其根本路径则是"天人合一的人生之艺术化"。综观钱穆阐释"比兴"传统的独到阐释之处，主要表现为两个方面：一是以"天人合一的人生之艺术化"对中国文学"比兴"传统的生成进行的疏解；二是以诗艺同构方式将"比兴"理论延展运用于全部艺术乃至文化领域。

一

钱穆先生直至晚年仍在思考着中国文化中"天人合一"思想的精妙大义，并就此达成了最后彻悟，声称"天人合一"思想是中国文化对世界文化未来发展的最主要的贡献之所在，此下世界文化之趋向恐怕必将以中国传统文化为宗

① 钱穆：《中国文学论丛》，联经出版事业公司，1998年，第53页。

② 钱穆：《中国学术思想史论丛（一）》，联经出版事业公司，1998年，第208页。

主。事实上，钱穆一生的学术研究其实都可以视为在不同学术领域内对"天人合一"思想的阐释和发挥，而"天人合一"思想也可以说是其全部学术研究的思想基点。

"我们今天简单来讲中国人的最高信仰，乃是天、地、人三者之合一。借用耶教术语来说，便是天、地、人之'三位一体'。在中国，天地可合称为天，人与天地合一，便是所谓'天人合一'。"①这种天、地、人"三位一体"的信仰是中国农耕文化的特有观念，它反映了中国古人对其置身其中的天地自然的深刻认识与亲切态度。钱穆指出，中国人崇尚"求循人以达天，不主先窥于天以律人"，认为天并不外在于人，既反对以天压人，也不主张以人制天，"直从己心可以上通天德，与宇宙为一体"，追求人与天地合德而参天地之化育。钱穆认为中国文化是一种富有生命性的内倾型人本文化，其"天人合一"的特殊信仰特别注重通过人的德性修养来塑造完美的理想人格，自然派生"性道合一"的人生观。"中国人看法，性即是一自然，一切道从性而生，那就是自然人文合一。换句话说，即是'天人合一'。其主要合一之点则在'人之心'。故也可说中国文化是性情的，是道德的，道德发于性情，还是一个'性道合一'。"②天地化育万物而各赋以性，也可以说性由自然产生，因而"性即是一自然"。人性天赋，亦是一自然，但是人性进展尚求能超越自然而臻于圆满无缺的人文理想境界，此即《中庸》所谓"天命之谓性，率性之谓道"。钱穆指出，中国文化中的人生思想主张人通过自己的人生实践"赞天地之化育"，根本上乃希望人生取法并融入天地自然，而不是反抗自然，力求将人生融入自然，与万物和谐共存，尽物之性以尽人之性，最终实现"性道合一"的人生理想。钱穆指出："照中国传统想法，只认为人生一切大道必是根源于人性，违逆人性的决不是人道。"③人文既是外在的又是内发的，但中国文化并不推重诸如政治、军事、法律、经济等外加于人的统治力量，而是"要把这个力量大而化之为道为天，小而纳之于各个人的德性，使各人的'德性'能与'天'与'道'合而'为一'，则各人便是一枢纽，一中心"④，也就是说，要通过人的内心德性修养来消融违逆人性的外在力量，使人生合于"人道"，因而中国文化的人生理想内发于人心，强调通过每个人的内在德性修养来达到"性道合一"的人生境界。

---

① 钱穆：《中华文化十讲》，联经出版事业公司，1998年，第108页。

②《中华文化十讲》，第18页。

③《中华文化十讲》，第13页。

④《中华文化十讲》，第124页。

中国文化这种以道德精神为核心的"性道合一"人生观，乃建筑于"人性善"的人文信仰基础上。钱穆指出："孟子主张人性善，此乃中国传统文化人文精神中，惟一至要之信仰。只有信仰人性有善，人性可向善，人性必向善，始有人道可言。中国人所讲人相处之道，其惟一基础，即建筑在人性善之信仰上。"[1]他认为"人性表现为人道，人道根据于人性"[2]，所谓"性道合一"也只是人性与人道在人心上融凝合一，亦即在人心上获得一个本原的与终极的同然。这个本原的与终极的同然也就是"善"，中国文化关于人生的种种理想与向往其实都根源于此。中国人又将这种"善"的人性经由人道反溯推原于天道，遂认天地宇宙亦是"善"的存在，从而将"天人合一"的宇宙观与"性道合一"的人生观融会贯通为主客统一的整体。钱穆说："此一宇宙，是大道运行之宇宙。此一世界，亦是一大道运行之世界。此一心，则称之曰'道心'，但实仍是'仁心'。"[3]作为自然的宇宙和作为人文的世界均有"大道"运行于其中，人心得此"大道"便是"道心"亦即"仁心"。"仁"即是"善"。"善"的人文信仰乃是普通人心成长为"道心""仁心"的内在根据，也是统合宇宙与世界、自然与人文的基础。

钱穆认为，中国人的人生思想既建筑于"善"的信仰，因而又是有情的，其人生观乃是性情与道德融凝合一的人生观。"有性情才发生出行为"[4]，中国人认为人生行为发生于性情，道德发于性情，性情也必归向道德，因而中国人的人生观是性情的，也是道德的，是性情与道德的融凝合一。钱穆说："人生可以缺乏美，可以缺乏知，但却不能缺乏同情与互感。没有了这两项，哪还有人生？只有人与人之间始有同情互感可言，因此情感即是人生。人要在别人身上找情感，即是在别人身上找生命。人要把自己情感寄放在别人身上，即是把自己的生命寄放在别人身上了。"[5]在他看来，中国人看待人生，极其注重道德精神，但同时又将道德安放于"人情本位"，并不是要以道德精神来取消世俗性情，而是强调于性情中见道德；换句话说，性情是外发的，道德是内蕴的，乃是人生本体即生命的一体两显。因此，中国人的人生主要是一种情感的人生，中国人的人生观则是性情与道德合一而充满生命精神的人生观。

① 钱穆：《民族与文化》，联经出版事业公司，1998年，第40页。

②《中华文化十讲》，第21页。

③ 钱穆：《人生十论》，联经出版事业公司，1998年，第114页。

④《中华文化十讲》，第17页。

⑤ 钱穆：《湖上闲思录》，联经出版事业公司，1998年，第116页。

辑一

「天人合一的人生之艺术化」

在中国传统思想中，儒、道两家均主张"天人合一"而各有侧重，乃是中国文化"天人合一"思想的重要来源。"中国人生彻头彻尾乃人本位，亦即人情本位之一种艺术与道德。儒家居正面，道家转居反面，乃为儒家补偏而救弊。然皆不主欲，故亦绝不采个人主义功利思想与权力观，此则其大较也。"钱穆认为中国人生思想的基本结构乃是儒、道互补，但是儒家思想无疑是中国文化的思想骨干。钱穆指出："儒、道两家有同一长处，他们都能以极高的智慧深入透视人类心性之精微。儒家本此建立了中国此下的道德理论，道家本此引发了中国此下的艺术精神。"①他认为，儒、道两家虽然都能透视人类心性而生发万物一体、天人合一的宇宙观与人生观，但是道家偏重自然主义，"要超人文超自然而达于会通合一，同于大通之境界，而又忽视实际事功方面"②，而儒家则偏重人文精神，主张立足于现实社会人生来寻求人文与自然的融凝合和，因此，儒家能够建立一套道德理论而成为中国文化的正面领导力量，道家则只能以其艺术精神来成为中国文化主流思想的补充力量。"……中国文化之趋向，则永远为一种'天人合一的人生伦理之艺术化'。"③钱穆的这个论断，实际上肯定了中国文化的演进趋向，必然会发展出建立在"天人合一"观念基础上的儒、道互补结构，亦即以注重"人生伦理"的儒家思想为骨干而包容深具艺术精神的道家思想，朝着艺术化方向发展。

总之，钱穆认定中国文化的"天人合一"观念主要来源于儒、道思想，它是中国宇宙观与人生观的核心，而"天人合一的人生之艺术化"不仅永远代表着中国文化的演进趋向，也是中国文化所可能给予人类文化的主要贡献之所在。

二

传统文化的"天人合一"思想同样反映在中国文学的种种艺术造诣中。"凡后人所谓万物一体、天人相应、民胞物与诸观念，为儒家所郑重阐发者，其实在古诗人之比兴中，早已透露其端倪矣。"④钱穆认为，中国文学的基本艺术特质乃是"天人合一的人生之艺术化"，"比兴"最能代表此种艺术特质。

钱穆指出："中国人的内心智能，自始即含有一套后来儒家所说的'万物一

---

① 钱穆：《中国学术通义》，联经出版事业公司，1998年，第35页。
② 钱穆：《双溪独语》，联经出版事业公司，1998年，第38页。
③ 钱穆：《中国文化史导论》，联经出版事业公司，1998年，第269页。
④ 《中国学术思想史论丛（一）》，第210—211页。

体'与'天人合一'的看法与想法。这一套看法与想法，自始即表现在中国古人的心灵中，而在文学技巧上充分地流露表达了。在这里，可说中国人的诗情与哲理，是常相会通的。"①他认为文学在心、物之间，可以说"乃是人的心智与外面物质形体融凝合一而产出"②，是融合了自然生命与人文生命的人类文化大生命存神过化的艺术结晶，因而它最能将诗情与哲理融凝会通，涵容并传达出中国人"天人合一"的宇宙观和人生观。钱穆强调说："中国诗人所写的自然，都有生命融化在内，而中国诗人所写的自然生命也都有人类生命融化在内。那亦是一种天人合一，与万物一体的甚深哲理的人生融化在内了。中国诗，可以说，都能把人生境界融化进宇宙境界，而来为宇宙境界作中心。远从《诗经》三百首起，其所用比兴的描写方法，即已具此意。"③中国文学亲附人生而妙会实事，它的种种造诣都归向于"天人合一"的人生共相，将自然生命与人文生命融凝合一为统贯宇宙境界与人生境界的艺术境。钱穆的这个说法其实在中国传统诗文评中亦有渊源，如刘熙载《艺概·诗概》云："《诗纬·含神雾》曰：'诗者，天地之心。'文中子曰：'诗者，民之性情也。'此可见诗为天人之合。"但是钱穆从文化学上所作阐释，犹有古人不及之处。"所谓比兴，即是放大心胸，把天地大自然万象万变，与人事人文，作平铺一体看"④，作为中国文学艺术表现的根本大法，"比兴"的根本艺术追求就在于汲源生根于天赋自然，以天人合一的人生性情和艺术兴趣将人类生命融进自然生命而贯通为统一的艺术整体，因而比兴"实为此下中国文学表达之主要方式与主要技巧"⑤。不懂比兴，也就难以真正欣赏到中国文学的妙趣深致，同时也就难以深切领悟到中国人"天人合一"的人生哲理和人生艺术。

众所周知，"比兴"本为传统"《诗经》学"范畴，钱穆其实也是从《诗经》研究入手来讨论比兴问题的。在《读诗经》一文中，钱穆指出："《诗》之初兴，惟有《雅》《颂》，体本近史；自今言之，此即中国古代一种史诗也。欲知西周一代之史迹，惟有求之西周一代之诗篇，诗即史也。故知诗体本宜以赋为主，而时亦兼用比兴者，孔氏曰：'作文之体理自当尔'，此言精美，可谓妙达诗人之意矣。而《诗三百》之所以得成其为中国古代最深美之文学作品者，亦正为其能用比兴以遣辞。"①钱穆在此着重分析了"比兴"与"赋"的关系。《诗经》乃是"中国古代一种史诗","体本近史",遣辞结体自然宜以直叙其事为主,因此"诗体本宜以赋为主"。这是从诗体角度肯定"赋"的最初本原意义,"比兴"自然当以"赋"为基础。但是《诗经》与《尚书》不同,毕竟是"诗"而不是"史",因而必然会有文学上的种种特殊要求,这就是"比兴"。钱穆又说:"每一诗中,苟其不用比兴,则几乎不能成诗,亦可谓凡诗则莫不有比兴。盖每一诗皆赋也,不仅叙事是赋,言志亦是赋。而每诗于其所赋中,则莫不用比兴。"②在他看来,凡诗遣辞成体,无论叙事抑或言志,其本原均出于"赋",而赋中也必然包含有比兴的抒写方法,二者其实相互涵摄。

赋与比兴的上述关系,同样存在于后世文学创作中。钱穆在分析朱熹《观书偶感》一诗时就曾指出:"这首诗就是'比',就是'兴',同时是'赋';字面讲是赋,实际上是比。朱子不是在讲池塘,是在讲他自己的心。"③显然,他认为赋与比兴在诗歌中应是不可分割的,但是比兴能够超越文本字面含义,直接与作家的生命性情相联系,对于深化诗旨的作用较诸赋似乎尤为重要。钱穆说:"天光云影,徘徊于水塘一鉴之上,是犹谓造化即在我方寸中也。万物皆有自得,正为得此造化。造化能入吾心,亦正为我心之有源头活水。而此心源活水之本身,实即是一造化。"④对其中比兴境界阐发尤精。诗题的比兴架构,如钱穆所言——"画之有题,亦以补申其所比兴而已"⑤,诗题其实同样具有"补申其所比兴"结构意义。钱穆指出:"如庄周寓言,其外貌近赋,其内情亦比兴也。朱子所谓'几乎《颂》而其变又有甚焉'者,惟庄周之书最能跻此境界。盖周书之寓言,其辞若赋之直铺,而其意则莫非比兴之别有所指也。"⑥这里大体有两层意思:其一,遣辞结体所形成的"外貌"均可以称之为"赋",由赋抒写的文心诗旨即"内情"则属于"比兴",而比兴必然建筑在赋的基础上;其二,凡文学中因体达用、由辞见意所构成的表现方式与技巧,均可称之为"比兴",这显然已经涉及了文学创作中的艺术思维问题。

"古诗分赋、比、兴。比兴者,乃将此情融入于大自然。即所谓'心与天

---

①《中国学术思想史论丛(一)》,第207页。

②《中国学术思想史论丛(一)》,第208页。

③钱穆:《讲堂遗录》,联经出版事业公司,1998年,第745页。

④钱穆:《中国学术思想史论丛(六)》,联经出版事业公司,1998年,第286—287页。

⑤钱穆:《新亚遗铎》,联经出版事业公司,1998年,第438页。

⑥《中国学术思想史论丛(一)》,第209页。

通，心天合一'。而因事生情之事，则转不在可贵之列。"①钱穆这番论述的主要
意思，大体认为赋主要是直叙其事，虽能因事见情，却不能保证能够"赋其内
情"，毕竟不如比兴将情、事与自然融为一体更能直接契合"心与天通，心天合
一"之精旨。"《诗经》三百首，即分赋、比、兴三体。赋之一体，即对人生来
实叙实写。比兴二体，实即对人生外事物之赋，但对人生则为比与兴。"②赋是
人生的"实叙实写"，比兴是借助外部世界种种事物间接地表现人生，其本质也
是赋，不过，站在"天人合一的人生之艺术化"的立场，钱穆强调"比兴"是
中国文学表达之主要方式与技巧。他又说："其次说到《诗经》的作法，有赋、
比、兴三体。'赋'体直叙其事，不见得是中国文学技巧上之特质。中国文学技
巧上的特质在'比'与'兴'。比是引物为比，兴是托物兴辞。……中国文学常
从天地间一切自然现象，与夫鸟兽草木种种事态，来抒写作者个人一己的内心
灵感。这一种文学抒写法，即称比兴。"③毫无疑问，钱穆认为赋侧重于直叙其
事，而比兴所引、所托之"物"均需用赋来描绘，因而赋是文学表现不可缺少
的基本技巧；但是，"诗人笔下所运用到的自然界，只把来作比兴之用而已"，
赋对自然与人生所作直叙其事的描写只是预备比兴"引物""托物"之用，因而
并不能体现中国文学表现技巧的全体精彩。

　　宗白华先生指出："'兴'是构成诗之所以为诗的根基和核心"，"'赋'、
'比'、'兴'结合了而以'兴'为主导才是诗，才是艺术，具备了艺术性"④。
宗先生主张赋、比、兴"以'兴'为主导"的结合。钱穆的看法似与此有异，
其实不然。钱穆指出："故赋比兴三者，实不仅是作诗之方法，而乃诗人本领之
根源所在也。此三者中，尤以兴为要。……盖观于物，始有兴。诗人有作，皆
观于物而起兴，而读《诗》者又因于诗人之所观所赋而别有所兴焉；此《诗》
教之所以为深至也。"⑤又说："中国诗人，亦常善用兴体，乃见人文与自然欣合
无间，天地万物共为一体。"⑥他显然认为"兴"更能代表中国文学"天人合一
的人生之艺术化"特质与趋向，实际上和宗先生同样强调"兴"的诗学优先意
义，只是论述角度略有区别而已。可见，钱穆虽然一方面从赋比兴本义阐释层

---

　　①《中国学术通义》，第200—201页。

　　②《中国文学论丛》，第50页。

　　③《中国学术通义》，第52页。

　　④宗白华：《宗白华全集(第3卷)》，安徽教育出版社，1994年，第490页。

　　⑤《中国学术思想史论丛(一)》，第211页。

　　⑥《双溪独语》，第26页。

面认定赋与比兴最初乃是以赋为本原，后来演变为相互涵摄关系，另一方面则从艺术思维层面强调了中国文学表现的思维本质乃是比兴；正是在后一层面上，钱穆才肯定比兴更能代表"中国文学技巧上的特质"。至于比兴这种文学抒写法在技巧上的特殊表现与追求，在钱穆看来，主要是主内附外，重情略事，强调通过抽离具体的人生别相来表现超越时空的抽象道德共相。这些内容我们在前文已经作了详细分析，这里就不重复介绍了。

在钱穆看来，"比兴"不仅代表着中国文学表现技巧的特质，而且也是中国文学所追求的最高理想境界。比兴乃是表现技巧与艺术境界的融凝合一，也就是说，比兴"即技巧即境界"。钱穆指出："其实自然方面之比兴固即是人文之赋，而中国人文之赋乃皆由自然之比兴来，此即所谓万物一体、天人合一之一种内心境界，在文学园地中之一种活泼真切之表现与流露。故不识比、兴，即不能领略中国文学之妙趣与深致。"[1]在他看来，中国文学深具人文主义道德精神，看重作家内心道德修养尤在其艺术技巧之上，强调中国文学家"在其文学作品之文字技巧，与夫题材选择，乃及其作家个人之内心修养与夫情感锻炼"[2]，必须与文化精神之大传统、大体系融凝合一，如此方能成为其文学上之最高成就。因而代表文学技巧特质的比兴必然同时也是作家内心境界的艺术化，必然是经由人生与自然关系的抽象体悟和形象表达而达成的艺术境界。这种艺术境界乃是人生境界与宇宙境界的融凝合一，而比兴则是将人生境界与宇宙境界绾合成艺术境界的关键。

在谈到《论语·述而》"饭疏食"章时，钱穆曾指出，此章"自属道德之修养之至高境界"，但是有了"于我如浮云"这一句来作比兴，"便转进到文学境界中去"，"超乎象外"而别具神韵，其风情高邈可以使人心胸豁然开朗[3]。很显然，钱穆在把比兴看作人生境界与宇宙境界转化成艺术境界的特殊艺术技巧。可以推论，这种转化一旦实现，则比兴也必然同时会由艺术技巧升华为艺术境界；换句话说，比兴即技巧即境界，它本身不仅是艺术技巧，而且同时即是运化艺术技巧来抟合、转化人生境界与宇宙境界所要到达的一种艺术境界。在解说《论语·子罕》"唐棣之华"章时，他说："中国诗妙在比兴，空灵活泼，义譬无方，读者可以随所求而各自得。……此章罕譬而喻，神思绵邈，引人入胜，

---

[1]《中国文学论丛》，第50页。

[2]《中国文学论丛》，第49页。

[3]《中国文学论丛》。

《论语》文章之妙，读者亦当深玩。"①这里所说的"罕譬而喻，神思绵邈"，以及前揭"超乎象外"的神韵，无不表明钱穆其实是将比兴视为艺术境界的，比兴是艺术技巧与艺术境界的统一体。

进一步看，"比兴"其实并不纯是艺术境界，更应是人生境界、宇宙境界与艺术境界三位一体的"天人合一"境界。对此，钱穆指出："宋代理学家好言'气象'，气象亦是一种'心天合一'之境界。故其称孟子，则曰'泰山岩岩'。称濂溪，则曰'光风霁月'。其实魏、晋人已早开此例。人生能入诗境、入画境，此亦一种天人合一，此乃人生共相之最高理想所在。中国文化精神本重此'心天合一'之人生共相，故文学艺术诸种造诣，亦都同归于此一共相，以为最高境界，而莫自能外。"②中国文化精神推重"天人合一"的人生共相，并常常以"泰山岩岩""光风霁月"一类形象化语言予以描述，而此类形象化语言经过长期文化积淀，实已转化为文化境界的类比或象征，能够兴发起人们内心世界深处文化生命的同鸣共感。如果说这种"天人合一"的文化境界亦属"比兴"境界，那么它显然是以诗境、画境对文化生命共相的艺术化寄托与呈露。此属超越文学艺术境界的更高层面的"比兴"，中国文学艺术始终以此种"比兴"境界自期。

钱穆认为，文学艺术乃从人类性灵之大本大源上展布流出，其运化比兴技巧，根本目的是要求得人类文化生命的欣赏与传达，因而必求技进于道；此一理想境界表显在文学中，实即抟合人生境界、宇宙境界与艺术境界为一体的"比兴"境界。钱穆说："中国文化中之文学艺术，兴象寄托，乃与中国文化传统中之人品观，有其内在甚深之关联。"③文学、艺术之"兴象寄托"即比兴技巧及其艺术境界，之所以能够与"人品观"即道德境界发生内在甚深的关联，根本在于它们有着共同的文化趋向即"天人合一的人生之艺术化"。在这个意义上，"比兴"境界不仅存在于文学、艺术与道德中，举凡中国文化各部门如科学、经济、政治、历史等，无不同具此一共通境界。"比兴"境界，论其本质与趋向，其实正是人生艺术化与艺术人生化融凝合一的"天人合一"境界。

在钱穆看来，"比兴"即技巧即境界，乃是中国文学的基本技巧特质与最高理想境界。钱穆的阐发不仅立足于诗学本身理清了赋比兴以"比兴"为主导的相互涵摄关系，而且从艺术思维、文化思维层面肯定了比兴"实不仅是作诗之

---

① 钱穆：《论语新解》，联经出版事业公司，1998年，第344页。

②《中国学术通义》，第203页。

③《双溪独语》，第240页。

方法，而乃诗人本领之根源所在也"①，观点与论述极其新颖深刻。"比兴"境界的揭出实有"文学文化学"建构的意义，仅此而言，钱穆对"比兴"的阐发就具有不可忽视的理论价值，值得我们进一步关注。

三

有学者在谈到钱穆的先秦散文研究时指出："总的说来，钱穆论先秦文的第一个重要特色，是不把比、兴二体局限于诗学范围，而视为先秦文乃至中国文学表达的主要方式和技巧。"②这个看法基本不错，但是我们应当注意到，钱穆的论述范围其实不仅不局限于诗学，甚至也并不局限于文学。钱穆实际上把"比兴"拓展到了文学、艺术的全部领域，颇具文艺方法论建构的意味。

比兴即技巧即境界，乃是"诗人本领根源之所在"，代表着中国文学的技巧特质与理想境界，因而中国各体文学的创造无不以比兴境界自期，非独韵文为然。钱穆认为，中国散文"其获臻于上乘之作，为人视奉为文章正宗者，实亦莫不有诗意，亦莫非由于善用比兴而获跻此境界"③，如孔孟文章、庄子寓言、韩柳古文等，莫不如此；甚至不仅韵散文学如此，举凡经史子集、稗史小说、佛禅语录、花部剧曲等，无不具有共通的比兴寄托心情与技巧。"先秦九流十家中有小说家，实乃古代之稗史。然中国古代小说亦近诗，不近剧。又如各种寓言，鹬蚌相争、画蛇添足等，见之《战国策》者，亦皆诗人比兴之流。"④中国古代稗史小说同于史传，虽然运化赋体以叙事述史，但是其所以运思达意其实深具比兴思维特征，均已超越散体固有的赋的疆界而得以进入诗人比兴境界。"诗人之比兴，正似小说家之言。"⑤钱穆坚持以"诗"统合韵、散二体，因此在论散文、小说、戏曲等文体时，同样将"比兴"视为此类散体的艺术表现技巧的根本特质。"诗情即哲理之所本，人心即天意之所在。《论语》孔子曰：'知者乐水，仁者乐山。'此已明白人文与自然最高合一之妙趣矣。下至佛家禅宗亦云：'青青翠竹，郁郁黄花，尽见佛性。'是亦此种心情之一脉相承而来者。"⑥可见佛禅语录与儒家经典一样，也同样能够运化比兴思维，以比兴技巧表达哲

---

① 《中国学术思想史论丛（一）》，第21页。

② 常森：《二十世纪先秦散文研究反思》，北京大学出版社，2002年，第160页。

③ 《中国学术思想史论丛（一）》，第209页。

④ 《中国文学论丛》，第154页。

⑤ 钱穆：《中国学术思想史论丛（四）》，联经出版事业公司，1998年，第67页。

⑥ 《中国学术思想史论丛（一）》，第21页。

理，着实深具"天人合一"的比兴心情与妙趣。毫无疑问，钱穆显然认为"比兴"乃是中国文史撰述共通的抒写技巧、思维方式与理想境界，这是中国文化"天人合一的人生之艺术化"趋向的深入拓展，其背后的根据则是钱穆所谓的"心"或"生命"。

钱穆对比兴研究领域的此番拓展，是有积极意义的。就文学研究领域来看，至少可以启迪我们对于比兴技巧多样性的认识。这里我们不妨以钱穆对《论语》运用比兴方法的分析为中心略作介绍。钱穆认为，《论语》"其文情之妙者，亦莫不用比兴"①，而构成比兴的方法也不主于一端。如《子罕》"逝者如斯夫"和"岁寒后凋"两章，钱穆指出，这两章文字"全用比、兴"而以散文方式写出，前者以逝水奔流寄托光阴似箭之慨，后者以松柏后凋比喻离俗守道之坚贞，"话在此而意在彼"，乃纯粹由言意关系构成比兴，这在韵文中运用较普遍。又如《雍也》"箪食瓢饮"章，"此章纯属赋体，无比、兴"，但是通过"贤哉，回也"的重复咏叹和"人不堪其忧"的反面衬托来作"加倍渲染"，也就具有文学情味而进入比兴境界了。这是纯以赋体进行比兴的方法。又如《述而》"饭疏食"章，钱穆指出，"此章也是直叙赋体"，但是最后两句"便是运用比、兴，犹如画龙点睛，使全章文气都飞动了"。这是赋（前半章）与比兴（后半章）配合运用的方法。又如《乡党》"山梁雌雉"章，钱穆认为，《乡党》"本来不应是文学的"，但是加上这一章，便可以使"全篇各节都成了文学化"，转进至文学境界；换句话说，此篇前面各章直叙其事，末章则虚笔传神，虚实相生，显见末章实属比兴②。这是"各章可以先后配合"的比兴方法。

综合钱穆的分析来看，《论语》营构比兴境界的文学技巧至少有四种：其一，直接运用比兴方法；其二，纯粹用赋体的方法；其三，赋与比兴相互配合的方法；其四，运用篇章虚实结构的方法。这些比兴技巧有的较常见，有的则少有人知，如第四种方法，在钱穆看来，"懂得到此的便少了"。以此衡量，钱穆对比兴研究领域的拓展，无疑可以增进我们对于中国文学比兴传统的认识，也有助于我们理解和欣赏中国文学中的比兴。

不仅如此，钱穆还进一步将"比兴"推展运用于中国艺术批评。他认为，中国艺术如绘画、书法、音乐、舞蹈、园林等，乃植根于民族文化性灵深处，无不以"比兴"为共通的技巧特质、思维方式与理想境界，无不蕴涵着"天人合一的人生之艺术化"趋向。钱穆认为，唐代以前的中国画主要应用于政治上

---

① 《中国学术思想史论丛（一）》，第209页。

② 《中国文学论丛》。

层或宗教场合，以政治人物画或宗教壁画为主，多半以附丽雄伟的姿态出现，较少比兴寄托，而中唐以后的中国画则主要是应用于日常人生场合的观赏画或书房画，其中虽有主张"无我"的禅学画与主张"有我"的理学画的重要分野，但是它们都追求将人生性情渗透进自然造化以创造"天人合一"的理想境界，尽管具体技巧有所区别。

"天有气象，地有境界，人有风格。在此气象境界之中有此风格，配合起来，这是一个艺术的世界。中国画便要此'气象''境界'与'风格'之合一。"①钱穆认为中国画追求气象、境界与风格的配合与统一，在绘画观念上无疑认定画中存在着"天、地、人三位一体的一种结构"②，此种"结构"也就是以人为中心的"天人合一"观念在绘画布局构图中的具体反映。中国画强调以人为中心或主脑，倘若没有画进人，那就以其他有生命的事物来作代替，总之是要把人文境界融入天地自然，在人文与自然的相互配合中描写出天人合一的生命性情来。

钱穆说："宋以后画，尤以山水为宗。因画家之心，以寄于山水为最适。画山水不啻画己心。山水在大自然中真常不坏，画家此心亦真常不坏。此亦一种'心天合一'。"③其实不仅是山水画，人物画、花鸟画等都强调在自然与人文的融凝合一中表现人生真实性情，以"心天合一"亦即"天人合一"为最高理想境界。由此，钱穆指出："如言艺术、绘画、音乐，亦莫不有其一共同最高之境界。而此境界，即是一人生境界。艺术人生化，亦即人生艺术化。"④中国艺术共通的理想境界，就是强调在艺术境界中将人生境界与宇宙境界贯通成一体，从而实现"艺术人生化"与"人生艺术化"的融凝合一亦即"天人合一"境界。

中国画赖以表现"天人合一"境界的技巧特质与思维方式，论其本质，同样也可以说就是"比兴"。钱穆指出："诗以有比兴为贵。惟诗至初唐，陈子昂、李太白已高谈比兴；而至宋代，始有人提及寄托。文学艺术之新思潮，其出现容有前后参差，不足怪也。"⑤中国画之崇尚"寄托"正如诗之强调"比兴"，都是要放大心胸，把自然造化用来抒写人生性情，此种艺术思维与技巧正是比兴。钱穆又说："中国人之于艺术，必贵其技而进乎道。故于绘画，亦不专尚形似，

---

① 《中华文化十讲》，第122页。

② 《中华文化十讲》，第121页。

③ 《中国学术通义》，第202页。

④ 钱穆：《宋代理学随劄》，联经出版事业公司，1998年，第208页。

⑤ 《中国学术思想史论丛（六）》，第302页。

而特重意境。若以文学为喻,形似者画之赋,意境则其所比兴。故中画以山水为主,盖因山水之用于比兴,其道多方,可以任其意之所寄而一于画出之。而画家又贵作题。画之有题,亦以补申其所比兴而已。又必以画道通诸书法。书法专仗线条,最为抽象。惟其属于抽象,故能尽比兴之能事。书家之意境,乃可于其运笔与结体之种种变化中,曲折精微,无所不到。中国人作画,则又以书家运笔与结体之妙寓其间。故其人苟无意境,即不足以作画。其人苟不通诗之比兴与夫书家运笔结体之妙,亦不足以善用其意境以入画。"①他认为,中国画运笔用墨来应物象形,相当于"赋",而其摹写神韵意境则相当于"比兴",前者可以视为写实,后者正是写意。"写实便不见有我之存在,写意又不见有物存在"②,绝非中国画的艺术理想。中国画看重意境而不专尚形似,强调观物写生"见与所见,正贵融凝合一",以写实与写意融为一体的比兴境界为最高艺术理想,书法、音乐等也同样追求此种"技进于道"的艺术比兴。

钱穆认为,中国画看重"画品",特别强调主体的道德修养与艺术胸襟,以画品象征人品,其实就是绘画艺术中的比兴思维。"论诗,比不如兴。兴比又各有深浅高下。若是说风景,只是从外面描写,非心中流出。从心中流出,虽说风景,却有比兴意在。"③又:"人之处世,合理会事当理会。理会了而见之诗,则比兴自见,自有时任风格也。"④诗文、艺术,只要是"理会"而"从心中流出",则不论其是否使用了比兴技巧,它依然具有"比兴意"。显然,钱穆并不仅仅将比兴视为文艺创作的技巧,而是把比兴处理成了文艺创作的根本大法或艺术思维。"其实中国文学之全部精采,则正在比兴中。"⑤钱穆所言,实为洞见。总之,艺术创造倘若不识比兴,也就难以达到"技进于道""文道合一"的理想境界。换句话说,比兴不仅是中国艺术技巧的核心特质,而且也是它的基本思维方式和最高理想境界,其主要特征便是技巧与境界当体不二,亦即我们前面指出的"即技巧即境界",这正是中国文化"天人合一的人生之艺术化"趋向与特质的精微体现。

钱穆把"比兴"由传统诗学范畴拓展至全部文学、艺术领域乃至文化领域,以"天人合一的人生之艺术化"作为"比兴"的理论创生原点,并将其处理为

「天人合一的人生之艺术化」

---

①《新亚遗铎》,第438页。

②《中国文学论丛》,第53页。

③钱穆:《朱子新学案》,联经出版事业公司,1998年,第192页。

④《朱子新学案》,第194页。

⑤《中国文学论丛》,第53页。

技巧特质、艺术思维与艺术境界融凝合一的统一整体，显然具有文艺学方法论与价值论的文化学理论建构的积极意义。钱穆的"比兴"研究始终就本土资源立论，以"天人合一的人生之艺术化"阐释比兴的思想基因和艺术追求，强调以求构建中国文学的"文学通论"，这一点是最值得关注的。当然，钱穆对"比兴"的阐释并不属于纯粹的文学研究专论，但是他的意见所体现的学术思考却是值得认真对待的。后"五四"时代，如何面对胡适、陈独秀、马一浮、钱穆、唐君毅等人的学术语境进行一种同情的了解，其间很多问题值得我们作进一步的深入思考。

芮宏明，华东师范大学中文系 2004 届博士，现为安徽师范大学新闻与传播学院副教授。本文原载于《钱穆文艺思想研究》，安徽师范大学出版社 2020 年版，收录时有修改。

辑二

诗人心曲论

论"'道'高于'势'"的双重意蕴[*]

沈喜阳

一、道高于势

余英时先生在《中国知识人之史的考察》中指出,"士"的出现和"道"的观念分不开。在孔子之前,"道"大体上指天道;春秋以前的"士",大抵皆有"职"之人。到战国时代,"士"成为四民之首,随着封建解体和社会流动,士成为"游士",游士失去职位的同时也获得自由,代表着中国历史上知识人的原型。伴随着"哲学突破"的到来,"道"的中心从"天"转向"人",以道自任、以道救世成为"士"的精神价值追求,"士"成为中国文化价值的维护者。士所奉持的"道"代表"超世间"的理想,而君王所拥有的"势"代表世间的权力。超世间的"道"和世间的"势"形成所谓"道统"与"政统"的对立统一的关系①。由此可见,余英时先生是主张"道""势"二元化的。

在林毓生著《中国意识的危机》序中,本杰明·史华慈认为,传统中国能"完整无缺地维持一个使社会、文化与政治完全得到整合的秩序",而这个整合

———————
＊本文系教育部人文社会科学重点研究基地重大项目《古今中西之争与后五四时代建设性的中国文论研究》(项目批准号:16JJD750016)的阶段性成果。成稿后经胡晓明师悉心指正,并将胡师意见吸收进文本中,特致谢忱。

① 参见余英时:《士与中国文化》,上海人民出版社,2003年,第599—620页。另参见该书中所收《古代知识阶层的兴起与发展》《道统与政统之间——中国知识分子的原始型态》,以及余英时:《论天人之际》,联经出版事业公司,2014年。"哲学突破"在《论天人之际》中改称为"轴心突破"。

秩序是一个"由涵括政治权威与精神权威于一己的阶级所领导的"①。史华慈所提及的"政治权威"与"精神权威",对应于中国传统话语体系中的"势"与"道",既然能"涵括政治权威与精神权威于一己",则史华慈心目中的"道"与"势"必然是一元化的,与林毓生的"道""势"一元化论述相一致。林毓生指出,"传统中国的政治秩序与文化、道德秩序,基本上(虽然并不完全),是一元的"。"道"(文化、道德秩序)、"势"(政治秩序)"一元"的原因在于,儒家虽有"师尊于君"的信念,但从来没有发展出一套"相应的制度实质地落实这一高低不同的信念",而体现"政教合一"的天子制度根本未受到"师尊于君"的主张的任何威胁。林先生还指出,儒家"对于中国道统与势统(或霸统)之分的认识,只是理想与现实并不相符的认识,而不是认为'政教分离'才是合理的"②。必须承认,林先生对于儒家"道高于势""师尊于君"理念的批驳是一针见血的;因为停留在思想意识层面的信念(即"理想")与落实到政治操作层面相应的制度与措施(即"现实")毕竟是两回事。然而有一个特例,林毓生可能没有注意到。根据唐代李华《中书政事堂记》所载:"政事堂者,君不可以枉道于天,反道于地,覆道于社稷,无道于黎元,此堂得以议之。"(《全唐文》卷三百一十六)余英时认为,"此记决非李华个人的意见,而是代表了唐初(特别是贞观)以来的政治传统。照这个传统,宰相(政事堂)至少有制度化的'议'君的权力"。所以他称赞"此记明白规定君主有四'不可',真是中国制度史上一项极其珍贵的文献"③。邓小军认为,"儒家所主张的道尊于君、从道不从君的政治思想,明文规定为中央政府三省的最高原则,而以制衡君权为特征的三省制本身则是这一原则一定程度的体现。"④政事堂议君之失,虽与唐太宗的政治智慧有关,但毕竟是"道尊于君"落实到制度层面的具体表现。

与林毓生的"道势一元化"相反,张灏主张"道""势"的"权威二元化"。张灏指出,"在孟子思想里,权威二元化的意识是以道与势和德与位对抗的形式出现;在陆象山的思想里是以理与势对抗的形式出现";晚明时期左派王学则"强调在现存的政治社会秩序之外,有一个独立的思想权威可以与其抗衡",黄

---

① 林毓生:《中国意识的危机——五四时期激烈的反传统主义》(增订再版本),贵州人民出版社,1988年,本杰明·史华慈"序",第1—2页。

② 林毓生:《为何传统中国的政治秩序与文化、道德秩序,基本上是一元的?》,刘军宁等编:《经济民主与经济自由》,生活·读书·新知三联书店,1997年,第344页,第340页,第341页。

③ 余英时:《"君尊臣卑"下的君权与相权》,《中国思想传统的现代诠释》,江苏人民出版社,1995年,第109页。

④ 邓小军:《唐代文学的文化精神》,文津出版社有限公司,1993年,第14页。

宗羲则不但"以师道与君道对抗",甚至"提出有君不如无君的观念"。当然张灏也清醒认识到,由于儒家超越意识的局限,"权威二元化的思想"并"未能充分地展现";这主要在于,儒家的圣王理想"含有'政教合一'式的权威主义和乌托邦主义的倾向"①。亦即张灏认为,儒家"权威二元化的思想"也是不彻底的。无论是林毓生的"道势一元化",还是张灏的"权威二元化",他们的论断都是在儒家的范畴内展开;然而我们必须认识到,中国传统思想中的"道高于势"并不仅仅体现在儒家的理论与实践中,"道高于势"的实践形式也是多种多样的。另外,林毓生、张灏都指出儒家思想中"政教合一"的局限性,但是明末王夫之明确表示出"道、势分离"的观点,钱穆也对"政、教合一"有自己的理解,详参下文。胡晓明师通过分析《孟子·尽心下》"君子所性"的内涵"并不完全同于济世安邦的外在事业,自有其独立的价值与尊严",肯定儒家主观上有"二元区分的自觉";并指出中国历代知识人在客观上达到了二元区分的效果,而隐士群体的存在,则更证明了他们保全"道"的尊严的努力②。本文认同于"道""势"二元化。

不妨说,"道"是文明与文化的基本价值,代表着道义和真理;"势"代表着物质的权力,体现的是政治的权威。到了当代,"势"除了代表权力(政治权威)之外,还加上财富(资本权威),甚至是权力和财富的合力。现实的"势"需要精神的"道"的支撑以取得其合法性,政治权威需要道义真理的背书。荀子论"势"依于"道":"国者,天下之利用也;人主者,天下之利势也。得道以持之,则大安也,大荣也,积美之源也。不得道以持之,则大危也,大累也,有之不如无之,及其綦也,索为匹夫不可得也,齐湣、宋献是也。故人主,天下之利势也,然而不能自安也,安之者必将道也。"③"势"不能自安,得"道"之加持则大安也。可见荀子也是主张"道""势"二元化的。正如黑格尔所言:"国家是一个精神的领域,不是一个物质的领域,——精神是本质的东西。"④在国家的形成中,精神是比物质更为本质的东西。国家政权需要以理论为指导,国家机器需要某种意识形态来凝聚全体国民,国家的存在依靠国民的思想认同,

---

① 张灏:《超越意识与幽暗意识》,《张灏自选集》,上海教育出版社,2002年,第27页,第33页,第35页,第48页。

② 胡晓明:《真隐士的看不见与道家是一个零?——略说客观的了解与文学史的编写》,《北京大学学报》(哲学社会科学版),2010年第3期。

③ 王先谦:《荀子集解》,中华书局,1988年,第202页。

④ 黑格尔:《哲学史讲演录》第二卷,贺麟,王太庆译,商务印书馆,1960年,第100页。

是某些基本的准则构成了国家的支柱。掌管国家最高权力的政治权威必须以某种精神道义来取得国民的思想认同。艾森斯塔得指出："在争取对政权的基本支持、对其象征的认同、统治者的合法性以及扮演政治角色的动力方面，政权依赖于文化制度。"①这正是在某些朝代，即使代表政治权威的"势"本身并不信奉代表某一真理的"道"，然而为了达到统治全体国民的目的，仍需要宣扬代表该真理的"道"的理由。这使得"道"高于"势"成为可能。然而一旦"势"取得决定性地位，一旦取得政权、拥有国家机器之后，以古今之"道"抗当下之"势"，以精神的力量驯化物质的权势，就成为一个注定无法实现的目标，其历史走向呈现出一条逐渐下滑的必然。然而中国历代知识人中的杰异之士，本着"知其不可而为之"的信念，意图造福民众驯化统治者，其精神境界不可磨灭。另一方面，隐士阶层的存在及其不合作精神的实现，也施加某种道义上的压力予统治者，构成中国"士"之精神的另一向度。

孔子是儒家之道的奠基人。仪封人见孔子后说："天下之无道也久矣，天将以夫子为木铎。"②仪封人并非孔子弟子，他对孔子的看法可以视作社会上一般人之看法。他认为天将以孔子为木铎来振警天下人。余英时指出："礼乐是孔子思想中的传统部分，'仁'则是其创新部分。"③孔子以"仁"更新了先王之道，使旧有的礼乐传统落实到"仁"，使此前模糊的尧舜文武周公之道有了清晰的可操作性。从此仁政与暴政相区别，王道与霸道相区分，知识人拥有了批判的武器，这是孔子的巨大贡献。孔子特别强调人的主观能动性，"人能弘道，非道弘人"④。孔子弟子曾子也说："士不可以不弘毅，任重而道远。仁以为己任，不亦重乎？死而后已，不亦远乎？"⑤要做到以弘道为天职，以仁为己任，就必须抛弃世俗的利禄和口体的奉给，所以孔子又强调"君子谋道不谋食；君子忧道不忧贫"⑥；"士志于道，而耻恶衣恶食者，未足与议也"⑦。

在道与势的关系上，孔子的思想体现出可进可退的双重性。"子曰：笃信好学，守死善道。危邦不入，乱邦不居。天下有道则见，无道则隐。"⑧孔子的总

---

① S.N.艾森斯塔德：《帝国的政治体系》，阎步克译，贵州人民出版社，1992年，第8—9页。
② 朱熹：《四书章句集注》，中华书局，1983年，第68页。
③ 余英时：《道统与政统之间——中国知识分子的原始型态》，《士与中国文化》，第85页。
④ 《四书章句集注》，第167页。
⑤ 《四书章句集注》，第104页。
⑥ 《四书章句集注》，第167页。
⑦ 《四书章句集注》，第71页。
⑧ 《四书章句集注》，第106页。

体原则是"笃信好学，守死善道"；"守死善道"的"道"是士人内心拥有之"道"，士人当笃信好学，守之有死而已。而具体行事准则是"天下有道则见，无道则隐"；"天下有道"的"道"关乎天下政治社会之明暗和治乱，政治清明社会安定则见，政治黑暗社会混乱则隐。由此引发孔子关于君臣关系的规范思考："所谓大臣者，以道事君，不可则止。"[1]"以道事君"即"有道则见"；"不可则止"即"无道则隐"，即"道不行，乘桴浮于海"[2]。因此他赞美宁武子，"邦有道则知，邦无道则愚。"[3]他又说："邦有道，危言危行；邦无道，危行言孙。"[4]这也是孔子以"直"称赞史鱼，而以"君子"称赞蘧伯玉的原因[5]；亦即是孟子评价孔子所说的："孔子，圣之时者也。"[6]

孔子曾说："不得中行而与之，必也狂狷乎？狂者进取，狷者有所不为也。"[7]孔子在道势关系上可进取可退隐的双重性呈现出两条发展路线，一条是狂者进取型，以孟子为代表；一条是狷者退隐型，以庄子为代表[8]。

---

[1]《四书章句集注》，第128页。

[2]《四书章句集注》，第77页。

[3]《四书章句集注》，第81页。

[4]《四书章句集注》，第149页。

[5]《四书章句集注》："直哉史鱼！邦有道，如矢；邦无道，如矢。君子哉蘧伯玉！邦有道，则仕；邦无道，则可卷而怀之。"第162—163页。

[6] 焦循：《孟子正义》，沈文倬点校，中华书局，2017年，第723页。

[7]《四书章句集注》，第147页。

[8] 赖锡三曾区别"孟子型"和"庄子型"知识分子对待权力的两种不同方式。秉持"浩然之气"的《孟子》"刚猛型知识分子"，"有随时准备殉道、为真理信念'舍生取义'的牺牲准备"，这种精神力量"既来自于天理流行的真理高度之支持，也来自浩然之气的勇气强度之灌溉，显然孟子能将真理与勇气体合为一，发出狮子吼般发聋振聩之辞气"。而秉持"平淡之气"的《庄子》"迂回型知识分子"，"对权力有着更细微的省察和通变能力"，"并将权力批判从政治的直接暴力，细敏地延伸到观察细微权力对人们无所不在的侵袭渗透，以进行最精微而彻底的全面对抗"。赖锡三：《〈孟子〉与〈庄子〉两种气论类型的知识分子与权力批判》，《清华学报》新43卷第1期，第35页，第38页。本文区分"狂者进取型"和"狷者退隐型"两类对待"道"与"势"关系之士人，受到赖文的启发。之所以没有采用赖文"孟子型"和"庄子型"的分类，并非有意别出心裁，乃是因为本文同意赖文对"孟子型"的论断，而对"庄子型"的论断有所保留。赖锡三更撰《"格格不入"的鹓雏与"入游其樊"的庖丁——〈庄子〉两种回应"政治权力"的知识分子姿态》，载《政大中文学报》第19期，对"庄子型"有更进一步阐释。

二、以德抗位

孟子所表现的狂者进取型的"道高于势"，有一个很重要的时代背景不应被忽略。这就是战国群雄逐鹿，天下正在用人之际，各国君主不能不礼贤下士。这使"当下之道高于当下之势"成为可能。"曾子谓子思曰：'昔者吾从夫子游于诸侯，夫子未尝失人臣之礼，而犹圣道不行。今吾观子有傲世主之心，无乃不容乎？'子思曰：'时移世异，各有宜也。当吾先君，周制虽毁，君臣固位，上下相持若一体然。夫欲行其道，不执礼以求之，则不能入也。今天下诸侯方欲力争，竞招英雄以自辅翼，此乃得士则昌，失士则亡之秋也。伋于此时不自高，人将下吾；不自贵，人将贱吾。舜禹揖让，汤武用师，非故相诡，乃各时也。'"①

"时移世异"，得士则昌，失士则亡，君王被迫礼敬贤士。是故颜斶对齐宣王宣示："士贵耳，王者不贵。"②丕郑主张："吾闻事君者，从其义，不阿其惑。"③荀子强调"谏、争、辅、拂"之臣，皆能"从道不从君"④。"缪公亟见于子思曰：'古千乘之国以友士，何如？'子思不悦曰：'古之人有言曰，事之云乎，岂曰友之云乎！'子思之不悦也，岂不曰以位，则子君也，我臣也，何敢与君友？以德，则子事我者也，奚可以与我友？"⑤子思只是提出一种君对待"士"的态度，并没有从事情本身出发上升到一种观念，是就事论事。孟子则发挥子思的说法，提出了"以德抗位"的思想⑥。所以孟子进一步提出"天爵""人爵"之别。"孟子曰：'有天爵者，有人爵者。仁义忠信，乐善不倦，此天爵也；公卿大夫，此人爵也。'"赵岐注："天爵以德，人爵以禄。"⑦这也是以"仁义忠信"之内在品德对比"公卿大夫"之外在利禄，亦即以德抗位。

当定公问如何"君使臣，臣事君"时，孔子对曰："君使臣以礼，臣事君以

---

① 《孔丛子》居卫篇，中华书局，2009年，第94页。

② 刘向集录：《战国策·齐四》，上册，上海古籍出版社，1985年，第408页。

③ 左丘明：《国语·晋语一》，上海古籍出版社，1998年，第264页。

④ 《荀子集解》，第250页。

⑤ 《孟子正义》，第774—775页。

⑥ 萧公权认为："孔子德位兼全之理想君子既无由实现，孟子乃承战国之风，发为以德抗位之说，亦极自然之事也。"萧公权：《中国政治思想史》，商务印书馆，2011年，第98—99页。

⑦ 《孟子正义》，第855—856页。

忠。"①这是一种理想的君臣状态。孟子则区分三种实际的君臣状态，孟子告齐宣王曰："君之视臣如手足，则臣视君如腹心；君之视臣如犬马，则臣视君如国人；君之视臣如土芥，则臣视君如寇仇。"②这不仅是孟子与孔子个人思想的区别，也是孔孟所处时代的精神的反映。第一种是理想的君臣状态，即"君臣以义合者也"，后二者则等而下之。且孟子排除了"愚忠"，把君臣放在一种对等的关系，是情义相报答的关系③。孟子的"君臣对等"观是一个巨大的超越，其精义要等到近两千年后黄宗羲在《明夷待访录》中才能得到发挥。《原臣》曰："夫治天下犹曳大木然，前者唱邪，后者唱许。君与臣，共曳木之人也。"《置相》曰："天下不能一人而治，则设官以治之。是官者，分身之君也。"可见黄宗羲是把君臣看作同事关系，君臣仅是分工不同而已，君臣之平等已不言而喻。从天下的角度看待君臣之名分，黄宗羲更认为臣是君之师友，《原臣》谓："君臣之名，从天下而有之者也……不以天下为事，则君之仆妾也；以天下为事，则君之师友也。"④

　　孟子又言"乐道忘势"："孟子曰：古之贤王，好善而忘势。古之贤士，何独不然，乐其道而忘人之势。"⑤盖贤王"好贤善而忘己之势"，贤士"乐己道而忘王之势"，贤王和贤士相映生辉。赵岐注"乐道忘势"："乐道守志，若许由洗耳，可谓忘人之势也。"⑥乐道忘势之"大人"才能"格君心之非"⑦；如果君王不听从，则"易位"：齐宣王问卿，孟子答以"有贵戚之卿，有异姓之卿"，异姓之卿"君有过则谏，反覆之而不听则去"；贵戚之卿"君有大过则谏，反覆之而不听则易位"⑧，这使齐宣王听了勃然变色，惊恐不已。

　　孟子由乐道忘势到以德抗位，由"君臣对等"、格君心之非到犯言直谏，再到谏而不听则易位，最终必然导致"闻诛一夫纣矣，未闻弑君也"⑨的认识。这是孟子的"得志行道"。必须注意到，孟子的"得志行道"与宋代新儒家的"得

---

①《四书章句集注》，第66页。

②《孟子正义》，第589页。

③《史记·刺客列传》豫让曰："范、中行氏皆众人遇我，我故众人报之；至于智伯，国士遇我，我故国士报之。"见司马迁：《史记》，第八册，中华书局，1982年，第2521页。

④《黄宗羲全集》，第一册，浙江古籍出版社，2012年，第5页，第8页，第5页。

⑤《孟子正义》，第954—955页。

⑥《孟子正义》，第955页。

⑦《孟子正义》，第565页。

⑧《孟子正义》，第782—783页。

⑨《孟子正义》，第158页。

君行道"有本质上的区别。"得志行道"是"道"通过"势"而实现其"志"，而"得君行道"是"道"依赖于"势"的支持以行道。余英时指出，"当时的权源在皇帝手上，皇帝如不发动政治机器的引擎，则任何更改都不可能开始"，所以，宋儒的"行道"必须"得君"是"由于传统的权力结构使然"①。这个论断当然有其符合历史的意义，宋儒的"得君行道"固然在务实性方面比孟子的"得志行道"具有更大的可操作性，但是这并不能否定孟子思想的理论价值和可贵之处。因为宋儒的"得君行道"有一个预设的前提，即承认现行"势"之存在的合理性而后行道，而孟子的"得志行道"则不存在对现行之"势"预设其合理性的前提。孟子所奉持的"道高于势"，其"道"是凌驾于"势"之上的，而孟子眼里的"势"是为"道"服务的工具和手段。当"势"有助于行"道"时，才具有存在的合理性；当"势"妨碍行"道"时，则"易位"甚至"诛一夫"，不但不承认"势"存在的合理性，而且还要铲除其存在，以更合理的"势"来取代之。这是孟子思想的最伟大之处，亦是其被朱元璋所删削所恐惧之处。后世大臣虽昌言"天下道理最大"②，然终不能走到"易位"与"诛一夫"的地步。

另一方面，孟子提出不得志则守道，绝不枉道殉人。"孟子曰：'天下有道，以道殉身；天下无道，以身殉道。未闻以道殉乎人者也。'"③故钱穆解释孔子的"用之则行，舍之则藏"："用者，用其道，非指用其身。能用其道，则出身行道。不能用其道，则藏道于身，宁退不仕。不显身于仕途，以求全其道而传之后世。"④不得志则守道，隐身不仕，以保全其道而传之后世，即"守先待后"。这与庄子的退隐有相通之处。

三、鹓雏之志

作为狷者退隐型的代表，庄子政治上主张"我不为君，君不立治"，万不得

---

① 余英时：《朱熹的历史世界》，生活·读书·新知三联书店，2011年，第422页。

② 例如，宋孝宗乾道五年三月，郑耕道奏："太祖皇帝尝问赵普曰：天下何物最大。对曰道理最大。太祖皇帝屡称善。夫知道理为大，则必不以私意而失公中。"留正等曰："天下惟道理最大，故有以万乘之尊而屈于匹夫之一言，以四海之富而不得以私于其亲与故者。"参见汪圣铎点校：《宋史全文》，卷二十五上，第七册，中华书局，2016年，第2070页。

③ 《孟子正义》，第1019页。赵岐曰："人臣以道事君，否则奉身而退。"见《孟子正义》，第288页。

④ 钱穆：《国史新论》，生活·读书·新知三联书店，2005年，第162页。

已的治世之术则是"以不治为治"①。庄子自己更是以不仕为第一要义。"庄子钓于濮水,楚王使大夫二人往先焉,曰:'愿以境内累矣!'庄子持竿不顾,曰:'吾闻楚有神龟,死已三千岁矣,王巾笥而藏之庙堂之上。此龟者,宁其死为留骨而贵乎,宁其生而曳尾于涂中乎?'二大夫曰:'宁生而曳尾涂中。'庄子曰:'往矣!吾将曳尾于涂中。'""惠子相梁,庄子往见之。或谓惠子曰:'庄子来,欲代子相。'于是惠子恐,搜于国中三日三夜。庄子往见之,曰:'南方有鸟,其名为鹓雏,子知之乎?夫鹓雏,发于南海而飞于北海,非梧桐不止,非练实不食,非醴泉不饮。于是鸱得腐鼠,鹓雏过之,仰而视之曰:'吓!'今子欲以子之梁国而吓我邪?'"②

"曳尾泥涂"表明庄子对生命的自重,而"鹓雏之志"则表明庄子对权位的蔑视。"正是对外在权威的怀疑和否定,才有内在人格的觉醒和追求。"③庄子的"曳尾泥涂""鹓雏之志"是保持"道不屈于势"的最彻底的武器。远离世俗政治,才能对世俗政治的丑恶认识得更为透彻,批判得更加清醒。退隐既是对现实权势的绝对否定和消极反抗,还可以视作知识人独立精神的张扬和自我价值的肯定。对外在权势的否定和对内在自我的觉醒,是通向自由的必经之路。钱穆《如何研究历史人物》引用《易经》"天地闭、贤人隐",以为"中国文化之伟大,正在天地闭时,贤人懂得隐。正在天地闭时,隐处仍还有贤人";并认为"中国历史所以能经历如许大灾难大衰乱,而仍然绵延不断,隐隐中主宰此历史维持此命脉者,正在此等不得志不成功和无表现的人物身上"④。钱穆此论,彰显出不仕之隐者并非仅仅为了一己之独立自由,而是着眼于不仕之隐者对天下后世之无形影响。正如上文所引钱穆所说,退仕而隐,是"以求全其道而传之后世"。

孔子早就说过,"隐居以求其志,行义以达其道"⑤,并非单纯地为隐居而隐居。严光答司徒侯霸书札曰"怀仁辅义天下悦,阿谀顺旨要领绝"⑥,亦可以见出严光并非忘情于世道人心,他只是不肯屈志事君而已。庄子也非绝意于天下之辈,他只是等待一个更有利的时机而已。《缮性》篇有云:"古之所谓隐士

① 《中国政治思想史》,第182页。

② 陈鼓应:《庄子今注今译》,中华书局,2009年,第474—475页。

③ 李泽厚:《美的历程》,《美学三书》,天津社会科学院出版社,2003年,第82页。

④ 钱穆:《中国历史研究法》,东大图书股份有限公司,1988年,第96页。

⑤ 《四书章句集注》,第173页。

⑥ 范晔:《后汉书》,中华书局,1965年,第2763页。

者，非伏身而弗见也，非闭其言而不出也，非藏其知而不发也，时命大谬也。当时命而大行乎天下，则反一无迹；不当时命而大穷乎天下，则深根宁极而待，此存身之道也。"①这不妨视作"有道则见无道则隐"的庄子式表达，其高于后世诸葛亮《出师表》"苟全性命于乱世"之处，在于庄子苟全性命于乱世乃是为了"全其道而传之后世"。

"其声销，其志无穷，其口虽言，其心未尝言，方且与世违而心不屑与之俱，是陆沉者也。"②庄子所提出的"陆沉者"，从隐之于山林转而隐之于市廛，不仕而隐已从侧重于隐逸之地点转换为保持其志与世相违而心不屑与俗同流。这一方面开启了后世"小隐隐于野，大隐隐于市"的隐士思路；另一方面也揭示出，即使身不得自由，亦必追求心之自由，在内心保持一块洁净之地和拥有一份价值判断。钱锺书论吉朋对国家所奉宗教"'貌敬'而'腹诽'"，又说"古希腊怀疑派而还，相率谆谆告诫，谓于国教以至俗信，不妨二心两舌，外示和同而内不奉持（in saying this we express no belief），所以免祸远害"，亦即《老子》"和其光，同其尘"与释氏"权实双行法"③。他们可谓庄子的同路人，即都是"外示和同而内不奉持"，亦"免祸远害"之法。

中国有一个强大的隐逸传统。"微子去之，箕子为之奴，比干谏而死，孔子曰：'殷有三仁焉。'"④微子之退隐而去、箕子之佯狂受辱、比干之忠谏而死，在孔子眼中都是"仁"的体现，具有相同的价值范畴。在"仁"的价值范畴内，"微子"又居于三仁之首，可见隐逸更高于后二者。《论语》微子篇"多记圣贤之出处"⑤，亦可见出孔子及其门徒对隐逸的高度重视。故范晔指出："《易》称'《遁》之时义大矣哉'。又曰：'不事王侯，高尚其事。'是以尧称则天，不屈颍阳之高；武尽美矣，终全孤竹之洁……荀卿有言曰，'志意修则骄富贵，道义重则轻王公'也。"⑥连唐尧和武王这样中国历史上最伟大的君王都要礼敬隐士，遑论其余庸碌之辈！公元403年，桓玄为篡位制造舆论，特意让皇甫希之冒充隐士："（桓玄）又以前世皆有隐士，耻于己时独无，求得西朝隐士安定皇甫谧六世孙希之，给其资用，使隐居山林；征为著作郎，使希之固辞不就，然后

①《庄子今注今译》，第435页。

②《庄子今注今译》，第726页。

③钱锺书：《管锥编》，生活·读书·新知三联书店，2007年，第31页，第32页。

④《四书章句集注》，第182—183页。

⑤《四书章句集注》，第182页。

⑥《后汉书》，第2755页。

下诏旌礼，号曰高士。时人谓之'充隐'。"①隐士是时代的祥瑞，桓玄为了制造舆论声势，不惜让人冒充隐士，因为只有能礼敬隐士的帝王才是一个贤明的君主。这从反面证明帝王礼敬隐士，是一种被社会普遍认可的风尚，退隐是一种更高的"道高于势"。以此来看《严先生祠堂记》，我们才能真正体会为何范仲淹说"微先生，不能成光武之大"；以此来读黄庭坚《题伯时画严子陵钓滩》，我们才能真正理解"桐江波上一丝风"何以"能令汉家重九鼎"②。职是之故，我们才能认识到隐士成光武之大，令江山之稳，并非文学之夸张，文人之意淫；而是因为对隐士的礼敬，是全社会的普遍共识，以及这种共识背后体现的民心所向。得民心者得天下，顺民意者保天下。隐士系统所体现的崇高价值，迫使当权的君王不得不向这种隐逸价值观俯首，即使他们内心多么不愿意，他们在外表上也不得不做出礼敬隐士的姿态。《论语·尧曰》所谓"兴灭国，继绝世，举逸民，天下之民归心焉"③。"举逸民"是收买民心的三大法宝之一。统治者对个别民众可以忽略不计，但是对于民心所向却不能不牢记心上。

四、无用之学

汉娜·阿伦特在《真理与政治》中指出："真理，虽然是没有权力的和在与权力的正面冲突中总是失败的，但却拥有一种特殊的力量：无论那些掌权者如何费尽心机，他们都不能发现或发明一种替代品来代替这种力量。说服和暴力可以毁灭真理，但是它们不能取代真理。"④中国传统话语中的"道"与"势"，正对应于汉娜·阿伦特所说的"真理"与"政治"。"势"可以压制和毁灭"道"，但是永远不能替代"道"的力量。这是坚持道义的士人必须清醒认识到的。正如明成祖朱棣可以在肉体上消灭方孝孺，但是不能取代方孝孺所代表的孔子之"道"；朱棣一方面诛灭方孝孺十族，一方面又不得不把孔子抬高到"贤于尧舜"的高度。然而"知识人最大的弱点是抵抗不住世间权势的诱惑"⑤，如果为了获得权力和权利，主动出卖这种"势"所无法取代的"道"，那就是"枉

① 司马光：《资治通鉴》，胡三省音注，中华书局，1956年，第3554页。

② 黄庭坚：《题伯时画严子陵钓滩》："平生久要刘文叔，不肯为渠作三公。能令汉家重九鼎，桐江波上一丝风。"

③《四书章句集注》，第194页。

④ 贺照田主编：《西方现代性的曲折与展开》，吉林人民出版社，2002年，第334页。

⑤ 余英时：《中国知识人之史的考察》，《士与中国文化》，第619页。

道从势"，也就是朱利安·班达所痛斥的"知识分子的背叛"①，正如雷蒙·阿隆所言："如果背叛意味着抬高现世的地位和贬低永恒，那么我们时代的知识分子都是背叛者"②。

柏拉图曾三次前往叙拉古，意图通过教导、感召叙拉古君主狄奥尼修，实现其政治理想，最终以失败告终，且险些失去自由。黑格尔指出，指望一个哲学家教导一个君主，"这样想法本身就是空幻的"③。因柏拉图而产生的"叙拉古的诱惑"一词，成为西方知识分子意图进入政治权力中心的著名典故。所以当马丁·海德格尔在担任弗莱堡大学的纳粹校长之后于1934年重返教席时，有人讥讽他说："君从叙拉古来？"④士人必须远离当下政治，不要期待做当世的"帝王师"，以学术辅佐帝王而建功立业；而要发愿做未来的"百世师"，以思想影响民心而替天行道。此即司马迁《报任安书》的"述往事、思来者"，亦即顾炎武《与杨雪臣书》的"启多闻于来学，待一治于后王"⑤。耶稣断言"我的王国不在此世"，士人不妨说，"我的王国不在此时"。

王夫之认为："儒者之统，与帝王之统并行于天下，而互为兴替。其合也，天下以道而治，道以天子而明；及其衰，而帝王之统绝，儒者犹保其道以孤行而无所待，以人存道，而道可不亡……是故儒者之统，孤行而无待者也；天下自无统，而儒者有统。道存乎人，而人不可以多得，有心者所重悲也。虽然，斯道亘天垂地而不可亡者也，勿忧也。"⑥按照王夫之的观点，道统可以脱离政统而存在，而政统却必须依赖道统而延续；天下无统，而儒者有统；政统可以灭绝，而道统孤行无所待，亘天垂地而不亡。可见在王夫之眼里，绝没有所谓的"政教合一"，道统是高于政统的更本质的存在，政统是道统的派生产品。他坚决主张"君、师分离"而表现出"道""势"二元的主张。道存乎人，传道之人不可多得，王夫之通过赞美传承斯道之孔鲋而树立"圣人之徒"的标准。《资

---

① 朱利安·班达反对知识分子的政治激情,因为这种政治激情不过是为了"拥有某些世俗利益"和"自觉身份特殊";这种政治激情背离了人道主义和永恒价值,被班达斥之为"知识分子的背叛"。参见朱利安·班达:《知识分子的背叛》,佘碧平译,上海人民出版社,2017年,第128页,第217页。

② 雷蒙·阿隆:《知识分子的鸦片》,吕一民、顾杭译,译林出版社,2012年,第280页。

③《哲学史讲演录》第二卷,第156页。

④ 马克·里拉:《当知识分子遇到政治》,邓晓菁、王笑红译,新星出版社,2005年,第188页。

⑤ 顾炎武:《顾亭林诗文集》,中华书局,1983年,第139页。

⑥ 王夫之:《读通鉴论》,中华书局,1975年,第429—430页。

治通鉴》卷七载孔鲋"为无用之学",藏书"以待其求"[①],王夫子对此评论曰:"呜呼!能为无用之学,以广其心而游于乱世,非圣人之徒而能若是乎……屈其道而与天下靡,利在而害亦伏;以其道而与天下亢,身危而道亦不竞。君子之道,储天下之用,而不求用于天下……秉道以自安,慎交以远物,存黄、农、虞、夏于盗贼禽兽之中……庄周惩乱世而欲为散木,言无用矣,而无以储天下之大用……知进退存亡而不失其正,易简以消天下之险阻,非圣人之徒,其孰与归?"[②]

王夫之的"道高于势",有继承,有扬弃,有创新。他否定"枉道从势"("屈其道而与天下靡,利在而害亦伏"),这是继承孔孟庄子以来的士人传统;他扬弃"以道抗势"("以其道而与天下亢,身危而道亦不竞"),并不是要从根本上抛弃孟子的进取精神,而是因为世易时移,类似于孟子"以道抗势"的时代历史条件已经一去不复返,所以王夫之不提倡无谓的牺牲;他的"道高于势"体现在"秉道自安","为无用之学","储天下之用,而不求用于天下"。他所说的"无用之学",并非当真无用,而是虽不能为当世所用,却可以为天下后世所用的学问。如果说庄子的隐居不仕是一种消极抗争,那么王夫之的隐居不仕则是一种在隐居中积蓄有用于天下的学问,乃是一种有所待的积极抗争,所以他批评庄子"欲为散木"而"无以储天下之大用"。这是王夫之继承中的创新。不止于此,王夫之还提出了一个独创性的观念,即其所秉之"道"的内涵乃是"无用之学"。历代士人所坚守的相对来说比较空泛的"道"被王夫之具体化为"储天下之用,而不求用于天下"的"无用之学",这是王夫之的师心自用,也是王夫之的最大创获,是他因应自身所处时代变迁而得出的痛苦的思维结晶。"秉道自安,为无用之学,储天下之用,而不求用于天下"意义上的"圣人之徒",不妨看作王夫之的自我期许。"不仕"是前提,读书治学是目的,即陈垣所谓的"贵其能读书而不仕"[③],以思想影响民心最终达到以民心驯化统治者的目的。

清顺治八年四月御制遣刘昌致祭孔子文,明白供出"治统缘道统而益隆":"朕惟治统缘道统而益隆,作君与作师而并重。先师孔子无其位而有其德,开来

①《资治通鉴》,第244页。

②《读通鉴论》,第2—3页。

③ 陈垣:《南宋初河北新道教考》,中华书局,1962年,第28页。

继往，历代帝王未有不率由之而能治安天下者也。"①康熙《日讲四书解义序》开首接过顺治祭孔子文之话头，有意混道统与治统而为一："朕惟天生圣贤，作君作师，万世道统之传，即万世治统之所系也。"下文更将孔孟等人推崇至极："孔子以生民未有之圣，与列国君大夫及门弟子论政与学。天德王道之全，修己治人之要，具在《论语》一书。《学》《庸》皆孔子之传而曾子、子思独得其宗"；"至于孟子继往圣而开来学，辟邪说以正人心，性善仁义之旨著明于天下。此圣贤训辞诏后，皆为万世生民而作也"。最后再次强调："道统在是，治统亦在是矣。历代贤哲之君创业守成，莫不尊崇表章讲明斯道。"②可见"道统"之说深入人心，连最高统治者也不得不援引"道统"以自重。"治统"附"道统"而生，"治统"缘"道统"而隆；无论"创业"之君，"守成"之王，无不尊崇、表章、讲明"斯道"，这是处于"势"之维度的帝王心目中的"'政'（治统）'教'（道统）合一"。我们知道，王夫之已明确表示"道统高于政统"。《尚书·周书·泰誓上》说："天佑下民，作之君，作之师，惟其克相上帝，宠绥四方。"③可见在先秦时代，"君"和"师"是各司其职的，"君""师"二元的意味也是存在的。明末陆世仪《思辨录》说："《尚书》云：'天降下民，作之君，作之师。'则师尊与君等。又云：'能自得师者王。'则师又尊于君。非师之尊，道尊也，道尊则师尊。"④。在陆世仪看来，或者"师尊与君等"，或者"师又尊于君"，总之师与君是二元而非一元，可见其也不认可"政教合一"。钱穆《道统与治统》指出中国古代"家言盛而官学衰"，即"学术自由，统于下不统于上"，"古者所谓'政教'不分，乃宗教，非教育"。古代所谓的"政教不分"的"教"，乃指宗教，而不指教育，这是钱穆的一个大判断；虽政治与宗教不分，而政治与教育则是分开的，学术自由统于下而不统于上。我们可以由此推论说，中国古代虽然"政、教（宗教）合一"，却又"君、师分离"；"政（势）、教（道）合一""君、师一体"仅仅是历代统治者的一厢情愿。钱穆认为中国的政治，既不是贵族政治，也不是平民政治；既不是富人政治，也不是穷人专政，而是"学人政治"。学人政治的精义，在能以学术指导政治，因为学术是"政治

---

① 宋际、宋庆长：《阙里广志》，《儒藏·史部》第二册，四川大学出版社，2005年，第200—201页。影印本，标点由笔者所加。

② 故宫珍本丛刊第646册《皇清文颖》，海南出版社，2000年，第120页。影印本，标点由笔者所加。

③ 李民、王健：《尚书译注》，上海古籍出版社，2004年，第195页。

④ 冯克诚主编：《清代前期教育思想与论著选读》（上），人民武警出版社，2010年，第224页。

之灵魂而非其工具"。为了达到此目的,"学术必先独立于政治之外,不受政治之干预与支配"①。故张君劢《文化核心问题——学问之独立王国论》提出"学问为独立王国","指学问趋于政治以外之独立境界",孟子的"居天下之广居,立天下之正位,行天下之大道","即言道理之正,是非之准,乃处于实际政治以外之义理也"。在学问之独立王国内心无旁骛深耕细作,"学者应先尽其在我,徐待政治之曙光",而不该"不自知其才其学之价值而重视权位"②也。

学术独立于政治,"义理高于政权",这完全是现代意义上的"道高于势"。

沈喜阳,华东师范大学思勉人文高等研究院2022届博士,现为河南平顶山学院文学院教师,副编审。本文原载于《古代文学理论研究》第五十一辑《文学理论的中国性》,华东师范大学出版社2020年版,收录时有修改。

辑二

论「道」高于「势」的双重意蕴

---

① 《钱宾四先生全集》,第40册,《政学私言》上卷,联经出版事业公司,1998年,第84页,第88页。

② 张君劢:《义理学十讲纲要》,中国人民大学出版社,2006年,第136页,第146页,第131页。

试论晚明才子徐世俊的女性意识及其杂剧《春波影》

郎　净

徐士俊为明末清初文学家，原名翔，字野君，又字三有、无双，号紫珍道人，又号西湖散人，杭州府仁和县塘栖镇人。著有《雁楼集》二十五卷，《春波影》《络冰丝》等六十余种杂剧、与卓人月合辑《古今词统》十六卷附唱和词《徐卓晤歌》一卷，与汪淇合辑《尺牍新语》、与陆进合辑《西湖竹枝词续集》等。

徐士俊在诗歌、戏剧、词学方面都有建树；其生平跨越明清两朝（1602—1681)，交游亦广，所交往者有卓发之、卓人月、卓彝、卓回、卓天寅、吕律、董俞、曹尔堪、邹祗谟、王士禛、王士禄、陈维崧、徐喈凤、曹溶、吴伟业、王潞、吴颖、纪映钟、张之𪸩、姚佺、陆进、陆隽、王晫、王嗣槐、陆大均、毛先舒、张丹、沈洪芳、沈谦、赵修虔、汪淇、查望、黄周星等人，其交游遍及诗坛、词坛、曲坛以及方外人士。所以他也是明末清初一代文人文学活动之参与者与见证者，读其诗文戏剧，也能从一个侧面感受到明末清初文人的审美趋向、情感律动及他们对文学与生命的解读。

徐士俊最有影响力的杂剧为《春波影》，这是以晚明才女冯小青情事为主题的戏剧作品，被收入《盛明杂剧》之中，这部杂剧也使得徐士俊为众多文人所识，并与其形成共鸣。总览徐士俊作品，不独《春波影》，其作品整体呈现出一种柔婉多情、偏于女性的气质；他喜欢摹写六朝文风，偏好诗余创作；他的作品对女性有着自己至情独特的解读。一方面这是徐士俊的个人特点，另一方面，如上所述，和徐士俊声气相投的文人众多，徐士俊的女性意识、审美趋向，也代表着明末清初一些文士的取向。故笔者拟拈出女性意识一词，对徐士俊的作品进行整体的观照与解读。我们可以从其文学观、作品及书籍编撰之特点，以及对女性的解读三方面勾勒其女性意识，女性的解读方面拟以《春波影》为主、结合其他作品展开。

一

我们来看一下徐士俊的文学观、作品及书籍编撰之特点。

首先，我们来看一下徐士俊的文学观，徐士俊和他的好友卓人月一样，以"情"为诗词之关键。并倾向于清新柔婉之风。

徐士俊有《与邵于王》一书，比较明确地拈出"情"之一字，统摄诗词：

"诗从情生也，而词之为道，更加委曲缠绵，大都胸中自有一段不容遏处，借笔墨以发抒之，故片刻镂心，遂足千古。若强为雕饰，无生趣以行其间，即不作可耳。弟见仁兄于亲友之际，最为有情而又酷爱诗词，则是两美已相合矣。从此挥洒而出，必大有可观。不识得惠教否？至作词之法，昔人讥稼轩为词论，子瞻为词诗，嫌太豪放，不类软温，故当以秦周为正派。此在有情之人，自能辩之。"①

从此段文字中可知，徐士俊强调诗词之道就是抒发胸中之真情，那些没有真情，徒事雕饰的作品，不作也罢；诗和词相较，词应该更加委曲缠绵。所以他更倾向于软温之作，他奉秦观、周邦彦为正派；徐士俊欣赏的是身为有情之人，又酷爱诗词、两美合一之人。

结合徐士俊的《题兰思词》："词之一道，多温丽柔香、缠绵婉转之致。盖其初则隋炀帝《望江南》数阙实启其端，李青莲《草堂》两词复衍其派。他如《竹枝词》《阿那曲》之类，蹊径渐与诗殊。至于西昆才子、南阳侍郎，其所为诗皆成衾体，浸浸乎势不得不为词矣。因而南唐、北宋大阐新声，沿至于今，弥争逸响。虽手笔各有参差，断以清新婉媚者为上。"②

此段议论倾向性更为明确。认为词应该有"温丽柔香、缠绵婉约"之致。纵有差异，也应该以"清新婉媚"者为上；从词的发展史来看，他认为隋炀帝《望江南》开启了这条道路，《竹枝词》《阿那曲》，已经和诗不太一样了，到了

① 徐士俊：《雁楼集》，卷二十，清顺治刻本，《清代诗文集汇编》第17册，上海古籍出版社，2010年，第408页。

② 徐士俊：《题兰思词》，沈遰声《兰思词钞》，吴山草堂藏。

西昆体诸才子，以及韩偓①处，他们的诗歌都是反映男女爱情的奁体，也是偏向于词的风格的趋势。南唐、北宋则词终于大阐新声。

徐士俊和卓人月合作，选编了《古今词统》，徐士俊作有一序：

"夫词为诗余，诗道大而词道小，亦尤是也。故诗从寺，寺者朝廷也；词从司，司者官曹也。小令、中调、长调，各有司存；宫、商、角、徵、羽五声，各有司存，不可乱也。……词固以新为贵也。……然则词又当描写柔情，曲尽幽隐乎？……其按词之法，则如杨诚斋所撰《词家五要》，一曰择腔，二曰应律，三曰按谱、四曰详韵，五曰立新意。而且曰幽曰奇，曰淡曰艳、曰敛曰放，曰称曰纤，种种毕具，不使子瞻受'词诗'之号，稼轩居'词论'之名。又必详其逸事，识其遗文，远征天上之仙音，下暨荒城之鬼语，类载而并赏之。虽非古今之盟主，亦不愧词苑之功臣矣。"②

从此序我们亦可以梳理出他们的词学观点：首先，诗与词是不一样的，诗道大而词道小；其次，词以新为贵；第三，词应当描写柔情，曲尽幽隐；第四，虽然徐士俊和卓人月倾向于柔婉之词，但他们也将各种风格都引入自己的《古今词统》之中，还是有比较广博的视野和胸襟的。

孟称舜亦为《古今词统》作序："题曰古今词统，予取而读之，则自隋唐宋元以迄于我明，妙词无不具备，其意大概谓词无定格，要以摹写情态，令人一展卷而魂动魄化者为上，他虽素脍炙人口者，弗录也。"③此句把《古今词统》选词的最重要的线索展示出来，那就是"摹写情态，令人一展卷而动魂魄化者为上"。

所以从上面徐士俊的文学观可见，无论诗词，徐士俊皆倾向于真情深情之作；他认为诗和词是不同的，词应该更加摹写柔情，以清新婉媚者为上，提倡温丽柔香、缠绵婉转之致。而清新、婉媚、温丽、柔香、缠绵、婉转这些词，同时亦多用于对于女性的比拟，所以，徐士俊欣赏的作品，也就相应地倾向于偏女性化的审美。

其次，我们来看一下徐士俊自身作品的特点。

《雁楼集》中的作品按体裁统计为：赋6篇；乐府112首；四言古诗7组、3

---

① 按：韩偓做过侍郎，有《香奁集》，但非南阳人，而另一诗人韩翃却是南阳人，故徐士俊有可能混淆了二人，将韩偓称为南阳侍郎。

② 徐士俊：《古今词统序》，卓人月、徐士俊：《古今词统》，辽宁教育出版社，2000年，序1—2页。

③ 孟称舜：《古今词统序》，《古今词统》，序3页。

首；五言古诗61首；七言古诗59首；五言律诗119首；七言律诗193首；七言排律4首；五言绝句50首；六言绝句18首；七言绝句18首；词173首；曲22首；序22篇；记9篇；传4篇；论4篇；启10篇；尺牍26篇；杂文10篇；铭7篇，另有赞9、跋4、檄1、揭1、说2、祭文4、碑志4，最后是杂剧《春波影》和《络冰丝》。

《雁楼集》可谓是各体均备，充分展示出徐士俊对于诗词曲赋的全面观照和创作尝试。值得注意的是，抛开当时士人诗歌创作的主要体裁——七言律诗和五言律诗，徐士俊作品中乐府与词的数量惊人。徐士俊的好友王晫也说他："好为乐府诗歌古文词。"①徐士俊和卓人月都偏好六朝文风，所以他创作了大量乐府古题的作品，而这些作品，大多倾向于柔婉之风；另外，他偏好创作缠绵婉约之词，徐士俊和卓人月有《徐卓晤歌》，更是采纳了民歌的风格，写作闺情爱情。我们可以看其中的两首词作：

《惜分钗 本意》②：

> 郎归去，奴心碎。珍珠酒杂珍珠泪。玉钗红，锦囊对。一股投西，一股投东。空空。春山翠，秋波媚。菱花照出芙蓉醉。且从容，过三冬。问你何为，便买征蓬。匆匆。

《荷叶杯 春语》③：

> 何事一春离别。休说。枝上有黄莺。叫得棠梨睡不成。听幺听。听幺听。

这两首词显然柔情万种，并付口语之中，让人如闻其声，如见其人。作者似乎化身为女子，抒发自己对情郎的相思之情、离别之痛。也非常符合徐卓二人对词的审美取向。

所以姚佺曾经这样评价过徐士俊的作品："吾见吾子为诗与文词也，剪烟剪水，花笑玉香，殆锦作心绣作肝，绿沈添竹作管，桃花作笺者耶。前身白凤转而匹锦，又转而于麒麟。世世称文章丽则也，何一世之有为？"④

用剪烟剪水、花笑玉香、锦心绣肝来形容，而其文字用绿沉竹的笔管、桃

---

① 王晫：《徐野君先生传》，清康熙刻本《霞举堂集》卷四，《清代诗文集汇编》第144册，第34页。

②《雁楼集》，《清代诗文集汇编》第17册，第348页。

③《雁楼集》，《清代诗文集汇编》第17册，第344页。

④ 姚佺：《雁楼集序》，《雁楼集》，《清代诗文集汇编》第17册，第661页。

花笺来书写，前身竟然是白凤，后来转成麒麟，是多么唯美，又是多么具有女性的气质。

具体到作品的题材，徐士俊有许多作品以女性为题材，大致有以下三类：一类是用与女性相关的乐府古题进行创作，比如《三妇艳》《莫愁曲》《采莲曲》《陌上桑》《荔枝香》《十眉谣》等；一类是以历史、神话等各类文学文本中的女性形象为题材。比如《楚女赋》《西陵寻苏小墓》《明妃梦回汉宫》《浣溪沙 咏西施事》《添字昭君怨 和汤临川韵吊杜丽娘》等。徐士俊有一首五言排律《百艳词》①，充分展现了他对历史上各类女性的关注，其中有"上官婉儿，杨玉环，梁绿珠，吴王女紫玉，王昭君，关盼盼，虢国夫人，邓夫人，谢道韫，苏蕙，薛夜来，李易安，杜韦娘，秦弱兰，浙东舞女飞燕轻凤，甘夫人，陈皇后阿娇，薛涛，息夫人，秦国夫人，寿阳公主，钩弋夫人，乐昌宫主，王献之妾桃叶，王琛婢朝云，蔡文姬，江采苹，袁宝儿，吴夫人，鲍四弦，霍小玉，赵飞燕，薛兰英，薛蕙英，李夫人，红拂妓，红线，苏小小，任氏，孙寿，朱淑真，姜玉箫，崔莺莺，虞美人，随清娱，卓文君，云英，章台柳，宵娘，秦弄玉，甄皇后，孟才人，丽娟，大乔，小乔，黄崇嘏，丽玉，秦罗敷，朱序母，平阳公主，徐月英，黄四娘，班婕妤，姚玉京，莫琼树，张窈窕，荆山公主，晋子夜，唐念奴，小蛮，潘淑妃，红绡，西施，卫夫人，赵令德，王戎妻，李势妹，古女子，姚月华，张红英，琴操，贾午，张倩女，鱼玄机，杜兰香，温峤妻，崔护妻，刘采春，浔阳妓，庄暗香，舒襟，秋木，花蕊夫人，镜儿，紫云，莫愁，杜恙妻，韩夫人，杜丽娘"等等，上至皇后妃嫔，下至民间女子，阵容非常庞大，各种身份、各种才华、各种情事，凡有可咏者，皆纳入士俊笔下，也可见他对女性一直以来的关注与欣赏。

还有一类作品是以士俊自己人生中邂逅之女子为题材。徐士俊会为有才华的女子题诗撰文，《题女学士李因所画花草卷》《夜读尹纫兰断香铭》《和卓辛彝太史韵赠章佩兰较书》《再和前韵赠其女弟兰生》《吴柏舟遗集序》；徐士俊对待妻子情深义重，为她写诗《季冬十八日自昆凌归值内子四旬初度》《武陵寄内》等；徐士俊同情女性，为不幸的女子抒发情感，有的女子甚至素未谋面或者只有一面之缘，他著有《白练行 为烈媛张佩兰作》《邻有从军者闻其妇哭声感而赋此》《和秦淮难女宋蕙题壁诗四首》《挽李贞姑》《孟夏十四日偶于谢圣敷数馆中遇一老尼，乃名姬王修微母也，少习繁华，晚归空寂。不堪具述，诗以伤之》，等等。

_____
① 徐士俊：《百艳词》，《雁楼集》，《清代诗文集汇编》第17册，第310页。

徐士俊的作品类型丰富，除了诗词曲赋之个人创作，他还编撰了很多书籍，其中以诗文集为主。

徐士俊曾经设想编撰一部专门的闺阁诗词集，他撰有《征选闺阁诗词启》一文进行征稿"窃以闺阁原钟才子，古昔争传，诗词偏重丽姝，今兹尤盛。片纸皆当珍惜，孤贞更籍表彰。即籍挂青楼而句香字洁，依然吐气如兰；况身残紫塞而血写泪题，不啻墓门有草。至于阀阅之家，闲为咏絮绮罗之社，近亦成林。玉台咏瓶自徐陵，香奁体备于韩偓。敬陈梨枣，祈合贮以佐大观；敢惜丹铅，愿纷投而成胜集。庶几蓬门陋巷，不埋没。夫淑贞，帘幕楼台，可品题夫清照。非嫌唐突，爰续止风云尔。"①里面强调他对闺阁诗词的看重，认为闺阁之中亦有才子，他也提及他那个时代尤其看重女子之作。所以徐士俊对女性的关注，其实也是当时文士的一种普遍情结。而且他选诗词不限身份，不限风格，愿纷投而成集。不过这部诗词集后来好像没有正式印行，王晫写给徐士俊的信中说："更闻有作女世说者，即未见其书，自令人想慕风采，……吾师向有闺阁征诗启，虽寝置不行，而大意已备。"②徐士俊的闺阁诗词集的设想没有实现，不过王晫提到了徐士俊的另一本书，就是《女世说》，从其名而言，应该是仿《世说新语》一类志人之书，专门记录女子的言行举止的。

除此之外，徐士俊还专门为了教习闺阁中之小女孩，编了《内家吟》一卷，专收初唐开始的近体诗歌，希望世间聪明女子皆可由此书入门。"内家吟一卷，原为教习闺阁小女儿设也。始于初唐、不及汉魏。止收近体，不载古风。欲与绿窗讽咏相宜，无取聱牙佶屈耳。余所点定已二十年。兹值陆子升簧，属有同心，将投公好，因更为搜辑镂板行世。俾世间一切聪明女子皆可从此入门，虽不敢拟于宵雅三篇，亦较胜村塾中所谓千家百姓者矣。"③

其他的诗词集中，他也会收入女性作品。他在《西湖竹枝词序》中写道："余幸生长西湖，思联胜集。因与陆子茞思，远搜名宿之词，近索同人之句。上自洪永，下迄今兹。随意编成，不拘世次。……且并收闺秀，堪匹张曹；间入缁流，不殊信璞。"④

所以徐士俊广泛关注女子的言行风范、作品，甚至对女教也热心参与。从徐士俊和他的好友的文字中，也可发现，这是当时文士中较为普遍的共鸣和情

①《雁楼集》，《清代诗文集汇编》第17册，第401页。

②《分类尺牍新语》，《四库全书存目丛书》集部396册，第462页。

③《雁楼集》，《清代诗文集汇编》第17册，第379页。

④《雁楼集》，《清代诗文集汇编》第17册，第378页。

感投射。

二

综上，我们从徐士俊的文学观、作品及书籍编撰特点两方面，了解了徐士俊偏于女性的审美以及对于女性的青睐。我们亦可具体进入其诗词散文与杂剧《春波影》，来看一下他对女性的解读。

首先，女子是徐士俊及同时期文人最重要的审美对象之一。

徐士俊在《画眉不尽 花月美人合咏》中写道："昔云世无花月美人，不愿生此世界。余深喜兹语，仿古乐府三妇艳之意，按拍歌之。"①

在徐士俊看来，这世上最美好的事物就是花、月、美人，也就是自然与女性。这是他作品经常以女子为题材的重要原因，也是他主动创作《春波影》杂剧的重要原因。

他在《盛明杂剧序》中写道："美人花月，生来供文士品题。文士亦不辞其责，相与歌之咏之，令山鬼精灵与幽香魂魄，尽食其福，发为声音，则青凤集，玄鹤来，喈锵之响豁霾，妙丽之吹映月。姑与谈近世事，以小青之才且艳，生十八年而死，竟死矣。余取其影而传之，小青不死。古今寥邈，何止一小青。乃传之者，与有力焉。"②

徐士俊强调"美人花月"是文士最重要的品题对象，应该不辞其责地歌之咏之。而小青这样的富有才情又早逝的女子，自己当然有责任将其形象传世。

徐士俊的《春波影》本于支如增的《小青传》的，该传作于明天启六年（1626），之后很快在文人中流传。徐士俊的好友为卓人月，卓人月的父亲卓发之也与徐士俊亦师亦友，卓发之和卓人月都有咏小青诗作。徐士俊也是在卓人月的鼓励下创作《小青传》的。卓人月对此一缘起说得很清楚：

《题春波影杂剧有序》："余既和小青诗十首矣。友人徐野君遂拟元人体，填词四出。因小青有读《牡丹亭》诗，而《临川集》中又载娄江女子读牡丹亭而死，遂并为点染，作临川一重冤案，且谓余曰：《小青传》中所谓三易照者，今已无存。此剧不知可当第几图？余笑而作诗答之：

临川遗笔如针刺，还魂一声天下肝肠绝。色鬼与情骨，夜夜疑来笔尖立。双梦亭前梅影白，孤山顶上梅濡血。白者杜之魄，血者青娘恨。泪随风沥。野

---

①《雁楼集》，《清代诗文集汇编》第17册，第364页。

②《雁楼集》，《清代诗文集汇编》第17册，第371页。

君捣取梅花汁,红冰隐隐凝为墨。邀取芳魂自天末,挥毫代展喉间咽。梦里临川来献笔,文成纸上犹闻牡丹泣。莫愁两家写照不可得,只在汤生徐生之妙舌。吁嗟乎情根一点如灯接,添油传火皆才客。古来书籍将心灭,经不及史史逊说,惟有歌曲能将心洗出。君不见娄江路、广陵路,魂如织,魂兮不归乃在亭之侧。欲赋招魂正无策,野君又续销魂集。"①

这段序中其实提到了三个女性,一个是小青、一个是杜丽娘、一个是娄江女子,都是具有共通的气质:色鬼与情骨并生,具备才情美貌、又有深情,却在这现实的人世中早早夭折,让人神往而又惆怅。只有长歌能将其魂魄召回,也只有长歌,能抒发文士对这种唯美丧失的哀伤悼念之痛。

其次,文士把女子作为审美对象,关注的除了容颜之外,更是其才情及深情。徐士俊、卓人月、卓发之一干文人其实都深受心学的影响,也偏爱汤显祖之《牡丹亭》,以至情深情作为理想。

王晫在《徐野君先生传中》提到卓人月曾如此评价徐士俊:"野君闻一多情之语,见一多情之句,未尝不咨嗟流连于其际。及见冶色,则泊然无所着。"②

所以徐士俊并不是那种以色取人的士人,他在意的并非只是女子的容颜或者世俗的欢爱,而是真正的深情。

支如增的《小青传》是在戈戈居士的《小青传》的基础上增改而成的,里面将小青的诗文嵌入,并增添了某夫人援引李白、屈原事例劝解小青的对话。③所以可以说是将小青更加文学化,小青的形象也更加才情化了。徐士俊就是在这基础上进行小青形象的戏剧创作。

王晫说得很清楚:"《春波影》一剧,作于天启乙丑,刻于崇祯戊辰。据传填词,略无增饰。乃后来作者纷纷,如《疗妒羹》《风流院》《情生文》诸本,将小青强生配合得无唐突西施耶,因记。"④

可见徐士俊之杂剧基本忠实于支如增的《小青传》,其中以下情节是完全一样的:小青是广陵人,幼时曾遇一女尼,预言小青早慧福薄,应该跟着她做弟子;如不然,不要识字,否则只有三十年好活。小青嫁给武陵冯子虚,受到大妇的妒忌,将她徙之孤山别业,并不许冯子虚去见她。小青和某夫人比较要好,夫人曾经劝她另谋姻缘,小青不愿,说自己曾经梦见手折一花,随风片片着水,

① 卓人月:《蕊渊集》卷四,明崇祯十年传经堂刻本。
② 王晫:《徐野君先生传》,《霞举堂集》,《清代诗文集汇编》第144册,第35页。
③ 参见徐永明:《冯小青真伪考辨》,《文化遗产》2014年第4期,第143页。
④ 王晫:《又题》,《雁楼集》,《清代诗文集汇编》第17册,第437页。

命止此矣。后来小青生病,病中亦每日明妆冶服。一日小青命画师画自己的容颜,仿杜丽娘之举,画师画一图,不合小青之意,认为只得其形,未得其神。画师又画一图,认为神有了,但是丰彩未流动也,于是小青随意翻看图书、整理衣褶等等,才画成神形具备之图。小青自奠其图:"小青,小青,此中乞有汝缘分耶?"然后一恸而亡。①

但是,徐士俊的杂剧《春波影》并不是一味沿袭该传,而是有了更好的艺术加工,他在小青才情、深情方面进行了进一步的渲染。

传奇中有一段说小青"母本闺塾师,所游多名闺,故得博览图书,妙解声律,兼精诸技",这一段徐士俊没有在杂剧中言及,只是说小青"耽于吟咏,曾解琴棋",增加了小青身世的神秘感,也去掉了一些比较世俗的诠释。

徐士俊把原来支传中和小青弈棋、劝说小青的某夫人,虚构为冯子虚的姑娘杨夫人,并增设了另外一个悲剧人物——冯子虚的表妹小六娘,冯小青曾同杨夫人、小六娘同看扬州灯火。观画屏中人物,互相比对。小六娘夸小青应对得快,小青说:"俺那里识些些,只不过月中影子水中花。嗟叹世上有几个霍小玉。"②冯小青和杨夫人、小六娘均才思敏捷、堪称知己,颇能互怜共鸣。然而剧中徐士俊虚构了小六娘先小青早夭的情节,小青梦中梦见小六娘向她道别,这样就更加增添了悲剧的情境,将薄命女子深情不遇的哀伤氛围营造至极。

在才情和至情方面,徐士俊增加了冯小青游西湖祭奠苏小小的情节。里面刻画了小青的临水影语:"咳波镜澄,空照出一般瘦影;眉山销结,难销两颊愁容。煞可怜人也。"③

包括后来小青梦见小六娘辞别,醒后小青言道:"谁解我膏肓深病,怕做夕阳西碧桃花影。"④以及虽然独居孤山,小青却总是明妆艳服,这些情节都非常有意思。

《小青传》和《春波影》中都有一个"顾影自怜"的"影"之意象。她们自怨自艾,认同自己的唯美,为此不愿混同于世俗。只是在这尘世中静静欣赏自己的美好,看似薄命,其实却是主动地接受自己的悲剧命运。这种至情其实是很不一样的,它的投射并不是对外的,而是对内的。冯子虚虽然也为小青深爱,但在剧中却如影子般可有可无的,小青自始至终是生活在与自己周旋的情境之

---

① 徐士俊:《春波影》,《雁楼集》,《清代诗文集汇编》第17册。
②《春波影》,《雁楼集》,《清代诗文集汇编》第17册,第425页。
③《雁楼集》,《清代诗文集汇编》第17册,第429页。
④《雁楼集》,《清代诗文集汇编》第17册,第432页。

中的。而她与之周旋的"自己"，就是一个唯美而亦真亦幻的理想。正如杜丽娘自己画下自己的真容、小青的令人描容也是如此，只是想把最美好的东西存留下来，邂逅天下所有失之交臂的知己。

杂剧中还增加了小青读《牡丹亭》的凄美情节："情种娄江不忍听，弄得个死死生生。断肠人遇断肠人，按不定泉路一同行"①。

我们看到杂剧中提到了霍小玉、苏小小、杜丽娘、娄江二娘，其实是作者对于薄命佳人群像的一种解读，通过一出杂剧他将她们都贯联起来。

那么对于这样唯美的女性，应该如何解读她们的命运呢？《春波影》的结局引人注意，这个结局是对《小青传》的完全突破。《小青传》止于人间，最后只是交代了小青死后她的小影和诗词的去向。而徐士俊却有着独特的想象力，他给天下这一类有才情深情的女性一个很好的归属，并对她们的命运进行了特别的解读。

呼应开头，小青死后被芙蓉城仙尼收作弟子。小青也向仙尼发问，"请问大仙天上这等怜才，何独才子佳人不能作配，却是为何？"仙尼回答说"那里讨个个价凤鸾俦，世世价鸳鸯伴？"女性的这种悲剧人生，其实是纵有神力也无法改变的，这也说明现实世界普遍存在着女子"早慧福薄"的悲剧，这也是明清文人一直在各类文本中探讨的问题。虽则现实如此，但是这样的女子，这样的美好和深情，是引起了天上人间共同的爱惜与共鸣的，所以仙尼说"情香色艳，悲悲喜喜，总堪怜也。我恨不得把普天下薄命的佳人都收拾在玉楼金琐也。"这其实也是徐士俊一干才子对女子的态度和理想，正如仙尼所说"信有才有色的到底生天，俗眼俗肠的终须入地。"②

小青继续发问："吾辈幸逢收录，只不知那庸奴妒妇，到底怎生结果？"尼笑云："你还则恁般痴哩，你看当今世界，尽如此辈，纵有报应，焉能挽回。汝辈既列上清，视他们当如蝼蚁犬马，曾无可恨，只可怜耳。"二旦云："承大仙指教，令我辈心地豁然。"③。徐士俊给了小青等女子以列入仙班的最好的结局，而那些庸奴妒妇，将他们归入地府，并根本无需在意，他们只是一些可怜之人。这个结局还是大快人心的，是对所有薄命女子的一种告慰，也是对现实悲情人生的一种弥补。所以徐士俊对于女性是有一种超越凡尘的大爱的。

他自己在序中也写道："慧业文人，应生天上，见名媛乎？彼偶然现者影

①《雁楼集》，《清代诗文集汇编》第17册，第431页。

②《雁楼集》，《清代诗文集汇编》第17册，第437页。

③《雁楼集》，《清代诗文集汇编》第17册，第435—436页。

耳。读小青传，谅庸奴妒妇，不堪朝夕作缘者，郁郁以死，岂顾问哉？余仿佛其人，大约是杜兰香一辈。友人卓珂月谓余曰：'何不借君三寸青镂、传诸不朽。千载下小青即属君矣！'余唯唯遂刻绛蜡五分，移宫换羽，悉如传中云云，以示天下。伤心处不独杜陵花荒园一梦，剧成题以春波影。盖取集中瘦影自临春水照、卿须怜我我怜卿之句也。是夜梦丽人携两袖青梅赠余解渴，彼小青是邪非邪？"①

这篇序中尽情表达了自己对小青这样的"名媛"的仰慕，自己对其命运的伤痛，所以要用自己的文字，来让小青传诸不朽。徐士俊夜梦丽人，其实不是一般的青年男女邂逅，而是具有一样的审美理想、一样的深情才情的知己的邂逅。

再次，文士和女子之间，其实是一种惺惺相惜，并且互相比拟的关系。

《春波影》自序中提到"卿须怜我我怜卿"，可算是最贴切的总结。所以文人亦会痴迷于吟咏女性、代女性抒情以及以女性为作品的重要题材。

徐士俊在《小品秋眉序》中说："文人治文，犹美人之治妆也。呼之号之，则为神为艳，不可胜记。……天地间可望而不可即、可想而不可尽之致，惟文人笔、美人眉与秋山之澹冶缥缈无穷。我辈盛年情多、闺心太切。"②

他认为文人治文和美人治妆是一样的，认为天地间可望而不可即、可想而不可尽之致，只有文人笔、美人眉与秋山之神采。这个比喻非常有意思，文章与美人治妆，其实都是一个精心构思描画的过程，最后都呈现出天地间最美的情致。

而他在为卓人月所写的序中亦提到："女三为粲、襄七成章。爰有倾城，夙重芷园之价；聿翻丽句，偏增锦水之思。明镜分娇，既镜中而引镜；芳香散体，亦香外以寻香。现宰官身、现女子身、现文士身备矣。或致拳拳、或致区区、或致叩叩，情其定乎？"③

倾城之貌与文士丽句是一样美好的，宰官身、女子身、文士身，只是一气之变化，而最终都呈现出一样的深情。

文士与美女有着一样的才华、深情，亦有着一样的沦落不遇的人生，所以其实是相通的、惺惺相惜的；而文士和美女呈现出来的文字和情致，亦是这世间最美好的东西。提及此，李砺园是这样评价徐士俊的："野君雪鬓丹颜，天怀

---

① 《雁楼集》，《清代诗文集汇编》第17册，第368页。

② 《雁楼集》，《清代诗文集汇编》第17册，第370页。

③ 《卓珂月四十二章诗序》，《雁楼集》，《清代诗文集汇编》第17册，第371页。

自适，诗歌风流隽逸"①徐士俊的形象也因之翩然纸上：他是一个既有着美好的容颜，又有着俊逸才华的才子，所以徐士俊身上其实融合了文士与美女的特点，而文士与美女在某种层面上，本来就是相通的。徐士俊的学生王晫的诗歌也很有意思，他说"红颜自古多薄命，名士倾城总一哀"②文士与美女之间本来就有着相似的审美、情感以及命运，所以很容易引起共鸣以及互相的比拟。

所以冯小青身上，无疑也寄托了徐士俊自己的审美理想以及对于命运的思考。

方文虎曾有尺牍给徐士俊："生发未燥，于《盛明杂剧》中读《春波影》，即倾倒野君，不啻野君之于小青也。……不识《小青传》果出于支小白笔否？或曰小青情字耳，不识传小青者果同于子虚亡是公否？启——示下为荷。"③

这封信中对徐士俊与小青的关系就做了一个解读，徐士俊倾心于小青；而小青有可能是没有这个人物的，只是徐士俊心中的一个"情"字所化，这样的揣摩，也让我们感觉到士俊即小青，小青即士俊。当然这封信也让人很惆怅，当时的人就已经不清楚"小青"到底是怎样缘起的，后人更加无从得知；明明有了这么一封查询根底的信，但徐士俊的回信我们再也无法觅得，小青情事就真的成了一个秘密。不仅是徐士俊，士俊的学生王晫也有一件异曲同工的趣事，他得到了一幅美人图，朝夕相伴，但后来美人图被大风刮裂，覆于灯上损毁，他写《祭画上美人文》祭之，痛美人之薄命；而士子孙令弘常携小青画帧自随，恨不能起而与共。④

这里都有一种相通的东西，一方面是对女子或者自己的审美理想的无限迷恋；另一方面，其实卓发之提到了"小青好与影语"，也就是我们前面分析的"影"的意象，小青迷恋的是自身，而徐士俊迷恋小青，其实也是对自身的一种迷恋。是一种对有才、有情然而不遇的唯美自身的一种伤感。如冯小青般顾影自怜，如杜丽娘般对镜自照，如小青、丽娘般对画自伤。

徐士俊另有一篇《温柔乡记》，也是对自身的一种安顿，而其安顿，也是很巧妙地在温柔乡之中。

"醉乡睡乡之外，有温柔乡焉。其名著于汉，至今怜香惜玉之士，多有至是乡者。惟腹负之将军，与一二豪公子不得入，即入亦不能老也。其间气候大约

① 《为徐野君先生寿》，《霞举堂集》，《清代诗文集汇编》第144册，第156页。

② 《霞举堂集》，《清代诗文集汇编》第144册，第144页。

③ 《分类尺牍新语》，《四库全书存目丛书》集部396册，第426页。

④ 卓发之：《影笑着语》，《漉篱集》，《四库禁毁丛刊》第107册，第561页。

四时早暮皆类春三月时。花鸟烟云，举目如绣。……但觉人间恶路岐，几被此中盖尽。……乃歌曰：惟予与女，老于是乡，无朝无暮。"①

这是一种最完美的结合，也是一种最好的安顿，文士与美女邂逅在温柔之乡，无朝无暮，再也没有人间的风波恶路，而再也没有薄命与不遇的遗憾。结合《春波影》的结局，徐士俊用一种文人的想象，用文字为女性以及与女性相通的文士，营造了一种非常美好的归宿，告慰现实中的缺失。

综上，我们细读了徐士俊的各类文本，并以《小青传》为主体，全面解读了徐士俊的女性意识，我们发现，在文学观方面，徐士俊以"情"为诗词之关键。并倾向于清新柔婉之风；从其作品总体分布来看，徐士俊偏好六朝文风，所以他创作了大量乐府古题的作品，而这些作品，大多倾向于柔婉之风；另外，他偏好创作缠绵婉约之词，徐士俊和卓人月有《徐卓晤歌》，更是采纳了民歌的风格，倾向于写作闺情爱情；具体到作品的题材，徐士俊有许多作品以女性为题材，大致有如下三类：一类是用与女性相关的乐府古题进行创作；一类是以历史、神话等各类文本之中的女性为题材进行创作；还有一类是为士俊自己人生中邂逅的女子而作。细读他的作品，我们可以更加深入地了解他对女性的解读：首先，女子是徐士俊及同时期文人的最重要的审美对象之一；其次，文士把女子作为审美对象，关注的除了容颜之外，更是其才情及深情。第三，文士和女子之间，其实是一种惺惺相惜，并且互相比拟的关系。当然，我们也发现，徐士俊的这种创作特点，其实是和他身边的许多文人一致的，也代表着同一时期许多文人比较一致的审美取向和对女性的关怀。

郎净，华东师范大学中文系 2022 届博士。现为上海体育大学副教授，硕士生导师。

---

① 《雁楼集》，《清代诗文集汇编》第 17 册，第 381 页。

"根柢理学"的诗艺新创

——胡寅诗歌创作述论

雷文昕

胡寅的理学思想，继承其父胡安国的思想体系，秉承《春秋》的治世思想及其创作观念。一个以理学思想作为基底建构的诗人，在创作时必然会将其思想融入其中，作品自然也就具有自身特色。质言之，胡寅诗歌创作兼具理学家的哲思和诗人的艺术性。身为理学家，胡寅如何以艺术化的文学笔触，表达哲理思维及理学观念，在论理与审美的两个维度如何维持平衡，是一个值得关注的问题。缘此，本文着重探讨胡寅诗歌的哲思与艺术化表现，以及其个体品性对诗歌创作的塑造。

一、理趣的诗意构建

山水纪游诗的发展，起始于六朝时期。通常认为，从技巧形式方面划分，此类诗歌可以粗略分为五个方面：模山范水、思与境偕、比兴寄托、拟物为人、借物说理。而宋诗中，主要以拟物为人及借物说理居多，涌现了很多优秀的山水诗。宋诗仰攀唐诗，力求超越，在山水诗中寻找超越现实的审美。胡寅山水诗，虽然并不能与诸多名家相媲美，但在宋诗领域却也具有鲜明的特色，尤其在诗歌发展历程中，胡寅诗歌体现了哲思、理趣与艺术的深度融会，对宋诗特色的形成起到了有益的促进作用。

在湖湘期间，胡寅创作了许多描写自然山水的诗歌。这些诗歌，对山水本身的细致描写也颇具艺术性，其审美情调和语言功力都使之别具美感，同时也蕴含诗人对家乡的深切眷恋，以及对当时社会的反思和对友人的劝慰宽解。如，《题湘西小景》在理趣中，不减景色描写的情调与美感：

> 身在山中不见山，山前行客未能闲。
>
> 何人水墨秋毫外，十里湖西尺寸间。[①]

诗人观画，既置身于绘画的山色之中，又独立于绘画之外，既入乎其内，又超然其外，颇富理趣。缘此，诗人真诚地感叹，画家用笔墨描绘出秋毫之外的景象，能言景外之致，将那广阔的湖西美景浓缩于尺寸之间，极富神韵。"身在山中"却又"不见山"，是观画的感受，身临其境，却又置身于画外，"水墨秋毫"形象逼真，又具其"外"的景致与韵味，涵蕴"十里湖西"，融理趣与形象为一体，将绘画之"虚景"与现实之"实景"相融为一，颇具艺术的张力。

此诗与苏轼《题西林壁》"不识庐山真面目，只缘身在此山中"有异曲同工之妙。苏诗，在最后两句彰显深刻的哲思：为何不能识得庐山的真面目，因为身处山中，视野受限，不能看到全貌。庐山的美景都被局限在视线之内，就如人处在固定的视角中，看问题的角度与出发点自然也会受到限制。苏轼启迪人们应当摆脱固化思维，既能入乎其内，又能超乎其外，全面深刻地认识事物的全貌。但胡寅在《题湘西小景》中，在开篇就点出了这样的困境，身处山中，自然也无法看到全貌，而一幅高妙的画卷，总摄山色之全景，以供身处其外而观赏。妙处在于最后两句跳出了视线外——"何人水墨秋毫外，十里湖西尺寸间"，将视线从山中，转入了一个更为宏观的视角，所得的不只是全貌，更是将自然山水之实景"十里湖西"纳入画中，在笔墨中包揽了一切。诗人从首句中的局限迷茫，转变为了掌控者的视角，完全脱离了桎梏。曾经局限行人视野的重重山峦，变为了尺寸间的风景。这种绝妙的、跳跃一般的灵动和气势，让此诗也有了山水一般的自然美好，山与人的交流，也尽显于诗句之中。

苏轼的山水诗，不局限于一种主旨创作，"东坡旅游之作，往往不拘泥成法，或巧构形似，或思与境偕，或比兴寄托，或拟物为人，殆如风行水上，自然成文。"[②]而胡寅的山水诗也是如此，他并不仅仅是对于景色的描写，而是在其中多加比拟、兼具自然融入的说理，从不同的视角来观察体悟，展现更广阔的时空，启人情思。

《归舟濡滞示仁仲》是胡寅在回乡途中滞留之际，给其弟胡宏所写的诗歌。

---

① 胡寅：《斐然集》卷三，中华书局，1993年，第56页。

② 张高评：《宋诗特色之发想与建构》，元华文创公司，2018年，第190页。

在诗中，他描摹行舟所过之处的景象，记述畅行之后的突然停滞不前，从而感悟人生百态。有曰：

扁舟下荆江，信宿七百里。
少萦玉州岸，翠壁红楼起。
提携桃竹杖，飞步同徒倚。
永啸来长风，极望际天水。
登临兴未穷，归思孰能弭。
枕湖驾高浪，万顷期一苇。
飞廉不借便，进尺或退咫。
莽苍入蒹葭，回环乱洲沚。
刺篙力言匮，挽缆路仍圮。
物用各有时，鼻荡未可鄙。
风水亦何心，邂逅乃如此。
快意得濡滞，赢缩固其理。
子文三已仕，了不见愠喜。
斯犹未称仁，胡不听行止。
南山定非远，风驶一帆耳。
携壶上翠微，旅琐为君洗。[1]

乘着一叶小舟从荆江顺流而下，行驶七百余里，在玉州的岸边停留不前。江岸翠壁，而红楼倚山林立，繁华异常。手执着桃竹杖，与友人相携而行，脚步轻快。随风长啸，远眺天际，登高远望，未能尽兴，思归的心情又该如何止息。在湖面的浪涛中前行，风不随顺人愿，帆不借力，小舟徘徊不前，也只能随顺自然。船入蒹葭之中，在洲沚中迷失方向。长篙已无力支撑，拉着缆绳也无法让船只畅行。万物都各有其时，又怎能忽视自然的力量。流水与风又有怎样的心思，邂逅也只是这般随心。

从"物用各有时"开始，转入哲理性的抒发。"快意得濡滞，赢缩固其理"，在畅行快意之际却不得不停滞不前，诗人体悟天地万物盈缩、人生舒卷，莫不皆是这样的道理。《论语·公冶长》："子张问曰：'令尹子文三仕为令尹，无喜色，三已之，无愠色，旧令尹之政，必以告新令尹，何如？'子曰：'忠矣。'

①《斐然集》卷一，第24页。

曰：'仁矣乎？'曰：'未知，焉得仁？'"①胡寅于此称赏令尹子文的任运自然，不以物喜、不以己悲的达者胸襟。孔子许之以"忠"，尚未达到"仁"的境界。于此，胡寅说南山并非不可到达的遥远之地，如能顺风而行，不过须臾之间，那时将携酒登上高山，为君洗净旅途的风尘，事实上赋予其深刻的思想内涵，包含着丰富的情蕴和理趣，可以有多重意味的生发。

这首诗，若是仅从表面所写的内容看，就是一篇极为生动的叙事诗歌。他写自己乘舟归乡，山高路远，两岸美景动人，颇有"江流有声，断岸千尺"的意境。江水滔滔，诗人虽然对景色的描写较为笼统，不能算是完全的山水抒写，但在整体行迹的动态之中，又不能忽略山水的作用。他此时所讲的山水，在出行的际遇里更如一种依托。山水、经历、感悟都巧妙地融合在了一起，这便也为诗人抒发感悟与见解增添了更多可能。

就如这山水一般，人生中的诸多经历都是自然不可违的，他写景色的美好，出行的畅达，但转而便是不得不接受的濡滞不前。人生的跌宕、世路的艰难，一如这畅行而濡滞不前的行舟，似乎有天命不可违的无奈在其中。归舟濡滞，诗人归乡的急切之心被迫停滞，他有感于自然万物的力量，劝慰内心的焦急，而他也由此感慨人生的起起伏伏、走走停停及其不得已，在天地自然中追寻心灵的旷达，从而赋予深广的思想内蕴。张载《正蒙·乾称篇》曰："富贵福泽，将厚吾之生也；贫贱忧戚，庸玉汝于成也。存，吾顺事；没，吾宁也。"②胡寅此诗抒写遂顺自然，亦具有张载的这一思想实质。

《醉步前溪示彦冲》也是一首有着相似情感的诗歌，但与《归舟濡滞示仁仲》相比，情感上要轻松愉快很多：

> 溪南溪西渺双溪，中有良苗绿千畦。
> 参差人家傍修竹，隐约负戴通山蹊。
> 南溪先生冰雪胸，虚堂坐咏荷花风。
> 西溪散人曦汗发，半夜泉头饮明月。
> 欲赏奇文析疑义，蕴隆当路不可越。
> 安得阿香轻着鞭，驱龙嘶雨玄云边。
> 径携枕簟就公宿，对床饱听秋声愚。③

---

① 朱熹：《四书章句集注·论语集注》，中华书局，1983年，第80页。
② 张载：《张载集》，中华书局，1978年，第63页。
③ 《斐然集》卷二，第28页。

刘子翚字彦冲，理学家，诗人，与胡寅交好。诗人在开篇描摹小溪边的美景，两岸间溪水潺潺，渺渺茫茫，连成一片。中间大片良田，碧绿油亮。房屋随山势而建，参差错落，竹林掩映，山环水绕，若隐若现。诗歌营造如此秀雅风韵的山水、环境，为主人公的出场作了良好的铺垫，可以说未见其人，先赏其景，雅人深致，何其美哉！

诗人前去拜访的南溪先生刘子翚，心灵澄净，在虚室中吹拂着带有荷花香气的微风，吟咏诗句，风神潇散。西溪散人乃诗人自指，他生活自然，白日里沐浴阳光，夜晚在泉水边欣赏明月的倒影。"虚堂坐咏荷花风""半夜泉头饮明月"，既是写景，又借以烘托将两位友人的高洁，诗意盎然，神完意足。两位友人居处相邻，共赏奇文，探讨疑义，得其奥秘。于此，诗人幻想如有神女阿香，挥舞着神鞭，驱动云层中的神龙飞腾，喷云吐雾，自己将携枕就南溪先生而宿，在夜晚的静谧中听秋风吹过的声音，欣赏无边的秋色之美。秋声，暗用欧阳修《秋声赋》："欧阳子方夜读书，闻有声自西南而来者，悚然而听之，曰：异哉！初淅沥以萧飒，忽奔腾而澎湃，如波涛夜惊，风雨骤至。其触于物也，鏦鏦铮铮，金铁皆鸣。又如赴敌之兵，衔枚疾走，不闻号令，但闻人马之行声。"[1]胡寅暗用此典，要与刘彦冲"对床"而眠，"饱听秋声"，以彰显其对秋之喜爱之情。

诗人在这首诗中，以十分具象的笔触，描摹了溪水与田亩、竹林与人家融会无际的自然景象，蕴含着非常质朴天真的情感，摹写形象生动，令人神往。而之后拜访南溪先生，与之交谈、论文，都是无比的畅快。诗人描绘着这样的归隐生活，仿佛也能窥探到自己归隐田园，将自己都寄托于文学的生活。诗人赞颂友人的旷达、自由以及孤高的生活状态、融于自然的恬淡美好，同时也称赞友人的高情远致。

这首诗，情调虚畅，仿佛是诗人对自己隐居生活的美好幻想，而在这样的隐居生活之中，诗人依旧渴望有诗书相伴，"欲赏奇文析疑义"，化用自陶渊明《移居》"奇文共欣赏，疑义相与析"，渴望能有二三友人一起论道谈学，沉浸于思想与文学的交流之中，钻研琢磨，体悟天道之深微、文学的深刻内涵，探求人生的终极意义。诗人在诗中虽然并没有刻意强调生命的力量，但从流露出的情感也能体会到，双溪、修竹、人家等等辞藻，都具有生命张力，字句之间生动有力。诗人所描摹的自然之景，并不忽视自然之力，在说理之中也蕴含了天道伦常的客观规律。这种观念，源于他对天道及文学的深刻认知，此时的创作

① 欧阳修著，李逸安点校：《欧阳修全集》，中华书局，2001年，第256页。

辑二

「根柢理学」的诗艺新创

笔法与思想，早已在自然之中融为一体，如水中著盐，虽无迹象却味道深永，令人回味无穷。

胡寅《荷花》一诗，就以十分灵动的笔调，歌咏荷花的美丽。在这首诗中，诗人描写的荷花仿佛具有非凡的灵气与生命力，着力描写静态的荷花，但用动态的白鹭、惊鸿来衬托互动，一静一动之间，破除了只咏荷花的单调，从荷花与白鹭、惊鸿之间的呼应，营造出了一个恬然自在、和谐一体、完整的自然景观。诗曰：

> 梦到南塘翠盖稠，妮然得意敛然羞。
> 惊鸿远映朝霞色，白鹭先窥霁雨秋。
> 袅袅芳馨烦折赠，霏霏凉吹想追游。
> 天花欲试维摩病，衣袂何曾一片留。①

池塘中荷叶青翠茂盛，铺满水面，绽放的荷花如同女子美丽而得意的面庞，含苞欲放的荷花好似女子半掩半遮的娇羞模样。天际，鸿雁蕴染绯红的朝霞，似乎与这一片荷花相映衬，飞动美妙；近处，白鹭将下，竟然先偷眼看看雨后初霁的荷花，生怕唐突了，实乃化用林逋《山园小梅》"霜禽欲下先偷眼"之意。将朝霞飞鸿与荷花相映，以秋雨后白鹭将先未下之际，衬托荷花的圣洁，颇有"秋水共长天一色，落霞与孤鹜齐飞"的意境。荷花带着袅袅香气，折一枝赠予友人，凉风细密吹拂，更应当追随荷花美景游玩。荷花清丽高洁，出淤泥而不染，是佛家的圣洁之花。

诗人歌咏荷花的圣洁高雅，其中又蕴含着禅意。"天花欲试维摩病，衣袂何曾一片留"，诗人用《维摩诘经》中天女散花的典故，颂扬荷花的高洁，也表露出他欣赏荷花美景，祛除内心杂念与欲望，抛却烦恼。《维摩诘经·观众生品》中讲道："时维摩诘室有一天女，见诸天人闻所说法，便现其身，即以天华（花）散诸菩萨、大弟子上，华至诸菩萨即皆堕落，至大弟子便着不堕。"天女散花，花落在身上则欲望未除，没有放下俗世的烦恼；若是没有落在身上，就意味着已经不与俗世牵挂。诗人用这个典故，仅在表明荷花的圣洁，观赏荷花也能静心，荷花的清高圣洁将他的心灵净化了。沉浸于自然山水，体悟天道，是理学家的修炼方式。程颢说"万物静观皆自得，四时佳兴与人同。道通天地有形外，思入风云变态中"②，意即在此。诗人笔下的荷花从形态、色泽、内涵

---

① 《斐然集》卷三，第65页。

② 程颢、程颐：《二程集·文集》卷三《秋日偶成》，中华书局，2004年，第482页。

都有非常高的审美价值和精神追求，而诗人在描写之时，也突出了荷花诸多方面的特点，所以诗中的荷花，既有描摹形貌的艺术描写，也有精神品性的赞扬歌颂。

古代士人的游览经历，往往来源于他们的仕宦经历，所以，山水诗中有很大一部分是游宦诗。但由于胡寅的仕途较为短暂，并且他一心主张抗金，力图培养朝廷可用的人才，所以游宦诗并不多，比较集中在永州及归乡期间。胡寅因为与秦桧立场不同，政见不合，所以，在秦桧当权之后，便致仕回到衡州。之后又因为讥讽朝政，被秦桧安置于新州。他的游宦更似退守，在山水之中继续守道自持，始终系念社稷苍生。

胡寅在与友人的交游诗中也有许多山水自然的描写，大多也是以山水美景作为个人思想的兴发。此时的景色，更多是他卓荦风节的承载。不可避免的，胡寅诗歌，绝大部分都在强调他对于培养人才的重视以及实现个人抱负的执着，寄情山水或许是出于无奈和妥协，乃守道自持的心理调适。胡寅的山水描写，无论是效仿前人，还是注重说理，都牵系起了彼时的思想与艺术。更重要的是，无论他面对的是怎样的环境，也从未放弃心中的希望和坚守，他仿佛始终相信总有大宋再度崛起，士人前途一片光明，百姓生活安康和乐的一天。

胡寅诗中许多涉及自然山水风貌的句子，都富有强烈的画面感、形象性，如《和贾陶二老二首》其二，描写战争之后的景象，用衰败破碎的花朵树木，凸显出战争的残酷：

> 节物匆匆度，边烽幸不传。
> 名花空雨堕，秀树已云连。
> 孤负杯莲倒，萧条烛蕊偏。
> 但欣民小泰，凝寝有炉烟。[1]

时间匆匆流逝，所幸边关的战火尚未危及这里，名贵的花朵随雨坠落，青翠的树木也已蒙上云雾。莲杯倾倒，烛火萧条，但在这样的景象之中，仍然庆幸百姓尚且安康，沉浸在梦中，感受着炊烟炉火的温暖。"名花空雨堕，秀树已云连"，战火的摧残下，自然万物都是一副衰颓的样子，但即便是在这样的环境中，诗人依旧有感于片刻的安宁祥和。花瓣凋零，随雨水落下，参天的树木不复苍翠，反而笼罩着一层云雾，朦朦胧胧，不可捉摸，仿佛是那时的局势一般，未来不可知。

---

[1]《斐然集》卷三，第69页。

　　胡寅在诗中传达出的就是这样的观念，即便时局不利，但他对文学和国家的信心一直是非常充沛的，并不认为个人仕途的跌宕会影响对国家的热爱与忠心，反而在努力寻求更多的办法，正道直行，奋然前行。自然山水是媒介、寄托，不是他的庇护所。自然万物的消长盈亏、本生变化都成为他认识世界和人生的重要方式。

　　《早梅》一诗，也是胡寅在咏梅之中，感悟人生的道理，并从中体悟到为人的品格与选择：

> 何事悲摇落，空林有早春。
> 光辉一笑粲，领略万花新。
> 看去疑山雪，攀来效席珍。
> 妙香风送远，秀影月传真。
> 肌冷冰难斫，妆初粉未匀。
> 商量开瘦蕊，剩得占芳辰。①

　　在诗人看来，天道盈亏消长，四季更迭，不必为深秋花草的凋谢而悲伤，山林中自会有早春的美景。光辉中的梅花如明媚的笑容，因之而体会万花绽放的美丽。远远看去，梅花盛开如同山间落雪，折一枝梅花，当作席间的珍宝，暗香浮动，随着微风飘向远方。月影朦胧，梅花的身影在月光中无比曼妙，肌肤如寒冰一般凛冽，淡淡的梅花，犹如女子妆容粉黛还未完全匀开。即使如此，那梅花强韧的生命力，始终不屈不挠，似乎在悄悄地商量，绽放那瘦小的花蕾，傲然迎着风霜冰寒，展示这美好的春意芬芳。

　　诗人描写的梅花，是万物凋零之际最先萌动的一缕春意，是怜惜珍重的宝物。它也好似美丽面容上的第一抹粉黛，香气清冽，动人心魄。诗人慨叹梅花在寒冬盛开，虽然没有直接歌颂孤高的品性，但梅花强韧的生命力，不惧严寒，开启春天的意义，也十分重要突出。诗人所表达的，是平常之中的不平常，是自然之中生命力的喜悦。他歌颂的是梅花不与他人相同的风貌，不争春，但也不庸常。这或许也是诗人所探求的人生。

　　胡寅的自然山水诗创作中，透出诗人灵秀高妙的艺术审美与思想阐发。自然之景万千变化所体现的造物之境与诗人思想意识的深远之态在诗作中达到了和谐统一。他并未刻意挖掘自然山水中的理趣，而是在个人深厚的心灵内涵塑造下，如山水一般自然地流淌而出的。诗人所书写的理趣，蕴含着自然的力量，

① 《斐然集》卷四，第81页。

书画、花木、生命等等多样的内容，融虚、实为一体，都以自然之理紧密联系起来，更加富有生命力。这也是胡寅诗歌创作的独特之处。

二、心灵载体的哲理表达

胡寅的一部分诗歌创作，表现了其独特的精神内核。他仿佛一个固执而坚定的传统儒生，在多年儒学的熏陶下，受父兄及师友影响，形成了个人的思想体系。在南宋政治社会的整体压力之下，胡寅仕途不畅，虽然秦桧曾有意推举世家子弟在朝为官，胡寅及其弟胡宏都不愿受奸臣招揽，故而归隐田园，在湖湘之地着重学术发展，力图从思想上培育人才，从根本上改变世事。宋人，尤其是南北宋之交的理学家，渴望建立一种纲领性的、强有力的思想，从而改进社会。他们认为，理学便是可以鼓舞士气，团结民心的主体思想。胡寅的诗歌中也就时常流露出这样的观念，在世事不可为之际，他往往将这些思想隐匿于田园、山水等看似闲适的意象之中，而实际上，他对社稷苍生的关切从未放松过，其内心的真实情感都寄托于诗歌。

胡寅与友人唐坚伯的唱酬之作，体现出诗人深厚的文字功力，全篇诗语奇妙，值得仔细品读。诗题为《和坚伯梅六题，一孤芳，二山间，三雪中，四水边，五月下，六雨后，每题二绝，禁犯本题及风花雪月天粉玉香山水字，十二绝》[1]。诗人在这组诗中，通过细腻的描写，展现出奇美的物象与山水风光，更是通过诗中的多种描写，表达自己心灵的感悟。如，其二：

> 间错浮筠冷更严，长松低顾拂苍髯。
> 清标总是君朋侣，桃李相望几陛廉。

梅花盛开，参差错落，在凛冽的严寒中，绽放如玉的色泽，高大的松树亦不畏严寒，枝条低垂，仿佛老人的长髯，轻拂着梅树。松、竹、梅为岁寒三友，故而此处将松与梅并写。梅与松，乃君子之朋侣，而开在和煦春天娇艳的桃李，与之相差甚远，不堪比并。诗人对松、梅的赞许，流露出君子高尚品行的守望相助。"陛廉"，出自《汉书·贾谊传》："人主之尊譬如堂，群臣如陛，众庶如地。故陛九级上，廉远地，则堂高；陛亡级，廉近地，则堂卑。高者难攀，卑者易凌，理势然也。"[2]

---

① 《斐然集》卷四，第81页。
② 班固：《汉书·贾谊传》，中华书局，1962年，第2254页。

诗人以描绘山间梅树起笔。山中梅树在本该万物凋零的严寒中，显得格外茂盛坚韧，长松如老者一般孤高，又与梅相友善，诗人感慨竹与松就如君子之交，能相互为伴，而开在和煦春天的桃李显然不能与之相比，从而彰显梅之孤芳。诗人借咏梅松，歌颂了君子之交以及高尚品德与价值观，并且诗人简洁明了的语言，也更直白畅达，直观地表露了自己的思想。

其三：

> 欣逢冷艳破冬温，更待飞霙涤昼昏。
> 剩欲约君移酒处，小桥斜过竹边门。

这首诗紧扣诗题"山间"，营造出了极其温暖舒适的氛围，冬日温暖，又逢梅花绽放于飞雪之中，给人以冷艳的清新，令人欣喜。诗人期盼冬雪能扫净阴霾，给昏昏沉沉的冬日换得澄净，那时即将邀约友人一同赏雪温酒论诗。后二句化用白居易《问刘十九》"绿蚁新醅酒，红泥小火炉。晚来天欲雪，能饮一杯无"的诗意[1]。"小桥斜过竹边门"是赏雪饮酒的地点，极其形象化，给人以宁静和温馨，而"小桥""竹门"这样的意象本就带有安宁幸福的意味，诗人欲与友人一同分享这样的时光，体会人生中的幸福时刻。此诗将一种活泼的思想、跃动的情思和理趣，自然而然地展现，沁人心脾。

其六：

> 泼落琼华作雨蒙，迷离高树映寒空。
> 莫寻云外瑶台侣，且对尊前鹤发翁。

雪花落下，霏霏扬扬，天地交接，一派迷蒙，梅花树映照在空寂寒冷中，迷离朦胧。雪花飞舞，梅花绽放，两相辉映的迷蒙景象，极其美好，因而根本不要去寻找那云外瑶台的仙侣，这尊前的鹤发老翁，即可与梅雪相视，可把酒对饮。

诗人以十分婉约优美的笔调，描写了一个如画的美丽场景。诗中表现出了一个豁达、畅快、闲适的心境。梅雪交映的冰清玉洁的世界，就是瑶台胜景，因而根本不需要寻找所谓的仙侣。诗人创造出了俗世生活中的梅雪交映的境象，表现出个人的生活态度。诗中情感质朴，语言简洁平和，正如诗人的情绪一样，淡泊悠远，宁静而知足。

---

① 谢思炜：《白居易诗集校注》，中华书局，2006年，第1358页。

其七：

> 东阁题诗得绪余，溪头千树绕幽居。
> 来禽青李曾何算，底事犹传逸少书。

在东阁题诗，思绪悠远绵长，溪水旁，千树环绕，有一处幽静的居所。这处居所景色优美，吸引着不少飞鸟，生长着许多植物果实，十分繁盛。王羲之《来禽帖》是书法史上的名篇，有曰："青李、来禽、樱桃、日给藤子，皆囊盛为佳，函封多不生。"苏轼《次荆公韵》之一："青李扶疏禽自来，清真逸少手亲栽。深红浅紫从争发，雪白鹅黄也斗开。"[1]因此诗末句"底事犹传逸少书"，谓如此美好的境象，无怪乎王羲之作《来禽帖》予以叙写，并告知友人，流传此名帖为世人所追慕。

诗人在此诗中记录了他幽居作诗的平常琐事，描写了所处环境的优美，满含诗人对美好的向往，对创作的热爱。他的心思平和细腻，透露出浓烈的热爱与追求。他也相信诗书必会代代流传，为后世增添更多的价值。

其八：

> 清溪练练影全呈，绝胜斜梢出竹横。
> 便是霓裳临晓镜，搔头初插未行行。

溪水清澈，流淌不息，如同白练一般，映照出梅花清晰的倒影，这美景比起斜倚生长的竹枝，要美丽绝伦许多。那清新脱俗，宛如清晨仙女身着霓裳在镜子前梳妆，簪好发髻，即将迎接新一天。

此诗首句化用林逋《山园小梅》"疏影横斜水清浅"的梅枝横斜、临水映照的幽姿，且与竹之横斜相比照，描绘出了一个清丽优美的景象；并且以霓裳指代女子，将练练清溪作为晓镜，梅枝横斜临于清溪，宛如一衣袂飘举的绝色女子照镜，尤为生动优美，也突出了诗人对此的赞美。如此，则紧扣诗题"水边"，流露着诗人饱满的情绪，突出对生活中美景的热爱。

其十二：

> 博山汤气馥笼寒，衰尽啼痕作醉欢。
> 赏去角巾从小垫，接䍠何惜一生酸。

① 苏轼著，王文诰辑注：《苏轼诗集》，中华书局，1982年，第1252页。

此诗紧扣诗题"雨后"。并用"角巾""接罹"两个词作为比较，体现诗意。《后汉书·郭林宗传》："身长八尺，容貌魁伟，褒衣博带，周游郡国。尝于陈梁间行遇雨，巾一角垫，时人乃故折巾一角，以为'林宗巾'。其见慕皆如此。"① 接罹，以白鹭羽毛为饰的一种帽子。《世说新语·任诞》："山季伦（山简）为荆州，时出酣畅，人为之歌曰：'山公时一醉，径造高阳池。日莫倒载归，酩酊无所知。复能乘骏马，倒着白接罹。举手问葛疆，何如并州儿？'高阳池在襄阳。疆是其爱将，并州人也。"② 山中温泉水汽氤氲，将寒冷笼罩起来，酒至酣畅，陶醉快乐。诗人借用郭林宗、山简的典故，表现豁达不羁的心态，追求自由，向往自然的热烈和舒适。"接罹何惜一生酸"一句，隐含着诗人的无奈，所谓"酸"，乃酸楚，痛苦，于胡寅而言乃不能经世济民、重振河山的痛苦。他所追求的生活与理想在百般努力之下并没有完全实现，他生活中的酸涩需要慢慢消解，而这样的景象，似乎将他治愈，也留有诸多美好。

这十二首诗，借助孤芳、山间、雪中、水边、月下、雨后之梅的摹写，实乃诗人的心灵写照，突出他对生命自然的观照，重视生命中的未知与美好，并且流露出非常明显的积极乐观精神。无论是冬雪、春日，还是翠竹、鲜花，诗人都强调它们特有的生命力量，描写万物生命力带来的抚慰与个人情感理想的寄托。

诗歌应当言之有物，传达具体的思想价值，胡寅在个人的创作中，始终秉持这一原则。他提倡"文学之道"，正如湖湘学派主张，儒家之道在于日用伦常，凡君臣父子之伦，自然生化之理以及日常生活之用，无不是道之体现。

胡寅在其文章中也反复提出，儒者应当有超然、雍容、恢廓的气度，追求自身灵明自觉，心志坚定。他主张透过世事万物的表象，看到至纯至真之理，体察个人内心的真实情感，寻找更符合儒者道德标准的境界。既要做到对本体的直观通达，也要由本体贯通事物，体用如一。所以，胡寅在诗中重视个人对理趣的感悟，同时也注重理趣与自然的形象性的和谐统一，他的诗中往往有会心之乐，从中可以理解人性的力量与精神的自然抒发。

《和仁仲治圃三首》作于绍兴十九年（1149），也是一组将自然之乐与人生之乐共同融会为一的作品，其一：

> 扶持嘉树起条枚，未觉风前齿发颓。

---

① 范晔著，李贤注：《后汉书》，中华书局，1965年，第2225页。

② 杨勇：《世说新语校笺》修订本，中华书局，2006年，第664页。

深凿坐邀千涧水，纵观如步九层台。

云间秀嶂浓还淡，案上陈编阖又开。

莫似昔贤夸独乐，与人同处首应回。①

种植的嘉树，已经枝条丰茂，诗人竟然未曾发觉，自身已然年龄老大，头童齿豁。此处田圃，凿渠引来山间溪水灌溉，放眼四望，如登于九层高台之上，视野极其开阔。远处山峰秀美，浓淡相宜，这些年来诗人自己于圣贤之书，一遍又一遍地研读，进德修业，不能如昔贤那样夸耀独处的乐趣，真正的儒者应该具有与民同乐、共其忧患的境界，经纶世务，和光同尘，才是更大的快乐。

俗语讲：十年树木，百年树人。诗人整治园圃，种植嘉树，看到树木枝条丰茂，欣赏美景的同时，不禁意识到人生已至暮年，岂能无感慨。诗人重视个体生命在自然中的表达，就如此诗中，"案上陈编阖又开"，就将全诗从自然景物描写，转化到对交友、人生之乐的认识。而末句"莫似昔贤夸独乐，与人同处首应回"，则是诗人悟道之见，也是其经世济民、日常凡庸中求道的理学思想的体现。

其二：

不遣身心同槁灰，化工随手自量裁。

一栏仙花端倪露，九畹崇兰次第栽。

生意可观那画得，暗香难觅偶吹来。

柴门漫说何曾闭，俗驾经过也未猜。②

遂顺自然，不使身心如同槁灰，化解烦恼，顺应天道。这园圃内仙花、兰花次第绽放，强韧的生命力，自然勃发，不是随意可以画出的，幽幽馨香，很难寻觅，往往在不知不觉间嗅闻到。柴门常开，未曾关闭，俗世的车架经过，一切都是那样自然、顺遂。

这一首诗与前一首相比，就更直白地表现诗人内心和思想。诗人说，遂顺自然，园圃内的花木布局，巧夺天工。花圃中所种植的都是具有高洁品格的花木，这也象征着非常高的审美意趣与诗人的自我估量。而"暗香难觅偶吹来"是园中美景自然而然的抒发，并不是苛求所得，更显得美好。诗人在此诗中以称赞花圃，歌颂了美好的品德，同时也是他对理想生活的追求。诗人虽然远离

① 《斐然集》卷五，第120页。
② 《斐然集》卷五，第120页。

辑二

"根柢理学"的诗艺新创

朝堂，闲居一隅，企望在自己营造的小天地中，获得身心的解放，能毫无顾忌地修养心性，进德修业。而这个"园圃"也是诗人思想的园圃，是他向往的，能实现心灵与精神自觉的理想之所。

其三：

> 愦瞀年来药渐须，喜君犹自手抄书。
> 尘冠固合悬圬壁，羽扇何当出草庐。
> 胜景但逢诗发遣，壮怀聊用酒驱除。
> 寄身扰扰胶胶者，奇货从来不可居。[①]

年龄老大，耳目瞽聩，身体多病，越来越需要药物了，但值得欣喜的是，仍旧喜爱自己手抄书籍，勤学不倦。发冠挂在墙壁上，落满了灰尘，真是一事无成啊，诗人多么渴望能够有机会手持羽扇，走出草庐，谋划天下大事。可惜，雄心壮怀，也只能借诗来抒写，靠饮酒来驱除内心的烦恼和苦闷。那些寄身于俗世的纷扰者，自以为奇货可居，争取显身扬名，其实这并不现实的。

从这一首诗中，可以感受到，诗人虽然热爱自然美景，但始终放不下内心的责任，经纶世务，安定社稷，解民于倒悬，渴望能走入仕途，花圃的美景只是他理想自由生活的寄托；而世道不安，诗人还是不能完全将自己放逐于普通的人群之中，儒士的责任，内心的忧患及对世道民生的关切，也让其无法完全随着俗世漂流。身为理学家，体道行志乃其人生的基本追求，关心民生社稷，挽狂澜于既倒，障百川而东之，因而胡寅批评那些于纷扰世事之际，追名逐利之徒的抱守"奇货可居"的心态，缺乏坚定的心志、高洁的理想，不但于事无补，更有害于社稷民生。

在这一组诗中，诗人的情绪由对花圃的欣赏、赞美，转变为个人心灵精神的抒发、理想志趣的表达。从自然景观走入内心世界，诗人将个人心志、思想与自然结合，逐步深入，最终发掘儒者的精神的使命责任和价值承载。此诗虽然是和诗，但旨在表现个人思想，注重友朋往来之间的思想交流，心灵相通。诗颇富形象性、艺术性，描写花圃，展现了其艺术审美，融入其真切的生命体验与思想情志，乃内心精神的自然生发。

《记梦》是胡寅诗中比较独特的一首，他在诗中记录了一次自己的梦境。诗中想象力丰富、描述的景象无比奇异玄妙，"翻枝咫叶缥缈间，俄有珍禽集雕栏。宛然小鹤未省见，羽翻绀碧光斓斑。凝眸一瞬观对立，忽成四鹤齐飞入。

---

① 《斐然集》卷五，第120页。

赴予纷泊若投林，藻锦萦带复动衿。绿毛么凤只倒挂，翠襟鹦鹉空好音。或将揽取不从手，相视眙愕萌争心。"①诗中写到羽毛绚丽，美貌异常的珍禽，化作仙鹤飞来，幺凤飞舞，鹦鹉声音婉转，诗人伸出手，美丽的鸟儿都争相飞来。沉醉于这样的境界，然而叩门声惊醒诗人，只见树梢间阳光明媚，才知乃恍然一梦而已。诗人虽是写梦境，但在结尾又写梦醒后的清晨，快速由虚幻转入现实，更显梦中景象的美好。诗人记录梦境，正是将生活中的平凡写入诗，一切都能诗化，也拉近了诗与生活的距离。胡寅以诗来即事抒怀，丰富了诗歌所承载的内容，也体现了诗人对生活及诗歌的热爱。

在胡寅表达个人思想认知、传达义理的诗作之外，还有小部分诗歌抒发了非常浓烈的个人情感。正如湖湘学派整体的诗歌创作主张对情感节制、归正的风格一样，胡寅的诗歌也在非常克制的范畴之内，表现了自己感性的一面。

《忆端子三首》是胡寅写给儿子的哀悼诗，其中深情切切，可以读出父亲对儿子的思念。丧子之痛难平，更何况胡寅在这个聪慧的孩子身上花费了大量的心力，费心教导，回想起来，都是父子相处时的点点滴滴。这组诗共三首，第一首记梦见儿子，第二首写其生辰，第三首则写丧子一周年之哀痛。

> 当年梦寐见清伊，劲气全归目与眉。
> 髫龀已能庄语笑，嬉游元只在书诗。
> 青松不及明堂用，黄壤空余白玉悲。
> 精爽有无何处去，岂能知我痛心时。②

诗人回想在梦中见到儿子的样子，容貌依旧，眉眼带着十足的劲气。孩童时期就像小大人一样，说一些正经的话，笑容可掬，对诗书也有很大的兴趣，总能以诗书为乐。然而，儿子还未等到成为朝廷栋梁就去世了，没能为国家效力，这是何等的可惜。他的灵魂会向何处去呢？是否会知道父亲因思念他而伤心难过？白玉悲，用李贺的典故。李贺早卒，说上帝白玉楼成，唤其去作《白玉楼记》。此处可见胡寅对殇子的钟爱之情、希冀之重。

> 不知埋玉已经年，忽值生朝倍黯然。
> 空向梦魂期远大，谬于方技觅安全。
> 翩翩翰墨留身后，炯炯精神在目前。

---

① 《斐然集》卷一，第14页。
② 《斐然集》卷四，第82页。

桂折兰摧千古恨，泪痕那得到黄泉。①

儿子过世后的时间过得如此恍惚，至其生日忽然意识到这一悲剧，遂倍感伤心难过。将希望寄托在虚无缥缈的梦境魂魄中，很是荒谬地在方伎之术中寻求安慰，然而一切办法都无法挽回儿子的生命。儿子生前的文章诗作还保留着，音容笑貌也犹在眼前，这样高尚优秀的人早早亡故，那是千古之憾事，父亲的思念之泪仿佛流入黄泉，情深意切，无可奈何。

不见佳儿正一年，钟情难遣故依然。
久知朝菌同年寿，终惜童乌早弃捐。
箧里诗书迷白日，堂中珠玉堕黄泉。
汝翁去此知多少，安得忘怀未死前。②

佳儿过世已经一年了，而思念之情依旧无法排遣。即便知道朝菌生命短暂，经历了一个生命的过程，但也实在怜惜孩子尚且年幼就过世。白天见到儿子以前所读的诗书静静地放在书箧里，更是迷茫伤怀，那如同珠玉一般美好的孩子堕入黄泉，是难以释怀的悲痛。作为父亲，虽然来日无多，可是又怎能在自己未死之前忘记那可爱的儿子呢？

胡寅这三首诗字字真切，读来使人哀伤。此诗与其他诗所传达的情感完全不同，或许其他的抒情都是出于和友人志趣一致、对家国忠心、对思想的认同，但此诗只有无尽的情思，是他在诗中也抒发不止，无法全数表达的伤痛和对儿子的爱。诗中所写尽是遗憾，"髻乱已能庄语笑，嬉游元只在书诗"，胡寅写儿子聪慧，幼年就喜爱诗书，写"青松不及明堂用""桂折兰摧千古恨"，他对儿子早早就寄予了很大的期望，在第二首诗中他也自注："儿解《春秋》，首四段文字已成。"可见他的儿子聪颖、有才气，若不是早逝，定能像他一样，熟读《春秋》，传承胡氏衣钵，他对儿子的欣赏都融入了诗句里。然而天命如此，他只能将此生对儿子的思念和感慨都附于文字。

诗中所写，是遗憾的、矛盾的，"空向梦魂期远大，谬于方技觅安全"，他明知这样虚无的期盼并不能为儿子的生命争取到什么，但他还是寻找一切办法，哪怕是荒谬的。"久知朝菌同年寿，终惜童乌早弃捐。"他也知道天命如此，可是真到这样的时刻，他也还是惋惜儿子没能长大成人，没能成为朝廷栋梁，没

①《斐然集》卷四，第82页。
②《斐然集》卷四，第82页。

有成为一名儒士。他在创作这组诗时，就是一个纯粹的父亲。世事难料，他抒发的感情仿佛都带着浓湿的泪痕，连通人间与黄泉。哪怕儿子仅有这样短暂的一生，但诗人所用的心血和感情也丝毫不减，这组诗让诗人脱开了百姓、社会、家国的诸多责任，只作为一个情真意切的父亲，这也是胡寅诸多诗作中，独有的存在。

胡寅的《思归八绝》更是他自我情感的集中抒发。在这一组诗中，他着重表现了归乡的迫切心情。或许是因为在仕途上壮志难酬，朝廷的政治趋向与南宋社会的形势危机都让他无法真正实现自己的抱负。尤其是在金人入侵时，朝廷主张议和，而他认为应当迎回二圣。这一主张自然与高宗及秦桧的想法相背，因此，他即便有为朝廷鞠躬尽瘁的想法，也由于立场不同，无法实现。更何况，虽然秦桧重用世家子弟，但因为胡寅家学深厚，受儒学思想浸润极深，也不愿改变观念，为秦桧等主张议和的官宦效力。这组诗就非常显著地表现出他的政治主张和最终的个人选择，可以感受到诗中所包含的无奈和辛酸。

其二：

> 昨日春风花满山，回头秋叶锦斑斑。
> 终年窃禄惭忧寄，何事迟留久未还。[1]

斗转星移，四时季节转换，昨日漫山鲜花开放，春意尚浓，但转眼间，就是秋天树叶渐渐染上了红色。终日都懊恼担忧，没有作出更大的贡献，仿佛是窃取了俸禄，又是因为何事一直停留，久久未还呢？

在这一首中，诗人的忧虑之情十分明显，自我谴责：时光流逝，强敌侵袭，天下未安，生民涂炭，自己却不能有所作为，有所贡献，仅仅是一窃禄的"禄蠹"，因而滋生无边的不安与焦虑，产生了辞官退隐的心绪。"何事迟留久未还"的无奈、苍凉之情，是诗人内心的痛苦与纠结的自然流露。于此可知，所谓"思归"，乃诗人于世事无补时的自谴而已。

其三：

> 壮时尝有意功名，不觉星星白发生。
> 眼亦渐花心更短，归与犹可事农耕。[2]

壮年时，曾有雄心壮志，意图追求功名，经纶世务，有所作为；然而时光

---

[1]《斐然集》卷三，第75页。
[2]《斐然集》卷三，第75页。

飞逝，不觉白发渐生，鬓已星星也。而今眼睛也逐渐老花，被现实的困境所袭扰，不能有益于社稷民生，仅仅为一窃禄之"禄蠹"，还不如辞职而回归田园，再事农桑，作一个自食其力的人，稍觉良心可安。

诗人叙写自己壮年时志存高远，有极大的抱负和信念，然而岁月倏忽而逝，时过境迁，白发苍苍，年老力衰。诗中没有明言，实际上是朝廷执行苟安江南一隅的投降政策，打击"抗战派"，从而造成士人心志的消歇。诗人被投闲置散，开始面对现实带来的不得已，而年龄身体的变化，更让他意识到世事无常，回归田园仿佛成为他的退路和逃避，或许更是一种阅尽千帆的通达与释然。世事不可为，退归田园，这一选择乃儒者的难进易退、保全自身人格及理想的不得已作为。然而其中必然有未曾实现的理想，也许是不可弥补的遗憾，也许也是诗人看透生命百态的选择。

这种精神是在年岁增长中一点一滴地造就的，诗人所拥有的，也是"守拙"之心，他以希冀圣贤、世代文人单纯的情怀与理想作为自己的人生选择，在面对种种世事变迁时，固执地坚持儒者的纯真思想。而最终归于田园，也是诗人体悟天道消长盈亏的方式。

其五：

> 上圣心唯赤子矜，庶邦可以佐军兴。
> 自书政拙催科考，今古舂陵复永陵。[1]

上圣，应指宋高宗赵构。诗人说，天子赵构大概是体恤百姓吧，不愿意出兵抗敌，否则仅凭一州郡之地也是可以抗衡强敌金人的。面对皇帝，诗人不能直接批评，否则就要被冠以"指斥乘舆"的罪名，因而"上圣心唯赤子矜"就是"天子圣明，臣罪当诛"的另一种委婉的说法了。既然天子如此圣明，体恤百姓，不以战事，那么自己做官为吏，自我考评为"拙于政事"，只是催征赋税科役，实无建树。然而，诗人并不甘心，以为朝廷如此不作为，那也只能是偏安一隅，永无恢复中原的希望了。舂陵，古郡名，即今九嶷圣地、德孝之源，秦在今湖南宁远东北置舂陵，屡有废兴，唐宋时为道州，故昔人有"舂陵，古之道州也"之语。西汉末年，即地皇三年（22）十一月，刘秀从宛城来到舂陵，会同刘縯，商议："王莽暴虐，百姓分崩；今枯旱连年，兵革并起，此亦天亡之时，复高祖之业，定万世之秋也。"[2]号召天下，在舂陵正式起兵，反叛王莽新

---

① 《斐然集》卷三，第75页。
② 司马光：《资治通鉴》卷三八，中华书局，1956年，第1235页。

朝，后来建立东汉政权。永陵，在今成都，五代时西蜀第一位割据政权王建的陵墓。"今古春陵复永陵"，谓春陵乃刘秀起兵之地，勠力天下，救民于水火，终于一统中原，建立东汉政权；而今，朝廷却偏安江南，如果不能作为，最终也就成为偏安一隅的地方割据政权，北伐中原，一统天下，也就最终绝无希望了。此句也就是"直把杭州作汴州"之意①。

《思归八绝》作于绍兴十二年，宋金和议已成，偏安江南已成定局，愤激而又无奈的诗人，不能有所作为，只能说"天子圣明"，自我考评，以为"拙于政事"，然而诗人又不甘心，遂有"今古春陵复永陵"之句，将偏安江南、不思进取、痛失中原、弃中原百姓于不顾的事实直接说破，其痛苦、伤怀是可以想见的。诗人在诗作中始终对朝廷及国家的人才抱有极大的希望，保持着儒家士人极强的社会责任感。可见，胡寅虽然赋诗"思归"，事实上揭示的是现实的困境、思想的坚守。

其七：

> 传家素业祇图书，永日沉涵乐有余。
> 方信此心无所著，山林钟鼎一蘧庐。②

此诗叙写诗人传承家学，传承文化的心愿，整日沉溺在书中无比快乐。明白了这个道理，才能坚信具备儒家之操守与品性，不执念于进退出处、仕宦荣辱，该仕进则仕进，该退隐则退隐，顺应天道，自然而为，无论仕宦还是退隐，皆为人生旅途上小憩的房舍而已。

诗人在此诗中，表现出非常强烈的思归之情。寄情于诗书，表现出了他对思想传承的重要性的重视。诗人似乎在浓烈的思归中放下了对仕途的渴望，参悟出诗书对思想塑造的深刻意义。在这一组诗中，诗人将自己的思归之情从多种角度表达出来，既有对朝廷政事的见解，也有个人对文学的热爱和钻研，同时也包含着对未来士人理想的指引。虽然思归，但实际上，个人的心灵与精神并没有完全回归，思归也不等于放弃个人的理想。胡寅所表达的，是个人内心最质朴、最纯粹的向往，强烈的儒家士人精神体系左右着他的每一步选择。

在胡寅理学家的精神内核中，所认同的是在南宋政治不安、国家危亡时，依靠理学指导朝廷君臣及百姓而作出正确选择，理学如同政治纲领一般，能振作士气民心，对抗强敌。所以，在仕途不畅，奸人当道的时候，他只能抛开这

---

① 厉鹗:《宋诗纪事》卷五六林升《题临安邸》,上海古籍出版社,1981年,第1425页。

② 《斐然集》卷三,第75页。

些外在的，且难以解决的因素，追求内心的修养与自洽。"思归"不是放弃与逃避，是胡寅人生旅途中的一阶段而已，诗人所要承载的是其使命与精神自觉。

胡寅的诗歌由心灵生发，故而其内核离不开儒家的精神追求。诗歌绝大部分都是围绕儒学思想的发展复兴而展开，注重诗教，力求在诗歌创作中弘扬儒家思想，激发人的家国情怀和社会责任感。胡寅的诗歌创作的内容看似是矛盾的，在不同的时期，或是主张儒士张扬自我，为朝廷奉献；或是向往隐居生活，追求人生的旷达自由，此乃儒家"曾点气象"内化后的表现。"曾点气象"蕴含的丰富内涵，使诗人在积极且有能力为国家社会做出具体贡献时，深入社会、关心民生，切实为社会的发展实现其价值。然而，胡寅被时局所限，无法投身社会，也只能做到超然物外，寻找儒学涵养心性的意义。

三、融情于理的艺术价值

胡寅诗兼有宋诗理学的风骨与唐诗意境的美感，钱锺书《谈艺录》："唐诗、宋诗，亦非仅朝代之别，乃体格性分之殊。……唐诗多以丰神情韵擅长，宋诗多以筋骨思理见胜。严仪卿首倡断代言诗，《沧浪诗话》即谓'本朝人尚理，唐人尚意兴'云云。曰唐曰宋，特举大概而言，为称谓之便。非曰唐诗必出唐人，宋诗必出宋人也。"[1]指出唐宋诗的分别不是时代的划分，而胡寅诗中所体现出来的思想与手法，也印证了唐风宋调相融通的观念。

可以说，在诗歌创作中，胡寅比较好地体现了融理趣于意境的诗学思想。《示能仁长老祖秀》一诗中，胡寅以极其形象化的语言说理："白云从何来，舒卷亦无心。流风散远影，花雨释重阴。"[2]诗人写景之中又包含着自然之理，白云漫天，舒卷随风而定，并不由心操控。影随风动，花落满地，都是顺应自然规律的现象。这些常理都是少有变化的，但在胡寅笔下，仿佛成为天地万物流转的一步一程。这也正是宋人分解事物以看清世界的方式。"上方万壑外，微笑开我襟。幽怀久自契，俗虑何由侵。攀萝共明月，流水写瑶琴。"此句的旷达境界极盛，尤其"幽怀久自契，俗虑何由侵。攀萝共明月，流水写瑶琴。"将视线转向了人生的开阔境界，天光物态，自由勃发，不为外物所拘役，呈现出随心所欲的自由心境。

《晓乘大雾访仲固》则从晓雾的情状写起："朝来开窗迷眼界，雾色无边莽

---

① 钱锺书:《谈艺录》,生活·读书·新知三联书店,2001年,第3页。

②《斐然集》卷一,第14页。

回互。谁为夜半有力者，窃负群山着何处？却驱沧海白潮来，涛浪初平不成怒。人家惨淡暗渔浦，水墨微茫认烟树。"①诗人摹写清晨浓雾，万物都处于朦胧之中，山峰好似被大力者托起，迁移别处，水面上雾与浪涛相连接，渔家和草木都若隐若现、亦真亦幻。在描摹景色情状之后，诗人在结尾处阐发义理："要知万理无不寔，聚散一致此焉悟。常记向时闻剧论，知自少年得真趣。风云变态襟抱开，山水之乐仁智具。"他以雾之聚散比喻与友人的聚散，就如苏轼所写"人有悲欢离合，月有阴晴圆缺"，这虽然是难全之事，但聚散之间，山水之间，也有其自身的乐趣与智慧。胡寅境界旷达，在诗中总有宽慰与乐观，自然之中更见其思想与天地万物的协调自洽。这种乐观明快，在与后辈酬赠唱和的诗中，更是随处可见。《赠陈生》一诗中，他以仲由、曾参等贤人举例，指出做人要有良好的品德。又言"今君修古道，田土亦未贩。带经已能克，扶末意无㧢。"②胡寅夸赞后辈带经而农，耕读两不误，赞扬了他贫而好学的美好品德。带经，用西晋高士皇甫谧"带经而农"的典故③。正如他在诗中以先贤为例，也是将后辈陈生与之相提并论，既是鼓励，也是赞美。这首诗中，胡寅语言轻快，其中充沛着昂扬意气，可见他对年轻学人的重视。数个典故一一列举，娓娓道来，让全诗不仅意义深远，更有十足的可读之处。

胡寅诗在风格上与韩愈诗有相似之处，部分诗作可以明显看出深受韩愈诗风的影响力，就如《过方广不遇主僧留示》一诗："崎岖荦确梁复矼，颒肩四力流汗杠。笋舆轧轧三十里，乃值道人游近邦。"④开篇便写出诗人访主僧"不遇"。"泉湍夜挟风雨壮，撼床殷枕如涛江。晴峦空蒙染佛髻，白月皓皓团僧窗。高杉大松间修竹，烟㟏雾盖参云幢。"采用了赋的结构，正是韩愈"以文为诗"的特色。而后诗人又写道："要须酒壶缀羊控，哀箫怨笛歌鬟双。缅怀东岩谢太傅，提携靓艳凌岣峣。不学香山白居士，只与如满相教庞。"此处引谢安归隐东山和香山九老会的典故，都是隐喻了诗人意图归隐，远离俗世的心意。而对比韩愈《山石》一诗，更是有很多相似之处：

　　　　山石荦确行径微，黄昏到寺蝙蝠飞。
　　　　升堂坐阶新雨足，芭蕉叶大栀子肥。

---

①《斐然集》卷二，第31页。

②《斐然集》卷二，第42页。

③ 房玄龄《晋书·皇甫谧传》："居贫，躬自稼穑，带经而农，遂博综典籍百家之言。沉静寡欲，始有高尚之志，以著述为务，自号玄晏先生。"（中华书局，1974年，第1409页。）

④《斐然集》卷一，第25页。

僧言古壁佛画好，以火来照所见稀。

铺床拂席置羹饭，疏粝亦足饱我饥。

夜深静卧百虫绝，清月出岭光入扉。

天明独去无道路，出入高下穷烟霏。

山红涧碧纷烂漫，时见松枥皆十围。

当流赤足踏涧石，水声激激风吹衣。

人生如此自可乐，岂必局束为人靰？

嗟哉吾党二三子，安得至老不更归。①

从"荦确""丹青""佛画""不更归""归来"等用词上就可见，胡寅此诗与韩愈诗有极大的相似之处，而行文结构上也秉持着以文为诗的观念，接近赋体的叙述方式，以行旅沿途所见，移步换景，一一展示所见与所闻所思，流畅自然，娓娓道来，如清泉流淌于心田，沁人心脾；其诗内容上也先描写景色壮美，之后着眼在人生的畅快旷达与隐居的意愿之上。《山石》之"嗟哉吾党二三子，安得至老不更归"，更是意图寻找一个心灵的归处，脱离俗事的埃尘。这一点，在隐隐之中又包含着佛家的意蕴。韩愈在开头就写山路的崎岖荦确，反而让古寺更显幽寂。虽然韩愈也主张反对佛教，但潜移默化中，依旧受到了佛家的影响。而胡寅这首诗也同样有强烈的禅意，尤其从题目就可知，这一次经历与佛家本就有极其紧密的联系。

《及风花雪月天粉玉香山水字十二绝》也可见出胡寅文字功力深厚，诗语奇妙。"欣逢冷艳破冬温，更待飞霙涤昼昏""意态冲寒不自持，桂华相伴亦多时。未须细睹青春面，且看扶疏写影宜"等等诸多诗句，都彰显胡寅驱遣辞藻、运用一心的高超能力。同时，胡寅在诗中也大量运用历史典故，正是宋诗重用典特色的体现，如诗题中有曰：

古今豪逸自放之士，鲜不嗜酒，以其类也，虽以此致失者不少，而清坐不饮，醒眼看醉人，亦未必尽得，盖可考矣。予好饮而尝患不给，二顷种秫之念，往来于怀，世网婴之，未有其会。因作五言酒诗一百韵，以寄吾意，虽寄古人陈迹并及酒德之大概，以为开阖醉乡之羽缴，参差反复，不能论次也。同年兄唐仲章闻而悦之，因录以寄，庶几兹乡他日不乏宝邻尔。②

---

① 韩愈著,方世举编年笺注:《韩昌黎诗编年笺注》,中华书局,2012年,第75页。

②《斐然集》卷四,第81页。

故而诗中便引用了大量的名人掌故，由此着手，实际落笔于政事。李白《月下独酌》一诗赞美酒德，陶醉于酒醉的状态，享受那种"通大道""合自然"的境界，深得酒中之趣：

> 天若不爱酒，酒星不在天。
> 地若不爱酒，地应无酒泉。
> 天地既爱酒，爱酒不愧天。
> 已闻清比圣，复道浊如贤。
> 贤圣既已饮，何必求神仙。
> 三杯通大道，一斗合自然。
> 但得酒中趣，勿为醒者传。①

诗中通篇写爱酒之情，甚至将饮酒提高到"大道""自然"的高度，明处说理，实则以理抒情。李白作此诗，是以抒发对酒的喜爱，排遣政治失意的情绪。而胡寅此诗，与李白《月下独酌》在章法上类似，且他更多着重于说理，用大量的具体事例以证实事理的合理性。"包茅齐服楚，奏鼓胤征义"，用《左传》中齐桓公伐楚的故事，举管仲以"包茅不入"的理由讨伐楚国的例子，意在以这样一个成功的外交及谋略来体现其智慧。"大泽斩蛇后，当炉折券时"，则是用刘邦斩白蛇起义的典故。"击帻笼钱凤，争权杀魏其。脱靴惭力士，飞燕忤杨妃"，则涵盖钱凤、窦婴、李白等人，此外，还有王猛、陶渊明、建安七子、饮中八仙、曹操等等诸多与酒有关的人、掌故、诗作。鲜明地体现了宋人以学问为诗的特色，古来凡是与酒有关的典故都被一一列举。酒壮怀、招祸、忘忧，亦可达理想唐禹之乡。胡寅在此诗中也将酒的这些意象铺陈，正如他在诗序中所说："虽寄古人陈迹并及酒德之大概，以为开阖醉乡之羽缴，参差反复，不能论次也。"此诗与刘伶《酒德颂》和王绩《醉乡记》有相似的思想理趣，都是认为有德之人饮酒，才能建立理想社会，而普通人、无德之人饮酒，也仅仅是饮酒而已。胡寅欲以此表达自己对德行的看重，也借此向世人说明——诗人自己也正是这样的有德之人，在爱酒、颂酒，讲述酒的种种意蕴的同时，更要表明对社会、政治、家国的心意，意图走上仕途，通过自己的治世才能，让社会到达真正的"醉乡"。

胡寅的内心始终寄托于儒家精神内核，其诗歌创作也反映了这一特性。作

---

① 李白著，清王琦注：《李太白全集》，中华书局，1977年，第1063页。

为理学家，胡寅的诗歌并无刻意的说理，往往以艺术化的表达方式，融理于物象、意象、情境，如水中著盐，自然呈现；主张文为世用，重视诗歌的形象性，提倡理趣与意境的结合，凡此种种都可见其理论功底厚重。胡寅从理性创作和艺术性创作两个部分出发，尤其是自然山水诗歌的创作，更是体现了艺术性与理性的融合。其诗艺术性的表达中，更有着以物寄情，阐发个人心灵境界的内容。胡寅在家学背景与时代社会的共同推动下，将诗情诗意与天地自然融为一体，细腻地表现出了内心的真实，显现出强韧的生命张力。从诗学方面，胡寅确实沿袭儒家思想观念，有其保守性。然而在南北宋之交、中原板荡、民不聊生的严酷现实下，关注世道民情，始终将"人"置于前，并且着眼于社会的整体进步，并非空言论道，是有其积极的现实意义。胡寅有着颇高的社会责任感及人文关怀，以其海涵地负的广阔胸怀，力图实现儒学的实践理性和社会价值，并通过其自身的学养及观念引导社会人文发展。虽然胡寅的诗歌创作并不能与更多长于诗歌的文人相比，但他在南北宋之交的动荡局势下，所激扬的思想情感，仍然为儒学提供了强大的力量。

雷文昕，华东师范大学中文系2024届硕士。

论"学人之诗"与"诗人之诗"
——以清末民初的诗学与诗为中心

唐一方

自宋以来，说诗话语中频频出现"学人之诗""文人之诗""儒者之诗""才人之诗""诗人之诗"这样的词，入清而愈繁，至晚清，"学人之言与诗人之言合"更是说诗主将陈衍的主要观点之一。但由于古人说诗的零散随性、不成系统，这些概念往往是言人人殊，并没有清晰一致的理解。笔者以为，这些词语乍看是以创作主体的身份类型来划分，但其实还是要落实到诗歌本身，因为评论者总是先感受到这类诗歌具有怎样的特点，再归因于创作主体的。

比如，"才人之诗"在清代其实就有褒贬悬殊的两种理解：一则天才绝逸，强调气势雄浑、诗才敏捷、"顿挫凌厉"①，"字句章法，若罔知之，李白诸人是也"②，清代吴梅村、陈维崧、黄仲则等人的诗歌就具有这种特点；一则辞藻华丽，"事雕绘，工镂刻，以驰骋乎风花月露之场""极乎谐声状物之能事"③，没有真性情，只是逞才炫技的匠人技艺而已。后一种无论矣，即使前一种，在清代的诗学论争中，也从未成为焦点。

而"文人之诗"与"诗人之诗"在宋代曾是很有张力的一对论述，因为"以文字为诗，以才学为诗，以议论为诗"是宋诗的一大新变，反对者说以文为

---

① 李光地：《榕村语录》卷三〇，《影印文渊阁四库全书》，第725册，第467页。

② 费经虞：《雅伦》卷一六，康熙四十九年（1710）刻本，第15b页。

③ 叶燮：《密游集序》，《己畦集》卷八，徐中玉主编；王寿亨编选：中国古代文艺理论专题资料丛刊《本原·教化编》，中国社会科学出版社，第48页。

诗非诗之正体①，支持者说文法的介入使长篇诗歌活力大增，生色不少②。而清中叶以后，学杜、学韩、学苏都是正途，以散文句法入诗也有不少佳作，如许疑庵的《老树对》就句法参差，诗味十足。以文为诗而扩大诗体已被广泛接受，这个争议也就不复存在了。

所以，在晚清最受瞩目的乃是"学人之诗"与"诗人之诗"这两个概念之间的张力。但前人提到"学人之诗"的时候内涵差异也很大，今人研究对此概念也没有清楚的条分缕析③。笔者受西方文论的启发，特别是关于文学本质的模仿论、实用论，以及艾布拉姆斯提出的所有文论皆是从作者、文本、世界和读者这四个角度来定义文学的，豁然发现前人对"学人之诗"的论说可以从以下三个角度来加以统观分类。

一、"学人之诗"有三义

首先，最直接的是从诗歌的表现对象来界定的，用西方文论术语来说就是模仿对象。从宋代的理学诗到清代的考据诗再到晚清民国的佛理诗、科学诗都属此类。宋代理学家张栻最早提到："诗人之诗也，可惜不禁咀嚼。非学者之诗，学者诗读着似质，却有无限滋味，涵泳愈久，愈觉深长"④。他所谓的学者诗就是理学诗，语言质朴，谈玄说理。可是正如明代李梦阳所说，"诗何尝无理，若专作理语，何不作文而诗为耶？"（《空同集·缶音序》）大多数理学诗都是无理趣而有理障的。清代程恩泽、郑珍、莫友芝都作考据诗，论者勉强言其为创新，但也说这不过是"学之别体"，以另一种形式来讲学问。而真要讲清楚哲学义理和考据成果，文章比诗体更合适，因诗歌受五七言的限制，必然有很多迁就舍弃的地方，并不利于说理。所以这样直接描写专门学问的"学人之

---

① 如魏泰《临汉隐居诗话》记沈括言"韩退之诗乃押韵之文尔，虽健美富赡，而格不近诗"。

② 如刘辰翁《赵仲仁诗序》言"韩、苏倾竭变化，如雷震河汉，可惊可快，必无复可撼者，盖以其文人之诗也"。

③ 如宁夏江《晚清学人之诗研究》中第三章《晚清学人之诗的群体特征：论学人之诗》，先从学人有大成、小成之分出发，将"学人之诗"分为圣贤之"师"所创作的诗歌和博学强识之"儒"所创作的诗歌；然后又据钱仲联、钱锺书的观点，分为学人创作的诗歌和不是学人所作但具有学人之诗风格和特征的诗歌；最后又分为据学问知识而写成的诗歌，即"学之别体"，以及在学人性情的基础上，为抒情言志而写的诗歌，即"情志心声"。基本上是在前人分散的论述里转圈，而没有综合起来得出一个统一的概念内涵分说，以便于理解。

④ 盛如梓：《庶斋老学丛谈》，《丛书集成初编本》，中华书局，1985年。

诗"无论对于诗歌还是对于专门之学来说都没有什么益处，且当它是学者兼诗人的自娱自乐罢了。

第二种是从诗歌的艺术特征来界定的，用西方文论术语来说就是专注文本本身。如方贞观说"学人之诗，博闻强识，好学深思，功力虽深，天分有限，未尝不声应律而舞合节，究之其胜人处，即其逊人处"①，学人诗受其治学习惯影响，有过于拘谨的特点。陈衍说祁隽藻的诗"证据精确，比例切当"，张亨素的诗"惨淡经营，一字不苟"，数百字的两首诗"凡用经史十许处，几于字字皆有来历"，皆"所谓学人之诗也"。也是指学者做学问时严谨求实的思维习惯和对经史的熟悉间接影响到了他们诗歌的美学风格。

民国时范罕对此有进一步的论述。他首先说"诗在学业上是离开一步说话。研究学问时，无诗可做也。非无诗也，无好诗也。今之学者以科学为职志，科学虽是万能，然未必能入诗"。这正是对第一种"学人之诗"的意见，反对以诗来直接陈述专门之学。那么哲学家、科学家就不能写诗了吗？不然。只是当他们思考哲学或做科学实验时，"诗无一字可为立足之地"，"诗不能占其时间之一刹那"，而当哲学家"一旦脱离习缚，看花走马，吟兴忽生，则前此精刻过人之脑想，必尽量输入于五七字中，而成为细组，其美亦必逾恒美"，"苟使笃好此诸科之学者，暂置严密之心思，陶写片时之愉适，则前此之物情纠绕，试术变化，又必一一穷形尽相，输之于此五七字中，而呈一种灼丽燐煌之怪物，然则物理学家，一变而为诗人，可也"②。当哲学家、自然科学家暂时离开他们的研究，回到大自然和烟火人生中来，感愉悦而兴诗情，当然也可以写诗抒情寄意，而其长年所从事的研究对思维习惯和性情的影响则会润物无声地进入他们的诗，使其诗或具深折简炼之美，或呈万怪惶惑之态，一定程度上能体现创作者身份的独特性。

总而言之，无论褒贬，这两种界定主要是针对一些有专门学问研究者身份的诗人来谈，这样的人总是少数，对诗歌创作而言并不具有普遍性。而第三种界定的内涵则更为丰富复杂，且影响深远。

首先是从诗歌的功用来看——实用论在西方文论史上也占据了很长时间的优势地位。清人杭世骏言："《三百篇》之中，有诗人之诗，有学人之诗。何谓学人？其在于商，则正考父；其在于周，则周公、召康公、尹吉甫；其在于鲁，

---

① 方南堂：《辍锻录》，《清诗话续编》，上海古籍出版社，1983年，第1936页。
② 范罕：《蜗牛舍说诗新语》，《民国诗话丛编》第二册，上海书店出版社，2002年，562—563页。

则史克、公子奚斯。之二圣、四贤者，岂尝以诗自见哉？学裕于己，运逢其会，雍容揄扬，而雅颂以作，经纬万端，和会邦国，如此其严且重也。"①这里举的"学人"例子并不是有专门学问的学者，而是国之重臣，"二圣"乃周公、召公，他们都有劝勉天子的诗作，"四贤"即作商颂之正考父，作《大雅·烝民》《大雅·江汉》等的尹吉甫，作鲁颂的史克、公子奚斯。他们都不是为了表现自己的文才而写诗，而是身居要位，学问与道德并修，从容有威仪，发为歌诗则自成雅颂，有"经纬万端，和会邦国"之大用。

钱谦益与杭世骏观点相似，"余惟世之论诗者，知有诗人之诗，而不知有儒者之诗。《诗》三百篇，巡守之所陈，太师之所系，采诸田畯红女涂歌巷谚者，列国之《风》而已。曰《雅》，曰《颂》，言王政而美盛德者，莫不肇自典谟，本于经术。"②他意中的"儒者之诗"和杭世骏的"学人之诗"内涵一致，都是《诗经》中雅颂的作者，其诗之功用乃"言王政而美盛德"。政治诗其实占了《诗经》相当大的比重，正所谓"美刺风戒为作诗者之意。其谤也，不可禁；其歌也，不待劝"③，正是从实用论的角度来谈诗的。

同时，他们也指出，要实现这样的功用，与作者的气度修养是分不开的，这则是西方文论文学四要素中重视作者一端的理论了。前引材料中，杭世骏尊之为"二圣四贤"，钱谦益也说雅颂之作"莫不肇自典谟，本于经术。……非通天地人之大儒，孰能究之哉？"在他看来，雅颂的作者不只是通晓经典，善治理之术，甚至能通天人之际。钱谦益在《瑞芝山房初集序》中又说："古之人，其胸中无所不有，天地之高下，古今之往来，政治之污隆，道术之醇驳，包罗旁魄，如数一二。及其境会相感，情伪相逼，郁陶骀荡，无意于文，而文生焉，此所谓不能不为者也"④。他所钦慕的"古之人"，其胸怀之宏阔，见识之深远，也可作"儒者之诗""学人之诗"的注脚了。

明代李梦阳在其晚年所作的《诗集自序》中主张求真，说到他的朋友王叔武认为诗以比兴为要，而今世"文人学子比兴寡而直率多。何也？出于情寡而工于词多也"，批评文人学子缺少真情，刻意为诗。李梦阳反驳道："子之论者，

---

① 杭世骏：《沈沃田诗序》，《道古堂文集》卷10，《续修四库全书》第1426册，上海古籍出版社，2002年，第286页。

② 钱谦益：《顾麟士诗集序》，《牧斋有学集》卷19，上海古籍出版社，1996年，第823页。

③ 刘基：《书绍兴府达鲁花赤九十子阳德政是后》，《诚意伯文集》卷七，《本原·教化编》，第21页。

④ 钱谦益：《瑞芝山房初集序》，《中国古代文艺理论专题资料丛刊·本原》，第25页。

《风》耳。夫《雅》《颂》不出文人学子手乎?"他抬出雅颂为文人学子辩护,王叔武也反驳不得,只能转向感慨道:"是音也,不见于世久矣,虽有作者,微矣!"①意谓雅颂虽不可磨灭,可惜今世的文人学子已非古之文人学子,再也作不出雅颂之音了。

杭世骏与钱谦益论述中所举的例子确实是高山仰止,因这些作者的身份地位是有特殊性的,儒家讲内圣外王,内圣或可自修,外王则赖际遇。所以当嘉道年间的陈文述以"学人之诗""诗人之诗""才人之诗"来梳理诗史时,就扩大了作者的范围,将"韦孟之讽谏,张华之励志,少陵之时事,香山之讽谕,邵尧夫之温厚,陆放翁之忠爱,元遗山之眷怀故国"都归入了"学人之诗"②。西汉诗人韦孟作诗讽谏楚王孙刘戊;西晋文学家张华"学业优博,词藻温丽"(《晋书》),虽不无"儿女情多,风云气少"(《诗品》)的微词,但他的《励志诗》九首却是写得大气磅礴,所以陈文述特别将其拈出。邵雍是宋代大儒中最善于写诗的,其"德气粹然",更为一世所重,《宋史》言"雍高明英迈,迥出千古,而坦夷浑厚,不见圭角,是以清而不激,和而不流",程颢称其有"内圣外王之学",学养温厚亦流于其诗。其他如杜甫沉郁顿挫的诗史之作、白居易的讽谕诗都是心系苍生民瘼,以儒家仁政为理想,陆游至死不渝的爱国情怀、元好问的遗民情结则是家国民族之感。从陈文述挑选的这些诗人并提炼各人的特点来看,他们或无大臣之位,但就像孔子为素王一样,是有济世安民的忠爱之志的。如此看来,"学人之诗"在清前期便有以儒家的学问、志向和性情为依归的这一义了。

到了晚清,沈曾植论诗极为赞赏谢安标举诗经中"訏谟定命,远猷辰告"一句之意,谢安说此句有"雅人深致"(《世说新语》)。这句出自《大雅·抑》,按朱熹与方玉润的解释,乃卫武公自警自戒之词。其实乾嘉时期的孙原湘已提到过此篇,"言志之谓诗,而所以文其言者殊焉。有诗人之诗,有学人之诗。同一言德行,而《抑》戒,学人之诗;《雄雉》,则诗人之诗。同一饮酒,而《伐木》,诗人之诗;《宾筵》,则学人之诗。此辨之于气息,辨之于神味,不当于字句间求之也。"③孙原湘说的"文其言者""气息""神味"似都是从艺术风格上来感受的,这四首诗确有明显差异,《抑》和《宾筵》都是赋体,长篇往

① 李梦阳:《诗集自序》,《李空同全集》卷五十,《本原·教化编》,第22页。
② 陈文述:《顾竹峤诗叙》,《颐道堂文集》卷一,《续修四库全书》,第1505册,第553页。
③ 孙原湘:《黄琴六诗稿序》,《天真阁集》卷四一,《续修四库全书》,第1488册,第326页。

复铺陈，以议论为主；《雄雉》与《伐木》则是比兴体，以抒情为主。①但除此以外，《抑》和《宾筵》的主角都是卫武公，乃一国之君，《伐木》与《雄雉》则只是友朋之间的欢饮与互勉。"不忮不求，何用不臧"讲的只是韬光养晦的君子之德，和"訏谟定命，远猷辰告""四国顺之"的诸侯国君的威仪盛德比起来，不可同日而语。

《诗·卫风·淇奥》一篇就专"美武公之德"，全诗以绿竹起兴斐然君子，"史称武公修康叔之政，百姓和集，佐周平戎，有勋王室。《国语》又称其耄而咨儆于朝，受戒不怠"，确是有盛德与伟业之"圣贤"。而方玉润言此诗叙写"武公一生学术，次序本末无差"，"即威仪动静间，已知其学之日进无疆也"，又说"诗之摹写有道气象可谓至矣"。②强调其学养与治术足以经世济民，堪称"有道"，可见古人是将学问看作立身行己至成就兼济功德的根基的。

沈曾植将谢安所说的"雅人"等同于"大雅、小雅之材"，并提炼他们的特点为："夫其所谓雅材者，非夫九能之士，三代之英，博闻强识而让，敦善行而不怠之君子乎？夫所谓深致者，非夫函雅故，通古今，明得失之迹，达人伦政事，文道管而光一是乎？"③李瑞明兄对其中典故出处都有细绎，结论是沈曾植意中的"雅人"指"具有文化修养，德操高洁关心国事勇于进取的士人"④，"深致"指"不但有经典文本的修养依据，还要有对历史与现实的清醒认识，更要有高远而敦实的精神志趣"⑤，简言之。沈氏意中的"雅人深致"与前引钱谦益意中的"古之人"意蕴相通，都是要"深会儒家学说之要，作为自己诗歌创作的精神根底与动源"⑥。

但其中的"九能之士"似乎还有发掘的余地。"九能"出自《诗经·鄘风·定之方中》的《传》，包括"建邦能命龟，田能施命，作器能铭，使能造命，升高能赋，师旅能誓，山川能说，丧纪能诔，祭祀能语"，李瑞明兄说这九种才能都"关乎治道"，确实不错。但笔者还注意到，这九能几乎都与表达有关，既有古时的应用文体卜辞、命、誓、铭、诔等，也有登高作赋、山川能说的文学性

---

① 李金松：《诗人之诗、才人之诗与学人之诗划分及其诗学意义》，《文学遗产》2015年第1期。

② 方玉润：《诗经原始》，中华书局，2011年，第173页。

③ 沈曾植：《瞿文慎公止庵诗序》，李瑞明：《雅人深致——沈曾植诗学略论稿》，黑龙江人民出版社，2009年，第118页。

④ 李瑞明：《雅人深致——沈曾植诗学略论稿》，黑龙江人民出版社，2009年，第123页。

⑤《雅人深致——沈曾植诗学略论稿》，第125页。

⑥《雅人深致——沈曾植诗学略论稿》，第125页。

文体，所以"君子能此九者，可谓有德音，可以为大夫"的"德音"或者取善于言辞一义比有好名声更为准确，因为其训农、外交、誓师、礼仪、文赋样样皆通。

更值得注意的是，陈衍在谈论"学人之诗"时也提到过这九能：

> 余亦请剑丞评余诗，则谓由学人之诗作到诗人之诗，此许固太过；然不先为诗人之诗，而径为学人之诗，往往终于学人，不到真诗人境界。盖学问有余，性情不足也。古人所以分登高能赋、山川能说、器物能铭为九能，反之又东坡所谓孟浩然有造法酒手段，苦乏材料耳。①

当夏敬观称赞他的诗是"由学人之诗作到诗人之诗"时，他自知赞许太过，并且他认为理想的顺序应该恰恰相反。或许因为性情需要天赋，而学问则可赖后天之努力，所以应以诗人之性情为先。他说这就是"古人所以分登高能赋、山川能说、器物能铭为九能"的原因，即这三种文学性的才能也被纳入"九能"之中，说明古人也认为士人需有文学之性情。但"反之又东坡所谓孟浩然有造法酒手段，苦乏材料耳"，则说明若仅仅有这三能，而乏另外六能，则又像苏轼说孟浩然"韵高而才短"（《后山诗话》），"一味妙悟而已"（《沧浪诗话》），因学问与阅历的单薄而导致题材和风格的狭隘。所以，"九能之士"乃是既有诗人之性情，又有阅历丰富、见识广博、学问深厚所带来的丰富诗材，本身已有"学人之诗"与"诗人之诗"合一的意味了。

陈衍论诗主"诗人、学人二者，非肆力兼致，不足以薄风骚，副雅材"②，诗人对应风骚，学人对应雅材；又说"余生平论诗，以为必具学人之根柢，诗人之性情，而后才力与怀抱相发越，《三百篇》之大小雅材是也"③，今人引用此段多截止于"相发越"，而忽略了陈衍希望才力与怀抱交相辉映所成就的乃是《诗经》中的雅传统。陈衍还认为《诗经》的写作题材广泛，"朝章国故，治乱贤不肖，以至于山川风土，草木鸟兽虫鱼，无弗知也，无弗能言也"，从政治人文到自然天文无不备，而其中他又特别看重"三百篇朝章国故，治乱贤不肖之类"足以备诸史书之未有，"有之必相吻合"④。可见表现时世治乱的诗史观念亦是"学人之诗"的题中应有之义。

---

① 陈衍：《石遗室诗话》，张寅彭：《民国诗话丛编》（一），上海书店出版社，2002年，第200页。
② 陈衍：《榕阴谈屑叙》，《陈石遗集》，福建人民出版社，1999年，第580页。
③ 陈衍：《聆风簃诗叙》，《陈石遗集》，第688页。
④ 陈衍：《瘦唵诗叙》，钱仲联编校：《陈衍诗论合集》，福建人民出版社，1999年，第1057—1058页。

至此我们可以推论，第三种含义的"学人之诗"根源于《诗经》中的雅颂传统，指受儒家思想熏陶而养出的君子之德、气、行，并不是一种专门学者，而这对于诗歌来说也更具有普遍价值。杭世骏所称的"二圣四贤"已"不见于世久矣"，清代虽不乏"以高位主持诗教"者，但王渔洋之神韵、沈归愚之格调、翁方纲之肌理、张之洞之清切，皆就诗论诗，于雅从未梦见。直到清末民初，陈衍力推"学人之诗"，沈曾植拈出"雅人深致"，笔者以为都并非偶然，他们之所以会重新发现、重视"雅"传统，与当时的诗坛风气和晚清国事日非、新旧变局的大环境，以及同光朝这一批有识、有志又迭经变故的士人是分不开的。

二、陈衍提出"学人之诗"的两个原因

首先，从诗歌内部的发展纵向来看，陈衍对明代竟陵体的诗风流弊深为不满。明末沈春泽说彼时后进学竟陵体者"空则有之，灵则未也"，陈衍以为"不啻为今日言之"。因今日作诗有一派，"靠着一二灵活虚实字、可此可彼者斡旋其间，便自诧能事也"，以致满纸"坐觉""微闻""稍从""暂觉""稍喜""聊从""正须"等虚字虚情，而无"真实怀抱、真实道理、真实本领"[1]。他赞许李审言诗时说其"非近日妙手空空一派"[2]，又说朱祖谋诗"远追春海、子尹，近友伯严、右衡"，"可以药近日之枵然其腹者矣"[3]。程春海、郑子尹、陈三立皆陈衍意中学养深厚之人，可见他认为"真实怀抱、真实道理、真实本领"需从学问中来，提"学人之诗"可以疗诗坛空疏之病。

陈衍在序王晋卿诗集时也将此意详细言之："咸同以降，古体诗不转韵，近体诗不尚声貌之雄浑耳。其敝也，蓄积贫薄，翻覆只此数意数言。或作色张之，非其人而为是言，非其时而为是言，与貌为汉、魏、六朝、盛唐者何以异也？"题材、内涵贫薄与非其人其境而故作大言、形似前人都是当日诗坛之弊病。而他听闻王晋卿"向治考据，工古文词，著述行世有几"，虽"道远莫得详"，然"海内学人不易得，时时往来心中"，所以现在读到他的诗，感觉如读岑参之塞外诸作，赞其"历少陵、嘉州所历之地，为少陵、嘉州所为之诗"，既有幸至其地，才力亦"称其景物之壮远"，乃是有"实在理想、实在景物"的。并进而发论："余于诗文，无所偏好，以为惟其能与称耳。浅尝薄植，勉为清隽一二语，

---

① 《民国诗话丛编》（一），第112页。
② 《民国诗话丛编》（一），第136页。
③ 《民国诗话丛编》（一），第137页。

自附于宋人之为江湖末派之诗耳；而步武岑、杜之诗以为诗，固治考据、工古文词者所饶为哉！"①。学问精深的人思维缜密，写诗更容易与实际相"称"，而不会是大话、空话。

如前所述，熟悉经史典故是"学人之诗"的特点之一，而陈衍"称"的标准也体现在对用事精切的要求上。如其言：

> 自前清革命，而旧日之官僚伏处不出者，顿添许多诗料。"黍离麦秀""荆棘铜驼""义熙甲子"之类，摇笔即来，满纸皆是。其实此时局羌无故实，用典难于恰切。前清钟虡不移，庙貌如故，故宗庙宫室未为禾黍也。都城未有战事，铜驼未曾在荆棘中也。义熙之号虽改，而未有称王称帝之刘寄奴也。旧帝后未为瀛国公、谢道清也。出处去就，听人自便，无文文山、谢叠山之事也②。

陈衍是重视诗中隐含时事的，《石遗室诗话》对许多诗都不厌其烦地细绎"今典"缘由，如"仁和吴观礼久客文襄幕，著有圭庵诗，多关系时事。其最传者为冢妇篇、小姑叹、天孙机、邻家女诸首"③，——阐明其中所写张之洞之经历；陈弢庵《感春》四律"作于乙未中日和议成时"，今人多已知其中消息，但当时作者却是"秘不欲宣"的，是陈衍最早在《石遗室诗话》中"详此诗所指，以告观览者"④。

但他认为民国代清不同于以往的朝代更替，"故今日世界，乱离为公共之戚，兴废乃一家之言"，传统那些写一姓兴亡的典故并不切合当下。所以当章梫赠诗予他时，他特意指出"生年同在周秦际，梦想躬逢尧舜时"一句中的"周秦之喻亦未切"。周秦之变乃史学上一大论题，从"周制"到"秦制"，法家实际战胜了儒家，中国在经济、政治和社会结构方面都发生了巨大的变化。或许陈衍认为那依然是在中国思想文化内部发生的转型，不能表达清末民初无论是学问还是政体都受到西方强烈冲击下的深刻感受。

如此看来，用事要合乎陈衍的标准岂非太难？其实也未必。如他叙述江春霖直言极谏朝廷重用皇室亲贵导致时事日非而被降官，假归养母，"都下赋诗送

论「学人之诗」与「诗人之诗」

---

① 《民国诗话丛编》（一），第203页。
② 《民国诗话丛编》（一），第138页。
③ 《民国诗话丛编》（一），第183页。
④ 《民国诗话丛编》（一），第238页。

行者甚众",其中"陈弢庵七律后二联用事为最切"①。笔者看其中用了北宋名臣鲁宗道因直言招致宋真宗厌烦,但真宗终究思念其为直臣的典故,以及唐德宗时谏议大夫阳城极力反对掌管财赋却玩弄权术、剥削百姓以讨好皇帝的裴延龄做宰相,扬言若以延龄为相,必"取白麻而坏之,哭于廷",最后皇帝也只好让步。正如"时以某为军机大臣,亦罢论也"②,从事情的性质到结局都相当贴切。如此用事非对史书相当熟悉则不能办,但若非如此贴切,古典又难以传达出今典事件的隐微之处,价值就要大打折扣了,所以,有此要求并不为过。陈衍赞"张箦斋诗用事无不精切"③,也多为此类。

所以,力推"学人之诗",与陈衍反竟陵体流弊,强调写诗要有"真实怀抱、真实道理、真实本领",不故作大言、不乱用典故的诗学态度是一致的。

第二,近代史学家蒙文通先生提出"事不孤起,其必有邻"的研究视角,即任何事物都不可孤立地看,而必定要联系到社会、政治、文化等各个层面来观察,文学亦如此。若横向观照全局,不难发现光宣以至民国,对知识人影响巨大的乃是经学地位的衰落。蒙文通先生说:"自清末改制以来,昔学校之经学一科遂分裂而入于数科,以《易》入哲学,《诗》入文学,《尚书》《春秋》《礼》入史学,原本宏伟独特之经学遂至若存若亡,殆妄以西方学术之分类衡量中国学术,而不顾经学在民族文化中之巨大力量、巨大成就。"④如王汎森先生所言,"经学思维提供的是恒常不变的、确定性的价值"⑤,"经学所蕴涵的价值体系会隐然支配学术工作,深刻地影响选题、诠释、价值判断,或想在研究中寻求经学式的恒常道理"⑥,而"后经学时代显然留下巨大的价值空白"⑦。这个价值空白又显然是令旧式知识人惶惑不安的。

虽然陈衍中年以后以说诗著名,但他自"二十一岁,始治小学",到四十出头时已成书不少,汪辟疆说他"初治经,旁及许浚长,多可听"⑧,治许学颇有造诣。光绪二十二年(1896),四十岁的他与沈曾植谈话时也说自己"喜治考据

---

① 诗句云:"书壁会当思鲁直,裂麻竟不相延龄。陔余尚有酬恩地,勤与乡邻讲孝经。"

②《民国诗话丛编》(一),第107页。

③《民国诗话丛编》(一),第187页。

④ 蒙文通:《论经学遗稿三篇》,王汎森:《近代中国的史家与史学》,复旦大学出版社,2010年,第99页。

⑤《论经学遗稿三篇》,《近代中国的史家与史学》,第100页。

⑥《论经学遗稿三篇》,《近代中国的史家与史学》,第78页。

⑦《论经学遗稿三篇》,《近代中国的史家与史学》,第100页。

⑧ 汪辟疆撰,王培军笺证:《光宣诗坛点将录笺证》,中华书局,2008年,第50页。

之学"①。《石遗室诗话》虽以说诗为主，但其经学立场亦时相显露。如卷七言："二十年前，从湘人章伯和处见章太炎所著左传经说，以为杭州人之杰出者，言于林迪臣、高啸桐，使罗致之"，还推荐给张之洞，"广雅以为文字诡谲，余复言终是能读书人"②。章太炎的《春秋左传读》成于1896年，驳斥康有为、刘逢禄等人，与今文阵营争衡，亦可见出陈衍古文经学一派的立场。

在评论宋育仁写甲午庚子时事的《感旧诗》时，他感慨道："自中日事起，新学渐兴，稍知旧说者，持之益坚。然如国君死社稷、夷夏之防、食焉不辟其难诸大义，全失经旨，何论微言？"③从中亦可见他重视的乃是经典的本义、古义，即"经旨"，而非今文学家所重的"微言大义"。他所列举的这几点亦是当日焦点，而他认为"国君死社稷"不适用于清民交替，因社稷本就是民生，而"民主共和之政体，为中国数千年历史之创局，与历代君主异姓有殊"④，既然国归民有，何死之为？"夷夏之防"体现的是"内诸夏而外夷狄"的自尊自大的天下观，而国门打开后，国人方晓得"世界上的人，原来是分做一国一国的，此疆彼界，各不相下"⑤，此时再讲"夷夏之防"未免迂腐好笑；"食焉不辟其难"乃子路忠于其主而死的典故，今文学家借此鼓吹食君之禄忠君之事的封建道德，于当时也有多重的不适用。

胡瘦唐有长诗《题吴吉士秋林读书图长句》"论咸同以来朝士学派，致慨于新学之败坏旧学"，陈衍认为"颇跌宕可喜"。诗中回忆了自祁文端到曾文正到潘文勤三公，旧学研究是"倏忽承平四十年"，但"广陵一曲随苍烟"，现在已是难乎为继，举目望去是"绝域方言满都市，曹郎奋臂争版权。太玄奇书覆酱瓿，胡儿碧眼登经筵。汉廷公卿草间起，笑溺儒冠骂儒士"。这也引发了陈衍对旧学的追念，"祁文端、曾文正、潘文勤三公，皆于嘉道间朴学歇绝之余，稍兴朴学"⑥，而且"祁文端为道咸间钜公工诗者。素讲朴学，故根柢深厚，非徒事吟咏者所能骤及"⑦，其经学根基也使其诗内涵更为深厚。而"今日则号称读书者，能留心目录版本之学，已翘然自异于众，又学风之一变矣"⑧。结合梁启超

---

① 《民国诗话丛编》(一)，第18页。

② 《民国诗话丛编》(一)，第102页。

③ 《民国诗话丛编》(一)，第105页。

④ 吴宗慈：《陈三立传略》，《散原精舍诗文集》，上海古籍出版社，2008年，第1197页。

⑤ 唐宝林、林茂生：《陈独秀年谱》，上海人民出版社，1988年，第17页。

⑥ 《民国诗话丛编》(一)，第234页。

⑦ 《民国诗话丛编》(一)，第165页。

⑧ 《民国诗话丛编》(一)，第234页。

《清代学术概论》中说清代"学问之中坚，则经学也。经学之附庸则小学，以次及于史学、天算学、地理学、音韵学、律吕学、金石学、校勘学、目录学等"来看，此时竟只余最后的目录版本之学尚有人留心了，旧学之衰落可谓至矣。章梫赠他的诗末句云："申公辕固皆耆旧，一卷残经好护持"，陈衍对此是"敢不拜嘉"。申公、辕固乃齐、鲁传《诗》之人，以此为比，狭义可理解为陈衍对《诗经》雅颂传统的护持，广义来说也可指其有护持经学之心。

陈衍称："杜陵有乱离之悲，无沧桑之感也"①，可谓知觉敏锐。这种沧海桑田的巨变感可能只有清末民初的这批知识人感受是最为刻骨的。如赵尧生在清末"为谏官，视国事如己事"②，辛亥革命后回到四川老家讲学，寄诗多首使陈衍分致故人，"语意沉痛，皆从肺腑中迸出，非薄俗轻隽之子所能勉托也"。其中特别是《读石遗室诗话记慨》一首，"一灯说法悬孤月，五夜招魂向四围。当作楞严千偈读，老无他路别何归？"沉痛至极，写尽了旧知识人入民国后的伤感、孤独和迷茫。陈衍说"读之使人累欷"，特别是"'一灯说法'二句，括余十数卷诗话中许多议论、许多生死交情"③。照理说陈衍说诗以来，名声大噪，"投诗乞品题者无虚日"，场面非常热闹，但这样的热闹并不能掩盖他内心深处的孤独。钱锺书《石语》中记载拜访陈衍，谈到赵尧生此诗时，陈衍朗吟一过，"于末语'老无他路欲安归'，尤三复不置"④。如王汎森先生所言，"辛亥革命使得旧知识分子失势，被另一群对经学不再看重的新人所取代，古文、今文之争已经不再时髦，人们关心的焦点是'革命的'或'反革命的'，'新的'或'旧的'。1912年，教育部宣布废止尊孔读经，其影响亦不可小看"⑤。

进入当时的学术和思想氛围，我们才越发能理解陈衍的无所归依之感，以及他提出"学人之诗"，和沈曾植提出"雅人深致""以经发诗"都不只是简单地受到清代朴学传统的影响⑥，更应看到这是他们对于经学衰落时代的一种回应。他们努力强调经史学养对诗歌创作所具有的价值内涵，透出尊经之意。否则为何这样的诗学概念不是在朴学兴盛时提出，反而到了清末民初才由陈衍大书特书呢？

① 《民国诗话丛编》（一），第203页。
② 《民国诗话丛编》（一），第127页。
③ 《民国诗话丛编》（一），第232页。
④ 《光宣诗坛点将录笺证》，第59页。
⑤ 《近代中国的史家与史学》，第79页。
⑥ 参见周薇：《清代朴学背景下的陈衍"学人之诗"诗论》，《社会科学》，2009年第12期。

三、"诗人之诗"与"真诗人境界"

"诗人之诗"并不是一个新概念，似乎有诗人就自然有"诗人之诗"。但每当一个有时代特色的新词兴起时，无论是宋代的"文人之诗"，还是清代的"学人之诗"，总是与"诗人之诗"对举而出的。但当作为参照物时，"诗人之诗"的内涵也就显得比较狭窄。大略看来，主要是从题材和艺术特征两方面来界定的。

题材如刘克庄所言："以情性礼义为本，以鸟兽草木为料，风人之诗也；以书为本，以事为料，文人之诗也"[1]，其实他自己尚不敢言"诗人之诗"，而曰"风人"，"风人之诗"虽是以性情礼义为本，但表现的只是鸟兽草木等自然风物。到钱谦益则直接将国风等同于"诗人之诗"，雅颂归之于"儒者之诗"了。方贞观说："诗人之诗，心地空明，有绝人之智慧；意度高远，无物类之牵缠。诗书名物，别有领会，山川花鸟，关我性情。信手拈来，言近旨远，笔短意长，聆之声希，咀之味永"[2]，也是限定了"诗人之诗"只能表现自然与文人雅趣，与时事无干，而艺术特征则与王渔洋的神韵说相似。沈起元"谓才人以气雄，学人以材富，诗人以韵格标胜"[3]，也是从艺术特征来说的。陈文述的诗史列表中以"陶之冲淡，鲍之俊逸，小谢之清华，王、孟、韦、柳之隽永澄澹""愚山、渔洋"为"诗人之诗"，则其意中的艺术特征也是一样。

但这都是作为参照物的"诗人之诗"，而正如前引陈衍之语："不先为诗人之诗，而径为学人之诗，往往终于学人，不到真诗人境界"，可见当脱离参照物的语境时，"真诗人境界"应有不同。

黄宗羲曾将"常人之诗"与"诗人之诗"对比，"常人之诗"是"以景为实，以意为虚"，景与意之间截然有界限，诗意呆板，而"诗人萃天地之清气，以月露风云花鸟为其性情，其景与意不可分也"。这段话说明两点，一是并不是能写韵语的就配为"诗人"，二是诗人并不是只可描写月露风云花鸟之类，而是诗人之性情乃如天地中的月露风云花鸟一般，清纯、粹净、自然。清中期诗人厉志亦言："凡作诗必要书味熏蒸，人皆知之。又须山水灵秀之气，沦浃肌骨，始能穷尽诗人真趣，人未必知之。试观古名人之性情，未有不与山水融合者也。观今之诗人，但观其游览诸作，虽满纸林泉，而口齿间总少烟霞气，此必非真

---

① 刘克庄：《跋何谦诗》，《本原·教化编》，第19页。

② 方南堂：《辍锻录》，郭绍虞编选：《清诗话续编》，上海古籍出版社，1983年，第1936页。

③ 沈起元：《梅勿庵诗集序》，《敬亭诗文》卷二，清乾隆刻增修本，第29b页。

诗人也"①。"真诗人"性情必是淡泊清净，无一丝尘滓，而这又必须浸淫山水自然中方能养出。

淡泊清净虽为诗人性情之底色，但并非心如止水之意。而且诗人的清净心虽需山水来养，却并非只能写山水。黄宗羲进一步阐述道：

> 古之人情与物相游，而不能相舍，不但忠臣之事其君，孝子之事其亲，思妇劳人结不可解，即风云月露，草木虫鱼，无一非真意之流通，故无溢言曼辞以入章句，无谄笑柔色以资应酬，唯其有之，是以似之。

"情与物相游"的"物"既包括自然界的花鸟风云，也包括人世间的君臣父子夫妇之道，而真"诗人"的特点乃是有真情真意。何谓真情？黄宗羲以为：

> 今人亦何情之有，情随事转，事因世变，干啼湿哭，总为肤受，即其父母兄弟亦若败梗飞絮，适相遭于江湖之上。劳苦倦极，未尝不呼天也；疾痛惨怛，未尝不呼父母也。然而习心幻结，俄顷销亡，其发于心着于声者，未可便谓之情也。由此论之，今人之诗非不出于性情也，以无性情之可出也。②

今人往往只是因一己切身遭遇的痛苦而呼天抢地，甚至连父母兄弟都不顾念，这只可谓是自私自利和一时的情感冲动，并不算诗人的真性情。

关于诗本性情之说，古往今来可谓汗牛充栋，不胜枚举，但多止于强调诗人应抒发一己之性情，诗中有我在，不剿袭前人。对于究竟怎样的性情才称得上是诗人之性情则相对讨论较少。而将性与情分开而论，对回答此问题则颇有启发。如元初杨维桢言："诗本情性，有性此有情，有情此有诗也"③；明末清初诗人彭宾言："诗之为道，本于性生；而亦随其闻见睹记，情绪感遇之浅深以递进"④，他们都认为性在情之先，所以性正乃是根本。纪昀言："夫在天为道，在人为性，性动为情，情之至由于性之至，至性至情不过本天而动"⑤，更将性与情上溯至道，性应是合乎天道的人性，与天道越是相合，即"性之至"，则因各种遭遇而摇曳变化的情也就越合乎天道，即"情之至"。

如此说来，并非抒发情感即可谓是真诗人，唯有发乎性情之正，才是真诗

---

① 厉志：《白华山人诗说》，《清诗话续编》，第2164页。

② 黄宗羲：《黄孚先诗序》，《本原·教化编》，第26页。

③ 杨维桢：《荆韶诗序》，《本原·教化编》，第129页。

④ 彭宾：《岳起堂稿序》，《本原·教化编》，第45页。

⑤ 纪昀：《冰瓯草序》，《本原·教化编》，第137页。

人的标记。如明人吴应箕就批驳竟陵派推崇之性情，认为"竟陵之诗……其言有以性情浮出纸上者为真"，未免太过简单，以至于"今承袭其风者，以空疏为清，以枯涩为原，以率尔不成语为有性情，而诗人沉着、含蓄、直朴、澹老之致以亡"①。率尔随性并不就是有性情，真诗人之性情有更高的标准。

同时，发乎性情之正并不是说一定要出之以温柔敦厚、和平中正，而是既可以沉郁悲痛，亦可以婉转蕴藉。如清人吴雷发所言，"近见论诗者，或以悲愁过甚为非；且谓喜怒哀乐，俱宜中节。不知此乃讲道学，不是论诗。诗人万种苦心，不得已而寓之于诗。诗中之所谓悲愁，尚不敌其胸中所有也。《三百篇》中岂无哀怨动人者？乃谓忠臣孝子贞夫节妇之反过甚乎？"②《诗经》就是既有温柔敦厚，也有哀怨动人的，但无论出之以何种情态，皆不失性情之正。

而关于真诗人之标准，清中期其实早已有普遍的成熟认知。如宋大樽云："诗之铸炼云何？曰：善读书，纵游山水，周知天下之故而养心气，其本乎！"③潘德舆云："言志者必自得，无邪者不为人，是故古人之诗，本之于性天，养之以经籍，内无怵迫苟且之心，外无夸张浅露之状；天地之间，风云日月，人情物态，无往非吾诗之所自出，与之贯输于无穷。"④性情、学养、见识、江山之助无一或缺，这不正是陈衍意中由"诗人之诗"到"学人之诗"的"真诗人境界"吗？这也恰好说明了前文论述的，在清末民初，陈衍要提"学人之诗"，沈曾植要提"雅人深致"，以及陈宝琛论诗标举"思无邪"，都不约而同地回到《诗经》传统，并非因为前人没有，而是出于对彼时经学作为一种生命学问的价值大大衰落的一种振衰起敝之心。

余论："真诗人之诗"的创作

在近代诗学理论的研究中，往往极少涉及作家作品，似乎文论与文学是截然两路。但一种诗学理论的提出，在当时必是有创作作为基础，并且希望可以发挥引导创作与批评作品的作用的。对于今人来说，理论也是一种帮助我们更深刻认识古人诗歌的工具。陈衍的诗论非常丰富，其提出"不专宗盛唐"的"同光体"，就发掘了一批以前被忽视的宋诗人，如梅圣俞，使得宋诗派在晚清

---

① 吴应箕：《曾学博诗序》，《本原·教化编》，第133页。

② 吴雷发：《说诗菅蒯》，《清诗话》，《本原·教化编》，第135页。

③ 宋大樽：《茗香诗论》，《清诗话》，《本原·教化编》，第53页。

④ 潘德舆：《养一斋诗话》，《清诗话续编》，《本原·教化编》，第53页。

更加活跃；其因自己"生于末造，论诗主变风变雅"，便强调"今日之为诗"需有"哀乐过人之真性情"①，和郑孝胥为陈三立诗集作序时的意思一样，"世事万变，纷扰于外，心绪百态，腾沸于内。宫商不调而不能已于声，吐属不巧而不能已于辞"，这样的创作虽不符合张之洞"清切"的标准，但却最能表现这个时代下的诗人心境，"吾安得谓之非真诗也哉？"②

可惜的是，他的"学人之诗与诗人之诗合一"的理论明确举出的诗人则迄于道咸年间的祁文端、程春海、曾文正、郑珍、莫友芝等人为止③，而其时他并未特别强调雅传统，所说的"学人之诗"恐还只是前二义。入民国后，"变故相寻而未有届，其去小雅尽废而诗亡也不远矣"④，旧学沦亡的危机感愈加深重。究竟哪些诗人才符合他此时意中的"真诗人境界"呢？哪些诗人可以代表光宣至于民国这个时期的诗歌成就呢？

若从陈衍说诗看来，陈宝琛无疑是其中一位。他不只用事精切，其于1925年所作的《疑庵诗序》论诗云："圣人以'思无邪'称《诗》，旨盖深矣"，因"思至无邪，斯哀乐之情通于性命。好贤求诸瘝痡，恶恶欲界之豺虎，悉发于天倪而不能自已，又何门庭派别之分哉？"⑤跳出派别之争，强调要将贞人正士之哀乐与好恶真实无伪地表达出来，与陈衍晚期的诗论一致。陈衍屡屡苦劝其印诗，称"先生，清诗人之最后劲也。不为己诗计，独不为清诗生色计乎？"⑥

而弢庵以外，陈三立、郑孝胥、赵尧生、许际唐等由晚清入民国的一批诗人，其诗都可以放在雅废诗将亡的背景下去阅读。这将是一个用诗学理论来指导我们继续去发掘近代诗歌的过程。

唐一方，华东师范大学中文系2013届博士，2013—2023年任职于上海立信会计金融学院，讲师。本文原载于《古代文学理论研究》第四十三辑，华东师范大学出版社2016年版，收录时有修改。

---

① 陈衍：《山与楼诗序》，《陈衍诗论合集》，第1077页。

② 郑孝胥：《散原精舍诗序》，《散原精舍诗文集》，上海古籍出版社，2003年，第1216页。

③ 陈衍：《近代诗钞序》，《陈衍诗论合集》，第875页。

④ 陈衍：《近代诗钞序》，《陈衍诗论合集》，第875页。

⑤ 陈宝琛：《疑庵诗序》，《沧趣楼诗文集》，上海古籍出版社，2013年，第486页。

⑥ 《沧趣楼诗文集》，第788页。

陈衍不俗论之诗学建构

周　薇

一、不俗论及其诗学来源

陈衍《诗话》卷二十三云："诗最患浅俗。何为浅？人人能道语是也。何为俗，人人所喜语是也。"[1]在《知稼轩诗叙》和《海藏楼诗叙》中，陈衍一再强调诗要"不落于浅俗""高调要不入俗"[2]。在一些诗歌中，陈衍也表达了相同的观点，《赠王梅生》云："海藏所取人，不随流俗转"。《赠赖生筹》云："要力追雅材，最恶骋俗笔"。这两首赠诗意在称赏王、赖诗有自己语言，自己思想，不随流俗、不写俗文。可以说，不俗是陈衍重要的诗学理论，概括陈衍相关诗论，可将其不俗之论总结为由强调人之不俗进而到强调诗之不俗与风格之不俗，并以创造出新为其内核。

从源流上看，这一理论的形成，远承宋诗人苏轼、黄庭坚，近受道咸宋诗派诗学思想的启发和影响。在唐代，一切好诗已经做尽，宋诗要想超越唐诗，必得另觅新境，不俗也是宋诗努力超越唐诗的个性表达和追求。苏轼云："人瘦尚可肥，士俗不可医。"（《于潜僧录筠轩》）又云："士之不能自成，其患在于俗学，俗学之患，枉人之材、窒人之耳目。"（《送人序》）黄庭坚云："或问不俗之状。余曰：难言也。视其平居无以异于俗人，临大节而不可夺，此不俗人也。"（《书嵇夜叔诗》）以上自成与不俗，皆为论人。至于论诗，黄庭坚云：

---

① 本文涉及的陈衍《诗话》内容皆引自钱仲联编校的《陈衍诗论合集》(上)，福建人民出版社，1999年。

② 本文涉及的陈衍诗文皆引自陈步编:《陈石遗集》(上)，福建人民出版社，2001年。

"宁律不谐，而不使句弱；宁用字不工，不使语俗"。（《题意可诗后》）又云："胸中万卷书，笔下无一点俗气"。（《题王观复所作文后》）陈师道亦云："宁拙勿巧，宁朴勿华，宁粗勿弱，宁僻勿俗，诗文皆然。"（《后山诗话》）此外与之相关的言语如"以俗为雅"，"文章最忌随人后"，"自成一家始逼真"等随处即拾。可见，或论人或论诗，苏、黄、陈都主张以不俗为尚。这些观点对后世产生很大影响。

明代很少以俗与不俗论诗，至清代道咸年间，随着宋诗运动的开展，不俗成为道咸宋诗派诗人议论较多的话题。道咸宋诗派的代表何绍基诗论的精义和核心就是"不俗"，《使黔草自序》云："顾其用力之要何在乎？曰'不俗'二字尽之矣。所谓俗者，非必谓庸恶陋劣之甚也；同流合污，胸无是非，或逐时好，或傍古人，是谓之俗。直起直落，独来独往，有感则通，见义则赴，是谓不俗。"①此主要论人，不同流合污，不逐时好、傍古人，独来独往就是不俗。其次，不俗又是语言上的要求，何绍基在《符南樵寄鸥馆诗集叙》中说："摆脱窠臼，直透心光，将一切牢骚语、自命语、摹古语、随便语、名士风情语、勉强应酬语，概从刊落，戛戛独创，本根乃见"②。同时代的郑珍在《论诗示诸生时代者将至》中云："从来立言人，绝非随俗士"③，强调为文者不随俗流转，所立之言自然不俗。

可见，陈衍的不俗理论，来自对前人诗论的继承，同时，不俗作为陈衍诗学建构的组成部分，是陈衍在动荡时代对自由自在的生命主体进行深刻体悟，对近代诗坛之生存发展进行深层思考的结果，故又有着自己的丰富、完整与独特性。

二、道德与学问内充的不俗人格

陈衍的不俗具体而言，从诗人主体来说，是无当乎利禄、甘守寂寞、以学问涵养自己而呈现出的自立不俗的精神风貌。体现于诗歌，是反对熟语俗语，主张新异、创造、独标一格。运用属于自己的语言抒情写意，写自家意思。同时不俗也是以学问涵养诗歌而形成的"清而有味，寒而有神，瘦而有筋力"的美学境界。

---

① 何绍基：《东洲草堂文钞》(卷三)，同治六年刻本。

② 何绍基：《东洲草堂文钞》(卷三)，同治六年刻本。

③ 郑珍：《论诗示诸生时代者将至》，《巢经巢诗集》(卷七)，清光绪刻本。

陈衍对不俗之主体有大量论述，概而言之，归结为无当乎利禄、甘守寂寞，以学问涵养自己而呈现出的自立不俗的人格精神。

首先，不俗体现为"无当乎利禄"（即不受利禄诱惑，拒绝利禄）的气节。陈衍在《何心与诗叙》中云："吾尝谓诗者荒寒之路，无当乎利禄，肯与周旋，必其人之贤者也，既而知其不尽然。犹是诗也，一人而不为，虽为而不常，其为之也，惟恐不悦于人。其悦之也，惟恐不竞于人，其需人也众矣。内摇心气，外集垢病，此何为者？"人之不俗首先是"无当乎利禄"，"不悦于人"，"不竞于人"的品节，不为利禄诱惑，不为世俗左右，保持人格的独立自由，才能富有创造性，从而保证诗境的"不俗"。而诗境不俗，其深层是不庸俗、不鄙俗、不世俗的人格精神的投射，具有德性内涵。在这点上，他言论颇丰。《陈仁先诗叙》云："有工为诗者，非独其诗不屑乎众人，必其人之不屑乎众人也。……余以为，诗者荒寒之路，羌无当利禄乎，……盖鄂诗人之衰亦久矣，然之数人者，诗与其人各不同，而负异于众，不屑流俗之嗜好，则同也。"想要诗不屑乎众人，先要人不屑乎众人，不屑乎众人的内涵是弃官不顾，不逐于仕途利禄。是负异于众，不屑流俗之嗜好，这正是对诗人自立不俗的品格要求，气节要求。陈衍论人往往以不逐于仕途利禄为人格自立的标准，《祭陈后山先生文》云："先生之于学，可谓能得其全矣。章惇荐之于朝，而终不一往。"欣赏陈后山能舍官不就、终不一往。

陈衍如此强调"无当乎利禄"的品节，一方面是个性使然，陈衍一生无心科举，不热衷仕途，而醉心学术、诗文，也称得上是"不竞于人""无当乎利禄"了。另一方面实也包含着一种深沉的历史文化使命意识。陈衍时代，随着科举制度的废止，五四运动对于"孔家店"的打倒，儒家的伦理道德面临解体的危机，逐利之徒充斥社会，也充斥文坛。《疑始诗叙》云："世之师人者，不惟其学，惟其势力标榜，曷足怪哉。"《祭陈后山先生文》云："况今日道丧文敝，士大夫方驰骛于利禄闻达之场，歌舞饮博，酣喜而若狂。"在陈衍看来，文人纷纷阿附势力，依傍于人，驰骛于利禄闻达之场，已经到了令人难以容忍的地步，而这样的人写出诗文也必然危害后世。

无当乎利禄的根本意义在于立德修身。只有涵养道德主体，树立独立人格，才能行文艺之事，并进而实现文以载道的目的。这一要求来自对传统思想的继承。儒家理想以修身、以道德自我完善为起点，先秦儒家所谓立德、立功、立言，德在第一位。中唐以来中国思想的一大模式是先道后文，道为第一，文为第二，只有率先做一个有德之人，才有立身行事于社会的资格，而后才能著书立说，作诗写文。也即后来诗人所谓的："有德者必有言"，"必先道德而后文学"。

故陈衍以无当乎利禄作为不俗的主体要求，一方面，是以之作为对现实中人的德性要求，希望人们能继承儒家思想，以儒家伦理道德涵养自己。另一方面也是对于文的要求，希望近代士人能于腐败政治，污浊社会中挺立主体，张扬独立自由的人格精神，以人之不俗，投射于诗文，再以诗文之德发挥教化作用，这样的诗文留传后世，能厚人伦，移风俗，真正起教化万民的作用。

其次，不俗体现为甘守困寂的心态。无当乎利禄是对于外在利禄的拒绝，甘守困寂是无当乎利禄后退回内心的自守，二者密切相关。甘守困寂也是诗人主体不俗之要求。

陈衍在《何心与诗叙》中说诗是"寂者之事，一人而可为，为之而可常"。又说："诗者，荒寒之路，无当乎利禄"。即真正的诗歌创作是一人之事，远离喧闹的人群，甘走荒寒之路，甘守寂寞心境。又如《何心与诗叙》所说："大抵世缘深则真性情没"，深于世缘，随俗流转，丧失自我，心浮气躁，无真情，无内涵，就无创造。甘守困寂，这是对诗人创作修养、心境的追求。寂静中带着矜持与孤傲，固守一份清寒与幽情，这样才能创作出表达独立与真我个性的、具有独特审美价值的诗歌。

甘守困寂于诗歌创作有重要意义。甘守困寂，就是要求保持一种与"内摇心气"相对的"虚静"的创作心境。首先"寂"旨在追求超功利的创作心境。只有摆脱功利心，才能全神贯注地进入构思状态，心物融合，萌发创作灵感。其次，"寂"不是一味的静，而是主体外静内动的积极创造的心理状态。刘勰《神思》说："文之思也，其神远矣。故寂然凝虑，思接千载。"只有寂然，才能凝虑，也才能思接千载。因为此种状态中，作家的想象力特别丰富，浮想联翩，意象丛生。触物兴情，孕育出通过客体见出主体的审美意象。

人的不俗，体现在甘于固守荒寒之路、困寂心态，而荒寒之路、困寂心态，恰是诗人进行积极创造的前提。

再次，不俗体现为学问内充的主体境界。陈衍《祭陈后山先生文》云："孔子曰笃信好学，守死善道，先生有焉。先生之操行，可谓不朽矣。"只有持诚信之心，饱读诗书，涵养道德，人才能成人，成大儒，特立而出。也即除了守道，读书好学也是人的重要操行。《祭陈后山先生文》云："作诗第一求免俗，次则意足。是自己言。前后不自雷同。此则根于立身有本末。多阅历、多读书、不徒于诗求之者矣。"诗之不俗前提是先立身，而立身则要读书。显然，读书也是挺立主体，达到人的不俗的关键。陈衍《程户部遗集叙》论程颂藩的学问："其始浸淫于东京六朝，其继泛滥乎经史，其归湛潜乎宋儒性理之言，其先后学问之涂轨，以至立身行己。"意即，当各种学问兼备，自然可达立身行己境地。这是陈衍关于学问涵养不俗人格的直接表述。他在《李审言诗叙》中说："余屡言诗之为道，易能而难工。工也者，必有以异乎众人之为，则读书不读书之辨也。"此是关于学问涵养不俗文章之观点，认为文章不同凡俗，异乎众人，有所创新，关键在读书。读书何以使人不俗，其实关键是经史中有道，陈衍所谓"其继泛滥乎经史，其归湛潜乎宋儒性理之言"，正是揭示了读书归潜乎儒道的思想，道在经史中，通过读书，涵养道德，从而使人格不俗。

在陈衍心中，诗歌语言的质地与诗人的生命质地相通，诗不仅是艺能之事，也是一种涵养士大夫真实本领、真实怀抱的功夫，是诗人道德、学问、才能的集中表现，无当乎利禄、困寂的心态、学问涵养培养起一个独立自由，富有创造性的主体，体现于诗中，是诗品与人品的合二为一。将无当乎利禄、困寂的心态、学问涵养视为主体不俗的主要内涵，见出他思想的独特性。

三、学古创新，自出己意，达到诗之不俗

诗人持守独立人格，不阿时好，寂然自守，学问内充，最终是希望创作出不俗之诗。陈衍认为浅俗就是人人能道语，人人所喜语，是缺乏个性的人云亦云、陈词滥调。而不俗之诗即是新异、创造、独标一格的诗。是用自己语言，写自家意思。

诗之不俗，首先是语言上的避熟就生、避浅就深。陈衍论近代诗人陈散原一派，是"专事生涩，盖欲免俗免熟，其用心苦矣"。[1]《诗话》卷四说左耕写的桃花诗是："眼前语不习见"。避俗避熟的诗歌方能受到陈衍青睐。

其次，诗之不俗，更是学古创新，自出己意之不俗。陈衍曾在《诗话》卷一中对沈曾植说："余谓君博览群书，治史学洎西北舆地，余亦喜治考据之学，其实皆为人作计，无与己事。作诗尚是自家意思，自家言说"。作诗尚是自家意思，自家言说，这实际是针对学古提出的看法，也即认为学古必须创新，只有创新变化，才能自出己意，才能不俗。他在《答爱苍次韵》诗中曾云："作诗太似古人诗，古人见定惊且泣"。非常幽默地用古人会惊且泣，来说明作诗不能太似古人诗。表明了他对学古的态度。学古创新，抒写自己性情，表达自己意思，

---

[1]《陈石遗先生谈艺录》，《陈衍诗论合集》（上），第1020页。

陈衍这一诗论的直接针对者是近代的摹唐摹宋诗人，他们往往学唐似唐，学宋似宋。《文莫室诗续集叙》云："咸同以降，古体诗不转韵，近体诗不尚声貌之雄浑耳，其敝也，蓄积贫薄，翻覆只此数意数言。或作色张之，非其人而为是言，非其时而为是言。视貌为汉魏六朝盛唐之言者，无以胜之也"。"貌为汉魏六朝盛唐之言者"，指明代摹拟汉、唐文学之人，"无以胜之也"是说近人只知摹拟，不知变化，甚至不能超过明代摹汉摹唐之人。陈衍因此提出了自己对于学古的看法，认为学古而完全似古的诗歌并非好诗，只有学古又不似古，才能自成一家，成为好诗。

学古创新，自出己意，这一诗论吸收了宋人与近代诗人相关的诗学思想。苏东坡之孙苏符说苏东坡"大凡文字须是自得自到，不可随人转也"。（张镃《诗学规范》卷十四）即说苏东坡学古而有己意。黄庭坚云："文章最忌随人后"。（《赠谢敞王博喻》）又曰："自成一家始逼真"。（《以右军书数种赠邱十四》，清晰地表达了反对学古摹古，主张创新而自成一家的思想。

道咸诗人"自成一家之言"的思想也是陈衍诗学的直接养料。莫友之《播川诗钞序》云："为人不屑做经人道语"[1]。何绍基《与汪菊士论诗》云："诗是自家做的，便要说自己的话，凡可以彼此公共通融的话，都与自己无涉。"朱庭珍《筱园诗话》云："其初作者，必各有学问才力，故能成一家之言"[2]都是强调诗歌应该自立、独创、写自家意思。这些观点无疑对陈衍有直接的影响。

另外，学古创新、自出己意，也是陈衍同时代人诗学思想与实践的反映。陈衍《近代诗钞述评》云："夏敬观，今之学人，于诗尤刻意锻炼，不肯作一犹人语，……盖其能自树立，不随流俗转而"。

之所以能自成一家，是因为学古而能有变化，其实"变"一直是中国文学的精神所在，《周易．系辞上》有"通其变，遂成天下之文"之说。之后，刘勰曰："文变染乎世情，兴废系乎时序"。（《时序》）将其发展为文学发展观。至清代刘大櫆《论文偶记》中也说："文贵变"。所以陈衍的学古创新，自出己意，不俗，不仅是对宋代诗人，对道咸诗人，也是对中国文学理论中"变"的思想的继承吸收。

---

① 莫友芝：《郘亭遗集》，《近代中国史料丛刊·莫氏四种》，文海出版社，1968年。

② 朱庭珍：《筱园诗话》卷一，郭绍虞编选、富寿荪校点：《清诗话续编》（四），上海古籍出版社，1983年，第2330页。

四、清苍幽峭与生涩奥衍之不俗风格

人之不俗，投射于诗中，导致诗之不俗与风格之不俗。陈衍总结了宋诗派的来龙去脉，特别拈出了"清苍幽峭"和"生涩奥衍"两种艺术风格，又在《何心与诗叙》中云："清而有味，寒而有神、瘦而有筋力，己所自得，求助于人者得之乎。""清而有味，寒而有神、瘦而有筋力"实际是两种风格的共性特征，而所谓"己所自得"正说明此风格是个性不俗的。

陈衍《诗话》卷十六引汪辟疆《赠胡诗庐》诗云："同光二三子，差与古淡会。骨重神乃寒，意匠与俗背。"汪辟疆揭示出同光体的总体风格是"骨重神寒"，"骨重神寒"实与陈衍所标举的风格一致。汪辟疆说"骨重神寒"与"俗"相背，也就反映了陈衍所提倡的风格本质是"不俗"。黄霖认为："他（陈衍）提倡的'清而有味，寒而有神、瘦而有筋力，'既是他所欣赏的一种艺术风格，也是他所向往的一种审美理想，这对于何绍基的'不俗'说也是一种补充和发展。"[①]也特意指出陈衍所概括的风格具有不俗的审美追求。因此，陈衍的不俗论，还包括风格之不俗。

陈衍认为清苍幽峭派，是"洗练而熔铸之，体会渊微，出以精思健笔"，认为这一派诗歌既有一番精思熔铸，又体现一种清新、洗练、健朗、俊逸的风格，陈衍认为生涩奥衍派是"语必惊人，字忌习见"，并说散原"奇字"，乙庵"僻典"。并认为这一派内容做到精深博大，思想无限深邃，形式上追求生新奇险，佶屈聱牙，营造了深奥僻涩的境界。

清苍幽峭与生涩奥衍的风格首先是近代诗人学习唐宋诗人特别是宋诗代表人物的结果。清苍幽峭派主要以柳宗元、王安石、梅尧臣、陈后山为学习对象。清苍幽峭派所尊崇的唐宋诗人，实有其共性，即一方面追求幽深、奇峭、精深，另一方面，又将这些特征化在淡远、清健、寻常之中，最终体现出看似幽深奇峭又实质淡远清苍的效果。生涩奥衍派于唐多学韩愈、孟郊，于宋多学山谷、后山、宛陵、荆公。而其主要诗学对象韩愈与黄庭坚，就追求生涩奥衍的风格。

其次，清苍幽峭，生涩奥衍也是近代诗人以学为诗的结果。"清苍幽峭"追求清健有深意，"生涩奥衍"追求不俗不浅。两种风格的共性是深苍奥峭，这是俯仰经史典籍，吸取古代文化精华，以用典用事的方式，将精深的学问充实诗歌获得的效果。经史典故本身指向中国最古老渊深的文化，就使诗歌散发出深

① 黄霖:《近代文学批评史》,上海古籍出版社,1993年,第138页。

苍、厚重、古奥的气息。再者，经史典故表意的间接曲折、深沉含蓄又造成了诗歌语言的佶屈聱牙、意义的生涩难解，故显奥峭之态。陈衍《赠仁先》云："兴会每从探讨出，深苍也要取材坚。羌无利禄荒寒路，肯与周旋定是贤。"所谓"深苍也要取材坚"，说出了雅健深苍的风格与坚实的材料之间的关系。也即诗歌要获得幽深苍劲的审美意味，必得依赖根柢经史的坚实的取材。

再次，"清苍幽峭""生涩奥衍"也是学人之诗在艺术上追求的结果。清健峭拔、生新僻涩，这些正是学人之诗通过翻案、层折、锤字炼句的具体方式，以求学古创新、避俗避熟，表达自家意思所取得的艺术效果。《民权素诗话》云："然其（散原）造句炼字之法，亦异常新警，多为前人所未道过，……散原以古奥雄奇胜。"①认为生涩奥衍派散原诗歌的风格是古奥雄奇，这是散原专心于造句炼字，以求新警、人所未道、自家意思所致。再如清苍幽峭一派诗人。陈衍《诗话》卷二十九说："吾乡中诗之戛戛独造，不肯一语犹人者，梅生、惕庵、可称二难。"前人好诗已经做尽，后人要想超越，只得用典翻新，用字生僻，用韵拗峭，用意层折，颠倒语序，另辟蹊径，而这样做，诗歌便有峭拔不俗之势，而无自然圆润之态。

总之，清苍幽峭与生涩奥衍，前者既要健峭有深意，又尚平淡简远，后者追求深博奥邃的思想又出自以兀傲僻涩的语言，两种不同的风格，最终落实于"清而有味，寒而有神、瘦而有筋力"的审美特质。相比唐诗，它多了一份文化的厚重深苍，与艺术上的生涩峭拔。相比宋诗，它多了一份神与味，也多了一份简远与奥邃。所以不俗，所以独特。这是一种高扬诗人自立不俗人格精神，以深邃厚重的文化充实诗歌，强调自出己意的生新创造，所形成的深苍厚实，奥峭瘦硬的内蕴与风格，是诗歌发展至近代，诗人对于前人学习继承最终谋求超越与突破的努力所在，是一种创新的艺术风格呈现，极大地丰富了中国诗学的审美内容。也体现了陈衍对于"不俗"的审美风格的追求与把握。

缪越《诗词散论》云："唐诗以韵胜，故浑雅，而贵蕴藉空灵；宋诗以意胜，故精能，而贵深折透辟。唐诗之美在情辞，故丰腴；宋诗之美在气骨，故瘦劲"②。大抵说出了唐诗是自然、浑融、讲神韵、空灵的美学特征，宋诗是思精、意胜、骨突、坚苍的美学特征。陈衍所述的近代诗歌的两种风格是偏于学宋而获得的近于宋诗之特征。

---

① 《民权素诗话》，张寅彭主编：《民国诗话丛编》（五），上海书店出版社，2002年，第231页。

② 缪越：《诗词散论》，上海古籍出版社，1982年，第37页。

五、不俗论之诗学价值

陈衍从人格不俗到诗格不俗再到风格不俗的丰富诗论，完成了对不俗理论的诗学建构。不俗论既是对前人相关诗论的继承吸收，也折射了丧乱云瘋时代诗人在文化学术中寻找独立自尊的愿望。并昭示了近代诗歌审美特征的新追求。

陈衍坚持不俗的诗学观，是他一贯的个性和思想的体现。陈衍一生是逃避仕途厌倦仕途的一生。《年谱》1897年云："少乏宦情，读高适《还山吟》，每为神往，而故乡无可芜之田园，留恋江湖，聊当烟波钓徒，浮家泛宅耳。每诵邱迟与陈伯之书，暮春三月，江南草长一段，辄复蹉跎不悔。"一个"少乏宦情"揭示了陈衍的性格和对于仕途的态度。陈衍1886年9月曾入台湾刘铭传幕府，1887年即"岁暮辞归"。正如陈衍《寄兰生大湖营次》（1887）其一所云："君抱仲宣弱，予怀马卿倦。如何稻粱谋，无复蓬蒿恋"。厌倦稻粱谋正是他辞归的原因。他有突出的经济才能，曾受张之洞器重，但当张之洞积极推举他走入会试，登第为官时，他极不配合，以致令张之洞很不高兴。除了天生的对于仕途的厌倦，仕途险恶也是他厌倦仕途的缘由。清季，在外族入侵的大背景下，朝廷内部宦官权臣玩弄权术，仕途实际是充满险恶。陈衍在1899年《视苏戡》中感叹道："除夕轻过名士贱，宦途未入岁朝间"。特别是1898年的戊戌变法，一批有为之士在政治斗争中惨遭杀戮，而陈衍此时正在这场斗争的旋涡中心，这对他的震动不可谓不大。也许从政就意味着从俗，意味着阿附权势，不能独立。甚至意味着命运的无法自主。所以陈衍一生厌倦政治，疏离政治，而对于诗歌与学术无比醉心，也许诗人只有在文化学术中才能找到一种个性不俗，独立自尊。他在自己的诗歌中说："功名事业时至耳，惟有文字劳经营"。"陵谷何时不变迁，吾楼未必尚依然。吾楼虽毁吾诗在，也要流传数百年。"诗文之事要比做官重要得多，功名事业并非长久之计，只有文字才是永远的，可以不朽。所以当诗人建构从诗人到诗歌到风格的不俗体系时，是在给自己经营一个心灵的安顿之所，折射了在丧乱云瘋时代诗人在文化学术中寻找独立自尊的愿望。

不俗论也昭示了近代诗歌审美特征的新追求。当时诗歌界王渔洋与沈德潜的崇唐诗学占据主流。在陈衍看来崇唐诗学追求的是诗歌朦胧含蓄、言尽意远，明隽圆润，清远冲淡。有着空疏肤廓、缺少变化、脱离实际的弊端。

陈衍《诗话》卷八曾云："今人作诗，知其甚嚣尘上之不可娱独坐，百里、万里、天地、江山之空廓取厌矣。于是有一派焉，以如不欲战之形，作言愁始愁之态，凡坐觉、微闻、稍从、暂觉、稍喜、聊从、政须、渐觉、微抱、潜从、终怜、犹及、行看、尽恐、全非等字，在在而是，若舍此无可着笔者。非谓此数诸字之不可用，有实在理想、实在景物，自然无故不常犯笔端耳。"由于没有实在理想实在景物，于是运用虚字，制造矫揉造作之态，描摹琢磨不透情绪，制造似真似幻气氛，虚构一种盛唐气象，使人堕入虚而不实境地，对社会矛盾与危机视而不见，根本没有现实人生的关怀，起不到诗歌应有的作用。

而近代宋诗清苍幽峭与生涩奥衍，是近人学杜甫、韩愈、苏轼、黄庭坚导致的诗歌风格。陈衍曾说："诗至晚清，同、光以来，承道、咸诸老薪向杜、韩为变风变雅之后，益复变本加厉。言情感事，往往以突兀凌厉之笔，抒哀痛逼切之辞。甚且嬉笑怒骂，无所于恤。矫之者则为钩章棘句，僻涩聱牙，以至于志微噍杀，使读者悄然而不怡。然皆豪杰贤知之子乃能之，而非愚不肖者所及也。"

"变风变雅"是汉儒释《诗》提出的概念。《毛诗序》云："至于王道衰，礼义废、政教失、国异政、家殊俗，而变风、变雅作矣"。在汉儒看来，变风变雅是乱世亡国之时，人伦道德与社会政治的真实记录与反映。陈衍认为道咸同光诗人学习杜韩诗风、为变风变雅之后，敢于宣泄，敢于畅言，能"以突兀凌厉之笔，抒哀痛逼切之辞"，甚至达到钩章棘句，僻涩聱牙，"志微噍杀" ①的程度。正在于通过抒发怨怒哀思之音，反映现实，参与政治，表达对世道人心、社会历史的关注，发挥诗的教化作用。这种学杜韩苏黄导致的凌厉逼切的诗风就是清苍幽峭与生涩奥衍两派诗风之外的极端体现。

正如刘世南的《清诗流派史》云："原来唐诗正声，最宜铺叙功德，歌咏生平，而抒兴亡盛衰之感则以宋为宜"②。黄宗羲云："人之喜怒哀乐，必喜乐乃为温柔敦厚，怒哀则非矣"③。也即如果想歌功颂德，歌咏太平，可以温柔敦厚的唐诗笔法描摹，抒兴亡盛衰则以直切怨怒的宋诗笔法为佳。

陈衍生活的时代正值中国内忧外患最为深重的时代，太平天国、甲午战争、戊戌维新变法、义和团运动、辛亥革命等，此起彼伏。时人在动乱的社会，经受着风雨飘摇的人生，体验着时代特有的深创巨痛，清苍幽峭与生涩奥衍诗风，一反唐诗朦胧含蓄、明隽圆润，清远冲淡，而追求清健峭拔、生新僻涩，甚至

---

① "志微噍杀"出自《礼记·乐记》，是衰世之际民有忧思反抗之凌厉之音。

② 刘世南：《清诗流派史》，文津出版社，1995年，第68页。

③ 黄宗羲：《万贞一诗序》，《南雷文定》，上海中华书局据粤雅堂丛书校刊，陆费逵总勘，第87页。

佶屈聱牙，深奥僻涩，其实是在表述时代巨痛深创在体的生命体验，是道咸时代文学对社会的回应，这的确是一种新的美学趣尚，昭示了近代诗歌审美特征的新追求。

总之，树立独立人格，涵养道德主体，到诗歌的刻意创新，自成一家，到风格的孤高深峭，这种对诗人与诗歌极强的自觉自立意识的很高期望，其精神背后表现出一种宏观的文化与社会意识。反映了诗人在近代腐败政治与污浊社会中，弘扬士大夫的独立人格精神，在文化学术中寻找生命的自由自在的主体追求。也彰显了内涵现实关怀的近代诗歌审美特征的新追求。

周薇，华东师范大学中文系 2006 届博士，现为淮阴师范学院文学院教授。本文原载于《青春岁月》2021 年 3 月，收录时有修改。

辑二

陈衍不俗论之诗学建构

姚茫父、王伯群的师生交谊

——以稿本《王伯群日记》中的书画鉴赏为中心

尹伟杰

姚茫父与王伯群同是近代贵州著名的乡贤。姚华（1876—1930），字重光，号茫父，是民国初年北京的画坛领袖，与陈师曾并称"姚陈"，又在经史、诗词、戏曲等领域有极高造诣，被誉为"旧京都一代通人"。王伯群（1885—1944）是现代重要的政治家和教育家，曾任南京国民政府交通部长、大夏大学（今华东师范大学）董事长兼校长。可以说，姚茫父、王伯群在各自领域皆是成就不凡的翘楚之辈，不过就履历而言，两人不惟年辈有别，其人生志业似亦不同。但当我们在整理稿本《王伯群日记》之后，竟然发现这两位似乎"风马牛不相及"的民国人物却有着一份让人意想不到的师生情谊。在稿本《王伯群日记》中，每每可见王伯群捧读茫父著作、搜集茫父故物的文字。尤其令人动容的是，在茫父身后，王伯群独任刊刻茫父遗集《弗堂类稿》的重任，可谓事死如生而恪尽门生之职。本文即以稿本《王伯群日记》中的书画鉴赏事为主线，再结合新见姚茫父致王伯群信札，通过挖掘师生二人埋藏在历史深处的交往细节，来钩沉一段鲜为人知的艺林掌故。

一、王伯群与姚茫父的书画鉴赏

在王伯群撰写的《〈弗堂类稿〉序》中，记载早年师从姚茫父的情形：

> 茫父先生盖尝主讲敝邑笔山书院，为伯群所朝夕请业者也。自后先生通籍官京曹，之东瀛留学，寓书伯群往游，尚得追随海外。及毕业归国，遂不

获侍几席。国变以来，先生仍寓北平，日以文史自娱乐。伯群岁时北行，必敬问起居，意轩轩，剧谈犹昔。然已病废，年五十余矣。①

1902年2月，姚茫父受王伯群大舅刘显世延请，任笔山书院山长，曾回忆王伯群初来受业时"循循有礼法，意甚勤也"②。今存姚茫父出任山长时的所撰的稿本《黎峨日记》，记录了二人相识的过程。三月初六日："夜，王文选（正章）来坐（即王一臣之子、刘如唐之甥），至夜深去。"三月初七日："偶至船房，到王文选舍中一坐。"三月初八日："王正章来谈，九下钟去。"三月初九日："王正章、高良卿来坐。"三月初十日："王生文选论甚好，为之大改，遂成佳作。"③在多次接触王伯群后，姚茫父留下了良好的印象。同时，姚茫父当时还专攻李斯《峄山碑》，常为学生写篆④。后来王伯群喜好收藏碑帖，擅长篆书，也与茫父有着密切的联系。1904年，茫父中甲辰科进士，赴日本东京法政大学留学，曾"寓书伯群往游"。在茫父的指引下，王伯群也在一年后获官派留学资格，入日本中央大学学习。从王伯群留日时期的日记来看，他阅读的大量法学书籍如《民法总则》《国法学》等⑤，都由茫父编撰。

1912年，姚茫父在北京任临时参议院参议员，王伯群在上海加入"中华民国联合会"，"遂不获侍几席"，但敬执弟子礼的王伯群，"岁时北行，必敬问起居"，时常入京拜访姚师。两人有着颇为频繁的书画交往，如1920年5月12日茫父致王伯群信中提道：

> 伯群老弟左右：必明来，得手书，具悉。装件外单并交，请照收。……三希堂四函三十二册，章太炎五言对一副，郑柴翁中堂一幅，董东山画一件，张震诗条一件，青桐山人临陆忠萱草幅一件，爨龙颜一件，张子青山水一件。⑥

信中所言"装件"之事，在同年10月28日茫父致王伯群信中再次提及：

辑二

姚茫父、王伯群的师生交谊

---

① 王伯群：《〈弗堂类稿〉序》，姚华：《弗堂类稿》，沈云龙主编：《近代中国史料丛刊续编第二辑》，第20册，文海出版社，1974年，卷首。

② 姚华：《王母曾太夫人八十寿序》，姚华：《弗堂类稿》，沈云龙主编：《近代中国史料丛刊续编第二辑》，第338页。

③ 杜鹏飞：《姚茫父〈黎峨日记〉残本》，《贵州文史丛刊》，2022年第4期。

④ 杜鹏飞：《艺苑重光：姚茫父编年事辑》，故宫出版社，2016年，第72页。

⑤ 王伯群：《云崇山人自记——震章戊申年小史》，南京民国文献博物馆藏稿本。

⑥ 姚华：《致王伯群》，杜鹏飞点校：《如晤如语：茫父家书》，上海书画出版社，2017年，第148页。

"所属各件早已装成,是访古所办,已屡次催款。"①访古斋是北京琉璃厂的碑帖铺,信札所列都是王伯群嘱托茫父代为装裱的书画。其中,张之万(字子青)山水册出现在"双雨山馆——王伯群藏品专场"中,题名"湖山寻游册",有王伯群题签两条,其一云:

> 张子青相国山水册。双雨山馆主藏,乙丑中秋重装。②

王伯群于乙丑年中秋(1925年10月2日)重新装裱,则首次装裱当在上文1920年之时。其二云:

> 张子青相国山水册。伯群得于古筑。

古筑为贵阳旧称,王伯群于1914年至1918年在贵阳协助舅父刘显世主政,任贵州使署总参赞等职③,山水册可能在这段时间内购买。茫父有题签一条,云:

> 张子青相国山水册。辛酉五月为伯群题,华。

在访古斋装裱的次年辛酉(1921),王伯群又邀请姚茫父题识。从王伯群藏品来看,这类题识活动在两人之间颇为密集,如1919年11月8日,王伯群请茫父观题所藏钱澧楷书对联④;1922年11月23日,王伯群出示所藏顾麟士《山居消夏图》及沈曾植行书,请茫父为画卷引首⑤。可见,师生二人虽有魏阙江湖之别,但书画鉴赏仍是二人共同的雅趣,这对王伯群品鉴趣味的形成起着至关重要的作用。

二、王伯群为姚茫父代售书画

1916年12月31日,姚茫父辞去北京女子师范学校校长一职,卜居莲华寺中

---

① 姚华:《致王伯群》,杜鹏飞点校:《如晤如语:茫父家书》,第150页。

② 朵云轩2013年春季艺术品拍卖会"双雨山馆——王伯群藏品专场",LOT号:590,拍卖时间:2013年7月6日。

③ 保志宁:《王伯群生平》,《贵州文史天地》,1996年第2期。

④ 姚华边跋:"……伯群属题,己未立冬,弗堂晴窗漫笔,姚华茫父。"(朵云轩2013年春季艺术品拍卖会"双雨山馆——王伯群藏品专场",LOT号:567)

⑤ 姚华引首:"壬戌小雪,莲华庵书。伯群仁弟属,茫父。"(朵云轩2013年春季艺术品拍卖会"双雨山馆——王伯群藏品专场",LOT号:588)

教弟子、鬻书画为生①。有关茫父辞职的原因，在写给姚鋆夫妇的家书中记载道："所以辞职之意，无非为校事劳苦，今已三年，不能不求代少休。而参议院已议决，兼职者停支本院公费。教育部放款又积欠至两月，办事困难，他人之谋我者且眈眈不已也故。"②除"校事劳苦"外，参议院停支、教育部欠薪更让茫父在经济上陷入窘境，不得不另谋生路。周大烈在《贵阳姚茫父墓志铭》中述及茫父此后的境况：

> 自宣统己酉至民国十八年间，连丁继妣、熊恭人暨孝宪先生忧，又连丧子女四人，其弟芗早丧，仅遗一女，又病卒。值国内军人斗争，战祸日剧，忧乱迸于一时，遂得偏废疾。余时时往视之，外貌丰硕如故，仍据案挥残臂作书画，磅礴郁积，意气若不可一世，四五年中无颓败状。③

身边母弟子女接连因病去世，加上国内战祸日剧，令姚茫父内外交忧，不幸在1926年5月17日猝患脑溢血④，并落下"偏废之疾"，残其左臂。但身有偏废的茫父仍坚持"挥残臂作书画"，意气风发，无颓败状。徐志摩在《〈五言飞鸟集〉序》中，回忆茫父残臂作画的情形：

> 我最后一次见到姚先生是一九二六年的夏天，在他得了半身不遂症以后。我不能忘记那一面。他在他的书斋里危然的坐着，桌上放着各种的颜色，他才作了画。我说茫父先生，你身体复原了吗？病是好了，他说，只是祇有半边身子是活的了。既然如此，我说，你还要劳着画画吗？他忽然瞪大了眼提高了声音，使着他的贵州腔喊说："没法子呀，要吃饭没法子呀！"我只能点着头，心里感着难受。⑤

从姚茫父贵州腔的"要吃饭没法子呀"一语中，可以体会到他长期为生计所困的无奈之情。而且，随着时局转恶，茫父出售书画愈发困难，在1928年7

---

① 杜鹏飞：《艺苑重光：姚茫父编年事辑》，第159页。

② 姚华：《致王伯群》，杜鹏飞点校：《如晤如语：茫父家书》，第69页。

③ 周大烈：《贵阳姚茫父墓志铭》，姚华：《弗堂类稿》，沈云龙主编：《近代中国史料丛刊续编第二辑》，第20册，卷首。

④ 杜鹏飞：《艺苑重光：姚茫父编年事辑》，第320页。

⑤ 徐志摩《〈五言飞鸟集〉序》，姚华：《五言飞鸟集》，上海交通大学出版社，2016年，卷首。

月 13 日前致王伯群信中说①：

> 伯群吾弟足下：……兄自丙寅（1926）病废，偃蹇残生，所事皆非，而衣食药物皆仰只臂，拮据之状不言可喻。时局移转，书画之件日益沉寂，现在只余半月之粮，过此以往，又不知乞米何所矣。政府行将北移，相见当复不远，乡人盼切矣。②

1928 年，北伐军即将挥师入都，战乱之际人心惶惶，书画市场随之"日益沉寂"，这对于"仰只臂"、赖书画谋生的茫父来说是致命的。茫父在信中直言自己只余半月之粮，拮据之状毕现。是年，茫父与王伯群的交往已日渐亲密③，王伯群入京之际，茫父多次派遣姚鋆、姚鋈两子拜谒王伯群，不遇，又亲自写扇相邀，都是要委托王伯群代为鬻售字画。王伯群知情后甚为担心姚师，替他安排了三件事：一是由于书画销售需要时间，而茫父在经济上已近乎山穷水尽，王伯群惟恐代售书画缓不济急，当时就给茫父一笔汇款以备不时之需④；二是为茫父儿子安排工作，长子姚鋆任电话局总务科副科长，次子姚鋈任文员⑤；三是帮助茫父打开书画销路，茫父在 1928 年 7 月 24 日就致信王伯群说：

> 承嘱代销书画已由访古斋转到，当即赶检开单送去，祈即代为分布。如不敷或不合式之处，随时通知，仍可赶办。病躯作事不能如意，然耐劳性成，亦不辞烦苦也。⑥

茫父为售书画"不辞烦苦"，可随时修改样式，说明他当时急切的心情。王伯群很快售出书画⑦，帮助茫父度过这次经济危机，并收到茫父的回信："承分

① 信中有"俟吾弟到京随时指导而已"。按，中华民国南京政府于 1928 年 6 月 15 日发表《对外宣言》，时任交通部长的王伯群不久自南京北上视察，《申报》1928 年 7 月 13 日有"王伯群抵平"一条，该信当写于此前不久。

② 姚华：《致王伯群》，杜鹏飞点校：《如晤如语：茫父家书》，第 152 页。

③ 戊辰（1928）二月，为王伯群写《青绿山水扇》；同年四月，为王伯群写《山水》扇并题《木兰花》；五月，为王伯群写《浅绛山水》并题《氏州第一·春雁》。

④ 姚茫父 1929 年 10 月 13 日致王伯群信云："去年老弟见惠之数至今积贮，不敢动用，以妨急缓。"（《茫父家书》，第 176 页）

⑤ 姚华：《致王伯群》，杜鹏飞点校：《如晤如语：茫父家书》，第 159 页。

⑥ 姚华：《致王伯群》，杜鹏飞点校：《如晤如语：茫父家书》，第 155 页。

⑦ 姚茫父 1928 年 7 月 25 日致王伯群信云："昨送去各件已渐分布，至慰，至感。儿辈得书已分别前往持谒矣。"（《茫父家书》，第 158 页）

布画件，得措现款足敷半年之粮（节俭用之），感荷何似。"①事实上，虽然茫父一度面临书画难售的困境，但他在偏废后的作品反而达到了一种更为奇崛的艺术境界：

> 得偏废疾，然后所作不特遒劲如昔，而意境疏放，风骨转增，真赏家求得片纸，其珍重亦过于平昔。
>
> 见者以为较之病前，尤为妙绝，皆争宝之。②

偏废之疾减弱了手臂对线条的控制力，"不特遒劲如昔"，使茫父更关注意境的营造，体现残臂作画的坚毅风骨。但在"日益沉寂"的市场中一度鲜有问津，以致"只余半月之粮"。能够再度打开书画市场，令"海内外得其寸缣，视同球璧"③，与王伯群的推介有着直接的联系。

三、《弗堂类稿》刊刻始末

姚茫父是治学渊博的通人，著述甚丰，诗词曲文更是不计其数。将这些作品化身千亿，成为后人走进茫父世界的津梁，有赖王伯群刊刻的《弗堂类稿》。《弗堂类稿》共十二册，三十一卷，半页十行，行二十字，版心有"中华书局聚珍仿宋版印"，分为十三个部分：（1）诗，分甲乙丙丁戊己庚辛壬九编。其中，甲编又分甲一、甲二、甲三，大体按时间排序，应源自茫父当时自藏的诗歌底稿。乙编为"金石题咏"，丙编为"前人遗集题咏"，丁编为"题近人画"，戊编为"自题画诗"，己编为"题官私录印自注"，庚编为"藜峨小草"，辛编为"芦雪樱云小草"，壬编为"灵敦小草后语"。（2）词，自丁未至丙寅一编，自丙寅至己巳一编。（3）曲。（4）赋。（5）论著，分甲乙丙三编，甲编为"论文后编"，乙编为文字、音韵学，丙编为"曲海一勺"。（6）序记。（7）序跋，分甲乙丙（上下）丁。（8）碑志。（9）书楼。（10）传。（11）祭文。（12）赞。（13）铭。卷首有王伯群撰《〈弗堂类稿〉序》记载刊刻缘起：

① 姚华：《致王伯群》，杜鹏飞点校：《如晤如语：茫父家书》，第159页。

② 桂诗成：《姚茫父先生传》，《贵州文献汇刊》第5期，第109页；《姚茫父先生遗像传》，《民言画刊》第34期，第2页；

③ 邵章：《姚君碑》，《贵阳文史资料选辑·第十八辑·姚华评介》，第202页。

叩所撰述，谓懒散，颇遗失，将理董之，今年函稿来，则衰然巨帙。①

王伯群在 1928 年北上拜访茫父时，得知其所著文稿"颇遗失"，亟待董理，遂主动承担剞劂之任。征诸茫父致王伯群的信札，可进一步知悉此后的刊刻过程。在王伯群向茫父"叩所撰述"后，茫父派长子姚鋆、次子姚鋆两次拜谒②，并在 1928 年 8 月 3 日函复王伯群：

前儿子鋆奉访，归述尊意，未曾说得明白，大约系旧钞本书籍以及鄙著，劝付印行之意。而其作法讫未说清，至今仍未着手。然印行之意非始今日，惟赀不给，故尚迟延，以后当再筹集，便可将事，知注并闻。③

按照信中姚鋆的转述，王伯群"叩所撰述"的大致想法，是将茫父家藏之钞本与已刊之著作一同印行。茫父本人亦素有此志，苦于无处筹措刊赀，故迟迟不能推进，准备筹集资金后再刻。王伯群得信后决定出资，使《弗堂类稿》的刊刻很快提上日程，茫父在 1928 年 11 月 15 日回信道：

为刻拙稿，古道犹存，敢云不朽。惟心力所及，或有一二于学问贡献，亦听人之捡择而已。稿在乱丛中，至费理料，兹更校出论著二十九篇，命儿辈寄上。又画二纸贻仲公者，即希转交。④

《贵阳姚茫父墓志铭》记载《弗堂类稿》是"其门人王伯群为印于金陵"⑤，茫父信中赞许王伯群在刊刻之事上"古道犹存"，即指其承担刊资一事。王伯群不仅亲自主持刊刻，更在即将竣工时撰写序跋记述原委。正是因为王伯群的鼎力相助，使得搁浅的刊刻计划迅速重启，寄出此信时，茫父已校出论著 29 篇。此后又不断寄出稿件，如 1929 年 6 月 11 日寄上诗之甲编⑥，7 月 22 日寄上诗之乙、丙、丁编⑦。从茫父 1929 年 7 月 2 日的这封信中，可以看出他对刊刻一事颇

---

① 王伯群：《〈弗堂类稿〉序》，姚华：《弗堂类稿》，沈云龙主编：《近代中国史料丛刊续编第二辑》，第 20 册，卷首。

② 姚茫父 1928 年 7 月 16 日致王伯群信云："日前老弟到燕，大儿鋆、次而鋆即趋赴行馆奉候，未遇而返。今写得一扇，仍命儿辈携往再谒，以代一面。"（《如晤如语：茫父家书》，第 154 页）

③ 姚华：《致王伯群》，杜鹏飞点校：《如晤如语：茫父家书》，第 159 页。

④ 姚华：《致王伯群》，杜鹏飞点校：《如晤如语：茫父家书》，第 161 页。

⑤ 周大烈：《贵阳姚茫父墓志铭》，姚华：《弗堂类稿》，沈云龙主编：《近代中国史料丛刊续编第二辑》，第 20 册，卷首。

⑥ 姚华：《致王伯群》，杜鹏飞点校：《如晤如语：茫父家书》，第 164 页。

⑦ 姚华：《致王伯群》，杜鹏飞点校：《如晤如语：茫父家书》，第 172 页。

为急切的心情：

> 诗稿鋆经手时编已粗竟，惟欠整理一过，写官旋请假，今又续写。俟写
> 成校过即寄。词稿待续编。编词较易，惟校较难，因声音最严，有时应当何
> 从，多费考索也。大要暑中可就绪，校之精否则又视发生之问题重要与不而
> 定其难易。若有不能即解决时，则暂撤篇阅。务期来书所望短期竣事，了此
> 一事。近《五言飞鸟集》已有友人单于沪上印行，闻系交中华，将来发行是
> 新月书店，并闻。①

从刊本来看，诗稿部分共分九类，如"金石题咏""前人遗集题咏"等。这
些稿件经姚鋆初步编排，需待茫父整理后付写官誊抄寄出。词稿部分大约在
1929年夏编成。茫父提出在校稿时遇到难以定夺的地方，竟然可以"暂撤篇
阅"，显得急于求成，这主要因为他饱受生活与精神的双重打击，自觉大限将
至："发函以后，辗转思维，终日不休。思纷以戚，至难名状。约略言之，病久
不痊，生之计日绌也。鋆新逝，纵作达观，而侍墨时终多感触，生之趣日促
也。"②尤其是贫病交加的境况，使其每每感叹："病中每失常度，胸膈逼仄，时
觉生世为赘，颇有厌意，此殆神经受病所累。""垂老之身，渐有饥馑之兆，故
脉往无托，辄谓不死于病将死于贫矣。"③茫父翻译泰戈尔的《五言飞鸟集》已
由徐志摩交中华书局出版，刊刻《弗堂类稿》而传之其人，成为茫父余生唯一
的精神寄托。

很快，1929年10月13日致王伯群信中，茫父开始讨论《弗堂类稿》的
体例：

> 拙稿付印，总名即题《弗堂类稿》（弗不加草头，此处校时希留意）可
> 也。其次，先赋、诗，次词、曲，以次及于论著、序记、序跋、书传、碑
> 志、杂文。因有韵者为文，无韵者为笔，故先有韵，而赋在诗先者，以五、
> 七言皆在赋后也。词为诗之变，曲又词之变也，故相次。而无韵之笔，论著
> 为首矣，不分说辨诸目，以皆后人之纷也。序记与序跋虽同一序，而确是两
> 事，故别之。④

---

① 姚华：《致王伯群》，杜鹏飞点校：《如晤如语：茫父家书》，第167页。
② 姚华：《致王伯群》，杜鹏飞点校：《如晤如语：茫父家书》，第167页。
③ 姚华：《致王伯群》，杜鹏飞点校：《如晤如语：茫父家书》，第172、176页。
④ 姚华：《致王伯群》，杜鹏飞点校：《如晤如语：茫父家书》，第176页。

茫父在信中的分类和《弗堂类稿》刊本相比略有出入：一是刊本仍以"诗""词""曲"在"赋"前，二是刊本"碑志"在"书传"之前，三是信中所谓"杂文"在刊本中细化为"祭文""赞""铭"三个类别。第一点或许是因为茫父最先整理出诗稿，王伯群已付手民，故不易改动。第二、三点是因为茫父撰写此信时，方才呈上诗、词两部分，在后续整理的过程中，又根据实际内容的多寡进行调整。

1930年6月5日，茫父溘然离世，不及见到《弗堂类稿》出版，成为师生二人莫大的遗憾，王伯群事后在《〈弗堂类稿〉跋》中沉痛地说道："《弗堂类稿》吾师所手编，……印既竣，去吾师之殁已六月，吾师不及见矣。师遭际多抑塞，……而形骸委化，久付流浪，如陶元亮所谓不恋不惧也，此其足以为吾党师者，宁第著述哉。其生平题画诸作，亦颇隐寓感慨。……古君子不得志于时，必托之斯文，以自见迹，弥隐心弥痛己，然视蜉蝣一世，于富贵势利之场，果何如哉。后有续吾黔播雅者，捃而录之，知必取资于是矣。"[1]

正因《弗堂类稿》是茫父精神生命的延续，故王伯群在日记中经常将《弗堂类稿》持赠他人，对象既有何应钦、吴铁城这样的官宦名流，也有柳贻征、章士钊这样的学苑鸿儒[2]。王伯群本人也勤于披阅《弗堂类稿》，汲取治学与行事的养分，如日记中载："读姚茫父先生所跋之《石门颂》，并将跋语抄存以备随时参考。茫父为学之精缜，实堪敬佩，无论何物一致到手中，必穷源究本，得其所以而后罢手。此汉学家之方法也，应取法之。"[3]《弗堂类稿》已然成为王伯群的精神源泉[4]。

四、王伯群搜集茫父故物

姚茫父常年出入北京琉璃厂，购藏古籍字画，身后旧藏却多遗失，据伦明回忆："贵筑姚茫父华，居莲华寺，余旧邻也。……厅室雅洁，触目珍琳也。君

---

① 王伯群：《〈弗堂类稿〉跋》，姚华：《弗堂类稿》，沈云龙主编：《近代中国史料丛刊续编第二辑》，第20册，卷首。

② 如《王伯群日记》（1932年2月5日）："取《弗堂汇稿》一部携至敬之处赠之。"又1934年1月30日："同往国学图书馆访馆长柳诒征君，送以《弗堂汇稿》二部，并托其辨别《史记》是否宋本。"

③《王伯群日记》，1932年3月31日，南京民国文献博物馆藏稿本。

④《王伯群日记》（1932年8月30日）："王（治易）见余案头有《弗堂文集》，其称许，遂各赠一部。"

殁，所藏归文禄堂、邃雅斋二家，得值一万三千金。"①王伯群热衷于搜集贵州乡贤文献，曾在日记中痛心地说道："今茫父死后，其后人亦不能保其心爱之物，复转售于他人。呜乎，人世无常于至此极，可为叹息也！"②茫父故物因此成为双雨山馆中的常客。王伯群曾令人将茫父的画制成屏风③，以为纪念，足见对茫父故物的顶礼膜拜。此外，王伯群购藏茫父故物主要有两个目的。

一是续辑《弗堂类稿》。茫父孙婿邓见宽猜测《弗堂类稿》拟出续集，后因抗日战火而作罢④。此说可从。王伯群《〈弗堂类稿〉序》说茫父文稿"颇遗失"，以数量论已"散佚过半"，《弗堂类稿》仅"得见其大概"耳⑤。《〈弗堂类稿〉跋》中又说："散佚居多，异日当搜罗补刊之。"⑥可知王伯群当日确实想搜罗遗稿、补刊续集。因茫父藏物多有题跋，又"每画辄题其诗词与曲，曲尤工"⑦，所以购藏茫父故物成为辑录佚文的重要方式。如《王伯群日记》记载："有姚茫父遗物《郑文公下碑》一册，茫父跋字颇多，殆未损之初拓，身份最早，极难得之品也。"《〈郑文公下碑〉跋》就是《弗堂类稿》之外的佚文。

二是赏玩考订。王伯群在政事之余醉心金石书画，茫父故物成为他反复把玩的珍品。如王伯群曾将茫父旧藏《夏承碑》与另一种"真赏斋本"仔细对校，得出姚藏"系两种参合而成，一种系翻刻，一种系钩补"的结论，并在日记中记下："余获此华氏孤本而晨夕把玩，真生平快事。"⑧又如，书画商孙琚之送来茫父旧藏南宋拓本《小字麻姑仙坛记》，令王伯群欣喜若狂，在日记中说道：

> 孙琚之忽携来《小麻姑仙坛记》，姚重光师旧藏物也，可爱至极。姚师校为南城原石、南宋拓本，虽裂稍宽、拓已晚，然字细而精神挺拔，所谓圆到有余者也。余爱颜书，求之多年不得小字帖，虽见何子贞藏张叔未跋各本，究系珂罗版，不如拓本之出神。前年得一翻本书，估已言可贵，不易物色。何况此为南城原石，又经茫父先生精跋多语，详考数十遍而宝爱终身之

① 伦明：《辛亥以来藏书纪事诗》，王余光、李东来主编：《伦明全集》，第1册，广东人民出版社，2012年，第117页。

② 《王伯群日记》，1933年7月14日。

③ 《王伯群日记》（1933年5月1日）："以茫父先生画山水四幅送毛全泰木器店制一屏风。"

④ 邓见宽：《博大精深的〈弗堂类稿〉》，《贵阳文史（总第2辑）》，第75页。

⑤ 王伯群：《〈弗堂类稿〉序》，姚华：《弗堂类稿》，沈云龙主编：《近代中国史料丛刊续编第二辑》，第20册，卷首。

⑥ 王伯群：《〈弗堂类稿〉跋》，姚华：《弗堂类稿》，沈云龙主编：《近代中国史料丛刊续编第二辑》，第20册，卷首。

⑦ 张舜徽：《评介姚华文集〈弗堂类稿〉》，《贵州文献汇刊》第5期，第40页。

⑧ 《王伯群日记》，1933年1月1日。

物耶？为之狂喜不值。唯索价五百余金，殊属太贵，又值余经济恐慌之际，如何能收乎？遂命留观再说而去。①

受茫父影响，王伯群也雅好颜体，时常临习。此本为南宋拓南城原石本，较诸通行的珂罗版印本，尤能体现颜书的神韵，又有茫父"详考数十遍"的"精跋多语"。王伯群以500余元要价过高，"命留观再说"，在当晚继续如饥似渴地把玩该帖：

> 入夜，又取《小麻姑》颜书再与何藏三册对校，又细玩姚先精跋数过。以为如此宋拓本如不收藏，机会一过不可再来，……且忆匣中尚存有平票三百数十元，加以上海行余款有数千元，以收藏当无不足。又余曾去信出价肆百肆拾元，倘不收购未免失信于碑估，遂决计留之。②

王伯群将南宋拓本《小字麻姑仙坛记》与通行的珂罗版印何绍基藏本对校，并细读茫父题跋，认为该帖价值甚高，决意留下此宝，以440元为最低价位，不惜动用压箱底的银行存款，次日终于成交：

> 午前孙琚之来，当留《小麻姑帖》一册、姚篆八尺联一副、姚画折扇"故乡风景"一柄、姚画菊八页、姚分书"今夕只谈风月"横披一个、补亡双碑一册，合共付出平票373、平支47、沪现40、《弗堂集》六部60，两讫。【眉批】又留姚行书五尺十言对一副、篆书四尺七言一副、篆大小中堂各一幅、《禅国山碑》五幅，言定一百元，有款时寄付。③

王伯群满载而归，除《小字麻姑仙坛记》外，又得姚扇、姚联、姚画、姚书等，代价是几乎所有的流动资金。即便如此，王伯群还是预购了茫父的对联、篆书、碑帖等共计100元，待"有款时寄付"，充分体现出对茫父故物的狂胪与痴迷。

五、结语

稿本《王伯群日记》和姚茫父信札呈现了师徒二人日常生活的微观世界：书画是师徒二人的共同嗜好，也在潜移默化中形成了王伯群的鉴赏趣味；姚茫

①《王伯群日记》，1935年10月28日
②《王伯群日记》，1935年10月28日。
③《王伯群日记》，1935年10月29日。

父遭遇经济危机时，王伯群为他重新打开了书画市场；王伯群出资刊刻《弗堂类稿》并持赠他人，使茫父的精神生命与天壤共存；王伯群孜孜不倦地搜集散出的先师故物，成为他生平一大快事。姚茫父与王伯群这对著名师徒，可谓相互成就。一方面，王伯群早年兼修经史、数理、书画之学，留学日本后研习经济、法律、政治诸科，吸收民主革命思想，致力于中国的邮政交通事业，这一系列轨迹中无不包含着茫父的教诲与引导。另一方面，姚茫父身为民国初年的画坛领袖，虽对现实政治有远大抱负，无奈心有余而力不足；王伯群继承茫父的未竟之志，在风起云涌的民国政坛上留下波澜壮阔的一笔，并且为保留和传播茫父的艺术而不懈努力。师徒二人一出世，一入世，联袂为现代贵州谱写了一段历史佳话。

尹伟杰，华东师范大学中文系 2023 级在读博士研究生，本文原载于《艺术工作》2023 年第 2 期，收录时有修改。

辑二

姚茫父、王伯群的师生交谊

历史心态论

《诗经》阐释的文化域境

吴斌斌

前言："文化域境"的方法论

"文化域境"本自安乐哲（Roger T. Ames）比较哲学的方法论"阐释域境"，或者叫"文化语义环境"（interpretive context）。它的含义为，"当你对某一文化问题加以理解的时候，需要将它置放到它本身所在的特定宇宙观结构文化语义环境中对它加以理解。这一做法叫作'域境化'（contextualization）"①。例如：安乐哲发现了中国同西方两大思想传统之间存在着的结构性差异——后者是个超绝主义与二元主义（transcendentalism and dualism）的整体结构，前者却不是。这种对于整体结构的洞见会影响人们对于具体文本的阐释，例如：若我们以西方哲学术语和理论架构来诠释中国古代经典，那么，孟子的"性善论"与荀子的"性恶论"就会被当作很大分歧而争论不已——而人们往往意识不到，其实以西方哲学术语表述的人性是本质性、一成不变"本体"（ontology），而荀子和孟子所说的"性"，都不是这样的不变本质，而是可教育、可改变的人性，所以孟、荀讲的人性不是二元对立的差别，而是同属于中国思想结构中的过程哲学。②

---

① 田辰山：《"一多不分"：安乐哲的与世界交流的有效办法》，安乐哲著，田辰山、温海明等译：《"生生"的中国哲学——安乐哲学术思想选集》，人民出版社，2021年，第4页。

②《"一多不分"：安乐哲的与世界交流的有效办法》，《"生生"的中国哲学——安乐哲学术思想选集》，第3—4页。更详细的论述见安乐哲：《"作为人"抑或"成人"——再读〈五行篇〉》《重构葛瑞汉对孟子"性"论的解读：孟子人性论背景下终曲（1967）》《孟子与过程人性观》，《"生生"的中国哲学——安乐哲学术思想选集》，第320—344、419—445、446—460页。

这毫无疑问是个富有智慧的方法论，但是安乐哲在具体使用的时候，更多的是针对文本的分析，而笔者认为，在中国古代某些特定的文化情境中，仅就文本而分析是有其局限的。但是我们可以透过文本，把握到文本背后其所以借以形成的文化传统与历史环境，然后以此为基础来重新把握文本，则可能会获得更为完整、准确的认识——不仅仅是针对孤立的文本或概念，因为所谓文本、概念，皆是"形"；而此文本、概念所借以产生且富有生命地"活"在其中的那些文化特质，才是"神"，即比单纯地诠释文本所能理解的更为深刻的意涵。（与过去历史学、训诂学、文化人类学范式下的文本诠释不同，它们关注的因素是分散的、局部的，或者是带有特定学科范式局限的，因而常常是考察一些"死的"、可为知识化分析的因素；而"文化域境"所关注的则是"活的"，能够流动、生成的，难以被纳入现有学科范式的因素①）因为这一方法论不仅关注"语义"，更关注其背后的文化传统（与思想、文化研究重视还原性的理论建构有所不同，"文化域境"关注的是具体的、经验性的、发生在历史中的文化实践。这并非不重视宏观的理论总结，而是表示，无论是宏观的把握还是微观的考证，"域境化"的研究都是可以落实在具体的历史情境中的对历史文化现象具有解释力的研究，而非是以历史遗留文献作为资料，去建构或者填充某种脱离于具体情境的理论结构），故可命名为"文化域境"（将"阐释域境""文化语义环境"以"阐释""语义"为中心改换为以"文化"为中心）。

本文即是对于"文化域境"理念的提出与运用，以"《诗经》的性质"这一专题为例。之所以选择这一题目，是因为在笔者看来，近代迄今的《诗经》研究虽有着许多聚讼不已的问题，包括《诗经》的诠释、《诗经》的形成、传统《诗》学的评价等。而这些问题的解决，不是在固化的学科范式和思维框架下能够实现的，必须要在整体的理解认识上有所突破，这些具体的公案才能迎刃而解。

---

① 学科范式的存在有其历史性与局限性，没有任何学科分类能够永远地适用于人类的学术研究，过去一百年前的学术疆域与当下有着很大的不同，未来一百年后的学术分目也会大异于今朝。因此，凡是执着于某种范式而认定其有着不容置疑的合理性、是"天经地义"的存在，则是一种狭隘的学科原教旨主义思维。因此，在分析学术问题时，如有必要，则可以灵活变通，而不是古板地拘泥于特定学科的固有范式。这一点，许多学者已经做出了卓有成效的探索。如：颜崑阳：《中国诗用学：中国古代社会文化行为诗学》，联经出版事业公司，2022年；彭国翔：《身心修炼：儒家传统的功夫论》，生活·读书·新知三联书店，2022年；倪培民：《儒家功夫哲学论》，商务印书馆，2022年；以及安乐哲教授的诸多论文、专著。都显示了现有学科范式在逐渐地发生着某些变化。

一、关于《诗经》性质的争论

《诗经》之性质，在古代，一般认为是承载了先哲的道德教诫、包含着国家治理智慧的重要文献，是整个国家、社会以及意义秩序得以成立和维持的基础。《毛诗序》云："正得失，动天地，感鬼神，莫近于《诗》。先王以是经夫妇，成孝敬，厚人伦，美教化，移风俗。"[1]郑玄《诗谱序》云："吉凶之所由，忧娱之萌渐，昭昭在斯，足作后王之鉴。"[2]孔颖达《毛诗正义序》云："夫《诗》者，论功颂德之歌，止僻防邪之训。"[3]朱子《诗集传序》云："昔周盛时，上自郊庙朝廷，而下达于乡党闾巷，其言粹然无不出于正者，圣人固已协之声律，而用之乡人，用之邦国，以化天下。……讽咏以昌之，涵濡以体之，察之情性隐微之间，审之言行枢机之始，则修身及家、平均天下之道，其亦不待他求而得之于此矣。"[4]这几份文献，出自古代士林最为推重的《诗经》研究专著，且皆曾作为科举考试的教材而颁行天下，应可代表古人的通行观点。或许，更为契合情境的考察方法，是将《诗经》放入"五经"之中，因为在古代，这几部经书是作为一个整体，共同承担着建构文化认同和价值体系之重任的。唐代长孙无忌所奏献的《五经正义表》很好地总结、陈述了这一叙事：

> 臣闻混元初辟，三极之道分焉；醇德既醨，六籍之文著矣。于是龟书浮于温洛，爰演九畴；龙图出于荣河，以彰八卦。故能范围天地，埏埴阴阳，道济四溟，知周万物。所以七教八政，垂炯诫于百王；五始六虚，贻徽范于千古。咏歌明得失之迹，雅颂表兴废之由。实刑政之纪纲，乃人伦之隐括。昔云官司契之后，火纪建极之君，虽步骤不同，质文有异，莫不开兹胶序，乐以典坟，敦稽古以弘风，阐儒雅以立训，启含灵之耳目，赞神化之丹青。姬孔发挥于前，荀孟抑扬于后。马郑迭进，成均之望郁兴；萧戴同升，石渠之业愈峻。历夷险其教不坠，经隆替其道弥尊。斯乃邦家之基、王化之本者也。[5]

可以看出，经学在古代，不仅承载着建构及维持信仰体系的重任，还寄托了历

①《毛诗正义》，阮元校刻：《十三经注疏(清嘉庆刊本)》，中华书局，2009年，第564页。

②《毛诗正义》，第556页。

③《毛诗正义》，第553页。

④ 朱熹撰，赵长征点校：《诗集传》，中华书局，2017年，第1—3页。

⑤ 王弼、韩康伯注，孔颖达疏，于天宝点校：《宋本周易注疏》，中华书局，2018年，第1页。

代士人对于文化理想、政治抱负的热诚与执着。在这个体系中，一切人与事物皆可找到符合伦理的存在轨迹并实现自我的价值关切。

但是在近百年来，这一体系遭到了强烈的否定与批判。自科举废除、辛亥鼎革，西方具有现代意义的学科体系传入，人们开始将经学肢解，分别归入不同的学科分目当中。如曹聚仁《春雷初动中之国故学》云："《易》《诗》《书》《礼》《春秋》五者，依四部必入经部；若依其性质，则《易》当分入哲学、社会学、文字学，《诗》当入文学，《书》多当分入政治学、社会学、法制学，《礼》当分入教育学、政治学、社会学，《春秋》当分入史学、政治学。"①陆懋德《中国经书之分析》云："《周易》为最古之哲学，《尚书》为最古之史学，《诗经》为最古之文学。……经之称谓，与经学之名词，虽废去可也！"②分类既定，经学走向了瓦解。蔡元培《我在教育界的经验》云：

> 清季学制，大学中仿各国神学科的例，于文科外又设经科。我以为十四经中，如《易》《论语》《孟子》等，已入哲学系；《诗》《尔雅》，已入文学系；《尚书》、三《礼》、《大戴记》、春秋三《传》，已入史学系。无再设经科的必要，废止之。③

朱自清《部颁大学中国文学系科目表商榷》亦云：

> 民国以来，康、梁以后，时代变了，背景换了，经学已然不成其为学。经学的问题有些变成无意义，有些分别归入哲学、史学、文学。诸子学也分别划归这三者。集部大致归到史学、文学。④

经学科目的废除，伴随着对于经学价值体系的否定与批判。人们不再相信《诗经》中蕴含的道德训诫与文化理想。顾颉刚《重刻〈诗疑〉序》云："我们读《诗经》时并不希望自己在这部古书上增进道德。"⑤并认为那都是过去儒士的迂腐说教或恶意附会。钱玄同《论〈诗〉说及群经辨伪书》云："救《诗》于汉宋腐儒之手，剥下它乔装的圣贤面具，归还它原来的文学真相，是狠重要的工

① 许啸天编著：《国故学讨论集》第一集，上海书店，1991年，第101页。

② 许啸天编著：《国故学讨论集》第三集，上海书店，1991年，第185页。

③ 蔡元培：《我在教育界的经验》，高平叔编《蔡元培全集》第七卷，中华书局，1989年，第198页。

④ 朱自清：《部颁大学中国文学系科目表商榷》，朱乔森编：《朱自清全集》第二卷，江苏教育出版社，1988年，第10页。

⑤ 顾颉刚：《重刻〈诗疑〉序》，《古史辨》第三册下编，上海古籍出版社，1982年，第411页。

作。"①在这一场论辩、激荡的时代风云中，人们对《诗经》的性质出现了新的看法——"文学"。钱玄同《论〈诗经〉真相书》：

> 《诗经》只是一部最古的"总集"，与《文选》《花间集》《太平乐府》等书性质全同，与什么"圣经"是风马牛不相及的。②

这里的"文学"，并非广义上的文学范畴。在当时的历史情境中，主要指"抒情文学"。如梁启超《要籍解题及其读法》云："《诗》三百篇为我国最古而最优美之文学作品。……故治《诗》者宜以全诗作文学品读，专从其抒写情感处注意而赏玩之，则《诗》之真价值乃见也。"③而对情欲的肯定、对自由的向往，则更激起了当时新派学者（后来称为"古史辨派"）对于封建礼教的猛烈批判。战火由疮痍的社会，烧到了拥有古老历史的《诗经》研究中。鲁迅《摩罗诗力说》已发此先声：

> 如中国之诗，舜云"言志"，而后贤立说，乃云"持人性情"，《三百》之旨，"无邪"所蔽。夫既言志矣，何持之云？强以无邪，即非人志。许自繇于鞭策羁縻之下，殆此事乎？然厥后文章，乃果辗转不逾此界。其颂祝主人，悦媚豪右之作，可无俟言。即或心应虫鸟，情感林泉，发为韵语，亦多拘于无形之囹圄，不能舒两间之真美。否则悲慨世事，感怀前贤，可有可无之作，聊行于世。倘其嘤嘤之中，偶涉眷爱，而儒服之士，即交口非之。况言之至反常俗者乎？④

诗人郭沫若在第一部《诗经》的白话文译本《卷耳集·序》中感慨地说道："我国的民族，原来是极自由极优美的民族。可惜束缚在几千年来礼教的桎梏之下，简直成了一头死象的木乃伊了。可怜！可怜！可怜我最古的优美的平民文学，也早变成了化石。"⑤顾颉刚《陈漱琴〈诗经情诗今译〉序》亦云："《诗经》——里包含的情诗很多……汉以来……说这些诗不是情诗，乃是思贤才，

———————————

① 钱玄同：《论〈诗〉说及群经辨伪书》，《古史辨》第一册上编，上海古籍出版社，1982年，第50页。

② 钱玄同：《论〈诗经〉真相书》，《古史辨》第一册上编，第46页。

③ 梁启超：《要籍解题及其读法》，《饮冰室合集·专集之七十二》，中华书局，2015年，第8456、8458页。

④ 鲁迅：《摩罗诗力说》，李新宇、周海婴主编：《鲁迅大全集1》，长江文艺出版社，2011年，第49页。

⑤ 郭沫若：《卷耳集》，创造社，1923年，第5页。

刺时君……有治国平天下的大道理的诗。经了二千余年来的曲说,注释的书可以装满一间屋子……可是,时代变了,封建社会,宗法思想,一切瓦解了。既失去了这曲说的背景,当然没有这曲说的存在的余地,而这些情诗的真面目又复透露,又复为人所欢欣赞叹。"①

不过影响最广的,还是以下两篇文献。一篇出自章太炎之后,中国学术界影响力最大的新潮领袖——胡适之先生,他的《谈谈〈诗经〉》说:

> 这一部《诗经》已经被前人闹得乌烟瘴气,莫名其妙了。诗是人的性情的自然表现,心有所感,要怎样写就怎样写,所谓"诗言志"是。《诗经·国风》多是男女感情的描写,一般经学家多把这种普遍真挚的作品勉强拿来安到什么文王、武王的历史上去,一部活泼泼的文学因为他们这种牵强的解释,便把它的真意完全失掉,这是很可痛惜的!②

另一篇,则是古史辨派的主将——顾颉刚先生。他的名文《〈诗经〉的厄运与幸运》云:

> 《诗经》是一部文学书,这句话对现在人说,自然是没有一个人不承认的。我们既知道它是一部文学书,就应该用文学的眼光去批评它,用文学书的惯例去注释它,才是正办。不过我们要说"《诗经》是一部文学书"一句话很容易,而要实做批评和注释的事却难之又难。这是为什么?因为二千年来的《诗》学专家闹得太不成样子了,牠的真相全给这一辈人弄糊涂了。譬如一座高碑,矗立在野里,日子久了,蔓草和葛藤盘满了。③

这两篇文献,是许多学术史著作、论述文章都会引用的,非常简要、鲜明地表达了古史辨派的《诗》学主张——视"文学"为《诗经》的根本性质,并大胆地将过去两千余年历代耆儒名宿的著作视作亟需摆脱、推翻的桎梏、糟粕。此后论证、辩难的文章蜂出,经学埋晦,如沉疴不起。这些论文,后来集结为《古史辨》第三册下编,少量见第一册。在此不一一赘述。值得一提的是,古史辨派的影响力其实非常大,影响了几代人的思考模式。即使是对他们怀有批评、

---

① 顾颉刚:《陈漱琴〈诗经情诗今译〉序》,《顾颉刚全集》第 12 册,中华书局,2010 年,第 366—368 页。

② 胡适:《谈谈〈诗经〉》,《古史辨》第三册下编,第 584 页。

③ 顾颉刚:《〈诗经〉的厄运与幸运》,《小说月报丛刊》第四十一种,商务印书馆,1924 年,第 1 页。

反思态度的以学识谨厚著称的老派学者，也不能避免。如吕思勉《经子解题》亦云："《诗》本文学，经学家专以义理说之，诚或不免迂腐。"①钱穆《中国文化史导论》云："《诗经》……有许多关涉男女两性恋爱方面的。""《诗经》三百首，大体上全是些轻灵的抒情诗。"②

星移斗转，自20世纪一二十年代至21世纪20年代，《诗经》学吸收、融化了许多新的学科范式、方法论及视野，包括文学、历史唯物主义、文化人类学、古文字学、考古学、文化批评、哲学、诠释学等。某个范式独尊的情形一去不返，当下的《诗经》研究显得更加地开放、多元化。《诗经》研究队伍也从古代的经师，扩展到了拥有更广泛群众基础的科研工作者，地域也从东亚扩散到了全世界。在这样自由、开放的学术氛围中，酝酿了关于《诗经》性质的新的观点，这次的突破，来自海外。

柯马丁（Martin Kern）是当代最有影响力的《诗经》学者之一。他关于《诗经》早期写本、传播、诠释的研究常是国内外学者关注、辩论的焦点。在关于《诗经》的性质这一问题上，他借鉴了德国学者扬·阿斯曼（Jan Assmann）的"文化记忆"理论③，立足于对早期出土写本的研究，认为在早期文化中，诗歌是通过在仪式中被引用和念诵，而非作为被诠释的经典文本来实现其文化职能的。《诗经》被理解为仪式文本、"大型表演素材库"，其最初的目的便是在仪式中帮助唤醒并重复作为社会集体的历史文化记忆。④

在新的历史时期，人们也开始检讨20世纪《诗经》学在破坏了古代传统之后，所确立的新权威叙事，重新认真地阅读早期的史料，做出更为平实、公允的论断。与古史辨派挟着浓烈的自我意识不同，当代学者虚心地阅读了相关史料，指出了传统观点的合理性是能够得到大量的早期文献印证的。如柯马丁批评道："我认为宋朝和现代对《卷耳》的解读，以及对《毛诗序》和其他早期注

① 吕思勉：《经子解题》，《吕思勉文集·中国文化思想史九种》，上海古籍出版社，2009年，第115页。

② 钱穆：《中国文化史导论》，九州出版社，2011年，第62—63页。

③ 关于"文化记忆"这一说法及其理论，可参阅：扬·阿斯曼著，金寿福、黄晓晨译：《文化记忆：早期高级文化中的文字、回忆和政治身份》，北京大学出版社，2015年。柯马丁说，他是第一位将"文化记忆"理论引入汉学界并应用于早期中国文学研究的尝试者（柯马丁《"文化记忆"与早期中国文学中的史诗：以屈原和〈离骚〉为例》，柯马丁著，郭西安编，杨治宜等译：《表演与阐释：早期中国诗学研究》，生活·读书·新知三联书店，2023年，第391页注脚〔7〕）。

④ Martin Kern, "Shi jing Songs as Performance Texts: A Case Study of 'Chu Ci' (Thorny Caltrop)", Early China, Vol.25, 2000, p.69.

《诗经》阐释的文化域境

本的全盘否定，是一种源于无知和傲慢的谬论。"①

在这一时期，对于古史辨派《诗经》研究进行反思的论文、专著不少，择要而言，可分为四个角度：

（一）民谣

柯马丁指出：这一潮流"深受欧洲浪漫主义的影响，如赫尔德（Johann Gott-fried Herder）认为民歌才是一个民族真实的、原始的声音。随着帝制的崩溃、民主和民族主义思想的兴起，中国文学史迫切需要超越儒家学术传统。1919年'五四'文学、政治革命后，这个文学史就是'发现'小说、戏曲和民歌——正是在同一时期，西方的米尔曼·帕里（Milman Parry）、阿尔伯特·罗德（Albert Lord）也提出了'口头套语创作'（oral-formulaic composition）的理论。同时，法国社会学家、汉学家葛兰言也将《国风》读为古代中国民众节日和风俗的表达"②。"葛兰言（Marcel Granet）曾从人类学和社会学视角出发推想《国风》中包含的民间礼仪（"Fêtes et chansons anciennes de la Chine", Paris: E. Leroux, 1919）；王靖献则试图把罗德-帕里（Lord-Parry）有关史诗口述创作的假说运用于《诗经》整体（*The Bell and the Drum: Shih ching as Formulaic Poetry in an Oral Tradition*, Berkeley: University of California Press, 1974）。这两种研究都为自己设定了严格的理论框架，它们是其时代的产物，也随着它们以之作为基础的方法论假设而一同老化。"③并批评说，谬误的产生，缘于中国学者对西方概念机械、简单套用的风潮：

> 在20世纪70年代，中国古典文学的研究见证了比较研究的大幅增长，这些研究试图展示许多西方的概念如何被或多或少地直接运用在中国传统之上。不幸的是，很多这类早期的比较研究仅仅是将西方概念机械性地、不加

---

① Martin Kern, "Lost in Tradition: The Classic of Poetry We did not Know", Hsiang Lectures on Chinese Poetry , Montreal: Center for East Asian Research, McGill University , vol. 5, 2010, p.39.

② 柯马丁：《〈诗经〉的形成》，《表演与阐释：早期中国诗学研究》，第346页。

③ 柯马丁：《作为表演文本的诗——以〈小雅·楚茨〉为个案》，《表演与阐释：早期中国诗学研究》，第35页脚注〔1〕。杨晋龙曾据"留学法国而且与葛兰言熟识的李璜先生，当时正在北京而经常与顾颉刚来往"怀疑顾颉刚可能即因此受到葛氏之影响。（杨晋龙《"两岸比较诗经学"前论：20世纪50年代后台湾学者对〈秦风·蒹葭〉的诠释》，洪汉鼎、傅永军主编：《中国诠释学》第5辑，山东人民出版社，2008年，第141页）按：需要说明的是，尽管古代也会将"民谣"与《诗经》联系起来，但那是在"政教"语境下的阐述（如采风"观风俗，知得失"，或者"上以风化下"等），与近代强调民歌是一个民族最真实、优美的声音有所不同。

思考地套用过来。类似的情况在 20 世纪早期帝国颓溃而民族国家方兴之际已经发生过。也就是在那个时期，中国的学者开始将《国风》视作简单直白的、可以通过字面意思来理解的民谣。然而，似乎没有一个古代的读者是这样处理《国风》的；所有早期的材料都显示《国风》需要复杂的阐释说明。①

此外，潘重规《〈诗经〉是一部古代歌谣总集的检讨》、屈万里《论国风非民间歌谣的本来面目》、朱东润《国风出于民间论质疑》对此问题有着更为细致的论证，可参看。②

（二）抒情

颜崑阳认为，"抒情"说源于 18 世纪末到 20 世纪初西方流行的 "纯文学"观念：

> 受康德（I. Kant，1724—1804）以降，歌德（J. W. Goethe，1749—1832）、席勒（J.C.F. Schiller，1759—1805）、黑格尔（G.W.F. Hegel，1770—1831）与影响所及的克罗齐（B. Croce，1866—1952）等唯心主义美学家，

① 柯马丁：《早期中国诗歌与文本研究诸问题——从〈蟋蟀〉谈起》，《表演与阐释：早期中国诗学研究》，第 383 页脚注〔59〕。郭西安在这本书的 "编后记" 中有着更进一步的反思："意大利古代史大家莫米里亚诺（Arnaldo Momigliano，1908—1987）反思欧洲史学界 17 至 18 世纪在探讨证据评估和历史准则方面的进展时，曾经指出：历史皮浪主义（Historical Pyrrhonism）对传统历史教学与宗教信仰都造成了冲击，历史学家的信用和传世文献的可靠性都受到严厉怀疑，但是，对历史学家的深入体贴、对历史材料具有复杂和准确文献意识的批评尚属少见，传统作为大众信仰的传声筒同样应享有尊重的观念也尚未获得广泛关注。这种境况当然在 19 世纪以降得到了反拨，但它携带的激进理性主义（radical rationalism）因素在今天的学术研究中仍然不乏回响；更危险的是，当批判本身固化为传统，掩盖了问题的具体性和复杂性，而作为某种道德—政治正确的承载时，批判也就成为它所原本声称要对抗的霸权结构的一部分。对历史理性主义此一面向的重思提醒我们：传统或信念不能从历史可信度的范畴中被简单剔除，传承性表述与批判性质疑之间未必是表面那种对立的关系，经验性体认与思辨性论述也绝非割裂的选择，正如历史的延续与断裂总是在共存中互为显隐一样。因此，对传统的同情之理解与批判之质询当是合则两利、分而俱伤的。"（郭西安：《编后记——潜文本、参照系与对话项：理解全球化时代汉学话语的一种进路》，《表演与阐释：早期中国诗学研究》，第 520 页）

② 潘重规：《〈诗经〉是一部古代歌谣总集的检讨》，《"中央" 研究院第二届国际汉学会议论文集·文学组》，"中央" 研究院，1989 年，第 51—61 页；屈万里：《论国风非民间歌谣的本来面目》，林庆彰编著《诗经研究论集》，学生书局，1983 年，第 19—38 页；朱东润：《国风出于民间论质疑》，《诗三百篇探故》，云南人民出版社，2007 年，第 1—45 页。

以及布洛（E. Bullough，1880—1934）、李普斯（T. Lipps，1851—1914）、谷鲁司（K.Groos，1861—1946）、浮龙李（V. Vernon Lee，1856—1935）、闵斯特保（H. Münsterberg，1863—1916）等心理学派美学的影响。这一路数的美学，其关键概念是审美主体的感性直觉、审美客体的表象形式、背离功利实用、审美对象孤立、内模仿与感情移入。在18世纪末到20世纪初，它是西方美学的主流；而正逢中国追求现代化之际，乃适时的影响到新文学观念的美学基础。[①]

（三）政治

胡晓明师就"政治意图"的视角分析了新文学派《诗经》观的动因：

> 从传统解释到现代解读，从作者、写作时间到诗旨，现代人从文学的角度重新开发《诗经》，其中最不易察觉的一个颠覆是改变了《诗经》的读者对象。即将原本对统治者发言的经学，改变成了对普通文学读者发言。如果《关雎》是对统治者发言，那么"美德"说就很好理解了；如果是对普通文学读者发言，当然是"求爱"说更好理解。然而在今天看来，"文学"对"经学"的颠覆，不过是五四时代现代文化的新叙事，是一种"文学优势""民间想象"的话语建构，用以达成新文化摧毁旧文化的根本目标。表面上看起来是"文学"，其实是"政治"。因而五四新文化诸君的科学整理国故，还历史真面目，其实"科学"与"历史"都谈不上。

新话语的建构不仅是改变了理解经典的方式，还消解了古典《诗》学中富有深义的道德传统与人文精神：

> 从"用之乡人、用之邦国"来看，《诗》的功用，不是用来阅读，而是用于礼乐的场合。因而《诗》义发挥有两个向度，一是由乡大夫而民众，一是由诸侯而群臣，这表明：君子即知识人主持的文明教化，一是向着社会的，一是向着统治者的。前者是知识人在世间的文化责任，后者是知识人的政治责任。抗议精神、批判力量，皆由此而来。五四新文化诸人，将《诗

---

① 颜崑阳：《中国诗用学：中国古代社会文化行为诗学》"导论：用诗，是中国古代士人阶层的社会文化行为模式"，第42—43页。按：需要说明的是，尽管"诗缘情"是本土古老的文学传统，但是古人并不会排斥政教视域的介入，也就是不会主张审美是背离了政治、功利、实用的。这与近代《诗》学所重的"抒情"稍有区别，后者"纯文学"的倾向毋宁说更近似于西方唯心主义的美学传统。

经》的对象变成了文学读者，作者变成了民间歌手，内容变成了求爱与勾引，完全失去了《诗序》向着政治生活发言的严肃深义。[①]

（四）大众心理

18 世纪至 20 世纪是"大众"崛起的时代，这一时期涌现了许多从社会学、心理学的视角研究"大众心理"的经典著作，如：古斯塔夫·勒庞（Gustave Le Bon）的《乌合之众——大众心理研究》、西格蒙德·弗洛伊德（Sigmund Freud）的《群体心理学与自我的分析》、埃里希·弗洛姆（Erich Fromm）的《逃避自由》等。这是一个值得借鉴的视角，从"大众心理"的视角进行分析，我们会发现现代《诗经》学"文学性"的另一面：大众趣味对精英美学的销蚀。[②]古典时代的《诗经》学未尝不涵盖文学、美学的批评（自《诗经》时代已有，《大雅·烝民》自云："吉甫作诵，穆如清风。"[③]刘熙载即以"穆如清风""肃雍和鸣"概括"《雅》《颂》之懿"[④]），但是在大众趣味横流的时代，这种成就很容易被忽略。最明显的变化是，《国风》情感化的解读泛溢，而《雅》《颂》常被认为缺乏艺术性[⑤]，例如《周颂·昊天有成命》被指责为"无任何美感"[⑥]，但这其实是未细察古典审美趣味的表现，在古人的批点中，这首诗被评为"语极精奥，括尽一切""严核，无剩字，理趣绝胜""高古灵荡"[⑦]，是具有极高的美学质量的。艺境本有浅显、深微之辨，凡论诗、词、书、画皆然。如李东阳云："诗贵意，意贵远不贵近，意贵淡不贵浓，浓而近者易识，淡而远者难知。"[⑧]江

① 胡晓明：《正人君、变今俗与文学话语权——〈毛诗序〉郑笺孔疏今读》，《文学评论》2011 年第 6 期。

② 关于大众文化的兴起，可参阅：何塞·奥尔特加·伊·加塞特著，刘训练、佟德志译：《大众的反叛》，山西人民出版社，2020 年。需要指出的是：奥尔特加所说的"大众""精英"并不是阶级、社会地位的分类，而是精神品质的不同。

③ 《毛诗正义》卷十八，第 1227 页。

④ 刘熙载著，袁津琥笺释：《艺概笺释》卷二，中华书局，2019 年，第 248 页。

⑤ 可参阅程俊英、蒋见元：《诗经注析》（中华书局，1991 年）中对《雅》《颂》部分的赏析。

⑥ 解玉峰：《百年〈诗经〉研究献疑》，《文艺理论研究》2017 年第 4 期。程俊英《诗经注析》云："语言枯燥，无形象可言，毕竟引不起美感。"（第 943 页）

⑦ 张洪海辑著：《诗经汇评》，凤凰出版社，2016 年，第 794 页。按：有趣的是，尽管在这本《汇评》中我们能看到古人将"义理、辞章、考据、经济"熔铸一炉的多维化分析方式，可是该书的《前言》却依然体现了民国以来"抑经扬文"的价值观，这或许会引导我们思考一个深奥的哲学问题：人能在多大程度上拥有自由意志，而不仅是某种时代思潮的被动反映？

⑧ 《诗经汇评》，第 864 页。

顺诒谭词云："始境，情胜也；又境，气胜也；终境，格胜也。"①欧阳修《鉴画》云："萧条淡泊，此难画之意，画者得之，览者未必识也。故飞走迟速，意浅之物易见，而闲和严静，趣远之心难形。"②李日华亦曰："绘事必以微茫惨淡为妙境，非性灵廓彻者未易证入。……其他精刻逼塞，纵极功力，于高流胸次间何关也？"③论书，则古人尚晋宋之远韵逸志，亦是此理。古人品评《诗经》，类多从此悟入。《世说新语·文学》："谢公因子弟集聚，问毛诗何句最佳？遏称曰：'昔我往矣，杨柳依依；今我来思，雨雪霏霏。'公曰：'诋谟定命，远猷辰告。'谓此句偏有雅人深致。"④现代《诗经》学，谅难语此。又戴君恩《读风臆评》评《卷耳》云："诗贵远不贵近，贵淡不贵浓。唐人诗'袅袅城边柳，青青陌上桑。提笼忘采桑，昨夜梦渔阳'亦犹《卷耳》四句意耳。试取以相较，远近浓淡，孰当擅场？"⑤王闿运《湘绮楼毛诗评点》评《关雎》云："博丽庄重，于闺房诗一洗儿女脂粉语。……宫体中知此意者便超然霞举。"⑥张芝洲《葩经一得》云："后人贺新婚诗，不入板腐，便涉纤秋。三复《关雎》，当有悟入处。"⑦皆于形象生动之表层肌理外，发掘了更为精微深广的美学论域。唐文治论《诗经》，也认为文学作品在"情韵抑扬"之外，还可有"清明广大之音"。⑧《诗》三百篇，在古代即为"雅乐""正声""高格"的典范。由此可见，古今《诗》学之争，可能并不只是方法论的问题，还是社会心理变迁的问题。《礼记·乐记》记载子夏与魏文侯探讨过"古乐""新乐"的问题。⑨《庄子·天地》

① 江顺诒撰：《词学集成》卷七，凤凰出版社，2019年，第101页。

② 欧阳修撰，储玲玲整理：《欧阳文忠公试笔》，大象出版社，2019年，第218页。

③ 李日华：《紫桃轩杂缀》，张小庄、陈期凡编著：《明代笔记日记绘画史料汇编》，上海书画出版社，2019年，第432页。

④ 刘义庆著，刘孝标注，余嘉锡笺疏，周祖谟、余淑宜、周士琦整理：《世说新语笺疏》卷上之下，中华书局，2007年，第278页。

⑤《诗经汇评》，第14页。

⑥《诗经汇评》，第5页。

⑦《诗经汇评》，第5页。

⑧ 唐文治：《十三经提纲》卷三，1924年吴江施氏醒园刊本，第5—6页。依笔者经验，读《昊天有成命》，可于平旦清明之时，择以旷寂无人之野，纵声朗诵，体会其辞气铿锵、声韵抑扬，则高古雄浑之意，不期而自得之（读者一试便知，此不必烦辩）。若仅以"目验"的方式寻求一些浅显的形象刺激，则恐怕求之不以其道。

⑨《礼记正义》卷三十八，阮元校刻《十三经注疏（清嘉庆刊本）》，中华书局，2009年，第3334—3341页。

亦尝言："大声不入于里耳，《折杨》《皇华》则嗑然而笑。"①王阳明在一首小诗中也提到过审美品位对于文本分析的影响："未会性情涵泳地，《二南》还合是淫辞。"（《次栾子仁韵送别四首·其三》②）

其实，关于"经学""文学"之辨，较之今人的左祖右祖，古人有着更为通达的见解。安世凤《诗批释·自序》云：

> 《诗》，昔者先王以观治立教，岂所为人文字之玩，而予遗其大而志其细，斯云侮圣言者邪？是实不然。日月之临也，雨雪之润也，山之镇柱而川之灌涤也，乾坤藉之以立民，物鬟之以生，厥功大矣。然人于日之暄妍，月之清皎，雨之霏微，雪之回薄，山川之奇秀而浩渺，未尝不爱而玩之，而未闻罪其衰天者。良以造化之情，万缘毕备，其可爱而玩者，固自其中之一也。天地不以日月雨雪山川娱人，而玩之者不为衰。先王不以声诗娱人，而玩之者其不为侮，岂予自逭哉！③

凌濛初评点《诗经》，亦引徐光启曰："不独人伦之准则，盖亦辞家之鼻祖。"（《言诗翼》④）"观其会通"，则聚讼可息。

柯马丁的观点其实也有着"时代误置"的问题："文化记忆"理论是"与历史实证主义冲动（impulses of historical positivism）针锋相对的意识形态批评（Ideologiekritik）"⑤，源于哈布瓦赫（Maurice Halbwachs）解构宏大集体叙事的战后记忆研究⑥，带有较强的战后政治及解构意识。⑦这会使他过于关注权力话语对于记忆建构的干涉行为，而忽略了整体上占主导地位的某些文化特质，从而得出某些片面的观点。比如他说："正如夏含夷提醒我们的，在五十余件西周青铜器的铭文中，没有一件在提及战争时是'纪念战败'的。这一观察是发人深省的：统治绝不会纪念战败……早期中国仪式表演中创造的记忆都明显体现

---

① 郭象注，成玄英疏，曹础基、黄兰发点校：《南华真经注疏》卷五，中华书局，1998年，第254页。

② 王守仁著，王晓昕、赵平略点校：《王文成公全书》卷二十，中华书局，2015年，第888页。

③《诗经汇评》，第858页。

④《诗经汇评》，第10页。

⑤《"文化记忆"与早期中国文学中的史诗：以屈原和〈离骚〉为例》《表演与阐释：早期中国诗学研究》，第404页。

⑥《"文化记忆"与早期中国文学中的史诗：以屈原和〈离骚〉为例》《表演与阐释：早期中国诗学研究》，第394—404页。

⑦ 将历史理解为话语的建构，这或许反映了后现代主义思潮的影响。

了权威对历史的控制。"①这样通过少量偏僻且种类单一的文献得出的结论，与《诗》《书》《春秋》等经典历记善绩恶政资治垂鉴的主流文化传统正好相反。"教诫、约束统治者"的道德传统被理解为"规训被统治者"的意识形态，完全颠倒，令人愕然（古籍中甚至会有完全相悖的例子，如《史记·秦本纪》记穆公曰："嗟士卒！听无哗，余誓告汝。古之人谋黄发番番，则无所过。以申思不用蹇叔、百里傒之谋，故作此誓，令后世以记余过。"②）。笔者怀疑，夏含夷、柯马丁对"统治绝不会纪念战败"的认识源自西方古代史，修昔底德（Θουκυδίδης）《伯罗奔尼撒战争史》记载了许多古希腊人忽略自己的失利，仅将对自己有利的战况刻入纪念碑的事例。因此常出现对战双方都树立胜利纪念碑的情形。有一次，科林斯人还在建立纪念碑时就被赶来的雅典军队击溃了。③而对扬·阿斯曼理论的挪用，又使柯马丁继承了特定的视域：过于关注仪式及其"共缅并模仿性地再现过去"的功能，④从而忽略了古人制定仪式——也就是制礼作乐的主体精神——"设教垂鉴"的宗旨。此可谓得小失大。从一则材料可以看出来：《左传·宣公十二年》云：

> 武王克商，作《颂》曰："载戢干戈，载櫜弓矢。我求懿德，肆于时夏，允王保之。"又作《武》，其卒章曰："耆定尔功。"其三曰："铺时绎思，我徂维求定。"其六曰："绥万邦，屡丰年。"夫《武》，禁暴、戢兵、保大、定

---

① 柯马丁：《作为表演文本的诗——以〈小雅·楚茨〉为个案》，《表演与阐释：早期中国诗学研究》，第63页。

② 《史记》卷五，中华书局，1982年，第194页。按：青铜铭文掩盖败绩、夸饰功烈，或许与铭文"表彰功德"的文体职能有关。纪功颂德，流为夸饰，此亦人之常情。故裴松之曰："碑铭之作，以明示后昆，自非殊功异德，无以允应兹典。大者道勋光远，世所宗推，其次节行高妙，遗烈可纪。若乃亮采登庸，绩用显著，敷化所茍，惠训融远，述咏所寄，有赖镌勒，非斯族也，则几乎僭黩矣。俗敝伪兴，华烦已久，是以孔悝之铭，行是人非；蔡邕制文，每有愧色。而自时厥后，其流弥多，预有臣吏，必为建立，勒铭寡取信之实，刊石成虚伪之常，真假相蒙，殆使合美者不贵，但论其功费，又不可称。不加禁裁，其敝无已。"（《宋书》卷六十四，中华书局，1974年，第1699页）是以始皇碑文虽显违情实，后人却不会因此而苛责他。《文心雕龙·铭箴》："始皇勒岳，政暴而文泽，亦有疏通之美焉。"（刘勰著，黄叔琳注，李详补注，杨明照校注拾遗：《增订文心雕龙校注》卷三，中华书局，2012年，第139页）始皇本人应该也不会认为，刻写几份碑文，便可控制全国人的记忆——我们不应该过分地夸大一些非经典性的书写品对于政治的意义。我们也不应该将古典政治理解为狭隘、自私的权术，而应该考虑其中的公共理想，以及被积累的智慧、经验。

③ 修昔底德著，谢德风译：《伯罗奔尼撒战争史》第一、二、四卷，商务印书馆，2017年，第45、83-84、196、396页。

④ 柯马丁：《作为记忆的诗：〈诗〉及其早期阐释学》，《表演与阐释：早期中国诗学研究》，第244页。

功、安民、和众、丰财者也，故使子孙无忘其章。①

可见，作《武》，是为了给后来的君主提供"禁暴、戢兵、保大、定功、安民、和众、丰财"的典刑与训诫，嘱咐他们谨守勿失（"无忘其章"）。这是在教导、约束统治阶级的政治作为，防止他们失仪或荒逸，并指出刚健向上一路。若我们不能看到这一点，反而聚焦于《武》的仪式表演，及其对于武王故事的塑造，岂不是失却了《武》之为《武》、《诗》之为经的精义了吗？②何况，作为礼乐文明之仪式，即使是舞蹈、音乐的设计，也有着崇道设教的美意所在。如《礼记·乐记》云：

> 乐者，心之动也。声者，乐之象也。文采节奏，声之饰也。君子动其本，乐其象，然后治其饰。是故先鼓以警戒，三步以见方，再始以着往，复乱以饬归，奋疾而不拔，极幽而不隐，独乐其志，不厌其道，备举其道，不私其欲，是故情见而义立，乐终而德尊，君子以好善，小人以听过，故曰："生民之道，乐为大焉。"③

通过舞蹈的刚柔合度、音乐的深邃广大，生动地再现了武王仁义无私的政治作为及崇高的道德。后代善体此作乐设教之精意者莫如王阳明，他认为，由舞蹈、音乐以及故事等复杂元素构成的仪式能够生动且智慧地展示圣王、贤者的作为，以此行之，则"乐教"渐次可复。《传习录》云：

> 先生曰："古乐不作久矣。今之戏子，尚与古乐意思相近。"未达，请问。先生曰："《韶》之九成，便是舜的一本戏子。《武》之九变，便是武王的一本戏子。圣人一生实事，俱播在乐中。所以有德者闻之，便知他尽善尽美，与尽美未尽善处。若后世作乐，只是做些词调，于民俗风化绝无关涉，何以化民善俗？今要民俗反朴还淳，取今之戏子，将妖淫词调俱去了，只取

---

① 《春秋左传正义》卷第二十三，阮元校刻《十三经注疏（清嘉庆刊本）》，中华书局，2009年，第4086页。

② 需要说明的是，笔者并不认为柯马丁完全没注意到《诗经》"教诫"的功能。事实上，他有过一段颇为精练的表述："那不是一个由沉默的抄者和读者组成的世界，在那个世界中，无论是书面文本还是口头文本，都与由鲜活的宗教政治仪式、政治劝诫、教与学、道德修身等构成的表演传统相关。那是一个诗学文本绝非纯然以书面制品的形式而起作用的世界。"（《表演与阐释：早期中国诗学研究·前言》，第3—4页）但我怀疑这只是泛泛而及，因为柯氏在其他地方的表述大多没有贯彻相应的问题视域。

③ 《礼记正义》卷三十八，第3331页。

忠臣孝子故事，使愚俗百姓人人易晓，无意中感激他良知起来，却于风化有益。然后古乐渐次可复矣。"①

所谓"仪式"，即"礼"。在古代视域，礼是天地间合理秩序（"道"）的呈现。若不能具此精义，则仅是"仪"而已。②

此外，《左传》说《武》之语可以给予我们更深的启示，帮助我们理解早期《诗经》的文化域境。那则材料，是以"经济"的视角来认识《诗经》的，这种将《诗经》作《资治通鉴》读的作法，自《诗经》时代已有，如《大雅·文王》先陈述事实"济济多士，文王以宁。穆穆文王，于缉熙敬止"，又转而告诫："王之荩臣③，无念尔祖。无念尔祖，聿修厥德。"④则上之所云，并不仅在复述历史，而在于开陈治道。又《昊天有成命》先言"昊天有成命，二后受之，成王不敢康，夙夜基命宥密"，先陈先王之善绩。又曰："于缉熙！单厥心，肆其靖之。"⑤古人评："以叹息顿挫出之，笃勉后世之旨，言外可想。"⑥则是继之以诚勉。在今日或许会被理所当然地归作"史诗""颂诗"的文献资料，在早期历史中，却成了资治为政的文化资源。这或许可给予我们一个深刻的哲学启示：阅读是"交互性"建构的。就像人类学家爱德华多·科恩（Eduardo Kohn）所说的："文化观念和社会事实通过支撑它们的社会文化系统语境互相构成。"⑦因

---

① 《王文成公全书》卷三，第140页。按：参考《礼记·乐记》孔子与宾牟贾论《武》一节（《礼记正义》卷三十九，第3342—3344页），可知周代的乐舞确实具有较鲜明的表演色彩。学界曾讨论过《诗经》为"舞诗"还是"剧诗"的问题，详见：周延良《〈诗经〉"剧诗""舞诗"研究》，《诗经研究丛刊》第二辑，学苑出版社，2002年，第64—88页。

② "礼""仪"之辨，见《春秋左传正义》卷五十一，第4576—4580页。

③ 毛传："荩，进也。无念，念也。"郑笺："今王之进用臣，当念女祖为之法。"（《毛诗正义》卷十六，第1086页）

④ 《毛诗正义》卷十六，第1083—1087页。

⑤ 《毛诗正义》卷十九，第1266页。

⑥ 《诗经汇评》，第795页。

⑦ 爱德华多·科恩著，毛竹译：《森林如何思考：超越人类的人类学》，上海文艺出版社，2023年，第22页。此外，科恩在探讨"生命"与"符号"之关系时，发表过一段精彩的论述，可以帮助我们理解这一点："生命是构成性的符号学。也就是说，生命始终是符号过程的产物。生命与无生命的物理世界的区别在于，生命形式以这种或那种方式表征世界，而这些表征内在于其存在。那么，我们与非人类生物所共有的，并不是我们的具身化（embodiment）（正如某些现象学路向所认为的那样），而是我们与符号共生，并通过符号生活的这个事实……符号以这种或那种方式表征我们世界的各个部分。在这样做时，符号使我们成为我们之所是。"（《森林如何思考：超越人类的人类学》，第13—14页）

此，重建早期阅读/接受经典的视域，亦是重现经典原初意义的有效方式。古典学家列维·施特劳斯（Leo Strauss）注意到了这点，因此对于近代以来看似相当客观的历史主义研究，他也保持了更为严谨的、批判性的理解：

> 现在，我要区分历史主义者的进路与我所谓的"历史的"进路。这样做有点太谨小慎微，但我相信，这必不可少：像柏拉图意指的那样（as Plato meant it）理解柏拉图。在运用这个步骤的时候，我们不可能从某种关于希腊文化的观念出发。这种希腊文化也许是现代历史研究的产物，而这种研究是基于所有这些考古挖掘之类的东西，它可能在历史上比柏拉图所想的要真实得多。但是，如果柏拉图不知道它——如果柏拉图不知道所有这些发展［或］他们现在完全揭开的无数东西——那么，它对柏拉图就毫无影响。再说一遍，希腊文化——这些观念都是假想的构造。［它们］可能有很大的可能，但无论如何只是假想。柏拉图可能见过现代史学家以完全不同的方式谈论的同样的现象。①

这是非常有启发性的见解，它警示我们：要对自己秉持的现代语境中的理论工具始终保持批判性的谨慎态度。以上文所提及的观点举例，如"抒情"说、"文化记忆"说，我们可以发现它们的共同点——都太"以'自我'为中心"了。将《诗经》作为个人或特定集体宣示意志的工具，这与我们在早期资料中所发现的完全不同——正如《文王》《昊天有成命》《左传》等早期文献所展示的，《诗经》作为教诫之训典，更多地在象征着"外在的善"——一种外在的限制、理性及道德的权威②，类似于《庄子·渔父》所说的"道"："道者，万物之所由也。庶物失之者死，得之者生。为事逆之则败，顺之则成。故道之所在，圣人尊之。"③《国语·周语》记载，这一尊重经典、修德乐道、忧患弗替的严肃的道德精神，是周人古老的传统：

> 先王之于民也，懋正其德而厚其性，阜其财求而利其器用，明利害之

---

① 施特劳斯讲疏，斯托弗整理，李致远等译：《修辞、政治与哲学：柏拉图〈高尔吉亚〉讲疏（1963年）》，华东师范大学出版社，2017年，第9页。

② 按：孔曰成仁，孟曰取义，宋明儒言理，皆当在此一层意义理会。如果不能意识到这一超越于世俗情感、政治的令人敬畏的存在，而将政教理解为意识形态的规训、将尊德性理解为情感意志的宣泄，鲜有不至于集权控制、猖狂妄行者。阳明言"良知"亦然，故龙溪之后，有东廓以矫之。

③《南华真经注疏》卷十，第588页。

乡，以文修之，使务时而避害，怀德而畏威，故能保世以滋大。昔我先王世后稷，以服事虞、夏。及夏之衰也，弃稷弗务，我先王不窋用失其官，而自窜于戎狄之间，不敢怠业，时序其德，纂修其绪，修其训典，朝夕恪勤，守以敦笃，奉以忠信，亦世载德，不忝前人。至于文王、武王，昭前之光明，而加之以慈和，事神保民，莫弗欣喜。商王帝辛大恶于民，庶民不忍，欣戴武王，以致戎于商牧。是先王非务武也，勤恤民隐而除其害也。①

唐太宗亦曰："人言作天子则得自尊崇，无所畏惧，朕则以为正合自守谦恭，常怀畏惧。……朕每思出一言，行一事，必上畏皇天，下惧群臣。天高听卑，何得不畏？群公卿士，皆见瞻仰，何得不惧？以此思之，但知常谦常惧，犹恐不称天心及百姓意也。"魏征曰："……愿陛下守此常谦常惧之道，日慎一日，则宗社永固，无倾覆矣。尧、舜所以太平，实用此法。"②可见古今圣君心意攸同。西班牙哲学家奥尔特加曾分析过，近代以来崛起的"大众"文化与过去占主导地位的"精英"文化有显著的区别，其中一个区别是："精英"承认并愿意谨慎、严肃地遵循外在理性的权威（这或许会让人想起孔子的自述："七十而从心所欲，不逾矩。"③）。而"大众"却不承认这一点，他们对自我充满肯定并积极地推行自己的意志。有趣的是，我们能发现这个区分适用于《诗经》《左传》《国语》等传统典籍与古史辨派、"文化记忆"说所呈现出来的经典意识之不同：前者将经典视作外在的权威并重视其教诫；而后者却将经典当成作者个人或集团意志的传声筒——很难不让人怀疑，后者是某种时代心理之投射。因此，尽管奥尔特加不研究《诗经》，但笔者却认为，他对于"精英"人格的阐释却能够契近于周代贵族礼乐文化的精神：

　　对于少数精英来说，除非能够致力于一项超越的事业，否则生活断无意味可言。因此，他不会把自己为之服务的必然性看作是一种压迫，相反，当

① （旧题）左丘明撰，徐元诰集解，王树民、沈长云点校：《国语集解》，中华书局，2002年，第2—6页。

② 吴兢撰，谢保成集校：《贞观政要集校》卷六，中华书局，2009年，第323页。按：尽管唐太宗去周代已远，但是因为他与周代贵族在社会地位、文化心理上的相似性，因此，他们的视角、观点还是有可通之处的。故此处引以作参考。《孟子·尽心上》："鲁君之宋，呼于垤泽之门。守者曰：'此非吾君也，何其声之似我君也。'此无他，居相似也。"赵岐注："人君之声相似者，以其俱居尊势，故音气同也。"（《孟子注疏》卷十三下，阮元校刻：《十三经注疏（清嘉庆刊本）》，中华书局，2009年，第6027页）

③ 《论语注疏》卷二，阮元校刻《十三经注疏（清嘉庆刊本）》，中华书局，2009年，第5346页。

这种必然性因某些偶然因素而缺失的时候，他反而会变得焦虑不安，并竭力寻求更为苛严的新的准则加诸己身。这是把存在当作一条纪律的生活，亦是高贵的生活，高贵的定义标准是我们对自己提出的要求，即义务，而不是权利。Noblesse oblige［地位高则责任重］，"随心所欲是平民的生活方式；高贵的人追求秩序与法律"（歌德）。①

敬畏外在的权威（来自道德、理性或传统），追求有德性、高尚的生活，正如《周颂·敬之》所云：

> "敬之敬之！天维显思，命不易哉。无曰高高在上，陟降厥士，日监在兹。""维予小子，不聪敬止，日就月将，学有缉熙于光明，佛时仔肩，示我显德行。"②

周代天下的稳固，亦是建立在对于"善"的追求之上的，而非是借重于"重构历史""意识形态建构"等连"霸道"都算不上的"权谋"。正如《周颂·时迈》所云：

> 我求懿德，肆于时夏，允王保之。③

对于学术史的梳理、分析，到此基本可以结束了。由上讨论，可知民国迄今诸家之失，在于将《诗》"具象化"地剥离于原有的文化域境进行分析（这样缺乏自反性的分析必然充斥着当下的时代痕迹），而忽略了文本及文本形成的历史情境，当时人的阅读视域皆是一个有机的整体，共同建构了《诗经》的文化特质。作为文本或仪式的《诗经》，亦不过是此一复杂的文化系统的局部呈现而已（我们甚至可以说，所谓"《诗经》"，并不是指那本书，而是一种文化的表征）。因此，对于《诗经》原初文化特质的讨论，就应是重新回到《诗经》形成、存在的早期历史文化的情境中，重建当时编纂、阅读、阐释的文化传统。"用'《诗经》时代'的眼光读《诗经》"④，而不是带着后置的理论预设回溯性地

---

①《大众的反叛》，第77页。按：奥尔特加认为，这一认识的变化源于社会环境发生的变动：当下社会的富足、有序、民主远胜于过去所有的时代，因此，新时代的人往往不会深刻地体会到古代世界的"困难重重，危机四伏，物质匮乏，命运局促以及相互依附"（详参原书第七章）。

②《毛诗正义》卷十九，第1290页。按：关于这首诗中发声主体的转换，可参见：李辉《〈周公之琴舞〉"启+乱"乐章结构探论》，《文史》2020年第3辑。

③《毛诗正义》卷十九，第1269—1270页。

④ 闻一多：《匡斋尺牍》，《闻一多全集·一》，生活·读书·新知三联书店，1982年，第357页。

重构《诗经》。这也是下文进行资料搜集、论证的方向。

二、《诗经》形成的文化域境

六艺出于王官，《诗经》亦不外是。早期曾被用为伦理、道德的教本，是王政教化体系中的一环。含有今本《周颂·敬之》的清华简《周公之琴舞》自述文体为"儆毖"（毖，戒慎）。此外，清华简中还有一篇近乎《大雅》的《诗》类文献《芮良夫毖》，也自陈文体为"毖"，显示了它们"教诫"的功用。①故《礼记·王制》云："乐正崇四术，立四教，顺先王《诗》《书》《礼》《乐》以造士，春秋教以《礼》《乐》，冬夏教以《诗》《书》。"②之所以可用作教本，或因为其中歌咏高尚的德行，能感兴人的道德意志。《左传·文公七年》云："《夏书》曰：'戒之用休，董之用威，劝之以《九歌》，勿使坏。'九功之德，皆可歌也。"③《隐公三年》云："《风》有《采蘩》《采蘋》，《雅》有《行苇》《泂酌》，昭忠信也。"④《襄公三十一年》："文王之功，天下诵而歌舞之，可谓则之。"⑤《国语·晋语八》云："夫乐以开山川之风，以耀德于广远也。风德以广之，风山川以远之，风物以听之，修诗以咏之，修礼以节之。夫德广远而有时节，是以远服而迩不迁。"⑥《周语下》云："诗以道之，歌以咏之"，"道之以中德，咏之以中音，德音不愆，以合神人，神是以宁，民是以听。"⑦《周语下》举例说："《昊天有成命》，《颂》之盛德也。"⑧《左传·桓公二年》曰："君人者，将昭德塞违，以临照百官，犹惧或失之，故昭令德以示子孙。"并举《清庙》以为

---

① 曹雨杨：《〈清华大学藏战国竹简（壹）—（叁）〉疑难字词集释及释文校注》，吉林大学硕士学位论文，2020 年 5 月，第 738、739、747 页。按：关于这两篇文献的断代，可参见：李守奎：《清华简〈周公之琴舞〉与周颂》，《文物》2012 年第 8 期；李学勤：《再读清华简〈周公之琴舞〉》，《绍兴文理学院学报（哲学社会科学）》2014 年第 1 期；陈鹏宇：《清华简中诗的套语分析及相关问题》，清华大学博士学位论文，2014 年 4 月。《周公之琴舞》为西周初年，《芮良夫毖》为西周晚期，因时代较早，对于我们考察《诗》类文献的文化域境有极大的参考价值。

②《礼记正义》卷十三，第 2905 页。

③《春秋左传正义》卷十九上，第 4007—4008 页。

④《春秋左传正义》卷三，第 3741 页。

⑤《春秋左传正义》卷四十，第 4378 页。

⑥《国语集解》，第 427 页。

⑦《国语集解》，第 111—112 页。

⑧《国语集解》，第 103 页。

"昭其俭也"。①《礼记·乐记》中更详细地记叙了诗歌陶浚性情、发越明德的教化功能。出自一名职业乐官之口：

> 子赣见师乙而问焉，曰："赐闻声歌各有宜也。如赐者宜何歌也？"师乙曰："乙，贱工也，何足以问所宜。请诵其所闻，而吾子自执焉。宽而静，柔而正者，宜歌《颂》；广大而静，疏达而信者，宜歌《大雅》；恭俭而好礼者，宜歌《小雅》；正直而静，廉而谦者，宜歌《风》；肆直而慈爱者，宜歌《商》；温良而能断者，宜歌《齐》。夫歌者，直己而陈德也，动己而天地应焉，四时和焉，星辰理焉，万物育焉。故《商》者，五帝之遗声也，商人识之，故谓之商；《齐》者，三代之遗声也，齐人识之，故谓之齐。明乎《商》之音者，临事而屡断；明乎《齐》之音者，见利而让。临事而屡断，勇也；见利而让，义也。有勇有义，非歌孰能保此？"②

之所以《诗经》（或者更广泛地说，早期王官制度下采集、演奏、教授的那些诗歌）能承担这样的教化职能，彰显纯粹光明、足以感召人心的德性，并不是偶然无意识的结果，而是因为这些诗歌一开始便是为了服务于这样的目的产生的。如《国语·楚语上》云："昔卫武公年数九十有五矣，犹箴儆于国，曰：'自卿以下至于师长士，苟在朝者，无谓我老耄而舍我，必恭恪于朝，朝夕以交戒我，闻一二之言，必诵志而纳之，以训导我。'在舆有旅贲之规，位宁有官师之典，倚几有诵训之谏，居寝有亵御之箴，临事有瞽史之导，宴居有师工之诵。史不失书，蒙不失诵，以训御之，于是乎作《懿》诗以自儆也。及其殁也，谓之睿圣武公。"③《懿》即今《诗·抑》篇。又《周语下》云："周诗有之曰：'天之所支，不可坏也。其所坏，亦不可支也。'昔武王克殷而作此诗也，以为饫歌，名之曰'支'，以遗后之人，使永监焉。夫礼之立成者为饫，昭明大节而已，少曲与焉。是以为之曰惕，其欲教民戒也。""使永监""教民戒"即是此《支》的作诗之意。又《左传·僖公二十四年》云："召穆公思周德之不类，故纠合宗族于成周而作诗曰：'常棣之华，鄂不韡韡。凡今之人，莫如兄弟。'其四章曰：'兄弟阋于墙，外御其侮。'如是，则兄弟虽有小忿，不废懿亲。"⑤

---

① 《春秋左传正义》卷五，第3780—3784页。

② 按：此节旧有错简及衍文，据修正版录入。见：王文锦：《礼记译解》，中华书局，2016年，第581—582页。

③ 《国语集解》，第500—502页。

④ 《国语集解》，第130页。

⑤ 《春秋左传正义》卷十五，第3945页。

《昭公十二年》云："左史倚相趋过。王曰：'是良史也，子善视之。是能读《三坟》《五典》《八索》《九丘》。'对曰：'臣尝问焉。昔穆王欲肆其心，周行天下，将皆必有车辙马迹焉。祭公谋父作《祈招》之诗，以止王心，王是以获没于祇宫。臣问其诗而不知也，若问远焉，其焉能知之？'王曰：'子能乎？'对曰：'能。其诗曰：祈招之愔愔，式昭德音。思我王度，式如玉，式如金，形民之力，而无醉饱之心。'王揖而入，馈不食，寝不寐，数日不能自克，以及于难。"①因此《左传·僖公二十七年》才会说："《诗》《书》，义之府也。"②

以上叙述，对照今本《诗经》的《雅》《颂》，想必是不难理解的。那么《国风》是否也具有类似的性质与功能？这是一个颇值得辨析的问题。因为有的学者，即使认同古典《诗》学的价值，也只是将《国风》视为采于民间、借以观政善恶的资料而已。事实并不止如此，上博简《孔子诗论》云："《邦风》，其纳物也，博观人欲焉，大敛材焉。其言文，其声善。"③"博观人欲""大敛材"，显示了《国风》（《邦风》）源于针对广泛群体的信息采集；而"其言文，其声善"则暗示了被王官体系所吸纳的用于教士育德的《国风》，是经历了文辞、音乐上的修饰甚至是"再创作"的。《国风》采自民间，《礼记·王制》云："天子五年一巡守……命大师陈诗，以观民风。"④以国别为分，故《大戴礼记·小辨》云："学乐辨风"⑤、"循弦以观于乐，足以辨风矣。"⑥王者观《风》，可以知民哀乐，考政良窳。《汉书·艺文志》云："古有采诗之官，王者所以观风俗，知得失，自考正也。"⑦在此之后，还有一个重要步骤，即将所采集的诗歌修订成德质粹美、堪为风教的乐歌。原有的诗歌可能在表情达意方面有些偏激或鄙俗，在修订之后，则变为言辞雅正、气象清明的作品。虽于政有刺讥，亦皆义理正大，秉性雅厚，而非情过其实、用心褊私。《诗序》所谓"上以风化下，下以风刺上"⑧。《左传·昭公二十一年》泠州鸠（畴人乐官）云：

　　夫乐，天子之职也；夫音，乐之舆也；而钟，音之器也。天子省风以作

①《春秋左传正义》卷四十五，第4482—4483页。

②《春秋左传正义》卷十六，第3956页。

③ 俞绍宏：《上海博物馆藏楚简校注》，中国社会科学出版社，2016年，第34—36页。

④《礼记正义》卷十一，第2874页。

⑤ 王聘珍撰，王文锦点校：《大戴礼记解诂》卷十一，中华书局，1983年，第205页。

⑥《大戴礼记解诂》卷十一，第206页。

⑦《汉书》卷三十，中华书局，1962年，第1708页。

⑧《毛诗正义》卷一，第566页。

乐，器以钟之，舆以行之，小者不窕，大者不摦，则和于物。物和则嘉成。故和声入于耳，而藏于心，心亿则乐。①

"天子省风以作乐，……则和于物。物和则嘉成。"说明天子省风，并非只是为了考察政治得失而已。还可反观民性，作乐为教，以扶持其偏邪。如杜预注云："省风俗作乐以移之。"上博简《孔子诗论》云《邦风》："与贱民而裕之"（裕，化导）②，《毛诗序》云"《风》，风也，教也，风以动之，教以化之""用之乡人焉，用之邦国焉""上以风化下"，皆是此意。③孔颖达疏做了较为详尽的分析："《汉书·地理志》曰：'凡民函五常之性而有刚柔缓急，音声不同，系水土之风气，故谓之风。好恶取舍，动静无常，随君上之情欲，故谓之俗。'是解'风俗'之名。但风俗盛衰，随时隆替，国之将灭，风散俗烦。天子新受命者，省此风俗之敝，乃作乐以移之，《孝经》曰：'移风易俗，莫善于乐。'孔安国云：'风，化也。俗，常也。移大平之化，易衰敝之常也。'《地理志》以风为本，俗为末，言圣王在上，统理人伦，必移其本而易其末。此混同天下一之乎中和，然后王教成。是说作乐移风之事也。"④其中原理，则与制礼作乐以为教化同，皆是以贤人君子雅正有德之风，以规正褊邪无法之俗。如《关雎序》疏所云：

兆民既众，贤愚不等，以贤哲歌谣采诗定乐，以贤者所乐教愚者为乐，取智者之心变不智者之心，制礼之事，亦犹是也。礼者，称人之情而为之节文……圣王亦取贤行以教不贤，举得中以裁不中。《礼记·问丧》称礼者"非从天降，非从地出，人情而已矣"。是礼之本意出于民也。《乐记》又曰："凡音之起，由人心生也。乐者乐其所自生，是乐之本意出于民也。"《乐记》又曰："夫物之感人无穷，而人之好恶无节，则是物至而人化物也。人化物也者，则灭天理而穷人欲者也。于是有悖逆诈伪之心，有淫佚作乱之事，故先王制礼作乐为之节。"是王者采民情制礼乐之意。礼乐本出于民，还以教民，与夫云出于山，复雨其山；火生于木，反焚其木，复何异哉？⑤

由此观之，《风》《雅》《颂》道一风同，皆为中和粹美之德音，为王政教化之一

①《春秋左传正义》卷五十, 第4555页。

② 胡宁：《楚简诗类文献与诗经学要论丛考》，中华书局，2021年，第52—54页。

③《毛诗正义》卷一，第562、566页。

④《春秋左传正义》，第4555页。

⑤《毛诗正义》卷一，第564页。

端，都提供了某种德行或规诫的样板。我们可以借助观者视角来体会这一点，《左传·襄公二十九年》云：

> 吴公子札来聘，见叔孙穆子……请观于周乐，使工为之歌《周南》《召南》，曰："美哉！始基之矣，犹未也，然勤而不怨矣。"为之歌《邶》《鄘》《卫》，曰："美哉！渊乎！忧而不困者也。吾闻卫康叔武公之德如是，是其卫风乎！"为之歌《王》，曰："美哉！思而不惧，其周之东乎！"为之歌《郑》，曰："美哉！其细已甚，民弗堪也，是其先亡乎！"为之歌《齐》，曰："美哉！泱泱乎！大风也哉！表东海者，其大公乎！国未可量也。"为之歌《豳》，曰："美哉！荡乎！乐而不淫，其周公之东乎！"为之歌《秦》，曰："此之谓夏声，夫能夏则大，大之至也，其周之旧乎！"为之歌《魏》，曰："美哉！沨沨乎！大而婉，险而易行，以德辅此，则明主也。"为之歌《唐》，曰："思深哉！其有陶唐氏之遗民乎！不然，何忧之远也？非令德之后，谁能若是。"为之歌《陈》，曰："国无主，其能久乎？"自《郐》以下无讥焉。为之歌《小雅》，曰："美哉！思而不贰，怨而不言，其周德之衰乎！犹有先王之遗民焉。"为之歌《大雅》，曰："广哉！熙熙乎！曲而有直体，其文王之德乎！"为之歌《颂》，曰："至矣哉！直而不倨，曲而不屈，迩而不逼，远而不携，迁而不淫，复而不厌，哀而不愁，乐而不荒，用而不匮，广而不宣，施而不费，取而不贪，处而不底，行而不流，五声和，八风平，节有度，守有序，盛德之所同也。"见舞《象箾》《南籥》者，曰："美哉！犹有憾。"见舞《大武》者，曰："美哉！周之盛也，其若此乎！"见舞《韶濩》者，曰："圣人之弘也，而犹有惭德，圣人之难也。"见舞《大夏》者，曰："美哉！勤而不德，非禹其谁能修之？"见舞《韶箾》者，曰："德至矣哉！大矣，如天之无不帱也，如地之无不载也，虽甚盛德，其蔑以加于此矣，观止矣，若有他乐，吾不敢请已。"①

《周》《召》《邶》《鄘》《卫》《王》《齐》《豳》《秦》《魏》《唐》《小雅》《大雅》《颂》《象箾》《南籥》《大武》《韶》《濩》《大夏》《韶箾》提供了源自不同地域及艺术形式的道德典型，《郑》《陈》则提供了资为镜鉴的反面教材。但是季札于《郑》依然说"美哉"，可见《郑》并非仅是国衰民乱之音，还是体现了某些经王官修订过后典雅、可观之特征的，只是季札没有展开来谈。"其细已甚"，大约是就风俗厚薄而言，与《二南》对比可见，西汉大儒匡衡云："《周南》

---

① 《春秋左传正义》卷三十九，第4355—4361页。

《召南》被贤圣之化深，故笃于行而廉于色。"①举例言，《行露》不嫁非礼，云："厌浥行露，岂不夙夜，谓行多露。"孔颖达疏："厌浥然而湿、道中有露之时，行人岂不欲早夜而行也？有是可以早夜而行之道，所以不行者，以为道中之露多，惧早夜之濡己，故不行耳。以兴强暴之男今来求己，我岂不欲与汝为室家乎？有是欲与汝为室家之道，所以不为者，室家之礼不足，惧违礼之污身，故不为耳。似行人之惧露，喻贞女之畏礼。"②马瑞辰云："《郑风·野有蔓草》以零露为幸，此诗以行露为畏，可以见风俗贞淫之异。"③邓翔《诗经绎参》取《七月》《溱洧》相较："春者，农桑之始，观《豳风》，此日男则于耜举趾，女则执筐求桑，盖其勤也。今士不弋雁，女休蚕织，惟是秉蕳临流，男女戏谑，岂复有礼义廉耻耶？"④勤谨、游冶风气之殊，亦可概见。此皆所以旁见人君政教之良窳。《关雎序》："一国之事系一人之本，谓之《风》。"⑤严粲《诗缉》引永嘉陈氏曰："风诗由下以观上，多作于小夫贱隶，皆因民俗厚薄，推本于一人之善恶也；雅诗由上以知下，多作于公卿大臣，皆以朝政臧否，推广而达之四方之理乱也。"⑥（至于"下以风刺上"⑦，讽谏之意了然，更毋论）陈奏这类诗歌，正可起到观风知政、谏议补缺的作用。故子贡曰："闻其乐而知其德。"（《孟子·公孙丑上》⑧）《文心雕龙》更举例云："'好乐无荒'，晋风所以称远；'伊其相谑'，郑国所以云亡。故知季札观辞，不直听声而已。"（《乐府》⑨）"成汤圣敬，'猗欤'作《颂》。逮姬文之德盛，《周南》勤而不怨；大王之化淳，《邠风》乐而不淫；幽厉昏而《板》《荡》怒，平王微而《黍离》哀。"（《时序》⑩）朱子云："于以考其俗尚之美恶，而知其政治之得失焉。……领在乐官，以时存肄，备观省而垂监戒耳。"⑪斯为得之。

"自《邶》以下无讥焉"，则是季札有意的忽略。孔颖达疏云："邶曹二国，

① 《汉书》卷八十一，第3335页。

② 《毛诗正义》卷一，第605页。

③ 马瑞辰撰，陈金生点校：《毛诗传笺通释》卷三，中华书局，1989年，第85页。

④ 《诗经汇评》，第236页。

⑤ 《毛诗正义》卷一，第568页。

⑥ 严粲撰，李辉点校：《诗缉》卷一，中华书局，2020年，第10页。

⑦ 《毛诗正义》卷一，第566页。

⑧ 《孟子注疏》卷三上，第5842页。

⑨ 《增订文心雕龙校注》卷二，第82—83页。

⑩ 《增订文心雕龙校注》卷九，第535页。

⑪ 《诗集传》卷一，第1页。

皆国小政狭，季子不复讥之，以其微细故也。"①谛观这则材料，可见在表演形式上，诗、乐、舞同属一个大类，可统称为礼乐之"乐"，这与《礼记·乐记》名为"'乐'记"，而兼论诗、乐、舞是相合的。而三者统一的文化意味，就在于它们同属一个着意于感发并践行道德意志的教化体系。《乐记》云：

> 故曰："乐者，乐也。"君子乐得其道，小人乐得其欲。以道制欲，则乐而不乱；以欲忘道，则惑而不乐。是故君子反情以和其志，广乐以成其教。乐行而民乡方，可以观德矣。德者，性之端也。乐者，德之华也。金石丝竹，乐之器也。诗，言其志也。歌，咏其声也。舞，动其容也。三者本于心，然后乐气从之。是故情深而文明，气盛而化神，和顺积中而英华发外。②

对于《诗经》的解读，也应建立在对此"文化域境"的认识之上，才能尽可能地契符于历史语境，从而避免文本主义批评的师心臆测，或者专业式还原论"因小失大"的误导。

对于《诗经》性质的解读，到此基本可以结束了。但是我们可以更进一步，将《诗经》放入它所从属的文化体系当中（而非人为孤立、割裂地就《诗》说《诗》），来考察《诗经》所存在的文化环境，进而得出更契合于古代实际、"原汁原味"的认识。

在早期历史中，"六艺"并非一个简单的技术种类，或者知识体系，确切地说，它是一个活着的教化体系，分别从不同的角度来引导、培养贵族子弟对于道德共识和意义秩序的认同与执行能力。如《国语·楚语上》云：

> 教之《春秋》，而为之耸善而抑恶焉，以戒劝其心；教之《世》，而为之昭明德而废幽昏焉，以休惧其动；教之《诗》，而为之导广显德，以耀明其志；教之《礼》，使之上下之则；教之《乐》，以疏其秽而镇其浮；教之《令》，使访物官；教之《语》，使明其德，而知先王之务，用明德于民也；教之《故志》，使知废兴者而戒惧焉；教之《训典》，使知族类，行比义焉。③

故《礼记·燕义》云："凡国之政事，国子存游卒，使之修德学道，春合诸学，

---

①《春秋左传正义》卷三十九，第4357页。

②《礼记正义》卷三十八，第3330页。

③《国语集解》，第485—486页。

秋合诸射，以考其艺而进退之。"①《周礼·保氏》亦云："养国子以道，乃教之六艺。"②这些历史、文学、音乐、哲学方面的教育，一以道德为旨归，无时无刻不提醒着这些势位尊荣的公族贵胄：要疏除灵魂的瑕垢，涵养纯粹光明的心志，践行高尚的德行，合睦亲族，广济百姓，建立并维持一个积极的意义秩序，化导良俗，则天下都会平安康乐。若是违背教导，破坏原则地滥用权力，则会遭遇前代叙事中的亡国灭身之祸。这是中国古老的训诫、政治传统，与后世更多地关注意识形态的建构不同，古人是从经验而非理念的角度来思考政治的。他们认为，有教养的君主、受约束的权力、公开规诫的自由环境，才是一切意义秩序得以实现的基础。不然，缺乏约束、寖至滥用的权力，势必会扭曲、践踏任何美好的政治理想。早期文献里有着许多这方面的记载，足以看出这个传统中人们强健的道德活力与宽松的政治氛围③：

> 《大戴礼记·保傅》：太子既冠，成人，免于保傅之严，则有司过之史，有亏膳之宰。太子有过，史必书之，史之义不得不书过，不书过则死；过书而宰彻去膳，夫膳宰之义，不得不彻膳，不彻膳则死。于是有进善之旌，有诽谤之木，有敢谏之鼓，鼓夜诵诗，工诵正谏，士传民语。习与智长，故切而不攘；化与心成，故中道若性，是殷周所以长有道也。④

---

① 《礼记正义》卷六十二，第3669页。

② 《周礼注疏》卷十四，阮元校刻《十三经注疏（清嘉庆刊本）》，中华书局，2009年，第1575页。

③ 凡欲专制独裁，则必禁言路。故清帝集权内廷，削六部、内阁之权，必禁士人建白军民利病，生员如有一言建白，以违制论，黜革治罪。虽内如翰林院编修、检讨，外如道、府长官，亦不得专摺言事。士人之言论、出版、结社三大自由，皆切实严禁。才士金圣叹等，即因此横罹罪辜（详参：钱穆著：《国史大纲》第八编，商务印书馆，2018年，第841—842页）。又：对于谏诫的宽容，是唐虞三代以来的传统，周人当是得益于此。《管子·桓公问》："舜有告善之旌，而主不蔽也。禹立建鼓于朝，而备讯唉。汤有总街之庭，以观人诽也。"（黎翔凤撰，梁运华整理：《管子校注》卷十八，中华书局，2004年，第1047页）《淮南·主术》云："古者天子听朝，公卿正谏，博士诵诗，瞽箴师诵，庶人传语，史书其过，宰彻其膳，犹以为未足也。故尧置敢谏之鼓，舜立诽谤之木，汤有司直之人，武王立戒慎之鞀，过若毫厘而既已备之也。夫圣人之于善也，无小而不举；其于过也，无微而不改。尧、舜、禹、汤、文、武，皆坦然天下而南面焉。当此之时，謷鼓而食，奏雍而彻，已饭而祭寝，行不用巫祝，鬼神弗敢崇，山川弗敢祸，可谓至贵矣。然而战战栗栗，日慎一日。由此观之，则圣人之心小矣。《诗》云：'惟此文王，小心翼翼，昭事上帝，聿怀多福'，其斯之谓欤？"（刘安编，何宁撰：《淮南子集释》卷九，中华书局，1998年，第691—693页）《后汉书·杨震传》："臣闻尧舜之世，谏鼓谤木，立之于朝；殷周哲王，小人怨詈，则还自敬德。"（《后汉书》卷五十四，中华书局，1965年，第1766页）

④ 《大戴礼记解诂》卷三，第52—53页。

《左传·襄公十四年》：天生民而立之君，使司牧之，勿使失性。有君而为之贰，使师保之，勿使过度。是故天子有公，诸侯有卿，卿置侧室，大夫有贰宗，士有朋友，庶人、工、商、皂、隶、牧、圉皆有亲昵以相辅佐也。善则赏之，过则匡之，患则救之，失则革之。自王以下各有父兄子弟以补察其政，史为书，瞽为诗，工诵箴谏，大夫规诲，士传言，庶人谤，商旅于市，百工献艺，故《夏书》曰："道人以木铎徇于路，官师相规，工执艺事以谏。"正月孟春，于是乎有之谏失常也。天之爱民甚矣，岂其使一人肆于民上以从其淫而弃天地之性？必不然矣。①

《国语·周语上》：天子听政，使公卿至于列士献诗，瞽献曲，史献书，师箴，瞍赋，蒙诵，百工谏，庶人传语，近臣尽规，亲戚补察，瞽史教诲，耆艾修之，而后王斟酌焉，是以事行而不悖。②

《国语·晋语六》：吾闻古之言王者，政德既成，又听于民。于是乎使工诵谏于朝，在列者献诗，使勿兆，风听胪言于市，辨袄祥于谣，考百事于朝，问谤誉于路，有邪而正之，尽戒之术也。③

《礼记·王制》：大史典礼，执简记，奉讳恶。天子齐戒受谏。④

养老、饮食之礼，亦蕴有立教示戒的精意：

《礼记·内则》：凡养老，五帝宪，三王有乞言。五帝宪，养气体而不乞言，有善则记之为惇史。三王亦宪，既养老而后乞言，亦微其礼，皆有惇史。⑤

《礼记·玉藻》：子卯稷食菜羹。孔颖达疏："纣以甲子死，桀以乙卯亡，以其无道被诛，后王以为忌日。稷食者，食饭也。以稷谷为饭、以菜为羹而

---

①《春秋左传正义》卷三十二，第4250—4251页。
②《国语集解》，第11—12页。
③《国语集解》，第387—388页。
④《礼记正义》卷十三，第2911页。
⑤《礼记正义》卷二十八，第3179—3180页。

食之。"①

动作、燕寝之间，戒敬亦不少怠：

> 《礼记·玉藻》：动则左史书之，言则右史书之，御瞽几声之上下。郑玄注："几，犹察也。"②

> 按：《玉藻》又曰："古之君子必佩玉。右徵、角，左宫、羽，趋以《采齐》，行以《肆夏》，周还中规，折还中矩，进则揖之，退则扬之，然后玉锵鸣也。故君子在车则闻鸾和之声，行则鸣佩玉，是以非辟之心无自入也。"③

察声之上下，盖是通过考察佩玉抑扬锵鸣之声是否清明和平，以觇知君子之心志。由此亦可见，真正合礼的君子，自心志至言行，宏纤尽含有温润感人的光辉。

> 《仪礼·燕礼》：相者对曰："吾子无自辱焉，有房中之乐。"郑玄注："弦歌《周南》《召南》之诗，而不用钟磬之节也。谓之房中者，后夫人之所讽诵，以事其君子。"④

从宏观的视野来看，宪善监恶，亦是周代的"君学"。《诗·鹿鸣》："示我周行。"⑤《时迈》："我求懿德。"⑥《敬之》："示我显德行。"⑦《国语·晋语七》："以其善行，以其恶戒。"⑧《晋语九》："朝夕诵善败而纳之"⑨《楚语下》："人求多闻善败，以监戒也。"⑩国家致治，系于君主的德性。《论语·颜渊》："季康子问政于孔子曰：'如杀无道，以就有道，何如？'孔子对曰：'子为政，焉用杀？子欲善，而民善矣。君子之德风，小人之德草。草上之风，必偃。'"⑪君

---

①《礼记正义》卷二十九，第3194页。

②《礼记正义》卷二十九，第3193页。

③《礼记正义》卷三十，第3211页。

④《仪礼注疏》卷十五，阮元校刻《十三经注疏（清嘉庆刊本）》，中华书局，2009年，第2216页。按："吾子无自辱焉，有房中之乐"，可见房中乐有戒慎之意，则郑注不为无据。

⑤《毛诗正义》卷九，第865页。

⑥《毛诗正义》卷十九，第1269页。

⑦《毛诗正义》卷十九，第1290页。

⑧《国语集解》，第415页。

⑨《国语集解》，第452页。

⑩《国语集解》，第531页。

⑪《论语注疏》卷十二，第5439页。

长切谨地砥砺道德，人民受之影响，风俗自趋于敦朴重义。《尚书·无逸》："周公曰：呜呼！我闻曰：古之人犹胥训告，胥保惠，胥教诲，民无或胥诪张为幻。"孔颖达疏："周公言而叹曰：我闻人之言曰：古人之虽君明臣良，犹尚相训告以善道，相安顺以美政，相教诲以义方，君臣相正如此，故于时之民顺从上教，无有相诳欺为幻惑者。"[①]在这个传统中，最使人敬畏的不是权力或财富，而是道德和共同价值所建立的意义秩序。即使是最尊贵的王室逾越了它，也会遭到国家上下价值共同体的反击，所谓"道尊于势"。

因为《诗》自形成之始便承载了道德规诫与共同价值，为了更好地发挥其教化作用，在古代，人们会将它与另一更为宏伟的意义秩序——"礼"相结合（按：以下的讨论会涉及"用《诗》"的传统，但仅限于《诗》、礼的结合。礼旧传定于周公，其历史渊源是非常早的，探讨礼之用《诗》，对于我们深入理解《诗》之性质与文化意涵有所帮助，这与讨论断章取义的外交赋诗是不一样的）。在中国古典政治理念里，认为不公平、弱肉强食的人类现象，源于人心的陷溺与偏邪。而扶持社会秩序的和平与运转，关键就在于道德、伦理的教育。通过德性的教化，使人们凝结成一个充满仁爱、谦逊，讲求正义的集体，就可以建立天下太平、人人都能得到尊重，并且知道如何去实现自我价值的理想社会。如《礼记·礼运》所云：

> 圣人耐以天下为一家，以中国为一人者，非意之也，必知其情，辟于其义，明于其利，达于其患，然后能为之。何谓人情？喜、怒、哀、惧、爱、恶、欲，七者弗学而能。何谓人义？父慈、子孝、兄良、弟弟、夫义、妇听、长惠、幼顺、君仁、臣忠，十者谓之人义。讲信修睦，谓之人利。争夺相杀，谓之人患。故圣人之所以治人七情，修十义，讲信修睦，尚辞让，去争夺，舍礼何以治之？[②]

在这样的信仰传统中，人们朝夕研摩、切磋讲求的，是如何克治狭隘的欲望，发明、践行自己的道德良知。"艺""礼""乐"是此道德的表现形式，"仁""义"是此道德的义理内核。所谓"学"，即是学致此仁义礼乐，致此道德良知，致此天命人性。此是王官学所以能经世致用的基本意涵。故《史记》载秦缪公

---

① 《尚书正义》卷十六，阮元校刻：《十三经注疏（清嘉庆刊本）》，中华书局，2009年，第473页。

② 《礼记正义》卷二十二，第3080页。

云：“中国以《诗》《书》《礼》《乐》法度为政。”①

　　道德并非虚空的理论，而是需要具体、经验的实现形式的。这个形式即是礼，《诗》也参与了这一道德实践模式的建构，在特定的场合演奏，可以用于强调某种伦理规范，或者帮助人们表达某些道德情感。若是不能以符合礼的传统方式演奏，小则被指责为对仪式知识的疏漏，大则有僭越、谋逆的嫌疑。早期文献中保存了这样的例子，如：

　　《左传·文公四年》：卫宁武子来聘，公与之宴，为赋《湛露》及《彤弓》。不辞，又不答赋。使行人私焉，对曰："臣以为肆业及之也，昔诸侯朝正于王，王宴乐之，于是乎赋《湛露》。则天子当阳，诸侯用命也。诸侯敌王所忾，而献其功，王于是乎赐之彤弓一，彤矢百，旅弓矢千，以觉报宴。今陪臣来继旧好，君辱贶之，其敢干大礼以自取戾？"②

　　《左传·襄公四年》：穆叔如晋，报知武子之聘也。晋侯享之，金奏《肆夏》之三，不拜；工歌《文王》之三，又不拜；歌《鹿鸣》之三，三拜。韩献子使行人子员问之，曰："子以君命，辱于敝邑。先君之礼，借之以乐，以辱吾子。吾子舍其大，而重拜其细，敢问何礼也？"对曰："三《夏》，天子所以享元侯也，使臣弗敢与闻。《文王》，两君相见之乐也，臣不敢及。《鹿鸣》，君所以嘉寡君也，敢不拜嘉？《四牡》，君所以劳使臣也，敢不重拜？《皇皇者华》，君教使臣曰：'必谘于周。'臣闻之：'访问于善为咨，咨亲为询，咨礼为度，咨事为诹，咨难为谋。'臣获五善，敢不重拜。"③

　　《左传·昭公十二年》：宋华定来聘，通嗣君也。享之，为赋《蓼萧》。弗知，又不答赋。昭子曰："必亡。宴语之不怀，宠光之不宣，令德之不知，同福之不受，将何以在？"（孔疏："不怀、不宣、不知、不受，皆据华定为文也。《诗》云'燕笑语兮'，言定当思此笑语，与主相对也。《诗》云'为龙为光'，定当应此宠光，宣扬之也。《诗》云'令德寿岂'，定当知己有德与否，须辞谢之也。《诗》云'万福攸同'，定当受同福，荷君恩也。各准事而为之文。"）④

①《史记》卷五，中华书局，1982年，第192页。
②《春秋左传正义》卷十八，第3995页。
③《春秋左传正义》卷二十九，第4192页。
④《春秋左传正义》卷四十五，第4477页。

《诗经》阐释的文化域境

如上所示，与后世谈说义理、考证辞义不同，这一时期的经文诠释关注"所指涉的道德经验"，从具体经验的视角细绎经文，因而具有改造、规范现实的学理潜力。又，宴享观礼，是古人的一项政治传统。《左传·成公十四年》："卫侯飨苦成叔，宁惠子相，苦成叔傲。宁子曰：'苦成家其亡乎！古之为享食也，以观威仪、省祸福也。故《诗》曰："兕觥其觩，旨酒思柔，彼交匪傲，万福来求。"今夫子傲，取祸之道也。'"①《襄公二十七年》："赵孟曰：'匪交匪敖，福将焉往？若保是言也，欲辞福禄，得乎？'"②推之冠、昏、丧、祭、饮、射诸礼莫不皆然。

> 《礼记·射义》：古者诸侯之射也，必先行燕礼；卿大夫、士之射也，必先行乡饮酒之礼。故燕礼者，所以明君臣之义也；乡饮酒之礼者，所以明长幼之序也。故射者进退周还必中礼。内志正，外体直，然后持弓矢审固，持弓矢审固，然后可以言中。此可以观德行矣。其节，天子以《驺虞》为节，诸侯以《狸首》为节，卿大夫以《采𬞟》为节，士以《采蘩》为节。《驺虞》者，乐官备也。《狸首》者，乐会时也。《采𬞟》者，乐循法也。《采蘩》者，乐不失职也。是故天子以备官为节，诸侯以时会天子为节，卿大夫以循法为节，士以不失职为节。故明乎其节之志，以不失其事，则功成而德行立。德行立则无暴乱之祸矣，功成则国安。故曰："射者，所以观盛德也。"……故《诗》曰："曾孙侯氏，四正具举。大夫君子，凡以庶士。小大莫处，御于君所。以燕以射，则燕则誉。"言君臣相与尽志于射以习礼乐，则安则誉也。是以天子制之，而诸侯务焉。此天子之所以养诸侯而兵不用，诸侯自为正之具也。③

"《诗》、礼相将"的传统，为孔子所继承：

> 《礼记·仲尼燕居》：子曰："慎听之！女三人者，吾语女：礼犹有九焉，大飨有四焉，苟知此矣，虽在畎亩之中，事之，圣人已。两君相见，揖让而入门，入门而县兴；揖让而升堂，升堂而乐阕。下管《象》《武》，《夏》籥序兴。陈其荐俎，序其礼乐，备其百官，如此而后君子知仁焉。行中规，还中矩，和鸾中《采齐》，客出以《雍》，彻以振羽，是故君子无物而不在礼矣。入门而金作，示情也。升歌《清庙》，示德也。下而管《象》，示事也。

---

①《春秋左传正义》卷二十七，第4153页。

②《春秋左传正义》卷三十八，第4336页。

③《礼记正义》卷六十二，第3662、3664页。

是故古之君子不必亲相与言也，以礼乐相示而已。①

以及出自《论语·季氏》广为人知的例子：

> 三家者，以《雍》彻。子曰："'相维辟公，天子穆穆。'奚取于三家之堂。"②

故《礼记·仲尼燕居》云："不能《诗》，于礼缪。"郑玄注："歌《诗》，所以通礼意也。"③上述《礼记·射义》一则材料对于《诗》如何配合礼来表达某些共同价值描写得很细致。正是因为《诗》、礼可以表达这些古老的道德典型与共同价值，所以在战国乱世，它们遭到了欲谋不轨的诸侯的憎恨。《射义》云用于表达诸侯礼义的《狸首》，今本《诗经》已不见。郑玄《周南召南谱》云："射礼，天子以《驺虞》，诸侯以《狸首》，大夫以《采苹》，士以《采蘩》为节。今无《狸首》，周衰，诸侯并僭而去之，孔子录诗不得也。"孔颖达疏云："《大射》注云：'狸之言不来也。其诗有射诸侯首不朝者之言，因以名篇，后世失之。'然则于时诸侯不肯朝事天子，恶其被射之言，故弃之。"④秦始皇也曾有过焚烧

《诗经》阐释的文化域境

---

① 《礼记正义》卷五十，第3502页。

② 《论语注疏》卷三，第5355页。

③ 《礼记正义》卷五十，第3502页。

④ 《毛诗正义·周南召南谱》，第559页。

《诗》《书》的行政工程。①这一现象，可以帮助我们看到《诗经》在文化、历史上的非凡意义：它以精致优雅的文化形式寄托了我们民族古老的道德理想与正义诉求，尊崇仁义礼信，贬黜势利荒淫，重视道德的秩序，而不是权势和暴力。因而是任何想要破坏社会安定、践踏道德原则的贪权者所不愿意看到，而亟欲使其消失的。

---

① 有学者认为："前213年和前212年之间秦的'焚书坑儒'更有可能是对它所继承的文本传统进行控制的尝试，而非对其的销毁，销毁说是为了汉朝的儒家神话而错误地提出的。"（柯马丁《早期中国诗歌与文本研究诸问题——从〈蟋蟀〉谈起》，《表演与阐释：早期中国诗学研究》，第386页注脚〔69〕）这值得商榷。秦始皇、李斯焚灭《诗》《书》，起因是淳于越的封建之议，李斯云："今陛下创大业，建万世之功，固非愚儒所知。且越言乃三代之事，何足法也……今诸生不师今而学古，以非当世，惑乱黔首……语皆道古以害今，饰虚言以乱实。"（《史记》卷六，第254—255页）可见，始皇、李斯对于《诗》《书》三代典籍，是持否定态度的，认为其中蕴含的治国理念已然过时，不适用于今。柯氏的观点，似是预设了秦朝尊六经为圣典，因此需要统一文本，制造经典解释的权威。如此，则正与实情相反。又《史记·秦始皇本纪》云："非博士官所职，天下敢有藏《诗》《书》、百家语者，悉诣守、尉杂烧之。"（《史记》卷六，第255页）就这则材料来看，博士官所掌《诗》《书》不在烧毁之列，但是结合其他的史料，我以为情况并不如此。《儒林列传》云："伏生者，济南人也。故为秦博士。孝文帝时，欲求能治《尚书》者，天下无有，乃闻伏生能治，欲召之。是时伏生年九十余，老，不能行，于是乃诏太常使掌故朝错往受之。秦时焚书，伏生壁藏之。其后兵大起，流亡，汉定，伏生求其书，亡数十篇，独得二十九篇，即以教于齐鲁之间。学者由是颇能言《尚书》，诸山东大师无不涉《尚书》以教矣。"（《史记》卷一百二十一，第3124—3125页）如果博士官所掌书籍没有受到威胁，身为秦博士的伏生何必藏《书》于壁呢？又《萧相国世家》："沛公至咸阳，诸将皆争走金帛财物之府分之，何独先入收秦丞相御史律令图书藏之。"（《史记》卷五十三，第2014页）可知汉代基本继承了秦代的官府藏书。《六国年表》："秦既得意，烧天下《诗》《书》，诸侯史记尤甚，为其有所刺讥也。《诗》《书》所以复见者，多藏人家，而史记独藏周室，以故灭。"（《史记》卷十五，第686页）司马迁将《诗》《书》复见归因于"多藏人家"，则其所见石室金匮无《诗》《书》可知。故《太史公自序》云："周道废，秦拨去古文，焚灭《诗》《书》，故明堂石室金匮玉版图籍散乱。于是汉兴，萧何次律令，韩信申军法，张苍为章程，叔孙通定礼仪，则文学彬彬稍进，《诗》《书》往往间出矣。"（《史记》卷一百三十，第3319页）《汉志》云《易》"为筮卜之事，传者不绝"，是以刘向校经时有"中古文《易经》"（《汉书》卷三十，第1704页）。于《书》云"以中古文校欧阳、大小夏侯三家经文"，是因为有孔安国校定的壁中书，故前文云："古文《尚书》者，出孔子壁中。武帝末，鲁共王坏孔子宅，欲以广其宫，而得古文《尚书》及《礼记》《论语》《孝经》凡数十篇，皆古字也。共王往入其宅，闻鼓琴瑟钟磬之音，于是惧，乃止不坏。孔安国者，孔子后也，悉得其书，以考二十九篇，得多十六篇。安国献之。"（《汉书》卷三十，第1706页）壁中书无《诗》，是以《汉志》于《诗》不云"中古文"云云。于《礼》有"《礼》古经"，也是因为"出于鲁淹中及孔氏"（《汉书》卷三十，第1710页），而不是中秘旧藏。由此观之，秦焚《诗》《书》，作为一项政策方针，其后来的扩张程度，可能要大于《始皇本纪》所记载的最初建议。正因如此，那些正直的儒生才会认为"昔秦绝圣人之道，杀术士，燔《诗》《书》，弃礼义，尚诈力，任刑罚，转负海之粟致之西河"（《淮南衡山列传》，《史记》卷一百一十八，第3086页）。如果仅是"对它所继承的文本传统进行控制的尝试"，何至如此？

结语：学术界的"生命主体性"转向

近代以来，学界经历了"夷经为史"的转向。[①]人们否定了古典学术参与建构现世价值秩序的潜力，如毛子水说："国故是过去的已死的东西"[②]、"我们中国古代的学术思想，对于我们的生活，一天比一天不适用，对于我们研究学术的参考，亦一天比一天没有价值。有这些缘故，所以中国古代的学术思想，是已死的东西。"[③]钱玄同也认为："他们所说的'中国文化'，既是寄于汉字的书籍之中的，则当然是指过去的已经僵死腐烂的中国旧文化而言。"[④]因此，研究这些"死去"的学问，便好似"解剖尸体"，毛子水云："研究国故，好像解剖尸体。"[⑤]因为否认古典学术的当代价值，因此研究便不可避免地出现了生命观照的退场及"史料化"的出现。如胡适说过："一切的书籍，都是历史的材料。"[⑥]"一切著作，都是史料。"[⑦]当下存在的现代学术体系的各个学科的专门史、学术史，即产生于这股轰轰烈烈的风潮当中，如哲学史、文学史、法制史、教育史等等。而这种看似科学实则偏见极大的科学主义风潮，是文化虚无主义

① 按：此为饶宗颐先生批评章学诚之语（胡晓明：《饶宗颐学记》，香港教育图书公司，1996年，第59页），但是章学诚并没有否认经学的价值意义，章学诚、章太炎、胡适之皆有类似"夷经为史"的主张，但是二章氏的"史学"带有通经致用的现世精神，而胡适则否认经学的现世价值，并将一切古籍视作等待被西方的学科范式重新整理的材料，这是三者的不同（这段学术史的梳理，参见陈壁生：《经学的瓦解》，华东师范大学出版社，2014年。胡适虽反复称扬实斋之说，但那本质上是出于对章氏的误读。辨见钱穆：《中国近三百年学术史》，商务印书馆，1997年，第430—433页）。饶先生所批评的那种"离经叛道""毁经灭道"的学风（胡晓明：《饶宗颐学记》，第60页），实质上说的应是胡适一脉。陈壁生教授将这一段历史概括为：从"以经为纲"到"以史为本"（详参陈壁生：《经学的瓦解》）。此外，黄宗智用"文物主义"（antiquarianism）形容这类范式，并认为"它说到底乃是一种博物馆意识，要求'还原'其珍品，原封原状地展览。这样的观点其实既把其与当时的社会环境和实际运作隔绝"。（黄宗智：《中国古今的民、刑事正义体系——全球视野下的中华法系》，《实践社会科学的方法、理论与前瞻》，广西师范大学出版社，2023年，第531页）

② 毛子水：《国故和科学的精神》，桑兵等编：《国学的历史》，国家图书馆出版社，2010年，第143页。

③ 毛子水：《〈驳《新潮·国故和科学的精神篇》〉订误》，《国学的历史》，第159页。

④ 钱玄同：《汉字革命与国故》，《钱玄同文集》第3卷，中国人民大学出版社，1999年，第137页。

⑤ 毛子水：《〈驳《新潮·国故和科学的精神篇》〉订误》，《国学的历史》，第164页。

⑥ 胡适：《中国书的收集法》，《胡适全集》第13卷，安徽教育出版社，2003年，第82页。

⑦ 胡适：《章实斋先生年谱》，《胡适全集》第19卷，安徽教育出版社，2003年，第145页。

滋生的土壤，最终会引来对文化传统的全面否定。如顾颉刚所云：

> 我的《古史辨》工作则是对于封建主义的彻底破坏。我要使古书仅为古书而不为现代的知识，要使古史仅为古史而不为现代的政治与伦理，要使古人仅为古人而不为现代思想的权威者。换句话说，我要把宗教性的封建经典——"经"整理好了，送进了封建博物院，剥除它的尊严，然后旧思想不能再在新时代里延续下去。①

而这样的研究态度，不仅会阻碍研究者更深入地理解古代社会的心理机制及文化内涵，从而严重地影响到研究成果的质量，还会引起学者对自己研究工作价值的质疑与否定，进而影响到学者作为一个主体性的人，其生命价值与人文关怀的缺失。朱希祖认识到了这一点，他沉痛地说："余辈向治历史，仅断片的考证，用力多而收获少，若仅少数人为之犹尚可也，驱全国学子出于一途，于社会实际进化无甚影响，此实大谬。"②

"幸兹秉彝，极天罔坠。"③幸运的是，人类生命的自觉，对于价值、意义追寻的能动永不灭息。自20世纪的史料化和语言学转向之后，学术界隐隐地兴起了一股新的思潮——对于生命主体观照的趋势。这一趋势，在不同的学科、专业里不约而同地出现了：在文学领域，古代文学，有胡晓明老师的"心灵诗学"；现当代文学，有张清华的"生命本体论诗学"。在史学领域，有陆新生的"历史美学"。在哲学领域，中国哲学（儒学研究方面）出现了"功夫论"转向，代表学者为彭国翔、倪培民，杜维明的"体知"说，亦可属此范围；西方哲学，则有阿道（Pierre Hadot）、努斯鲍姆（Martha C. Nussbaum）以及列维·施特劳斯（Leo Strauss）的古典学研究，及安乐哲的比较哲学研究。阿道、努斯鲍姆通过对古希腊罗马哲学传统的精湛研究，区分了"哲学本身"（philosophy itself）和"关于哲学的论说"（discourse about philosophy），并指出了一个长期被人们忽略的事实：哲学对于希腊哲人来说，是作为一种"生活方式"（way of life）的"精神修炼"（spiritual exercise）和"欲望治疗"（therapy of desire），而非现下习以为

---

① 顾颉刚：《我是怎样编写古史辨的？》，《顾颉刚全集》第1册，中华书局，2010年，第173页。

② 朱希祖著，朱元曙整理：《朱希祖书信集；郦亭诗稿》，中华书局，2012年，第202页。

③ 朱子《小学题辞》，《朱子全书》第13册，上海古籍出版社·安徽教育出版社，2002年，第394页。

常的话语建构或观念游戏。[①]

列维·施特劳斯则说，对于古希腊哲学的研究，不应基于后来者的建构，而应注意到古书本身的现世关切与洞见："人们必须真正按照这些书的意图（meant）来阅读它们，不是为了提供关于希腊文化的信息（information），而是作为意图唤醒（awaken）人类的书。"[②]他甚至认为，缺乏与古人共享的价值关切与哲学思考，"不严肃地思考正义、好社会以及所有其他问题"，仅靠史料化的信息"归档"是无法写出有质量的学术著作的。[③]

安乐哲的研究则指出，毕达哥拉斯所开创的"爱智慧（philosophia）"传统，并非如后人所建构的那样——"屈服于寻求理论知识过程中的冰冷的、单一的科学探索"，而是带有强烈的宗教与伦理情感的——"爱智慧"的"智慧"，还应包括宗教和道德上的智慧，即"去爱"的"智慧"。[④]

由此我们可以发现，当代学术中存在着一个现象，即"人"的凸显。研究诗歌、文学，不仅仅是研究其艺术、历史，还观照写作者的文化心灵与生命主体性；研究历史，不仅注重史实的考证，还提出要以审美的眼光、人文的关怀来治史学；研究哲学，不再执迷于观念的游戏、哲学史的梳理，还关注人类的生活、智慧与宗教性的关联。这是一个伟大的转向，它反映了人文学界对于当代世界某些重大问题的回应与改变。不仅意味着人文学的研究进入了更为精微的层面；还表明，在经历了数世纪狂热的理性探索与向外追逐之后，人类文明开始重新"向内"思索，探讨一些关乎自家身心性命的终极问题。"博学而笃志，切问而近思，仁在其中矣。"[⑤]与20世纪的全盘否定不同，这一次的转向，会使我们重拾起古老的智慧传统，使人类文明能在一个更为深厚、广博的基础上思考自身的价值与本质。

在这一思潮中，文学、史学、哲学的著作及论文已有不少，但是经学方面尚鲜见，这是非常遗憾的，因为将经典研习作为重塑自身存在域境及生活方式、政治批评的文化资源，是中国经学的悠久传统。如孔子曰："志于道，据于德，

① Pierre Hadot, Philosophy as a way of life: *Spiritual exercises from Socrates to Foucault. Translated by Michael Chase* (Oxford: Blackwell Publishers Ltd. 1995), pp. 266—269; Martha C. Nussbaum: *The Therapy of Desire: Theory and Practice in Hellenistic Ethics*(Princeton University Press), 2009, p.3.

②《修辞、政治与哲学：柏拉图〈高尔吉亚〉讲疏（1963年）》，第20页。

③《修辞、政治与哲学：柏拉图〈高尔吉亚〉讲疏（1963年）》，第19页。

④ 安乐哲著，田辰山、温海明等译：《自序》《智慧怎么变了：过程性的儒家哲学与成人》，《"生生"的中国哲学——安乐哲学术思想选集》，人民出版社，2021年，第5、466—467页。

⑤《论语注疏》卷十九，第5501页。

依于仁，游于艺。"①程子曰："有求为圣人之志，然后可与共学。"②王阳明云："诵其诗，读其书，求古圣贤之心，以蓄其德而达诸用。"③即使是细密、繁博的考据工作，也蕴含着超越性的文化理想，不能被简单视作机械性、工具性的匠人技艺。如段玉裁《戴东原集序》所云：

> 夫圣人之道在六经，不于六经求之，则无以得圣人，所求之义理以行于家国天下，而文词之不工又其末也。先生之治经，凡故训、音声、算数、天文、地理、制度、名物、人事之善恶是非，以及阴阳气化、道德性命，莫不究乎其实。盖由考核以通乎性与天道，既通乎性与天道矣，而考核益精，文章益成。用则施政利民，舍则垂世立教而无弊。浅者乃求先生于一名一物、一字一句之间，惑矣！④

经学所保存着的，是过去国人最为深厚、渊微的一部分文化心灵与集体意识，探讨其中的价值秩序、文化传统，对于我们理解中国古人如何建构人类合理的作为、生存模式会有帮助。毕竟人、心灵都不是抽象的，而是"活"在具体的历史情境与文化脉络当中的，考察古人对于自身所存在的世俗和神圣秩序的建构，对于理解当下的时代困境，以及未来建构新的意义秩序的思索，或将不无裨益。

故特撰此文，陈抒鄙见，冀得抛砖引玉之效。

吴斌斌，华东师范大学2022级在读博士。

---

① 《论语注疏》卷七，第5390页。
② 程颢、程颐著，王孝鱼点校：《二程集》卷二十五，中华书局，2004年，第322页。
③ 《王文成公全书》卷二十三，第1023页。
④ 王昶辑《湖海文传》卷三十，《续修四库全书》第1668册，上海古籍出版社，2002年，第665页。按：治经之法，或有"家法""主经"之辨，曹元弼《复礼堂述学诗》："元弼少肄业南菁书院，从院长黄元同先生问故。……先生诲人不倦，因才设教，元弼尝侍坐，承间言：'治经，当以家法为主。'先生正之曰：'治经，当以经主。'"（民国二十七年（1938）刊本，卷九第4—5页）经文、家法固然是帮助我们理解经学的绝好阶梯，但是经学文本的实际义域是复杂的，仅案经文、据旧说并不能像看上去的那样使我们能充分地理解经义，我们应该将视野由"形"之文本故训，转移到它们所承载的文化义域之"神（实）"。王阳明颇知其方："夫所谓考诸古训者，圣贤垂训，莫非教人去人欲而存天理之方，若五经、四书是已。吾惟欲去吾之人欲，存吾之天理，而不得其方，是以求之于此，则其展卷之际，真如饥者之于食，求饱而已；病者之于药，求愈而已；暗者之于灯，求照而已；跛者之于杖，求行而已。曾有徒事记诵讲说，以资口耳之弊哉！"（《王文成公全书》卷七，第315—316页）因此，若是今天再参与黄以周、曹元弼的讨论，当云："治经以致良知、明明德、成圣贤为主。"

简论《世说新语·文学》篇中的"南人""北人"学问差异

冯坚培

《世说新语·文学》篇云:"褚季野语孙安国云:'北人学问,渊综广博。'孙答曰:'南人学问,清通简要。'支道林闻之曰:'圣贤固所忘言。自中人以还,北人看书,如显处视月;南人学问,如牖中窥日。'"刘注云:"支所言,但譬成孙、褚之理也。然则学广则难周,难周则识暗,故如显处视月;学寡则易核,易核则智明,故如牖中窥日也。"①这是东晋人对南北学风差异的重要描述。关于"南人""北人"的具体所指,以及"清通简要""渊综广博"的内涵,尚有待进一步论述。

首先讨论"清通简要"的内涵。"清通"与"简要"的含义有一定差别。在《世说新语》中,用"清通""简要"及类似词语来形容人物的例子很多:

"钟士季目王安丰'阿戎了了解人意'。谓'裴公之谈,经日不竭'。吏部郎阙,文帝问其人于钟会,会曰:'裴楷清通,王戎简要,皆其选也。'于是用裴。"(《世说新语·赏誉上》)②

"王濬冲、裴叔则二人,总角诣钟士季。须臾去后,客问钟曰:'向二童何如?'钟曰:'裴楷清通,王戎简要。后二十年此二贤当为吏部尚书,冀尔时天下无滞才。'"(《世说新语·赏誉上》)③

"山公举阮咸为吏部郎,目曰:'清真寡欲,万物不能移也。'"(《世说

---

① 刘义庆著,刘孝标注,余嘉锡笺疏:《世说新语笺疏》,中华书局,2016年,第237页。

②《世说新语笺疏》,第462页。

③《世说新语笺疏》,第463页。

新语·赏誉上》）①

"王戎目阮文业：'清伦有鉴识，汉元以来，未有此人。'"（《世说新语·赏誉上》）②

"武元夏目裴、王曰：'戎尚约，楷清通。'"（《世说新语·赏誉上》）③

"世目谢尚为'令达'。阮遥集云：'清畅似达。'或云：'尚自然令上。'"（《赏誉下》）"尚率易挺达，超悟令上也。"（刘注引《晋阳秋》）④

所谓"清通"有两方面的含义：一是形容外在的音辞清爽、亹亹不绝的言谈。钟会赞赏裴楷的清通，正在于其善于谈论，弥日不竭。二是形容内在的清晰的思维，或少私寡欲、自然洒脱的性格。一个人清爽的言辞往往体现了其朗彻的思维，如此则善于品鉴外物，钟会因此举荐裴楷担任选拔官员的吏部郎。阮武清伦有鉴识，王戎目之为郭泰，"清伦"与"清通"近似，也体现了一种对人物的洞察力。而人的语言又是其性格特征的体现，言辞流利，往往体现其性格爽朗而不拘谨，谢尚平易率真，阮孚对他的评价"清畅"，即"清通"。

在上述例子中，"清通"都用来形容人物的性情、言谈特征，而不是学问。但魏晋人的学问，往往体现在言谈之中。如《赏誉下》篇云："王太尉云：'郭子玄语议如悬河泻水，注而不竭。'"⑤《品藻》篇云："刘尹至王长史许清言，时苟子年十三，倚床边听。既去，问父曰：'刘尹语何如尊？'长史曰：'韶音令辞，不如我；往辄破的，胜我。'"⑥

从中可见，这种言谈不仅是名理的剖析、思想的交流，也是声音美的体现。有时，人们对外在的声音美的重视超过其内在的含义。如《文学》篇刘注引邓粲《晋纪》曰："遐以辩论为业，善叙名理，辞气清畅，泠然若琴瑟。闻其言者，知与不知，无不叹服。"余嘉锡《笺疏》云："晋、宋人清谈，不惟善言名理，其音响轻重疾徐，皆自有一种风韵。《宋书·张敷传》云：'善持音仪，尽

①《世说新语笺疏》，第467页。
②《世说新语笺疏》，第468页。
③《世说新语笺疏》，第470页。
④《世说新语笺疏》，第527—528页。
⑤《世说新语笺疏》，第483页。
⑥《世说新语笺疏》，第583页。

详缓之致。与人别，执手曰："念相闻。"余响久之不绝。'"①"清畅"亦即"清通"，此指裴遐辩论时语言的音乐美，人们即使不明白他说话的含义，这种音乐美也是值得欣赏的。这种类似的情景在《世说新语》中多有体现。《文学》篇又云："支道林、许掾诸人共在会稽王斋头。支为法师，许为都讲。支通一义，四坐莫不厌心。许送一难，众人莫不抃舞。但共嗟咏二家之美，不辩其理之所在。"②按照当时的习惯，法师讲经时，在场的都讲负责发问。支遁、许询音辞优美，为众人所嗟叹，其具体含义反而不被重视。

正是由于这种清谈之风的盛行，东晋时诗文亦重在吟咏。如《文学》篇云："袁虎少贫，尝为人佣载运租。谢镇西经船行，其夜清风朗月，闻江渚间估客船上有咏诗声，甚有情致。所诵五言，又其所未尝闻，叹美不能已。即遣委曲讯问，乃是袁自咏其所作《咏史诗》。因此相要，大相赏得。"③袁宏《咏史诗》内容无甚新意，完全是前汉故事的拼合，他受到谢尚的赏识，主要是由于其吟咏诗歌时动听的声音，至于诗歌的具体内容则是次要的。④《文学》篇又云："桓宣武北征，袁虎时从，被责免官。会须露布文，唤袁倚马前令作。手不辍笔，俄得七纸，殊可观。东亭在侧，极叹其才。袁虎云：'当令齿舌间得利。'"⑤袁宏自负地认为其文章最大的优点在于诵读流畅。又如孙绰作《游天台山赋》，自称其掷地作金石声，主要也是在于吟诵此文时的声音美。所谓"清通"，与"滞涩"相反，正是用以形容语言的声音美，这是一种因内符外的美感。而到了刘宋时，由于社会上一系列变化，清谈衰落，诗文更注重阅读时辞藻富丽的视觉美；到了齐梁时，由于受到民歌的影响，诗歌兼重视觉、听觉之美。⑥这是时代风貌差异所致。而学问、文学，其本质是相通的，俱随时代风貌的变化而变化。东晋与南朝的时代风貌有显著差异，南人的学问、文学特征自然也产生了很大

---

①《世说新语笺疏》，第230—231页。

②《世说新语笺疏》，第250页。

③《世说新语笺疏》，第294页。

④ 袁宏《咏史诗》有二首，其一云："周昌梗概臣，辞达不为讷。汲黯社稷器，栋梁表天骨。陆贾厌解纷，时与酒梼杌。婉转将相门，一言和平勃。趋舍各有之，俱令道不没。"其二云："无名困蝼蚁，有名世所疑。中庸难为体，狂狷不及时。杨恽非忌贵，知及有余辞。躬耕南山下，芜秽不遑治。赵瑟奏哀音，秦声歌新诗。吐音非凡唱，负此欲何之。"后世胡应麟《诗薮·外编》卷二称："晋人能文而不能诗者袁宏，名出一时。所存《咏史》二章，吃讷陈腐可笑，当时亦以为工。"当时人认为其诗高妙，主要在于其声音美，而后人看待他的诗歌，主要是看其内容，故觉辞语鄙陋。

⑤《世说新语笺疏》，第300页。

⑥ 蔡彦峰《清谈衰落改变晋宋诗风》，《中国社会科学报》2014年11月14日第667期。

的变化。

这种清谈与吟咏之风是当时名士内在的洒脱情怀的体现，其主要决定因素是人的性情，至于学问则不是最重要的。有的人学问虽不丰富，却能在谈论中独标异致。如《品藻》篇刘注引《续晋阳秋》曰："献之文义并非所长，而能撮其胜会，故擅名一时，为风流之冠也。"①又如《赏誉下》篇云："王恭有清辞简旨，能叙说，而读书少，颇有重出。有人道孝伯'常有新意，不觉为烦'。"②关于王恭，《任诞》篇又云："王孝伯言：'名士不必须奇才，但使常得无事，痛饮酒，熟读《离骚》，便可称名士。'"余嘉锡《笺疏》云："自恭有此说，而世之轻薄少年，略识之无，附庸风雅者，皆高自位置，纷纷自称名士。政使此辈车载斗量，亦复何益于天下哉？"③王恭读书虽少，却善于清谈，音旨俱美。他又任性豪爽，摒弃学问，体现了当时名士摆脱世俗束缚的风气。

而这种风气，本质上又是崇尚简约的。"清通"与"简要"代表了魏晋名士风流的两个方面："清通"体现为言辞的流动婉转，滔滔不绝；"简要"则体现为不繁琐、不复杂。如《赏誉上》篇云："王夷甫自叹：'我与乐令谈，未尝不觉我言为烦。'"刘注引《晋阳秋》曰："乐广善以约言厌人心，其所不知，默如也。太尉王夷甫、光禄大夫裴叔则能清言，常曰：'与乐君言，觉其简至，吾等皆烦。'"④王衍、裴楷、乐广都擅长清谈，但风格却有差别。王衍、裴楷属于"清通"的一类，乐广属于"简要"的一类。

这两者看似相反，实则相互统一：流利的言辞往往是平易率真的性情的体现，而东晋的清谈、吟咏之风本身就是那种繁缛的视觉审美的反面。所谓"风流"，本来就是指那种流动婉转的美，而简约、含蓄的风格，又是风流之美的重要内容。清通与简要的统一，在晋代名士身上也有体现。《言语》篇云："高坐道人不作汉语，或问此意，简文曰：'以简应对之烦。'"刘注引《高坐别传》："俄而周侯遇害，和尚对其灵坐作胡祝数千言，音声高畅，既而挥涕收泪，其哀乐废兴皆此类。"⑤"高坐道人"亦作"高座道人"，名尸黎蜜，是西域龟兹僧人，永嘉年间来到中国，后来受到周顗的赏识。他不讲汉语，以此省却了不少人际往来，便于清静修行。而且他性格率真，在周顗遇害后以胡语致哀，声情

---

① 《世说新语笺疏》，第 598 页。

② 《世说新语笺疏》，第 550 页。

③ 《世说新语笺疏》，第 842—843 页。

④ 《世说新语笺疏》，第 479 页。

⑤ 《世说新语笺疏》，第 109 页。

并茂，这与他平日简约的风格是相通的。又如《品藻》篇刘注引《江左名士传》曰："（王）承言理辩物，但明其旨要，不为辞费，有识伏其约而能通。太尉王夷甫一世龙门，见而雅重之，以比南阳乐广。"①"约而能通"即同时做到简要、清通。

由此可见，"清通简要"除了形容学问外，也是一种人格美，是魏晋风流的重要体现。孙盛称"南人学问，清通简要"，实际上是名士清谈风气的概括。"清通简要"是"南人"的人格与学问特征。

但是关于"南人"的具体范畴，则存在争议。唐长孺指出，此处的南、北不应该像后来《隋书·儒林传序》所指的那样是南朝、北朝的分界，而可能是指河南与河北，因为南渡之人保留了原有籍贯，称道北人学问的褚裒是阳翟人，孙盛是太原人，分别属于河南与河北，通过分析具体的人物事例，又指出，"北人学问"具体指"大河以北流行的汉儒经说传注"，"南人学问"具体指"大河以南流行的玄学"，而当时江南籍文人的学问，与河南不同而与河北类似。②胡宝国反驳唐长孺的观点，指出当时没有以"南人""北人"来指称河南、河北之人的用例，认为南人、北人应该分别指东晋时江南土著士人与过江之北人，至于所谓"学问"，是泛指各种知识，在汉魏时主要指经学，与唐长孺所说的也不同，从具体事例来看，当时中原士大夫多为博通之士，对经学以外的知识也能博览，这与东汉古文经学的发展有关，而江南由于地理上的限制，固守今文家学，博通者不多，晋室南渡后的北来士人与南方土著士人之间依然有这种差别。③

以上提到的具有"清通""简要"特征的人物中，裴楷是河东人，王戎、王衍都是琅琊人，乐广是南阳人。以上几位都是曹魏、西晋时的中原名士，这种清通简要之风，自正始以来，在名士中已广为流行，此虽不能完全等同于玄学，但与玄学的发展关系非常密切。从其籍贯来看，裴楷的籍贯在黄河以北，乐广等人的籍贯都在黄河以南，而王氏所居的琅琊郡则在东方滨海地区，正如胡宝国所言，当时实在没有以黄河为界区分南人、北人的观念，更没有以"清通简要"与"渊综广博"的属性来指称黄河南北之人，而常以"南人"指称长江一带或江南之人，以北人指黄河南北广大区域的人。东晋的名士中，以清畅见称

①《世说新语笺疏》，第564页。

②唐长孺：《读〈抱朴子〉推论南北学风的异同》，《魏晋南北朝史论丛》，河北教育出版社，2000年，第337—367页。下文不再标出。

③胡宝国：《两晋时期的"南人""北人"》，《文史》2005年第4辑。下文不再标出。

的谢尚是陈郡人，袁宏也是陈郡人，支遁是陈留人，属河南；许询是高阳人，王恭是太原人，属河北。东晋时活跃在政坛、文坛上的名士以中原南渡之人为主，"清通简要"并非南方土著士人的专有特征，相反，中原南渡士人多有这一特征，其原籍则既有河南，又有河北。其中也包括西域胡人高座道人。可见，唐长孺以河南、河北之人来解释孙、褚二人所说的南人、北人，肯定是不对的；胡宝国以南方土著士人与北来士人释之，也是不正确的。

　　然后要讨论的是北人的特点"渊综广博"。"渊"是"深"之意，"综"是"总聚"之称，"渊综"一词，在明代以前仅见于《世说新语》此则，并不常用。至于"广博"，自先秦至六朝，除了形容空间范围的广大外，一般就是指知识的丰富，如葛洪《抱朴子·外篇·尚博》篇云："正经为道义之渊海，子书为增深之川流。仰而比之，则景星之佐三辰也；俯而方之，则林薄之裨嵩岳也……汉魏以来，群言弥繁，虽义深于玄渊，辞赡于波涛，施之可以臻征祥于天上，发嘉瑞于后土……拘系之徒，桎梏浅隘之中，挈瓶训诂之间，轻奇贱异，谓为不急。或云小道不足观，或云广博乱人思。"[1]此处强调博学多闻的重要性，指出无论是六经、百家九流，还是汉魏以来日益繁多的文章篇翰，都有益于治道，值得博闻详知。这是基于当时社会上文化发展的现实而提出的观点。魏晋时文化积累日益丰富，若只研习六艺，则不足以适应这种社会现实，故在知识上要有足够的包容性。

　　胡宝国在其文中列举了当时中原士大夫自恃学问广博而轻视南方人的例子，如《三国志·虞翻传》裴注引《吴书》："策既定豫章，引军还吴，飨赐将士，计功行赏，谓翻曰：'孤昔再至寿春，见马日磾，及与中州士大夫会，语我东方人多才耳，但恨学问不博，语议之间，有所不及耳。孤意犹谓未耳。卿博学洽闻，故前欲令卿一诣许，交见朝士，以折中国妄语儿。'""东方人"即江东之人，亦即南人。除了经学，当时中原的不少学者在其他方面的知识上也可以算是博通之士，如蔡邕、王粲、杜预、张华等人，竹林名士如嵇康、阮籍，也都博览群书。在南方，这类人物也存在，如陆机、贺循等人，但相对较少。这主要因为中原地区自古以来就是文明的中心，在各方面都比周边的蛮荒之地发达，文化积累深厚，博学之士自然众多。

　　由此可见，在晋室南渡以前，"渊综广博"确是中原人士的学问特征，无论是硕学大儒，还是摒弃礼教的名士，学问都很广博。但是，如前所述，"清通简要"却不是南方人的专属特征。曹魏时玄学兴起，清谈之风盛行，"清通简要"

────────────

① 杨明照：《抱朴子外篇校笺》，中华书局，1991年，第98—103页。

遂成为一些名士的言谈、学问、性情特征。西晋建立后，司马氏以经术礼教为治国之本，制礼作乐需要博通之士，当时荀勖、荀颉、傅咸、郑冲等人是礼乐制作的主要承担者。国家统一后，全国各地的人才、图籍都聚集于朝廷，国都洛阳成为人文荟萃之地，一时文章郁郁，"渊综广博"是当时中朝人士的主流特征。与此同时，曹魏时的玄谈风气依然延续了下来。在曹魏与西晋的士人中，"渊综广博"与"清通简要"这两种特征是并存的，只不过在不同时期各有消长，曹魏时以"清通简要"为主，西晋时则以"渊综广博"为主。后来中原士人的南渡，实际上也是文明的转移，这两种特征并存的状况也转移到了南方。如《言语》篇所云："王中郎甚爱张天锡，问之曰：'卿观过江诸人，经纬江左，轨辙有何伟异？后来之彦，复何如中原？'张曰：'研求幽邃，自王、何以还；因时修制，荀、乐之风。'"刘注云："荀颉、荀勖修定法制，乐则未闻。"[1]所谓"研求幽邃，自王、何以还"，乃指王弼、何晏以来流传不绝的玄学及清谈、辩论的风气。至于"因时修制，荀、乐之风"，则指西晋时硕学大儒制礼作乐之事，乐广以清谈见长，没有参与制作，故刘孝标指出其与事实有一定的偏差。这两种风气与"清通简要""渊综广博"的特征虽未必能一一对应，因为制礼作乐固然有赖硕学大儒，而煽导玄风的王弼、何晏之徒同样也是博学之士，但是，前面已经说过，对于清谈名士来说，充足的知识并不是必备条件，如《文学》篇云："旧云，王丞相过江左，止道声无哀乐、养生、言尽意，三理而已。然宛转关生，无所不入。"[2]从中可见南渡后的学问对过去中朝学问的继承关系。王导盖世英杰，满腹文韬武略，绝非王恭不读书之流可比，但他也是清谈家，所言之理不在于多，而在于理解之透辟、独到，以及论辩之无穷。对于清谈家来说，博学多识固然能锦上添花，但这不是必要条件。基于以上认识，我们可视"清通简要"为清谈名士的主要特征，"渊综广博"为硕学大儒的主要特征。如张天锡所言，这两种特征随着两晋之际的人口迁徙都转移到了南方。而当时的中原地区，由于连年战乱，历代积累的文化成果遭到严重破坏。洛阳的秘阁图书本有三万卷，经过八王之乱、永嘉之乱，晋室南渡后，图书仅存三千余卷。而且东晋初年，庶事草创，纲纪废绝，武将拥兵一方，战事不断。当时江左清谈之风盛行，是由多种因素共同促成的，一方面受过去中朝的文化风气的影响，另一方面也与当时的现实环境有关。像王恭那样的"不读书的名士"的存在，与当时的那种文化凋敝、纲纪废弛的环境不无关系。王恭本人即是统兵的武将，

①《世说新语笺疏》，第165页。
②《世说新语笺疏》，第232页。

讨伐司马道子的部下王国宝，后来由于骄傲自满，又无谋略，被司马道子用计擒杀。余嘉锡认为："恭之败，正坐不读书，故虽有忧国之心，而卒为祸国之首，由其不学无术也。"①王恭的部下王廞，同样也是任诞之徒，王恭讨伐王国宝时，正在为母服丧的王廞起兵相应，为的是乘机谋取富贵，王国宝被杀后，王恭暂时罢兵，王廞反而调转矛头攻击王恭，最终败亡。他们两人的事迹体现了那种张扬个性、蔑视礼教的时代风气，而"清通简要"正是这种名士风流的重要体现。

所以，虽然"清通简要"与"渊综广博"两个特征都被东晋王朝保留了下来，但相比于西晋之文章郁郁，东晋时"清通简要"的特征显然占了上风。褚裒、孙盛、支遁所谈的"南人""北人"，绝非南方土著人士与中原南渡之人，但也不能简单理解成南方人与中原人。在十六国时期的中原地区，大量精英人士避地江南、河西，原有的文化在战乱中被摧残，故都洛阳更是号称"荒土"，其文化发展水平总体上不如南方，是谈不上"渊综广博"的。其"南人""北人"只能理解成两个不同时代的人，即东晋南方人士与西晋中朝人士。

余嘉锡《世说新语笺疏》云："《北史·儒林传序》曰：'南人约简，得其英华；北人深芜，穷其枝叶。'语即本此。实则道林之言，特为清谈名理而发。延寿亦不过谓南人文学胜于北人耳……北人著述存于今者，如《水经注》、《齐民要术》之类，渊综广博，自有千古，非南人所敢望也。嘉锡又案：此言北人博而不精，南人精而不博。"②余嘉锡提到北朝《水经注》《齐民要术》之类的著作，以为北人渊综广博之证。可是同一时期的南朝，藏书风气盛行，编纂目录与各种总集，是此时重要的文化现象，在这一方面北人难望其项背。当时南人的学问，很难说不渊综广博。一个时代或地区的人，其学问是否渊综广博，主要取决于文献的丰富程度，或者说获取文献的容易程度，而其根本决定因素是社会是否安定、富庶。东晋南方人士的风气与西晋不同，主要是由于南方文化凋敝、政治动荡。随着南方经营日久，纲纪得以恢复，文化积累日益丰富，其士风也逐渐由"清通简要"为主向"渊综广博"为主转变。③褚裒、孙盛所言，主要是根据晋代的事实，而非后来的南朝。

关于东晋时的南北方文化状况，其中有一点很值得注意。十六国时期的北

---

① 《世说新语笺疏》，第843页。

② 《世说新语笺疏》，第237—238页。

③ 关于东晋与南朝士风的不同，胡宝国先生多有论述，见其《知识至上的南朝学风》，《文史》2009年第4辑；《从会稽到建康——江左士人与皇权》，《文史》2013年第2辑。

方，其总体文化繁荣程度固然不如东晋，但并非整个北方都是一片混乱，在某些地区也有相对安定的时期。在永嘉之乱后，除了江南，河西也是中原士人的避难之所。陈寅恪指出："盖张轨领凉州之后，河西秩序安定，经济丰饶，既为中州人士避难之地，复是流民移徙之区，百余年间纷争扰攘固所不免，但较之河北、山东屡经大乱者，略胜一筹。故托命河西之士庶犹可以苏喘息长子孙，而世族学者自得保身传代以延其家业也。"①北魏占领河西后，在当地保存的学术遂成为国家制度建设的重要渊源。除了保存中原的传统文化外，河西地区是中原与西域之间的交通要道，是西域文化进入中国的中转站，佛教典籍往往通过此处传入中国。《魏书·释老志》云："凉州自张轨后，世信佛教。敦煌地接西域，道俗交得其旧式，村坞相属，多有塔寺。太延中，凉州平，徙其国人于京邑，沙门佛事皆俱东，象教弥增矣。"当时胡人入华有两条途径，一为河西陆路，二为交、广海路，前者是主要途径。因此，北方虽然较南方更为动乱，但获取佛经却比南方更为容易。因此，当南方的支道林、竺法深之辈以清谈闻名时，北方的胡、汉诸僧则以译经造福于后世。高僧释道安编有《综理众经目录》，是最早的比较完善的佛经目录。由此看来，当时的北方与南方，在佛教方面似乎真如褚裒、孙盛所言，具有"渊综广博"与"清通简要"之别。汤用彤指出："读经既须博览，故安公于经典之搜集颇为努力。在河北时，竺道护送来《十二门经》，又得《光赞》一品。在襄阳，慧常于凉州远道送《光赞》《渐备》《首楞严》《须赖》四经。道安所见既多，研寻甚勤。集众经自汉光和以来，迄晋宁康二年，作《综理众经目录》一卷……《安公注经录》云：'遇残出残，遇全出全。'盖谓经无论残缺，必须过目，乃以入录。若仅据耳闻，则所不取。故曰'安公校阅群经，诠录传译。'（《僧传·安清传》语）"②当时的北方地区，中国的传统文化正处于衰歇状态，但在佛教典籍方面却独树一帜，那是因为北方靠近西域交通要道，获取佛典更为容易。这是当时北方佛教"渊综广博"风气最主要的成因。当然，这也离不开安定的社会环境。释道安撰理目录，是在居止襄阳之时，襄阳为东晋的北界，在前秦攻克襄阳之前，当地比较安定。襄阳被攻克后，道安来到长安，以译经为己任。前秦、后秦治下的关中，也是一个比较安定的区域，离西域又不远，于是就成了当时佛教的中心，译经高僧辈出，泽被后世。后秦灭亡后，关中也陷入了连年的战乱中，僧徒南奔，促进了南方佛教的发展。因此，自晋末以还，南方在经典的传译与义理的辨析方面均

---

① 陈寅恪：《隋唐制度渊源略论稿·唐代政治史述论稿》，商务印书馆，2015年，第171页。

② 汤用彤：《汉魏两晋南北朝佛教史》，商务印书馆，2015年，第171页。

不逊于北方，特别是到了梁代，在藏经的编纂、目录的撰理等方面完全可谓是"渊综广博"。

从以上事实可以看出，"渊综广博"与"清通简要"的文化特征，其主要决定因素是时代的文质、治乱，而与一个地区固有的水土风气关系不大。

"清通简要"体现为外在的言约旨广、音辞俱美的清谈与内在的颖悟的辨识力、自然洒脱的性格，这不仅是形容学问，也体现为一种人格美，是魏晋风流的重要内容。其形成的背景是曹魏正始以来的那种纲纪不振、下陵上替的政治状况，士人越名教而任自然，人的个性得到了张扬，在崇尚玄学的风气中，人的思辨能力也得到充分发展。这本来是中原地区的文化特征，在西晋初年国家统一、推崇礼教的环境下稍稍衰歇，在西晋后期的动荡不安的局势中又复苏，后来随着南渡人士转移到了南方，在东晋时的那种文化凋敝、纲纪废弛的环境中得到了极大的发展。

"渊综广博"体现为丰富的学识，体现了一个地区文化积累、保存的水平。中原地区自古以来就是文明的中心，相对于周边地区有着无可比拟的文化优势。但在西晋末年及至十六国时期的战乱中，其文化受到极大摧残，反不如南方。而南方经过数代经营，在南朝时也体现出"渊综广博"的特征。

通过以上对"南人""北人"学问差异的分析，我们可以得到一些考察区域文化的启示。第一，一个区域的文化是通过生活在这一区域内的每一个个体体现出来的，而个体的特征是千差万别的，考察区域文化，首先要以一定的视角对个体特征做整体的概括，其中必然忽略很大一部分特殊性。经过概括以后，又往往要将一个区域与另一个区域做比较，如此才能将其相对的主要特征凸显出来。"渊综广博"与"清通简要"这两个特征是以学识与才性为视角，从无数特征中提炼出来的。之后要进行区域间的比较：晋室南渡前后，两种特征都是并存的，并非中朝人士不"清通简要"，东晋人士不"渊综广博"，只是相比较而言，西晋、东晋人士分别具有"渊综广博"与"清通简要"的特点。

第二，区域文化是变动不居的，一旦世异时移，一个地区可能会呈现出与原有的文化特征完全不同，甚至相反的新特征。①因而不可以把某一历史阶段所呈现出来的文化风貌当成该地区固有的性质；一个区域也很难概括出涵盖各个历史阶段的总特征。民族、国家的文化，也是如此。关于南北方文化不同特征的论断，在东晋以后，屡见于载籍②，有些是对现实情况的如实描述，有些则是基于某种需要或成见而形成的想象③，这些论断产生的背景，也是值得进一步探讨的。

冯坚培,华东师范大学中文系2022届博士,现为浙江海洋大学师范学院讲师。

① 这从南北方的习俗变化中也可看出来,如唐长孺在文中提到《抱朴子·外篇·讥惑》篇写当时南方人学习中原人"治饰其音"的哭丧法,而《颜氏家训》却说中原人的哭丧法比江南人更简单朴素,与葛洪所言正好相反。"治饰其音"作为一种礼仪,体现了一个地区的文明程度,这种礼俗转移到江南,是人口迁移的结果。又如东晋时的"洛下咏"重浊如老婢声,吴声则"妖而浮";北方方言重浊,南方方言清浅,至隋唐时亦然,陆法言《切韵序》云:"吴楚则时伤轻浅,燕赵则多伤重浊。"今则北方方言无浊声,吴方言有浊声,与古正相反。

② 论学术者如《北史·儒林传序》所云:"大抵南人约简,得其英华;北学深芜,穷其枝叶。"论文学者如《隋书·文学传序》所云:"江左宫商发越,贵于清绮;河朔词义贞刚,重乎气质。气质则理胜其词,清绮则文过其意。理深者便于时用,文华者宜于咏歌。"近代刘师培作有《南北文学不同论》,其云:"大抵北方之地,土厚水深,民生其间,多尚实际;南方之地,水势浩洋,民生其间,多尚虚无。民崇实际,故所著之文,不外记事、析理二端;民尚虚无,故所作之文,或为言志、抒情之体。"他认为从古到今的南北文化都有一以贯之的特征,其实是不对的,其文中所论多有不合事实之处,牵强附会者甚多,但此文融合了传统的南北不同理论与近代西方的地理环境决定论,在学术史上有一定的地位。

③ 如田晓菲指出:"在中国文化想象中,'南方'与'北方'的形象已经相当固定了:北方通常被视为粗犷、豪放、严峻,而南方则温柔、旖旎、充满感性……这些形象并非'客观现实的反映',而是在南北朝时期开始形成的文化建构。这一建构过程到公元6世纪已基本成熟,在南北统一的隋唐时代最后定型。"见《烽火与流星:萧梁王朝的文学与文化》,中华书局,2010年,第238页。

辑三

简论《世说新语·文学》篇中的「南人」「北人」学问差异

钱穆对"宋学"的现代诠释

侯宏堂

钱穆（1895—1990），是成就卓越、影响深远的一代国史大师和国学宗师，一生为故国招魂，对中国历史文化满怀温情与敬意。其学术人生有一鲜明特征，那就是对"宋学"（以包括理学在内的宋代新儒学为核心的宋代学术文化）的高度认同与极力推崇。钱穆说："宋代是我国历史上文化最为发达的朝代"[①]；"讲中国学术史，宋代是一个极盛时期。上比唐代，下比明代，都来得像样。"[②]钱穆不仅明确推尊"宋学"，更在自己的众多著述与讲演中具体论涉了"宋学"问题，对宋代学术文化作了广博而精微的研究。综观钱穆一生之学思历程与立身行事，我们不难发现，他对"宋学"用力最勤，用功甚深，受其影响亦极大。关于此，钱穆自己也曾有亲切的自叙："顾余自念，数十年孤陋穷饿，于古今学术略有所窥，其得力最深者莫如宋明儒。"[③]那么，钱穆一生何以对以宋代新儒学为核心的宋代学术文化即"宋学"如此推尊呢？又是如何对"宋学"进行富于创造性的现代诠释的呢？对这些问题的考察，不仅可以进一步深入钱穆的思想世界，深切感受他的学术理想与文化关怀，而且对中国学术文化传统的更新与重建之思考也具有重要的启迪意义。综合钱穆的论说与诠释，我们认为，他所念兹在兹的"宋学"，其意涵可以概括为五大要点，即：融释归儒的宋学血脉，开创近代的宋学地位，明体达用的宋学精神，综汇贯通的宋学气象，天人合一的宋学境界。

---

① 转引自罗义俊《钱宾四先生传略》，中国人民政治协商会议江苏省无锡县委员会编：《钱穆纪念文集》，上海人民出版社，1992年，第302页。

② 钱穆：《中国史学名著》，生活·读书·新知三联书店，2005年，第192页。

③ 钱穆：《宋明理学概述》，学生书局，1977年，第2页。

一、融释归儒的宋学血脉

（一）"融释归儒"，此乃宋儒之"真血脉""大贡献"

宋代新儒学是"宋学"的核心，宋代新儒学之所以"新"的一个重要原因就在于它融化进了佛学。钱穆在关于宋学的著述与讲演中尤其凸显和肯定了宋儒"融释归儒"的特出功绩，认为这是宋儒的"大贡献"、宋学的"真血脉"。

钱穆说："禅宗冲淡了佛学的宗教精神，挽回到日常人生方面来。但到底是佛学，到底在求清净，求涅槃。宋明儒沿接禅宗，向人生界更进一步，回复到先秦儒身、家、国、天下的实际大群人生上来。但仍须吸纳融化佛学上对心性研析的一切意见与成就。宋明儒会通佛学来扩大儒家，正如《易传》《中庸》会通庄老来扩大儒家一般。宋明儒对中国思想史上的贡献，正在这一点，在其能把佛学全部融化了。因此有了宋明儒，佛学才真走上衰运，而儒家则另有一番新生命与新气象。"[1]又云："禅宗主张本分为人，已扭转了许多佛家的出世倾向，又主张自性自悟，自心自佛，早已从信外在之教转向到明内在之理。宋明儒则由此更进一步，乃由佛转回儒，此乃宋明儒真血脉"[2]；"融释归儒，是宋明儒在中国思想史上的大贡献"[3]。首先应当说明的是，钱穆虽将"宋、明儒"合而言之，但综观钱穆的相关论述，我们不难发现，他是把"融释归儒"的功绩主要归功于"宋儒"的。钱穆的这几段话极为重要，至少表明了他关于宋代儒释关系的两大观点：其一，禅宗冲淡了佛学的宗教精神，把佛法挽向现实人生化，开启了宋代新儒学；其二，宋儒在中国思想文化史上的重大贡献是"融释归儒"，开出了儒家的新生命与新气象。

关于宋代新儒学之兴起，钱穆特别凸显了禅宗的作用，而反对流行的一般见解，即将宋代新儒学之开启归功于韩愈辟佛。他说："禅宗时期，正是中国佛学的最盛时期，却被那辈祖师们都无情地毒骂痛打。打醒了，打出山门，各各还去本分做人，遂开出此后宋代的新儒学。后人却把宋学归功到韩愈辟佛，这不免又是一番糊涂，又是一番冤枉。"[4]值得注意的是，钱穆同时又认为，宋学

---

① 钱穆:《中国思想史》,《钱宾四先生全集》第24册,联经出版事业公司,1998年,第163页。

② 钱穆:《宋明儒学之总评骘》,《中国学术思想史论丛》卷七,安徽教育出版社,2004年,第273页。

③ 《中国思想史》,《钱宾四先生全集》第24册,第231页。

④ 《中国思想史》,《钱宾四先生全集》第24册,第162页。

最初之姿态，要远溯到韩愈的提倡师道、辟佛卫道。他说："宋学最先姿态，是偏重在教育的一种师道运动。这一运动，应该远溯到唐代之韩愈"[①]；"韩退之大声疾呼，斥佛排老，反对进士诗赋，尊儒术，唱古文，继孟子立师道。在当时虽无多大影响，而宋学则远承韩氏而起"[②]。钱穆同时兼持的这两种观点，看似自相矛盾，其实是一脉贯通的。钱穆认为，宋代新儒学不等同于宋代理学，还理应包括理学出现之前的北宋初期儒学[③]，宋代新儒学可以分为三个时期，即北宋初期儒学（"初期宋学"）、北宋理学（"中期宋学"）和南宋理学（"南渡宋学"）。由此，我们就不难理解钱穆上面所说的看似矛盾的两种观点了。若整体综合地来看，钱穆其实是在强调："禅宗"开启了"宋代理学"，理学之兴起，实自禅宗启之，而不能归功到韩愈辟佛；"韩愈"影响了"初期宋学"之姿态，宋学"初期风气，颇多导源于韩愈"[④]，而不是由禅宗开出。

在钱穆看来，无论是韩愈所影响的初期宋学，还是禅宗所开启的宋代理学，都对中国儒家思想文化之发展作出了重大贡献，但他们"融释归儒"的功绩可以分别来看：初期宋学外于释老而求发扬孔子之大道与儒学之正统，侧重于立儒归儒；理学则针对释老而求发扬孔子之大道与儒学之正统，侧重于辟释融释。

让我们先来看看初期宋学之立儒归儒。钱穆在论及宋代新儒学之时，非常强调"初期宋学"（北宋初期儒学）重要的历史地位。在《宋明理学概述》中，钱穆有言："北宋初期诸儒，其中有教育家，有大师，有政治家，有文学家，有诗人，有史学家，有经学家，有卫道的志士，有社会活动家，有策士，有道士，有居士，有各式各样的人物。五光十色，而又元气淋漓。这是宋学初兴的气象。但他们中间，有一共同趋向之目标，即为重整中国旧传统，再建立人文社会政治教育之理论中心，把私人生活和群众生活再纽合上一条线。换言之，即是重兴儒学来代替佛教作为人生之指导。这可说是远从南北朝隋唐以来学术思想史上一大变动。至其对于唐末五代一段黑暗消沉，学绝道丧的长时期之振奋与挽救，那还是小事。我们必须注意到这一时期那些人物之多方面的努力与探究，才能了解此后宋学之真渊源与真精神"；"后代所谓理学或道学先生们"，"这些

①《宋明理学概述》，第2页。
②钱穆：《汉学与宋学》，《中国学术思想史论丛》（八），《钱宾四先生全集》第22册，联经出版事业公司1998年，第576页。
③钱穆：《朱子新学案》，巴蜀书社，1986年，第7页。
④《宋明理学概述》，第31页。

人，其实还是从初期宋学中转来。不了解宋学的初期，也将不了解他们"。①在此，钱穆突出了两点：其一，初期宋学多方面的活动与努力重整了儒学传统，扭转了魏晋以来儒学衰败的局面。其二，初期宋学尊师重道，从学术和政治等方面正面重整儒家传统以代替佛教作为人生之指导，从而光大发扬了韩愈的道统说，直接影响到后起的理学。在《朱子学提纲》中，钱穆在归纳简介了北宋初期儒学三个方面的内容和成就（一曰政事治平之学，一曰经史博古之学，一曰文章子集之学）之后，又总结道："宋儒为学，实乃兼经史子集四部之学而并包为一。若衡量之以汉唐儒之旧绳尺，若不免于博杂。又好创新说，竞标己见。然其要则归于明儒道以尊孔，拨乱世以返治。"②钱穆在此强调指出，尽管北宋初期诸儒之学"若不免于博杂"，然其要则归于"明儒道以尊孔，拨乱世以返治"。总之，钱穆认为，初期宋学"重整中国旧传统"，"明儒道以尊孔"，"重兴儒学来代替佛教作为人生之指导"，在发扬与回归孔子之大道与儒学之正统上作出了重大贡献。

再看宋代理学之辟释融释。

北宋初期诸儒虽然对发扬与回归儒学传统作出了不可磨灭之贡献，但由于他们毕竟外于释老而只是正面立说，所以，宋代重振儒学、辟禅辟佛之任务完成，主要还当归功于理学之兴起。钱穆指出："宋儒可分先后两期。胡瑗、孙复、石介、范仲淹开其先，大率从经学阐儒学，通经致用，近似汉儒轨辙。周张二程承其后，始有所谓'理学'。理学家与前期诸儒异者，在其能入虎穴，得虎子，旁采老释，还以申阐儒义。复以儒义纠弹老释，汇三派为一流，卓然成为一种新儒学。"③又说："北宋诸儒，只重在阐孔子，扬儒学，比较似置老释于一旁，认为昌于此则息于彼。……理学家之主要对象与其重大用意，则正在于辟禅辟佛，余锋及于老氏道家。亦可谓北宋诸儒乃外于释老而求发扬孔子之大道与儒学之正统。理学诸儒则在针对释老而求发扬孔子之大道与儒学之正统。明得此一分辨，乃能进而略述理学家之所以为学，与其所谓为学之所在，亦即理学家之用心与其贡献之所在。"④较之于北宋初期诸儒"从经学阐儒学""外于释老而求发扬孔子之大道与儒学之正统"，理学家"入虎穴，得虎子，旁采老释，还以申阐儒义""复以儒义纠弹老释""针对释老而求发扬孔子之大道与儒

①《宋明理学概述》，第30—31页。

②《朱子新学案》，第10—11页。

③ 钱穆：《双溪独语》，素书楼文教基金会、兰台出版社，2001年，第247—248页。

④《朱子新学案》，第13—14页。

学之正统"的任务更为艰巨、更为深细。他说:"禅宗的新宗教,不啻叫人回头、由真返俗。而进士轻薄,终于担当不了天下大事。在这情形下,须待北宋知识分子再来打开新风气,寻觅新生命。书院讲学,由此酝酿。他们要把和尚寺里的宗教精神,正式转移到现实社会。要把清净寂灭究竟涅槃的最高出世观念,正式转变成修身、齐家、治国、平天下的中国传统人文中心的旧理想。唐代禅宗诸祖师,只在佛教教理方面翻一身,先为宋人开路。至于正式离开和尚寺,回头再走进政治社会现实人生的圈子,而仍须不放弃那一段对大群关切的宗教热忱,又须在理论上彻底破坏他们的,建立我们的,拔赵帜,立汉赤帜,那是宋儒当前第一工作。那是一番够艰巨,够深细的工作呀!"①

可见,在此一番艰巨而深细的工作中,理学与佛教禅宗的关系极为复杂:一方面,禅宗把佛法挽向现实人生化,开启了理学,理学要沿接禅宗进一步走向现实人生;另一方面,理学又要辟禅辟佛,在心性修养理论上从佛学那里夺回儒学的主导权,而理学在建立自己的理论时还须融会佛学心性理论的成就以扩大儒学。也正是因为理学与佛教禅宗之间有着紧密而复杂的关系,"乃使后人有疑理学为禅学之化身者"②。钱穆则强调:理学家言性言理,融化佛学,尽管有近禅处,但就人文本位精神而言,则陆王确然为儒而非禅,"程朱决未失孔孟人文本位之大传统"③;"要其宗旨血脉所在,则与夫老、释者不同也。后世或专以迹涉老、释为理学家病,亦岂为知理学之真哉?"④。钱穆明确指出,"以淑人拯世为本""辟佛言理"之理学家与禅宗有着根本的差异:"禅宗不脱佛学传统,以出世离尘为主,理学家则以淑人拯世为本。因此禅宗推论宇宙,必归之于寂灭空虚,而理学家论宇宙,则不忽其悠久性与复杂性。此乃双方之大异处"⑤;"宋儒辟佛,是要在此心明觉之外提示一所觉之'理'来。……这是宋儒辟佛一最大根据。儒言理,佛学则不言理。后人称之为儒、释疆界"⑥。而理学家之所以要体贴出一个"理"来,"实别有一番苦心"⑦,要由此而真正建立起自家的宇宙论与心性论,从而真正与佛禅抗衡。钱穆之所以如此强调理学家

---

① 钱穆:《中国知识分子》,《国史新论》,生活·读书·新知三联书店,2005年,第143页。

② 钱穆:《中国学术通义》,素书楼文教基金会、兰台出版社,2000年,第332页。

③ 钱穆:《禅宗与理学》,《中国学术思想史论丛》卷四,安徽教育出版社,2004年,第210页。

④ 钱穆:《国学概论》,商务印书馆,1997年,第245页。

⑤ 钱穆:《读宗密〈原人论〉》,《中国学术思想史论丛》卷四,安徽教育出版社,2004年,第188页。

⑥《中国思想史》,《钱宾四先生全集》第24册,第194页。

⑦《禅宗与理学》,《中国学术思想史论丛》卷四,第206页。

确然未失孔孟人文本位之大传统以及儒释疆界，是因为"融释"最终必须"归儒"，如果融释而不能归儒，那么理学家就不得谓之为儒，理学对中国儒学之发展也就无所谓贡献了。既"融释"而又"归儒"，才是理学对中国儒家思想文化发展之"大贡献"。

（二）宋儒之"融释归儒"，体现了"更生之变"的文化理念

"融释归儒"，不只是宋儒对于中国儒学发展的客观贡献，同时也是他们自觉的主观努力，从中也明显体现了宋儒的文化理念："融释"，体现了宋儒融化佛禅以扩大儒学的开阔胸襟；"归儒"，体现了宋儒"严夷夏之防"的民族本位意识。从文化理念的视角来看，宋儒之"融释归儒"，也最当钱穆所谓"更生之变"也。

钱穆对宋儒之"融释归儒"一再给予了极高的评价。他说："以中国史比之西洋史，唐末五代，俨如罗马帝国之崩溃，而自宋以下，学术重兴，文化再起，迄于今千年以来，中国之为中国，依然如故，是惟宋儒之功"[1]；"宋代国势积弱，虽未能全部扭转中、晚唐之颓运，但此后一千年，中国文化仍得传统勿辍，实胥赖于宋人"[2]；"中国社会到了宋代，可说是纯净化了。不像唐代，有新的外国宗教，有许多异血统、异民族，宋朝都把来纯化，学术领导是儒家，整个社会是中国传统"[3]。从这几段话中，我们可以明显见出，钱穆对宋儒"严夷夏之防"的民族本位意识的认同与表彰。钱穆又明确有言："宋代新儒学之主要目标，在于重新发扬古代儒家之人生理想，俾其再与政治理想通会一贯，把孔子教理来排斥释迦教理。"[4]但应当强调的是，宋儒的排佛不是一味地对外来文化拒斥，他们的"严夷夏之防"也不是狭隘的民族主义，而是对佛教冲击的忧虑、对抗与回应，他们要为中国儒学争道统，其最终目的是复兴儒学，守持民族本位。

钱穆之所以推重宋儒之"融释归儒"，是和钱穆自己所持守的文化发展理念及其时代感受密切相关的。钱穆所持守的文化发展理念即"更生之变"与宋儒之"融释归儒"的文化精神息息相通，钱穆所处之国家、民族和文化的现实情

---

[1]《中国学术通义》，第190页。

[2] 钱穆：《民族与文化》，《钱宾四先生全集》第37册，联经出版事业公司，1998年，第32页。

[3] 钱穆：《中国文化之成长与发展》，《中国文化丛谈》，素书楼文教基金会、兰台出版社，2001年，第53页。

[4]《中国学术通义》，第8页。

势也与宋儒所面临的国家危机、佛教挑战有很多相似之处。钱穆认为，博古可以通今，鉴古可以知今，宋儒如何应付佛教的挑战，如何融会佛学而开出儒学之新生命，多少会留下一些历史的经验与教训。钱穆说："中国儒学最大精神，正因其在衰乱之世而仍能守先待后，以开创下一时代，而显现其大用。此乃中国文化与中国儒学之特殊伟大处，吾人应郑重认取。"①

面对西方文化的冲击和中国的变局，中国的文化传统究竟将何去何从？这是钱穆心中最放不下的一个大问题，也是他的"终极关怀"。钱穆毕生治学，分析到最后，可以说就是为了解答此一大问题。②钱穆自己在晚年所著《师友杂忆》的一开始就明确有言："东西文化孰得孰失，孰优孰劣，此一问题围困住近一百年来之全中国人，余之一生亦被困在此一问题内。"③钱穆认为，面对西方文化的挑战和中国的变局，中国文化自不能不进行调整和更新，但是调整和更新的动力必须来自中国文化系统的内部。他称这种文化变化与更新为"更生之变"："所谓更生之变者，非徒于外面为涂饰模拟、矫揉造作之谓，乃国家民族内部自身一种新生命力之发舒与成长。"④基于"更生之变"的文化发展理念，钱穆强调，中国文化传统之更新与发展，必须由己之旧而达于新，必须守持民族本位，必须充分抉发中国文化传统内部的生命精神。钱穆坚决反对"打倒一切，赤地创新"的论说，主张"从历史中求变，从文化传统中求新，从民族本身求新生命"⑤，强调"就中国人立场，当由中国之旧传统而现代化，不应废弃旧传统，而慕效为西方之现代化。不当喜新厌旧，而当由己之旧而达于新"⑥。钱穆所谓之"更生之变"，不仅内在地蕴涵着持守民族本位的文化理念，更强调要充分掘发中国历史文化传统内部的生命精神。他说："我民族国家之前途，仍将于我先民文化所贻自身内部获得其生机"⑦；"我们的文化前途，要用我们自己内部的力量来补救"⑧；"中国文化重在其内部生命力之一气贯通"⑨；"中国

①《中国学术通义》，第80页。

②余英时：《钱穆与新儒家》，《钱穆与中国文化》，上海远东出版社，1994年，第37—38页。

③钱穆：《师友杂忆》，《八十忆双亲　师友杂忆》，生活·读书·新知三联书店，2005年，第46页。

④钱穆：《国史大纲》，商务印书馆，1996年，第30页。

⑤钱穆：《中国文化与国运》，《中国文化丛谈》，第74页。

⑥钱穆：《现代中国学术论衡》，生活·读书·新知三联书店，2001年，第144页。

⑦《国史大纲》，第32页。

⑧钱穆：《中国文化史导论》，商务印书馆，1994年，第255页。

⑨《民族与文化》，《钱宾四先生全集》第37册，第28页。

历史文化传统源远流长，在其内里，实有一种一贯趋向的发展"①。

由上所述，宋儒之"融释归儒"最能体现钱穆"更生之变"的文化发展理念，宋儒"融释归儒"的文化态度依然富于现代启示意义。值得注意的是，钱穆又进一步指出："到近代，另一套新的文化系统与思想体系，从西欧传入，中国知识界才又激起了一种新变动。此一番新传入，较之以前佛教东来，远为丰富复杂，又兼带一种强力冲击，使中国人无法不接受，但又无法从容咀嚼消化，来作一番清明的、理智的调和与综合。遂使中国思想界，走进一个前所未有的混乱情况中，而急切澄清稳定不下。"②也正因如此，"一生为故国招魂"的钱穆，其承担是沉重的。不过，对中国文化始终持有坚定信念的钱穆，还是对近代中国思想界之未来工作抱着乐观的态度的。他说："但就中国人以往的智慧来看，此下的中国思想界，应能运用他们以前那一套综合的、融和的心情与方法，来自找出路。只要待以时日，中国人对于此项工作，应该是仍可乐观的。"③而宋儒之"融释归儒"，正是"一套综合的、融和的心情与方法"，正是"中国人以往的智慧"。

二、开创近代的宋学地位

(一)"不识宋学，即无以识近代也"

钱穆治史之对象，虽为中国通史，但他更注重于历史上的大变动时代，尤其是注重宋代。因为在他看来，宋代是中国历史上之大转折时代，"宋开创了近代"④，宋学对近代之学术文化产生了深远的影响。早在 1937 年所著的《中国近三百年学术史》中，钱穆就明确提出了关于宋代学术文化地位的两个重要论断：一是"不识宋学，即无以识近代也"；一是"不知宋学，则无以平汉宋之是非"。⑤前一论断，侧重于文化地位，主要论说宋代对近代的影响；后一论断，侧重于学术影响，主要论说宋学与汉学的关系。

先看前一论断"不识宋学，即无以识近代也"。

与此相关的论断，还屡屡见诸于钱穆后来之著述。《理学与艺术》一文有

---

① 钱穆：《中国历史研究法》，生活·读书·新知三联书店，2001 年，第 75 页。

② 《中国学术通义》，第 45 页。

③ 《中国学术通义》，第 45 页。

④ 《宋明理学概述》，第 1 页。

⑤ 钱穆：《中国近三百年学术史》，商务印书馆，1997 年，第 1 页。

言："论中国古今社会之变，最要在宋代。宋以前，大体可称为古代中国。宋以后，乃为后代中国。"①《唐宋时代的中国文化》一文，强调唐宋时代是一个中国文化大变动的时代，安史之乱以前之唐代是一个样，五代后之宋另是一个样。②《〈崔东壁遗书〉序》曰："天宝以往，内乱外忧纷起迭乘，陷极于五季，宛转于北宋，而乃有大谋所以振起之者，于是而为北宋中叶以下之学术。……挽近世之学术、人才、政事，胥于是焉奠之基。或者谓近世之中国乃程朱之中国，其言殆非尽诬。"③"中国文化之成长与发展"讲演辞曰："今天的中国社会，实可以说是由宋代一路下来的，与汉唐各不同。现在由我们的社会往上推，推到宋朝，是近代的中国。"④《宋明理学概述》一书中更明确有言："中国历史，应该以战国至秦为一大变，战国结束了古代，秦汉开创了中世。应该以唐末五代至宋为又一大变，唐末五代结束了中世，宋开创了近代。……我们若要明白近代的中国，先须明白宋。"⑤

钱穆一再强调，宋代是中国学术文化史上的大转折时代，宋代的学术文化对近代产生了深远的影响，"宋开创了近代"："近世之中国乃程朱之中国"；"今天的中国社会，实可以说是由宋代一路下来的"；"我们若要明白近代的中国，先须明白宋"。

钱穆"宋开创了近代"之观点，最集中最具体地体现于他对清学史的梳理与评介上。在《中国近三百年学术史》"引论"中，钱穆说："治近代学术者当何自始？曰：必始于宋。何以当始于宋？曰：近世揭橥汉学之名以与宋学敌，不知宋学，则无以平汉宋之是非。且言汉学渊源者，必溯诸晚明诸遗老。然其时如夏峰、梨洲、二曲、船山、桴亭、亭林、蒿庵、习斋，一世魁儒耆硕，靡不寝馈于宋学。继此而降，如恕谷、望溪、穆堂、谢山乃至慎修诸人，皆于宋学有甚深契谐。而于时已及乾隆。汉学之名，始稍稍起。而汉学诸家之高下浅深，亦往往视其所得于宋学之高下浅深以为判。道咸以下，则汉宋兼采之说渐盛，抑且多尊宋贬汉，对乾嘉为平反者。故不识宋学，即无以识近代也。"⑥钱

① 钱穆：《理学与艺术》，《中国学术思想史论丛》卷六，安徽教育出版社，2004年，第209页。

② 钱穆：《唐宋时代的中国文化》，《中国学术思想史论丛》（四），《钱宾四先生全集》第19册，联经出版事业公司，1998年，第391—404页。

③ 钱穆：《〈崔东壁遗书〉序》，《中国学术思想史论丛》卷八，安徽教育出版社，2004年，第287页。

④《中国文化之成长与发展》，《中国文化丛谈》，第53—54页。

⑤《宋明理学概述》，第1页。

⑥《中国近三百年学术史》，第1页。

穆"不识宋学，即无以识近代也"的命题，不只是着眼于学术思想之发展，内在地蕴涵了"不知宋学，则无以平汉宋之是非"的思想，强调宋学与清代学术之间的连续性与继承性，体现了"每转益进"的学术观念（关于此，下文将专门述论）；同时，还涵蕴着"鉴古知今"的史学思想和文化关怀。在此，让我们先考察钱穆"鉴古知今"的史学思想和文化关怀。

在钱穆看来，宋代学术文化面临的佛学挑战之情势跟近代的西学东渐十分类似，博古可以通今，鉴古可以知今。所以，钱穆明确指出，"治史不及宋，终是与下面少交涉也"[①]；"我们若要明白近代的中国，先须明白宋"。钱穆这些论说，旨在强调宋学研究对于当下现实有着特殊的启示、意义与价值。关于宋儒在面临佛学挑战时所持守与实践的"融释归儒"之文化观念对于近代的启示，我们在上文已有所论略，此不赘析。1986年"端午节"前夕，钱穆在告别杏坛的"最后一课"中，着重讲述了"有关王荆公、司马温公两人新旧党争的经过"。钱穆之所以要讲论这样的历史问题与历史人物，是因为在他看来，"鉴"宋学之"古"可以"知"现实之"今"。钱穆表面上是在"谈古"，实质上是要"诚今"。面对现实情势中"惊心动魄"的"求新求变"和"早已西洋化了"的屈原纪念活动，钱穆感叹不已！他通过"历史"的讲述，强调"新""旧"两字实在难加分辨，不能只听"新"与"旧"一名称，谆谆告诫"现在"的中国人：当深思而明辨"我中华民族的文化传统"，"可谓与欧西民族大相异"；"你们不要忘了自己是一中国人"！[②]"鉴古知今"的史学思想与文化关怀，贯穿于钱穆一生之著述与讲演中。在《国史大纲》"引论"中，钱穆之所以强调国民要具有"历史智识"，强调"历史智识"与"历史材料"之不同，主要就是因为"历史智识，随时变迁，应与当身现代种种问题，有亲切之联络。历史智识，贵能鉴古而知今"[③]。

那么，钱穆何以如此重视和强调"鉴古知今"呢？这是和他对历史和史学的看法密不可分的。钱穆认为，"历史是一种经验，是一个生命。更透彻一点讲，'历史就是我们的生命'"，而"生命一定会'从过去透过现在直达到未

① 钱穆1972年9月30日致严耕望书，见《素书楼余沈》，《钱宾四先生全集》第53册，联经出版事业公司，1998年，第390页。

② 钱穆：《今年我的最后一课》，《世界局势与中国文化》，《钱宾四先生全集》第43册，联经出版事业公司，1998年，第403—417页。

③《国史大纲》，第2页。

来'"①。因此，"历史上之过去非过去，而历史上之未来非未来，历史学者当凝合过去、未来为一大现在，而后始克当历史研究之任务"②。关于史学，钱穆指出："史学必以国家民族大群体长时期上下古今直及将来为其学问之对象"③；"治古史本求通今，苟能于史乘有通识，始能对当身时务有贡献，如是乃为史学之真贡献"④；"治平大道，则本源于人类以往之历史。治乱兴亡，鉴古知今，此为史学"⑤。在钱穆看来，"史学在中国，乃成为一种鉴往知来、经世致用之大学问"⑥。

（二）"不知宋学，则无以平汉宋之是非"

再看"不知宋学，则无以平汉宋之是非"的论断。与此一论断极其类似，钱穆在《中国近三百年学术史》"自序"中，又明确有言："窃谓近代学者每分汉宋疆域，不知宋学，则亦不能知汉学，更无以平汉宋之是非。"⑦钱穆的这一主张，主要包括两层意涵：从纵向的学术演进来看，钱穆此一主张强调宋学在清代的延续性和清代学风对宋明的继承性，彰显了宋学对有清一代学术的深刻影响，体现了钱穆推尊宋学的衡评立场；从横向的学派关系来看，此一主张蕴涵着钱穆对宋学与汉学之关系的深刻思考，也流露出钱穆对"近代学者每分汉宋疆域"的门户之见的明显不满。

钱穆从宋学的立场来看清代学术的观点，迥异时流。对于清代汉学的学术渊源及其与宋学的关系，近代学术界有一种流行的看法，即认为清代汉学是对宋明理学的全面反动。此种"理学反动说"以梁启超为突出代表。梁启超在《清代学术概论》中就提出了"清学之出发点，在对于宋明理学一大反动"⑧的主张。钱穆则不赞同梁启超这一观点。钱穆强调，学术思想发展有着明显的前后继承性，宋学的传统在清代并没有中断；不仅没有中断，而且对清代汉学仍然有很深的影响，就是在汉学盛行的乾嘉时期也是如此。所谓："宋明以来相传

---

① 钱穆：《中国历史精神》，《钱宾四先生全集》第29册，联经出版事业公司，1998年，第10页。

② 钱穆：《中国今日所需的新史学与新史学家》，《钱宾四先生全集》第31册，联经出版事业公司，1998年，第203页。

③ 钱穆：《中国史学发微》，《钱宾四先生全集》第32册，联经出版事业公司，1998年，第74页。

④《中国历史研究法》，第53页。

⑤ 钱穆：《晚学盲言》，广西师范大学出版社，2004年，第550页。

⑥《中国学术通义》，第151页。

⑦《中国近三百年学术史》，第1页。

⑧ 梁启超：《清代学术概论》，上海古籍出版社，1998年，第7页。

八百年理学道统，其精光浩气，仍自不可掩，一时学人终亦不忍舍置而不道。故当乾嘉考据极盛之际，而理学旧公案之讨究亦复起。"①

　　钱穆的《中国近三百年学术史》，就明确强调宋学在清代的延续性和清代学风对宋明的继承性。该书第一章"引论"即明确有言："今自干、嘉上溯康、雍，以及于明末诸遗老；自诸遗老上溯东林以及于阳明，更自阳明上溯朱、陆以及北宋之诸儒，求其学术之迁变而考合之于世事，则承先启后，如绳秩然，自有条贯，可不如持门户道统之见者所云云也。"②《中国近三百年学术史》的内容安排，更明显地体现了钱穆力主清学导源于宋学的思想。钱著第八章以戴东原为题，而以江慎修（永）、惠定宇（栋）、程易畴（瑶田）附之。江、戴、程三人皆歙人，以江、程附戴，目的在于厘清戴学的学术渊源，因为"徽歙乃朱子故里，流风未歇，学者故多守朱子圭臬也"③。钱穆述东原之学源于徽歙，戴学源出朱子，其用意主要落在宋学对戴氏的影响上。钱著第十章以焦里堂（循）、阮芸台（元）、凌次仲（廷堪）为题而附之以许周生（宗彦）、方植之（东树），也体现了这种安排。焦循、阮元、凌廷堪学尊东原，为考据名家，但钱穆看重的并不是他们在考据学上的成就，而是把眼光投注到他们对汉学流弊的反思和批评上。此章又以考据学风的批评者许宗彦附于三人之后，以攻击乾嘉汉学最烈的方东树殿尾。无非是要向人们表露这样一个信息：乾嘉汉学发展到此时已流弊重重，逐渐失去了学术界的支持，路穷必变，此后的学术路向必然要向汉宋兼采的方向发展。④钱穆强调指出："其实有清一代，承接宋明理学的，还成一伏流，虽不能与经学考据相抗衡，依然有其相当的流量与流力，始终没有断。这又告诉了我们，宋明七百年理学，在清代仍有其生命。"⑤

　　钱穆强调宋学在清代的延续性和清代学风对宋明的继承性，明显体现了他"每转益进"的学术发展观。在《〈清儒学案〉序》中，钱穆明确指出："要之有清三百年学术大流，论其精神，仍自沿续宋明理学一派，不当与汉唐经学等量并拟，则昭昭无可疑者。抑学术之事，每转而益进，途穷而必变。"⑥钱穆之"每转益进"说，旨在强调学术思想的发展与继承。在他看来，两汉经学，并不

　　① 钱穆：《〈清儒学案〉序》，《中国学术思想史论丛》卷八，第358页。

　　②《中国近三百年学术史》，第21页。

　　③《中国近三百年学术史》，第340页。

　　④ 路新生：《梁任公、钱宾四〈中国近三百年学术史〉合论》，《孔孟学报》第68期，1994年9月，第190—214页。

　　⑤《宋明理学概述》，第436页。

　　⑥《〈清儒学案〉序》，《中国学术思想史论丛》卷八，第359页。

是蔑弃先秦诸子百家之说而别创所谓经学，而是包孕先秦百家而始为经学之新生。宋明理学，并不是蔑弃汉唐而另创一种新说，而是包孕两汉隋唐之经学和魏晋以来流布中土之佛学而再生。清代学术也当作如是观。所以，钱穆说"理学本包孕经学为再生，则清代乾嘉经学考据之盛，亦理学进展中应有之一节目"①；"有清三百年学术大流，论其精神，仍自沿续宋明理学一派"。钱穆同时指出，学术之发展也伴有"途穷必变"的一面，但他强调，理学尽管已出现途穷当变之候，其发展也绝对不能走上固守门户私见的进考据、退义理之汉学道路，而是必须走破除门户、尽罗众有、包孕一切之路，不仅要吸纳融会西方新学，更要继承发扬中国文化优秀传统，兼采汉宋学术遗产，惟其如此，才能益进而再得其新生。

以上是从纵向的学术演进的视角，来看钱穆"不知宋学，则无以平汉宋之是非"的论断所蕴涵的清学导源于宋学的思想及其"每转益进"的学术发展理念。下面，再从横向的学派关系的视角，来看"不知宋学，则无以平汉宋之是非"的论断所蕴涵的钱穆对宋学与汉学之关系的深刻思考。

钱穆关于汉学与宋学关系之思考，值得我们注意的有以下三点：

其一，钱穆明确反对在汉学与宋学之间立门户、树壁垒、分疆域，主张汉、宋学术之融会与贯通，强调汉学不足以竟学问之全体，明体达用之宋学乃真学问从入之大道。"论学不立门户"，是钱穆从早年到晚年一直坚持的观点②。在汉学与宋学之关系问题上，更是集中体现了钱穆的论学不立门户的观点。他说："近人论学，好争汉宋。谓宋儒尚义理，清儒重考据，各有所偏，可也。若立门户，树壁垒，欲尊于此而绝于彼，则未见其可也。"③钱穆又指出，"当时考据学家之大病，正在持门户之见过深，过分排斥宋儒，读书专重训诂考据，而忽略了义理，因此其所学于身世乃两无关益"④。鉴于汉学之弊端，钱穆进一步指出："学问之事，不尽于训诂考释，则所谓汉学方法者，亦惟治学之一端，不足以竟学问之全体也"⑤；"考据仅为从事学问之一方法。……然不当即以考据代学问"⑥。钱穆认为，正确的学问之道，当是汉学与宋学兼采，考据与义理融

① 《〈清儒学案〉序》，《中国学术思想史论丛》卷八，第357页。

② 《钱穆与新儒家》，第31页。

③ 钱穆：《庄老通辨》，生活·读书·新知三联书店，2005年，第1页。

④ 钱穆：《近百年来诸儒论读书》，《学籥》，素书楼文教基金会、兰台出版社，2000年，第65页。

⑤ 《中国近三百年学术史》，第444页。

⑥ 《学术与心术》，《学籥》，第133页。

会。由此，钱穆对曾国藩学术"为汉、宋谋会通"褒奖有加，谓其"缉经世、考核、义理于一纽，尤为体大思精，足为学者开一瑰境"。①而相比较而言，在主张汉、宋会通的前提下，钱穆显然比较推崇注重义理大体之宋学，强调明体达用的宋学乃真学问从人之大道，所谓："学问必先通晓前人之大体"；"求以明道，求以济世，博古通今，明体达用，此真学问从人之大道"。②

其二，钱穆在汉、宋学术关系上之所以持守上述之观点，是与其一贯的"史学立场"密不可分的，他是从史学的立场来探寻汉、宋学术之真精神的。钱穆研治中国文化的"史学立场"非常鲜明。他说："什么是中国文化？要解答这问题，不单要用哲学的眼光，而且更要用历史的眼光。"③在钱穆看来，"民族""历史"和"文化"是"三名一体"的④，"求深切体会中国民族精神与其文化传统，非治中国史学无以悟入"⑤；"中国文化，表现在中国已往全部历史过程中，除却历史，无从谈文化。我们应从全部历史之客观方面来指陈中国文化之真相"⑥。由"史学立场"出发，钱穆对经学与史学之关系有着特别的理解："治经终不能不通史"，"经学上之问题，同时即为史学上之问题"，"于史学立场，而为经学显真是"⑦。具体到汉、宋学术及其关系的问题，钱穆强调，这个"经学上之问题，同时即为史学上之问题"；无论是"汉学"还是"宋学"都属于儒家"经学"，"我们若欲脱离经学上的见解（即'训诂考据'的见解，即谁解释书本对的见解）而要另寻汉、宋学术之真精神，应该从历史上看去"⑧。从历史上看，"汉儒学术，是以政治社会，即整个人生为对象之学问，并非专为'解释书本'之学"；"宋儒学术亦以政治社会，即整个人生为对象之学问，并非专为'解释书本'之学"。⑨由此，钱穆总结道："汉学派的精神在'通经致用'，宋学派的精神在'明体达用'，两派学者均注重在'用'字。……这就是'儒学'的精神，即是'经学'的家法。至于书本子的训释与考据，亦学者所应有的工作，

　　①《中国近三百年学术史》，第649、651页。

　　②《学术与心术》，《学籥》，第135、136页。

　　③《中国文化传统之演进》，《中国文化史导论》，第232页。

　　④《中国史学发微》，《钱宾四先生全集》第32册，第243页。

　　⑤《现代中国学术论衡》，第106页。

　　⑥《中国文化史导论》，第6页。

　　⑦钱穆：《〈两汉经学今古文平议〉自序》，《两汉经学今古文平议》，商务印书馆，2001年，第6页。

　　⑧《汉学与宋学》，《钱宾四先生全集》第22册，第572—573页。

　　⑨《汉学与宋学》，《钱宾四先生全集》第22册，第575、577页。

惟非学者主要之急务。"①基于此，钱穆指出："乾嘉时代自称其经学为汉学，其实汉儒经学，用心在治平实事上，乾嘉经学用心在训诂考据上，远不相俟。所以论儒学，当以清代乾嘉以下为最衰。因其既不讲心性，又不讲治平，而只在故纸堆中做考据工夫。又抱很深的门户见解，贡献少过了损伤。"②

其三，钱穆的汉、宋学术观，特别是其中对清代汉学弊病之揭露与批评，既与他当时遭受国难之刺激密切相关，也与其对当时科学史学和考据学风之反思密切相关。在20世纪30年代后期、40年代初期，钱穆的致思兴趣和治学路向发生了一次重大转折，即由历史性的考据求真转向文化性的意义探究，由以考史扬名学界转向对考据学风的批评。关于此，钱穆曾有明白的自述："余自《国史大纲》以前所为，乃属历史性论文，仅为古人伸冤，作不平鸣，如是而已。此后造论著书，多属文化性，提倡复兴中国文化，或作中西文化比较，其开始转机，则当自为《思想与时代》撰文始，此下遂有《中国文化史导论》一书，该书后由正中书局出版。是则余一人生平学问思想，先后转捩一大要点所在。"③值得注意的是，钱穆自己不仅自言其学思转折之时间与标志，还明确道出了其学思转折之缘由："及抗日军兴，避至昆明，时欧洲第二次大战继起……国内纷呶，已有与国外混一难辨之势。而我国家民族四五千年之历史传统文化精义，乃绝不见有独立自主之望。此后治学，似当先于国家民族文化大体有所认识，有所把捉，始能由源寻委，由本达末，于各项学问有入门，有出路。余之一知半解，乃始有转向于文化学之研究。在成都开始有《中国文化史导论》一书之试探，及五〇年来台北，乃有《文化学大义》一演讲，是为余晚年学问蕲求转向一因缘。亦自国内之社会潮流有以启之也。"④钱穆之致思兴趣和治学路向之所以会发生重大转折，还与他反思与回应当时的科学史学和考据学风之流弊息息相关。在《国史大纲》"引论"中，钱穆对"承'以科学方法整理国故'之潮流而起"的近世史学之"科学派"（考订派），提出了严厉的批评："此派与传统派，同偏于历史材料方面，路径较近；博洽有所不逮，而精密时或过之。二派之治史，同于缺乏系统，无意义，乃纯为一种书本文字之学，与当身现实无预。……至'考订派'则震于'科学方法'之美名，往往割裂史实，为

①《汉学与宋学》，《钱宾四先生全集》第22册，第578—579页。

②《中国史学名著》，第325页。

③ 钱穆：《八十忆双亲师友杂忆合刊》，《钱宾四先生全集》第51册，联经出版事业公司，1998年，第412页。

④《师友杂忆》，《八十忆双亲师友杂忆》，第345—346页。

局部窄狭之追究。以活的人事，换为死的材料。治史譬如治岩矿，治电力，既无以见前人整段之活动，亦于先民文化精神，漠然无所用其情。彼惟尚实证，夸创获，号客观，既无意于成体之全史，亦不论自己民族国家之文化成绩也。"①而在后来所撰写的《学术与心术》一文中，钱穆则更是充分地发挥了《国史大纲》"引论"中对科学史学的批评意见，系统而集中地批判了科学史学和考据学风的诸多流弊。②由此，钱穆对近世科学史学和考据学风表示出了深切的忧虑，认为"只此'考据'二字，怕要害尽了今天中国的学术界"③。

三、明体达用的宋学精神

（一）"宋学派的精神在'明体达用'"

钱穆之所以推重宋学，又在于他对宋学精神的认同与赞赏。那么，什么是"宋学精神"呢？在《中国近三百年学术史》中，钱穆明确指出："宋学精神，厥有两端：一曰革新政令，二曰创通经义，而精神之所寄则在书院。革新政治，其事至荆公而止；创通经义，其业至晦庵而遂。而书院讲学，则其风至明末之东林而始竭。东林者，亦本经义推之政事，则仍北宋学术真源之所灌注也。"④在《国史大纲》中，钱穆论及宋代士大夫与唐代士大夫之不同时，又曾有言："唐人在政治上表现的是'事功'，而他们则要把事功消融于学术里，说成一种'义理'。'尊王'与'明道'，遂为他们当时学术之两骨干"；"尊王明道，即宋学之内圣外王。一进一退，在朝在野，均在此两点着眼"。⑤综合这两段话可知，钱穆所概括的"宋学精神"主要包括两个方面的意涵：其一，政治事功方面，即"革新政令""尊王""外王"；其二，学术义理方面，即"创通经义""明道""内圣"，而书院讲学对于创通经义、传播学术具有重要意义。从时间上来看，北宋于前者表现突出，王安石最为典型；南宋于后者成就显著，朱熹集其大成。而明末东林讲学，乃承宋学精神之余绪。

若再简要言之，可以将"宋学精神"名之为"明体达用"："创通经义"即是"明体"，"革新政令"即是"达用"。在《汉学与宋学》一文中，钱穆就直接

①《国史大纲》，第3—4页。

②《学术与心术》，《学籥》，第130—138页。

③《中国史学名著》，第323—324页。

④《中国近三百年学术史》，第7页。

⑤《国史大纲》，第560—561页。

说："宋学派的精神在'明体达用'。"①虽然与"汉学"相对的"宋学"，不能涵盖我们所说的广义的"宋学"，即以宋代新儒学为核心的宋代学术文化，但二者的精神是一致的，与汉学相对的"宋学"确能明显体现宋代学术文化"明体达用"的基本精神。

在论述"初期宋学"时，钱穆又有言："达而在朝，则为大政治家如范文正。穷而在野，则为大教育家如胡安定。此乃初期宋学所谓明体达用之最要标准也。"②钱穆还曾多次援引胡瑗弟子刘彝之言来说明和表彰胡瑗身上所体现的"明体达用"的宋学精神。《中国近三百年学术史》第一章述及"两宋学术"时，钱穆援引《宋元学案·安定学案》中所载刘彝之言，写道："神宗问安定高弟刘彝：'胡瑗与王安石孰优？'对曰：'臣师胡瑗，以道德仁义教东南诸生时，王安石方在场屋中，修进士业。……国家累朝取士，不以体用为本，而尚声律浮华之词，是以风俗偷薄。臣师当宝元、明道之间，尤病其失。遂以明体达用之学授诸生，夙夜勤瘁，二十余年。……出其门者无虑数千余人。故今学者明夫圣人体用以为政教之本，皆臣师之功，非安石比也。'"钱穆紧接着指出，"刘氏此言，不徒善道其师，盖宋学精神，刘氏数言亦足尽之"③。《宋明理学概述》开篇论述"宋学之兴起"时，钱穆又谈及此事道："刘彝这一对，可说已很扼要地道出了胡瑗讲学的精神，也可说是当时宋学兴起的精神。胡瑗的经义斋，便是要人明体；治事斋，则要人达用。晚唐五代以来，进士轻薄，只知以声律浮华之词，在场屋中猎取富贵，那不算是用。稍高的便逃向道院佛寺，求长生出世，讲虚无寂灭，那不算是体。"④钱穆强调指出，宋儒精神就是要从"进士"与"和尚"的两面中间找寻出路，以"经学"来代替《文选》和佛经，以"修、齐、治、平"来代替考进士做官和当和尚出家。⑤

钱穆在论述初期宋学的重要代表人物王安石时，又有言："刘静春谓：'介甫不凭注疏，欲修圣人之经，不凭今之法令，欲新天下之法，可谓知务。'……此言评介甫，良为谛当。'修圣人之经'，即安定之经义其体也；'新天下之法'，即安定之时务其用也。……关、洛之学，亦不过曰不凭注疏而修圣人之经，不

---

① 《汉学与宋学》，《钱宾四先生全集》第22册，第578页。

② 钱穆：《初期宋学》，《中国学术思想史论丛》卷五，安徽教育出版社，2004年，第4页。

③ 《中国近三百年学术史》，第2—3页。

④ 《宋明理学概述》，第4—5页。

⑤ 《汉学与宋学》，《钱宾四先生全集》第22册，第576页。

凭今之法令而新天下之法，之二者而已。"①可见，钱穆认为，"修圣人之经"与"新天下之法"，即"明体达用"，乃贯穿宋学始终之精神也。只不过，不同时期的宋学，其"明体达用"之精神各有特色与侧重而已："辜较言之，北宋学术，不外经术、政事两端。大抵荆公新法以前，所重在政事；而新法以后，则所重尤在经术"；"迄乎南宋，心性之辨愈精，事功之味愈淡"，"自是学者争务为鞭辟向里，而北宋诸儒一新天下之法以返之唐虞三代之意，则稍稍疏焉"。②

值得注意的是，钱穆又指出，王安石政治改革失败之后，宋代士大夫虽侧重于学术义理之研究，"心性之辨愈精"，但并没有真正放弃政治事功之抱负；南宋诸儒"其一新天下之法令以返之三代之上者，如痿人之不忘起，瘖者之不忘言，固非绝然无意于斯也"③。钱穆说："他们实在想要拿他们的一套理论与态度，来改革当时的现实。在范仲淹、王安石继续失败之后，他们觉悟到要改革现实，更重要的功夫应先从教育上下手。所以关洛学者便一意走上讲学的路。直到南宋，此意始终为讲学者所保持"；"他们对在野的传播学术，较之在朝的革新政治，兴味还要浓厚，并不是他们无心于政治之革新"。④另外，钱穆又特别突出了朱熹弥补中期宋学"精微有余，博大转逊"之缺陷，而回转初期宋学之"气魄阔大"的功绩。钱穆指出，"熹宗主二程，不主张冥思力索，他才提出读书一项工夫，来补救程门教法之偏。那是他在当时学术界绝大的贡献。由此遂使他由中期宋学，再回到初期宋学去"；并强调，他曾"特提大业二字来补救专重盛德之偏"，很像王安石大人论。⑤正是因为有了朱熹的回转与纠偏，宋学精神才臻于完善、完整。

（二）"'以天下为己任'，此乃宋、明学者惟一精神所寄"

综观钱穆的著述与讲演，我们不难看出，他一直给予"明体达用"的宋学精神特别是"以天下为己任"的宋儒精神以高度的认同与表彰。在《中国近三百年学术史》一书"自序"中，钱穆说："夫不为相则为师，得君行道，以天下为己任，此宋明学者帜志也。"⑥在《国史大纲》中，钱穆又明确指出："自宋以下的学术，一变南北朝、隋、唐以来之态度，都带有一种严正的淑世主义"；

①《中国近三百年学术史》，第4—5页。
②《中国近三百年学术史》，第5—6页。
③《中国近三百年学术史》，第6页。
④《国史大纲》，第796—798页。
⑤《宋明理学概述》，第149页。
⑥《中国近三百年学术史》，第2页。

"以天下为己任，此乃宋、明学者惟一精神所寄"。①

　　也正是基于推尊宋学精神之衡评立场，在明清学术文化发展的进程中，钱穆特别表彰了晚明东林学派与清初诸儒之学。论晚明东林学派，钱穆说："盖东林讲学大体，约而述之，厥有两端：一在矫挽王学之末流。一在抨弹政治之现状"；"重气节，尚名检，尤为东林讲学特色"；"盖东林承王学末流空疏之弊，早有避虚归实之意，惟东林诸贤之所重在实行，而其后世变相乘，学者随时消息，相率以'实学'为标榜，而实行顾非所重。舍实行而言实学，则非东林之所谓实学也。……盖清初诸儒，尚得东林遗风之一二。康、雍以往，极于干、嘉，考证之学既盛，乃与东林若渺不相涉。东林之学，起于山林，讲于书院，坚持于牢狱刀绳，而康、雍、干、嘉之学，则主张于庙堂，鼓吹于鸿博，而播扬于翰林诸学士。其意趣之不同可知矣"。②钱穆之所以推重东林学派，主要在于东林学者能秉承宋儒明体达用之精神，是真正有志经世、重在实行、坚守气节的学者，且对清初诸儒产生了重要影响。

　　述清初诸儒之学，钱穆说："言神州学风者，莫尚于清初。上承宋明理学之绪，下启乾嘉朴学之端。……道德、经济、学问兼而有之，惟清初诸儒而已。言其环境，正值国家颠覆，中原陆沉，创巨痛深，莫可告语。故一时魁杰，其心思气力，莫不一注于学问，以为守先待后之想。而其行己持躬，刻苦卓励，坚贞不拔之概，尤足为百世所仰慕。"③显然，钱穆的衡评与推崇都是以宋学精神为其标准。以宋学精神来衡评清初诸儒，钱穆以为，最有建树的，当推黄梨洲（宗羲）、顾亭林（炎武）、王船山（夫之）、颜习斋（元）四家，这四家"在清代早期，开拓了一片新天地，其精神直可上追晚明诸遗老，间接承袭了宋明儒思想的积极治学传统"④。所以，他的《中国近三百年学术史》将这四家列在了前四位。在具体论述顾亭林时，钱穆又说："亭林论学宗旨，大要尽于两语，一曰'行己有耻'，一曰'博学于文'"；"盖亭林论学，本悬两的：一曰明道，一曰救世。其为《日知录》，又分三部：曰经术，治道，博闻。……若论亭林本意，则显然以讲治道救世为主。故后之学亭林者，忘其'行己'之教，而师其'博文'之训，已为得半而失半。又于其所以为博文者，弃其研治道、论救世，而专趋于讲经术、务博闻，则半之中又失其半焉。且所失者胥其所重，所取胥

---

① 《国史大纲》，第793、861页。

② 《中国近三百年学术史》，第10、18、21页。

③ 钱穆：《述清初诸儒之学》，《钱宾四先生全集》第22册，第1页。

④ 《前期清儒思想之新天地》，《中国学术思想史论丛》卷八，第1页。

其所轻。取舍之间，亦有运会，非尽人力。而近人率推亭林为汉学开山，其语要非亭林所乐闻也"。①钱穆指出，亭林论学本承宋学精神，以明道救世为旨归，既重"博文"，又重"行己"；可是，亭林后学、乾嘉诸老仅师其"博文"之训，而忘其"行己"之教，为学问而学问，为考据而考据，已失去了宋明儒学明体达用、以天下为己任的真精神。

另外，在早年所著《国学概论》第九章"清代考据学"中，钱穆开篇就说："言清代学术者，率盛夸其经学考据，固也。然此在干、嘉以下则然耳。若夫清初诸儒，虽已启考证之渐，其学术中心，固不在是，不得以经学考证限也。盖当其时，正值国家颠覆，中原陆沉，斯民涂炭，沦于夷狄，创巨痛深，莫可控诉。一时魁儒畸士，遗民逸老，抱故国之感，坚长遁之志，心思气力，无所放泄，乃一注于学问，以寄其守先待后之想。其精神意气，自与夫干、嘉诸儒，优游于太平禄食之境者不同也。"②在《中国近三百年学术史》中，钱穆又指出："盖清初学术所以胜干、嘉者，正以其犹有宋学之精神。"③钱穆认为，不能将有清一代的学术思想笼统地概括为考证学，清初诸儒的学术中心并不在考证学，充其量只能说是开启了后世考证研究的风气；并且，他们之所以走上文献考证之路，主要是因为他们骤陷"国亡种沦之惨"，以"一注于学问"来转移深剧的精神创痛，"寄其守先待后之想"；他们的精神意气，"犹有宋学之精神"，因此也不同于"优游于太平禄食之境"的干、嘉诸儒。

钱穆之所以尤其推崇宋儒与"犹有宋学之精神"的清初诸儒，表彰其以天下为己任、明体达用之精神，与当时所受国难之刺激密切相关。1928年在"述清初诸儒之学"时，钱穆明确说："世乱无极，横流在眼，每读史至此六七君子者，而使人低徊向往于不能已。"④钱穆的《中国近三百年学术史》写于九一八事变之后，面对日寇的步步侵逼，具有强烈民族忧患意识和一腔爱国热忱的他，痛心疾首，愤慨尤深，所谓"斯编初讲，正值'九一八事变'骤起。五载以来，身处故都，不窨边塞，大难目击，别有会心"⑤。1971年，钱穆在《中国文化精神》"序"中，还明确有言："凡我所讲，无不自我对国家民族之一腔热忱中来"；"我之一生，即常在此外患纷乘，国难深重之困境中"；"我之演讲，则皆

①《中国近三百年学术史》，第136、160—161页。

②《国学概论》，第246页。

③《中国近三百年学术史》，第697页。

④《述清初诸儒之学》，《钱宾四先生全集》第22册，第4页。

⑤《中国近三百年学术史》，第4页。

辑三

钱穆对「宋学」的现代诠释

是从我一生在不断的国难之鼓励与指导下困心衡虑而得"。①

对宋学精神的推崇，不仅见诸于钱穆一生之著述，也见诸于钱穆一生之行动。钱穆的一生受宋学精神影响甚深。在1953年初版的《宋明理学概述》"序"中，钱穆曾明确说，受宋明儒之影响，数十年来，"虽居乡僻，未尝敢一日废学。虽经乱离困厄，未尝敢一日颓其志。虽或名利当前，未尝敢动其心。虽或毁誉横生，未尝敢馁其气。虽学不足以自成立，未尝或忘先儒之矩矱，时切其向慕。虽垂老无以自靖献，未尝不于国家民族世道人心，自任以匹夫之有其责。虽数十年光阴浪掷，已如白驹之过隙，而幼年童真，犹往来于我心，知天良之未泯。自问薄有一得，莫匪宋明儒之所赐"②。

四、综汇贯通的宋学气象

（一）"欲以综汇之功而完成其别出之大业"

宋代学术气象之开阔、博大、贯通，是钱穆之所以认同和推重宋学的又一重要原因。钱穆曾明确有言："宋学之博，远超唐贤，只观《通志堂经解》所收，可见宋代经学之一斑。至史学如司马光《资治通鉴》、郑樵《通志》、李焘《续资治通鉴长编》等，其博大精深，尤非唐人所及。而南宋尤盛于北宋。即易代之际人物，如王应麟、胡身之、马端临等，其博洽淹雅，皆冠绝一代。世疑宋学为疏陋，非也。即如朱子，其学浩博，岂易窥其涯涘？"③钱穆关于宋学气象之赞赏与推崇，突出地表现于他对初期宋学和朱熹学术的评价之中，尤其体现于后者。

翻开中国学术史，我们不难发现，初期宋学确然呈现出开阔博大之气象，北宋诸儒在"政事治平之学""经史博古之学""文章子集之学"等三大方面都取得了辉煌的成就④。钱穆明确指出："初期宋学气派之开阔，如胡瑗之道德，欧阳修之文章，范仲淹之气节，堪称鼎足之三峙"⑤；"五光十色，而又元气淋

---

① 钱穆：《中国文化精神·序》，《中国文化精神》，素书楼文教基金会、兰台出版社，2001年，第3—4页。

②《宋明理学概述》，第2页。

③《国史大纲》，第859页。

④《朱子新学案》，第10页。

⑤《初期宋学》，《中国学术思想史论丛》卷五，第4页。

漓。这是宋学初兴的气象"①；北宋诸儒，"眼光开放，兴趣横逸"，其学术门径"极开阔，能向多方面发展"，其为学"实乃兼经史子集四部之学而并包为一"②。

正因为初期宋学具有开阔博大之气象，所以钱穆称北宋初期诸儒为"综汇儒"。钱穆认为，从中国儒学发展史来看，宋代新儒学可称之为"综汇期与别出期"。所谓"综汇"，乃指其综合汇通两汉、魏晋南北朝下迄隋、唐之经、史、文学以为儒学之发挥之一方面而言。在钱穆看来，此方面之代表人物，可举欧阳修为例。我们固可说欧阳氏乃一文学家，同时亦可说其是一史学家与经学家。而北宋诸儒，大体全如此，他们都能在经、史、文学三方面兼通汇合，创造出宋儒一套新面目。所谓"别出儒"，指别一种新儒家，以别于上述之"综汇儒"。如周濂溪、张横渠、程明道、伊川诸儒皆是，他们之所学所创，后人又别称之为"理学"。钱穆认为，如果就两汉以下儒学大传统言，那么可以说宋代理学诸儒乃系儒学中之"别出派"。③

而钱穆晚年所归宗的朱熹，其学术不仅有"综汇"之功，更有"贯通"之绩，可谓是"欲以综汇之功而完成其别出之大业者"。钱穆说："朱子乃中国儒学史中一杰出之博通大儒，至今读其全书，便可窥见其学术路径之宏通博大，及其诗文辞章之渊雅典懿。朱子在此方面，可谓实是承续北宋欧阳一派综汇之儒之学脉而来。但朱子之特所宗主钦奉者，则在濂溪、横渠、二程，所谓别出之儒之一支。于二程尤所推尊。其所著《伊洛渊源录》一书，即以孔、孟道统直归二程。朱子之学，可谓是欲以综汇之功而完成其别出之大业者。"④具体而言，钱穆对朱熹学术综汇贯通之气象的表彰，突出地体现于以下三个方面：

其一，指出朱子之学集理学、初期宋学、汉唐儒学之大成。钱穆说："朱子不仅欲创造出一番新经学，实欲发展出一番新理学。经学与理学相结合，又增之以百家文史之学。至其直接先秦，以孟子学庸羽翼孔门论语之传，而使当时儒学达于理想的新颠峰，其事尤非汉唐以迄北宋诸儒之所及。故谓朱子乃是孔子以下集儒学之大成，其言决非过夸而逾量。"⑤关于朱子之集理学之大成、集宋学（"此乃指理学兴起以前北宋诸儒之学言"）之大成、集汉唐儒学之大成，

————————————
　　①《宋明理学概述》，第30页。
　　②《朱子新学案》，第8—10页。
　　③《中国学术通义》，第75—76页。
　　④《中国学术通义》，第77—78页。
　　⑤《朱子新学案》，第24页。

钱穆在《朱子学提纲》"（六）"中有集中而专门的述论[①]。此外，钱穆还有诸多著述论涉了此一问题。如《孔子思想与此下中国学术思想之演变》一文有言："理学家长处，在能入虎穴，得虎子。兼采道、释两家有关宇宙真理、人生原则方面，还本儒学，加以吸收或扬弃。遂使孔子思想崭然以一新体貌、新精神，超然卓出于道、释两家之上，而又获一新综合。此事成于南宋之朱子。"[②]《中国儒学与文化传统》一文又谓朱熹"在经、史、文学三方面，皆有极深远之贡献，所影响于后来儒学者，可谓已远超北宋欧阳一派综汇诸儒之上"[③]。

其二，强调朱熹理气与心性一体浑成理论之特色与贡献。钱穆说："后人又多说，程朱主性即理，陆王主心即理，因此分别程朱为理学，陆王为心学。此一分别，实亦不甚恰当。理学家中善言心者莫过于朱子"[④]；"后人都称程、朱为'理学'，陆、王为'心学'，其实朱子讲心学方面的话是最精采的。他讲理先于气的本体论上，我们通其全体而观，也可说他讲的是'理气浑合的一元论'，也可说其是讲的'性理一元论'"[⑤]。在此，钱穆主要强调了两点：一是朱熹也讲心学，并且讲得最精彩；二是朱熹的理论体系最重要的是"理气混合的一元论"。这两个重要观点在《朱子新学案》中都得到了具体的展开。钱穆说："朱子虽理气分言，但认为只是一体浑成，而非两体对立"，而"性属理，心属气"，要探究朱子之心性论，必先明白朱子之理气论。[⑥]钱穆强调，在朱熹那里，无论是宇宙论之"理气"，还是人生论之"心性"，都是一体浑成，而非两体对立；并且，"宇宙界之与人生界，自朱子理想言，仍当是一体两分，非两体对立"[⑦]。钱穆此论，泯合了朱熹与陆九渊之间的门户之见，对过分夸大朱陆差异、将理学传统划分为程朱学派与陆王学派的习惯主张提出了重大挑战，无疑对完整准确地理解朱熹及理学思想具有重大意义。

其三，凸显朱熹在中国学术文化史上承前启后之地位。钱穆在《朱子新学案》中，一开篇就说："在中国历史上，前古有孔子，近古有朱子，此两人，皆在中国学术思想史及中国文化史上发出莫大声光，留下莫大影响。旷观全史，

---

①《朱子新学案》，第17—25页。

② 钱穆：《孔子思想与此下中国学术思想之演变》，《孔子与论语》，素书楼文教基金会、兰台出版社，2000年，第269—270页。

③《中国学术通义》，第78页。

④《朱子新学案》，第34页。

⑤ 钱穆：《中国思想史》，《钱宾四先生全集》第24册，联经出版事业公司，1998年，第209页。

⑥《朱子新学案》，第25、31页。

⑦《朱子新学案》，第33页。

恐无第三人堪与伦比。孔子集前古学术思想之大成，开创儒学，成为中国文化传统中一主要骨干。北宋理学兴起，乃儒学之重光。朱子崛起南宋，不仅能集北宋以来理学之大成，并亦可谓其乃集孔子以下学术思想之大成。此两人，先后矗立，皆能汇纳群流，归之一趋。自有朱子，而后孔子以下之儒学，乃重获新生机，发挥新精神，直迄于今。"①在《中国学术通义》中，钱穆又说："自魏晋以下，儒、释、道三家之相争，乃由朱子而融会归一。此下八百年，述朱反朱，亦莫不以朱子为中心。明乎朱子之学，则先秦以下中国学术关键，胥莫外于此矣"；"一方面和会旧说，一方面开辟新趋，这是朱子之大气魄处，亦是朱子学说之所以为集大成处"。②在《宋明理学概述》中，钱穆还明确有言："宋学乃中国下半期学术思想之总起点，而熹则为宋学中之集大成"③。具体到儒家思想发展而言，朱熹之综汇贯通与承前启后，不仅表现在集孔子以来儒学之大成，还在于他对儒家道统之承传与儒学传统之融贯。钱穆说："朱子在中国学术思想史上贡献最大而最宜注意者，厥为其对儒家新道统之组成"；"若说到朱子自己的思想，则他的最大贡献，尚不重在他自己个人的创辟，而更重在其能把他自己理想中的儒学传统，上自《五经》、《四书》，下及宋代周、张、二程，完全融成一气，互相发明，归之条贯"。④

（二）"中国学术尚通学为通人之传统，至宋代乃更见为完成"

钱穆之所以推崇和表彰宋学特别是朱子之学综汇贯通之气象，是和他对中国学术文化传统的认识以及他自己的学问趣尚密不可分的。钱穆认为，中国学术传统尚通学为通人。钱穆自己之学术志向，也是如此。而在钱穆看来，具有综汇贯通之气象的宋学，正是中国学术尚通学为通人之传统的范型。

钱穆指出，"中国学问主通不主专，故中国学术界贵通人，不贵专家"⑤。关于中国学术尚通不尚专，钱穆曾有形象的说明："今若把人群中宗教、哲学、文学、艺术一一专业化，皆使成一专家小匠，如各滴水皆从同一泉源出，而分散横溢，不成大流，则其涸可立而待。必当使各滴水从同一泉源出，而仍然汇成一大流，不论宗教、哲学、文学、艺术，各各成为通人大匠，而后此一大流

---

① 《朱子新学案》，第1页。

② 《中国学术通义》，第7、117页。

③ 《宋明理学概述》，第159页。

④ 《中国学术通义》，第91、94页。

⑤ 《师友杂忆》，《八十忆双亲　师友杂忆》，第314页。

乃可安然以达于海。中国文化学术主要传统精神之所寄望者乃在此。"①那么，中国学术何以尚通不尚专呢？钱穆认为，这是与中国文化传统密不可分的。在《中国学术通义》"序"中，钱穆指出："中国文化之独特性，偏重在人文精神一面，中国学术亦然。……中国传统，重视其人所为之学，而更重视为此学之人。中国传统，每认为学属于人，而非人属于学。故人之为学，必能以人为主而学为从。当以人为学之中心，而不以学为人之中心。故中国学术乃亦尚通不尚专。既贵其学之能专，尤更贵其人之能通。故学问所尚，在能完成人人之德性，而不尚为学术分门类，使人人获有其部分之智识。苟其仅见学，不见人，人隐于学，而不能以学显人，斯即非中国传统之所贵。"②

而在钱穆看来，如果从全部中国学术文化史着眼，中国学术尚通学为通人之传统到宋代才真正得以完成。他说："下迄宋代，儒术复兴，于是自古相传尚通学为通人之面貌精神乃益彰。即专以治学一途径言，如胡瑗、范仲淹、欧阳修、司马光、苏轼、辙兄弟，于经、史、集部，皆所兼涉，固不专务于在近人心目中所谓哲学、文学、史学之某一专业。又其为学必兼通政事，有体有用。然亦不纯为一政治家，亦不纯为一学者。抑且不论治学从政，又必有志德行。凡此诸人之为学，途径虽殊，而其遵循孔门四科，有志乎希圣希贤、志道依仁之大统则一。实则即论两晋、南北朝、隋、唐以来，学术人品，大体亦自一致。惟汉、宋两代独尊儒，无老、释之抗衡，学者又皆来自田间，与门第子弟不同，故其为学之风格气度，最足为中国学统正规。惟汉人专崇经，学术进步至于宋，又兼尚文史，风格更宽，气度更大，故中国学术尚通学为通人之传统，至宋代乃更见为完成。"③而在宋代诸儒中，要数北宋之欧阳修和南宋之朱熹最称得上是尚通学为通人的典范："中国学问经史子集四部，欧阳修已一人兼之"④，"故由欧阳一人，而中国四部之学之可得达成于一家，亦即明白可证矣"⑤；"朱子学，广大精深，无所不包，亦无所不透"⑥，"朱子为学，经、史、子、集，无所不治，无所不通"，"故朱子之学乃显然孔门四科旧规，一面发扬北宋理学之新统，一面承袭汉、唐乃至北宋初期理学未兴以前之旧传，而集其大成。斯诚

①《中国学术通义》，第206页。
②《中国学术通义》，第6页。
③《中国学术通义》，第189页。
④《师友杂忆》，《八十忆双亲 师友杂忆》，第314页。
⑤《中国史学发微》，《钱宾四先生全集》第32册，第9页。
⑥《朱子新学案》，第2页。

可以当中国学术传统尚通学为通人之高标上选矣"①。

钱穆之所以要强调中国学术尚通不尚专之传统，大力表彰宋儒尚通学为通人之风范，其中一个很重要的原因，就是他要回应和纠正民国以来"分门别类，务为专家"之学风。钱穆曾明确有言："文化异，斯学术亦异。中国重和合，西方重分别。民国以来，中国学术界分门别类，务为专家，与中国传统通人通儒之学大相违异。循至返读古籍，格不相入。此其影响将来学术之发展实大，不可不加以讨论。"②钱穆强调："我们千万不能接受新文化运动以来的推翻、打倒，也不要被'科学方法'四个字吓得我们去做专家，不能做真专家，就得做假专家，这是须要纠正的风气"；"今天我们需要的是'通人'，要有'通学'"，"不要一辈子做一个哲学家，或者文学家、史学家，那与社会隔得太远了"。③

钱穆不仅在著述中表彰了宋儒尚通学为通人之风范，还在自己的学问人生中加以仿效。钱穆自己曾明确有言："中国传统上做学问要讲'通'，我不是专研究想要学近代人所谓的一文学专家或史学专家。亦可说，我只求学在大群中做一'人'，如中国传统之儒学子学，至于其它如文学史学亦都得相通。"④钱穆毕生治学，志在仿效宋儒特别是朱子，以博通四部、综汇贯通为追求，以中国学术文化的传承与弘扬为己任。其实，从钱穆整个的学问人生来看，他真正地称得上一代通儒、国学宗师。如果按中国传统的分类法，钱穆博通经、史、子、集四部之学，为传统国学中的"通儒之学"，以致在他逝世之际，他的弟子逯耀东如此感叹："绝了，绝了，四部之学从此绝了！"⑤

五、天人合一的宋学境界

（一）"'万物一体'，为宋学命脉所寄"

"天人合一"，是宋代学者特别是宋儒学问人生的最终归宿与最高境界，也是钱穆著述中屡屡提及的中国传统文化的基本精神。钱穆明确有言："宋、明儒

①《中国学术通义》，第190页。

②《现代中国学术论衡》，第1页。

③钱穆：《学术与人才》，《中国文化丛谈》，素书楼文教基金会、兰台出版社，2001年，第296—297页。

④《八十忆双亲师友杂忆合刊》，《钱宾四先生全集》第51册，第472页。

⑤逯耀东：《夫子百年——钱穆与香港的中国文化传承》，李振声编：《钱穆印象》，学林出版社，1997年，第124页。

喜讲'天人合一'之学，要'存天理，灭人欲'，最后进至'天人合一'之境界。"①

　　要真正把握宋学"天人合一"的论说与境界，我们不能不从宋儒的"万物一体"说开始谈起，因为"万物一体"说乃"宋学命脉所寄"，也是宋儒"天人合一"观的理论基础。钱穆在总结宋学所探讨的问题时，这样说道："大体扼要地说来，宋代学者所热烈讨论的问题，不外两部：一部是属于本体论的，一部是属于修养论的。他们虽说是意见纷歧，不相统一；但是到底有他们全体一致的见解。……他们对于本体论共同的见解是'万物一体'，他们对于修养论共同的见解是'变化气质'，许多问题便从这上面发生。"②

　　在宋代，最先提出"万物一体"的主张的，可说是周敦颐的《太极图说》，其次便是张载的《西铭》。钱穆认为，宋儒关于"万物一体"说的纷歧意见，也便从这里引逗。周敦颐《太极图说》是从"唯物"的观点上说明"万物一体"的，而张载《西铭》则直言天地万物之与吾为一体。到后来二程手里，他们极推尊张载《西铭》，而对周敦颐《太极图说》生平并未道及一字。原来二程讲学，爱从自己心坎上说起，他们以为要指点天地万物之一体，不必从天地万物着想，只叫人反认心体，便已见得。南宋之朱熹和陆象山之兄陆梭山对于张载《西铭》也有一番争辩，大抵梭山以为《西铭》不当谓乾坤为父母，失之胶固，而朱熹则认"万物一体"之理，是外面的实在本体如此，并非吾心以意会之的。③关于此，钱穆有简明扼要的总结："盖《西铭》言'万物一体'，为宋学命脉所寄。然此万物一体者，将体之以吾心乎？抑求之于外物之实理乎？明道虽取《西铭》，而不以谓'有德之言'，此主体之以吾心者也。二陆承明道而益进，故疑'乾坤父母'之说为胶固；伊川谓'物我一理，才明彼即晓此'，此已开向外一路，而犹不取濂溪太极；至朱子推申伊川致知之意，乃并周子太极而尊之也"；"夫'以天地万物为一体'者，此北宋以来理学家精神命脉之所寄也。濂溪、横渠求之外，明道识之心，伊川为明道补偏而言致知格物，晦庵承之，推极其说，乃复通于濂溪、横渠"。④可见，"万物一体"说，虽说是本体论上的问题，其实已关涉到修养的方法上去。天地万物与我一体，这是宋儒所公认的。只是怎样去认识或说明，才有异同。有些主张从吾心去体认，有些主张从万物

---

① 钱穆：《学术思想遗稿》，素书楼文教基金会、兰台出版社，2000年，第188页。
② 钱穆：《阳明学述要》，《钱宾四先生全集》第4册，联经出版事业公司，1998年，第1—2页。
③ 钱穆：《阳明学述要》，《钱宾四先生全集》第4册，联经出版事业公司，1998年，第2—8页。
④《国学概论》，第225—226、236页。

去参究。①

　　那么，天地万物一体之理，究竟应该格之外物呢？还是应该立之吾心？这是宋儒争论未决的一个重要问题。宋儒讲学，原是侧重在方法一面的。这个问题，虽说是本体论上的问题，而宋儒精神所注，也只是方法论一边的意味为多。钱穆分析道："照理论说来，天地万物是与我一体的了；但是照事实讲，却依旧有小我之私，与天地万物隔阂。如何打通这一层隔阂，泯化小我，还复大我？宋儒有一句扼要的话，叫做'变化气质'。"②这样，宋儒之宇宙论与修养论、"万物一体"说与"变化气质"说，也就密切结合而贯通起来了。

　　宋儒所谓的"治怒""治惧"等，都是变化气质的实际功夫。"克己"是泯其小我，"明理"是复归大我。于是宋儒又提出一句口号，叫做"存天理，去人欲"。也便是这个意见。③钱穆明确有言："宋代新儒学崛兴，他们讲的是万物一体之道，故说：'民吾同胞，物吾与也。'他们的工夫则从'存天理，去人欲'入手。"④而宋儒所谓"敬"与"致知"、"尊德性"与"道问学"等，也不过要我们"去人欲，存天理"，泯化小我，还归大我，达到"变化气质"的理想。⑤总之，这些全只是变化气质的方法，变化气质只是要泯化小我，复归大我。

　　钱穆又把"万物一体"说放到中国学术思想史的长程中去观察，得出这样的结论："今要以言之，则宋明六百年理学，自濂溪《太极图说》，康节《皇极经世》，横渠《正蒙》，下至阳明之'致良知'，心斋之'安身'，蕺山之'慎独'，皆不出寻求'天地万物一体'之意，惟渐寻渐细，渐求渐近，乃舍本体而专论工夫，舍外物而专重我心，乃归结于即以我心独知之独体，为天地万物一体之体焉。此则六百年理学趋势之大要也。余论先秦子学，为'阶级之觉醒'，魏晋清谈，为'个人之发见'，则此六百年之理学，亦可以一语括之曰：'大我之寻证'是已。"⑥钱穆强调指出，宋明理学之旨归与特色，"皆不出寻求'天地万物一体'之意"，一言以蔽之，"大我之寻证"。

（二）"仁者浑然与物同体"："天人合一"之人生境界

　　而宋儒所寻求的"万物一体"之境界，他们所寻证的"大我"，其实就是

①《阳明学述要》，《钱宾四先生全集》第4册，第6页。
②《阳明学述要》，《钱宾四先生全集》第4册，第9页。
③《阳明学述要》，《钱宾四先生全集》第4册，第10—12页。
④《中国文化史导论》，第188页。
⑤《阳明学述要》，《钱宾四先生全集》第4册，第13—21页。
⑥《国学概论》，第245页。

"仁"的境界，就是"天人合一"的境界。这可从被称为宋学正统的理学的代表人物二程和朱熹的言论中明显见出，所谓"仁者浑然与物同体"。

程颢曰："医书言手足痿痹为不仁，此言最善名状。仁者，以天地万物为一体，莫非己也。认得为己，何所不至？若不有诸己，自不与己相干。如手足不仁，气已不贯，皆不属己"；"学者须先识仁。仁者，浑然与物同体"。（《遗书》卷二）"仁"在根本上就是一种最高的精神境界，这种境界的基本特征是要把自己和宇宙万物看成息息相关的一个生命整体，把宇宙每一部分看做与自己有直接的联系，甚至就如同自己的四肢一样。程颢又用中医理论以手足痿痹为"不仁"，来从反面加以形象地说明：在肢体麻痹的情况下，人就不会感到肢体是自己的一部分，这就是"不仁"。而达到"仁"之境界的人，就自然有普遍的关怀，施其仁爱于万物，就能真切地感受到"与物同体"、"莫非己也"，他所了解的"我"或"己"不再是个体的小我，万物都是"我"的一部分，也就是寻证和体认到了"大我"。所以，钱穆说："'仁者浑然与物同体'，则仍是体认大我之意。"①这个"仁"的境界就是宋儒所追求的"天人合一"的最高境界。

朱熹继承并发展了二程"仁者浑然与物同体"的思想。朱熹之"仁"说是和前揭之"理气与心性一体浑成论"紧密结合在一起的。钱穆强调："宇宙界之与人生界，自朱子理想言，仍当是一体两分，非两体对立。其贯通处在性。性是体，其发而为工夫则在心，心属用"；"就宇宙界论，则理在气。就人生界论，则理在心。……此心所觉之理，不仅是宇宙自然方面者，亦复涉及人生文化方面。人生文化方面之理，亦即在宇宙自然之理之中……人心能明觉到此理，一面可自尽己性，一面可上达天理，则既可宏扬文化，亦可宣赞自然。儒家精义之所异于老释异端者在此，而理学家之终极目标亦在此"。②这里的分析，已经明显地将宇宙与人生、理气与心性、天理与人性、自然与人文，亦即"天"与"人"和合贯通起来了。通过钱穆的分析与抉发，朱熹理气与心性一体浑成理论中所蕴涵的"天人合一"思想豁然彰显。这种性天合一的思想与人生境界，是儒家思想之"精义"，也是"理学家之终极目标"。

朱熹正是从理气与心性一体浑成的理论出发，来论宇宙之仁与人心之仁的。他说："人之所以为人，其理则天地之理，其气则天地之气。理无迹，不可见，故以气观之。要识仁之意思，是一个浑然温和之气，其气则天地阳春之气，其理则天地生物之心。"（《朱子语类》卷六）朱熹不仅从"宇宙界"言"仁"，认

---

① 《国学概论》，第 208 页。

② 《朱子新学案》，第 33、35 页。

278

为天地有生理，仁乃"天地之生气"，仁乃"天地生物之心"，而且将"仁"转落到"人生界"，言人心之仁，以爱言仁，认为仁乃"心之德爱之理"，仁乃"爱人利物之心"。尤其是，朱熹所论宇宙之仁和人心之仁，二者又是相通和合的。

朱熹说："仁者"，"在天地则盎然生物之心，在人则温然爱人利物之心，包四德而贯四端者也"（《朱文公文集》卷六七）；"爱之理便是心之德"（《朱子语类》卷二〇）；"吾之心，即天地之心"（《朱子语类》卷三六）；"天即人，人即天。人之始生，得之于天也；既生此人，则天又在人矣"（《朱子语类》卷十七）。在朱熹看来，人心得之于天心又要体证天心，天心生出人心又要依赖人心来彰显，天道就是人道，天道由人道来实现，人为天地之心，要为天地立心，天人一心，天人合一。因此，人生的目的就在于实现"天心"，人生的意义就在于体证"天道"，人生的价值就在于成就"天命"。诚如钱穆所言："中国古代人，可称为抱有一种'天即是人，人即是天，一切人生尽是天命的天人合一观'"；"就人生论之，人生最大目标、最高宗旨，即在能发明天命"。[1]人如能有温然爱人利物之心，表里心事合一，当理而无私心，参天地赞化育，就可谓之为"仁者"，就能浑然与物同体，就能寻证到大我，而至"天人合一"的最高人生境界，此即朱子所谓："仁，便如天地发育万物。人无私意，便与天地相似"（《朱子语类》卷九五）；"做到私欲净尽，天理流行，便是仁"，"无私，是仁之前事；与天地万物为一体，是仁之后事。惟无私，然后仁；惟仁，然后与天地万物为一体"。（《朱子语类》卷六）

在钱穆看来，"以人心窥天心，天地只是一仁"[2]，宋儒将"仁"与"万物一体"密切结合起来的思想学说，既把先秦儒家的仁学由人生道德境界提升到形上宇宙境界，更将宇宙界与人生界会通合一，从而也进一步丰富了中国文化中的天人合一思想。钱穆曾明确指出："自孔孟以下，儒家言仁，皆指人生界，言人心、人事，朱子乃以言宇宙界"[3]；"程朱言性即理，乃绾合人生论与宇宙论而一之"[4]。又说："孔孟屡言仁，未尝言与物同体也"；"孔孟只是人文本位论者，本未牵涉及宇宙本体论范围"；"若论本体，则万物一体。若论工夫，则此万物一体又实际归落在心上。程朱乃主以此心工夫体会到万物一体，从人生

---

① 《中国文化对人类未来可有的贡献》，《钱穆纪念文集》，第251、252页。

② 《晚学盲言》，第36页。

③ 《朱子新学案》，第237页。

④ 《禅宗与理学》，《中国学术思想史论丛》卷四，第209页。

论上来建立宇宙论。故大程言，天理二字，由己体贴出来，朱子言天即理也。以心合理，即是以人合天。其立论之主要精神，仍不失孔孟人本位宗旨。惟从人本位上添进了宇宙论形上学一套，故其言似较孔孟复杂"。①

　　钱穆之所以推重并抉发宋学的"天人合一"思想与境界，是和他对中国文化中"天人合一"观的重大意义的认识分不开的。钱穆在一生的著述和讲演中，屡屡提及和强调中国文化传统的"天人合一"精神，尤其值得注意的是，钱穆在生命的最后时刻，"澈悟"中国文化的天人合一思想。1989 年 9 月底，钱穆赴港参加香港新亚书院创校四十周年庆期间澈悟了中国"天人合一观"的伟大，于是有了生前最后一篇文稿，即《中国文化对人类未来可有的贡献》。此文就是集中而扼要地谈论中国文化中的"天人合一"观。该文一开篇，钱穆就强调指出："中国文化中，'天人合一'观，虽是我早年已屡次讲到，惟到最近始澈悟此一观念实是整个中国传统文化思想之归宿处。……我深信中国文化对世界人类未来求生存之贡献，主要亦即在此。"②这是钱穆生前最后之心声！

　　侯宏堂，华东师范大学中文系 2007 届博士，现为安徽师范大学文学院教授、博士生导师。本文原载于《近代史研究》2009 年第 6 期，收录时有修改。

---

　　①《禅宗与理学》，《中国学术思想史论丛》卷四，第 204—205 页。
　　②《中国文化对人类未来可有的贡献》，《钱穆纪念文集》，第 250 页。

《潞安诗钞》前后编初探

任聪颖

明清时代，中国传统文化进入了总结期，地域文学意识逐渐觉醒，诗学也不例外，各省诗歌总集纷纷涌现，如《两浙輶轩录》《续录》《江苏诗征》《国朝山左诗钞》《江西诗征》《黔诗纪略》等均为佳作。山西虽久称闭塞，但也受到这种风气的熏染，早在清初便产生了《晋风选》《三晋诗选》等选录山西全域诗人作品的总集。到清代嘉庆、道光年间，由李锡麟辑录的《国朝山右诗存》刊行，清代中叶以前的山西主要诗人及代表作品备载于此编中，是清代山西诗歌的集大成之作。①与此同时，以省内府县为地域单位的诗歌总集也渐次出现，如《潞安诗钞》《绵上四山人诗集》《蒲溪吟社三家诗钞》《南亭诗钞》等，反映出省内地域文学思想强化、乡邦文化观念兴盛、文学社团兴起的新态势。在这些省域内诗歌总集中，尤以《潞安诗钞》的辑录最为精审、所选诗歌艺术成就较高，能呈现明清时代山西潞安府的文学风貌及诗人交游活动的史实，具有较高的文学价值与文献价值。

一、《潞安诗钞》前后编简况

《潞安诗钞》前编4卷，后编12卷，道光十九年（1839）年寡过未能斋刊本。前编编选者为程之玿，据常煜序言，前编选于康熙年间，选录潞安府的明代诗歌。然此帙在当时并未刊行，删存未定，仅为初稿。道光七、八年间（1827—1828），邑人常煜与连宝东得到《潞安诗钞》未刊稿，进行了认真严谨

---

① 有关《国朝山右诗存》的情况，张瑞杰《清代山西诗歌研究》（苏州大学2016年博士学位论文）与赵丽萍《清顺康时期山右诗歌研究》（南京师范大学2017年博士学位论文）论之甚详。

的铨选，"重加抉择，细酌去留"①，并根据潞安府地方志乘，为所选诗人做了小传，详细注明诗人的籍贯、科第、著作及事迹等情况。全书都为4卷，共选明代94名诗人，213首诗作。有明一代潞安一地的文献，上至王公大臣，下至僧道闺秀都得到了整理。该编从程之珩初选到常煜等校刻已过百年，虽然早期有湮没不传之虞，但终因获得整理刊行而得到较好的保存和流布。

《潞安诗钞》后编，是常煜在整理程之珩遗著及《潞安诗钞》初编之后，有感于清代潞安府诗歌文献不传而发愿整理的。当时囊括山西省全域的《三晋诗选》《国朝山右诗存》已经刊行，流行海内，但常煜感慨有关潞安的诗人诗歌选录太少，不足以展现该地的人文风貌。加之他整理程之珩前编已有编辑地方诗文的经验，遂于道光十五年（1835）向潞安府内各州县发出征诗启。应征之选云集，随收随录，最终积累20余册。常煜依前编例，与其弟常煊、好友连宝东严加择选，为所选诗人撰写小传。经过5年时间，最终定稿。得诗人234人，诗1694首，共12卷。常煜在序言中写道："虽诗不尽纯粹，而一方之文献半萃于斯矣。后之修志者，庶亦有所采择焉。"②对诗选的品质与价值是非常自信的。

《潞安诗钞》前后编经过常煜主持整理、编选，历时12年，比较全面地收录了明代至清道光间潞安一地的诗歌文献。该诗辑于道光十九年刊行，印制精良，可见常煜对此辑极为用心，所惜流布并不广泛。国家图书馆、山西大学图书馆、山西省图书馆有藏。

二、《潞安诗钞》前后编的编辑者

（一）程之珩

《潞安诗钞》初编的辑录者是程之珩，于康熙五年编选完成。虽然初稿湮没不彰，直到道光年间常煜等重新整理后才为人所知，但程之珩的初创之功不容忽略。有关程之珩的生平情况，在《（乾隆）潞安府志》卷二十二有记载，而常煜《潞安诗钞后编》卷二，选程诗60首，并系以小传，介绍较为详尽。

程之珩字二漳，号什袭，长治人。出于长治望族程氏之门。祖上程应登、程尚勤在明朝为官，奠定家业。其父程正绪为顺治戊子（1648）科解元，官江西定南县知县，为官清廉宽平，被称循吏。致仕后，回乡与周再勋等名流修纂

---

① 程之珩：《潞安诗钞前编》序，清道光十九年（1839）寡过未能斋刊本，第1页。
② 常煜：《潞安诗钞后编》序，清道光十九年（1839）寡过未能斋刊本，第2页。

本地方志，被许为一方信史。程正绪著有《程氏乘余录》《莲塘诗集》《文集》等，且擅长书法。清代潞安程氏一门人才鼎盛，程正绪、程之珚父子之外，尚有程正家、程之玮、程之琡、程懋等在政事、文学方面卓有建树。

程之珚为康熙年间岁贡生，工古文诗赋，兼善中医，著作宏富，平生著作超百卷。有《舌耕堂诗赋》12卷、词3卷，《古文随手录》4卷，《续乘余录》《程氏人物考》《金刚经集解》《医海勺波》等，尤重故乡文献的整理，除《潞安诗钞》外还编有《潞志拾遗》24卷。有关潞安文史的著作考证精详，多为研究者所采信，对《潞安诗钞》倾注的心血尤多。

对于程之珚其人其文，同里闫必卓（秋谷其号）有这样的评价："观人之美者必究其源。什袭以延庆、醴泉公为之祖，司马、司徒、解元诸公为之诸父，钟祥垂裕，由来远矣。而又益以好学深思，博文淹雅，宜其文与诗独树赤帜也。惜乎白首穷经，未搏一第。然其著作之多，久而必彰，行将寿诸枣梨，以垂永久，岂仅以科第博一时之荣哉！"①可见程氏家学渊深，渊源有自，家族文化对程之珚影响深远，同时他博见好学，勤于著述，诗文成就自具面目。虽未中举，科场失意，但终以文学造诣、学术成就垂名于后世。闫必卓的评价比较公允，然程之珚并未汲汲于仕进，自甘清贫，以编诗著述为生命之安顿，此种襟怀未被道出，知者亦少。则是令人遗憾的。

（二）常煜

常煜是《潞安诗钞》前编的主要整理者，后编的主要辑录者，亦是该诗钞前后编的组织刊行者。常氏为长治望族，起自寒素。常煜祖名寅，字敬之，年少失怙，兄弟四人，互相勉励。长者经商，幼者读书，兄友弟恭，传为美谈。常寅以经商致富，主持家业，余事为文。②常煜叔祖常山等则以儒为业。常煜父名德明，字峻唐，一字复初，号虚斋，乾隆癸卯科（1783）举人，精于理学，擅长八股文章。其叔父常德芳、常德乾亦业儒，不废商业经营。③经两代培植，家风日盛。

常煜在此家庭氛围中成长，有着保存一方文献、传承乡邦风雅的信念。作为出身于晋商世家的文人，他也有征集诗文、诠次遴选、辑录刊刻的财力。据

①《潞安诗钞后编》卷二，第7页。

②《潞安诗钞后编》卷六，第13页。

③ 常德明事迹见《潞安诗钞后编》卷七，第35页。 德芳、德乾事迹见《潞安诗钞后编》卷十一，第22页。

《（光绪）长治县志》卷五记载，常煜字经元，一字经垣，号晴川，嘉庆庚申（1800）科举人，在广西平乐等县任职，吏政宽和，平反多起冤狱，深受当地士民信赖。然而他不乐仕进，不久归里，与故乡师友以诗唱和，在长治营造了崇尚诗教、醇和雅正的风气。常煜喜欢奖掖后进、体恤寒素，其乡里贫苦之士多受到他的提携资助。同时孜孜不倦地从事著述工作，著有《理学宗传》《桂林纪游》《寡过未能斋文集》。其在文学方面的最大贡献是整理刊刻了《潞安诗钞》前后编，为乡邦文献的保存传承尽了职分。常煜去世后，入祀乡贤祠，这表现了潞安府士民对他的文化贡献与人格精神的肯定和嘉许。

在常煜的主持下，共同参与《潞安诗钞》前编修订与后编辑录工作的，还有其弟常煊（温如其字）、其友连国珠（镇邦其字），校录者为常煜弟子冯步青、王全琼、张佩铭、程宗洛、崔庆云、李蔚、王登朝、郭珩等，具体负责刊刻全编的，则是常煜之子常联元。正是在常煜的组织之下，其友人、弟子、家人同心协力，择选诗歌、校勘文字、编写诗人小传，历时十二年，完成了这部呈现故乡诗学风貌的总集，厥功至伟。其分工的具体情况，详载于每卷首页的辑录校刻信息中。

三、《潞安诗钞》前后编的辑录原则与体例

传统社会中信息传播不便，诗文流布较为缓慢。如果不是地处通都大邑，或者诗人未有较高的科名，抑或没有文坛宗匠揄扬推毂，没有文社同人声气相映，诗人的名望、优秀的作品很难在较广范围内得到流传。很多未得一第、隐于乡间的诗人足迹不出闾里，文名随之受限，虽有佳作，亦多蒙湮没不传的厄运。如幸而得以保存流传，途径大概有两条，一是记载于当地志乘之中；一是辑录于区域总集之内。而地区总集的编纂，又往往是为地方志乘所备采的。二者实为一途。总集编纂，前代之诗人、诗作，多撷采于前人已成的别集、总集。当代之诗人与作品及前代所不彰而尚有留存者，则往往依托征求之举。

对于征诗及编辑的原则，常煜在《征刻潞安诸先辈诗稿启》中有具体的陈述，该启以骈文写就，亦透露出清代中叶以后骈俪文复苏的讯息：

> ……珠光剑气岁久斯沉，琴韵钟声年深自哑。此尤搜集之维艰，征求之难缓者乎。煜等不揣陋力，愿集大成。拟订程选为前编，更征藏稿为后集。画葫芦于依样，敢云月旦操评；引针芥之相投，尚望友朋共助。夫诗人之遇

不齐，作者之才甚夥。或身章金紫，本忠孝而荐之郊庙朝廷；或志结林泉，富吟咏而藏之名山石室；或源流宗派，自成一家之言；或风雨重阳，人诵偶传之句；又或河梁多赠答之章，泥雪志羁栖之感。高僧方外，兴寄烟霞；名媛闺中，韵流环佩。豆棚瓜架，听仙鬼吟；苔覆烟埋，留金石迹。总期无美之不集，庶几成帙之堪传。更有请者：诗萃八城，里居姓字并望详书；人增小传，宦绩科名统求钞示。将诗以人重，亦人以诗传矣。若夫青年才子，当代词人，著作之宏，难限于今日，音律之细，当俟诸晚年。犹未能定业。兹故弗敢请焉。[①]

这段话首先强调了征诗的必要与刻不容缓。"岁久斯沉""年深自哑"之语，是如果不汇集整理，随着时间的推移，故乡诗歌文献散佚失传的风险会越来越大。

其次是阐明征诗的目的。常煜将程之珩编的潞安明诗选集作为前编，而征集的清代藏稿作为后编，有着步武前修，接续风雅的意图。在编选形式上，前后编保持一致。而藏稿的收集方面，突出了友朋襄助的作用。

第三是确定了征诗的范围。从时代看，选录清初至道光间诗人之作。从地域看，常煜强调"诗萃八城"，八城是指明清两代潞安府下辖的八个州县：长治、长子、屯留、襄垣、潞城、平顺、壶关、黎城。对隶籍八城的诗人之作进行征录，非潞安之籍而作咏潞之诗，虽有佳篇亦不入选。从作者来看，身在庙堂的达官显贵、栖居林泉的逸民隐士、寄兴烟霞的方外僧道、吟咏闺闱的名媛佳丽，均在征选之列。从诗歌内容看，自成流派，影响深远之作固宜入选，总体平庸，偶有警拔佳句之作也不应遗漏。赠答酬倡之作入选，自陈心志之诗亦录。乃至荒诞不经，神吟鬼唱之句，不废采择；留刻于金石之上的诗句篇什也进行探访。可见所征范围极广，力求达到"无美不集"的效果。

第四是选诗的标准比较宽泛。"诗以人重，人以诗传"是其基本原则。名诗人而有佳作，自不必论。显宦乡贤虽诗名不彰，诗才不著，对其作品是宽加选录的，这是"诗以人重"。而作者不见经传，隐迹不闻，却有佳句丽词脍炙人口，诗人诗作亦得并录，这是"人以诗传"。而对当时的青年诗人的作品没有进行征录。理由是"未能定业""当俟晚年"，"故弗敢请"，因青年诗人的风格未定型，成就未有定谳而付之阙如。这不能不说是一种遗憾，也暴露出常煜诗学理念中存在贵古贱今的局限性。

----

① 《潞安诗钞后编》征诗启，第2页。

第五是为所选诗人编写小传。《潞安诗钞》中诗人小传比较详细，在很大程度上展现了作家的生平事迹，有些诗人的传记仅于此，地方志书亦不载，因此极具文献价值。小传中诗人的信息来源有二，一是在征诗之时便请应征者写明里居姓字、宦迹科名等信息，二是辑录者依托地方志书等文献，参访乡间故老，为声名不彰的诗人撰写小传。《潞安诗钞》前编因删存未定，小传不甚准确，经过常煜、连国珠的斟酌损益，体例前后统一，内容更为精核。起到了裨补志书缺漏，存一方掌故的作用。值得注意的是，《潞安诗钞》前后编的诗人小传与李锡麟《国朝山右诗存》的诗人小传相类似，除了简介作者生平事迹外，还录有名家闻人的评骘文字。与省域诗文总集一起丰富着山西的诗学文献体系与文学评价体系。

《潞安诗钞前编》未见征诗之启，然常煜《潞安诗钞后编》征诗启中有"画葫芦于依样"之语，后编的辑录方法是对前编亦步亦趋的模仿。可逆知程之玿辑录前编时，亦以征集之诗作为底本进行采择。程之玿所作《潞安诗钞前编》序言中指出了选诗的范围，也可为上述推论的一个印证。他说：

> 是以不揣谫陋，有潞安明诗之选也。虽精微奥妙，非可管窥，然于三百年间，上自王公，下逮韦布，旁及释道，冥及仙鬼。平如砥者录，即险如涛者亦录也。清如水者录，即艳如花者亦录也。巍巍然如垂绅搢笏者录，即飘飘然如凭虚御风者亦录也。①

通过程序与常启文字的对比，可见常煜不仅在选诗的方法与标准方面步武程之玿，在行文用词方面亦暗自追摹，虽以骈句行之，有踵事增华之效，就其内容与脉络，却是一气相贯的。唯其显著不同，在于程之玿的选诗，就作者而言于王公大臣、儒林贤哲、市井布衣乃至僧道仙鬼无所不包，就风格而言，于质朴平易、诡谲险峻、清新自然、艳丽繁缛无所不及，但评选未臻精严，诗人的小传并不完备。而在这些方面，后编则相对严谨得多，小传做得尤为细致。程之玿对于这个"半成品"的诗选是有认识的，明确说这么做就是"以待大人先生之删削"②。这个微妙的差异，恰恰反映出清初的程之玿与清中叶的常煜对待乡邦文献不同的情感，并关系着两代《潞安诗钞》编辑者不同的文学主张与时代意识——尽管对故乡诗文的珍护是辑录两编共同的缘起与归宿，然而时代精神的差异则是跳跃在编者笔下隐藏的音符。

---

① 程之玿:《潞安诗钞前编》序，第2页。

② 程之玿:《潞安诗钞前编》序，第2页。

四、《潞安诗钞》前后编的文学思想

（一）《潞安诗钞前编》的选诗主张与程之珌的诗学理念

程之珌辑录"潞安明诗"，大体有三个原因。一是认为选诗是自己的兴趣使然、安措生命之举。二是认为选诗可以为家乡保存文献。三则秉持以诗存史的原则，借诗歌展现明清易代之际时局动荡的史实与治乱兴衰的机兆。

程之珌将文学作为止泊生命，安顿灵魂的所在，又将自身生命与乡邦文脉相联系，将选诗作为安顿自身生命与潞安文化生命的重要途径。他在《潞安诗钞前编》序中写道：

> 士君子之处世也，有欲为之事，有不欲为之事。乃其欲为者往往不得为，不欲为者又落落不屑为。夫欲为者不得为，不欲为者又不屑为，则此身不几安然无事，高枕大嚼而已乎！然处不得为之势，而又欲求一得为。掺不屑为之心，而又欲觅一屑为。然此心此手此眼此耳有所安放，不至如空中之絮，风中之旌，遥遥然而无所薄。此又士君子素贫贱，行乎贫贱之义也。珌庸才薄福，所往龃龉。又复贫寒彻骨，无可自娱，此真有所不得为之时也。乃其心其手其耳其目，百工技艺皆落落不屑为，独于笔墨有缘。屡屡欲废，又屡屡不忍废，而其所云有缘者，又辄凝聚于诗。虽毫不知诗，而实酷爱诗。[1]

在他看来，世上之事，从自身来判断，有欲为与不欲为的区别。从客观情况来说，欲为之事常常限于条件难以完成，不欲为之事又难以屈心从事。在此情形之下，似乎无事可做，生命便平庸空疏。然而人生价值必不在此。在不得为的形势之下，寻找有所为的空间；在无价值的俗世间，探寻微茫的存在意义。只有这样，才能使生命有所安放，使得道德有所树立。程之珌借笔墨文字，挺立了士人的生命；借诗歌，超越了贫素寒微的物质人生，获得了欲为又得为的精神愉悦。

文学与诗人的生命归宿有关，选诗则关系着家乡文化血脉的流传。这何尝不是一种文化生命的安顿？他言及选录潞安诗歌的缘由时提道：

辑三

《潞安诗钞》前后编初探

---

① 程之珌：《潞安诗钞前编》序，第1页。

谈古人诗固喜，谈近人诗尤喜。谈天下诗固喜，谈吾乡诗尤喜。此非好今不好古，好近不好远也。良以古人诗古人已存之，今人诗必赖今人始存也。天下诗天下共存之，乡人诗必赖乡人始存也。以故闻吾乡之某人某诗存于某人也，不胜欣欣然。闻吾乡之某人某诗亡于某人也，不禁戚戚然。[1]

在程之珩的观念中，存在"古人"与"今人"，"天下"与"吾乡"，"天下诗"与"吾乡诗"这几组可相参照的概念。通过这几组概念的对比，不难发现他摆脱了明代以来以古为尊、贵古贱今的复古主义文学倾向。他特别属意于"乡人诗"即潞安诗人的作品，则说明地域文学的观念在其心目中已经萌生、强化。而他不汲汲于选录"天下诗"，却将精力投注于存录"乡人诗"的志业中，甚至为乡人文献的存殁而悲喜系之，则更为难能，可见程之珩将文学乃生命安顿的理念扩展至对故乡文化生命的关注之中。诗人之志是与乡邦文献相系的。程之珩对乡贤及故乡诗文具有相当的自豪感，他尝言："自垂髫向学，即习毛郑家言；弱冠以后，见吾乡尔雅君子。"[2]在"毛郑家言"与"吾乡尔雅君子"的对举中，可窥见程氏对诗学思想的根源。"吾乡尔雅君子"是"毛郑家言"的践行者，其诗文是儒家诗教精神的外铄。明乎此，程之珩尊古不贱近、举天下之诗不废乡人之诗的理念便不难理解。程之珩诗学主张的两重维度由此显现：诗，不仅是安顿生命的途径，亦是乡邦文化的载体；诗，不仅是抒情言志之具，更与道德教化为一。"用之乡人焉，用之邦国焉"，意义重大。

程之珩在《潞安诗钞前编》序言自陈选录故乡诗歌的意愿后，又写道：

启祯以前，世家大族藏诗颇夥。自闯变而潞之诗一大厄，迄姜变而潞之诗又大厄。今日所存，大都千百什一尔。倘过此而不为编辑，安知不日益散失。后人之戚戚，不若我之戚戚乎！……不惟钟谭王李，无容左袒；即汉魏李唐，亦无容胶柱。第求其和平温厚、俊逸清新，近于三百之旨者，选集成书。以待先生大人之删削。非特于不得为者，求一得为已也。三百年之治乱兴衰，臧否得失，讽读之下，咸可助其观人论世之明。则潞之诗，即谓潞之史亦可。[3]

不难发现，程之珩总是关注着时代剧变与文献存没的关系。明代天启、崇祯以前，潞安社会安定，文化兴盛，藏诗丰富。不特潞安一地，天下亦然。但

---

① 程之珩《潞安诗钞前编》序，第1页。

② 程之珩：《潞安诗钞前编》序，第1页。

③ 程之珩：《潞安诗钞前编》序，第2页。

经历了明末农民战争，明朝灭亡，这种安稳与繁荣不复存在，文献流散。清军进入山西后，大同总兵姜瓖投清，未几复叛，事在顺治六年（1649）。山西各州县以复明相号召，蜂起响应，潞安亦在其中。[①]不久这场反清运动被清军扑灭，然而潞安在兵火之后，生民涂炭，文献更加凋零。程之珌在此背景下编选诗钞，其历史意义与文化价值是不言而喻的。在拯救文献、以诗存史的大原则之下，他便不会拘泥于诗宗前后七子的复古思想还是诗学公安、竟陵的性灵之说，专以温柔敦厚、清新俊逸作为标准，不悖儒家诗教即行收录。可见其诗学主张是比较通达的。同时，他认为诗歌是反映历史与现实的，是明朝三百年治乱兴衰的镜鉴，这就超越了明末以来批风抹月、独抒性灵的个人主义文学观，还诗学以关系文明、关系国运的庄严典重的面目。

在对儒家诗教的强调中，程之珌特别重视诗以存史的价值。以抢救乡邦文献为己任，具有时不我待的紧迫感。《潞安诗选》前编成书于康熙五年，虽值清朝政权渐稳，然而士大夫家国天下观念方炽而未熄。程氏将诗选称为《潞安明诗选》，在山西区域内似与同时范镐鼎辑录《三晋诗钞》桴鼓相应，放眼于天下亦与钱牧斋《列朝诗集》之选气脉相随。选诗存史以抒故国之思的遗民情感是隐隐可感的，这是当时很多士大夫的隐衷，程之珌的诗学思想，亦当置于这个大背景下进行观照。

程之珌编选明代潞安诗钞，于己，可安放身心；于人，可感发志意；于国，可明其治乱；于乡，可堪为诗史。所选虽近人诗，已与古人选诗之以意相合。所选虽乡人诗，其用已不逊于天下诗。他的文学主张可从所选诗作及诗选序言中窥见一二，这种以儒家诗论为宗，关注现实、反思历史的文学观，与明清之际流行于山右的竟陵派理论迥然有别，隐然启发了诗风转移的先机。其文学意义值得进一步关注与深入研究。

（二）《潞安诗钞后编》的文学思想与编者的诗选理念

常煜在编辑《潞安诗钞后编》时，大体是追摹程之珌，在征诗方法、编辑体例、遴选标准等诸多方面力求保持与前编一致，然而在诗学理念方面则存在明显的差异。由于时代的变迁、社会风气的变易，与前编相比，后编中的家国之思、兴衰之感明显淡化了，取而代之的是对风土民俗、宗族人伦、学术传承

---

① 《（乾隆）潞安府志》卷十一载："（顺治五年）沈烈、许守信、乔炳、胡国鼎诈称姜瓖兵寇……遂进攻潞安"；《（乾隆）沁州志》卷九载："（顺治五年）汾、潞、泽、辽等郡邑小丑乘时蜂起，伪帅胡国鼎啸聚潞安，祸连沁属。"

及诗学流变的重视。前后两集的差异，常煜在《潞安诗钞后编》序言中进行了非常明晰的阐释："编分两集，所以别时代、志风尚、考人物之盛衰，辨趋向之同异也。"①通过前后两编的对比，可见入清两百年后，时代、风尚、人物、学术都发生了显著的变化，文学理念自然大为不同。

常煜对潞安诗歌的认知，首先从土风民俗着眼，发现其区别于他方诗歌的特点；其次从诗学渊源属意，抽绎其深藏的文化意蕴；第三，对清代潞安府的诗坛名流及诗学流变进行了归纳；第四，大体崇尚格高调古、雅正和平的诗歌特色；第五，地域文学的观念更为浓厚，初步产生了分析县域文学特点的意识；此外，在诗以人重的基础上，更强调人以诗传，为隐居乡野、声名不彰的诗人留痕立传。常煜的这些主张表现出他在追摹程之珍之外自身对潞安诗学的独到思索，亦是对程氏诗学观的发展、深化。

常煜刊刻《潞安诗钞后编》的时间为道光十九年（1839），鸦片战争已经不远，清朝也非鼎盛之时。然而其实中国文学还处在乾嘉盛世的惯性之中，并未对社会的危机形成有力的揭示。常煜在诗钞征启中称："我国家治教昌明，人文炳蔚，雅管风琴，时多作者，庠筿里豆，地有诗人。"②无疑将盛世之音作为所选诗歌的总体特征，这与前编中不时流露的易代之悲、乱离之苦迥不相侔。时代差异对前后编选诗的影响已然明晰可见。

程之珍身处战乱之后，汲汲于乡邦文献的抢救、恢复与保存，并无余裕对潞安诗歌的特点进行关注和探究。常煜选诗之时，尚可沐浴清朝盛世的余晖。加之清代诗学极为兴盛，考镜源流、切磨技艺的风气长兴不衰，对潞安清诗进行详细的品题分析，正是理所必然。

首先，常煜认为潞安的地脉土风、乡俗民情以及雅尚风骚的文学传统共同造就了清代潞安诗学鼎盛的风貌。"潞踞太行山之脊，其土厚其俗勤，其人质直而尚义。诗人之作，大抵袭唐魏遗风，犹有《蟋蟀》《山枢》余韵焉。顾吾观前代作者，名公巨卿，簪缨继美。扢雅扬风，源流有自。又且沈藩诸王公雅尚风骚，相与唱酬赓和。一时交游之广，声气之投，若有极盛之下，难为继者。"③"圣泉黎水，可濯清思；丹岭珏山，并成秀骨。扶舆之钟毓多奇，名哲之风流未熄。"④从地域文化角度看，太行为天下名山，潞安在其环抱之中，钟其气者，

①《潞安诗钞后编》序，第1页。
②《潞安诗钞后编》征诗启，第1页。
③《潞安诗钞后编》序，第1页。
④《潞安诗钞后编》征诗启，第1页。

人才辈出。潞之黎水珏山，风光独秀，洗涤着诗人的心灵，感发着诗人的志意。加之"土厚俗勤""质直尚义"的风俗，正是培植温柔敦厚的诗风的绝佳土壤。从文学源流来看，山西为西周时唐国、魏国故地。潞安之诗远绍《诗经》唐风、魏风，特别拈出《唐风·蟋蟀》《魏风·山有枢》，表示潞安之诗传承着关注现实的精神，于己则自我砥砺、惜时奋进、完善人格，于乡于国则陈政得失、主文谲谏、匡正时弊，极富风人之旨。又言及潞安诗人辈出，风雅相继，前七子之王廷相、明朝藩王朱允楥主持潞安坛坫，唱和之风蔚然而兴，潞安一时人文鼎盛。到明清鼎革之时，虽稍衰歇，但亦成为清代潞安诗学继续发展的重要背景。

其次，常煜认为清朝潞安诗学是超凌前代的。他强调政治稳定、社会繁荣、文教昌明是文学得以发展的外部环境，在学术上，尊儒重道，以理学为官方意识形态，所谓"文运之昌""涵濡圣教"①。他认为在儒家思想的教化之下，士人多能秉性情之正，发中和雅正之音。这种观点与清中叶一度流行的格调说比较接近。选诗而保存地方掌故，固然有此一用。然而选诗也可见诗人的学问心术。他服膺于纪昀"人品高则诗格高，心术正则诗体正"②的理念，在选诗时，"或以古雅胜，或以恬淡胜，或以宏博胜，或以秀丽胜。其他或出奇丽于艰难，或发纤秾于简古。凡近风雅者一二篇录、十余篇亦录。……总期不背乎诗序所云'发乎情止乎礼义'而已。"③在这里，风雅成为盛世之音的代称，诗歌成为润色鸿业的载具。古雅、恬淡、宏博、秀丽等诗作均可收录，蒿目时艰、直陈时弊的作品却很鲜见。因此祖述唐魏诗风的理念，在诗选中没有得到充分的落实；而借诗选揭示"一代之运会，一方之风尚"④，便也成为空言。尽管常煜坚定地认为是继承程之珌完成了对潞安诗歌的搜集整理，但"表扬先哲，歌咏太平"⑤的目的与程之珌以选诗探求"治乱兴衰、臧否得失"⑥的动机是难以契合的。从这个角度来看，前后编之选确实表现出运会风尚的转移。对于《潞安诗钞》前后编的评价，常煜以《兰亭集序》的名句"后之视今亦犹今之视昔"来表现自己的看法。然而至少在诗学理念方面，前后编是不尽相同的。明末清初

①《潞安诗钞后编》序，第1页。

②纪昀：《诗教堂诗集序》，见《纪文达公遗集·文集》卷九，清嘉庆十七年纪树馨刻本。

③《潞安诗钞后编》序，第2页。

④《潞安诗钞后编》序，第2页。

⑤《潞安诗钞后编》序，第2页。

⑥程之珌：《潞安诗钞前编》序，第2页。

那种以诗存史、兴观群怨的诗学传统在盛世之音下蛰伏了。

再次，常煜在征集编录诗钞后集时，对潞安一地的文学世家、诗学宗匠予以专门的关注。并从县域文学的视角出发，介绍了潞安府内各地区代表诗人及相互关系。较为明晰地绘出了潞安的诗学图谱，充实完善了清代山西诗歌的文学版图。他在《潞安诗钞后编》序言中写道：

> 编中所钞，远则如刘紫岩、王子衡、栗道甫、程湛园诸公鼓吹于前，近则如贾月坞、程二漳、冯东山、靳绿溪嗣响于后。①

刘、王、栗、程皆为明代潞安诗人，并皆名宦，推毂风雅，博扬文教，为潞安诗学的兴盛打下了基础。

刘紫岩，名龙，字舜卿。襄垣人，明弘治十二年（1499）探花，官至尚书。致仕后优游林下二十余年，享寿九十而卒。有《紫岩集》四十八卷。其诗和平温厚，称颂太平，是台阁体的代表。

王子衡，名廷相，号浚川，潞州人，占籍仪封。明弘治间进士，官兵部尚书，加太子太保。明前七子之一，有《王氏家藏集》，诗篇宏富，诗风沉雄博大、音雅气和。

栗道甫，名应宏，号太行，潞州人。嘉靖间举人，任南阳通判，致仕后隐居易野庄，号易野逸叟，结隆德九隐社，著有《山居集》六卷。

程湛园乃程之珩伯父程正己，字道先。万历三十五年（1607）进士，官至太仆少卿，著有《湛园集》十卷。

贾、程、冯、靳四人则是清代潞安的名诗人。他们接续前代诗人而起，各自以诗文创作推进潞安诗学的发展。

贾月坞，名璠升，字琼玉。长子人，顺治年间副榜，官福建上杭知县。贾璠升有诗名，尤工词，著有《客窗诗集》《啄花词》。

程二漳即程之珩，不赘述。

冯东山，名文止，字子静，壶关人，乾隆二十四年（1759）乡试解元，二十八年（1763）进士，官河东运学教授，著有《东山堂诗文集》四卷、《傅岩集》《雄山集》《紫团拾遗》《唐诗选声》等若干卷。

靳绿溪，名荣藩，字价人，黎城人，乾隆十三年（1748）进士，官至大名府知府，著有《绿溪文集》《绿溪诗集》。靳荣藩深于诗学，酷嗜吴伟业诗，为

①《潞安诗钞后编》序，第1页。

292

之作注，考证生平、稽核出处，详征典故，称《吴诗集览》，向称淹雅，为吴伟业诗歌的重要注本。

上述诸家是明清时代潞安最具代表性的诗人，其诗篇事迹均可为三晋诗坛增色。在此基础上，常煜还对清代潞安府内各州县文学的发展情况进行了关注，以选诗作传的形式在诗钞后编中均有体现。他在征诗启中介绍了县域文学、家族文学的概况：

> 累叶传芳，程与周誉隆夹寨；一门济美，李与高声震刘陵。漳源则介石、蓝虹并着；壶口则且庵、东山继传。莲塘、秋谷克振宗风，花舫、鹤轩允推嗣响。斯皆骚坛凤望，足增重于山川；可知逸彦辈兴，实无间于千古。①

夹寨在潞州西南，为唐末五代李克用与朱温连年征战之地。程氏、周氏为潞州名门大族，诗人辈出。程氏在明代已经显达，清代承余续，累有文人。如程正绪、程之珩、程憼俱以诗名。周氏家族中明代有周一梧、清代有周再勋、周培诜等名流。刘陵是黎城的古称。李氏与高氏是清代黎城的文学门第。李氏家族有李甲黄、李占黄、李英黄、李吉、李廉等以诗名世；高氏家族的高星雯、高垣雯、高汉雯等多有佳篇传世。漳源在长子县，代表诗人有贾楠（介石其字）、赵及（蓝虹其字）。壶口即壶关县，代表诗人是牛俊（且庵其号）、冯文止（东山其号）。程正绪（莲塘其号）能继承程氏诗礼传家的传统，再创生面，阎必卓（秋谷）能接掌其祖阎民望的衣钵，力开新风。张皇辅（鹤轩其号）政事文学兼长，张天宠（花舫其号）专擅诗文，然均以清新俊逸为宗尚。可见清代潞安府中长治、长子、壶关、黎城各县人文蔚起，长治尤为突出。程氏、李氏、阎氏、张氏均为长治的官宦门第、文学家族。黎城虽为小邑，亦出现高氏、李氏这样的文学家族。清代山西潞安家弦户诵、累世相传的文学盛况，于此可见一斑。常煜的家族虽为后起之秀，但在文学传承方面不遑多让。其具体情况，俱载于《潞安诗钞后编》的诗选之中。

结　语

总的来看，《潞安诗钞》前后编作为一部地方诗歌总集，对明清两代潞安府诗歌做了相当全面的整理，对诗人的行藏出处、文学成就做了详尽细致的考证，

①《潞安诗钞后编》征诗启，第1—2页。

《潞安诗钞》前后编初探

辑三

补充了《晋风选》《三晋诗选》《国朝山右诗存》等省域总集对潞安诗歌辑录较少的缺漏，保存了地方文献，为地方史志的编纂提供了重要资源。同时梳理了潞安诗学的脉络，达到了以诗存人、以人存诗的选诗目的。在文学理念方面，保存地方文献、弘扬乡邦文化是前后编辑录者的共同追求。其不同之处在于，前编更侧重以诗存史，潜藏易代之悲，选诗不乏关注现实、针砭时弊之作；后编则在清代的文网之下，多选歌盛世、颂升平的作品，现实人生成为淡漠辽远的背景。前编时有激烈不平之作，后编总体呈现雅正平和的风貌。这些差异折射出时代变迁对土风民俗的影响，隐含着风雅精神的升沉。而地域文学观的萌生、文学世家的兴起和发展、结社酬唱与地方风物的书写等文学主题，在诗选中均有呈现。《潞安诗钞》前后编是明清山西诗学的一个重要宝库，随着研究的深入，会有更多有价值的内涵被发掘出来。将清代潞安诗学从粗线勾勒绘制为工笔长卷，还有很多工作要做，研究空间极大，《潞安诗钞》前后编仍是最重要的文献依托。

任聪颖，华东师范大学中文系 2015 届博士。现为吕梁学院中文系副主任、副教授。本文原载于《太原学院学报》(社会科学版)2024 年 10 月，收录时有修改。

疆域巨变与唐宋诗风

——以"边塞"为中心的考察

张思桥

唐宋诗风及诗学精神之变化，不唯与文学内部诸因素相关联，同时所受文学外部之地理空间影响甚为显著。以往对唐宋边塞诗的研究，多依赖于王朝之断限，而这种附丽于政治史的划分，虽然能够呈现出一个较为清晰的时间框架，但在这一历史时期所存在的空间渐变性则往往容易被忽视。唐宋虽为两朝，其间国家形态及疆域地理之变化，却并非全然随政治王朝之更迭而转移。换言之，在唐宋所覆盖的六百余年间，唐宋边域所发生的两次巨变，并非亦步亦趋地出现在唐宋立国之际，而是分别产生于唐代中期与宋代中期。随着这种地理的变化，不仅在华夷关系、社会风貌、文化特征等方面体现出了一种历史转折，同时在诗学传统上亦存在着相应之嬗变。

一、中唐地缘之收缩与边塞诗之转型

就唐朝而言，其疆域大致发生过三次重要变化。在谭其骧的《中国历史地图集》中，分别选取了总章二年（669）、开元二十九年（741）、元和十五年（820）的疆域图作为唐朝不同历史时期的重要表现。[①]而如果从一种历史视野来考察，这三个时期的疆域又分别对应着初唐、盛唐与中唐。不同于初唐到盛唐的局部疆域变化，自安史之乱以后，唐朝的实际疆域范围出现了显著的质变——版图几近收缩于中原一带，出现了一种历史地理的"断裂"。此际除北方

---

① 详见谭其骧主编：《中国历史地图集》（第五册），中国地图出版社，1982年，第32—37页。

诸镇之外，其疆域已大致与北宋疆域侔等。而自安史之乱以后，唐朝一方面对边疆采取被动的防御政策，另一方面则抽取主要精力对付内部的藩镇之乱。因此，虽然唐朝在安史之乱中取得了最终胜利，但同时也出现了一系列不可逆转的消极影响。①这种来自国家内部分裂的消极影响，在疆域及对外关系的变化上同样体现得尤为明显。而这一边防得失之变化，对诗歌创作所造成的一个最大影响无疑是改变了边塞诗的书写方式。据《说文解字》曰："边，行垂崖也"，②"塞，隔也"，③由此可知"边塞"本义为边界之阻隔。而诗学意义上的"边塞"，则并非仅指狭义上的军事要塞，而是泛指边疆地区的军事、生活与自然风光。至于"边塞"在地理上的界定，学界一向存在争议，而其中谭优学的论述则更贴合诗学中"边塞"之内涵。据谭优学所言："（边塞诗）以地域而言，主要指沿长城一线及河西陇右的边塞之地。以作者而言，要有边塞生活的亲身体验。"④在对"边塞诗"的讨论中，谭优学的定义算是相对具体的，但他的这一概括，却仍然只是从一个总体的结论出发，而对历史地理的渐变性着眼不足。

顾初盛唐虽承六朝诗学之传统，而能自铸一代风神气象者，又多倚赖边塞之功焉。⑤正如冯天瑜诸人所论："诚然，边塞诗非自盛唐始，也非以盛唐终，但是，盛唐边塞诗所具有的奔腾情怀与阳刚之美，却前所不及，后所未有，这种'生气和灵魂'，铸定了盛唐边塞诗在中国文学史乃至中国文化史上的不朽地位。"⑥在初盛唐诗中，边塞视野的空前扩大，不仅是在诗歌题材上的一个杰出

---

① 陈寅恪曾一针见血地指出："盖安史之霸业虽俱失败，而其部将及所统之民众依旧保持其势力，与中央政府相抗，以迄于唐氏之灭亡，约经一百五十年之久，虽号称一朝，实成为二国。"（见陈寅恪《唐代政治史述论稿》，上海古籍出版社，2020年，第21页。）

② 许慎撰，段玉裁注：《说文解字注》，上海古籍出版社，1981年，第154页。

③《说文解字注》，第1208页。

④《唐代边塞诗研究论文选粹》，甘肃教育出版社，1988年，第2页。

⑤ 王文进曾突破旧有观点，认为边塞诗乃形成于南朝，这原是有一定依据的，同时亦说明初盛唐诗仍未完全脱离六朝诗学传统。但是正如王文进本人所分析："南朝边塞诗在本质上是一种贵游性质的唱和之作，在文学的意义上，此一令人讶异的现象，亦可以证明诗人的心灵自由是一切创作力量的泉源"，（见王文进：《南朝边塞诗新论》，河南人民出版社，2018年，第33页。）而自盛唐起，则开始出现了一个分水岭：一方面仍接续南朝诗学传统进行"想象写作"，另一方面则通过一系列"实地写作"，开辟了一个新的诗学文化空间。从这个角度来说，南朝集中于乐府古题的边塞诗写作，尚缺少一种"时代性"与"地域性"的对应；而唐代的边塞诗，乃是更多附着于"时代性"与"地域性"的历史书写。故笔者认为，严格意义上的"边塞诗"，仍当自唐代始。

⑥ 冯天瑜、何晓明、周积明：《中华文化史》，上海人民出版社，2005年，第479页。

开拓，同时也对唐诗精神的形成起到了至关重要的作用。① 此一时期，诗人大抵推寻"外王"之道，在对外战争的绝对优势上，表现出了强烈的狂热性与高度的自信心，这亦导致其建功立业之渴望与国家自豪感尤为凸显。视陈子昂之"勿使燕然上，惟留汉将功"（《送魏大从军》），骆宾王之"不求生入塞，唯当死报君"（《从军行》），杨炯之"宁为百夫长，胜作一书生"（从军行），刘希夷之"丈夫清万里，谁能埽一室"（《从军行》）等，莫不洋溢着建功之激情与理想之热忱。而这种激情的空前昂扬和理想的诗意表达，正是初唐国力在对外关系上的一个重要诗学映射。随着玄宗前期国力的空前富强，复开始在边疆地区打开武周以来被动之局面，不仅收复辽西、巩固东北，并且牢牢掌控住了河西走廊和西域地区的主动权。此一阶段，边塞诗大盛，文学史上所谓"边塞诗派"亦形成于这一时期。不唯以高、岑为代表的边塞诗人大量书写边关塞外，李白、杜甫、王维等一众盛唐诗人亦不乏此类诗作。除我们熟知的《燕歌行》《走马川行奉送封大夫出师西征》等，再有如王维的《平戎辞》、王昌龄的《从军行》组诗、李白的《从军行》等，皆指涉边塞。

当然，这些诗歌虽同写边塞，但复有其不同之处。其中，《从军行》属乐府旧题，诗中之"叙事"容易真伪混淆，故如杨炯、刘希夷乃至李白等人，本无边塞之经历，乃借想象而写边塞，尚存在着对前朝诗学传统的继承②；但高、岑一类诗人的边塞诗则不同，他们多是依托于边塞之现实经验，故描写、刻画多显细致，属于唐人的自我开创。与此同时，这一时期的诗人不仅延续了初唐诗人建功之激情，同时还将塞外，尤其是西域的边地风光及生活场面以一种地域书写的纪实方式表现了出来。视有唐一代，虽较早旅居过塞外的著名诗人当为初唐骆宾王，③ 但由于种种历史原因，骆宾王边塞之作流传甚少，故真正使塞外风光大放异彩的诗人，正是以高适、岑参、王昌龄等为代表的盛唐诗人。除上

---

① 如刘经庵云："古无所谓边塞诗，到了盛唐，岑、高辈大概受了北朝民歌的影响，乃用北地的风物，边塞的情况，咏为边塞诗，给诗坛开了一条新路。"见刘经庵：《中国纯文学史纲》，东方出版社，1996年，第78页。

② 如王文进曾说道："南朝的诗人除了庾信、王褒晚年羁旅北周之外，并没有任何一位诗人有实地凭吊长城，西出阳关的经验。……可见南朝边塞诗本质上就是一种文学想象的典型代表。"（见《南朝边塞诗新论》，第23页。）

③ 对此，刘艺《唐代最早从军西域的著名诗人——骆宾王》一文已详做考证。如其中所举陈熙晋《续补唐书骆侍御传》曰："咸亨元年，吐蕃入寇，罢安西四镇。以薛仁贵为逻娑大总管。适宾王以事见谪，从军西域。会仁贵兵败大非川，宾王久戍未归，作《荡子从军赋》以见意。"（详见刘艺《唐代最早从军西域的著名诗人——骆宾王》，《西域文学论集》，新疆大学出版社，1998年。）

述所列举诗作，再有如岑参的《白雪歌送武判官归京》、王维的《使至塞上》等，皆广泛涉及边塞风光的叙写。似以上二首诗歌，即略不同于传统意义上的"立功诗"，不再是一味地抒发尚武立功之豪情，而是真实地记录塞外之场景，为诗坛带来了一种更为开阔的视野与更加包容的格局。虽然在数量众多的盛唐诗中，不乏"白日依山尽，黄河入海流""气蒸云梦泽，波撼岳阳城"之类的阔大气象，但如"北风卷地白草折，胡天八月即飞雪""大漠孤烟直，长河落日圆"之类的塞外奇丽风光却要属盛唐边塞诗所独有。

而终唐一世，边塞诗虽方兴未艾，但自中唐以后却出现了一个新的导向——理性与反思。提到诗歌中的理性反思，人们往往会将其视为两宋诗风，但其实自中唐开始，则已然如是。可以说，早在盛唐诗中，就开始出现了一些关于"开边政策"与"征戍之苦"的批评，如高适《蓟门行》五首中的"羌胡无尽日，征战几时归""戍卒厌糠核，降胡饱衣食"，《答候少府》中的"边兵如刍狗，战骨成埃尘。行矣勿复言，归欤伤我神"，李颀《古从军行》中的"年年战骨埋荒外，空见蒲桃入汉家"等，但这种批评，尚只是心理优势上的一种自我批评而已，并未成为一种深刻的、带有悲剧色彩的自省精神。而安史之乱及其衍生的对外关系的易位，则瞬间让夷夏关系发生了翻转，也让唐代诗人的心理优势渐趋崩塌。从中唐起，我们在诗歌中能够看到一种明显的语风变化，如常建的"城下有寡妻，哀哀哭枯骨"（《塞上曲》）、"天涯静处无征战，兵气销为日月光"（《塞下曲》其一），李益的"不知何处吹芦管，一夜征人尽望乡"（《夜上受降城闻笛》），令狐楚的"未收天子河湟地，不拟回头望故乡"（《少年行》其三），均与初盛唐诗迥异。可以看出，无论是"不知何处吹芦管，一夜征人尽望乡"一类的反战思想，还是"未收天子河湟地，不拟回头望故乡"一类的战斗思想，都带有一种极为浓厚的悲壮色彩。故有学者曾言："中唐边塞诗的主导风格是苍凉。安史乱后，唐王朝从繁盛的顶峰上跌落下来，对外战争的优势随之丧失。……在整个创作中，理想的光辉逐渐淡弱，现实的色彩愈益加浓。"[①]在中唐的边塞诗中，没有了狂热性与理想化，随着文人身份之自觉与尊儒之上位，代之而出现了理性和反思。[②]故有人说道："尚武精神的张

[①] 葛培岭：《雄奇壮美的唐代边塞诗》，《文史知识》1988年第10期。

[②] 龚鹏程认为中唐以来的"知识分子"转型开始将初盛唐时期的生命昂扬之美转变为知性反省的凝练沉潜之美。云："这与安史之乱以后，人们渴望重建社会秩序并贞定人事意义的需求，也正相契合。诚笃潜虑，在知性的思省中，体现生命的意义。"（见龚鹏程：《中国诗歌史论》，北京大学出版社，2008年，第120页。）而这一转向，在边塞诗中同样也有相关体现。

扬于其时遭到了不少文人的质疑和批判。正统儒学并不好战，……而唐帝国的一个文化特质便是尚武精神的张扬，这显然与孔孟的主张相悖，因此在儒学复兴的苗头初露之时，尚武精神便成为诗人婉转讽谕的对象。"①需要指出的是，投身边疆的热情其实在有唐一代并不曾消亡，但中唐以后的从军报国之热忱，却已不再是一种扩张的、骄傲的，而是内敛的、理性的。关于中唐以来的边塞诗的具体变化，我们不妨从诗人与作品两个维度着眼。

（一）"塞外"的隐匿：边塞诗人与"边塞"关系之变化

首先，从诗人主体来看，因地缘所限，复加以河北三镇为地方军阀所掌控，② 故中唐以来的边塞诗人，极少有边塞之经历，大多数诗人更多是通过一种"符号化的想象"来书写边塞诗。在我们所熟知的初盛唐诗人中，有边塞入幕或从军经历者比比皆是。如高适③、岑参④、王昌龄⑤，皆有塞外之经历；再如王维、王翰，皆曾出使或从军至边塞。但至中唐以后，不仅有入塞经历的诗人凤毛麟角，"边塞"自身的外延也发生了变化。从前的"阳关""玉门关"不再大量出现于诗中，而是代之以"受降城"⑥"渭州"⑦"上郡"⑧"云中"⑨等。

以此时边塞诗创作成就较高的诗人李益为例。在中唐以后，李益可以说是

① 何蕾：《中唐"夷夏"观念之转严与边塞诗创作的衰落》，《内蒙古社会科学》(汉文版)2017年第2期。

② 如钱穆在论及河北三镇（成德、卢龙、魏博）时说道："彼辈皆拥劲卒，自署吏，不贡赋，结婚姻，相联结。"（见钱穆：《国史大纲》，商务印书馆，2010年，第460页。）

③ 据《新唐书·卷七十八》载："(高适)客河西，河西节度使哥舒翰表为左骁卫兵曹参军，掌书记。"

④ 据唐人杜确《岑嘉州集序》载："天宝三载，进士高第，解褐右内率府兵曹参军。转右威卫录事参军，又迁大理评事，兼监察御史，充安西节度判官。"

⑤ 据陈才智《王昌龄年表》："开元十二年甲子(724)，二十七岁。约在是年前后，赴河陇，出玉门。其著名之边塞诗，大约作于此时。"

⑥ 如李益《夜上受降城闻笛》云："回乐烽前沙似雪，受降城外月如霜"。

⑦ 如李频《赠李将军》云："走马辞中禁，屯军向渭州"。

⑧ 如于鹄《塞上曲》云："军书发上郡，春色度河阳。"

⑨ 如常建《塞上曲》云："翩翩云中使，来问太原卒。"

为数不多的有过从军经历的诗人，① 有学者即论道："中唐诗人李益诗名早著，尤以擅长边塞诗著称。就边塞诗的成就而言，在整个中晚唐时代，是没有人能同李益相匹敌的，这与他曾多次进入边地幕府，在那里生活了近二十年，边塞生活的直接体验很丰富和充实，有着极为密切的关系。"②但在李益诗中，却再也看不到来自塞外的奇丽风光和景象，而是代之以塞北的地理意象。除上述所举的《夜上受降城闻笛》之外，再有如"边霜昨夜堕关榆"（《听晓角》）、"鹈鹕泉上战初归"（《度破讷沙》）、"未知朔方道，何年罢兵赋"（《五城道中》）等诗句，都涉及这一方面的转化。在《听晓角》中，榆乃指"榆树"，"关榆"即为关旁榆树，因古代北方边关城塞常植榆树之故。故当时作为河朔边塞重镇之一的上郡，今又被称为榆林。在《度破讷沙》二首中，"塞北"一词直接言明了其时所处之地理，而"鹈鹕泉"则是在当时的丰州西受降城（今内蒙古西部。从地图上可以看出，这已达到了中唐时期的北部边境）。至于《五城道中》一诗，其中"朔方道"，乃是指唐朝当时的西北边塞朔方镇（今银川附近）。总而言之，从这些诗中能够看出，中唐以来的"边塞"书写特色已发生了由西向北的变化，"边塞"一词虽名同而质不同。而与此同时，这一现象也带来了诗歌内容上的一些嬗变。

（二）由开及阖：中唐以来边塞诗风之变化

从中唐以来边塞诗的内容表现来看，可以发现，其思想取向上已渐从"攻势"转为"守势"、从主动转为被动、从理想化转为理性化。因此，中唐以来诗歌虽仍有"尚武"之因子，但这种"尚武"已不同于初盛唐的张扬与自豪，而是立足于现实空间的局蹐，饱含着家国情怀与忧患意识。

故从一方面来看，自中唐以来，初盛唐诗中的自我膨胀与乐观精神基本已不复存在，虽不至于完全的悲观，但悲观的、积郁的意绪显然多于建功的豪情，至晚唐而愈甚。对比张籍《出塞》中的"征人皆白首，谁见灭胡时"与王昌龄《从军行》中的"黄沙百战穿金甲，不破楼兰终不还"，再对比刘得仁《塞上行作》中的"乡井从离别，穷边触目愁"与高适《燕歌行》中的"男儿本自重横

① 如卞孝萱《李益年谱稿》中认为，建中元年（780），李益入朔方节度使崔宁幕；建中三年，入幽州节度使朱滔幕；贞元二年（786），入鄜坊节度使论惟明幕；贞元四年，入邠宁节度使张献甫幕；贞元十三年（797），入幽州节度使刘济幕。而谭优学《李益行年考》认为，大历九年（774），李益入渭北节度使臧希让幕；建中二年，入朔方节度使李怀光幕；贞元元年，入朔方节度使杜希全幕；贞元六年（790），入邠宁节度使张献甫幕；贞元十三年，入幽州节度使刘济幕。

② 陈铁民：《李益五入边地幕府新考》，《文学遗产》2021年第1期。

行，天子非常赐颜色"，可以看出，盛唐诗人笔下的乐观好战精神在中晚唐诗人笔下已不复存在，而是代之为一种悲哀的陈诉。不再是热烈的豪情，而是冷静的反思。虽然中唐以后，尤其是中唐前期亦偶有"主战"之作，如武元衡"要须洒扫龙沙净，归谒明光一报恩"（《出塞作》），戴叔伦"愿得此身长报国，何须生入玉门关"（《塞上曲》），但其既非主流基调，诗人之立意亦迥然不同于初盛唐——如果说初盛唐诗中的"主战"是建立在一种"以高视卑"的扩张心态，则中唐以来更多是冀求一种军事劣势上的逆转，一如令狐楚诗中的"未收天子河湟地，不拟回头望故乡"（《少年行》）、李频诗中的"却得河源水，方应洗国仇"（《赠李将军》）、高骈诗中的"三边犹未静，何敢便休官"（《言怀》）等书写，均反映了这样一种民族自尊心的诉求。

　　从另一方面来看，"胡"意象在诗中的渐趋消亡亦是中唐以来边塞诗的一大转关。在初盛唐诗中，似"胡人、胡姬、胡马、胡鹰、胡衣、胡床、胡兵、胡天、胡塞、胡沙、胡霜、胡月等与"胡"有关的作品可谓比比皆是。如刘希夷诗中的"代马流血死，胡人抱鞍泣"（《将军行》），李白诗中的"细雨春风花落时，挥鞭且就胡姬饮"（《白鼻騧》），高适诗中的"胡人山下哭，胡马海边死"（《宋中送族侄式颜》），崔颢诗中的"解放胡鹰逐塞鸟，能将代马猎秋田"（《雁门胡人歌》）等，俱包含不同的"胡"意象。可以说在初盛唐，尤其是盛唐诗中，"胡风"几乎席卷了半壁诗坛。但是自安史之乱以后，这种"胡"元素却逐渐隐匿了，我们极少能从中晚唐的边塞诗中读到"异域元素"（此处指有别于中原文化）的书写。有学者即曾说道："唐代最能'感动激发人意'的边塞诗多是诗人亲历边塞所作，因此其中的胡文化意象格外真实而贴切。而在边塞诗人的实际创作中，作品创新和富有生命力的刺激因素之一即来自胡文化"，并认为自安史之乱以后的唐代后半期，"将太宗皇帝树立的中华、夷狄'一家'的价值观念无情地打破，……'夷夏'之别的严申导致的一个重要后果是外来文化越来越难以进入、融入中原文明，中唐文人对"夷狄"的排斥导致一切胡文化受到冷落，胡乐和胡舞失去了创新的源泉，无法在固有的基础上进行更新，自然也逐渐失去了活力，受到胡文化刺激和影响的边塞诗创作也就失去了重要创作依托和推动力。"[1]从思想文化之转向上来看待"胡风"之隐现，固然是值得肯定的，但对于诗学而言，"尊儒"却并不能完全决定诗歌自身的"排外"倾向，如白居易虽和元稹一道鼓吹儒家讽喻的诗教观，但在其诗中却并未排斥对

_____

　　[1] 何蕾：《中唐"夷夏"观念之转严与边塞诗创作的衰落》，《内蒙古社会科学》（汉文版）2017年第2期。

外来的佛教思想的吸纳。不妨说，对于这种现象，彼时历史地理的客观所限方为主要诱因。[1]申而论之，虽然唐人好以"胡"来泛指四方夷狄，但其实在盛唐的"胡风"书写中，"胡"所涉及的人物和意象却主要来自"丝绸之路"交通线上的河西廊道、西域、中亚等地。而中唐以后，整个河西廊道俱为吐蕃所蚕食，而北方疆域也为回鹘所压制，故中晚唐的边塞诗，不仅不再拥有"胡风"融入的条件，同时"胡文化"的张扬与恣肆也渐渐消失于中原地区内敛的"礼文化"之中。

二、空间与意象的抉择——北宋边塞诗与中唐以来边塞传统

以南渡为标志，宋代分为北宋和南宋两个时期。在谭其骧的《中国历史地图集》中，分别选取了北宋政和元年（1111）、南宋绍兴十二年（1142）及南宋嘉定元年（1208）来反映三个不同时期的疆域状貌。[2]但须特别强调的是，谭其骧原是立足于今日的中国版图来反映当时各民族之间的地理关系，抑或称之为一种"以今述古"的方式。而实际上，就南宋绍兴十二年与南宋嘉定元年而言，宋朝自身的疆域基本上并无变化，只是在蒙古与金国的疆域空间上出现了此消彼长的趋势。因此可以说，北宋、南宋在各自的历史时期均保持了相对稳定的地理空间。在一般的历史观中，唐、宋往往分别被视为两个独立的政治王朝，故近人之论唐宋，多以日本学者内藤湖南的"唐宋变革论"为正法眼。诚然，内藤以及后来的宫崎市定、宫泽知之等学者从多个维度论述了唐宋之际产生的历史变革，于中国历史之学术发展而言可谓功莫大焉。但需要指出，"唐宋变革论"本身即是先入为主的从唐、宋二元的政治结构中概括出相关结论，故虽不乏历史创见，但同时无疑也使后人对唐、宋的历史观产生了认知固化。其实，就宏观方面而言，唐宋地理在一个整体的历史阶段中确实出现了两次重要变化：其一，从外向的汉胡融合圈收缩到内向的中原汉文化圈，此一变化出现于安史之乱以后；其二，从南北交融的中原文化圈收缩到南北断裂的江南文化圈，此

---

① 冯天瑜等人曾说道："魏晋南北朝文化的一大特征，在于胡汉文化发生持久、反复的冲突。诚然，胡汉文化在相互冲突中，也自有融合的一面，然而，在战乱、地理隔绝等多种因素的制约下，其文化融合的效应远未释放出来。"（见《中华文化史》，第456页。）有鉴于此，我们认为：（1）真正突破地理约束的边塞诗，实自唐人开启。（2）中唐以后随着战乱和地理隔绝诸因素，已然融合的胡汉文化旋复分解，并影响到了边塞诗的创作。

② 详见谭其骧主编：《中国历史地图集》（第六册），中国地图出版社，1982年，第3—4页、第42—43页、第44—45页。

一变化则出现于南宋之际。

反观北宋之疆域，实际上原是对中唐以来的中原大部分地带的继承，故《宋史·地理志序》曰："（雍熙元年）天下既一，疆理几复汉、唐之旧，其未入职方氏者，唯燕、云十六州而已。"[①]因此北宋之"边塞"，较之中唐以来实无巨变。与唐代中后期情况类似，北宋在对外军事关系中亦处于一种相对的劣势。自太宗时期对辽夏作战始，即出现了败多胜少的局面。故中唐的忧患意识、理性反思，同样成为北宋边塞诗之基调。在相同的华夷环境下，和中晚唐的边塞诗人相比，北宋的边塞诗人也分为"实写"和"虚写"两种：一种有亲至边塞的现实经历，一种则依凭想象进行创作。与唐人一样，亲至边塞的诗人往往对边塞的描写较为具体，征实性较强；而依凭想象的作品则更多是夹杂着书生意气的批评和议论，更侧重于艺术性。在边塞诗的创作上，他们虽思想指向各有所殊，但其诗学传统与地理意象实更多沿袭中晚唐诗人。

就创作而言，由于历史环境的客观性，北宋"边塞诗"大致可分为两期——一是在北宋前中期，先后与辽夏展开拉锯战，总体上以守为主，其诗作与中唐诗人的思想取向基本类同；二是在熙宁变法之后，北宋开始了短暂的军事扩张，总体上以攻为主，这一时期产生了一定数量的论边之作。我们可分别按照这两个时期对北宋边塞诗进行一个通观。

首先就北宋前期来说，和中晚唐边塞诗人李益、卢纶等相似，此一时期有不少诗人亲至边地，"实写"之作较多。以王操为例，据《全宋诗》载："（王操）曾奉使陇右"[②]，可见是一位实至边塞的诗人。其《塞上》曰："无定河边路，风高雪洒春。沙平宽似海，雕远立如人。绝域居中土，多年息战尘。边城吹暮角，久客自悲辛。"诗中的"无定河"位于今陕北地区，流经定边、靖边、米脂、绥德和清涧县。如对比元和十五年的疆域图和政和元年疆域图则可以看到，彼时的无定河均位于边塞要地。延伸来说，在中唐至北宋时期，"无定河"实际上是"边塞诗"中的一个典型意象。如唐人李益诗云："无定河边数株柳，共送行人一杯酒"（《登夏州城观送行人赋得六州胡儿歌》）、陈陶诗云："可怜无定河边骨，犹是春闺梦里人"（《陇西行四首》其二），秦韬玉诗云："无定河边蕃将死，受降城外虏尘空"（《边将》）。北宋苏轼亦有云："故知无定河边柳，得共中原雪絮春"（《闻捷》），李廌诗则云："受降城下沙场雪，无定河边木叶霜"（《谢王生赠弓矢》）。但是在中唐以前、北宋以后，"无定河"意象均

---

① 《宋史·地理志序》所谓的汉、唐之旧，实际是指中原地区。

② 北京大学古文献研究所编：《全宋诗》，北京大学出版社，1999年，第647页。

无出现。通过这一特殊的边塞"意象"即是为说明，地缘变化对诗学的影响绝不是空泛的，而是对诗人的情感载体有一种空间上的约束，在诗歌的书写传统上有一种模式的惯习。而通过这种"空间约束性"来复观诗学变革，则或能更为客观而准确地把握变革的阈值。

与之类似，关于"受降城"意象的描写亦反映了这种历史渐变性。"受降城"早自汉代已有之，唐中宗景龙二年，张仁愿复于黄河以北筑三座受降城以抵御突厥。在初盛唐时期，关于"受降城"书写的仅有两首诗。一首是李适的《奉和幸望春宫送朔方军大总管张仁亶》："地限骄南牧，天临钺北征。解衣延宠命，横剑总威名。豹略恭宸旨，雄文动睿情。坐观膜拜入，朝夕受降城"；另一首则为郑愔的《塞外三首》（其二）："荒垒三秋夕，穷郊万里平。海阴凝独树，日气下连营。戎旆霜旋重，边裘夜更轻。将军犹转战，都尉不成名。折柳悲春曲，吹笳断夜声。明年汉使返，须筑受降城。"但实际上，在李适的诗中，"受降城"应作"受/降城"断句，非指"受降城"之意；而郑愔诗中的"受降城"亦与中唐以后之"受降城"有别，乃和前朝诗歌类似，①是用汉代"受降城"之典，非为唐代边塞实地之受降城。故在中唐以前，"受降城"可以说并未作为一种具体的边塞意象出现于边塞诗中。但自中唐以迄宋代，"受降城"则大量出现于边塞诗中（或作为一个书写地点，或作为一种诗歌意象），如唐代李益的"回乐烽前沙似雪，受降城外月如霜"（《夜上受降城闻笛》）、白居易的"韩公创筑受降城，三城鼎峙屯汉兵"（《城盐州》），许浑的"胡马近秋侵紫塞，吴帆乘月下清江。嫖姚若许传书檄，坐筑三城看受降"（《吴门送振武李从事》），朱庆馀的"问看行近远，西过受降城"（《塞下曲》）等；再如宋代司马光的"边草荒无路，星河秋夜明。卷旗遮远塞，歇马受降城"（《出塞》），刘攽的"大将军令穷青海，三受降城起拂云"（《次韵和郭固太保留别长句》），李廌的

---

① 如江总《关山月》云："流落今如此，长戍受降城"，薛道衡《出塞二首和杨素》（其一）云："受降今更筑，燕然已重刊"。然在先唐时期，有关"受降城"书写的诗歌亦仅此两首，故"受降城"作为一种边塞典型意象的建立，仍当以中唐为肇始。

"受降城下沙场雪，无定河边木叶霜"（《谢王生赠弓矢》）等。① 虽然在北宋时期，"受降城"从地理意义上已不归属宋朝，但一方面诗人尚能够通过出使来进行一种现地接触，另一方面它则仍旧发挥着"边塞"的空间意义。至南宋则不同，诗人笔下的"受降城"，此时则已然脱离了"边塞"的现实性，而是完全泛化成为一种"典故"意义上的意象载体。

其次，自神宗熙宁变法以还，由于北宋在军事层面的胜利与地理层面的扩张，② 此一时期复出现了略不同于中唐以来边塞诗风的"快诗"。如苏轼的"似闻指挥筑上郡，已觉谈笑无西戎"《闻洮西捷报》、"闻说官军取乞闾，将军旗鼓捷如神"（《闻捷》），王珪的"莫道无人能报国，红旗行去取凉州"（《闻种谔米脂川大捷》），杨时的"玉帐投壶随燕豆，坐看飞将缚骁戎"（《安西闻捷》其一），都表达了一种扬眉吐气的快感。但可以发现，尽管诗中之情感同是昂扬的，我们却仍难从中读到初盛唐边塞诗的恢弘气象。这是因为：一方面，初盛唐诗中"但使龙城飞将在""不破楼兰终不还""闻道玉门犹被遮"中，似"龙城""楼兰""玉门"等纵深的地理意象已不复敞开，③ 而代之以"上郡"（榆林）、"凉州"、"金城"（兰州）等中原周边的地带作为边塞诗的指向，故张扬的

① 在北宋后期，"受降城"已不啻作为边塞诗中的一个"意象"，而是进一步升华为历史"典故"。故苏轼诗云："受降城下紫髯郎，戏马台南旧战场"（《阳关曲》），陆佃诗云："诗里欲投亡命社，酒边甘在受降城"（《答张朝奉二首》其二），此时"受降城"实已与"边塞诗"无干。而在南宋诗人笔下，亦多有"受降城"书写，如韩元吉诗曰："受降城旋筑，且缓羽书来"（《次韵张晋彦书事》）、陆游诗曰："三受降城无壅堑，贼来杀尽始还营"（《军中杂歌八首》其一）等。但与北宋不同的是，"受降城"此时已经完全失去了它作为空间的"地理意义"，而只是担负着一种想象的"历史意义"而存在。

② 据《宋史·地理志序》曰："熙宁始务辟土，而种谔先取绥州，韩绛继取银州，王韶取熙河，章惇取懿、洽，谢景温取徽、诚，熊本取南平，郭逵取广源，最后李宪取兰州，沈括取葭芦、米脂、浮图、安疆等寨。"

③ 当然，这种纵深地理意象不唯出现于初盛唐诗中，早在南朝诗中已有出现。如王褒"陇西将军号都护，楼兰校尉称骠姚"（《燕歌行》），萧纲"虽弭轮台援，未解龙城围"（《赋得陇坻雁初飞》）等。虽然二者在创作时存在着历史空间上的不同，但这也从某种程度上也说明，初盛唐边塞诗，尤其是乐府古题的写作，正是在很大程度上继承了南朝这一诗学传统。

情感终为内敛的地缘所限；[①]另一方面，则因为北宋边塞诗接续了中唐以来的理性反思精神，诗人多以道自任，不以尚武为功，故一种凌厉的"有我之境"为冷静的"无我之境"所代替。换言之，从北宋边塞题材的"快诗"中，我们已很少看到诗人主体的参与，诗人更多是作为一个评论家或叙事者，而不再似初盛唐诗中"宁为百夫长，胜作一书生""愿将腰下剑，直为斩楼兰"这种"代入式"的写作。

基于此，笔者以为：首先，由于地理空间与夷夏关系上的共同性，北宋边塞诗的诗风、诗貌更多是对中唐以来边塞诗歌传统的继承；其次，就诗歌的情感基调而言，自中唐以来已形成了一种理性反思之精神，出现了从"崇高"到"感伤"的美学转型。虽然至北宋晚期短暂的诞生了一批趋向乐观的"快诗"，但这些诗歌已无初盛唐边塞诗的浪漫化和理想化，而只是对中唐以来边塞"悲哀"主题的一种内部化解。

三、家国与天下：南宋诗学地理中的文化观念

不同于中唐至北宋以来的一般军事冲突，金国对中原地区的整体侵占，已突破了原有文化圈的畛域，使地缘上的对立演变为民族文化的对立。故而，相对于北宋之于中晚唐，南宋在诗学地理上的变化更具有转向意义——在一种亡国之感的刺激下，"民族主义"乃成为南宋以来"边塞诗"的主旋律。但从彼时

---

① 程千帆曾在其《论唐人边塞诗中地名的方位、距离及其类似问题》中做出解说，认为王昌龄《从军行》(青海长云暗雪山)是兼用汉、唐地名。(见程千帆《论唐人边塞诗中地名的方位、距离及其类似问题》，《南京大学学报：哲学·人文科学·社会科学》1979年第3期。)王文进在解读这篇文章时，认为"'青海长云暗雪山，孤城遥望玉门关。黄沙百战穿金甲，不破楼兰终不还'完全用的是汉代的空间观，尤其是楼兰一国在汉代早已消失，根本不可能是唐代的战争。"此系误读。程千帆实际上并未否定唐代战争的真实性，而是认为此诗是比较概括地反映了当时在边塞戍守和作战的军人们的生活和思想感情。此外，王文进认为，唐人许多杰出的边塞之作有一项重要的时间背景，是定格在对汉代盛世的模拟，并举隅王昌龄《从军行》(秦时明月汉时关)为例，根据"龙城飞将"而断定是写汉代人物。(见《南朝边塞诗新论》，第1—2页。)值得说明的是，尽管唐人善于"以汉拟唐"，未必会兼顾诗歌的征实性，但有两点需要注意：(1)其地域空间首先是客观成立的，而后方能够产生"以汉拟唐"的诗学表现。(2)"以汉拟唐"未必即是囿于汉代的事件和空间，如白居易《长恨歌》："汉皇重色思倾国"，即实写唐事。而据杨明先生考证，"龙城飞将"亦非专指李广，而是泛指名将。(见杨明《"龙城飞将"与古诗中的地名》，《岭南学报复刊第十三辑》，2020年。)总而言之，无论盛唐诗中的地名或地理意象是否具有"征实性"，但它所反映的带有纵深感的诗歌气象却是客观存在的。

的历史地理来看，南宋所谓之"边塞"，实是集中于川陕一带，而川陕作为自古以来的汉文化重心，虽从当时的地理意义上来讲确为"边塞"，但若从文化意义上来考量，则是断不能被称为"边塞"的。禹克坤认为："边塞诗的'边塞'，是当时中原地区以汉族为主体的封建王朝的边塞。边塞内外是我国少数民族活动及管理的区域。'边塞'，远不是现代国家的边境概念。边塞诗实际反映了中国古代民族在祖国统一过程中互相交往的历史。"① 参照这一观点，我们应当在诗学上建立起这样一种区别意识：在诗歌中，"边塞"不仅是一种地理概念，更是一种文化概念。故而可以认为，南宋当时所关涉的"边塞"，已不能称之为严格意义上的"边塞"，而应当更贴近于"边境"这一概念。然而作为一种诗学传统，"边塞诗"之类型却又是实际存在的。因此，在前人的诗歌体认中，南宋时期的"边塞诗"复产生了一个新变，即常常会被并入"爱国诗"这一新的诗歌传统之中。

（一）从"边塞诗"到"爱国诗"

相较于北宋而言，宋金与宋辽虽同属敌国，但二者之境况却存在着云泥之别。就宋辽而言：（1）宋辽之争，本聚焦于幽燕一带，且领土之争更多是历史遗留问题，不存在鲜明的侵略与反侵略色彩。（2）宋辽之战虽亦激烈，但在此消彼长中，最终保其领土，未酿成尖锐的民族矛盾。（3）宋辽自合约签订以后，各自相安，从此几乎再未爆发大规模的冲突。在这样一种局面下，北宋边塞思想只是延续着中唐以来的"华夷之防"，而未出现"民族主义"层面的对立情绪。

而宋金则不同：（1）宋金之争，对宋而言则是来自现实的侵略，面对的领土之争也已扩大到整个中原地区。（2）宋金之战，还涉及一个争夺"正统性"的问题。② 对金来说，占据中原意味着对上一个政权"正朔"地位的替代，对宋而言，则意味着"家园"的丢失及异族对其"正统权"的挑战。（3）宋金之间虽有数次和议，但家国情怀和民族仇绪始终左右着南宋文人的价值取向。这种民族之间的"对立性"，在嗣后的宋元关系中亦然。

正是在这样一种条件下，南宋所谓的"边塞诗"已超越了它的地理意义，

---

① 禹克坤：《如何评价唐代边塞诗》，《文学评论》1981年第3期。

② 如陈寅恪即曾有言："'正统论'中有这样一种说法，谁能得到中原的地方，谁便是正统。"（参见万绳南：《陈寅恪魏晋南北朝史讲演录》，贵州人民出版社，2007年。）

大量的"边塞诗"其实只是来自知识的体认，是一种封闭的想象之作。[①] 故胡云翼曾说道："到了南宋，把一个国家都迁到扬子江之南来，连望边塞也望不见，更谈不上写出塞曲了。"[②] 这一论述固然较为感性，但他揭示的一个现象却是客观存在的——在南宋的诗歌中，"边塞诗"已脱离了"边塞"这个地理载体，更多依凭知识的想象来建构之。所以我们须以审慎的态度来看待南宋所谓的"边塞诗"。[③]

对于南宋以前的诗歌，后人很少会以"爱国诗"而冠名；对于我国杰出的爱国诗人而言，又始以南宋成气候。其实在南宋以前，"爱国传统"可以直接接续到屈原一脉。毫无疑问，屈原既是我国第一位诗人，也是第一位爱国诗人。在《屈子文学之精神》一文中，王国维以北方学派的文化理想来诠释屈子于国的同休戚，并以此释其"廉贞"的个身品格。[④] 对此，胡晓明教授总结曰："屈子精神的至高理念，则是'国身通一'的'道'。"[⑤] 而屈原的这种"国身通一"的爱国精神，亦正是到了南宋始诞生出伦理价值。一如黄灵庚所言："（朱）熹之所以耽心于楚辞者有二焉：一以重屈子'忠君、爱国之诚心'，二是读屈子辞赋，而'交有所发'云……且以屈子为'爱国'者，亦肇见于熹，前此未以'爱国'称屈子。"[⑥] 这种文化气候，对南宋诗人可谓影响极大，故以陆游为代表的爱国诗人辉照了整个南宋诗坛。由此再来反观南宋一众"边塞诗"，实际上在更多语境下是作为"爱国诗"而非"边塞诗"而呈现的。

---

① 唐代及北宋边塞诗虽亦不乏借助想象的"虚写"之作，但其书写的"边塞"毕竟是国家疆域可及或接壤之处，是一种开放的地理空间，虽未亲见，但可从间接听闻中获取一手信息；但南宋则不然，南宋"边塞诗"出现了两个变化："实写"的边塞往往是自古以来的中原汉族聚居地，是被侵占的"家园"，并不能称为严格意义上的"边塞"；"虚写"的边塞往往又只是来自封闭的认知（最大的可能性即是史籍），是一种阻塞的想象，"边塞"或"边塞意象"更多只是一种文化符号，而缺少"征实性"。

② 胡云翼：《宋诗研究》，岳麓书社，2011年，第7页。

③ 王文进曾从"影响论"的角度出发，认为南宋"边塞诗"对地理位置的选择，正是南朝边塞诗人所创造出来的边塞诗的语言架构与时空思维，南宋诗人因为地处江南与南朝诗人处境相同，所以在继承这个边塞架构上是更为精确，而他们对于汉代故实的引用与向往也与南朝诗人如出一辙。（参见王文进：《南朝山水与长城想象》，河南人民出版社，2018年，第235—236页。）当然，南宋与东晋虽境遇相似，但二者之间亦存在"势"的不同，关于这一点，王文进本人亦在其著作中有所提及。因此，"类同"与"影响"之间是否等值尚值得商榷。

④ 胡晓明选编：《楚辞二十讲》，华夏出版社，2009年，第4页。

⑤ 胡晓明：《屈子之自沉心事及其文化意蕴》（代序），见《楚辞二十讲》，第9页。

⑥ 朱熹撰，黄灵庚点校：《楚辞集注》，上海古籍出版社，2015年，前言第3页。

以其中的代表诗人陆游为例。陆游的爱国诗大抵始于从戎南郑时期，可以说正是从军的现实经历，进一步激发了他的爱国热情。正如钱锺书所言："像他那种独开生面的、具有英雄气概的爱国诗歌，也是到西北去参预军机以后开始写的。"[1] 陆游的"爱国诗"究竟是否可以被视为"边塞诗"？倘若从地理概念上来看，这原是没有问题的；但如果是从文化概念上来看，这些"边塞诗"则显然存在着意涵上的质变。回归文本来考察，如借助于传统的界定，陆游的"边塞诗"大致可分两种：一种是从军川陕的现地写作；一种则纯是想象之作（包括记梦诗）。在钱锺书的《宋诗选注》中，这两种类型皆有所撷取，其中如《山南行》《夜寒》（其二）《大风登城》是为现地型写作；而《秋声》《九月十六日夜梦驻军河外，遣使招降诸城，觉而有作》《五月十一日夜且半，梦从大驾亲征，尽复汉唐故地，见城邑人物繁丽，云西凉府也，喜甚，马上作长句未终篇而觉，乃足成之》则为想象型写作。

其实，在现地型写作中，亦不乏想象之成分；在想象型写作中，同样不乏现实之经验。故从陆游的诗中，我们大致可统获两点信息：其一，在一种文化观念里，中原地区的归属权始终属于宋人。如其"举目山川尚如故"、"却用关中作本根""太行北岳元无恙"，其中"如故""无恙"之用词可谓意味深长，实是一种"主"而非"客"的意识；其二，关于边塞地理的书写——如河湟、天山、青海、辽东、凉州，不仅有悖当时地理之现实（河湟地区已不与南宋接壤），同时亦只是一种"知识考古"型的书写。但是从这些诗中可以看出，陆游心目中的"边塞"，并不是"瓜州""大散关"，而是"天山"（"心在天山"）、"轮台"（"尚思为国戍轮台"），是唐至北宋以来具有诗学精神与文化意涵的"边塞"。[2]

实际上，自中唐以来，外族即已开始大面积地吞食中原王朝疆土，但无论在唐代后期，还是在北宋一朝，均不似南宋诗人对"失地"渴盼之热烈、愤懑之深沉。视其根本，乃正由于文化地理与政治地理不同使然。不管是中唐丧失的安东、安西，还是自五代即被分裂出去的幽燕一带，自唐代开始就是异族聚

---

① 钱锺书：《宋诗选注》，生活·读书·新知三联书店，2002年，第273页。

② 对于这一现象，王文进的一段解释较有代表性："这些不属于南宋朝廷可以控制的空间，实际上正寄托着南宋文士对于故地的向往，他们在诗中多抒写出'北伐'的期待与理想，希望能够透过朝廷的军队重整河山，得还旧地。而这些诗里往往会出现的汉、胡并举，则蕴藏着诗人的正统思想，他们认为自身方为正统的继承者，所以他们的想象空间均为天汉雄风的地理空间，所期待的也是朝廷能够恢复到过去大汉的生存气势，所以他们在诗中遥契着汉代'长安'的故都，实际上是对于自身偏安江南的不满与凭吊。"（见《南朝山水与长城想象》，第237页。）

居地，往往是由异族首领管辖，并接受着异族文化。故而，中唐至北宋诗人虽亦不乏收复失地的描写，但这些诗歌，却多是出于一种荣誉感的驱使。如唐人李贺的"报君黄金台上意，提携玉龙为君死"（《雁门太守行》）、戴叔伦的"愿得此身长报国，何须生入玉门关"（《塞上曲》其二）；再如北宋王珪的"莫道无人能报国，红旗行去取凉州"（《闻种谔米脂川大捷》）、苏轼的"似闻指挥筑上郡，已觉谈笑无西戎"（《闻洮西捷报》）。但是南宋诗人的爱国诗则不同。在南宋诗人的爱国诗中，最独特的一种情感是为"愤"，而其骨子里的执着亦多来自乡土意识而非领土意识。正是由于此，纵观南宋前后，诗人对于疆土的观念是截然不同的。在南宋以前，如杜甫诗中的"杀人亦有限，列国自有疆"（《前出塞九首》其一），曹松诗中的"泽国江山入战图，生民何计乐樵苏"（《己亥岁》），均是对开边持一种批判之态度。直到北宋时期，如王操诗中的"绝域居中土，多年息战尘"一类思想，均无对"土地"得失的执念；而在南宋诗中，即出现了一种转型。除了陆游的作品外，再有如杨万里的"只余鸥鹭无拘管，北去南来自在飞"（《初入淮河四绝句》其三）、范成大的"州桥南北是天街，父老年年等驾回。忍泪失声问使者：几时真有六军来？"（《州桥》），则均对开边及相关战争持赞成之态度。

那么，同是对待被侵占的"故土"，为何在南宋前后发生了如此大的观念之巨变？在唐至南宋以前，由于中原文化圈的相对完整性，故彼时诗人的"天下观"是大于"家国观"的。而在南宋，则因一种完整的"文化认同"从地缘上被割裂，故彼时之土地，则不再仅仅是地理意义上的土地，而是承载着文化记忆的"故土""乡土"。正是从这个意义上来讲，南宋地理概念上的"边塞"，实则只是一个军事隔离带，对南宋诗人而言并不能作为边塞之认同的。南宋诗人心目中的"边塞"，依然是"天山""青海""辽东""河湟"等。但是这些地理意象，已不存在于诗人的平行地理空间，只能作为一种遥远的文学想象。

（二）和、战思想的文化共旨："守在四夷"观的诗学新变

"爱国诗"诚是南宋诗学上的一个新声，然在南宋一朝，"爱国思想"却并非意味着与"主战思想"完全等值。从诗学表现上看，"爱国主义"背后依然隐藏当时士人对传统"天下观"的认同，只不过由于现实矛盾的畸态化，出现了一种由"共存"到"对立"的转型。而这种意识形态的转型，表现在诗学地理上，则是对中国自古以来治边思想——"守在四夷"的一种新变。

"守在四夷"，或曰"守中治边"，乃是古代大多数封建王朝治边思想的主

流。如有学者即说道："大多数封建王朝治边所追求的理想境界，是国家之腹心安定繁荣，在边陲地区实现'守在四夷'，做到'内华夏而外夷狄'，以及'夷不乱华'。"[1]早在先秦时期，这种夷夏思想即开始出现了萌芽。据《尚书·禹贡》篇云："五百里甸服，百里赋纳总，二百里纳铚，三百里纳秸服，四百里粟，五百里米。五百里侯服，百里采，二百里男邦，三百里诸侯。五百里绥服，三百里撰文教，二百里奋武卫。五百里要服，三百里夷，二百里蔡。五百里荒服，三百里蛮，二百里流。"在《周礼·夏官司马·职方》所分的"九服"中，则依次为侯服、甸服、男服、采服、卫服、蛮服、夷服、镇服与藩服。而这种地理上由远及近的区分，既表现了"礼"文化的一种秩序，又暗含了中国古人最原始的地缘观。在《左传》中，沈尹戍明确提到了"守在四夷"的思想，曰："古者天子，守在四夷。天子卑，守在诸侯。诸侯守在四邻。诸侯卑，守在四竟。慎其四竟，结其四援，民狎其野，三务成功，民无内忧，而又无外惧，国焉用城。"[2]可以看出，虽然中国古人并未形成"领土主权"的意识，但对于领土文化却有着一套完整的价值体系。[3]而在这一体系中，文化观念是要远远优于土地观念的。正是在这种观念的影响下，东汉时期发生了一系列关于边疆弃守的争议，其中尤以凉州问题的讨论最具代表性。[4]

基于这种思想，中国从先秦时期便提出了"九州"的观念，也即是说，"九州"实际为中华文化认同之核心载体。日本学者安部健夫曾借助于邹衍的世界观，将其与天下的观念画上等号，并分析道："邹衍所说'赤县例如神州内自有九州，禹之序九州是也'的九州，正是儒家与墨家所说的'中国'。"[5]而作为一个完整的体系，与"九州"相对的，则是方位意义上的"四海"。据《礼记·王制》载："凡四海之内九州"，《尔雅·释地》则言："九夷、八狄、七戎、六蛮，谓之四海。""四海"原不在九州之内，无论"夷、狄、戎、蛮"，可以说均为文化认同之外的"异域""异族"。但是，中国古人又没有完全将"四海"排除在

疆域巨变与唐宋诗风

---

① 参见方铁：《古代"守中治边"、"守在四夷"治边思想初探》，《中国边疆史地研究》2006年第4期。

②《春秋左传注疏》，文渊阁四库全书影印本（第144册），中华书局，1990年，第459页。

③ 如有学者即说道："清朝中期以后，随着时代条件发生改变，统治者才逐渐形成了边疆、疆界等具有近代意义的观念。"（见方铁《古代"守中治边"、"守在四夷"治边思想初探》，《中国边疆史地研究》2006年第4期。）

④ 据《后汉书·马援传》载："朝臣以金城破羌之西，涂远多寇，议欲弃之。"

⑤ 安部健夫著，宋文杰译：《中国人的天下观念——政治思想史试论》，《西北民族论丛》（第十五辑），2017年，第210页。

外，而是将其作为一个结构的支撑，形成了一个完整的"天下观"。①如有学者即说道："'四夷'处'中国'四边，因而被称为政治地理意义上的'四海'。从人文地理和政治地理而言，'天下'也是'中国—四夷'的结构。所以'九州—四海'又是'华夏—四夷'，或'中国—四夷'的结构。'中国—四夷'也成为了历代王朝构建国家安全的思想基础和基本逻辑。"②其实，这种观点正是对"守在四夷"的一种现代化诠释，而这段话中所提的思想基础与基本逻辑，对于唐宋人而言同样也不例外。

视初盛唐之扩张策略，本非"正态"，而是"变态"。③故经安史之乱的沉重打击，"天下观"乃复归正位。历经盛唐而入中唐的文学家李华曾写过一篇十分有代表性的《吊古战场文》，针对盛唐晚期过度的开边，他如是说道：

> 吾闻之：牧用赵卒，大破林胡，开地千里，遁逃匈奴。汉倾天下，财殚力痛。任人而已，岂在多乎！周逐猃狁，北至太原。既城朔方，全师而还。饮至策勋，和乐且闲。穆穆棣棣，君臣之间。秦起长城，竟海为关。荼毒生民，万里朱殷。汉击匈奴，虽得阴山，枕骸遍野，功不补患。……呜呼噫嘻！时耶命耶？从古如斯！为之奈何？守在四夷。

可以看出，在李华的《吊古战场文》中，对一向被视为强盛的秦汉王朝均持强烈的批判态度，认为秦汉虽开边拓土，却荼毒生民、功不补患。正是立足于这种认识，李华最终将文章的主旨落脚于"守在四夷"四个字。但一如上文所述，在盛唐晚期，虽业已出现了反对战争的批评声音，然在彼时，这种声音却被张扬的自信所掩盖，故并未能形成盛唐一代人的"理性反思"。这种"守在四夷"的思想，乃于中唐以后复归正位，至北宋又为时人所进一步发扬。如北宋初期诗人田锡《塞上曲》云："秋气生朔陲，塞草犹离离。大漠西风急，黄榆

---

① 关于"天下"的概念，安部健夫曾有较为详细的论析，其中说道："秦汉以来，对'天下'一词有广义和狭义两种理解，即'世界'和'中国'。……儒家思想的中心当然是'中国'即天下。秦汉以后，思想潮流里已经开始有'世界'即天下的意识。"（见[日]安部健夫著，宋文杰译《中国人的天下观念——政治思想史试论》，《西北民族论丛》（第十五辑），2017年，第216页。）

② 黄纯艳：《朝贡体系与宋朝国家安全》，《暨南学报》（哲学社会科学版）2018年第2期。

③ 唐太宗曾云："朕即位之初，上书者或言'人主必须威权独运，不得委任群下'；或欲耀兵振武，慑服四夷，唯有魏徵劝朕'偃革兴文，布德施惠，中国既安，远人自服'。朕从其语，天下大宁。绝域君长，皆来朝贡，九夷重译，相望于道。此皆魏徵之力也。"（见《旧唐书》卷七十一。）正是在这种观念下，太宗乃有华夷如一之论。然太宗虽从观念上认可"守在四夷"说，其本人及后代君王又往往存在知行不一之病。

凉叶飞。襜褕罢南牧，林胡畏汉威。藁街将入贡，代马就新羁。浮云护玉关，斜日在金微。萧索边声静，太平烽影稀。素臣称有道，守在于四夷。"这首诗正是通过对乐府旧题的选取，表达了诗人自身的一种守边理念。虽然字里行间中不无民族优越感的表露，但相较于盛唐诗而言，其整体的思想基调却已十分理性。似这种"守在四夷"的天下观，可以说贯穿了北宋始末。除田锡这一首之外，再有如刘兼的"锦字莫嫌归路远，华夷一统太平年"（《初至郡界》），范仲淹的"颂声格九庙，王泽及四夷"（《谢黄惣太博见示文集》），石介的"我愿天子修明堂，坐朝诸侯会四夷"（《南山赠孙明复先生》），沈遘的"自古所求中国治，于今无复四夷功"（《七言道中示三使二首》其二），黄庭坚的"有道四夷守，无征万邦休"（《常父惠示丁卯雪十四韵谨同韵赋之》）等，都体现了这种思想。

在北宋一朝的诗人中，我们几乎见不到颂扬武力的声音，这正反映了士人自中唐以来对"尚武"所形成的一种反思精神与危机意识。而这种"守在四夷"的天下观，复进一步影响了北宋人对待领土之态度。对此，北宋时期"河东划界之争"是颇具代表性的一个公案。关于"河东划界"的问题，时论犹未以弃地为不可。如在熙宁八年，沈括和辽南宰相杨益戒论中说道："今皇帝君有四海，数里之瘠何足以介？国论所顾者，祖宗之命，二国之好也……"[1] 当然，批评弃地者亦有之。如邵伯温曰："时王荆公再入相，曰：'将欲取之，必姑与之也。'以笔画其地图，命天章阁待制韩公缜奉使，举与之，盖东西弃地五百余里云。……呜呼，祖宗故地，孰敢以尺寸不入《王会图》哉！"[2] 但其实，二者之间有一个共同处，即均是为了维系其"守在四夷"的天下观。[3] 沈括之言显然无须多论，观邵温伯所言，其最终要旨原为批判徽宗时期的开边策略，而其核心

---

① 李焘：《续资治通鉴长编》熙宁八年条，中华书局，2004年，第6498页。

② 邵伯温：《邵氏闻见录》，中华书局，1983年，第36页。

③ 有学者曾从国家安全的角度来解释宋朝的对外策略，曰："朝贡体系的稳定与破坏与宋朝国内安全密切相关。北宋后期对外主动开拓，导致了本朝朝贡体系的松动和离散，另一方面女真崛起，从内部瓦解了辽朝朝贡体系，动摇了既有的东亚国际秩序。宋朝对国际局势变动应对失策，最终导致了北宋灭亡和南宋初期国内安全的严重危机。南宋归入金朝重建的朝贡体系，成为其得以立国的重要原因。"（见黄纯艳《朝贡体系与宋朝国家安全》，《暨南学报》（哲学社会科学版）2018年第2期。）就事实而言，这种体系是客观存在的。虽然宋人一直有着强烈的文化本位意识，但对于一个稳定的国际体系的追求，却并无太大分歧。

观念乃终与韩、富二公之言同。①

能够看到，无论是北宋前期还是后期，北宋实际上并不存在华夷对立之观念，而是延续了中唐以来恢复的"守在四夷"之"正态"。但自北宋倾覆之时起，尤其是到了南宋一朝，在一些爱国诗人笔下出现了另一种强烈的声音，如晁说之的"胡儿直犯洛阳宫，蔼蔼园陵指点中。殄灭四夷心不遂，裕陵萧瑟独悲风"（《痛恨》），曹勋的"畏弓弩，谁能为我驱胡虏。胡虏驱除汉道昌，一身虽困忘辛苦"（《哀孤鸿》），陆游的"欲倾天上河汉水，尽洗关中胡虏尘"（《夏夜大醉醒后有感》），刘过的"何不夜投将军飞，劝上征伐鞭四夷"（《盱眙行》），叶适的"千年豪杰供指使，笑挞胡虏如奴钳"（《送黄竑》）等，都与北宋"会四夷""四夷宾"一类态度截然相对，出现了"灭四夷""剿胡虏"这种华夷对立的思想。当然，之所以会出现这一转变，乃源于北宋失鼎与南宋蜷缩带来的两个重要变化：其一，不同于汉唐以来边土之得失，作为精神蚁冢的"九州"从"全璧"沦为了"半壁"，汉人一直以来所构建的心理平衡被打破。如昌颐浩诗有曰："每愤中原沦半壁，拟将孤剑斩长鲸"（《送张德远宣抚川陕二首》其二）。其二，国家领土从"财产"变为了"故园"，士人对于土地的得失不再是囿于"祖宗之故地"，而是升华为文化意义上"山河""故土"。②如刘宰的"北望凄凉皆故土，南来睥睨几狂胡"（《代柬答合淝苏刑曹兼呈淮西帅同年赵宝谟二首》其二），戴复古的"志士言机会，中原入梦思。江湖好山色，都在夕阳时"（《淮上寄赵茂实》），徐照的"传报将军杀胡虏，取得山河归汉主。残生只愿还本乡，且免后裔有兵祸"（《废居行》）等诗，均是反映这一文化情感。

在这种历史的巨变中，爱国诗篇与战斗诗歌乃成为南宋诗坛的一大典型。但其实，南宋诗人本身却依然恪守着"守在四夷"的思想传统。当然，尽管在两宋诗人笔下均是秉持一种以华夏为中心的"天下观"，但由于地缘关系发生的

---

① 富弼曾云："岁遗（指给辽朝的岁币）差优，然不足以当用兵之费百一二焉。则知澶渊之盟，未为失策。"（见赵汝愚：《宋朝诸臣奏议》卷一三五富弼《上仁宗河北守御十三策》，上海古籍出版社，1999年，第195页。）

② 此后元兵进一步蚕食南宋疆土，被侵占的土地复有此"故土"之思，其理亦同。

质变，其内涵却又不尽相同。[1] 对于南宋诗人的评价而言，在一种现代思维的代入中，往往认为只有主战派的诗人方可被称为"爱国诗人"，而主和派诗人则是"妥协的""投降的"。[2] 但若回归历史现场来看待这一问题，我们便不能仅仅以一种"立场主义"来判定诗人的伦理道德。实际上，南宋大量的"主和"诗人，很多时候仍是在遵从着传统的"守在四夷"观，恪守着上古以来"仁""礼"之思想。如果说"爱国诗人"更多是基于一种"理想主义"，那么主和诗人则更多是基于一种"文化主义"。试看同时期诗作中的一些"主和"声音。如苏泂的"且愿君王省征伐，明郊重见四夷宾"（《十六日伏睹明堂礼成圣驾恭谢太一宫小臣敬成口号》其七），钱时的"但愿吾皇有道守四夷，未消琐琐且为将军悲"（《稚女谈命有感》），包恢的"但愿主益圣，比肩皆皋夔。东南盛仁气，不战屈四夷"（《寿家君克堂先生》），等，均可复见对"守在四夷"之传统文化观念的恪守。

爱国诗歌虽至南宋而肇兴，但并非意味着上一个诗学传统不再赓续。尽管南宋仅剩半壁江山，但"守在四夷"的天下体系却依然根植于南宋诗人的精神世界。故不难看出，南宋诗人的精神世界是极其复杂而矛盾的。除上述作品外，如岳珂虽为抗金名将岳飞后人，但对"非战"却时而持一种肯定态度，其诗有云："一尘不起四夷服，轨顺星躔蕃五谷。……一都一俞一吁咈，四海春风已披拂"（《后元祐行上辨章乔益公》）；再如陆游本为南宋第一大爱国诗人，但在其诗中，亦不唯有战斗思想，同时有"非战"之思想，其诗云："乾坤均一气，夷狄亦吾人"（《斯道》）。尽管如此，这种矛盾性却又可以从一种思想传统的通与变之中得到理解——九州破碎使传统的"天下体系"之现实基础被打破，故南宋诗人锐意收复故土的心态，其深层原因正是为了对此前"天下体系"的

---

① 如有人如此论道："在汉人的天下观中，拥有中原是成为天下之主（中心）的标志之一。北宋虽面对强邻，但仍拥有中原地区，故北宋人通过强调正统以体现天下中心的地位，这是基于天下格局中对等关系的出现；而面对中原地区的丧失，南宋人除通过强调正统以确立天下中心的地位外，恢复中原也成为恢复天下中心地位的重要内容。"见杜芝明《宋朝边疆地理思想研究》，西南大学博士学位论文，2011年，第128页。

② 如钱仲联曾说道："爱国主义精神，是陆游诗思想内容的核心。在南宋的历史条件下，爱国与否的鸿沟，区分在对北方女真贵族统治集团的南侵是坚持抵抗还是主张投降，对我国的国土是主张统一还是听任分裂。"（见钱仲联：《剑南诗稿校注》前言，上海古籍出版社，1985年，第1页。）

恢复。①

当然，南宋诗学的转向，还反映出的一个重要变化即是对汉人"中原认同"理念的打击。可以说，正是由于金及后来元的异族入侵和对汉人"中原认同"理念的摧残，使传统的"守在四夷"观受到了严重的威胁与挑战。而自中唐以来逐渐建立的"华夷之防"，复使南宋诗人比东晋、南朝诗人面临更大的政治伦理威胁。在此基础上，南宋诗坛上的"民族主义"空前高涨。而这种"民族主义"思维的激活，对彰示民族精神与民族气节而言固是一次壮举；但对于中华民族整体的思想文化而言，却又间接使自身形成了一种封闭性。随着"中原认同"的割裂，传统的"天下观"丧失了它的现实依据和立论基础，与此同时，作为一种政治的补救，则是"民族观"的上位与升格。这种民族观的张扬，一方面催生出了"民族主义"的诗学传统，另一方面则加深了本民族的自我认同。②而渐次发酵的"民族主义"诗学传统，其后又深刻影响了明清之际的诗歌创作。

张思桥,华东师范大学中文系 2023 届博士,现为安徽师范大学文学院讲师。本文原载于《古代文学理论研究》第五十六辑,收录时有修改。

---

① 王文进曾说道:"透过诗、文全面性的考察,可以发现大汉图腾的时空思维在南朝士人中所存在的三种意义,其一是南北政权正统性的争夺;其次是南方士人的精神寄托;其三则成为隐藏着南朝权力角逐之密码。但即使借由文学表现虚实手法交错复杂,但却可从中证明南朝人士是如何开始了中华民族这种时空错置的时空思维方式,此手法往后将强烈地影响唐代边塞诗的书写模式。而尔后,中国历史上的南宋,乃至今日的海峡两岸历史文化发展之盘根错节,均或多或少受到这种制式思维的影响。"(见《南朝山水与长城想象》,第 165 页。)诚然,作为一种制式思维,南宋和南朝的确在"时空错置"上存在类同之处。但是从诗学传统上来说,南宋诗歌已与南朝诗学传统不复关联,而是对上一个诗学传统——即唐诗传统所进行的承与变。在这一点上,需要作出分辨。

② 对于这一现象,安部健夫曾借王夫之"(王朝)可禅,可继,可革,而不可使夷类间之"一语解释道:"汉民族之间的易姓革命即王朝交替,是内部的'一姓之兴亡',这无须介意,而异民族对中国人的'国家'与'民族'的侮辱则与'万民之忧乐'大有关系,这是断不容许的,简要概括就是'王朝替代不利于国家和民族'。在国内,最优先考虑的是民族的危机感,而不是阶级的危机感。"〔参见安部健夫著,宋文杰译《中国人的天下观念——政治思想史试论》,《西北民族论丛》(第十五辑),2017 年,第 220 页。〕此观点可备一说。借鉴于此,回归到诗学来看,正是由于这种"危机感"的转移,南宋诗歌中,似中唐以来反映社会内部矛盾的诗学传统往往被外向的爱国主义诗学传统占据了上风。

略论20世纪中国诗学的传统与典范

刘　炜

一

讨论20世纪中国诗学的传统与典范，应该先讨论中国诗学的传统与典范。

中国诗学在数千年的发展过程中，逐渐形成三种主要的诗学传统。首先就是儒家诗学的传统，其典范性的代表人物是孔孟，其经典性的诗学文本是《诗大序》，其根本的诗学精神是强调文学的教化功能与实用价值。其次就是道家诗学的传统，其典范性的代表人物是老庄，其经典性的诗学文本是《沧浪诗话》，其根本的诗学精神是强调文学的艺术规律与审美性质。要注意的是，道家诗学在自身的发展过程中逐渐吸收融化了佛教特别是禅宗的诗学观念，换言之，佛教特别是禅宗的诗学观念已经被吸收融化在道家诗学之内，因而佛禅诗学不能成为一种独立的能够与儒道诗学鼎足而三的诗学传统。能够与儒道诗学鼎足而三的诗学传统，是明代中后期伴随启蒙哲学的产生而兴起的启蒙诗学，其典范性的代表人物是李贽，其经典性的诗学文本是《童心说》，其根本的诗学精神是强调文学的个性意识与主体精神。三种诗学传统中，前二种是主流的诗学传统，后一种是非主流的诗学传统；前二种是古典主义的诗学传统，后一种是具有现代精神的诗学传统。三种诗学传统相互冲突相互制衡，又相互交流相互融合，共同促进了中国诗学的发展和繁荣。进入20世纪以后，虽然西潮涌动，中国文学发生了巨大的变革，但中国固有的三种诗学传统并未中断和消退，而是在西方诗学观念的影响下作出不同程度的转换和创造，从而以一种新的面目新的形式继续传承和发展。三种诗学传统在20世纪各自拥有一批开拓性的代表人物，但堪称典范的应该是王国维（1877—1927）、鲁迅（1881—1936）、马一浮（1883—1967）。

二

王国维诗学固然深受西方康德叔本华美学的影响，但其根底仍是中国传统的道家诗学。

王国维诗学的核心观念是"境界"说，而"境界"说正是典型的道家诗学观念。成复旺先生曾说：

> 虽然"境界"的概念来自佛教禅宗，但"境界"的思想却源于道家。且不说"境界"的概念出现之前就已经有了"境界"的意识，就连禅宗本身也是用道家思想改造了的佛教。古代有关"境界"的言论，即或采用了禅宗的话头，其精神实质亦与道家思想血脉相通。[①]

可见"境界"说虽然受到佛禅观念的影响，但根本上还是一个道家诗学的观念。王国维在自我评价其"境界"说时曾说：

> 沧浪所谓兴趣，阮亭所谓神韵，犹不过道其面目，不若鄙人拈出"境界"二字，为探其本也。[②]

严羽的"兴趣"说、王士禛的"神韵"说，都是影响深远的道家诗学观念，王国维将其"境界"说与"兴趣"说、"神韵"说加以比较，正是在道家诗学的系统之内探索文学的本质问题，从而表现出对道家诗学传统的自觉认同。

王国维的道家诗学立场，注定其与儒家诗学以及启蒙诗学不合。儒家诗学注重文学与道德政治的关系，强调文学的政教功能，这与道家诗学的非功利性的价值取向完全背离。王国维说：

> 呜呼！美术之无独立之价值也久矣。此无怪历代诗人，多托于忠君爱国、劝善惩恶之意，以自解免，而纯粹美术上之著述，往往受世之迫害而无人为之昭雪者也。……甚至戏曲小说之纯文学亦往往以惩劝为旨，其有纯粹美术上之目的者，世非惟不知贵，且加贬焉。……若夫忘哲学美术之神圣，

[①] 成复旺：《新编中国文学理论史》，中国人民大学出版社，2010年，第29页。

[②] 王国维：《人间词话》第九则，聂振斌选编：《中国现代美学名家文丛·王国维卷》，浙江大学出版社，2009年，第137页。

而以为道德政治之手段者，正使其著作无价值者也。愿今后之哲学美术家，毋忘其天职，而失其独立之位置，则幸矣！①

这正是王国维对"托于忠君爱国劝善惩恶之意""以为道德政治之手段"的儒家诗学的批判。启蒙诗学尊重人的真实的情感和欲望，肯定文学的通俗的语言和形式，这与道家诗学反对纵情肆欲、主张"高古""典雅"（《二十四诗品》）的诗学观念亦相对立。王国维说：

> 夫优美与壮美，皆使吾人离生活之欲而入于纯粹之知识者。若美术中而有眩惑之原质乎，则又使吾人自纯粹之知识出而复归于生活之欲。如粔籹蜜饵，《招魂》、《七发》之所陈；玉体横陈，周昉、仇英之所绘。《西厢记》之《酬柬》，《牡丹亭》之《惊梦》，伶元之传飞燕，杨慎之赝《秘辛》，徒讽一而劝百，欲止沸而益薪。所以子云有"靡靡"之诮，法秀有"绮语"之词。虽则梦幻泡影，可作如是观；而拔舌地狱，专为斯人设者矣。故眩惑之于美，如甘之于辛，火之于水，不相并立者也。吾人欲以眩惑之快乐，医人世之苦痛，是犹欲航断港而至海，入幽谷而求明，岂徒无益，而又增之。则岂不以其不能使人忘生活之欲，及此欲与物之关系，而反鼓舞之也哉！眩惑之与优美及壮美相反对，其故实存于此。②

王国维认为，眩惑是一种与优美和壮美相对立的不能称之为美的艺术形态，而眩惑的美学实质其实就是情欲的艺术表现，所以不能使人离生活之欲，反而复归生活之欲。眩惑长久存在于中国文学和艺术之中，但在明代中后期兴起的通俗文艺中表现得最为普遍，是启蒙诗学极力表彰的一种艺术形态。王国维对眩惑的批判正是对启蒙诗学尊重人的真实的情感和欲望的批判。王国维又说：

> "夜阑更炳烛，相对如梦寐"（杜甫《羌村》诗）之于"今宵剩把银釭照，犹恐相逢是梦中"（晏几道《鹧鸪天》词），"愿言思伯，甘心首疾"（《诗·卫风·伯兮》）之于"衣带渐宽终不悔，为伊消得人憔悴"（柳永《蝶恋花》词），其第一形式同，而前者温厚，后者刻露者，其第二形式异也。一切艺术无不皆然，于是有所谓雅俗之区别起。优美及宏壮必与古雅合，然后得显其固有之价值。③

---

① 王国维：《论哲学家与美术家之天职》，《中国现代美学名家文丛·王国维卷》，第4页。
② 王国维：《红楼梦评论》，《中国现代美学名家文丛·王国维卷》，第117页。
③ 王国维：《古雅之在美学上之位置》，《中国现代美学名家文丛·王国维卷》，第101页。

王国维提倡古雅之形式，认为优美和壮美两种艺术形态都要借助古雅之形式才能充分表现，所以崇尚古雅，贬斥俚俗，无需讳言，这正与启蒙诗学反对复古提倡俗变的精神背道而驰。

但是，在王国维从事文学研究的后期，也就是《宋元戏曲考》时期，其诗学观念已逐渐转向启蒙诗学。首先，王国维说：

> 凡一代有一代之文学。楚之骚，汉之赋，六代之骈语，唐之诗，宋之词，元之曲，皆所谓一代之文学，而后世莫能继焉者也。独元人之曲，为时既近，托体稍卑，故两朝史志与《四库》集部均不著于录，后世儒硕皆鄙弃不复道。①

王国维重视"为时既近，托体稍卑"的宋元戏曲，并给予元曲"一代之文学"的至高评价，这正是启蒙诗学重视近世通俗文学的表现。其次，王国维说：

> 元曲之佳处何在？一言以蔽之，曰：自然而已矣。古今之大文学，无不以自然胜，而莫著于元曲。盖元剧之作者，其人均非有名位、学问也；其作剧也，非有藏之名山、传之后人之意也。彼以意兴之所至为之，以自娱娱人。关目之拙劣所不问也；思想之卑陋所不讳也；人物之矛盾，所不顾也。彼但摹写其胸中之感想与时代之情状，而真挚之理与秀杰之气，时流露于其间。故谓元曲为中国最自然之文学，无不可也。若其文字之自然，则又为其必然之结果，抑其次也。……古代文学之形容事物也，率用古语，其用俗语者绝无。又所用之字数亦不甚多。独元曲以许用衬字故，故辄以许多俗语，或以自然之声音形容之，此自古文学上所未有也。②

王国维在思想内容以及语言形式两方面都肯定元曲不避俚俗、自然抒写的美学精神，与前期崇尚古雅、贬斥俚俗适相反对，而这正是启蒙诗学"独抒性灵，不拘格套"的创作精神。第三，王国维说：

> 其最有悲剧之性质者，则如关汉卿之《窦娥冤》，纪君祥之《赵氏孤儿》。剧中虽有恶人交构其间，而其蹈汤赴火者，仍出于其主人翁之意志，即列之于世界大悲剧中，亦无愧色也。③

---

① 王国维：《宋元戏曲考·自序》，《中国现代美学名家文丛·王国维卷》，第183页。
② 王国维：《宋元戏曲考·元剧之文章》，《中国现代美学名家文丛·王国维卷》，第189页。
③ 王国维：《宋元戏曲考·元剧之文章》，《中国现代美学名家文丛·王国维卷》，第189页。

王国维高度肯定元曲富于反抗性和斗争性的悲剧精神，与《红楼梦评论》主张消极避世自我解脱的悲剧精神大相径庭，而这正是启蒙诗学高扬主体精神的表现。但是，随着王国维的学术转向，其启蒙诗学的观念未能获得充分展开，这也说明王国维根底上与启蒙诗学不合。再至晚年，作为清朝遗老的王国维，其诗学立场竟一变而为儒家诗学，大量酬唱应答、歌功颂德的诗歌作品足以说明问题，最后终于怀抱儒家"忠君爱国"的崇高理想以及佛教"自我解脱"的悲观主义自沉以死。

要注意的是，王国维诗学虽然有转向启蒙诗学和儒家诗学的倾向，但其主体仍是道家诗学，正如其虽受西方美学影响，但其根底仍是道家诗学一样。在王国维的影响之下，继续开拓前进的有朱光潜、宗白华、钱锺书、叶嘉莹等人，他们都是道家诗学的富于创造力的代表。

三

鲁迅诗学所受西方文学观念的影响较之王国维更为深切著明，但其根底和王国维一样仍是中国传统诗学，不过是中国传统诗学中最富于反传统精神的启蒙诗学。

关于鲁迅诗学与启蒙诗学的关系，成复旺先生说得非常清楚：

> 或以为鲁迅此文（《摩罗诗力说》——引者注）旨在提倡浪漫主义。准确地说，他所提倡的是反抗的文学，叛逆的文学。这既是中国当时最需要的文学，也是中国历来最缺乏的文学。但需要指出的是，这篇论文虽呼唤"异邦"之"新声"，而其中之思想却并非纯属舶来之物、而为中国亘古所未有。实际上，以往历代争取文学独立、创作自由的理论家，尤其是明中叶之后那些文学革新思潮的理论家，所着重批判的，正是儒家"义归无邪"、"止乎礼义"之类的文学教条；所热切呼唤的，正是"愤激决裂"、"惊世骇俗"、"宁使见者闻者切齿咬牙、欲杀欲割"的叛逆文学。这种文学思潮虽为历代正统儒者所拒斥而未能成为主流，却不能否认也是中国传统文学理论的组成部分。而历史刚跨入近代的门槛，这种文学思潮即为龚自珍等所高扬，后又为柳亚子等所继武，至鲁迅而充实、改造，发为时代的巨响。所以，这篇充满反传统精神的文学论文，实质上正是中国传统文学理论中的革新思潮的承

传，正是中国传统文学理论中的自我更新、与时俱进的固有血脉的延续。①

不论是早年洋溢浪漫主义激情的文论，还是中年富于批判现实主义力度的小说，还是晚年像匕首和投枪一样充满战斗精神的杂文，鲁迅一生的文学都是"反抗的文学，叛逆的文学"，都是明代中后期以来以李贽龚自珍为代表的启蒙诗学的延续和承传。

鲁迅既然秉承启蒙诗学的立场，那么必然高扬饱含反抗精神的崇高之美，而不满于儒家诗学温柔敦厚的中和之美以及道家诗学虚静空明的冲淡之美。1936年，鲁迅在《白莽作〈孩儿塔〉序》中说过一段很有名的话：

> 这《孩儿塔》的出世并非要和现在一般的诗人争一日之长，是有别一种意义在。这是东方的微光，是林中的响箭，是冬末的萌芽，是进军的第一步，是对于前驱者的爱的大纛，也是对于摧残者的憎的丰碑。一切所谓圆熟简练，静穆幽远之作，都无须来作比方，因为这诗属于别一世界。②

这里，鲁迅指出三种不同的美学风格。第一种就是"属于别一世界"的非主流的饱含爱憎情感的美学风格，后两种则是"一般的诗人"的主流的"圆熟简练"和"静穆幽远"的美学风格。前者正是启蒙诗学的崇高之美，后二者分别是儒家的中和之美与道家的冲淡之美。鲁迅认为前者为后二者所不能比拟，其高扬启蒙诗学而不满儒道诗学的立场是坚决而明确的。

要注意的是，鲁迅对儒道美学风格的批判关联着具体的人和事。先看"静穆幽远"。就在鲁迅写作这篇序文的两三个月之前，发生过一场鲁迅和朱光潜关于"静穆"的艺术境界的激烈论争。朱光潜站在道家诗学的立场，认为艺术的最高境界不在热烈，而在静穆，又说：

> 这种境界在中国诗里不多见。屈原阮籍李白杜甫都不免有些像金刚怒目，愤愤不平的样子。陶潜浑身是"静穆"，所以他伟大。

鲁迅则针锋相对地说：

> 就是诗，除论客所佩服的"悠然见南山"之外，也还有"精卫衔微木，将以填沧海，形天舞干戚，猛志固常在"之类的"金刚怒目"式，在证明着

①《新编中国文学理论史》，第802页。

②鲁迅：《且介亭杂文末编·白莽作〈孩儿塔〉序》，《鲁迅全集》第六卷，人民文学出版社，2005年，第512页。

他并非整天整夜的飘飘然。这"猛志固常在"和"悠然见南山"的是一个人，倘有取舍，即非全人，再加抑扬，更离真实。……自己放出眼光看过较多的作品，就知道历来的伟大的作者，是没有一个"浑身是'静穆'"的。陶潜正因为并非"浑身是'静穆'，所以他伟大"。现在之所以往往被尊为"静穆"，是因为他被选文家和摘句家所缩小，凌迟了。①

鲁迅更为重视的艺术境界是热烈，而不是静穆，就陶渊明而言，鲁迅更看重的是陶渊明的"金刚怒目，愤愤不平"，这与启蒙诗学的前驱龚自珍对陶渊明的评价何其相似。②如果说鲁迅的"爱与憎"是龚自珍的"剑气箫心"的隔代重生，那么朱光潜的"静穆"则是王士禛的"神韵"的精魂转世。

再看"圆熟简练"。就在鲁迅批判朱光潜的同一文章之中，鲁迅还提到了梁实秋。这一点虽然不能坐实为直接针对梁实秋，但一定包含着对梁实秋的潜在批评。梁实秋堪称鲁迅之"宿敌"，两人之间的论战从20世纪20年代末开始，一直持续到鲁迅逝世。梁实秋奉守的是以美国新人文主义为哲学基础的古典主义诗学，但根底上还是中国传统的儒家诗学。因而和传统的儒家诗学一样，梁实秋强调理性对情感和想象的节制，强调文学应该表现健康的常态的普遍的人性。这种"节制"的诗学观念落实为具体的文学创作，必然是追求"圆熟简练"的中和之美。梁实秋说：

> 不成熟的思想，不稳妥的意见，不切题的材料，不扼要的描写，不恰当的词字，统统要大刀阔斧的加以削删。芟除枝蔓之后，才能显着整洁而有精神，清楚而有姿态，简单而有力量。所谓"绚烂之极趋于平淡"，就是这种境界。③

梁实秋所说的"成熟""稳妥""整洁而有精神，清楚而有姿态"不正是"圆熟"么，"切题""扼要""恰当""简单而有力量"不正是"简练"么？对于这种美学风格，鲁迅是痛加批判的：

> 何况在风沙扑面，狼虎成群的时候，谁还有这许多闲工夫，来赏玩琥珀

---

① 鲁迅：《且介亭杂文二集·"题未定"草（六至九）》，《鲁迅全集》第六卷，第441、436、444页。

② 龚自珍《己亥杂诗》（一二九、一三〇）说："陶潜诗喜说荆轲，想见停云发浩歌。吟到恩仇心事涌，江湖侠骨恐无多。""陶潜酷似卧龙豪，万古浔阳松菊高。莫信诗人竟平淡，二分梁甫一分骚。"正是发掘陶渊明豪、侠和不平的一面。

③ 梁实秋：《实秋杂文·作文的三个阶段》，《梁实秋散文》第三册，中国广播电视出版社，1989年，第276页。

扇坠，翡翠戒指呢。他们即使要悦目，所要的也是耸立于风沙中的大建筑，要坚固而伟大，不必怎样精；即使要满意，所要的也是匕首和投枪，要锋利而切实，用不着什么雅。……但现在的趋势，却在特别提倡那和旧文章相合之点，雍容，漂亮，缜密，就是要它成为"小摆设"，供雅人的摩挲，并且想青年摩挲了这"小摆设"，由粗暴而变为风雅了。①

这里所说的"精"和"雅"，"雍容，漂亮，缜密"，不正是"圆熟简练"么？这些"和旧文章相合之点"，不正是桐城派方苞所说的"雅洁"么，不正是传统古文的温柔敦厚吗？而鲁迅呼唤的是"匕首和投枪"，是"粗暴"和"锋利"，也就是饱含反抗精神的崇高之美。

值得一提的是，就在鲁迅批判了朱光潜和梁实秋不久，又爆发了朱梁之间的关于"文学的美"的论争。梁实秋站在儒家诗学的立场，强调文学的道德功能，朱光潜站在道家诗学的立场，强调文学的审美特性。这正是儒道两种诗学传统之间的对立。儒道诗学虽然在价值取向上不合，但在美学风格上却有一致之处，不论是儒家的中和之美，还是道家的冲淡之美，都是一种注重和谐的古典诗学的美学风格，所以与强调冲突的具有现代精神的启蒙诗学相背离，从而遭到鲁迅的批判。而鲁迅的批判，显然隐含着政治因素的考虑。儒道诗学之注重和谐当然具有合理的长久的价值，但是在一个专制腐败的政治语境之中，如果一味高唱和谐，一味提倡儒家的温柔敦厚与道家的静穆幽远，是很容易沦为统治阶级的"帮忙和帮闲"的，这样的文学也终将沦为"瞒和骗"的文学。从中国文学的历史来看，方苞之提倡"雅洁"，王士禛之提倡"神韵"，不正有着"御用"的嫌疑吗？

鲁迅晚年的诗学观念逐渐转向马克思主义诗学。这一转向源于马克思主义诗学和启蒙诗学共同的战斗精神。所以，鲁迅转向马克思主义诗学，不过是借助后者的阶级斗争学说深化和强化了自己一以贯之的反抗精神。也就是说，鲁迅诗学的根底自始至终都是启蒙诗学。五四时期的胡适、陈独秀、郭沫若、郁达夫等都是鲁迅的同路人，但真正继承鲁迅衣钵的是胡风和聂绀弩，新时期的李泽厚和刘再复也可视为鲁迅启蒙诗学的后继者。

---

① 鲁迅：《南腔北调集·小品文的危机》，《鲁迅全集》第四卷，人民文学出版社，2005年，第591、592页。

四

马一浮诗学所受西方文学观念的影响绝少，是比较纯正的中国传统的儒家诗学，但对儒家诗学有重要的开拓和发展。

马一浮诗学的核心是"诗以感为体"和"诗教主仁"两个命题：

> 诗以感为体，令人感发兴起，必假言说，故一切言语之足以感人者，皆诗也。此心之所以能感者，便是仁，故诗教主仁。……人心若无私系，直是活鱍鱍地，拨着便转，触着便行，所谓感而遂通。才闻彼，即晓此。何等俊快，此便是兴。若一有私系，便如隔十重障，听人言语，木木然不能晓了。只是心地昧略，决不会兴起，虽圣人亦无如之何。须是如迷忽觉，如梦忽醒，如仆者之起，如病者之苏，方是兴也。兴便有仁的意思，是天理发动处，其机不容已。诗教从此流出，即仁心从此显现。①

"诗以感为体"讨论的是诗歌的本质问题，"诗教主仁"讨论的是诗歌的功用问题，这两个问题紧密相关，都是真正的探本之论。先看"诗以感为体"，这是一个可以媲美于甚至超越于王国维"词以境界为最上"的诗学观念。叶嘉莹先生在评价王国维的"境界"说时曾说：

> 至于静安先生之境界说的出现，则当是自晚清之世，西学渐入之后，对于中国传统所重视的这一种诗歌中之感发作用的又一种新的体认。②
>
> 可见静安先生对于诗歌中这种感发之生命，较之以前的说诗人，确实乃是有着更为真切深入之体认的。……只可惜静安先生所采用的批评术语"境界"二字，其义界也仍然不够明晰，所以后人虽曾对"境界"二字，尝试做过种种不同的解说，然而却对于此二字所提示的"感受之作用"的一点，一直未曾加以注意。③

叶嘉莹先生认为，中国历代诗学都对诗歌"兴发感动"的本质有所体认，但因为缺乏反省思辨的析说能力，所以一直语焉不详、缪悠恍惚，直到王国维标举"境界"说，才有较明白而富于反省思考的诠释，但仍然不够明晰，难以把握。

---

① 马一浮：《复性书院讲录》，山东人民出版社，1998年，第57页。

② 叶嘉莹：《王国维及其文学批评》，河北教育出版社，1997年，第300页。

③《王国维及其文学批评》，第298页。

从这个逻辑来看，马一浮"诗以感为体"的观念不正是对诗歌"兴发感动"的本质更加明白而富于反省思考的诠释吗，不正是对王国维的超越之处吗？而叶嘉莹先生在其诗词研究著作中反复强调的"兴发感动"论，不正是对马一浮"诗以感为体"的观念的再诠释吗？这就是说，在中国历代诗学对诗歌本质的探索过程中，"诗以感为体"的观念真正抵达了问题的最核心，成为真正的探本之论。至于"诗教主仁"的观念，叶嘉莹先生曾有很高的评价：

> 谈到"诗教"，若依其广义者而言，私意以为本该是指由诗歌的兴发感动之本质，对读者所产生的一种兴发感动之用。……所以马一浮在其《复性书院讲录》中，就曾认为这种兴发感动乃是一种"仁心"的苏醒，说"所谓感而遂通"，"须是如迷忽觉，如梦忽醒，如仆者之起，如病者之苏，方是兴也"，又说"兴便有仁的意思，是天理发动处，其机不容己。诗教从此流出，即仁心从此显现"。我认为这是对于广义之"诗教"而言的一种极能掌握其重点的体认和说法。[①]

这就是说，在中国历代诗学对"诗教"的探索过程中，"诗教主仁"的观念真正抵达了问题的最核心，成为真正的探本之论。正是这两个核心命题表现出马一浮对儒家诗学的重要开拓和发展，从而奠定其20世纪儒家诗学的典范地位。[②]

马一浮的儒家诗学立场，注定其与道家诗学以及启蒙诗学不合。道家诗学的经典文本是严羽的《沧浪诗话》，所以对待严羽以及《沧浪诗话》的态度，很能反映批评者的诗学立场。马一浮说：

> 严羽《沧浪诗话》云："诗有别才，非关学也。"实则此乃一往之谈。老杜"读书破万卷，下笔如有神"，可知学力厚者所感亦深，所包亦富。……乃至音节韵律，亦须是学。[③]
>
> 读破万卷，不患诗之不工，谓诗有别裁不关学者，妄也。[④]

---

① 叶嘉莹：《谈古典诗歌中的兴发感动之特质与吟诵之传统》，《我的诗词道路》，河北教育出版社，1997年，第197页。

② 关于马一浮"诗以感为体"和"诗教主仁"两个观念的详细阐释，可以参看拙著《六艺与诗——马一浮思想论衡》，中国社会科学出版社，2010年。

③《马一浮先生语录类编·诗学篇》，《马一浮集》（第三册），浙江古籍出版社、浙江教育出版社，1996年，第1006页。

④《马一浮先生语录类编·诗学篇》，《马一浮集》（第三册），第984页。

虽然马一浮和很多人一样，称引"诗有别才，非关学也"一段文字有误，[①]但严羽站在道家诗学立场，重视诗人特殊的审美感兴能力倒也不假，而马一浮站在儒家诗学立场，更为重视的是诗人后天的读书学力方面的修养，所以对严羽颇为不满。启蒙诗学的代表人物是徐渭、李贽、公安派以及袁枚等人，马一浮对他们一一加以批判：

> 尼采虽才气横溢，不可一世，情绪乃近狂人，卒成心疾，殆如中国徐文长一流人耳。[②]
>
> 卓吾之病，正坐邪见炽然。不用求真，唯须息见。卓吾邪见若息，元是圣人。[③]
>
> 浪漫主义失之浅，古典文学多有可观。浪漫主义之在中国，当于袁中郎、袁子才一辈人见之。[④]
>
> 公安体及袁简斋之诗，学来易流怪僻，尤为初学所戒。[⑤]
>
> 袁简斋俗学，无足观也。宜多涵泳，切勿刳心于文字。[⑥]

徐渭的"狂"，李贽的"邪"，公安派和袁枚的"浅""俗""怪僻"，正是启蒙诗学富于挑战性和变革性的美学精神，也是让正统儒者最感不安的美学精神，所以马一浮要严加批判。对于相继发动20世纪中国启蒙运动的前驱梁启超、胡适、陈独秀等人，马一浮也深为不满：

> 王船山有言曰：病莫大于俗，俗莫甚于偷。三十年前出一梁启超，驱人于俗；十余年来继出一胡适之，驱人于偷。国以是为政，学校以是为教，拾人之土苴以为宝，靡然成风，不待今日之被侵略，吾圣智之法已荡然无存矣。[⑦]
>
> 回忆三十年前，仲甫在杭时同游，甚恬淡，其后遂隔阔不相闻。今恩怨俱尽，当毁生前多此一番运动。[⑧]

---

① 严羽原文应为"诗有别材，非关书也"，参看郭绍虞：《沧浪诗话校释》，人民文学出版社，1983年。

②《马一浮先生语录类编·诸子篇》，《马一浮集》（第三册），第972页。

③《马一浮集》（第二册），浙江古籍出版社、浙江教育出版社，1996年，第421页。

④《马一浮先生语录类编·诗学篇》，《马一浮集》（第三册），第1042页。

⑤ 丁敬涵编注：《马一浮诗话》，学林出版社，1999年，第53页。

⑥《马一浮诗话》，第55页。

⑦《马一浮集》（第二册），第878页。

⑧《马一浮集》（第二册），第1032页。

略论20世纪中国诗学的传统与典范

> 时人方恶古典文学，欲返之草昧，出辞鄙倍。中土自有种智流传，岂能遏绝。终不可令天下之人尽安下劣，他日必有文艺复兴之机。智者深观物变，无足诧叹。①

马一浮认为，20世纪中国启蒙运动的一个核心精神就是世俗化，也就是"俗"和"偷"，这对中国社会造成严重的破坏性的影响。这种破坏性影响在中国文学方面的表现，就是新文学的兴起与古典文学的消退，马一浮对此深感忧虑，但又以乐观的态度期待着中国的文艺复兴。

要注意的是，马一浮对待道家诗学较之启蒙诗学态度要温和得多，甚至还吸收融化了道家诗学的观念。马一浮曾提出诗歌批评的四条标准：

> 诗，第一要胸襟大，第二要魄力厚，第三要格律细，第四要神韵高，四者备，乃足名诗。②

"魄力厚"和"格律细"是纯正的儒家诗学观念，"胸襟大"和"神韵高"则是以儒为主兼容儒道的诗学观念。从马一浮的论述来看，"胸襟大"主要指的是儒家的胸襟广大与正大，但也可以包含道家的胸襟洒脱与洒落。而"神韵高"中的"神韵"其实就是"气韵"，它包含了气格和韵味两种内涵，"神韵高"也就是气格超和韵味胜。前者是明清"格调说"的回响，后者是明清"神韵说"的延续。但从马一浮关注的程度来看，"神韵高"更多的还是指气格高。③这就是说，马一浮诗学虽然吸收融化了道家诗学，儒道兼融，但根底上还是儒家诗学。

与马一浮同属儒家诗学传统的，还有钱穆、陈寅恪、吴宓、梁实秋、徐复观等，他们对儒家诗学的发展各有推动之功。

五

20世纪中国诗学的传统，除了儒家诗学、道家诗学、启蒙诗学三者之外，还有一种影响巨大的传统，就是马克思主义诗学，其典范人物是政治领袖兼文学理论批评家毛泽东，其经典文本是《在延安文艺座谈会上的讲话》，其根本的诗学精神是重视文学与政治经济的关系，强调文学的意识形态属性。马克思主

---

① 《马一浮集》（第二册），第630页。
② 《马一浮诗话》，第2页。
③ 具体参看拙文《马一浮的诗歌批评标准》，《从孔子到马一浮》，中国社会科学出版社，2014年。

义诗学和儒家诗学、启蒙诗学一样，都是功利主义的诗学，所以首先和非功利主义的道家诗学不合；其次，马克思主义诗学虽然和儒家诗学一样，都强调文学的道德政治的目的，但儒家诗学注重的是文学的道德感化作用，马克思主义诗学注重的是文学的政治教化功能；第三，马克思主义诗学虽然和启蒙诗学一样，都强调文学的战斗精神，但启蒙诗学注重的是文学的个人的反抗，马克思主义诗学注重的是文学的阶级的斗争。关于马克思主义诗学学界关注较多，这里不再赘述。

儒家诗学、道家诗学、启蒙诗学是中国固有的诗学传统，马克思主义诗学是"为古代文论所无"①的诗学传统，它们是20世纪中国诗学最重要的四种传统。四种诗学传统各有长短各有利弊，所以既不能故步自封顽固不化，又不能妄自尊大唯我独尊，既要在自身内部不断转换和创造，又要在相互之间不断制衡和交融，这是新世纪中国诗学发展的正途。

刘炜，华东师范大学中文系2006届博士，现为云南大学文学院教授。本文原载于加拿大《文化中国》，2015年第4期，收录时有修改。

辑三

略论20世纪中国诗学的传统与典范

---

① 黄曼君主编：《中国20世纪文学理论批评教程》，华中师范大学出版社，2010年，第87页。

意象或主题心境论

"趣驱之，韶乐将作"：宗白华艺术"意境"说展现的文化心灵

李瑞明

宗白华《中国艺术意境之诞生》一文前后有两稿，先是在1943年《时事文艺》创刊号上发表，后经增订与修改，以同名发表于1944年《哲学评论》第8卷第5期。这篇文章特别引起哲学家贺麟的注意。1947年，贺麟在回顾与总结20世纪前50年的哲学发展时，特别指出宗白华对中国艺术意境所作出的美学贡献：

> 宗白华先生"对于艺术的意境"的写照，不惟具哲理且富诗意。他尤善于创立新的深彻的艺术原理，以解释中国艺术之特有的美和胜长之处。[1]

对这篇名文的前行研究，或从美学或从哲学或从概念辨析等方面对其美学意蕴作了胜义不同的解说。本文尝试从华严哲学"法界观"的逻辑架构与理路，分析其艺术意境论所涵映出文化心灵的一面，表明宗白华的意境理论，隐含了一个从"意境"到"境界"的转化与升进的脉络，而其意向性指向在于揭示通过艺术实践所达到的人生价值的阶位与目标。这个"不惟具哲理且富诗意"的阶位与目标，宗白华特称之为"华严境界"。

"华严境界"一词及其语脉含义，一本宗白华所说：

> 空寂中生气流行，鸢飞鱼跃，是中国人艺术心灵与宇宙意象"两镜相入"互摄互映的华严境界。[2]

---

① 贺麟：《五十年来的中国哲学》，商务印书馆，2002年，第58页。

② 宗白华：《中国艺术意境之诞生》，《宗白华全集》卷二，安徽教育出版社，1994年，第372页。下所引文准此。

按："空寂"一词，非佛教概念。宗白华说中国人对"道"的体验，是'"于空寂处见流行，于流行处见空寂'，唯道集虚，体用不二，这构成中国人的生命情调和艺术意境的实相。"①依此语意，"空寂"即"虚实相生"义，代指意境。"鸢飞鱼跃"出《诗·大雅·旱麓》："鸢飞戾天，鱼跃于渊。"孔颖达正义："其上则鸢鸟得飞至于天以游翔，其下则鱼皆跳跃于渊中而喜乐，是道被飞潜，万物得所，化之明察故也。"意指天地之间的万物各得其所，生机活泼。"两镜相入"，出王夫之对李白《春思》诗的评点："字字欲飞，不以情，不以景。《华严》有'两镜相入'义，唯供奉不离不堕。"②依此，"两镜"是"情、景"的借喻，"相入"则意味着情与景这一对分析性因素在具体实践中的互摄互映由对立性转化为不可分的圆融。

通过词语疏释，可知宗白华对"华严境界"的界说含有三义：一是世界是森罗万象、生生不息的；二是艺术心灵是创造性的，同样是生生不息的，对世界的照察与领悟可以达到很高（"鸢飞戾天"）、很深（"鱼跃于渊"）的境地；三是艺术心灵与宇宙意象、情与景互摄互融，即体即用，其妙用也是生生不息的。因此，这是对文章起笔所说的"世界是无穷尽的，生命是无穷尽的，艺术的境界也是无穷尽的"综合性概括。而统领万物和世界、生命、艺术境界的"生气流行"，渊源于《易经》的"生生不息"观念，在根本意义上是一个价值判断，代表着刚健、创造、韵律与和谐。因此，宗白华的"华严境界"一词，就不但是对意境的结构与形成的诠释，更是在指陈一种关乎人生态度与价值观念的文化心灵。

而"两镜相入"的使用，暗含着对华严哲学思维的借用。依华严哲学，文殊代表智慧，普贤代表实践，而其理论思维在本体（理）和现象（事）的关系上，推演出"四法界观"：事法界、理法界、理事无碍法界、事事无碍法界。③其中"理事无碍法界"偏于阐释，事理相对，理由事显，事揽理成，而"事事无碍法界"重在实践，以理统事，一多相即，成相安并立的大千世界。这个理论架构，不但是华严哲学的认识论和实践论，意在如何觉悟人生以及觉悟过程

①《中国艺术意境之诞生》，《宗白华全集》卷二，第370页。

② 王夫之：《唐诗评选》卷二，上海古籍出版社，2011年，第60页。按：唐代澄观《华严经疏钞》有"若两镜互照，重重涉入，传耀相写"句。

③ 劳思光先生对"四法界"的分梳：一是事法界，就现象的差别看；二是理法界，就现象所依之无差别的理（本体）看；三是理事无碍法界，理由事显，事揽理成，现象与本体不二；四是事事无碍法界，现象与本体不离，而且一一现象彼此间，虽现差别，但在一理之中又彼此融摄，重重无尽以至不可思议。《新编中国哲学史》第二卷，广西师范大学出版社，2005年，第258—259页。

中所达到的位阶。宗白华对艺术意境及其"华严境界"的诠释，暗合这个理论思维，意境论包含前三法界的层次，尤其是"理法界"与"理事无碍法界"的分析性特征，而"华严境界"相当于"事事无碍法界"的实践意蕴，喻示着有艰苦实践而朗现出的文化心灵。

一、理法界：艺术意境是"道"的自觉显现

华严哲学的"理法界"，是立本，目的是明理，对本体实相要进行形上之理的总体性说明。宗白华是通过对艺术意境构成的形上诠释，表明其所含的"理"，亦即艺术意境是"道"的价值显现。

宗白华对艺术意境的诠释，有一个明确的认定，即艺术意境来源于人的心灵，创生于人与自然照面互动之后：

> 艺术家以心灵映射万象，代山川而立言，他所表现的是主观的生命情调与客观的自然景象交融互渗，成就一个鸢飞鱼跃，活泼玲珑，渊然而深的灵境；这灵境就是构成艺术之所以为艺术的"意境"。①

宗白华对"艺术意境"的解说，与对"华严境界"的界定在内容上十分接近，不同是"艺术意境"偏重在美学意义上。在宗白华的诠释里，这个艺术意境就是情景交融的整体呈现。宗白华的这个观点，其实是对中国传统诗学观念"情景交融"的进一步诠释。宗白华以"生命情调"来解释"情"，而"景"则外显为"万象""山川""自然景象"，二者在心灵映射、含摄后所达到的是"灵境"即"意境"。如此，这个艺术意境，是主体心灵与外在物象的圆成。在这个过程中，宗白华特别指出"心灵"的重要性，"一切美的光是来自心灵的源泉"。"映射"是主体心灵的积极性与发现性，"代山川立言"尤其是"立言"是主体心灵的创造性与赋形性。

在作了这样的设定后，宗白华进一步分析客观景物在艺术意境的作用与意义。他说："艺术意境的创构，是使客观景物作我主观情思的象征。"这个客观景物，不是一个固定的物象轮廓，而是大自然的全幅生动的山川草木，云烟明晦，这是因为主观的情思是无穷的，要由全幅生动的大自然来象征。在这一表述中，情与景是有主次之别的，同时客观景物如山水等外在物象要成为抒写情思的媒介，其客观自在性，须转为自为性，才能做到"山川大地是宇宙诗心的

---

①《中国艺术意境之诞生》，《宗白华全集》卷二，第358页。

影现"，这更加突出了艺术主体的创造性作用。因此，"艺术家禀赋的诗心，映射着天地的诗心"①，天地宇宙与诗人画家，统合在创化灵动的"诗心"之中。

这个"诗心"即"道"。宗白华对"道"与"艺"有一段精辟的解说：

> 中国哲学是就"生命本身"体悟"道"的节奏。"道"具象于生活、礼乐制度。道尤表象于"艺"。灿烂的"艺"赋予"道"以形象和生命，"道"给予"艺"以深度和灵魂。②

"道"即"生命"，是生活、礼乐制度的构成性原理。宗白华认为，道器不离，体用不二，即用显体，这是中国传统哲学的核心精神。这一思维落实在艺术上，就是艺术本身不是最后目的，艺术的目的在于化"艺"为生命意义的象征，以启发并彰显生命本身的深度和灵魂。

道即生命，生命之道有两个元素，一是充实，一是空灵。充实是生活经验的充实和情感的丰富，更重要的是赋情独深；空灵是美学上的"静照"，更是一种淡泊的精神状态，其目的是在距离化、间隔化中养成美感。两者互相配合以创生意境。宗白华说：

> 中国艺术意境的创成，既须得屈原的缠绵悱恻，又须得庄子的超旷空灵。缠绵悱恻，才能一往情深，深入万物的核心，所谓"得其环中"。超旷空灵，才能如镜中花，水中月，羚羊挂角，无迹可寻，所谓"超以象外"。③

充实与空灵构成艺术意境的两元。这两元都指向艺术主体的修养。宗白华说，"这种微妙境界的实现，端赖艺术家平素的精神涵养，天机的培植，在活泼泼的心灵飞跃而又凝神寂照的体验中"④，既能热情深入宇宙的动象，又能宁静涵映世界的广大精微，完成"心境"中"空灵动荡而又深沉幽渺"的艺术境界。

这种"心境"以及艺术境界，具有价值自觉意义的内涵。高友工对美感经验中的"人化"与"物化"所含有的价值意义的解说，可以反衬宗白华艺术意境的价值内涵：

> 客观现象最后可能完全与自我价值融为一体。我们可以视之为外物"人化"，或"主观化"，以与自我人格交流，表现深入的情感。也可以视为自我

---

① 《中国艺术意境之诞生》，《宗白华全集》卷二，第360页。
② 《中国艺术意境之诞生》，《宗白华全集》卷二，第367页。
③ 《中国艺术意境之诞生》，《宗白华全集》卷二，第364页。
④ 《中国艺术意境之诞生》，《宗白华全集》卷二，第361页。

人格体现于外在现象中，这则是一种"物化"，或"客观化"。但二者都做到一种"价值"与"现象"合一的中文中所谓"境界"。①

依此，"境界"不但是"情景交融"的完成阶段，同时代表着一种更高价值的自觉。这个价值自觉，宗白华有透彻的认知与诠释：

> 在一个艺术表现里情和景交融互渗，因而发掘出最深的情，一层比一层更深的情，同时也透入了最深的景，一层比一层更晶莹的景；景中全是情，情具象而为景，因而涌现了一个独特的宇宙，崭新的意象，为人类增加了丰富的想象，替世界开辟了新境。②

一层比一层更深的情与景的发掘与融合，是艺术主体价值自觉不断深化的结果，在其最高程度，最深的情与最深的景达到最高的结合而不可分。而由此所开拓的新境，不仅是艺术的极致，也意味着人生修养的深化与人生新境的开辟。因此，可以说，宗白华所说的"华严境界"具备了在由艺术而人生的实践中体现出"技进于道"的本体论意义。

这一本体论意义，宗白华援引庄子寓言"庖丁解牛"来加以解释：

> "道"的生命和"艺"的生命，游刃于虚，莫不中音，合于桑林之舞，乃中经首之会。音乐的节奏是它们的本体。所以儒家哲学也说："大乐与天地同和，大礼与天地同节。"《易》云："天地絪蕴，万物化醇。"这生生的节奏是中国艺术境界的最后源泉。石涛题画云："天地氤氲秀结，四时朝暮垂垂，透过鸿蒙之理，堪留百代之奇。"艺术家要在作品里把握到天地境界！③

宗白华认为"庖丁解牛"的启示是关于"节奏"的，是落实在音乐中的。而音乐的节奏就是生生的节奏，就是天地境界，体会、把握这个节奏，就是体会道的节奏与内容。这表示节奏是艺术的本体，是中国艺术境界的最后源泉。体会、把握并实践这个节奏，就是与天地万物同一律动，从容不迫而感到内部有意义有价值。这种内外合一的现实实践，就是礼乐精神的表现：

> 礼和乐是中国社会的两大柱石。"礼"构成社会生活里的秩序条理。

"趣驱之，韶乐将作"：宗白华艺术『意境』说展现的文化心灵

---

① 高友工：《文学研究的美学问题》，《美典：中国文学研究论集》，生活·读书·新知三联书店，2008年，第36页。

②《中国艺术意境之诞生》，《宗白华全集》卷二，第360页。

③《中国艺术意境之诞生》，《宗白华全集》卷二，第365页。

"乐"涵润着群体内心的和谐与团结力。然而礼乐的最后根据，在于形而上的天地境界。

> 社会生活的真精神在于亲爱精诚的团结，最能发扬和激励团结精神的是音乐！音乐使我们步调整齐，意志集中，团结的行动有力而美。中国人感到宇宙全体是大生命的流行，其本身就是节奏与和谐。人类社会生活里的礼和乐，是反射着天地的节奏与和谐。一切艺术境界都根基于此。①

礼乐的特征是"大乐与天地同和，大礼与天地同节"，"和"与"节"的观念在实践上就即个人即社会、即现实即理想、即秩序即艺术，天地人三位一体，抟和并贯穿其中的力量即是"比兴"。

二、理事无碍法界：艺术实践中的相通性在于"比兴"

一个观念只有在具体事物上得到落实，其内容才是充实的。但森罗万象的事物又是差别的，呈现不同的面相。宗白华对不同艺术形式的特点有精确的观察。这个观察不是察其差别相，而是察其共相、观其会通。

1934年，宗白华在《论中西画法的渊源与基础》中，以中西对比的认知框架，解说了中国绘画的境界根基于中国民族的哲学理念所形成的"气韵生动"，从而中国绘画与音乐、舞蹈相通，与自然万象相通，更与人生实践相通。这一观点在1936年的《中西画法所表现的空间意识》一文中进一步拓展并深化了：中国绘画的空间意识基于中国书法艺术的空间表现力，"中国字若写得好，用笔得法，就成功一个有生命有空间立体味的艺术品。"②

而且，这个艺术品是指向人生意义的。1938年宗白华在《中国书学史·绪论（续）》编辑后语中说：

> 中国书法有"方笔"与"圆笔"之分。圆笔所表现的是雍容和厚，气象浑穆，一种肯定人生，爱抚世界的乐观态度，谐和融洽的心灵。
>
> 方笔是以严峻的直线折角代替柔和抚摩物体之圆曲线。它的精神是抽象地超脱现实，或严肃地统治现实（汉代分书）。龙门造像的书体皆雄峻伟茂，是方笔之极轨。这是代表佛教全盛时代教义里的超越精神和宗教的权威

---

① 《艺术与中国社会》，《宗白华全集》卷二，第413页。
② 《中西画法所表现的空间意识》，《宗白华全集》卷二，第144页。

力量。①

"圆笔"与"方笔"是书法两种不同质的用笔方法，其各自不同的笔法及其形式，传达出不同的美学意味，表征着相应的人生态度与精神境界。

基于这样的观察，宗白华在《中国艺术意境之诞生》中作了更精确的总结：

> 艺术意境之表现于作品，就是要透过秩序的网幕，使鸿蒙之理闪闪发光。这秩序的网幕是由各个艺术家的意匠组织线、点、光、色、形体、声音或文字成为有机谐和的艺术形式，以表出意境。
>
> 艺术家要能拿特创的"秩序的网幕"来把住那真理的闪光。音乐和建筑的秩序结构，尤能直接地启示宇宙真体的内部和谐与节奏，所以一切艺术趋向音乐的状态、建筑的意匠。
>
> 然而，尤其是"舞"，这最高度的韵律、节奏、秩序、理性，同时是最高度的生命、旋动、力、热情，它不仅是一切艺术表现的究竟状态，且是宇宙创化过程的象征。②

艺术意境的创构不仅是具体艺术形式的追求，这些形式因应着不同的表现对象有不同的造型形式，这是"事法界"的差别相。若透过不同的形式差别观其精神意蕴上的会通，艺术意境在究极意义上是对"道"的发现与表征。艺术表征宇宙创化的过程，因而艺术就是体道的过程。这是不同质的艺术种类的共通性。

通过艺术体道以见实相，是一切艺术创造的追求，这来源于一个更深的根源。

宗白华引用王夫之的一段话加以说明：

> 唯此宵宵摇摇之中，有一切真情在内，可兴、可观、可群、可怨，是以有取于诗。然因此而诗则又往往缘景、缘事、缘以往、缘未来，终年苦吟，而不能自道。以追光蹑影之笔，写通天尽人之怀，是诗家正法眼藏。③

---

①《〈中国书学史绪论（续）〉编辑后语》，《宗白华全集》卷二，第205页。

②《中国艺术意境之诞生》，《宗白华全集》卷二，第366页。

③《中国艺术意境之诞生》，《宗白华全集》卷二，第371页。

王夫之的这段话，是其对阮籍《咏怀二十首》第十二首的评语，①王夫之的评语在内容上实际就是对"比兴"意义与精神的举例式解说。"兴观群怨"的社会性与政教性作用在"眴眴摇摇"的读者身份感受状态中发动真情，又在作者身份感受状态中贯通景事、以往未来，即读者即作者，即艺术即修养，圆融不分地呈当下性、创造性的整体心灵体验。宗白华引用王夫之的话来说明这种精神体验："两间之固有者，自然之华，因流动生变而成绮丽，心目之所及，文情赴之，貌其本荣，如所存而显之，即以华奕照耀，动人无际矣！"②"动人无际"是艺术表现兴动人心的效果。因而"以追光蹑影之笔，写通天尽人之怀"，则是把目的性的主体意志所形成的道德经验与审美经验化合为一，这正是"比兴"感发志意的意义所在。

由《诗经》概括出来的"比兴"，代表着一种成熟且深湛的文化心灵与情感体验，其中贯注了中国文化传统的世界认知与智慧。宗白华对"比兴"有一个深湛的解说：

> "兴"是"兴起"，"发端"。由于生活里或自然里的一个形象能触动我们的情感和思想，引导我们走进一个新的境界，艺术的境界。这个新的形象落到我们的意识里，就象石落水中，激起了思想和情感的波澜，发展、扩充出去，从联想到联想，以致于联系到我们的整个生活，这形象的意义愈来愈丰富，成了表达普遍意义的典型。

> 它不再是客观事物的平面的、机械的再现，而是创造性的想象，艺术性的概括，这里面有思想，有评判，有世界观。③

在宗白华的解说中，"比兴"不但是一个艺术创作论，更重要的是一个世界观，是传统中国认知世界，沟通物我与情景、身心与言意的生活知识、理解框架和价值系统。"比兴"把艺术创造与现实人生沟通起来，焕发一种新精神。宗白华以王夫之"以追光蹑影之笔，写通天尽人之怀"的话作为中国艺术的最后的理想和最高的成就，亦即表明"比兴"就是中国艺术意境的终极根据，而这个终

---

① 王夫之:《古诗评选》卷四,上海古籍出版社,2011年,第161页。案:阮籍的这首诗是:"开秋兆凉气,蟋蟀鸣床帏。感悟怀殷忧,悄悄令心悲。多言焉所告,繁辞将谁诉? 微风吹罗袂,明月耀清辉。晨鸡鸣高树,命驾起旋归。"钟嵘《诗品》说《咏怀诗》"可以陶性灵,发幽思。言在耳目之内,情寄八荒之表",其实说的就是比兴。

② 王夫之:《古诗评选》卷五评谢庄《北宅秘园》语,上海古籍出版社,2011年,第218页。

③《中国美学史专题研究:〈诗经〉和中国古代诗学简论(初稿)》,《宗白华全集》卷三,第493页。

极根据是指向现实人生与文化心灵的建构。

三、事事无碍法界："直取性情真"的美典意义指向

在华严哲学中，形上之理的透彻，进而理事之间的涵容互摄，再到现实实践中的"事事无碍"，是一步步的深入与超越。在"事事无碍法界"的实践中，所行所为虽有差别，但无一不是称理而行，从心所欲而不逾矩，而且"适我无非新"，呈"华严境界"。

在宗白华的诠释中，"华严境界"具有高度、深度、阔度的特征。高度指立意高，深度指体验深，阔度指胸怀广，这三方面的合一所形成的艺术意境折射的即是一种既高远又踏实的人生观与文化心灵。仔细体味宗白华所引用的如倪云林、常建、张孝祥与自己的诗词示例，文辞、意境俱美，而所呈现的人生阶位分别阐释了"华严境界"的高度、深度与阔度，因而从不同层面成为完美表达内心世界的艺术典型。

在所举证的示例中，宗白华特别引述倪云林的咏兰绝句："兰生幽谷中，倒影还自照。无人作妍媛，春风发微笑。"认为这首诗最能表现出"华严境界"的特点。1931年，方东美在《生命情调与美感》一文中也引用此诗，他的解释可以和宗白华的观点作参照：

> 宇宙，心之鉴也；生命，情之府也。鉴能照映，府贵藏收，托心身于宇宙，寓美感于人生，猗欤盛哉。……宇宙之清幽自然，生命之空灵芳洁，意境之玄秘神奇，情绪之圆融纯朴，都为此诗字字道破，了无余蕴。生命凭恃宇宙，宇宙衣被人生，宇宙定位而心灵得养，心灵缘虑而宇宙谐和，智慧之积所以称宇宙之名理也，意绪之流所以畅人生之美感也，斯二者均造极诣，则人我之烦惑狂乱可止，而悦心妍虑矣。[1]

在方东美偏于哲学性的解释里，倪云林的咏兰诗所呈现的境界，是宇宙、生命、意境与情绪完美的统一，更显明的是，这个境界中的构成要素，无不保持自性，一一并立而不相混同，但又无不互摄互融，共显一理。而宗白华则是从读者接受的角度认为，在对此诗不断地吟咏领悟中，可以体会到艺术境界的超越性效果，不但使心灵和宇宙净化，更能使心灵和宇宙深化，在不断地净化与深化之中使人在超脱的胸襟里体味到宇宙的深境。

---

① 黄克剑、钟小霖编：《方东美集》，群言出版社，1993年，第355页。

宗白华的诗词举证，偏重具体的不可多见的文本，这些文本以其独一性成为美的典型。然而在中国艺术传统中，艺术文本所显示的境界，在根本的意义上是人的主体精神与人格实践的外显，因而美典不仅是具体的文本，而且是一个具体的精神主体与人格特质。在宗白华的论述里，在艺术文本与主体意识两方面同时具备境界的高度、深度与阔度的典范是杜甫。

他先引刘熙载的评论"吐弃到人所不能吐弃为高，含茹到人所不能含茹为大，曲折到人所不能曲折为深"来概括杜甫主体精神与诗歌文本的美典特征，后引用叶梦得对"禅家三种语"的解释"函盖乾坤是大，随波逐浪是深，截断众流是高"，来说明杜甫的精神境界与艺术成就。宗白华更进一步揭明杜甫具有如此境界的终极根源在于"直取性情真"的人生态度与价值自觉。"直取性情真"是艺术境界的根源，不但表明艺术境界的发源植根于人格特质与实践，而且人格特质决定了艺术境界的深浅有无，并且在人格实践中所感受到的经验层次上的美感里，有艺术主体对某种真理的体验。正是在这个脉络里，宗白华认为杜甫的艺术境界，是在具体的生活世界里，在精进不已的日常人格实践中保持并"植根于一个活跃的、至动而有韵律的心灵"，掘发人性的深度，把握到了宇宙人生的某种普遍性真理。

因此，宗白华对"华严境界"的举例性解说，在艺术文本与人格主体方面所标举的"美典"，不但说明该境界所达到的美学意义与人格阶位，更表明这些"美典"所昭示的是一种刚健有为的人生方向。

四、从意境到境界：文化心灵的呈现

宗白华《中国艺术意境之诞生》一文写作于抗战时期，文章开篇前言就说：

> 现代的中国站在历史的转折点。新的局面必将展开。然而我们对旧文化的检讨，以同情的了解给予新的评价，也更重要。就中国艺术方面——这中国文化史上最中心最有世界贡献的一方面——研寻其意境的特构，以窥探中国心灵的幽情壮采，也是民族文化底自省工作。[①]

这表明宗白华研究中国艺术意境时特有而切实的现实感，因而"民族文化底自省"的现实动力是一种不能自已的感时忧国的忧患情怀。正是这种情怀，促使宗白华要通过中国艺术意境特构的研寻，掘发国族的文化心灵，表彰积极的人

---

① 《中国艺术意境之诞生》，《宗白华全集》卷二，第356—357页。

生观念，以鼓舞民气，并展望未来。

在这样的愿景里，宗白华所建构的艺术意境理论，是对中国文艺传统"情景交融"观念的再发现与再诠释。在他的诠释里，艺术意境的三个层次"从直观感相的模写，活跃生命的传达"，到"最高灵境的启示"，是"一个境界层深的创构"。宗白华对这个层深的境界，区分了五种结构：功利境界、伦理境界、政治境界、学术境界与宗教境界，这是从人生的阶位与层级上的划分，而艺术境界介于学术境界与宗教境界之间："以宇宙人生的具体为对象，赏玩它的色相、秩序、节奏、和谐，借以窥见自我的最深心灵的反映；化实景而为虚境，创形象以为象征，使人类最高的心灵具体化、肉身化，这就是'艺术境界'。艺术境界主于美。"①宗白华的这一认识，呼应了1943年在《论文艺的空灵与充实》中对艺术是把哲学与宗教关联起来的枢纽的见解："哲学求真，道德或宗教求善，介乎二者之间表达我们情绪中的深境和实现人格的谐和的是'美'"②。艺术的此一特殊性，在宗白华的诠释里，在于从哲学中获得对宇宙人生的洞见，从道德或宗教中获得善的理念，而文艺的技术表现性即美，则把二者统合起来，建构成以人生实践为核心的一个圆满自足的和谐世界。因而艺术具有能执行"人生批评"和"人生启示"的任务，亦即艺术有伦理选择与实践的价值倾向。而且宗白华进一步着重指出美的境界的实现，"端赖艺术家平素的精神涵养，天机的培植，在活泼泼的心灵飞跃而又凝神寂照的体验中突然地成就"③。"平素的精神涵养"与"天机的培植"就是"直取性情真"的人格实践与心灵表现。

综合这些解释，可发现宗白华对艺术意境的解说在语意脉络上有一个从意境到境界的转化。仔细体味这个隐而不显的转化意味，可以明确宗白华在《中国艺术意境之诞生》这篇路标性的文章中，对中国艺术意境的建构具有两层结构与意义：一层是美学论，一层是人生论。这两个层次，在宗白华的文章脉络中，就是在主体的人格实践中，在艺术创造里实现从意境到境界的升进。

意境是艺术美学理论，代表艺术的自觉，成就艺术世界；境界是人生理论，代表价值自觉，成就人格世界。从意境到境界的升进，就是在自觉的艺术创造里，窥见自我最深的心灵，进而成就人格、完善人生，从而艺术是人生美学实践的一个组成，一种表征。有理论自觉，更有价值自觉，两者的密合无间就是一种即体即用的人生论美学精神的创化。禅宗有言"高高山上立，深深海底

---

① 《中国艺术意境之诞生》，《宗白华全集》卷二，第357—358页。

② 《论文艺的空灵与充实》，《宗白华全集》卷二，第344页。

③ 《中国艺术意境之诞生》，《宗白华全集》卷二，第361页。

行"，这种艺术创造与人生实践含摄圆成所呈现的心灵阶位，既高远又踏实，既充实又空灵，是为美的"华严境界"。

五、结语：文化心灵的生活性

1947 年，宗白华《艺术与中国社会》一文特引刘向《说苑》有关孔子重视音乐的一个故事：

> 孔子至齐郭门外，遇婴儿，其视精，其心正，其行端，孔子曰："趣驱之，趣驱之，韶乐将作。"

孔子能从一个婴儿的明澈清正的眼光里，由外以知内，看到了一个"音乐的灵魂"。在 1962 年，宗白华在《中国古代的音乐寓言与音乐思想》中再次引用这个故事，视为"音乐内容的善"，是儒门乐教"足以感动人之善心"最佳效果的例证。在宗白华看来，孔子就是乐教的践行者。他说：

> 孔子这样重视音乐，了解音乐，他自己的生活也音乐化了。这就是生活里把"条理"、规律与"活泼的生命情趣"结合起来，就像音乐把音乐形式同情感内容结合起来那样。[1]

孔子音乐化的生活，即是文化心灵自觉之后具具体体的生活，而且生活的条理有规律，是礼的表现；活泼的生命情趣，是乐的本质。音乐的实践功能就是让人生艺术化，并在艺术化的人生实践与境界里，使心灵和宇宙合一，在既踏实又超脱的胸襟里体味宇宙的深境。

由是，文化心灵的自觉，即是一种文化心灵诗学的证成。

李瑞明，华东师范大学中文系 2003 届博士，现为嘉兴南湖学院教授。本文曾在 2017 年杭州"全国人生论美学高端论坛"宣读，收录时有修订增补。

---

[1]《中国古代的音乐寓言与音乐思想》，《宗白华全集》卷三，第 432 页。

从视听矛盾到交互美感：暮夜诗歌中的唐宋转型*

彭 爽

暮夜诗歌是记录音声、延续传统的重要形式。受唐宋社会转型的影响，坊墙的倒塌与夜禁的松弛为视觉体验带来更大的发展空间，这一变化在挤压听觉空间的同时也激化了视听矛盾。宋人在转型时代却于矛盾之中转出了暮夜音声的生命新质，创获出新旧交互的错杂之美、今昔交互的时间之美、宗教与世俗交互的平衡之美，这一创造性的音声表达在延续并丰富尚声传统的同时，也将变革时代的中国经验与中国美感凝固在暮夜诗歌之中。

一、传统的留存：听觉依赖与诗性表达

声音是世界的重要构成部分，国人对声音的关注早在先秦时期就已存在，从诗经时代的"伐木丁丁，鸟鸣嘤嘤"（《小雅·伐木》），到庄子《齐物论》中的"人籁""地籁""天籁"，再到《礼记·郊特牲》中的"殷人尚声，臭味未成，涤荡其声，乐三阕，然后出迎牲。声音之号，所以诰告于天地之间也"，古人早已习惯于借助声音来认识世界、沟通神人。

作为沟通感知过程中的一环，听觉在其中发挥着不可替代的关键作用。《说文》曰："听，聆也"，"觉，悟也"。听，本字从耳德，即耳有所得，强调的是个人对声音的感知和接受；觉，强调的是个人对事物的感受和辨别。两字连用，诠释了音声入耳与我们对音声做出辨别和反应的过程，它既关系着外物对人心之感发，也关系着人心对外物的索察。听觉对国人的重要性也早已为相关研究

---

* 基金项目：本文为教育部人文社科青年项目"唐宋暮夜诗学的资源发现与理论建构研究"（23XJC751004）阶段性成果。

者关注，如笠原仲二就以"听觉"为"中国人的美意识"的起源之一，[1]H·M麦克卢汉也认为"中国文化精致、感知敏锐的程度，西方文化始终无法比拟"，其中原因就在于中国人是"部落社会，是听觉的人""是偏重耳朵的人"。[2]

　　正是因为国人对音声与听觉天然而持久的依赖，对其记录与偏爱也从未中断并在不同时代的文人笔下呈现出相异的色彩，唐人张继只一句"姑苏城外寒山寺，夜半钟声到客船"（《枫桥夜泊》）便足以击中千百年来的游子心，而风声、雨声不绝，涛声、桨声不断，捣衣声、笛箫声于唐于宋皆可寻见，以至于明清时人，对音声及其相关功能和体验有了更为细致明晰的划分，如倪允昌《光明藏》："听瀑布，可涤蒙气。听松风，可豁烦襟。听檐雨，可止劳虑。听鸣禽，可息机营。听琴弦，可消躁念。听晨钟，可醒溃肠。听书声，可束游想。听梵音，可清尘根。"[3]又如张潮《幽梦影》："春听鸟声，夏听蝉声，秋听虫声，冬听雪声，白昼听棋声，月下听箫声，山中听松风声，水际听欸乃声，方不虚此生耳。"[4]国人借助听觉与音声相伴的历史可谓久远，这一过程延续千年而在沟通天人、兴发情感、洗涤心灵、涵育美感等诸多方面发挥着独一无二的作用，此中更是蕴藏我们的民族性格与文化心理，足以称得上古典中国的"尚声传统"。

　　国人既有此传统，传统又是如何延续至今？必须承认的事实是，借助听觉我们可以通过感知、认识、辨别音声来认识世界，但听觉却并不能保证音声的绝对留存。这一问题的解决还是要归于文字，音声虽先于文字而生，但在1877年爱迪生发明留声机之前，音声却不得不依靠文字才得以留存，诚如刘师培《论文杂记》所言："上古之时，先有语言，后有文字。有声音，然后有点画。有谣谚，然后有诗歌。……盖古人作诗，循天籁之自然，有音无字，故起源亦甚古。"[5]在相当长的时间里，文字一直是记录音声的重要方式，而诗歌这一古老的艺术形式，亦以文字为载体又超越记录这一基础功能，以与音声的天然亲近成为表现音声的最佳选择。可以说，诗歌是音声的载体，留存着音声的丰富和多元；音声是诗歌的内容，在穿透性、扩散性、持续性等方面影响着诗意的呈现与诗境的构建。音声与诗歌，正是在这样的相互影响之中互相成就。

---

① 笠原仲二著，魏常海译：《古代中国人的美意识》，北京大学出版社，1987年，第18页。

② 埃里克·麦克卢汉等编，何道宽译：《麦克卢汉精粹》，南京大学出版社，2000年，第185页。

③ 倪允昌《光明藏》，载马美信编选：《晚明小品精粹》，复旦大学出版社，1997年，第337页。

④ 张潮：《幽梦影》，华夏出版社，2006年，第13页。

⑤ 见《刘申叔先生遗书》，华世出版社，1975年，第849页。

在书写音声的诸多诗歌之中，暮夜无疑是所有背景之中可以承载音声、表现音声的一片高地。其低温度、低明度、低色度的原始环境基调，更能够以万籁俱静、阒寂无声的特质表现音声的细微和丰富，此种特质也是本文选择暮夜诗歌作为研究对象的理由。

二、矛盾的激化：转型社会中的视与听

我们的民族、我们的文化确是存在这样的一个尚声的传统，但是音声传统的存在事实却并没有得到现代学者的普遍重视，反而长期地处在一个被遮蔽、被忽视的状态之中。我们的学术史，或者说我们的文学史，向来所偏好的、乐于认可的，往往是文学的视觉传统而非音声传统，我们重视图景、风景，却少言及声景、音景，这与古典文学中所留存的大量音声书写的事实大相径庭。以意象研究为例，傅道彬在其《晚唐钟声》一书中就认为："钟声是一个具有丰富蕴涵的原始意象，对钟声意象研究的贫乏，表现出人们对意象理解的偏见，即人们往往过分强调了意象的'如画性'（Bildlichkeit），而忽略意象的'听觉想象'（Hearing Imagination）即意象的'可听性'，所以默里（J·M·Murry）特别警告说，我们必须'从脑子里坚决摒除意象仅仅是或者主要是视觉的认识，意象可以是视觉的，可以是听觉的。'"[1]尽管近年来学术界对一问题已有认识，部分学者也以音声为对象展开了相应研究，[2]但从体量来讲还是不够。视听失衡，是我们面临的一大问题。过度依赖视觉体验，以至于视觉至上的认知主导无疑会削弱我们听觉的感官能力，音声感知甚至会有被视觉优先的范式消灭的可能。本雅明就曾援引西美尔的观点言说视听失衡的严重性：

> 看得见而听不见的人，比起听得见而看不见的人，心情要混乱得多，束手无策得多，烦躁不安得多。在这里必然存在着一种对大城市的社会学十分重要的因素。同小城市相比，大城市里的交通显示出看到别人要比听到别人无比重要得多。……在19世纪制造公共汽车、铁路和有轨电车之前，如果不相互约定，人们根本不可能在几分钟或几小时之长就能相互见面，或者必须相互见面。现代的交通涉及让人与人之间一切感性关系的绝大部分，它在越来越高的程度上，把人际的这种关系交由纯粹的视觉感官去处理，这样一

① 傅道彬：《晚唐钟声——中国文化的精神原型》，东方出版社，1996年，第228页。
② 如周剑之《花担上的帝京：宋代卖花诗词的都城感知及文学意蕴》、李贵《汴京气象：宋代文学中东京的声音景观与身份认同》等。

来，必然会把一般的、社会学的感觉置于彻底改变了的前提之下。[①]

对于古典中国来说，视听的这一矛盾仍然客观存在，但是与客观矛盾同时并存不悖的，却又是我们的尚声传统。王小盾在其《上古中国人的用耳之道——兼论若干音乐学概念和哲学概念的起源》一文中首先肯定了上古中国本存在听觉范式优先于视觉范式的文化，"用耳之道"是理解中国音乐、中国思想、中国文化传统的重要角度。而后，在其题为《夜对上古中国人的意义》的报告中，王小盾又明确提出视觉对听觉具有"掩蔽效应"，视觉文化的上升和听觉文化的下降是一种历史的必然趋势，他认为："上古中国人是在同视觉相对比的意义上，建立对听觉的认识的。一般来说，视觉联系于白昼，因而联系于阳，联系于躁动，联系于此岸，联系于天、地、人的疏离，联系于万物的新变；听觉则联系于黑夜，因而联系于阴，联系于安静，联系于彼岸，联系于天、地、人的亲近，联系于万物的本初。"[②]

视听矛盾既是一个古今难题，那么音声是如何广泛地参与进古人生活而在古典文学之中留存大量的相关资料就很值得玩味。对暮夜价值的挖掘，对暮夜时空的把握，就是古人智慧之所在。因为暮夜时空，就是一方天然的视觉无法进行感官主导的空白地带，视觉感知在挤压听觉空间的同时，却也间接推动了听觉与暮夜的联系和相契。白日光线随落日而去，人类原本通过视觉来获取信息的渠道也逐渐关闭，这一变动直接为人类听觉系统的大开减轻了干扰与阻碍，黑夜的广阔无垠由之成为音声发生与接受的大背景，黑夜的沉寂静谧也是突显音声入微的绝佳参照。王维诗《鸟鸣涧》："人闲桂花落，夜静春山空。月出惊山鸟，时鸣春涧中。"山鸟之鸣得以响彻春山，就在于暮夜以其极致的寂静抚平、消解了白昼里由视觉所区分、定义出的一切差别。可以说，暮夜容纳音声，同时也为音声所表现，黑色布景之上暮夜音声随处可寻，听觉感官以其绝对优势使得暮夜成为人类尚声传统的退守之地。暮夜与音声的相契也为我们提供了一些新的认识，即，在古人的暮夜世界之中还保留着大量音声数据、听觉传统，生活在现代社会的我们也可借由古人的暮夜音声重拾听觉体验、再现音声传统。

那么，如何在一个不断以霓虹闪烁点亮暮夜时空的现代社会留存听觉感官的生存空间、延续尚声传统的古老生命就显得重要起来。而宋人对暮夜音声的

---

① 盖奥尔格·西美尔著，林荣远译：《社会学：关于社会化形式的研究》，华夏出版社，2002年，第487页。

② 见《"听觉与文化"学术研讨会论文集》，江西师范大学叙事学研究中心举办，2015年。

把握、书写与创造，则为作为现代人的我们走出目前所遭遇的视听困境提供了一些可能。

宋人所处的时代，正是一个坊墙倒塌的时代，夜禁与市坊分离制度在此分崩离析，城市与商业大肆兴起，店肆酒铺从坊外入坊内、从临街至侵街的情况屡禁不止，商业区与居民区不断地超越旧的界限混杂而至市坊合一，时空管制下昼夜分明的城市秩序由此打破，并直接冲击了传统的昼夜观念与生活习惯，"夜市直至三更尽，才五更又复开张""大抵诸酒肆瓦市，不以风雨寒暑，白昼通夜，骈阗如此"①"杭城大街，买卖昼夜不绝，夜交三四鼓，游人始稀。五鼓钟鸣，卖早市者又开店矣"②，南北两宋，愈演愈烈。与夜市的大规模发展相对应的，是灯火万家之盛，是夜明如昼之景，"忆得少年多乐事，夜深灯火上樊楼"（刘子翚《汴京纪事二十首》其十七），樊楼灯火就是北宋时期东京城里地标性景观。可是，视觉的打开无疑会削弱听觉的感知，眼目之所及明显会影响音声之入耳，灯火在打开暮夜时空限制的同时，必定会为音声传统的继续带来了一定程度的阻碍。

三、新质的生成：多元共存的交互美感

然而，让人意外的是，宋人文字里的暮夜音声却并未因视觉冲击而弱化消退，反而在视觉的挤压之中转出了听觉书写的新篇章，创造出独具宋人精神的时代新质，使得宋人诗歌里的暮夜音声在接续前人尚声传统的基础上，又呈现出与前人截然不同的交互美感。

（一）新旧交互的错杂之美

坊墙的倒塌、夜禁的松弛为宋人带来了灯火如昼、人声不绝的暮夜新景，虽有视听矛盾在前强势挤压传统音声的存在空间，但是沉静绵长的音声旧景与热闹喧阗的暮夜新声之间并非完全的彼此隔绝甚至两相对立，反而是在重压之中，于旧里见新、由新声返旧，呈现出此消彼长、交互生新的特点。

于旧里见新，引喧闹的暮夜新声打破沉静的暮夜旧景，以现实的人间欢乐调和诗歌的原初底色，是宋人在变革时代之中摸索出的经验之一。就以下诸人诗作为例：

---

① 孟元老撰，伊永文笺注：《东京梦华录笺注》，中华书局，2006年，第312—313、176页。
② 吴自牧著，张社国、符均校注：《梦粱录》，三秦出版社，2004年，第197页。

秦观《秋日三首》其一：

> 霜落邗沟积水清，寒星无数傍船明。
> 菰蒲深处疑无地，忽有人家笑语声。①

方回《湖堤雨中夜归》：

> 夜雨昏昏欲雪天，数家灯火北山前。
> 乡心认作桑麻路，忽有湖船奏管弦。②

赵文《秋雨》：

> 秋雨沉沉酒醒迟，小窗灯火对唐诗。
> 是谁隔屋鸣弦管，恰似吴山梦觉时。③

陈郁《洪桥客窗枕上》：

> 桐叶飘零月似冰，并河灯火夜寒生。
> 栏杆倦倚投床去，卧听趋朝过马声。④

可以看到，无论是霜落寒星夜，还是昏昏欲雪天，抑或是沉沉阴雨时，以上诸篇皆在开篇即以冷寂沉静的暮夜底色奠定全诗的氛围基调，即使可以傍船依舟，即使是有"数家灯火""小窗灯火"提供可倚靠的庇护所、安身处，却仍旧扭转不了此前暮夜环境的微凉冲淡之气。但值得注意的是，"忽有""是谁"等等语词的突然出现却能够打破此前沉静的暮夜基调，以一种蓦然之感唤起来人的好奇心，进而自然地引出人家笑语、湖船管弦、过马趋朝之声，以人事的聚集和活动，突显出时人生活的热情与生命的活力，形成与先前沉静的暮夜气质相异的色彩，参差之感在波折变化之中遂而生起。

说新却仍不离旧，此种以新破旧的交互书写虽强调、突显了暮夜新声，其前提却仍是以旧为基。若是将此种交互书写方式与单一的新声书写进行对比，便可鲜明见出其中不同，对比陆游《夜行过一大姓家值其乐饮戏作》：

---

① 秦观撰，徐培均笺注：《淮海集笺注》，上海古籍出版社，1994年，第437页。
② 傅璇琮等主编：《全宋诗》，北京大学出版社，1998年，第41903页。
③《全宋诗》，第43260页。
④《全宋诗》，第35810页。

村豪聚饮自相欢，灯火歌呼闹夜阑。

醉饱要胜饥欲死，看渠也复面团团。①

对比两种书写方式，单一的新声书写自起句便不离物阜年丰的太平景象，不论是相聚豪饮、灯火歌呼，还是饱食而醉、面相团团，都不离暮夜饮宴这一主题，全诗多采用紧凑、密集、沉浸的书写笔法，句与句、字与字之间前后相衔，一意到底，并没有发生转向的趋势。相较于此，以新破旧的交互书写一是有波折之感、蓦然之转，丰富了诗歌的内容和层次，二是新旧之间所存在的客观距离，既为音声传播提供了时间与空间，也消除了新旧变化发生之际的压迫感，形成了疏宕自然地过渡却又富于变化转折的美感。

由新声返旧，为身心寻得一份安宁，在喧闹之中选择归返以沉静为基调的传统暮夜，以幽独疏野的暮夜旧景冲淡燥热喧闹的暮夜新声，同样是宋人的经验智慧。

刻意寻找疏旷静谧的物理空间，与市井人声保持距离以回避暮夜繁华，是宋人由新返旧的途径之一，以王安石与陆游诗作为例：

王安石《次韵酬宋玘六首》其三：

城中灯火照青春，远引吾方避纠纷。

游衍水边追野马，啸歌林下应山君。

愁寻径草无求仲，喜对檐花有广文。

邂逅一樽聊酩酊，声名身后岂须闻。②

陆游《观音院读壁间苏在廷少卿两小诗次韵二首》其一：

扬鞭暮出锦官城，小院无僧有月明。

不信道人心似铁，隔城犹送捣衣声。③

王陆诗歌皆是刻意远离城市，故于暮夜出城以躲避尘世纷扰，由此首句的新声返旧即为全诗增加一个层次。不同的是，王诗以乡野之中的游衍啸歌获得了生命的舒展和自在，放松与自得弱化了对声名的现世追求，以此寻得精神上的自由与心灵的安顿，此为对旧的价值的再认。陆诗以出城的行为来保持自我

---

① 陆游著，钱仲联校注：《剑南诗稿校注》，上海古籍出版社，1985年，第2649页。

② 王安石著，李壁笺注，高克勤点校：《王荆文公诗笺注》，上海古籍出版社，2010年，第810页。

③《剑南诗稿校注》，第547页。

与市井繁华的距离，又以隔城而闻的捣衣声为荒芜的郊野营构出些许人气，由之在城市与郊野、有情与无情的新旧交互之间调和出微妙的平衡。

在空间的变换之外，时间的择取也是由新声返旧的途径之一。故意选择时间之晚以错过暮夜新声的鼎沸之状，回归清淡疏旷的传统暮夜生活，如苏轼与张耒诗：

苏轼《东坡》：

> 雨洗东坡月色新，市人行尽野人行。
> 莫嫌荦确坡头路，自爱铿然曳杖声。[1]

张耒《夜》：

> 斗柄阑珊风瑟瑟，银河错落露森森。
> 人声静后幽虫急，月色好时清夜深。[2]

同样是书写人声散尽之后月如新磨、山复整妆的暮夜世界，苏诗重在以声写人，正是因为人声尽散，所以才暮夜空旷；正是因为暮夜空旷，所以独自行走于其中的诗人所发出的曳杖之声，才在空寂之中更加坚定铿锵，这种铿然之声也正面强化了行走其中的诗人的幽独形象。相比苏诗，张诗则更重于对暮夜本身的描摹，人声去后的暮夜之中幽虫的急鸣显得更加嘹亮，与之相伴的是星光的闪烁、银河的错落，是瑟瑟微风，是森森凝露，无论写人，抑或写夜，都不离传统暮夜书写的清淡疏旷。

除去空间变换与时间间隔，宋人由新声返旧夜，还在以创作主体的心理空间来营构。如施枢诗《夜闻城中箫鼓》：

> 箫鼓喧天竞看灯，都民应喜见升平。
> 芳心自不同年少，细嚼梅花坐月明。[3]

创作主体以不同于年少时期的心理状态，主动营造一方自我天地，使自己无论身处城内城外，无论音声喧天热闹几何，皆可以不喜不忧之状态停留在自我天地之中徘徊徜徉，达到与热闹繁华的新声世界保持一定的心理距离的效果。箫鼓喧天、灯火如昼的外在世界，与明月高悬、梅香如故的自我心声，既在内

---

① 苏轼著，冯应榴辑注：《苏轼诗集合注》，上海古籍出版社，2001年，第1134页。
② 张耒撰，李逸安、孙通海、傅信点校：《张耒集》，中华书局，1999年，第466页。
③《全宋诗》，第39112页。

容与气质上内外互异，却仍可以同存于一人之感官与心灵世界，彼此交互可闻却也相互独立不受影响，此为其中妙处。

（二）今昔交互的时间之美

引时间之维入暮夜空间，以飘飞思致放大听觉世界，同样是宋人在转型社会之中的经验智慧。相比唐代擅长的空间铺展，宋代暮夜诗歌的一大转向就是对时间之维的开拓。一方面，坊墙的倒塌让宋人暮夜活动的时间自然地延长；另一方面，暮夜生活的音声体验也极大地丰富了宋人暮夜书写的时间感。今昔交互的时间美感，正是宋人在暮夜音声世界之中最为突出的创获。

音声环境的再现，首先是跨越时空连接今昔的关键，如以下三人诗作：

王安石《信州回车馆中作二首》其一：

> 太白山根秋夜静，乱泉深水绕床鸣。
> 病来空馆闻风雨，恰似当年枕上声。[1]

陆游《干道初予自临川归钟陵，李德远、范周士送别于西津，是日宿战平风雨终夕，今自临川之高安，复以雨中宿战平，怅然感怀二首》其二：

> 十五年前宿战平，长亭风雨夜连明。
> 无端老作天涯客，还听当时夜雨声。[2]

张嵲《夜听雨声》：

> 溟溟雨意若丝棼，银竹森森泻夜云。
> 忆昔曾行两京道，还如孤驿枕边闻。[3]

三人诗作同在强调今时与往日音声的相似性，借此以此时此刻之音声勾连起记忆之中与之类似的音声片段，进而对之进行择取，在"恰似""还如""还听"之类的语言环境之中让今昔相映，如此在给全诗带来往事再历欣喜的同时，又更添岁月悠悠的时间感怀。

这一悠悠的岁月之感不仅存在于相类的暮夜音声在具体"点时间"上的彼此映照，更是广泛地存在于由暮夜音声所唤起的今昔之间的"段时间"之中，

---

① 《王荆文公诗笺注》，第1318页。

② 《剑南诗稿校注》，第1006页。

③ 《全宋诗》，第20547页。

从视听矛盾到交互美感：暮夜诗歌中的唐宋转型

这不是今时今日、此刻彼刻的分别，而是数年乃至数十年时光的回望和收束。如：

韩淲《夜过野趣轩小酌》：

> 十年灯火醉秋窗，君过闽山我浙江。
> 今日持杯听凉雨，依然檐溜夜淙淙。①

吴惟信《雨夜闻猿》：

> 山风吹满石床云，花落红缸夜欲分。
> 唤起十年乡国恨，一声猿向雨中闻。②

王安石《听泉亭》：

> 逗石穿云落涧隈，无风自到枕边来。
> 十年客底黄粱梦，一夜水声却唤回。③

以上三首暮夜诗作皆存在一多对举的情况，即以"十年风霜""十年经历"与"此夜音声"所构成的一与多的结构。其中"一"为"此夜音声"，"多"为"十年风霜"，单从结构来讲，此种一多结构对称平衡、整齐一律；从内容来讲，在一夜音声之中追念十年所历，此一多结构又因而呈现出一种错杂参差、变化多端的表达之美。一联之内，内容上的错落叠加结构上的齐整，内容与形式之间遂形成了巨大的文本张力，达到如程千帆先生所说的表达效果："在平衡与不平衡，对称与不对称，整齐与不整齐之间达成一种更巧妙的更新的结合。"④在此基础上，将十年所历寓于一夜音声，十年之长与一夜之短所形成的巨大的文本张力更带来了十年时光潮流于一夜之间汹涌而过的表达张力，以暮夜音声纳涵时间流动的书写模式也可以在此中确立。

今昔的时光交互，除了在由今返昔的音声世界之中将时光倒流依依检视，还存在今昔对比，借时间之长、境况之变以强调今昔异质的情况。如：

赵蕃《七月六夜闻雨寄怀钦止斯远而玉山使来亦得斯远，六月十五日怀去年夜雨之绝句复次韵以报》：

---

① 《全宋诗》，第32766页。
② 《全宋诗》，第37082页。
③ 《王荆文公诗笺注》，第6784页。
④ 程千帆：《古诗考索》，上海古籍出版社，1984年，第24页。

夜闻檐雨忆年时，亦复思君近寄诗。

开卷忽来同此作，信知神合但形离。①

吴芾《垂虹闻笛》：

三十年前此凭栏，醉听渔笛暮江寒。

重来虽复闻三弄，老去终无旧日欢。②

苏轼《去岁与子野游逍遥堂，日欲没，因并西山叩罗浮道院，至已二鼓矣，遂宿于西堂，今岁索居儋耳，子野复来相见，作诗赠之》：

往岁追欢地，寒窗梦不成。

笑谈惊半夜，风雨暗长檠。

鸡唱山椒晓，钟鸣霜外声。

只今那复见，仿佛似三生。③

三人的暮夜诗作皆是在起初便已说明了今昔音声环境的一致性，但在今昔一致的音声环境之中三人却都没有了"恰似当年枕上声"那般的欣喜，究其缘由，势必在时光之中人事迁变的发生，在今时与往日之间创作主体的年岁、经历、心境等等皆因人生所历而发生了不同程度的改变，所以这今昔不变的暮夜音声之中更生出了岁月悠悠的沧桑之感。

正是因为暮夜音声与创作主体的心声表达有如此紧密的联系，宋人特别喜欢在暮夜音声之中检视平生所历，在一夜音声之中重走人生路，宋人笔下的音声因而被赋予了更为幽长久远的时间体验，以张耒诗歌为例，无论是"笼灯到晓只微明，独拥单衾听雨声。葛幌竹床清过暑，萧然未觉负平生"（《寓寺八首》其八）④，还是"晚风庭竹已秋声，初听空阶蛩夜鸣。流落天涯聊自得，今宵为尔感平生"（《闻蛩二首》其一）⑤，皆是于夜雨虫鸣声中穿插回忆，将所有的天涯奔波之感都融进了检视平生的时间之叹。而今昔交互的思致体验，是宋人对人生的严肃对待和理性重视，也是宋人生命中的别样浪漫。

在以上的类别划分之外，宋人借助暮夜音声实现的今昔交互，还呈现出音

---

①《全宋诗》，第30831页。

②《全宋诗》，第21987页。

③《苏轼诗集合注》，第2124—2125页。

④《张耒集》，第530页。

⑤《张耒集》，第527页。

声与听者相互作用的特点。如：

"卧闻征雁作回音，遥想吾庐玉满林。"（王十朋《次韵程泰之正字雪中五绝》其五）①

"隔楼忽听吟声苦，引得清愁入梦魂。"（胡仲参《夜来闻曾性之丘君就二友隔楼吟声不绝以诗柬之》）②

"想见海门春涨急，奔军百万听潮声。"（王之道《夜闻风雨》）③

"行尽江湖忘岩壑，犹疑绕屋尽波涛。"（王铚《山中夜闻风雨》）④

"卧闻风雨声，更觉江湖远。"（许景衡《宿崇国院》）⑤

"卧闻点滴如秋雨，知是东风为扫除。"（苏轼《次韵赵德麟雪中惜梅且饷柑酒三首》其一）⑥

"轻冰满研风声急，忽记山阴夜雪时。"（陆游《夜寒二首》其一）⑦

"卧闻风声吹屋角，应扫积雨阴漫漫。"（张耒《卧闻风声》）⑧

"半夜犹闻郡楼鼓，明朝应失永州山。"（杨万里《夜离零陵以避同僚追送之劳留二绝简诸友》其二）⑨

"预想江天回首处，雪风横急雁声长。"（秦观《次韵参察见别》）⑩

以上所举暮夜诗作，均呈现出音声与人的交互，其特别之处在于，创作主体依赖于此时此刻的暮夜音声却又能够同时突破具象的暮夜时空，凭借自由飘飞的思绪在抽象世界之中联通任意时空，出人意料却又在情理之中。此种人声交互离不开"遥想""引得""想见""犹疑""更觉""知是""忽记""应归""应失""预想"此类语词，其中有对已知已历的追忆怀念，也有对未知未来的猜想推测，过去、现在、未来在诗作之中交织往复，看似不着边际，却全然出自思理，此是宋人偏好。宋人笔下的暮夜音声，当然也有唐人所擅的直接言情，如李纲《夜坐闻笛》中的"数声何处吹横笛，引起离家去国情"，但相对于直接

---

① 王十朋著：《王十朋全集》，上海古籍出版社，2012年，第229页。

②《全宋诗》，第39850页。

③《全宋诗》，第20266页。

④《全宋诗》，第21320页。

⑤《全宋诗》，第15573页。

⑥《苏轼诗集合注》，第1755—1756页。

⑦《剑南诗稿校注》，第724页。

⑧《张耒集》，第550页。

⑨ 杨万里著，薛瑞生校笺：《诚斋诗集笺证》，三秦出版社，2011年，第86页。

⑩《淮海集笺注》，第430页。

以音声言情，宋人更长于以暮夜音声激发抽象思致，进而在想象、推理、猜测、怀想之中言说异时异地的人物、事件、情境种种，再以具体的思致内容引人细细咀嚼玩味，由此在今昔交织之中婉转道出诗人心事，此实为宋人所长。

（三）宗教与世俗交互的平衡美

音声之境，是人生之境，亦可以是禅境。宗教与世俗的交互，经由暮夜音声所激发的平衡之美，在"听雨"二字之中尤为突出。"听雨"是中国传统诗歌的重要题材，以其为日用之常、拥意境之美尤得宋人偏爱，"今日持杯听凉雨，依然檐溜夜淙淙"（韩淲《夜过野趣轩小酌》）①、"壶觞竹寺寻秋月，灯火荷斋听雨时"（戴表元《史亨父挽诗》）②、"衡茅终日人声绝，卧听芭蕉报雨来"（陆游《斋中闻急雨》）③，等等，难以道尽。与"听雨"相关的行为动作也在宋代发展成熟起来，如周剑之《"卧听"事象的诗意呈现与诗境构建》一文就抓住"卧听"一词，认为其真正成熟于宋人手中。④

宋人的听雨之好，不仅多寓于夜，言于诗，而且常通于禅。"萧萧茅屋秋风起，一夜雨声羁思浓"（张继《宿白马寺》）⑤，雨声激愁往往是传统诗文书写的惯常经验，但在激愁之外，雨声还能洗愁，其中关键，就在雨声之中往往蕴藏佛禅智慧，《坛经》曾记载六祖慧能以雨说法："譬如其雨水，不从天有，元是龙王于江海中，将身引此水，令一切众生、一切草木、一切有情无情，悉皆蒙润。诸水众流，却入大海，海纳众水，合为一体；众生本性般若之智，亦复如是。"⑥佛禅思想在宋代文人之中的普遍传播与日常渗透，让"听雨"这一行为首先便更为高频地为宋人所关注和选择，借雨水刷洗万物、蒙润众生的般若智慧来调适日常人生的困境与愁苦，让以雨洗愁成为了宋人诗作之中的常见表达，陆游《枕上闻急雨》其一的"酒病羁愁一洗空，长歌高枕雨声中"⑦，张耒《夜闻风雨有感》的"何当粗息飘萍恨，却诵僧窗听雨诗"⑧，皆有借由雨声以平息、消解自我生命在世俗人生坎坷遭遇的意味。

---

①《全宋诗》，第32766页。

②《全宋诗》，第43691页。

③《剑南诗稿校注》，第2721页。

④ 周剑之：《"卧听"事象的诗意呈现与诗境构建》，《文学评论》，2020年第2期，第34—35页。

⑤ 彭定求等编校：《全唐诗》，中华书局，1960年，第2725页。

⑥ 慧能著，郭朋校释：《坛经校释》，中华书局，2012年，第66页。

⑦《剑南诗稿校注》，第1914页。

⑧《张耒集》，第506页。

其次，听雨诗中的宗教感同样也离不开宋人对听雨环境的选择和营构。相当大一部分宋人的听雨诗皆发生于佛禅之地，寺院僧舍作为承载和传播佛禅思想的环境和主体也为听雨行为注入了浓重的佛禅气息，如：

苏轼《是日宿水陆寺寄北山清顺僧二首》其二：

> 长嫌钟鼓聒湖山，此境萧条却自然。
> 乞食绕村真为饱，无言对客本非禅。
> 披榛觅路冲泥入，洗足关门听雨眠。
> 遥想后身穷贾岛，夜寒应笑作诗肩。[①]

又苏轼《书双竹湛师房二首》其二：

> 暮鼓朝钟自击撞，闭门孤枕对残缸。
> 白灰旋拨通红火，卧听萧萧雨打窗。[②]

张耒《夜间风雨有感》：

> 留滞招提未是归，卧闻秋雨响疏篱。
> 何当粗息飘萍恨，却诵僧窗听雨诗。[③]

许景衡《宿崇国院》：

> 世涂足趋竞，野性惟闲散。
> 卧闻风雨声，更觉江湖远。[④]

与尘世环境相比，寺院僧舍是天然的宗教空间，前者在满，后者在空，寺院僧舍自然萧条、闲散疏野，尘世社会你追我赶、喧哗热烈，以世俗之身在佛禅之地而非尘世空间听雨，这一空间环境的变换往往可以使人暂时脱离尘世生活的节奏和压力，听雨过程所必须的时间长度更让身处寺院僧舍的世俗之人更为持久地受梵音禅味的浸润，物理空间的转换与时间长度的叠加进而逐渐将尘世生命的疲惫不安驱遣殆尽。

清空疏散的心灵体验离不开清净的佛禅之地的加持，如果说对听雨禅意的

---

① 《苏轼诗集合注》，第 365—366 页。
② 《苏轼诗集合注》，第 497 页。
③ 《张耒集》，第 506 页。
④ 《全宋诗》，第 15573 页。

关注和对寺院僧舍的借用让"听雨"的宗教意味更为鲜明，那么在日常生活之中复制佛禅环境以获得与之相近的宗教体验则是宋人的智慧创获。"深炷炉烟闭斋阁，卧听檐雨泻高秋"（王安石《金陵郡斋》）①、"南来不觉岁峥嵘，坐拨寒灰听雨声"（苏轼《伾安节远来夜坐三首》其一）②、"今夕俱参透，焚香听雨声"（陆游《春雨四首》）③，闭门、焚香、静坐等颇具宗教意味的行为皆是宋人为获得更好的暮夜听雨体验而创造的加持条件，在世俗生活之中营造与佛禅环境相似的暮夜小空间，一方面可有效解决佛禅之地与暮夜雨声不能够总是同时满足的普遍问题，另一方面也让听雨这一蕴佛禅之味的生命体验延续到了宋代的也让听雨的宗教意味进入了世俗社会与日常人生。

此外，"听雨"过程也与佛禅思致联系紧密。宋人在暮夜听雨诗中着重强调的"听"的姿态，也为宋人认识世界、体察人生注入了禅宗观照世界的独特方式。以陆游两诗为例：

《春雨四首》其三：

> 胸怀阮步兵，诗句谢宣城。
> 今夕俱参透，焚香听雨声。④

《冬夜听雨戏作》其一：

> 少年交友尽豪英，妙理时时得细评。
> 老去同参惟夜雨，焚香卧听画檐声。⑤

两诗中同用的"参"字，即揭示了陆游焚香听雨体悟人生的行为方式与禅宗的观照之法彼此契合。参，为领悟、琢磨之意，在佛教禅宗之中多强调息虑凝心的修行过程。宋人所着意的"听"的姿态，正是佛教参禅之法的俗世化行为的表现。"听"指向听觉主体接受音声对象的过程，这与"参"所表现的修行主体体悟佛法禅意的过程相一致。无论雨声中是俗世愁思，还是般若禅智，"听"的出现随即在听觉主体与音声客体之间建立起一定的心理距离，音声及其内蕴由之成为需要接受听觉主体审视的客观对象。此心理距离的构建与理性客

①《王荆文公诗笺注》，第1123页。
②《苏轼诗集合注》，第1056页。
③《剑南诗稿校注》，第3696页。
④《剑南诗稿校注》，第3696页。
⑤《剑南诗稿校注》，第835页。

从视听矛盾到交互美感：暮夜诗歌中的唐宋转型

观的审视恰恰类同于佛教的观照之法，佛家以静观世界的宗教智慧照见事理，宋人则借佛禅思理在暮夜听雨之中照见人生。

暮夜雨声，既内含人间冷暖，也包蕴佛禅智慧，宋人则在"听雨"这一过程之中将二者同时收束其中。无论是背井离乡千里奔波，抑或是宦海沉浮几番磋磨，生命里的离愁别绪、得失荣辱，人世间的沧桑变幻、风起云涌，凡此种种皆可在宋人手中与佛禅经验相遇，在暮夜雨声之中借由观照智慧的检视而抒发出寻常所见的平生之叹。如：

张耒《寓寺八首》其八：

> 笼灯到晓只微明，独拥单衾听雨声。
> 葛幌竹床清过暑，萧然未觉负平生。①

苏洞《听雨诗》：

> 三分春事二分休，造化明明百草头。
> 一夜雨声清似玉，半窗梅影淡于秋。
> 家贫只与诗为伍，客去从教睡作俦。
> 败衲依然湖海阔，老来无喜亦无忧。②

相对诗词中较为普遍的借雨言愁，无论是张耒的不负平生，还是苏洞的无喜无忧，都呈现出了与传统相异的特点，其中差异离不开佛禅智慧与世俗人生的交互。正是此种交互，让宋人在传统暮夜雨声之中开辟出除悲愁之外的人生态度，这一态度之新，就新在旷达乐观、理性超脱又淡薄通透。宋人不再是完全沿袭前人脚步言说苦难、表达情感，而是以一种混同理性观照的审美眼光，在暮夜诗歌之中呈现出积极爽朗又平静自然的格调。

结　语

沈约在其《宿东园》有诗"野径既盘纡，荒阡亦交互"③，写的是山野之间的小路既盘旋曲折，又交相通达。尚声传统在唐宋转型社会中的存在与发展，亦与此相类。若是没有盘旋曲折的存在，那么我们难有体验交相通达的可能。

---

① 《张耒集》，第530页。

② 《全宋诗》，第33927页。

③ 萧统编，李善注：《文选》，上海古籍出版社，1986年，第1062页。

视觉体验在唐宋社会的大张在直接影响人类感官体验优先级的同时，也以极快的速度压缩着听觉感受的存在与表达。历时久远的尚声传统在此一时期切实地迎来了存在危机，在经历了一段如沈约诗里山野小路一样的曲折盘旋之后，音声表达在交互之中与视觉体验并存甚至以之为助力，从另一角度突破了山路盘纡的困境，走出了阡陌交通的发展路径。交互的思维模式并不是宋人的独创，"震分阴阳，交互用事"①，"交互"是我们这一民族从天地宇宙间习得、总结的经验智慧，宋人在暮夜音声的书写之中对"交互"思维的广泛应用，正从另一维度印证了中华文明的连续性。尚声传统经由宋人的延续和丰富，也以更新的面貌、更加包容的姿态强化了文学的生命力，变革时代的中国经验与中国美感由此也凝固在暮夜诗歌之中。

彭爽，华东师范大学中文系 2021 届博士，现为四川师范大学国际中文教育学院讲师。

从视听矛盾到交互美感：暮夜诗歌中的唐宋转型

---

① 徐芹庭：《两汉京氏陆氏易学研究》，中国书店，2011 年，第 73 页。

论雷峰塔之倒掉与文化意象之歧义

曾庆雨

　　"雷峰夕照"是著名的"西湖十景"之一，该塔肇建于宋太宗太平兴国初年，倾圮于民国十三年，历经吴越、宋、元、明、清、民国等几个历史阶段的更迭，历时近九百五十年之久。因为杭州及西湖得天独厚的地缘因素以及雷峰塔本身的特殊魅力，历代文人词客对其多有吟咏。同时，由于时代的沧桑变迁、该塔自身的岁月积淀以及吟咏者不同的生平遭际、价值取向等种种因素的交互作用，这些作品中雷峰塔意象之内涵也发生了不断的变化。胡晓明先生曾提出"中国文化意象"之说，所谓"中国文化意象"，是指那种具有"符号特征"、"形象表现"、特别能代表"中国文化意味"的作品之形象。它往往具有"正典"的性质，同时，因这种意象具有"大量潜在的表征内涵"，故可将其作为一种古典资源而进行"再挖掘、再解释"，因此是一种"再生的正典"①。雷峰塔，可以说正是这样一个重要的中国文化意象。对于雷峰塔从建成到倒掉的全部历史及来龙去脉，他人已做过详细的考证及资料整理工作。②本文则拟从历代写雷峰塔的文学作品入手，对雷峰塔意象所具有的内涵尤其是那些潜在的文化内涵进行挖掘梳理，试论其从古到今的演变过程。由于雷峰塔意象所涉及作品数量甚多，体裁甚广，本文所举，暂以某些具有代表性的诗词为主。由于倾圮一事使雷峰塔意象之内涵出现了前所未有的丰富与深化，本文亦将重点放在此一阶段的作品。

---

① 胡晓明：《略论中国文化意象的生产》，《文艺理论研究》2007年第1期。
② 可参看路秉杰《雷峰塔的历经》一文，《同济大学学报》（社会科学版）2000年第4期。

一、倾圮以前的雷峰塔意象内涵之沿革

"塔"是一种佛教建筑，雷峰塔最初即是吴越王钱俶及钱妃黄氏为供奉佛之"螺髻发"而建造，故又名"黄妃塔"。塔成之日，"又镌《华严》诸经围绕八面"①，而部分塔砖中藏有大量雕版印刷的《陀罗尼宝箧印经》。佛舍利是极其珍贵稀有的佛教圣物，所以雷峰塔从一开始就具有非同寻常的宗教意义。但或许由于塔成时间未久，相对较新的建筑未经深厚的历史沉淀，不易引人驰骋想象以寄怀古之幽思的缘故，北宋存留下来的文学作品中提及雷峰塔者寥寥，唯林逋《中峰》诗有"夕照前村见，秋涛隔岭闻"②二句，虽未直写塔本身，却因林处士之大名而使该诗广为传颂，从此，"雷峰"便与"夕照"结下不解之缘，而此后凡写雷峰塔之作，大多披上一层或深或浅的昏黄色彩。佛教意味与夕阳色彩，正是历代雷峰塔意象虽几经变迁却一以贯之的最原始、最基本的内涵。

北宋宣和年间方腊起义，曾在杭州纵火六日，使得屋宇成烬，雷峰塔虽未倾圮，却亦受损毁而呈"颓然"之态。南宋建炎年间，宋金交战，有司曾欲毁塔修城，因忽有巨蟒跃出而未果；又欲以塔为"藏甲处"，因"烈风震霆"而未果。至乾道七年，大比丘智友以二十余年之力重修雷峰塔，塔成之后，"胜妙殊绝，得未曾有"③，自此直至明嘉靖年间，雷峰塔未受过重大损毁。杭州为南宋都城，其作为通邑大都的中心城市之地位一直延续到元代。故南宋以后，写雷峰塔的诗词渐多起来。如南宋陈允平"西湖十咏"之《扫花游·雷峰落照》词、张矩写"西湖十景"之《应天长·雷峰夕照》词、周密《木兰花慢·雷峰落照》词；元代方回《左顾保叔塔，右顾雷峰塔，并南北高峰塔为四》诗、马臻《游雷峰寺》诗、钱惟善《十一月初三日与袁鹏举、钱良贵同登雷峰塔访鲁山文公讲主》诗、尹廷高《雷峰落照》诗、瞿佑《摸鱼儿·雷峰夕照》词等；明代谢晋《赋得雷峰落照送僧游杭》诗、马洪《南乡子·雷峰夕照》词等。此外，更有一些题中未写却在篇中对雷峰塔有所涉及之作，不胜枚举。这些作品之内容风格固然各有不同，若仅就其中雷峰塔意象本身而言，除前文所言之佛教意味

---

① 潜说友：《(咸淳)临安志》卷八十二，清道光十年(1830)钱塘汪氏振绮堂刻同治六年递修本。

② 林逋著，沈幼征校注：《林和靖集》，浙江古籍出版社，2012年版，第10页。

③ 胡敬辑：《(淳祐)临安志辑逸》卷五，清光绪三至二十六年(1877—1900)钱塘丁氏嘉惠堂刻武林掌故丛编本。

以及与"夕阳"的密切关联之外,另有以下特点:一是塔身比较完整,塔顶金轮及塔身飞檐犹在,如上引南宋三首词与元代一首词均提到塔之相轮(或称金轮)或轮之倒影,而瞿佑词更提及塔檐之铃铎。雷峰塔虽层数不多,然地基广袤,带有金轮及飞檐的完整雷峰塔雄壮伟丽,以气势胜,尹廷高诗所谓"千尺浮图兀倚空"、谢晋诗所谓"浮图插汉光相射"均有感于此。故自其外而远眺之,则塔映夕阳,可壮西湖山水之势,如马臻诗之"雷峰壮南屏,崒堵林外出";入其内而登临之,则可游目骋怀,大好湖山尽收眼底,如钱惟善诗之"周遭地带江湖胜,孤绝山同树木低。二客共驰千里目,故乡各在浙东西"。而马洪词更是变换视角,自外而内:"高塔耸层层,斜日明时景倍增。常是游湖船拢岸,寻登,看遍千峰紫翠凝"。凡此种种,俱可见雷峰塔之壮美色彩。二是某些作品中开始流露出淡淡的沧桑之慨,这里所说的沧桑之慨,并非指塔本身发生了巨大变化而引起人的今昔之感,而是以自然及人事之代谢无常反衬塔之历久无恙,如张矩词之"西风影,吹易薄,认满眼,脆红先落。算惟有、塔起金轮,千载如昨",钱惟善诗之"钱唐门外黄妃塔,犹有前朝进士题"等等。这是因为,从宣和战乱造成塔之损毁到乾道年间的重修,其间不过五十年左右,所以明代嘉靖之前的大部分时间内,雷峰塔一则比较完整,再则距初成已有一定的历史间隔,其间又经历了两次战乱兴衰,沉积的岁月已可唤起诗人的思古幽情。只是因为塔尚完好,这种沧桑感尚不十分浓厚而已。此外一点值得注意的是:方回在其诗中将保俶、雷峰二塔与南北高峰二塔并提,已开后人将雷峰、保俶相形对举之先河。

自南宋至明代前中期,文学作品中的雷峰塔意象之内涵大体不出以上所述。直至嘉靖年间,"东倭入寇,疑塔中有伏,纵火焚塔,故其檐级皆去,赤立童然,反成异致"。[①]从此时至于最终倒掉,雷峰塔未经修缮过。烧掉塔刹相轮及外层木构廊檐等等之后的雷峰塔仅余砖石结构的塔芯,赤黄斑驳,颓然兀立,在夕阳中反而别具一番情致。明代李流芳言其友子将曾以"老衲"及"美人"比雷峰、宝石(即保俶)二塔,而他本人也曾以"醉翁"[②]喻雷峰,均着眼于焚余古塔的这种别样风致。因二人之喻颇得二塔神韵,此后文士多有沿袭。如厉鹗《清江引·雷峰夕照》散曲有"黄妃塔颓如醉叟"之句;彭孙贻《礼雷峰废塔》诗有"破衲因苔秀"之句;毛先舒《对雷峰作》诗有"颓然吾已醉,萧飒

---

① 陆次云:《湖壖杂记·雷峰塔》,清康熙二十二年(1683)宛羽斋刻陆云士杂著本。
② 李流芳撰,李柯辑校:《李流芳集》卷十一《西湖卧游册跋语·雷峰暝色图》,浙江人民美术出版社,2019年,第227页。

似衰翁"之句；许楚《西湖竹枝词》有"最宜夕照南屏下，天放颓然一醉翁"之句；郭昆焘《杭州二十首》其七亦有"雷峰如老衲，保俶似佳人。对峙西湖上，长留太古春"之句。老衲神秘浑朴，醉翁颓放疏慵，至此，雷峰塔意象又增添了新的内涵。不但如此，岁月迁流，风剥雨蚀，古塔既失去外层荫庇之后，蔓藤丛树生其上，狐兔鹳雀巢其中，愚夫愚妇盗其基，其埋塞败废程度也日深。如果说宣政兵火对塔而言不过小历沧桑，则倭寇纵火则不啻一次生死之劫。自此，在某些诗人笔下，雷峰塔之铎为"残铎"，砖为"废砖"，树为"枯树"，藤为"老藤"，檐为"颓檐"，[1]塔之附属物与塔本身共同围成一个劫余的残破世界，而明末以后的雷峰塔意象，也多有历劫之感以及较之此前更深沉浓厚的兴废沧桑之意。如厉鹗《清江引·雷峰夕照》之"浑疑劫烧余，忽讶飞光候"；彭启丰《游净慈寺观雷峰塔》诗之"刹宇已传雷劫火，杉松犹带宋朝青"；任端书《雷峰塔》诗之"劫火烧不尽，依然窣堵波"；施闰章《雷峰塔》诗之"绀宇荒苔合，朱栏劫火空"；谢元淮《雷峰塔》诗之"残阳映处山全赤，劫火焚余草不青"以及叶名澧《雷峰塔》诗之"一塔对净慈，劫火烧犹在"，等等。其中，"劫火烧不尽"及"劫火烧犹在"二句尤其值得注意：历劫而不倒、残缺而有异致正是雷峰塔意象遭遇倭寇焚烧后逐渐发展起来的另一个重要的意蕴。

以上是诗词中的雷峰塔意象从嘉靖年间被焚至民国年间倾圮的三百多年中最主要的内涵。除此之外，明代冯梦龙的拟话本小说《白娘子永镇雷峰塔》以及明清易代之际黄毓祺的一首《雷峰塔》小诗也值得注意。前者为雷峰塔意象增添了"镇妖"的内涵，后来相继产生的《雷峰塔奇传》《雷峰塔传奇》《义妖传》弹词以及《白蛇传》等作品虽与冯梦龙小说之情节安排及感情倾向等各有不同，但"雷峰塔"被用作压制工具的特点则并无二致。白娘子的故事在民间流传甚广，后来鲁迅在《论雷峰塔的倒掉》一文中对此借题发挥，抒发其反压迫、尚自由之意。至于黄毓祺之诗，巧借雷峰塔底供有佛之"螺髻发"以及塔顶生有似发之茸茸草木两个特征之间的关联，以明自己在异族剃发令之高压政策下的不屈之志[2]，如此奇思妙想，自与作者抗清志士的身份有关。同一雷峰塔，或被视为镇压的工具，或被视为反压迫的象征，正有钱锺书所谓"喻之二

---

① "残铎""废砖"见徐燉《雷峰塔》诗，《鳌峰集》卷十七，明天启五年（1625）南居益刻本；"树枯""藤老"见彭孙贻《礼雷峰废塔》诗，《茗斋集》卷二十，民国二十三年（1934）上海商务印书馆四部丛刊续编影写本；"颓檐"见姚孙棐《雷峰塔》诗，《亦园全集》初集，清初刻本。

② 原诗为：塔顶草茸茸，有如发不剃。原是螺髻塔，是以现螺髻。见黄毓祺《大愚老人遗集》卷二，清抄本。

柄"的特点。

二、倾圮所导致的雷峰塔意象内涵之深化

一九二四年九月二十五日（农历八月二十七日），雷峰塔在经历近千年风雨沧桑后瞬间倾倒，胜地之胜迹的突然毁灭本已令人惊叹，更何况此日不但是传统中被认定的孔子诞辰之日，也是直系军阀孙传芳利用江、浙交兵之机率兵入杭之日。当时军阀混战，政局昏浊。或有人考其终始，以为此塔"肇始于五季蚕食之秋，复告终于九服鱼烂之际"[1]，建成及倾圮，均值"汴洛方面用兵于江南"[2]之时，故此间气数实有令人不可思议之神奇，甚或以为此塔有关乎"国家兴衰"[3]之重大意义。一塔之倾，似乎牵系了一"大事因缘"在内。总之，此事在当时引起不小的震动和不同阶层人物的共同关注，事定之后，一些人将所思所感形之于文字。此时"新文化运动"已经开展多年，对雷峰塔圮一事的书写也分为文言及白话两种形式。

白话书写以鲁迅先后两篇《论雷峰塔的倒掉》为代表，这两篇文章早已为人所熟知，大抵"前论"因塔倒而引发，着眼于反压迫，雷峰塔作为镇压工具，或可理解为恶势力、旧传统及其帮凶等象征；"再论"因塔倒之因而引发，着眼于国民性、破坏与建设以及国家民族之前途等问题，雷峰塔作为破坏或修补的对象，或可理解为中国固有之精神文化乃至于国家民族本身的象征。前后二论中，雷峰塔意象所象征的内涵既不固定，也非统一。当然，鲁迅对雷峰塔作为古迹的建筑物本身也无所谓喜爱厌恶等感情倾向，他不过借题发挥，以倒掉之塔作为生动例证，来表达其个人对历史及现实中诸多重大问题的深刻思索而已。

用文言书写雷峰塔圮者，以陈曾寿为代表。陈氏曾有四首写雷峰塔圮之词，其中《八声甘州》一阕尤为同侪所称道。为便于分析，现将与本文关联较多的三首词抄录如下：

八声甘州

甲子八月二十七日，雷峰塔圮。据塔中所藏《陀罗尼宝箧印经》，造时为乙亥八月，正宋艺祖开宝八年，距今九百五十余年矣。千载神归，一条练去。末劫魔深，莫护金刚之杵；暂时眼对，如游乾闼之城。半湖秋水，空遗

---

① 见陈方恪《八声甘州·吊雷峰塔》词序，《词学季刊》1936年第3卷第3号。

② 见姜丹书《雷峰塔始末记》一文，《越风》，1937年增刊1。

③ 见《国运兴隆在雷峰塔》，《茶话》1948年第29期。

蜕之龙身；无际斜阳，杳残痕于鸦影。爰同憪仲同年共赋此阕，聊写愁哀云尔。

镇残山风雨耐千年，何心倦津梁？早霸图衰歇，龙沉凤杳，如此钱唐。一尔大千震动，弹指失金装。何限恒沙数，难抵悲凉。　慰我湖居望眼，尽朝朝暮暮，咫尺神光。忍残年心事，寂寞礼空王。漫等闲、擎天梦了，任长空、鸦阵占茫茫。从今后、凭谁管领，万古斜阳？

浣溪沙

修到南屏数晚钟，目成朝暮一雷峰。纁黄深浅画难工。　千古苍凉天水碧，一生缱绻夕阳红。为谁粉碎到虚空。

踏莎行

云缝铺金，霞边起鹫，十年魂梦凭依处。人天一例损孤标，蜕身何苦诸天去？

废址栖烟，寒山无语，残红一片伤心树。向来凄黯送黄昏，只今凄黯都无据。①

　关于其中的《八声甘州》一词，叶恭绰在《广箧中词》里曾以"悲壮"二字赞之；吴观岱称之有"无尽之慨，一时推为绝唱"②。于是引来众多词家的同题继作，刊登于当时报刊者，即有胡嗣瑗、周庆云、陈方恪、况周颐、赵尊岳、陈运彰、钱毅等人，可见该词在当时文言创作群体中所引起的强烈反响。这些作品中，正如陈方恪所谓："尤推苍虬翁一阕，悲感苍凉"③。只是由于时代的原因和清遗民的身份，陈氏其人既因忠清复辟并追随溥仪出关之事在民国以后的历史中备受争议，其词便也在相当一段时期内，从文学研究的主流视野中相应淡出了。

　陈氏《八声甘州》词之所以引起广泛影响并非偶然，其中重要的一点原因，是其中雷峰塔意象具有"大量潜在的表征内涵"，其具体意蕴虽不能确指，却足以引发读者尤其是时代相近、处境类似之读者的深刻共鸣。综合陈氏在雷峰塔圮后所写的四首词来看，其中的雷峰塔意象既有沿袭传统内涵的成分，又有在传统内涵基础上引申、转化与延展出的新意。正如鲁迅以雷峰塔作为国家、文

　① 三词见陈曾寿著，张寅彭、王培军校点：《苍虬阁诗集》，上海古籍出版社，2009年，第371、372页。

　② 见陈曾寿、胡嗣瑗：《八声甘州》词后适盒附识，《坦途》，1927年第4期。

　③ 见陈方恪《八声甘州·吊雷峰塔》词序，《词学季刊》1936年第3卷第3期。

化等重大命题的象征物，陈氏笔下的雷峰塔也能给人所寄托者不在小的联想。当然，这种联想绝非凭空产生，雷峰塔意象所具有的"潜在表征内涵"，确实提供了指向这些联想的可能性。例如："雷峰"与"夕照"的密切关联，可以令人联想到晚清社会的日薄西山与老大帝国的沉沉暮气；雷峰塔的严重损毁与残缺，可以令人联想到晚清社会与文化的弊端丛生与千疮百孔；雷峰塔的历劫而不倒，可以令人联想到中华民族虽经历过深重苦难而得以悠久绵延的历史。以上这些潜在的表征，虽然在雷峰塔倾圮之前即已存在于该意象本身，但只有在忽然倾倒的震荡中，才使得一部分身经晚近社会天崩地坼之变并对此有深刻反思的有识之士，恍然憬悟到塔圮与清亡乃至于三千年社会文化等等所遭遇的颠覆性变局之间隐秘的相似性。于是"一波才动万波随"，未倾圮之前的种种潜在表征也一并被发掘出新意来。这好比某些人，生时只道是寻常，死后却引起格外关注而被发掘出重大意义与种种不寻常之处。雷峰塔未倒之前虽已广为人知，但其内涵不过如本文第一部分所述，主要包括佛教意味、夕阳色彩、历劫而不倒、残缺而有异致、镇压的工具与反压迫的象征等等；而一旦倾圮，巨大的震动似乎将历史与现实的种种微妙关联瞬间激活，于是，该塔在历代书写史中所积淀的某些内涵经过重新审视，似乎也可与时局、国运、道统、文脉等重大命题自然而然地联系起来。塔圮之所以在当时被很多人认为牵系了一大事因缘在内，其原因或许正在于此。鲁迅之论与苍虬之词，虽感情倾向不同，价值尺度各异，却均能给人以重大指向的联想，岂偶然哉。

三、从鲁迅之论与苍虬之词看雷峰塔意象的二律背反

康德的"二律背反"（antinomies）论是指对同一个对象或问题所形成的两种理论或学说虽然各自成立但却相互矛盾的现象，对雷峰塔意象的书写和诠释正存在着类似的矛盾，这种特点在鲁迅之论与苍虬之词中表现得尤为突出。下文即通过比较来看其具体表现：

关于雷峰塔之"镇"的作用，鲁迅在其"前论"中从反压迫和同情白娘子的观念出发，视雷峰塔为恶势力借助于旧礼教等镇压人民的象征，其"镇"具有压迫及"反动"的意义。苍虬则不然，从其《八声甘州》词序中"末劫魔深，莫护金刚之杵"一句，可知此镇山之塔自有承袭该塔历史书写中的"永镇妖氛"之意，但其所镇之妖氛魔障显然并非实指，因为苍虬同时视雷峰塔为顶天立地的"擎天"之柱，如此则该塔又可给人以象征中国传统社会与正统文化的联想，

千百年来，正统之于异端，正自起到镇之定之，进而维持社会之稳定秩序与整体平衡的作用，而这种一直被作为精神支柱的传统延续到清末时，却遭遇了前所未有的尴尬困境，宜乎其对于所谓的"末劫"渐"深"之群"魔"，尽失其当年的威力与锋芒了。

关于雷峰塔之历劫不倒，鲁迅"再论"一文认为这是在"外寇"的"刀斧"以及"内寇"的"瓦砾"中不断"修补老例"的结果，所以能屡经"震动"而依旧残存，这当是指中华民族在异族入侵的淫威与本民族统治者的奴役相交替的历史中牵萝补屋、苟且因循的历史，鲁迅看到"修补老例"的"可悲"，因为这样苟延下去永远无法走出被侵略与受奴役的循环。与之相反，苍虬从雷峰塔之历劫不倒中看到的则是其非同寻常的禁受力，所谓"风雨耐千年"，正可使人联想到中国传统社会在既定的轨道上运行千百年，虽久经风雨几度颠簸而始终未曾完全倾覆的生命韧性与顽强精神。而他自己曾以"耐寂"为号，也正可见他对这种品质的认同。至于苍虬其人作为清亡前的臣子与清亡后的遗民，这种身份在历史中所处的位置，也正似鲁迅眼中的修补老例者。

关于雷峰塔之损毁残缺及其与夕阳的密切关联，鲁迅着眼于传统社会与文化的弊端丛生与腐朽没落，以为"破破烂烂"且"并不见佳"，所谓"雷峰夕照"不过徒有其名而已，他丝毫不觉其中有什么残缺之美。苍虬不然，他眼中的"雷峰夕照"不但具有"缥黄深浅画难工"的那种难以描摹的色彩变幻之美，更具有"神光"离合的神性特质，是其"魂梦"之得以"凭依"栖止的所在。若联系苍虬之时代及身世，在"帝制必将废除，社会必将转轨"，新思潮必将取代传统观念的整体趋势下，作为旧制度的一员兼为旧文化所化者，他虽然对末世无法挽回的种种衰相有所认识，但情感上势必不能走出浸淫甚深的惯性认同与精神皈依，"无限好"却已"近黄昏"，"近黄昏"却毕竟"无限好"，他只能在夕阳中对着那无限的残缺之美而报以无尽的哀挽。宋代遗民王沂孙曾以"斜阳身世"来咏寒蝉，寒蝉、斜阳与碧山三者之间正有某种相通之处。但若论斜阳身世，没有比末代遗民的身世更似斜阳者，正如"雷峰"自一开始就与"夕照"结下了不解之缘，末代遗民与没落的清王朝以及备受冲击的传统文化之间亦是千丝万缕而难以分割，更何况苍虬其人之家世背景、生活历程以及个人性情也注定了他必将在夕阳的残红中"一生缱绻"而难以释怀，夕阳、旧塔、传统社会与文化及苍虬本人四者之间正似一体之数面，而夕阳中的残缺之塔几乎成为他心中的一个别具魅力的图腾。

最后再来看雷峰塔之倾圮在鲁迅与苍虬笔下的不同表述。在鲁迅看来，历

论雷峰塔之倒掉与文化意象之歧义

次"震动"对塔所造成的损毁虽在不断"修补"瓦砾后得以使之苟延，但"盗寇式掠夺"与"奴才式破坏"依旧在轮番上演，这正如历史上换汤不换药式的改朝换代以及局部修修补补的改良主义并不能从根本上解决民族的出路问题。所以，"瓦砾场上"并"不足悲"，"塔圮"一事或许正可视为一个新的契机，好让"革新的破坏者"参与其中，将阻碍前进的历史碎片一扫而空，建设一个全新的世界。若综合鲁迅前后二论来看，则雷峰塔作为镇压奴役之工具的象征，鲁迅希望其倒掉；雷峰塔作为旧制度与旧文化的象征，鲁迅希望其更新，所以"塔圮"一事所象征者不但不令他惋惜，反而感到快慰。

至于苍虬，综合上文所述并结合他写雷峰塔的几首词来看，则其笔下之塔至少有三方面不寻常的意义：其一，作为"兼是艺术品"的"古迹"[①]，有一种难以描摹的形貌之美与难以把握的神性之美，可使人与之朝夕目成，相看不厌；其二，作为擎天镇地、历经千年风雨而不倒的"柱石"性标志，易使人联想到中国传统制度文化多年来对于社会秩序与平衡的维系，可以作为思想支柱与精神皈依；其三，作为贯通古今之间与天人之际的"津梁"，雷峰塔与传统文化乃至于传统士人之间似乎有一种微妙的对应，因为在中国传统社会中，士作为道的践行者，其最高理想正是通过修身齐家等一整套次第修养的功夫"下学而上达""调适而上遂"，立心立命，继往开来，成为文化传承的纽带与自达达人的桥梁。苍虬早年颇有用世之志，在事无可为之后，其诗中屡屡流露出倦做津梁之意[②]，即使如此，其宏济之愿仍偶尔有意无意地投注于某些能令人产生济世度人之联想的事物中，比如他见到黄河大桥即曾感叹其"横身与世为津渡"[③]的气魄，所以，此处以"津梁"喻雷峰塔，虽未必有兼以自喻之意，但自可给人以物我同命相连之想。

从以上三点已经可知苍虬笔下之雷峰塔所包含的不同寻常的意义，更何况，他当初在入世理想破灭后避地西湖，借地利之便，每日于湖居静坐中即可与雷峰神交心许，赠往答来，如此达十年之久，所谓"十年魂梦凭依处"自非虚言。

---

① 徐志摩语，在《济慈的夜莺歌》一文中，他写道："在我们南方，古迹而兼是艺术品的，止淘成了西湖上一座孤单的雷峰塔。"此外，他在《西湖记》中认为雷峰塔"真有说不出的神秘的庄严与美"，在这点上，志摩与苍虬所见略同。《济慈的夜莺歌》一文载于1925年2月《小说月报》第十六卷第二号，《西湖记》收入《志摩日记》，书目文献出版社，1992年版，第14页。

② 如《游玄墓圣恩寺》一诗之："身倦津梁斜欲卧"；《阿育王舍利殿》一诗之"津梁欲倦不得倦"；《小楼》十首其五之"微觉津梁倦"；《寥志书来答之以诗》一诗之"津梁早已倦人天"等等。分别见《苍虬阁诗集》，第90、150、163、322页。

③ 见陈曾寿《八月乘车夜过黄河桥甫筑成明灯绵互无际洵奇观也》一诗，同上书第32页。

如此朝朝暮暮、日积月累之“落日故人情”式的默契正迥异于鲁迅对该塔仅仅“见过”的泛泛之缘。同时，也正因苍虬与雷峰塔的缘分与感情如此之深，故塔圮一事所引起的失落才更深，概括言之，除因骤然失去可与朝夕相对之钟爱对象而失落的表层意思之外，另有两层可以使读者结合苍虬时代及其生平而得出的联想意蕴，一是旧者已破而新者未立的时代忧患，二是失去依凭而成为游魂的个体悲凉。

就前者而言，帝制王权及一整套的辅治系统被废除后并没有使中国政治走向清明和平的轨道，雷峰塔圮正值军阀混战的年代，正如陈散原所谓的“武夫党人，犹左右提挈以制一国之死命”的“劫运”[①]，一时主宰沉浮之辈并不具有传承文化的根底与强大的凝聚力，自不能成为新社会和新秩序的重建者，陈曾寿词之“任长空、鸦阵占茫茫”，胡嗣瑗和词之“饿鸱争垒，乱点斜阳”[②]，陈方恪和词之“剩万鸦、回阵噪西风”[③]，无论鸦还是鸱，作为传统中的不祥之鸟，似非只是实写当时所见，而是很容易令人联想到“军阀割据、群龙无首的政局”[④]。尤其苍虬词此句所用之动词“占”颇为耐人寻味：镇守残山历千年之久的雷峰塔既已倾圮，则虚空只能任由不祥之“群鸦”或贪婪之“饿鸱”占据。但鸦鸱等等并不能像“雷峰塔”那样可以擎天镇地，做人天之主，故“万古斜阳”自此失去依托。当时人多以“天崩地坼”等语形容其所处之时代，正是有感于这种新旧交替之际的时代忧患。

时代忧患之外更有个人忧患，与“天崩地坼”之世同时伴随的是传统士人的失去依凭与安顿的所在，尽管他们早已感觉到传统社会与文化无可挽回的衰亡命运，然未经巨变之前，毕竟还可以有所附丽，如同敝庐虽敝，牵萝补之，仍可暂为遮风挡雨之所。但修补之功渐不及损毁之速，损毁持续千年，而倾颓只在一刹那，于是，“一尔大千震动”——天柱折，津梁绝，失去依附的灵魂自此成为游魂。苍虬以“何限恒沙”拟其悲，愔仲以非同“寻常”之“悲魔”[⑤]拟其悲，均有感于这种失去依托之“游魂”的无底飘零之痛。值得注意的是，苍虬与愔仲词中均曾以“龙”喻雷峰塔，以“龙”归诸天喻雷峰塔圮，而苍虬在

① 见《余尧衢诗集序》一文，《散原精舍诗文集》下，上海古籍出版社，2003年版，第957页。

② 此句所引胡愔仲和词刊登于《国学（上海）》1926年第1卷第1期。

③ 见陈方恪《八声甘州·吊雷峰塔》词序，《词学季刊》，1936年第3卷第3期。

④ 陈邦炎《千载神归，擎天梦了——说陈曾寿咏雷峰塔圮词》，原载《大公报》1996年2月23日。

⑤ 胡愔仲原句曰：“甚匆匆龙象返诸天，悲魔岂寻常”，其中“悲魔”出自《楞严经》，所谓“有悲魔入其心府，见人则悲，啼泣无限，失于正受”云云。

《八声甘州》词序中以龙蜕喻圯后之塔，又在《踏莎行》词中云"蜕身何苦诸天去"，盖"风雨耐千年"之后而终至于"末劫"之世，人间已渐次失去神性生命可以栖息之地，于是"千载神归"，自然只剩下失去灵魂的枯蜕，王闿运《圆明园词》曾有"谁信神洲尚有神"之慨，陈寅恪亦有"谁问神州尚有神"[①]之叹，历劫后的神州，已被视为一个失魂落魄的世界。而苍虬咏雷峰塔圯之《八声甘州》一词之所以在当时引起如此深广的反响与共鸣，其原因或许正在于苍虬在书写自我之无尽悲凉的同时，因其情感之真挚与所用意象之"大量潜在的表征内涵"，也同时唤醒了"三千年未有变局"中相当一部分人内心潜存的共同隐痛。而词之为体的一个重要特点，即在于"兴于微言"而难以确指。尤其对于一首充满言外意蕴的好词，正可谓才下定论，即落言诠。即如这首词，伤时忧世与自伤自叹似交相渗透却难以指陈，而笔者以上连篇所云，也不过知人论世，结合苍虬之时代及其词之"微言"所给予我的种种暗示和启发，探究其词中雷峰塔意象可能具有的种种内涵而已。

余论　说不尽的雷峰塔

鲁迅与苍虬，一个是新文化的旗手，一个是旧王朝的遗民，不同身份决定了他们不同的立场和视角。通过本文第三部分的对照解读，不难发现二人对于雷峰塔这同一对象产生了截然相反的书写，而两种书写各自有其内外种种因素所决定的必然性与合理性。即如鲁迅强调社会与文化的重建，这当然符合历史发展的大势所趋，但如果要求与清王朝有甚深渊源、身心被旧文化所俱化之遗民如苍虬者，能在晚近变局中迅速作出摒弃旧传统而建设新世界的转折，这显然既不合情也不合理。"人而无恒，不可以作巫医"[②]，更何况做为担当道义的士之阶层？"学道不成仍不悔，此心难冷更难温"[③]：以内心恒定的持守而应对万方瓦解、瞬息万变的时代，正是苍虬诸人在彼时必然的选择。不但如此，在

[①] 王诗见《湘绮楼诗文集》，岳麓书社，1996年，第1410页。陈诗此句出自《庚寅仲夏，友人绘清华园故居图见寄，不见旧时手植海棠。感赋一诗，即用戊子春日原韵》一诗，见胡文辉：《陈寅恪诗笺释》上卷，广东人民出版社，2008年版，第389页。另，胡晓明先生《敢问花期与雪期》一文曾将苍虬"千载神归"之句与王、陈二诗对举，并认为"雷峰塔之倒""苍虬阁之咏"，以及早于此事的"王国维自沉"与"陈寅恪论王国维之死"等等，均"不是孤立的情绪"。见胡晓明：《古典今义札记》，海天出版社，2013年，第145—147页。

[②]《论语·子路》，朱熹：《四书章句集注》，中华书局，1983年，第147页。

[③] 见陈曾寿《浣溪沙·焚香》一词，《苍虬阁诗集》，第370页。

社会全面解体的瓦砾堆中重建新秩序之艰难百倍于畴昔，即使新文化运动本身也是破多立少，激进与保守两个阵营此消彼长，其完善仍有待于众多后来者的长期努力。所以，对雷峰塔意象之书写所出现的二律背反现象正源自中国社会与文化本身发展过程中的二律背反现象，这正如易经中的综卦，不同角度形成相对二卦，换一位置即或转剥为复，否极泰来，只有知己知彼，在两相对照中进行综合分析，才有望获得较为全面的认识。

意象本身不具有生命，但在历史变迁、自身沉淀及文人书写中被不断赋予了灵魂，这些因素重重叠加，使意象的生命色彩逐渐丰厚，并反过来激发后来作者的想象与思索，从而发掘出更为深广的意义。雷峰塔意象正是这样一个在历史书写中不断丰富发展起来的生命，其独特"魅力"及至倾圮而犹未消歇。全面深入地探讨其丰富的内涵，对我们今天仍有某些历久而常新的意义。

曾庆雨，华东师范大学中文系 2017 届博士，现为华东师范大学图书馆古籍保护中心馆员。本文原载于《古代文学理论研究》第 42 辑，收录时有修改。

心灵共感：易代之际的"杨花"众题现象

——以云间三子为中心

田育珍

"杨花"作为古典诗歌之传统意象，在南北朝诗中已多见吟咏。至五代词人专力填词，"杨花"意象便在词体中广泛出现，又经宋词人发扬使其成为使用普遍、内蕴丰富的基本意象之一[①]。而明清易代的特殊背景，亦曾引发以杨花为咏物题材的群体性的同题互唱，如钱仲联《清词三百首》曾选宋征舆《杨花词》一首，注言可与李雯《浪淘沙·杨花》、陈子龙《浣溪沙·杨花》相对比[②]。云间三子各作杨花词，显然不只切磋词艺的咏物之用，而是在发挥同一主题意象的含蕴的同时，赋予己身之深喟感蕴。"杨花"符号在三子的词作中得以兴发出新的潜能，形成群体心灵共感的独特主题性语码。下文试稍作论析。

一、"杨花"意象的传统含蕴

五代词人最早将"杨花"作为词意象使用。"杨花"以其缥缈轻灵之体象与词要眇宜修之特质相结合，适合在词中用为比喻以状多种曲折幽微之抽象情感。首先是以喻梦，因杨花之体态触感与梦之渺茫惘然的特性相通，又因杨花是春

---

① 参考如戴永新《唐诗杨花意象之流变》(北方论丛，2009 第六期)，李妍《宋词柳絮意象研究》(2013 年，辽宁大学硕士论文)，刘方华《中国古典诗歌中杨花意象的情感蕴含》，《泰山乡镇企业职工大学学报》，(2003 年第一期)，江琼《似花还似非花 也无人惜从教坠——中国古典文学作品中的杨花意象》，《文教资料》，(2006 年第四期)，石志鸟《中国文学中柳絮意象及其审美意蕴》，《名作赏析》，(2007 年第八期)。

② 钱仲联选注：《清词三百首》，岳麓书社，1992 年，第 35 页。

天常见之物，故使用语境常与"春梦"和融，如冯延巳"娇鬟堆枕钗横凤，溶溶春水杨花梦"①"魂梦任悠扬，睡起杨花满绣床"②。女性之梦不但比似杨花，更暗示着思恋的抒情情境。如顾夐词"玉郎还是不还家，教人魂梦逐杨花，绕天涯。"③杨花亦与别离相应。因其本自柳出，承"柳"意象的部分蕴涵。如方千里："野亭话别，恨露草芊绵，晓风酸楚。怨丝恨缕。正杨花碎玉，满城雪舞。"④

以杨花比闲愁，则是宋初词人所开创的另一新思路，愁思原本就无可形容，故词人往往以数量多、占有空间大，又体态微小的事物比拟之，如春草、梅雨、流水等，而杨花亦在此之中得以成为闲愁的喻指，如张先"风度杨花满院。云愁雨恨空深。"⑤欧阳修"春睡觉来情绪恶。寂寞。杨花缭乱拂珠帘。"⑥

北宋章楶以《水龙吟》专赋杨花，经苏轼次咏，流传词林，此后和韵苏词者迭出，以广泛的传播度为杨花词书写奠定一席之地⑦。故为杨花赋意，当从苏词说起，如沈谦《填词杂说》言东坡《水龙吟》"幽怨缠绵，直是言情，非复赋物"⑧，即苏词不仅将杨花与女性相融，还借此自抒怀抱，盖词学传统中本身具有"双重性别"⑨的微妙性，苏轼对杨花词"不着形相"、只撷其神的改造即是"以她说我"，抒一己之怀，于是女性化的恋情与离情转化为士大夫迁谪之恨的身世寄寓。"杨花踪迹"自此与士大夫的人生相通，如黄庭坚赠惠洪的词："蚁穴梦魂人世，杨花踪迹风中。"⑩序言："崇宁甲申，时余方谪宜阳"，是在遣谪途中的参悟之作。"杨花"与"浮萍""春云"的意象蕴涵相类似，以飘零形象成为士人迁行沉浮的象征，此后如周紫芝"杨花却似人漂泊。"⑪彭元逊赋杨花：

---

① 《全唐诗》，卷八百九十八，第10152页。

② 《全唐诗》，卷八百九十八，第10156页。

③ 《全唐诗》，卷八百九十四，第10104页。

④ 唐圭璋编：《全宋词》，中华书局，1965年，第2490页。

⑤ 《全宋词》，第62页。

⑥ 《全宋词》，第142页。

⑦ 参见杨明洁《兴寄题外 出神入化——简论苏轼〈水龙吟〉杨花词之寄托及其他》，内蒙古民族师院学报（哲学社会科学汉文版），2000年第2期，仲冬梅《苏轼接受史研究》（华东师范大学2003年博士论文），邓红梅《杨花：漂泊者的心灵之象——苏轼〈水龙吟·次韵章质夫杨花〉新解》（2008年词学国际学士研讨会论文集）等相关研究。

⑧ 上彊村民编选：《宋词三百首评注》，上海远东出版社，2012年，第60页。

⑨ 叶嘉莹：《兴于微言 小词中的士人修养》，四川人民出版社，2021年，第172页。

⑩ 《全宋词》，第404页。

⑪ 《全宋词》，第878页。

"似东风老大，那复有、当时风气。有情不收，江山身是寄。浩荡何世。但忆临官道，暂来不住，便出门千里"①，均是承接苏词托物言志之传统。

但杨花到南宋意蕴已复杂含混，南宋后词人将"春恨""离情""漂泊"等意杂糅寄寓，如陈策赋杨花："章台路，雪黏飞燕，带芹穿幕。委地身如游子倦，随风命似佳人薄。叹此花、飞后更无花，情怀恶。心下事，谁堪托。怜老大，伤飘泊。把前回离恨，暗中描摸。"②

南宋词人真正将杨花意蕴从传统小词的惜春思恋、离愁别恨的含义中脱出，不仅融汇苏词打入个体身世寄寓、人世之迁谪漂泊的哀怜，更将"杨花"注入家国内涵，即望治念乱之思。原本一己之飘零扩大成伤怀人民的离乱漂泊，原本缭乱春色变而为喻指战乱离散的国家之象，原本的惜春与伤春之恨则熔铸了家园之忆与故国之思。吴潜《念奴娇·瓜洲会赵南仲端明》："红尘飞骑，报元戎小队，踏青南陌。雪浪堆边呼小渡，吴楚半江分坼。岁月惊心，风埃迷目，相对头俱白。杨花撩乱，可怜如此春色。"③后有刘辰翁《沁园春·送春》："江南正是堪怜。但满眼杨花化白毡。看兔葵燕麦，华清宫里，蜂黄蝶粉，凝碧池边。我已无家，君归何里，中路徘徊七宝鞭。风回处，寄一声珍重，两地潸然。"④春色已非，缭乱杨花漫天涯不再是闲愁所指，而是忧时、念乱与国恨。在这种背景下，即使是于春天写个人感思，也难免有"读者之心何必不然"（《复堂词录叙》）的多重阐释。如吴潜"杨花撩乱与云干。春事可悲酸。"⑤陆游"身在天涯，乱山孤垒，危楼飞观。叹春来、只有杨花和恨，向东风满。"⑥周密"自是萧郎飘荡，错教人恨杨花。"⑦皆未涉国事，而言语之外，蕴有潜能。

自南宋特定时期后，元明词复归北宋风调，杨花的意蕴以个体感怀为多。而在写法上有所新创。如邵亨贞赋杨花"问春心何在，一点沾泥无准。潘郎怕老，又禁得、雪添双鬓。"⑧王世贞"杨花乱起。摇荡春光千万里。无限长条。

---

①《全宋词》，第3315页。

②《全宋词》，第2866页。

③《全宋词》，第2732页。

④《全宋词》，第3233页。

⑤《全宋词》，第2762页。

⑥《全宋词》，第1600页。

⑦《全宋词》，第3280页。

⑧ 杨镰主编：《全元词》，中华书局，2019年，第1288页。

牵惹行人东陌桥。杨花落尽。也有暮鸦来借问。且管生前。身后浮萍最可怜"①
明人善用"杨花落"之场景，将"杨花"飘茵堕溷、沾泥不起的境况与己身沦
落、衰迟心境相贴合，充满衰瑟之意。

杨花之含蕴在词中层累已久，从五代词人以女性形象比附进而为北宋词人
个体之感遇寄托，再异变为南宋词人的乱世家国之念，将"杨花"之蕴谓扩充
至大；其中所包含的情感，主要有由杨花凋落引起的春恨、由杨花与柳之关系
所感的离愁、由杨花轻灵之体态以喻"魂梦"，而在魂梦中以表相思爱恋、由杨
花渺茫之形象而喻幽微久远之闲愁、由杨花飘零之境况而象征士人迁谪行途的
漂泊与天涯沦落之伤怀、由杨花零乱的春暮之感而象征时局之乱和人事多舛以
发黍离之悲与故国之思、由杨花萎落沾泥或浮水成萍的结局以喻身世命运之悲。
但元末明初的杨花使用语境较为浅易。明词至后期云间词派振起，在归依北宋
"元音自成"的理论口号中，重拾传统。杨花词的同题互唱则可作为管窥此派词
学思想与词学实践之转变的洞眼，从此一意象的含蕴能见云间三子不同身世际
遇下的个体心灵托喻。

二、从斗词之戏到风骚之旨：杨花词的品格变型与心灵寄寓

甲申国变时，宋徵舆刊刻了《云间三子诗合稿》，陈子龙为三子诗稿作了一
篇序：

> 三子者何？李子雯、宋子徵舆及不佞子龙也。曩予家居，与二子交甚
> 欢，衡宇相望，三日之内，必再见焉。见则有吟咏，互相廲切，申以旦旦
> 曰。是无闻寒暑而不辍风雨者也。而曰人生岂麋鹿乎，而得群游，而常处
> 哉。庚辰，予治狱越州，行役之暇，间有篇什，不能当曩者十之二，而二子
> 在里门，相倡和无倦。尝一再过从，相与上会稽，探禹穴，投赠送别之篇，
> 亦有存焉。癸未，李子从其尊人太仆公入燕邸，予移书尼之，不听。明年
> 春，先皇帝召子为谏官，未至京师，陷于贼，太仆殉难。师入，寇遁。今天
> 子起淮甸，都金陵，东南底定。予入备侍从，请及归里。宋子闲居，则梓三
> 人之诗为一集。以后之所作也，夫鸟非鸣春而春之声以和，虫非吟秋而秋之
> 响，以悲时乎，为二物不能自主也。当五六年之闲，天下兵大起，破军杀
> 将，无日不见告，故其诗多忧愤念乱之言焉，然以先朝躬秉大德，天下归

① 饶宗颐初纂；张璋总纂：《全明词》，中华书局，2004年，第1087页。

仁，以为庶几可销阳九之阨，故又多恻隐望治之旨焉。念乱则其言切而多思，望治故其辞深而不迫，斯则三子之所为诗也。……今宋子方治婚宦之业，而予将修农圃以老焉。自此以往未知所届，若夫燕市之旁狗屠之室，岂无有击筑悲歌，南望而流涕者乎。芦漪之侧，有渔父焉。予将和日月之章，以绩此编，不敢遂咏参辰之作也。

三子订交于甲申国变，陈子龙矢志抗清，然鲁戈难挽，"志不欲生，孤筇单幞，混迹缁流"，悲愤之余，产生了"修农圃以老"的凄然念想。李雯则因家贫无力葬父而"絮血行乞"①，其后被清廷诱降，陈子龙同情这一位"变节"之友，为李雯开脱，言其只是"守父丧不得归"，身不由己。至于宋征舆因未曾在明中第，而在清顺治四年得成进士，故陈子龙亦对其满足个人"婚宦之业"的正当生活需要的仕清行为表示理解。曾经衡宇相望朝夕吟咏的三子，因国难而有了不同的身世命运。然而，陈子龙自言三子合稿的诗里都是"悲歌击筑"，皆有"念乱""望治"的深沉情感，涵有一体的"咏歌之志"与亡国之哀。则与此同一时期所创作的杨花词，其内蕴的心理亦可感知。

三子填词活动的呈现有两大自编的唱和刊物，分别是《幽兰草》与《倡和诗馀》。《幽兰草》②集中唱和时间约在崇祯七年（1634）及崇祯八年（1635）③。期间多是农民军起义事，还未有国变明亡。序言写作动机："吾友李子、宋子，当今文章之雄也。又以妙有才情，性通宫征，时屈其班、张宏博之姿，枚、苏大雅之致，作为小词，以当博弈。予以暇日每怀见猎之心，偶有属和。宋子汇而梓之，曰《幽兰草》。"④而《倡和诗馀》序言"兵火以来，荷锄草间。时值暮春，邂逅友人于东郊，相订为斗词之戏，以代博弈。"⑤已是明末清初之作，唱和时间在顺治年初左右，于顺治七年刊刻。其中有陈子龙的《湘真阁存稿》，宋征舆的《海间唱和香词》，但是却并没有李雯的词作。因"丁亥暮春"唱和时，李雯并未参与，所以《倡和诗馀》中未编选其作。两大词集虽都言创作动因是"小词博弈""斗词之戏"，但《幽兰草》的序言中已透露出另一种填词态度：

---

① 嘉庆《松江府志》第五十六卷，《古今人传八》记李雯事。

② 陈子龙、李雯、宋征舆著；宋征舆编：《幽兰草》明崇祯刻本。上附各人堂号，陈子龙是"江蓠槛"，李雯是"仿佛楼"，宋征舆是"凤想楼"。

③ 李越深：《论〈幽兰草〉的创作、结集时间以及价值定位》，浙江大学学报（人文社会科学版）2005年第3期。

④ 冯乾编：《清词序跋汇编》，凤凰出版社，2013年，卷一第1页。

⑤ 姚蓉：《明末云间三子研究》，广东高等教育出版社，2011年，第206页。

词者，乐府之衰变，而歌曲之将启也。然就其本制。厥有盛衰。晚唐语多俊巧。而意鲜深至。比之于诗，犹齐梁对偶之开律也。自金陵二主，以至靖康，代有作者。或穰纤婉丽，极哀艳之情；或流畅淡逸，穷眄倩之趣。然皆境由情生，辞随意启，天机偶发，元音自成。繁促之中，尚存高浑，斯为最盛也。①

要言之，陈子龙视填词之动机为"境由情生，辞随意启，天机偶发，元音自成"，即重视自然情志的抒发，后陈子龙于《三子诗余序》云："夫风骚之旨，皆本言情，言情之作，必托闺襜之际，代有新声，而想穷拟议，于是以温厚之篇。含蓄之旨，未足以写哀而宣志也，思极于追琢而纤刻之辞来，情深于柔靡而婉娈之趣合，志溺于燕媚而妍绮之境出，态趋于荡逸而流畅之调生"②。则进一步视填词的宗旨为"意深"，是重寄托的体现，即小词应含风雅精神，且托旨深微。这一理念在《倡和诗余》宋征璧的题词中被再次申述：

词者，诗之余乎？予谓非诗之余，乃《歌》、《辩》之变而殊其音节焉者也。盖楚大夫有云"惆怅兮私自怜"，又曰"私自怜兮何极"，即所谓"有美一人心不怿"也。词之旨本于私自怜，而私自怜近于闺房婉娈……虽正变不同，流滥各别，要有取乎言简而味长，语近而指远，使览而有余，诵而不穷，有耽玩留连终不能去者焉。③

宋征璧言词旨的"私自怜"，要以"婉娈"之言表达，其实指词心上接楚骚，将幽约怨悱之情以"香草美人"的形式托载，显示出小词要眇宜修的"意深"之境。对云间派杨花词的审视，自应从三人自觉的词学观念出发，以管窥三家各自具体词作之词心。

在创作年份上，陈子龙的杨花词（特指《浣溪沙·杨花》）录于《幽兰草》唱和集中，置于卷中最后一首，应属明朝宴饮唱和时期创作。李雯的杨花词（特指《浪淘沙·杨花》）则不存于唱和集中，而在《蓼斋集》录于后卷四，后卷是其晚期作品无疑，所以李雯的杨花词是仕清后作。宋征舆杨花词（特指《忆秦娥·杨花》）收录在《倡和诗余》的《海闾唱和香词》中，也是仕清后的作品。

了解三子之结缘交往，身世命运，乃至前后期填词动机与词作宗旨及相关

① 《清词序跋汇编》，第1页。
② 《清词序跋汇编》，第5页。
③ 《清词序跋汇编》，第5页。

词论思想，再看三首杨花词，则能洞察其幽微心理、生命状态，体味其心物一体之换转。

（一）婉娈恋情、悯世忧生

浣溪沙·杨花

百尺章台撩乱飞，重重帘幕弄春晖。怜他飘泊奈他飞。 淡日滚残花影下，软风吹送玉楼西。天涯心事少人知。

后人阐释这首词时有"寄托说"，如陈寅恪在《柳如是别传》言："《幽兰草》乃集录李舒章宋辕文及卧子三人唱和之词。颇疑几社诸名士为河东君而作之小令，即载是集中，惜今日未得见也"[①]，认为《幽兰草》的填词唱和是为柳如是而作。《柳如是别传》载陈子龙与柳如是在崇祯八年同居在徐氏南楼中，此杨花词被收录在《幽兰草》中，作于明亡前宴饮逸乐之期，故此词"绮罗香泽之态"应与陈柳之间"绸缪婉恋之情"有关。认为此情事为词之主旨的，如朱惠国所编《元明清诗文》言"崇祯八年（1635）春及初夏，陈子龙与柳如是在松江南门内之生生庵别墅小楼同居过一段日子，后为陈家不容而被迫离散。其间，陈子龙写了一系列咏杨花、杨柳的词，从中表达对柳如是的情意……词咏杨花，又暗寓柳如是形象，亦柳亦人，若即若离，十分高妙。"[②]然而，《陈子龙年谱》言崇祯八年春夏之交因家人反对，"陈柳仳离"，分居后柳如是搬到李雯横云山处的别墅中："深秋，柳如是离松江归盛泽。子龙亲送至嘉善。"而"崇祯九年春，读书南园，时与宋辕文相唱和"[③]。故此词可能作于崇祯九年春[④]。

而在这首杨花词前，陈子龙在《幽兰草》中还有多篇涉及"杨花"意象的词作。如《蓦山溪·寒食》"碧云芳草，极目平川绣。翡翠纯寒，塘雨霏微，淡黄杨柳。……去年此日，小苑重同首。"[⑤]以及《青玉案·春暮》"青楼恼乱杨花起，能几日、东风里。回首三春浑欲悔，落红如梦，芳郊似海，只有情无

---

① 陈寅恪：《柳如是别传》(上)，团结出版社，2020年，第118页。

② 朱惠国：《元明清诗文》，上海人民出版社，2017年，第178页。

③ 魏振东：《陈子龙年谱》，广西师范大学2007年硕士论文。

④ 原因是：陈子龙与柳如是分手，送她移居有《满庭芳·和少游送别》一词。在《幽兰草》中此送别词置于诗卷中间，其后有秋词冬词，又转回春词，可见是仿《草堂诗余》的体例按照时间节令编制。而这首杨花词置于卷中最后一首。

⑤ 明崇祯刻本《幽兰草》3卷，卷中，陈子龙词，第71页。

底。"①此二首也都涉及杨花，也都与模式化的离情别恨的相思有关。"回首""小苑"等词也可能就是回忆南楼同居时与柳如是度过的春日，之所以屡次提到杨花，既是因柳如是原名杨爱，名嵌"杨"花，又与南楼种柳、春日飘花的实景有关。故此词应写于崇祯九年，"三春"或为崇祯七年与柳相识、崇祯八年相知相恋，后年旧景重临。除陈词见杨花外，柳氏所作的《戊寅草》诗集中也有相关意象，如《杨柳》②"引得线长意别离""销魂原是管相思"，《杨花》③"杨柳杨花皆可恨，相思无奈雨丝丝"，《西河柳花》④"不到相逢有离恨，春光何用向人遮"。对杨花着笔之多，又全在同一时间段，且采用语境多与爱情相关。崇祯十年陈子龙在《幽兰草》又作有《木兰花·杨花》唱和："雨初晴，风骤起，漠漠一天云堕水。真似梦，也无愁，撩乱春心何日止。耐缠绵，空徙倚，此去谁家金屋里。宁荡漾，莫沾泥，为侬留却轻狂矣。"⑤除以杨花喻梦、愁、缭乱的自我之心，还提及"金屋"之典，即以杨花代指女性形象，可见其词中"杨花"所感怀的是有针对性的情事。

由此可见，陈子龙的这首杨花词正是崇祯八到九年宴饮唱和时因与柳化离事，故多离愁别恨，特感飘零。词中的"百尺章台撩乱飞"以特殊的地名语码"章台"暗喻离分。"重重帘幕弄春晖"谓飘絮漫天，如帘如幕，充弥天地。而"怜他飘泊奈他飞"，即挽合此前诗词之作中充蕴"相思""离恨"之特定情韵的"杨花"意象，一怜一奈，显出情深义重。至于"滚残花影""吹送玉楼"则与"宁荡漾，莫沾泥"相通，皆思及杨花飘零之象、堕泥之悲，呈露同情、轻愧、怜惜、思恋等复杂交织的心灵感触。"天涯心事少人知"，所谓心事，当是情缘上之一己悲欢，既是与柳如是离分之事，又兼南园欢宴故交离散之情。

但此词除情事外，是否还有其他内蕴？任二北和叶嘉莹均提到如何判断微言大义之作。任认为"比兴之确定，必以作者之身世，词意之全部，词外之本事为准"⑥。陈子龙杨花词承袭晚唐传统，但又以寄意深远、寄兴深微跳出传统写法，尤以"天涯心事"结句，显得高浑阔达，含蓄深沉。而虽考出杨花词与柳氏情缘相关，但以读者之心来看，陈子龙之身世人品下所怀的"天涯心事"，

① 明崇祯刻本《幽兰草》3卷,卷中,陈子龙词,第72页。

② 柳如是:《戊寅草不分卷》明崇祯刻本,第58页。

③ 柳如是:《戊寅草不分卷》明崇祯刻本,第58页。

④ 柳如是:《戊寅草不分卷》明崇祯刻本,第59页。

⑤ 明崇祯刻本《幽兰草》3卷,卷中,陈子龙词,第45页。

⑥ 任二北著,王云五主编:《词学研究法》,商务印书馆,1935年。

却不会止于一己悲欢。一是陈子龙自崇祯七年试春官罢归，赋闲松江达七年之久未能进士，寄宋征舆诗言"怜予憔悴金台马，羡汝殷勤玉树花"①，或许有感伤自身的漂泊未仕。二是崇祯七年李自成与清皇太极事，使得陈子龙诗中已多忧世之心。八年农民军焚皇陵，崇祯征兵，年谱言"是春颇多霖雨，国事日亟，陈柳二人颇多倡和，家国情愁交织不已。"②更遑论九年皇太极称帝改称"清"，南京骚动，国事难安。虽然五六月清兵入关，但杨花缭乱的四五月，寓居南园的陈子龙也必然极惧忧患，在代表情愁意蕴的"杨花"语码之外，充斥天地的杨花牵惹的"天涯心事"，也必然扩充到"家国"的蕴指。钱仲联评陈词的"怜他飘泊奈他飞"，与宋征舆相比，"节概不同，吐辞便异，所谓言为心声，与此可证"③，其忧患之意是一种包举个体人生离愁与家国命运的广大悲悯情怀。但又以"天涯心事"盖之，浑融广阔，肃穆轻柔。正是其心中最高词境的代表，如邹祗谟等人所评云："词至云间《幽兰》、《湘真》诸集，言内意外，已无遗议。所谓华亭肠断，宋玉魂销，称诸妙合，谓欲专诣。"④

（二）"半截人"的啼鹃自诉

浪淘沙·杨花

金缕晓风残，素雪晴翻，为谁飞上玉雕阑？可惜章台新雨后，踏入沙间。　沾惹忒无端，青鸟空衔，一春幽梦绿萍间。暗处销魂罗袖薄，与泪轻弹。

龙渝生《近三百年名家词选》选李雯词五首，录自《蓼斋词》，附谭献《箧中词》评语⑤：《菩萨蛮·忆未来人》是"亡国之音"，《虞美人·春雨》为"《九辨》之遗"，《鹊踏枝·落叶》是"客子畏人"，《浪淘沙·杨花》是"哀于堕溷"，可见其词意本色。李雯有《东门行寄陈氏》一诗赠给故友陈子龙，诗后附书信言："三年契阔，千秋变常。失身以来，不敢复通故人书札者，知大义已绝于君子也。然而侧身思念，心绪百端，语及良朋，泪如波涌。侧闻故人，颇多眷旧之言，欲诉鄙怀，难于尺幅，遂中意斯篇，用代自序。三春心泪，亦

① 陈子龙著；王旭辑，王鸿逑编：《陈忠裕公全集30卷》卷16，第1111页。

② 魏振东：《陈子龙年谱》，广西师范大学2007年硕士论文。

③ 钱仲联选注：《清词三百首》，岳麓书社，1992年，第35页。

④ 邹祗谟：《远志斋词衷》，凤凰出版社，2019年，第149页。

⑤ 谭献辑：《清词一千首　箧中词》，西泠印社出版社，2007年，第4—5页。

近于斯。风雨读之，或兴哀侧。时弟已决奉枢之计，买舟将南，执手不远，先生驰慰。"①陈子龙宽慰言："子不官，则不得食必死；死则父骨不归矣。"然李雯仍沉痛自愧，常在诗中抒"难忘故国恩，已食新君饵"②"家国兴亡若海田，新花还发故时妍"③的故国之思，甚至直言"触事难忘旧恨深"④的亡国恨。因道德枷锁与精神压力过大，其晚期诗文皆有"自怜自鄙总非情"的心态⑤。他曾自言"文到庾徐方薄命"，而清人吴骐评李雯诗亦云"胡笳曲就声多怨，破镜诗成意自惭。庾信文章真健笔，可怜江北望江南。"⑥，说明李雯被迫屈节的郁悒是广为人知的。李雯"勇于自言但怯于一死"，是所谓"失啼之鹃"⑦。

　　李雯的凄苦心态从《幽兰草》中可见端倪。在宴饮唱和时期，陈子龙与宋征舆都偏爱春之节令与景象吟咏，而李雯则独赏"秋景"，着意吟"秋夜""秋雨""秋风"，衰迟凄郁。李词之衰飒于早期赴京唱和已有，原因或是李雯屡考不就而几社诸子多有功名，所谓"衮衮诸公成项领""叹我依然在草莱"⑧；后与陈子龙交游，陈声名远播才气横溢，而李雯则"自恨殊甚，发愤闭户"⑨；后因父受诖污，上书讼父冤，亦见坎壈。甲申国变前，李雯也有忧世念乱之作，但尚未在词中明确表述。因己身家事国运殊遭苦厄的李雯，在逸乐唱和时期便更表现出悲怀的"秋"感。因此蓼斋词之风调正是李雯历史心态的一以贯之。

　　李雯在《幽兰草》唱和中并未以"杨花"为题，但察其《蓼斋集》中却有两处，一是："细雨杨花薄暮天，凤箫声断压重帘。好景遍教红袖倚，笼春纤。"⑩二是："杨柳织成愁，枝间挂玉钩。这几番、花信到妆楼。尽道踏青明日好，曾许下、又还休。窗外鸟钩辀，玉人应到否。看东风、不解促骅骝。池上杨花飞遍也，春去了、倩谁留。"⑪其早期所写，都与女性形象有关。据考柳如

① 金性尧主编：《明诗三百首》，陕西师范大学出版社，2010年，第345页。
② 李雯：《蓼斋集》后卷一，第1904页。
③ 李雯：《蓼斋集》后卷一，第1920页。
④ 李雯：《蓼斋集》后卷一，第1919页。
⑤ 参见魏广超：《李雯词研究》，湘潭大学2013年硕士论文。
⑥ 上海辞书出版社文学鉴赏辞典编纂中心编：《元明清诗鉴赏辞典 第1版辽、金、元、明》，上海辞书出版社，2018年，第833页。
⑦ 白一瑾用这一术语指代明清易代中如李雯一类士人的普遍心态，见白一瑾著《清初贰臣士人心态与文学研究》，天津人民出版社，2010年。
⑧ 李雯：《蓼斋集》卷24，第989页。
⑨ 宋征舆：《林屋诗文稿30卷》文稿卷10，第428页。
⑩ 李雯：《蓼斋集》卷31，第1180页。
⑪ 李雯：《蓼斋集》卷32，第1210页。

是与陈子龙分居后迁移至李雯的横云别墅，李雯对柳如是亦有仰慕之心。则"玉人"几可附会，不过这只是早期拟古练笔的绮靡闺音，终究与仕清后的杨花词品格迥异。

谭献评李雯杨花词是"哀于堕溷"，但李雯的"寄托之意"并未以词论形式阐发，反而在其诗论中："凡诗之情，和厚而浑深，悲离而近真，流连于物而无黡霭之心，毋苟为逞极而失其平。道之，以观其通也；揫之郁之，以鸣其不得已也；隐之，以观其思也；约之，以示其不淫也。故审情之作，十不失四五焉。"既要表现"不得已之鸣"①，又需"流连与物"时"隐约其思"。故李词虽咏杨花，但却是兴寄其忠厚痛切之心。

这首词中，"为谁飞上玉雕阑"是对明朝进士事之回顾，"可惜章台新雨后，踏入沙间"是被迫仕清失节辱身的侘傺自怨，"沾惹忒无端"是自责之心，"一春幽梦绿萍间"是心死之哀，言春心沾泥后便成飘萍，依然行藏无定，早为失根之人。"与泪轻弹"是情深难抑的悲痛激发。相较而言，陈子龙词是宋人的"寄意更绵邈凄恻"（王士禛语），李雯则是以晚唐小令的形式作后主"人间天上"之杜鹃啼血式的抒发。后期，李雯亦有词言"西陵松柏知何处，目断金椎路。无端花絮上帘钩，飞下一天春恨满皇州。"②也是以杨花缭乱暗喻故国之思与"半截人"之隐痛。李雯仕清仅三年，则以守父丧为由归乡仓促而卒，亦是"杨花"沾泥萎落的人生注脚。

（三）静怀：贰臣之感思

忆秦娥·杨花

黄金陌，茫茫十里春云白。春云白，迷离满眼，江南江北。 来时无奈珠帘隔，去时着尽东风力。东风力，留他如梦，送他如客。

宋征舆杨花词，从语言上看与《幽兰草》中曾咏《浣溪沙·杨花》相似："十里微风满灞陵，树头才放便飘零，绮罗深处落无声。点点玉楼晴雪乱，茫茫春岸白云生，行人空怨马蹄轻。"③据考此词作于崇祯九年春④，是时陈子龙有同题之作。待崇祯十年春陈子龙作《木兰花·杨花》时，宋征舆亦有唱和《木兰

① 姚蓉：《明末云间三子研究》，广东高等教育出版社，2011年，第182页。
② 李雯：《蓼斋集》后集卷4，第2015页。
③ 明崇祯刻本《幽兰草》3卷，卷下，宋征舆词，第89页。
④ 参见杨一凡：《宋征舆词研究》，辽宁大学2017年硕士论文。

花·柳絮》："去难留，来不禁，吹落深闺魂未定。兼绿舞，代红飞，断送年年花草信。玉泥新，香浪紧，莫恨东风心力尽。才撩乱，又轻盈，燕子衔他春梦醒。"①陈子龙的杨花词含喻柳如是情缘事，而宋征舆自崇祯六年秋因"松江府衙驱逐柳如是，宋征舆与柳如是决绝，柳如是遂中意于子龙"②事，在崇祯八年一直回避雅集，至陈柳分手的崇祯九年春，才重与陈子龙有同题酬唱。故宋氏杨花词之内蕴不明，是否为柳如是所作也未可知。不过陈子龙、李雯早期杨花词皆以情事或闺音书写为主，宋氏年纪最小，《幽兰草》填词博弈亦是由他首倡娱乐，故《浣溪沙》一首尚不见有寄托之心，应属"少年芳心"相以斗词的咏物练笔。而谭献《箧中词》评《忆秦娥·杨花》"身世可怜"③，可见《忆秦娥》中确有身世自喻。宋氏之转变从何而来，则要考察《海闾唱和香词》的创作动机与词心。

这场顺治年间的唱和是宋征舆之兄长宋征璧发起，在《倡和诗馀·序》言"邂逅友人于东郊，相订为斗词之戏"④，所遇即是陈子龙。但其"斗词"并非游戏，他采用李清照《词论》形式，通过否定如柳屯田"少寄托"、周清真"乏陡健"；康伯可"乏深邃"，阐明"词者，乃歌辩之变"、"词之旨本于'私自怜'"的词学主张。"自怜"则要以身世寄寓小词中，有所本事。但所选用的形式是"斯先之以香草，申之以蹇修，重之以娥眉曼睬，瑶台婵娟，乃为骋其妍心，送其美睇，振其芳藻，激其哀音。"⑤即以比兴之法婉曲申志，闺音丽词书写的背后是"哀音"自诉。宋征璧言"曾不旬日，各得若干首"，是指其与陈子龙先行唱和，"嗣自赓和者，有钱子子璧，家兄子建，舍弟辕生，辕文"⑥，意指宋征舆是后来才补上的和词。又宋征舆《云间李舒章行状》"是冬（丙戌），征舆以公车北行"⑦，即顺治三年宋氏已中第，因举业并未在场。其后期的创作，必然受到前者唱和之作的影响。因此，其杨花词旨的诀发，亦要关注宋征璧与陈子龙在唱和时的同题之作。

宋征璧原作为《忆秦娥·杨花》："春风弱、一天晴雪浮帘幕。浮帘幕，无情流水，莫教摇落。谢娥吟处香绵薄，魏王堤上都愁着。都愁着，韦郎去也，

① 明崇祯刻本《幽兰草》3卷，卷下，宋征舆词，第98页。
② 贺超：《柳如是研究》，江西高校出版社，2018年，第167页。
③ 谭献辑：《清词一千首 箧中词》，西泠印社出版社，2007年，第9页。
④ 王士禛编选，陈立点校：《倡和诗馀》，辽宁教育出版社，2000年，第3页。
⑤《倡和诗馀》，第3页。
⑥《倡和诗馀》，第3页。
⑦ 宋征舆：《林屋诗文稿30卷》文稿卷十，第428页。

和伊飘泊。"①在宋征璧的词论背景下，杨花飘泊或为晚明气数已尽，"韦郎去也"则是亡国之婉转哀吟。其在《二郎神·清明感旧》中代指更为明显，以"只问你凭高吊古，系马停车何处。休去，鹤表辽城，薪催桂树。松柏潇潇西陵渡"②缅怀。而陈子龙原作为"春漠漠，香云吹断红文幕。红文幕，一帘残梦，任他飘泊。轻狂无奈东风恶，蜂黄蝶粉同零落。同零落，满池萍水，夕阳楼阁。"③适时陈子龙仍参与复明势力，负隅抗清，在《唐多令·寒食》序言："时闻先帝陵寝，有不忍言者"④，因"不忍直言"便只"托贞心于妍貌，隐挚念于佻言"⑤。但本词"东风恶"之语气，则见其心中已知大势，哀凉痛楚。虽旨在"陶咏物色，祛遣伊郁"⑥，但故朝"零落"，只余"夕阳楼阁"之凄怆暮景，这是陈子龙作为志士顽抗之后深沉的悲叹与慨郁。宋征璧与陈子龙的词论都十分明确，皆本"风骚之旨""歌辩之音"，以抒身世寄寓、国事忧患。

　　在此背景下，宋征舆的杨花词自然也不是简单"斗词之戏"。但宋氏之词却有经典性的误读，《蝶恋花·秋闺》中"新样罗衣浑弃却，犹寻旧日春衫着"，王国维评"寄兴深微"，谭献评"悱恻忠厚"，严迪昌《清词史》承袭此说阐发道"宋征舆虽位居都察院，为言路要员之一，但其心情无疑是复杂的，俯今仰昔，亦不能无愧于旧时盟友。以吞吐之笔含蓄地透现内心的隐秘境界。事实是'新样罗衣'已难弃却，'旧日春衫'更无处寻复；'青女约'之误早成定谳，'断肠花不落'的怨天尤人均无法挽回'颜非昨'之势了"⑦，言其是抒陵谷变迁的隐痛，对"半截人"的自伤。但此词作于《幽兰草》中，只是宴饮逸乐之情愁感怀。《海闾唱和香词》的杨花词确有寄托，但词旨却淡，这源于宋征舆的家室与身世⑧。宋氏家族在明亡时并未有大创，而征舆年纪尚小，对故朝情感并不深刻，且于顺治二年中举正逢得意，故其唱和之词以"柔淡为宗，闲远为正"⑨，少有沉郁痛切。"杨花"迷乱天地，"来时无奈珠帘隔"颇类陈子龙"重

---

　　①《倡和诗馀》，第11页。

　　②《倡和诗馀》，第17页。

　　③《倡和诗馀》，第38页。

　　④《倡和诗馀》，第41页。

　　⑤ 冯乾编：《清代序跋汇编·卷一》，凤凰出版社，2013年，第5页。

　　⑥ 孙克强、岳淑珍编：《金元明人词话》，南开大学出版社，2012年，第794页。

　　⑦ 刘勇刚：《云间派文学研究》，中华书局，2008年，第193页。有宋征舆《蝶恋花·秋闺》词意旨考辨一节。

　　⑧ 刘赢：《论明清易代之际宋征舆的政治抉择》，《兰州教育学院学报》，2015年第3期。

　　⑨ 宋征舆：《林屋文稿》卷三《唐宋词选序》，第161页。

重帘幕"语，"东风力，留他如梦，送他如客"，应指当时已亡的故国或复明势力，抑或仅是风流诸子、故园生活，但宋征舆仅以繁华一梦看之，以"客"而非"主"的心态微带惆怅又平静坦然略过。与陈子龙"怜他飘泊奈他飞"的悯世扼腕之意，节概迥异。宋征舆词中"如梦，如梦，柳絮夕阳风送"①"昨夜景阳钟动。碧井苍苔烟重。啼尽白门乌，依旧秦淮月涌。如梦，如梦，总被一江潮送"②"碧玉阶前，无复闲桃李。春水。一江潮起。已是飘千里"③"半帘残月梦初回，十年消息上心来"④等，将故园回忆与交游生活都以"梦""梦游""潮送"等语概之，说明宋氏后期对亡国的缅怀是"平静的惆怅"⑤，带有理性的冷静。谭献评"身世可怜"也暗示其未有李雯式的愧极痛楚之词心，多是在时事推移朝局更替外，慨叹风云流落而已。这正是宋征舆作为特殊个体的情感蕴含。

三、"咏古咏物，隐然只是咏怀"：杨花词的集体性体认

夏完淳《读陈轶符、李舒章、宋辕文合稿》："十五成童解章句，每从先世托高轩。庾徐别恨同千古，苏李交情在五言。雁行南北夸新贵，鹢首西东忆故园。独有墙头怜宋玉，不闻《九辩》吊湘沅。"⑥将陈子龙比作徐陵、苏武，言其贞正；李雯比作庾信、李陵，言其痛切；宋征舆比作宋玉，言其平静。三首杨花词，即照应个人身世，正如陈子龙说"天致人工，各不相借"。（《仿佛楼诗稿序》）即处境不同，所写各异，展示着志士之悯、遗臣之悲与贰臣之想。然而，三者也共同自觉地践行云间词派词论的指引，以小令激发词之潜能，复活其比兴寄托、微言大义的传统效用。云间三子杨花词成为隐性的一脉书写传统，在易代之际不断被体认与阐发。

云间派不只三子题咏杨花词，在顺治年间《倡和诗馀》中，除以上提及的宋征璧、陈子龙、宋征舆之作，王士禛还编选宋存标《秋士香词》、钱毂《倡和香词》，宋思玉《棣萼轩词》。宋存标杨花词原作："璚花落。香球飞屑珠庭角。

①《倡和诗馀》，第28页。

②《倡和诗馀》，第28页。

③《倡和诗馀》，第29页。

④《倡和诗馀》，第29页。

⑤ 如杨一凡：《宋征舆词研究》（辽宁大学2017年硕士论文）言《海闾唱和香词》有不少"平淡洒脱之作"。

⑥ 夏完淳撰：《夏完淳集》，中华书局，1959年，第97页。

珠庭角。冰池飘雪，玉山颓萼。春风朝夜来轻薄。翠纨摇动秋千索。秋千索。长丝已断，随云飘泊。"①以"玉山颓萼"喻明之国运，"长丝已断，随云飘泊"言结局已定，而个体之身世飘摇难定。钱毂原作为："晴烟薄，杨花旖旎娇无着。娇无着，乱点金鞍，轻回珠箔。几回舞过秋千索，凝眸又遍阑干角。阑干角，年年春尽，东风如昨。"②以"东风如昨"收势，忆旧怀古，苍凉深远。宋思玉原作："东风恶，相随萍藻同飘泊。同飘泊，云暗全遮，风吹半落。飞来飞去沉香阁，有情无绪春光薄。春光薄，愁向斜阳，还归罗幕。"③"东风""云暗"皆喻指新朝之势，"萍藻""杨花"皆喻晚明国危，江山与个人均飘摇沉落。其余三人的创作，与陈子龙杨花词相近，既有面对时局的深沉落寞，故国眷怀，也有自身身世的飘零失根之怅惘。

西泠词派法乳云间派，沈谦为西泠十子之一，其有调《东风无力·南楼春望》："翠密红疏，节候乍过寒食。燕冲帘，莺脱树，东风无力。正斜阳楼上独凭阑，万里春愁直。情思怏怏，纵写遍新诗，难寄归鸿双翼。金簪恩，玉钿约，竟无消息。但蒙天卷地是杨花，不辨江南北。"④《东风无力》是沈谦之自度曲，取自范成大"溶溶泄泄、东风无力，欲皱还休"句。看似是言羁愁、思怀，但钱仲联引沈雄《柳塘词话》说："去矜列名于西泠十子，填词称最。……及贻我《东江别业》有云：'野桥南去不逢人，蒙蒙一片杨花雪。'此即小山'梦魂惯得无拘锁，又逐杨花过野桥'也。谁谓其仅仅言情者乎？"⑤沈谦原词为："孤影长羁，双眉时结。魂灵不怕关河截。野桥南去不逢人，朦胧一片杨花雪。问有谁应，愁难自说。杜鹃窗外空啼血。道不如归去怎生归，银骢又秼三更月。"⑥所谓"关河""杜鹃"之语，望帝之心，寄寓深隐。而其"但蒙天卷地是杨花，不辨江南北"似也从宋征舆"春运白，迷离满眼，江南江北"化出。钱仲联评："这词也就杨花寄恨（指斥新朝）作结。通首关键在"玉簪恩，金钿约，竟无消息"数语，盖士大夫往往以夫妇关系喻君臣关系，而形成一幽微繁复的象征系统，沈谦身为遗民，不忘故君，而南明诸王时已俱灭，无缘实现恢复河山的心愿，故有无消息之感伤。"⑦

---

① 《倡和诗馀》，第 3 页。

② 《倡和诗馀》，第 30 页。

③ 《倡和诗馀》，第 46 页。

④ 叶恭绰编：《全清词钞》，中华书局，2019 年，第 38 页。

⑤ 钱仲联选注：《清词三百首》，岳麓书社，1992 年，第 49 页。

⑥ 饶宗颐初纂；张璋总纂：《全明词》，中华书局，2004 年，第 2634 页。

⑦ 钱仲联选注：《清词三百首》，岳麓书社，1992 年，第 49 页。

明末清初词人感旧、怀古多见"杨花"意象，亦是对三子杨花词寄寓国事家愁、身世遭际、婉曲心灵的体认与新发。夏完淳《浣溪沙》"柳色深深听晓莺，玉阑愁倚梦分明，闲花斜落小钗横。蝴蝶前生原夜合，杨花身后化浮萍，东风轻薄误多情。"《柳塘词话》云："慷慨淋漓，不须易水悲歌，一时凄感，闻者不能为怀，以当《东京梦华录》也"①。徐士俊"满目杨花吹似雪，红楼。十二珠帘尽罢钩。"②曹溶"几阵杨花，院落凄然寒食。"③等词皆借"送春"显露忆国怀旧之情。像徐之瑞《祝英台近·金陵旅次感赋杨花》："岁华换。为忆初种柔条，风流玉阑畔。寥落如今，只解写哀怨。惜春长送春归，无情还有，但听取、杜鹃声唤。"④李良年《踏莎行·金陵》："两岸洲平，三山翠俯，江豚吹雪东流去。故陵残阙总荒烟，斜阳鸦背分吴楚。青雀钿钉，朱楼画鼓，冥冥一片杨花路。游人休吊六朝春，百年中有伤心处。"⑤则是遗民词人通过金陵怀古体认"杨花"意象之家国意蕴。另一些词人则直言明清战乱与易代危势，借"杨花"以书大厦倾覆之悲与行迹飘零之苦。如屈大均《凄凉犯·再吊榆林中忠义》："凭吊驼山下，酹酒黄狐，莫穿蒿里。泪痕湿处，教无穷、白杨花死。更恨丛祠，与飞将、而今未祀。"⑥徐石麒《浪淘沙·城溃后，偕汪起霖、狄性之、罗然倩、任渭叟同避吾师宁浚冲家，日商远举，不得。会便归湖，赋此言别。》："只有青青双眼在，曾见繁华。飘泊向天涯。何处吾家。浮萍知否是杨花。自恨不如枝上鸟，犹自喳喳。"⑦后至史惟圆、陈维崧、王士禛等依然承袭"杨花"词书写传统，借此一意象内蕴更为深层的情感。待到张惠言与周济等常州派杨

---

① 林焕文主编：《词学辞典》四川辞书出版社，1991年，第425页。

② 饶宗颐初纂；张璋总纂：《全明词》，中华书局，2004年，第2138页。原词《南乡子·西湖送春》："春去也难留。芳草天涯哭便休。不见西陵桥畔路，红愁。惟有青山似旧游。西子已扁舟。剩得梧宫一段秋。满目杨花吹似雪，红楼。十二珠帘尽罢钩。"

③ 陈乃乾：《清名家词 第1卷》，上海书店出版社，1982年，第102页。原词《踏青游·闺情》："几阵杨花，院落凄然寒食。又堕向、送别楼侧。任笙歌，阑珊去、旗亭野草如织。休说东风旧识。为东风惹他相忆。　自起卷帘，凝眸乍疑金勒。有杜宇、声声将息。拚清泪，常流到、大江南北。日长怕春倦，泪也有时无力。

④ 饶宗颐初纂；张璋总纂：《全明词》，中华书局，2004年，第2371页。

⑤ 叶恭绰编：《全清词钞》，中华书局，2019年，第205页。

⑥ 饶宗颐初纂；张璋总纂：《全明词》，中华书局，2004年，第3129页。

⑦ 饶宗颐初纂；张璋总纂：《全明词》，中华书局，2004年，第1792页。

花词，更则熔铸物我相生的生命意志与士人修养①，实属云间流风之传扬。

四、总结

明末云间派倡词学复古、比兴寄托，在易代之际重拾传统、激发小词"意内言外"的意蕴潜能，在"杨花"题咏中"兴发感动"，托喻心灵。明亡前云间三子杨花词皆含蕴一己情愁以斗词游戏，唯陈子龙逗露出"望乱念治"的家国深思。明亡后云间派集体唱和，众题"杨花"，展现出"风骚之旨""歌辩之变"的词派理论背景下集家国事、心灵史于一体的杨花词的词品升格。"昔人词咏古咏物，隐然只是咏怀，盖其中有我在也"②，杨花得以发展为易代之际遗民词人群心灵共感的符号，借此体认着铜驼荆棘、黍离麦秀之悲。而常州派领袖张惠言、周济丰富"杨花"以士人人格、道德修养等含蕴，亦是暗中承接云间派杨花词提升词品的理路。

田育珍，华东师范大学中文系 2022 届硕士，现为复旦大学中文系古代文学博士。

---

① 参见叶嘉莹《清词丛论》中《说张惠言〈水调歌头〉五首》一节，北京大学出版社，2008 年。叶嘉莹著《兴于微言小词中的士人修养》中《张惠言的词学观点》一节，四川人民出版社，2021 年。杨中英、秦蕊《周济咏杨花词探析》（韶关学院学报 2014 年第 3 期）等。
② 刘熙载：《艺概·词曲概》卷 4，第 204 页。

青山青史：渔樵诗学经典命题个案研究①

殷学国

青山作伴，青史留名，诚为传统士人之人生愿望。青山与红尘相对，指超脱世俗浮华的自然状态；青史与现世相对，指超越现实人生的历史载记。青山作伴不仅指人生归宿的问题，还意味着生命之自在和精神之自由；青史留名亦不仅关乎是声名是否彰显，还是一个是否被主流价值所认可、被文化传统所接纳的问题。作为士人之人生追求，二者分别对应着逍遥与不朽两种精神需求。这两种精神需求形之于文艺作品成为中国文学史上重要的主题，渔樵母题的诗作中亦包蕴着此方面的思想线索。不过，明确以"青山青史"概括这两种精神追求并将二者捉置一处则始自近代，龚自珍首揭其帜②，后人踵继，"青山青史"直成为近代诗学中的重要命题。③明确以诗语的形式概括渔樵母题诗作中的此种

① 在传统士人心目中,青山青史一般用来指代士人的人生抱负和社会理想——名山事业和青史留名,皆属于"三不朽"价值的范畴之内。不过,渔樵母题中的渔樵闲话题材则从青山青史相互对待参照的角度,赋予该命题精神自由和价值评判的意味。

② 龚自珍《寥落》:"寥落吾徒可奈何! 青山青史两蹉跎。乾隆朝士不相识,无故飞扬入梦多。"龚自珍:《龚定庵全集类编》,中国书店,1991年,第323页。

③ 兹举数例说明之。蒋智由《挽古今之敢死者》:"男儿抱热血,百年待一洒。一洒夫何处,青山与青史。"(张尧国主编:《浣水流韵——诸暨历代诗词作品选》,浙江人民出版社,2008年,第74页);连横《西湖游罢以书报少云并系以诗》:"一春旧梦散如烟,三月桃花扑酒船。他日移家湖上去,青山青史各千年。"(连横:《剑花室诗集》,沈云龙主编:《近代中国史料丛刊》续编第十辑,文海出版社,1974年,第3页);吴慧《抒怀两首》其一:"风云世路三千里,月旦文场二十年。华发渐生人未老,青山青史两难全。"(《平准学刊》第五辑下册,光明日报出版社,1989年,第716页);王翼奇《闻汉卿先生定居夏威夷》:"风云岁月去堂堂,佩剑将军满鬓霜。故国回眸身万里,青山青史两苍茫。"(黄拔荆主编:《厦门诗词》第九期,厦门大学出版社,2005年,第38页)。以上诸诗上限为清末,下限直至当代,皆以青山青史指代人生之最大价值诉求。

命题者当数刘大绅，其《新居口号》二云："青山青史谁千古，输与渔樵话未休。"①于渔樵母题诗作中梳理此思想命题的线索并揭示其思想内涵是本文写作的中心。循此理路，本文按照渔樵闲话、青山青史、风月谁主三个层次展开。

一、渔樵闲话

在中国传统文化中，对于生命久暂的思考往往被转化为价值高低的判断，如泰山鸿毛之喻；关于价值选择的问题又被转化为时间久暂的问题，如"青山青史谁千古"之问。正惟如此，千古就不仅仅表示时间长久，还表示价值恒常。所谓"渔樵话未休"则属于士人借渔樵闲话题材表达一己之价值选择和历史判断。作为语汇，渔樵闲话最早出现于孙浩然《离亭燕》②，"多少六朝兴废事，尽入渔樵闲话"，以之为书名当在其后③。此前，以渔父樵夫作为历史评价主体的诗作便已出现。唐人张蠙《赠九江太守》："江头暂驻木兰船，渔父来夸太守贤"，以受到民间舆论的肯定评价为当世殊荣。后世诗作直以渔樵作为事实及价值真假是非的评判者，如：

> 是非已付渔樵判，疑信难凭党与传。（唐庚《有所叹二首》其二）
> 登临千古意，兴废付樵渔。（王旭《雨后城东晚眺二首》其二）
> 孤坟一任樵夫识，遗事今归野史刊。（罗玘《毛太守挽诗》）

出于对渔樵闲话的高度认同，诗人赋予其史的品格；不过，以正统眼光视之，只能归入史的另册——野史。野史是历史的另一种解释维度，其存在丰富了历史的意蕴内涵。

> 半纸虚名百战身，转头高冢卧麒麟。山间曾见渔樵说，辛苦凌烟阁上

---

① 刘大绅(1887—1954)，刘鹗第四子，罗振玉长婿，从罗振玉读书、赴日留学，曾习商学和西方哲学，但主要成就在于"太谷易学"。是诗采自方宝川编《太谷学派遗书》第二辑第七册刘大绅《春晖轩心痕残稿》，江苏广陵古籍刻印社，1998年，第16—17页。

② 此作《全宋词》两收，既隶于张昇名下，又归入孙浩然词作中。现代词学专家较多地倾向于孙浩然，笔者从之。

③ 晁公武《郡斋读书志》著录《渔樵闲话》一书，云："设渔樵问答及史传杂事，不知何人所为。"《四库全书总目提要》以之为宋时流俗相传之书。是书曾伪托苏轼所撰，其撰述当在苏后。王诜曾写《〈离亭燕〉诗意图》。苏、王同时，年岁接近。由此可知，书在词后。

人。（元好问《杂著》九）①

　　豪杰谩嗤秦逐客，渔樵能话汉功臣。（成廷珪《送杨士先归长安》）

　　瓦桥渡口关梁废，渔父依然话六郎。（高士奇《扈从杂记十八首》十四）

渔樵闲话对于历史的叙述与史实未必尽合，但由此则能见出人心向背、社会心理之真实。倪瑞璿《樊大舅客金陵有诗吊方正学先生墓予次其韵》："金川门入北平军，叔父周公逐嗣君。碧血一区埋十族，青山千古护孤坟。祠依忠烈缘同志，藓蚀碑铭认旧文。樵牧那知青史事，经过也复吊斜曛。"是诗所言乃"靖难之役"方孝孺被诛十族之惨痛史实。"千古护孤坟"赋予青山以价值守护的意味，而尾联则表明民间社会对于青史价值的态度。渔樵牧竖对于史实和其中的价值意向虽然未必确切了解，但其价值同情依然真切。由上可知，对于民间舆论与历史载籍互补关系的确认乃渔樵闲话之"庄语"一端。

　　除"庄语"外，渔樵闲话尚有"谑言"。因地位使然，渔樵闲话代表了与正统观念、官方正史不同的价值立场和评价尺度。由于此种缘故，它对官方正史所描述的历史鼎革往往以戏谑的口吻表出。

　　看时节寻道友，伴渔樵。从这尧舜禹汤周灭了，汉三分，晋六朝，五代相交。都则是一话间闲谈笑。（邓玉宾［中吕·迎仙客］）

　　务桑麻，捕鱼虾，渔樵见了无别话，三国鼎分牛继马。兴，休美他；亡，休美他。（陈草庵［中吕·山坡羊］）

透过散曲作家对政统合理性和王权神圣性的嘲讽②，不难见出其所欲肯定者——五帝三代之王统和统一且长治久安的朝代。一旦王朝政权不具有合理性，士人之功业价值亦无所附丽。

　　项羽争雄霸，刘邦起战伐，白夺成四百年汉朝天下。世衰也汉家属了晋家，则落的渔樵人一场闲话。（李爱山［双调·寿阳曲］《怀古》）

　　想秦宫汉阙，都做了衰草牛羊野，不恁么渔樵没话说。纵荒坟横断碑，

---

① 胡祗遹《大亨诗人佳画加以诗僧贞庵来请题因漫兴五绝》其二："醒来似记渔樵说，辛苦当年定远侯。"与此诗同一机杼。胡祗遹：《紫山大全集》卷七，文渊阁四库本，第1196册，第115页。

② 曲中所举的三国、魏晋、南北朝和五代等政权皆是打着"禅让"的旗帜、靠政变篡夺而得来的，且政权维持时间很短，更迭频繁，好似演戏；西晋结束三国纷争的局面，晋室南渡，司马氏政权的承继者司马睿实为恭王妃夏侯氏私通牛氏小吏所生，王室血统的混乱否定了君权天授世袭的神圣性。曲作者的嘲讽实来自历史事件自身的戏剧性和讽刺性。此处分析借鉴张文江先生的观点，特致谢忱。

不辨龙蛇。(马致远 [双调·夜行船]《百岁光阴》套曲 [乔木查])

自上举两支散曲见，英雄霸业不具有持久的价值，成败得失难以评说。英雄功业的价值究竟如何？对于后人而言，其仅具有娱乐和谈资的价值。[①] 当然，其中亦有知识趣味和价值寄托之辩。历史诚然是一种知识，闲话历史既是知识趣味的流露，也是孤寂生涯的调剂与消闲，但这种闲话拉开了谈者和历史当事人之间的心理距离，在呈现客观理性品质的同时易流于冷漠无情，常表现为肤廓之论和无关痛痒语。价值寄托则以"同情"为依托，在心理情感拉近的同时，容易导致对史实的扭曲，而有损客观公正。有所发则不能无弊。对于渔樵闲话"庄语"与"谑言"之两端，闲话的主体则各取其是、各适其宜。

不过，对于渔樵闲话的反思亦存在于渔樵母题诗作之中。对渔樵闲话的反思有两种形式，一自"话"入手，一谓其无言。

偷得片时相对语，从头至尾尽无聊。(张侃《题萧照渔樵对话图》)

渔樵本自不同科，何事停桡话更多。说与别人都不信，夜来风雨湿青蓑。(张昱《题渔樵闲话图》)

相见长松下，劳劳语未闲。料应无别事，只是说溪山。(胡奎《题渔樵问话》)

上举三诗第一首和第三首谓渔樵闲话无价值，第二首谓渔樵闲话缺乏认同，以上皆属第一种形式。

相对无言成一笑，黄尘回首是非多。(宗泐《渔樵图》)

青山满眼同一醉，勿论区区荣与枯。(杨基《渔樵问话图》)

相对无言而能会意，勿论荣枯更替则有意于亘古永恒。此处无言比上面闲话具有更丰厚的意味——无言而意在对当下世俗人生的超越。由对价值的关注到对英雄功业的否定，到对自身的反思，渔樵闲话题材的作品中贯穿着文人关于青山青史何所取舍的思考。

对渔樵闲话所代表的民间舆论的肯定和借渔樵闲话表达对英雄功业的贬抑

---

① 文人所言乃有激而发，有时故为决绝之词，不可全部当真，但心理之真的价值则无可否认。古代社会，民间百姓对于历史的了解，主要通过渔樵闲话的形式获得。有宋以降，"讲史"风气的盛行、历史人物和事迹的搬演以及农闲时期的乡村说唱，在满足普通百姓知识趣味的同时兼具传统价值培护的作用。当然，对于以编写剧本唱词为生的不遇文人而言，所谓的历史只具有作为唱本的材料价值，可以借之糊口，但其中亦不无寄托在内。

并不矛盾。渔樵闲话所嘲讽的是频繁更替的朝代和分裂的政权，其所否定的是靠杀伐争夺起家的历史人物和功业，其所肯定的是政权的统一和长久的和平。表面的玩世和无情的背后隐藏着大仁大爱，此正是渔樵闲话有补正史的根据所在。不过，对于英雄功业的否定则易于流向对生活自主和精神自由的追求，对民间舆论的肯定则体现出对价值认同的渴望。渔樵闲话所包蕴的此两端内涵分别对应青山青史命题的两个方面。

二、青山青史

刘秉忠《木兰花慢》："今古渔樵话里，江山水墨图中。"今古指代青史，江山指代青山。词人分咏二事，谓青山如画、青史入"话"，将青山与青史分属艺术和日常人生。不过，青山青史并非界限分明，诗人言及青史常以青山为参照，反之亦然。作为渔樵母题所包含的思想命题中的一组对子，青山青史内涵丰富而相互映发。

以青山与渔樵相得而与市朝相对，此为诗人之共识。罗隐《赠渔翁》："逍遥此意谁人会，应有青山绿水知。""逍遥"语出《庄子》名篇《逍遥游》，其意有二，一谓自身天人相得、安闲自在，一谓人与自然情意交通、周流无碍。是诗谓渔翁与自然心意会通，诗中青山被赋予精神心灵和自然有情的意味。杨万里《可止亭》："金印龙章属市朝，清风明月属渔樵"，以市朝与青山相对待，将与功业名爵相对的青山归属渔樵，由此见出青山之无功利特质。正惟不着功利，青山始与人间是非无涉。

> 谁伤宋玉千年后，留得青山辨是非。（鲍溶《巫山怀古》）
> 人间得失两无迹，不废山水含清晖。（虞集《霍元镇规模董北苑、米南宫父子写山水云物殊有标致，见示春江捕鱼图，遂赋此》）

鲍诗以青山为历史的见证者和评判者，在自然无情的背后隐藏着人世之贞信。虞诗谓山水清晖不预人间是非得失，惟此青山始得以保持独立自足的品格。基于对人格独立和精神自由的坚守，士人隐伏青山以全品节。

> 古来何物是经纶？一片青山了此身。（元好问《送子微二首》其二）
> 只合渔樵老此身，底须辛苦入风尘？……非关圣世簪缨短，为有青山待逸民。（尤侗《别长安》）

上述二诗，士人人格与青山相互映衬、相得益彰。另外，诗人在质问经纶何物、风尘何为的同时，亦表明诗人归隐青山以全品节的人生态度。有此人生态度，始有"策马匆匆度关客，何如渔父一扁舟"①"莫羡夔龙扶圣代，总输巢许得天真"②般的感叹与价值比较，始有以江山风月委付渔樵的诗家语。

> 渺渺江天无限景，一时分付与樵翁。（陆游《泛舟过金家埭赠卖薪王翁》）
>
> 旧山亦有闲风月，归与渔樵作主人。（林景熙《元日得家书喜》）
>
> 眼前有景谁收拾，都付渔樵作浩歌。（朱诚泳《忆西山暨凤泉旧游》）

诗人或途经山水、偶览风景或追忆家山、旧游，以己之不能长久居留而羡慕渔樵长有江山风月。至于樵歌渔唱，则将自然之江山风月引入艺术领域，在"饥者歌其食，劳者歌其事"的背后，实现渔樵母题由文学至音乐的艺术"旅行"。

在渔樵母题的作品中，青山一方面作为自然状态而与世俗功业社会相对待，另一方面作为时间的存在又是历史兴衰的见证者。许浑《金陵怀古》③通过玉树歌、景阳宫、官冢、禾黍等语典写出金陵六朝之历史兴亡，尾联"英雄一去豪华尽，唯有青山似洛中"以青山不老见豪华易逝，以青山相似见江山易主之悲怆。④方岳《江神子·发金陵》云："回首六朝，南北黯魂销。纵使钟山青眼在，终不似，侣渔樵。"词作直以钟山为历史兴衰的见证者，谓即使钟山倾情于"我"，留恋繁华亦不如终老渔樵，反语道出"侣渔樵"之人生选择。词中"钟

---

① 详见虞集《蜀山图》："连峰接岫写秦州，雨洗蛾眉积翠浮。石出剑门皆北向，水通盐泽自西流。松头一片秋云湿，鸟背千盘细路幽。策马匆匆度关客，何如渔父一扁舟。"虞集：《清江诗集》卷八，文渊阁四库本，第1228册，第262—263页。

② 详见薛蕙《早春南园作》："眼看花鸟繁华日，心醉烟霞痼疾人。月下啼乌长达曙，雨中垂柳不胜春。应门僮仆能延客，旁舍渔樵竞卜邻。莫羡夔龙扶圣代，总输巢许得天真。"薛蕙：《考功集》卷七，文渊阁四库本，第1228册，第81—82页。

③ 许浑《金陵怀古》："玉树歌残王气终，景阳兵合戍楼空。松楸远近千官冢，禾黍高低六代宫。石燕拂云晴亦雨，江豚吹浪夜还风。英雄一去豪华尽，唯有青山似洛中。"陈贻焮主编：《增订注释全唐诗》（第三册），文化艺术出版社，2001年，第1356页。

④ 《世说新语·言语第二》："过江诸人，每至美日，辄相邀新亭，藉卉饮宴。周侯中坐而叹曰：'风景不殊，正自有山河之异！'"所谓"风景不殊"不惟谓新亭游宴近似当年洛阳情形，亦谓金陵形势仿佛洛阳。曾极《金陵百咏》"新亭"条云："洛阳四山围，伊、洛、瀍、涧在中。建康亦四山围，秦淮直渎在中。故云'风景不殊，举目有山河之异'。李白云'山似洛阳多'，许浑云'只有青山似洛中'，谓此也。蔡蕤作天津桥亦以此。"《说郛》卷二十引周密《浩然斋意抄》与曾极文字近似，疑采自《金陵百咏》。余嘉锡《世说新语笺疏》即谓周密采用曾极之说。

山青眼"造语奇特，一方面谓钟山不老，另一方面谓钟山有情。有情而不老，用意比"青山一发"①还要拗峭。以青山见证历史兴亡且隐含渔樵闲话意味的词作当数王鹏运《鹧鸪天·登玄墓②还元阁，用叔问〈重泊光福里〉韵》。

> 云意阴晴覆寺桥，秋声瑟瑟径萧萧。五湖新约樽前订，十月轻寒画里销。 凭翠栏，数烟桡，一楼人外万峰高。青山阅尽兴亡感，付与松风话市朝。

"青山阅尽兴亡感，付与松风话市朝"宛如另一种形态的渔樵闲话，青山、松风俨然是物态化的渔樵，而渔樵仿佛人格化的青山、松风。如此，则江山风月无时不在闲话沧桑兴亡，惟乏有心人兴会。

除史籍外，口传是另一种重要的历史载记形式。据此，渔樵闲话可视为历史的另类表达。史实有两个重要因素——时与地。渔樵闲话中的史实，从时间因素而言，主要集中于六朝和晚明。

> 几时更醉秦淮酒，细听渔樵话六朝。（成廷珪《同张仲举宿寒桥》）
> 南朝成败浑闲事，有谁争、一江秋水？（爱新觉罗·奕绘［夜行船·渔家词］）
> 水天闲话付渔樵，一局残棋一曲箫。赢得美人千古泪，年年流恨送南朝。（汪桐《题桃花扇乐府》）
> 无端风月话南朝，故国沉沦恨未消。剩有才人三寸笔，谱成遗事付渔樵。（连横《桃花扇题词》）

成诗明确表明渔樵所闲话者乃六朝史实，后三首所谓"南朝"所指非一。爱新觉罗氏意指与北朝相对的频繁更换的南朝政权，后两首由诗题"桃花扇"可知，诗中南朝意指逃避到南方的南明政权。从地理因素而言，渔樵闲话主要指涉金陵与洛阳。

---

① "青山一发"语出东坡《澄迈驿通潮阁二首》其二,不仅谓远山如发,亦隐含白首对青山之百感苍茫。后来,周密易以"白发青山"表达此意,其《高阳台·寄越中诸友》"白发青山,可怜相对苍华",意蕴道尽,略无余味。

② 玄墓山位于光福镇南,其得名源自东晋青州刺史郁泰玄。泰玄性仁恕,晚年隐居此山,墓葬之日,有燕数千衔土为坟。后人名之玄墓,一谓郁泰玄之墓,一谓玄鸟衔土而成之墓。明人陈瑚《吊郁泰玄》:"细草春风古墓田,衔泥曾记燕千千。行人不为看花至,更有何人说泰玄",即明其本事。陈瑚:《确庵文稿》,四库禁毁丛刊集部,第184册,第258页下栏。

> 千古兴亡几春梦，只将闲话付渔樵。（萧贡《洛阳》）
>
> 万古消沉竟何有，总成闲话付渔樵。（王恽《洛阳怀古》）
>
> 千载英雄总丘垄，六朝兴废付渔樵。（周权《金陵怀古》）

建基金陵者多短命政权，依恃长江天险以求偏安者偏偏难以长治久安；洛阳于东汉末年、东晋前秦对峙、安史之乱等数次历史大变故中几历劫灰，北邙山上王侯卿相陵墓不计其数。从作者时代因素考虑，诗作者多为宋金之后人。综合以上因素可知，以渔樵闲话挽结史实，一方面表明对南朝短命政权的反思自金元时期已经在文学中开始，另一方面说明历史事件的荒谬性越来越为诗人所体认。侯克中《感唐史事》"云翻雨覆成何事，只与渔樵作笑谈"即是这种体认的表现。基于此种体认，诗人表达了对青史价值的怀疑和否定。

> 北邙山多少英雄，青史南柯，白骨西风！八阵图成，《六韬》书在，百战尘空。 辅汉室功成卧龙，钓磻溪兆入飞熊。世事秋蓬，惟有渔樵，跳出樊笼。（王举之［双调·折桂令］《读史有感》）
>
> 十年战骨秋草，一枕渔樵岁华。（胡布《走笔赋六言二首》其一）

上述二作皆自当下生命的感受出发反思历史的真实，在明晓功业价值的虚幻性后，表达了对渔樵生命态度的认同。这种认同的基础是对个体生命自在和精神自由的珍惜和积极追求。①

史实是渔樵闲话的对象，而渔樵闲话所代表的民间舆论亦有一个逐渐被主流社会认可、接纳并融入青史的过程。"年来已办渔樵事，徒有家传太史书。"②渔樵事与太史书似乎无涉，保有太史书并不能为渔樵带来实际的利益，但无用之举传达出民间对于青史、对于天道人心的信念。③

> 衣轻裘，乘驷马，驾高轩。算来荣耀，终输渔叟钓江村。休叹谋身太拙，未必折腰便是，炙手几曾温。清议不可辱，千古要长存。（卢炳《水调

---

① 思想史和文学史教材往往将人性的觉醒定位于明朝中后期，但自渔樵母体的诗作而言，这种觉醒则始于金元之后，尤其是元代，以民间代言人姿态出现的文人大量创作以珍惜个体价值、反思功业价值为主题的文学作品的出现是其标志。

② 是诗诗题为《构一楂于清风泾，黄九烟题曰栢学士茅屋，从杜少陵旧题也，即步杜韵》（清人沈季友编《槜李诗系》卷二十九，文渊阁四库本，第1475册，第698页）诗人居近嘉善白牛村，因以自称，编者因之题作"白牛村人栢古"。

③ 在中国古代社会，太史不仅著录史书朝报、掌管图册典籍，还负责天文历法。前者对应青史，后者对应天道，天道又是人生信念的基础。因此，有以上说法。

歌头》)

　　词人谓权势炙手不如渔钓江村。清议与闲话看似主体不同，其实渔樵何尝不是士人的代拟，而渔樵闲话即是士人清议的代名词，二者同为民间公识的反映。清议千古长存传达出民间舆论终究融入青史的历史信念。王士禛《送张簣山学士归庐陵》"千秋公议存青史，应为朝廷惜此人"，更明确表达了对来自民间社会的公议公识终将成为主流意识的自信。

　　由上可知，青山与青史既相互对待又互为参照，一方的意义只有在与另一方的比较中始能见出；渔樵闲话是青史的另类表述，闲话代表了民间对青史的信念，而青史的信念又以青山所象征的主体的自我确证为精神支撑。青山青史命题的内涵及二者间的关系诚如上述，但表面上的争长论短，内含着对风月谁主的思考。风月谁主的思考只是青山青史命题的延伸。

三、风月谁主

　　基于对天人关系的体认，传统文人对江山风月常怀有温情与敬意，此之谓山水情性。此种情性见于诗词者有二端，一谓江山不老[1]，一谓江山无限好[2]。山水情性的理性表达则转化为对江山风月谁主的反思。刘仁本《渔翁》："两岸江山谁是主，一蓑烟雨对鸥眠"，就是这种反思的表现。

　　这种反思一方面源于对自然江山与政治江山关系的体认，另一方面源于对"主"之享有、领会二义的分别。

　　　　孙家兄弟晋龙骧，驰骋功名业帝王。至竟江山谁是主，苔矶空属钓鱼郎。（杜牧《题横江馆》）

　　　　禹巡吾国三千岁，陈迹销沉渺莽中。岂独江山无定主，苔矶知换几渔翁。（陆游《秋晚杂兴之禹庙》）

辑四

---

　　① 详见林外《洞仙歌》："飞梁压水，虹影澄清晓。橘里渔村半烟草。今来古往，物是人非，天地里，唯有江山不老。　雨巾风帽。四海谁知我。一剑横空几番过。按玉龙、嘶未断，月冷波寒，归去也、林屋洞天无锁。认云屏烟障是吾庐，任满地苍苔，年年不扫。"唐圭璋主编：《全宋词》第五册，中华书局，1965年，第1767页。

　　② 详见叶颙《赠渔父》："短笛逐秋风，孤舟钓月中。绿蓑烟浪远，白发世情空。不让严陵操，宁贪范蠡功。江山无限好，萍白蓼花红。"叶颙：《樵云独唱》卷五，文渊阁四库本，第1219册，第98页。

杜诗谓政治江山无常主，而自然江山则有常主。陆游翻案杜诗，认为自然江山与政治江山皆无定主。不过，王权独占江山，而渔樵与江山之间则相得相成、若有所待而不为牵制。撇开王权政治不论，对于江山风月主的认定亦有享有与领会之辩。

> 浩荡乾坤万里中，风光尽属渔樵客。（孔武仲《偶书》）
> 秋色尽为渔者占，山光多向道人浓。（葛天民《西湖泛舟入灵隐山》）

二诗皆谓江山风月属渔樵，"尽"字见出风月为渔樵所独占和专有。祖铭《二灵山》"风光只在栏杆外，半属渔樵半属僧"，则以江山风月为渔樵与僧侣分享。分享并不意味着割据分占，而是各尽心性共享风月，各人所享有者并不因有人分享而减少。有此境界者，当为高人逸士。

> 汉光武，兴皇运，握干符。客星侵座，方见不与故人疏。自是先生高尚，无限经纶才略，飘泛寄江湖。凛凛亘千载，风月属樵渔。（曾中思《水调歌头》）
> 皇王帝伯都归尽，雪月风花未了吟。莫道金针不传与，江门风月钓台深。（陈献章《江门钓濑》）

严陵钓台与江门钓台，一为道德尊严和人格尊严的象征，一为学术授受统序的象征。二先生悬隔千年，当身境遇不同，然退处江湖、以无为之身而主一代风气则一。江山风月谁主当从此处领会。

不过，风月谁主似无定论。汪藻认为惟高人逸士能够得山林之乐[1]，刘将孙谓江山风月待文士解赏[2]，陆深以明达之士为风月之主[3]。三人纷纭，东坡一言

---

[1] 详见汪藻《翠微堂记》："山林之乐，士大夫知其可乐者多矣，而莫能有。其有焉者，率樵夫野叟、川居谷汲之人，而又不知其所以为乐。惟高人逸士，自甘于寂寞之滨、长往而不顾者，为足以得之。"汪藻：《浮溪集》卷十八，文渊阁四库本，第1128册，第160—161页。

[2] 详见刘将孙《风月吟所记》："清风明月在宇宙间，无处不有，独无能得而专之。渔父樵父，江中山外，可以有之矣，而其人类非能言者。解赏惟骚人墨客，邂逅倾倒，以其一言，直为千载风月，亦赖以自壮。"刘将孙：《养吾斋集》卷二十二，文渊阁四库本，第1199册，第15页。

[3] 详见陆深《霞溪十景诗序》："夫山林之乐，有之者常患于不知，知之者常患于不享。有山林之胜而不知者，樵夫牧竖是也。知山林之趣而不能享者，达官贵人是也。夫惟明达之士，才足以有为而不欲为，故常有余功；知足以知趣而无所于累，故常有余巧。是故烟云之卷舒、气候之明晦、泉石之流峙、卉木之荣瘁、鱼鸟之下上，与夫四时之变态不齐，皆足以尽取于几席之下、杖屦之间矣。"陆深：《俨山集》卷四十六，文渊阁四库本，第1268册，第287—288页。

概之，"江山风月本无常主，闲者便是主人。"①与闲相对待者有二：世俗杂务和情欲纠结。即使渔樵之徒能够摆脱情欲纠结，也难免世俗杂务。世务萦心自然不能保有风月情怀，不能领会山水情趣。

> 风月属渔樵，真味岂能领。（张镃《杂兴》）
>
> 寄谢樵夫与渔子，可怜日用不能知。（赵蕃《十九日雨中》）

"知"既谓对山水形式美的知赏，又谓对山水情趣的会意。日用不知，普通樵子渔父不堪为风月主。既然如此，那么风月谁主？从知赏的角度而言，唯有不萦心世务的文人可称得上江山风月主。

> 裴相功名冠四朝，许浑身世老渔樵。若论风月江山主，丁卯桥应胜午桥。（陆游《读许浑诗》）②

丁卯桥位于润州丹阳县南三里丁卯港，唐代诗人许浑于其侧筑室为居③。唐宰相裴度因不满宦官专权，退居东都，于洛阳县南十里外营建午桥庄别业，诗酒林泉自娱。诗人贬低权势而称许斯文，以风月江山主称许后者。风月主直成为文人的美称。马致远《清江引·野兴》"东篱本是风月主"，既是对前辈诗人的称道，又是以风月主自许。④周起渭《避风赤壁登苏公亭放歌》："人间风月不可驻，天上来此闲仙人。……遣作江山文字主。"是诗以太白比东坡，谓之为谪仙人，以文字驻留人间风月。据此而论，苏轼当为江山风月之主。⑤以文人为江山风月主，不仅谓文人特能解赏山水情趣，亦谓其诗文能为江山风月增色，异时江山风月亦赖文人之笔传留后世。

---

① 详见苏轼《亭堂·临皋闲题》。苏轼：《东坡全集》卷一百四，文渊阁四库本，第1108册，第636页。

② 汪由敦《恭和御制润州道中元韵》："诗人别业渔樵地，丁卯桥闻胜午桥。淡日微风深驻辇，小红雁齿映春潮。"汪氏以历史眼光审视陆诗的判断，以渔樵地终结权势和文采风流，透露出江山风月易主的消息。汪由敦：《松泉集》卷十八，文渊阁四库本，第1328册，第590页。

③《唐才子传》卷五："许浑，字仲晦，润州丹阳人，圉师之后也。……尝分司朱方，买田筑室。后抱病，退居丁卯涧桥村舍，暇日缀录所作，因以名集。"辛文房：《唐才子传》，古典文学出版社，1957年，第113—114页。

④ 陶潜《饮酒》诗五："采菊东篱下，悠然见南山。"后世文人以"东篱"指称陶潜。马致远钦慕陶潜的人格，自号东篱。

⑤ 是诗采自《清诗别裁》，沈德潜评曰："二惇二蔡群狐跳踉，适使坡公为江山风月主人。小人之谋，无往不福君子也。"沈德潜：《清诗别裁集》（二），上海古籍出版社，1984年，第715—716页。

风月谁主的设问主要是以青山青史命题中的"青山"为对象而进行的反思，但其中所蕴含的史实评价亦属题中之义。汪元亨《中吕·朝天子》"大泽诛蛇，中原逐鹿，任江山谁做主"，表现出对政治江山谁主的冷漠和厌倦。殷奎《长陵晓望》"山河百战谁能主，却属渔翁一钓竿"，由政治江山转换到自然江山，在对政权谁主的怀疑中，流露出对渔翁的信任。诚然，渔翁中也曾涌现出吕尚和严光，依二者之建树而言，亦足以称得上江山风月主。青史中的江山常起风浪，风浪平息后则见出青史的贞静。

　　千重海浪渔人醉，百战沙场野叟闲。能向闹中还得静，乃知朝市即青山。（梅尧臣《再和公仪龙图》）
　　当年戈甲过垂虹，闻说楼船照水红。贼去烟波已如镜，却还风月与渔翁。（周紫芝《吴中舟行口号七首》其四）

梅诗谓闹中得静，朝市即青山，以超越的心灵境界化解掉世俗中的分歧与纷扰。周诗谓战乱纷争终究要归于平静，一时的动荡无碍渔人江山风月主的地位。二诗道出历史自身的逻辑和智慧，而二者又是青史贞信的体现。基于这种信心，胡祗遹《双调·沉醉东风》："蓑笠纶竿钓今古，一任他斜风细雨。"一丝一竿，钓尽今古与江山；任凭风波，不移脚跟和钓竿。曲中渔父之所以为江山风月主，是因为其能自主自立，而自主自立正是"青山"之主要内涵。

四、结语

　　"青山青史谁千古，输与渔樵话未休"，不仅是渔樵诗学中的重要主题，还是文人人生命题的诗意表达。青山青史谁千古，看似时间问题，其实是价值比较的问题。在千年诗学的问答中，青山获得人文属性，实现了自然的人文化；在渔樵闲话中，青史由古代典籍中复苏，获得生命，从而克服了由被遗忘而生的徒劳之感①；而渔樵闲话对于青史既是有益的补充，又通过融入青史而赋予历史价值动态的结构。在谁千古的追问中，青山与青史都成了不朽的象征，体现了闲话者不朽的价值执着和对于个体生命意义的反思。更为重要的是，渔樵诗

---

　　① 张文江《渔樵象释》一文有一段话恰好可以与这句话互相发明，"你做出再伟大的事情，如果没有被写进历史，或者没有被人谈起，那么早晚会给遗忘淹没，和没有存在一样。其实即便写进了历史，也会被遗忘淹没，所以要从由遗忘而生的徒劳中拯救出来。"张文江：《渔樵象释》，《文景》，2008年第2期，第78页。

学中的青山所表象的当下存在与青史所指代的历史价值，在闲话中实现了生活世界的古今融合；江山风月谁作主的追问，则体现了士人消弭政治江山（主流话语）和自然江山（民间话语）之间紧张关系的努力以及欲以文化江山一统自然江山和政治江山的自觉担当和气魄。渔樵诗学所呈现出来的混融、和谐的美学意味亦借此而得以表彰。

殷学国，华东师范大学中文系 2010 届博士，现为韩山师范学院文学与新闻传播学院教授。本文原载于《文艺理论研究》2011 年第 2 期，收录时有修改。

辑四

青山青史：渔樵诗学经典命题个案研究

唐人用典的再评估

时润民

一、陈寅恪"古典今事"研究范式中的李白《长相思》之疑

在现代的中国诗歌学术研究历程中，陈寅恪先生所极力标举的是"混合古典今事，融洽无间"[①]的"研究范式"。关于此学术范式的具体内涵和特色，胡晓明师在《释陈寅恪古典今事解诗法》一文中已经做了详尽而周密的分析和研究。其中说道："根据黄萱《怀念陈寅恪教授在十四年工作中的点滴回忆》，陈寅恪晚年对这一方法有两句很重要的总结：……第二句话（'诗若不是有两个意思，便不是好诗。'）简直将此一方法说成是内在于中国诗歌中的本质，是好诗的标准。"从是文其后的解析也可以看出，在解读陈子龙、柳如是、钱谦益、程嘉燧诸人之诗时，陈寅恪先生运用这一方法，确实使之成为了一柄探委悉源的"利器"，可以层层剥离地寻绎出一个由创作于各个不同时空的前人辞句所组成的其所谓"第一出典""第二出典""第三出典"等的"自足的系统"。[②]

在上述这个系统的内部层次方面，"系统中的诗意或是扬弃的关系，或是并列的关系，或是递进的关系，或是隐含的关系。……有时候，第一出典与第二、第三出典的关系是相互加强、重迭的关系。诗歌典故运用的魅力，往往正是利用诗语的层累效果，扩展其容量，达到以少总多的妙境"。这可以说应是能得到陈寅恪先生颔首的一份"总结"。那么，如果按照这个"系统"的"法式"，处

[①] 陈寅恪：《柳如是别传》第四章，生活·读书·新知三联书店，2001年，第319页。

[②] 参见胡晓明：《释陈寅恪古典今事解诗法》，载王元化主编：《学术集林（卷十五）》，上海远东出版社，1999年，第379—396页。

于"第二出典"或"第三出典"等非第一位置（或者说"阶位"）的那些辞句，其性质毫无疑问的应当是和"第一出典"有着一种根本的"关联"，甚至很大程度上可说就是对于"第一出典"的一种"用典"。陈寅恪先生自己在这种"推论"的逻辑上似乎也是持确定态度的，且集中体现于《柳如是别传》中对李白《长相思》句"美人如花隔云端"的诠释：

> 河东君最初之名即是"云"字，其与"美人"二字之关系如何耶？考《全唐诗》第三函"李白·贰"《长相思》云："美人如花隔云端。"（寅恪案：《玉台新咏·壹》枚乘《杂诗》九首之六云："美人在云端，天路隔无期。"）此"云"与"美人"相关之证也。[①]

如果按照陈寅恪先生的解读系统，似可从另一角度总结这一段的意思为："云"与"美人"相关，"第一出典"是《玉台新咏》枚乘《杂诗》九首之六的"美人在云端，天路隔无期"一句，"第二出典"则是《全唐诗》李白《长相思》中的"美人如花隔云端"一句。而李白的这句"第二出典"，本身无疑就是对"第一出典"的枚乘诗句的一种辞面"用典"。

倘若我们首先只单从李白"美人如花隔云端"句的字面成分来拆解，除了"美人"与"云端"两个基本要素之外，"如花"一词最早也可往前追溯到宋玉《神女赋》中的"炜乎如花，温乎如玉"，那么，是不是就因此可以大致肯定，李白在写作这一句诗时，正是在运用宋玉、梅乘之句的"辞典"呢？我们暂且不从李白的诗风及文学个性等方面来进行蠡测，就先从最基本的创作层面来说。在宋玉和梅乘之后，时间推移到了唐代，若说"美人""如花"作为一种基础性的"语言符号"，已经成为当时一种普适性的书面或口头修辞，应是可以站得住脚的，而"隔云端"成为一种比喻性质的表达"不可及"之意或者夸饰"梦幻""美好"色彩的书面组词，似也并非什么难以索解之辞。既然不可能起李白于地下而一问究竟，那么参考唐诗在当时的受众性质，再适当结合以李白其人的文学性格背景，后一种以单纯的创作中的语言表达因素作为常理理据的解读，却是比文字字面上的溯源明显更具有可接受性。

其次，以上解读还可从李白诗文集的版本角度得到某种程度的佐证。根据北京图书馆藏宋刊本《李太白文集》及日本京都大学人文科学研究所影印日本静嘉堂藏即原陆心源皕宋楼藏宋刊本《李太白文集》这两种目前可见的最早的李白诗文集版本，对于《长相思》此句的"美人如花"四字，俱有注云："一作

———————
① 陈寅恪:《柳如是别传》第二章,第25页。

'佳期迢迢'。"①既然在此句中，可以溯源至汉代诗歌的"用典"考察是必须以"美人……云端"这一整体性的固定字面组合作为"申论依据"的，那么当然"美人"和"云端"这两个组分缺一不可，若李白在写作这句诗时果真是意图运用汉诗的"辞面之典"，则这两个位于该句首尾两端的关键词，一般说来不太可能会产生其中之一有完全不同的另本异文的情况。换言之，既然距离李白的生活年代最近之其诗集版本已存有"佳期迢迢隔云端"这样一种异文，割裂了句首之"美人"与句末之"云端"这样可供追溯"元典"的固定的组分结构；"美人"之形象、"美人如花"之意都可更换另一版本，那么在某种程度上也可证明这句诗的写作维度并无"用典"一轴。

第三，造成后来普遍认同此句诗是"用汉诗之典"这样诠释的原因，除了陈寅恪先生在《柳如是别传》中具有肯定判断意味的"暗示"外，目前最通行的清乾隆年间王琦辑注的《李太白文集》的注文应该说也有一定影响。在这一注本的第二卷这首《长相思》题下，注文云："'长相思'本汉人诗中语。……六朝始以名篇。……太白此篇正拟其格。"②既然此诗的诗题都是根源于汉诗，那么其辞句也自然而然地会引人径往汉诗中去寻找所谓的"出典"。然而，如果非要认定"美人如花隔云端"是用了"典"，倒不如说清代《御定唐宋诗醇》中对"美人"的溯源才更为彻底："《卫风》曰：'云谁之思，西方美人。'《楚辞》曰：'恐美人之迟暮'。贤者穷于不遇，而不敢忘君，斯忠厚之旨也。辞清意婉，妙于言情。"③因为如果不把"美人如花隔云端"这样的语言看作是一种修辞性的想象和夸张需要，而认为乃是李白当时实际生活中会遇到的情境的"写实"，才的确不太"现实"。所以《诗醇》才更愿意用《诗经》的"温良敦厚"和屈子的"香草美人"来比附此诗，为的是强调出本不甚明显的托兴意味，何况此诗起句中就还有"长安"这样的特定地点指称，而这通常都被视作是具有政治性托寓的，如此一来，《诗醇》站在帝王统治的角度，指出此诗的意旨在抒写诗人追求政治理想不能实现的苦闷，就具有了一定的说服力。王夫之《唐诗评选》也称赞此诗的诗意深含于形象之中，隐然不露，具备一种蕴藉的风度："题中偏不欲显，象外偏令有余，一以为风度，一以为淋漓，乌乎，观止矣。"④以上这样的一类解读，却也正可从又一个角度说明李白"美人"一句非是在用汉诗之

① 瞿蜕园、朱金城校注：《李白集校注》，上海古籍出版社，1980年，第244页。
② 瞿蜕园、朱金城校注：《李白集校注》，第244—245页。
③ 瞿蜕园、朱金城校注：《李白集校注》，第245页。
④ 瞿蜕园、朱金城校注：《李白集校注》，第245页。

"典"，因为不管是《诗醇》提出的《诗经·卫风》和《楚辞》中的"美人"出处，还是王夫之称许的"形象之中的诗意"，都有着这样一个前提，即"美人""如花""隔云端"都是一种具有象征或托兴意味的字面，这种字面的直接根源都应是来自作者实际写作过程中对于物象的想象感知与体认，也即，是作者在直接赋予这些"物象"以象征意义，而与前人诗句中的所谓"第一出典"的那些"辞面"无关。

基于以上几点，我们或许可以给李白这句"美人如花隔云端"的"用典"与否做出这样一个解释：如果李白确实不是因为熟烂汉诗"美人在云端，天路隔无期"之句于胸中，从而导致在写作之时，"不自觉"地用了汉诗的辞面之典，那么，这句诗就应该属于是李白自然写出的诗句，而这种"自然写出"与前人成句恰好产生了一定程度上的"暗合"。这也或可援以说明，文艺的思维，总是或多或少地有着某些互通的灵性。

二、孟浩然诗传统评价背后的事实

孟浩然是与李白同列的"盛唐诗风"的另一位著名代表，历来对其诗歌的评价都是将其地位置于王维之旁，仅次于李、杜，这种论点的发起被人溯源到皮日休《郢州孟亭记》的开篇："明皇世，章句之风大得建安体，论者推李翰林、杜工部为之尤，介其间能不愧者，唯吾乡之孟先生也。"[1]而且几乎已成为一种牢不可破的定论。

但是，宇文所安撰著《盛唐诗》时却在这些基本都是赞美的评论中关注到苏轼的异样态度："但也有反对者，如喜欢标新立异的苏轼，就讲过一段著名的话：孟浩然韵高而才短，'如造内法酒手，而无材料。'但苏轼的评价影响不大。而他所嘲笑的平淡，恰是后代批评家最为赞赏的孟诗风格特征。"[2]苏轼这段话被记录在陈师道《后山诗话》中："子瞻谓孟浩然之诗，韵高而才短，如造内法酒手而无材料尔。"[3]近年来，苏轼的这个评价已颇引起诗学研究者们的关注，有一些探讨文章问世，试图去分析苏轼之言的本意及后世的"误读"。[4]然而，

---

① 皮日休著，萧涤非、郑庆笃整理：《皮子文薮》，上海古籍出版社，1981年，第70页。

② 宇文所安著，贾晋华译：《盛唐诗》，生活·读书·新知三联书店，2004年，第91—92页。

③ 陈师道：《后山诗话》，何文焕辑：《历代诗话》，中华书局，1981年，第308页。

④ 如张安祖：《论殷璠、苏轼与闻一多关于孟浩然诗的评价》（《文学遗产》2010年第5期）及杨胜宽《关于苏轼对孟浩然诗歌的评价问题——析"韵高而才短"的长期误读》（《西华大学学报（哲学社会科学版）》2010年第1期）。

研究者们所关心和致力的是要为孟浩然的"才短"作出辩护和"翻案",因而都没有触及能够真正正确解读苏轼这段话的关键词——"内法酒",宇文所安虽然以一个汉学家的独到眼光关注到了这一点,却又不无偏差地将这一关键词背后的涵义诠释为"浓郁"("典雅")与"平淡"的对立,便也就此错过了重新评估孟浩然诗特点的机会。

所谓"内法酒",即按宫廷内府之酿造方法制成的酒,其最大特点当然应该是比经由普通酿造法制成的酒更为醇厚,从这一点来说,宇文所安的理解似乎已经是到位了,而他也在表面上很肯定地对此做出了强调:

> 孟浩然似乎从未喜欢严格的正规风格所要求的程度。他在这种正规风格方面的修养极差,而他在进士考试和寻求援引方面的失败,说明了在个人诗歌才能和对于纯熟技巧的功利赏识之间,有着很大的差异。由于孟浩然没有充分意识到这一差异,他从未注意到正规风格和日常风格的基本对立,……他既不懂得京城诗的典雅,也未曾有意地忽视这一典雅,由此导致了他对初唐典雅传统的超越……①

可是,就像所有的个体词汇语素都会因为其在具体语境中的位置而产生意义的偏重、转移甚至是改变,"内法酒"一词在这句被人转述的苏轼的话中,也因为后语中"材料"一词的进一步"阐发"(或者也可以说是"限定"),从而导致了其涵指的特殊性。那么苏轼在这句话中用这个比喻,到底在意思上特指向哪一方面呢?答案其实可从苏轼后继者的发挥中去寻找:

> 子瞻云浩然诗如内库法酒,却是上尊之规模,但欠酒才尔。此论尽之。(张戎《岁寒堂诗话》)②
> 大抵禅道唯在妙悟,诗道亦在妙悟。且孟襄阳学力下韩退之远甚,而其诗独出退之之上者,一味妙悟而已。唯悟乃为当行,乃为本色。(严羽《沧浪诗话·诗辨》)③

张戎"欠酒才"的发挥无疑是就苏轼"才短"一语而做的解说,当指孟浩然诗多写隐居闲适和羁旅愁思,内容和题材较为单薄、不够丰富;而严羽"孟襄阳学力下韩退之远甚"这段话则值得引起更为高度的重视,其所强调的"学

---

① 宇文所安著,贾晋华译:《盛唐诗》,第94页。
② 张戎:《岁寒堂诗话》,丁福保辑:《历代诗话续编》,中华书局,1983年,第460页。
③ 严羽:《沧浪诗话》,何文焕辑:《历代诗话》,中华书局,1981年,第686页。

力"，正是宋人"以才学为诗"的创作和欣赏标准中的重要因素，援之以彻底解析、辨清苏轼"如造内法酒手而无材料尔"之语可说是再合适也再恰当不过的材料。由此，苏轼评语的特指方向才真正显现出来，他认为孟浩然诗的关键问题在于：学问还不够深厚渊博。

如果用简单通俗一点的句子来解释苏轼的意思，其实他大概是要说孟浩然读书太少，所以写的诗没有多少"料"。那么，接下去就引出了一个新的问题，苏轼所谓孟浩然诗所欠缺的"材料"，又是指的什么东西？一般来说，把苏轼的所谓"材料"解释为"用典"，应是很容易想到且似乎是最妥当的，因为，写作一首诗如何才能算是"有料"——能体现出作者的学问？当然是在诗中"用典"。如果是这样，那么，参照历来对于孟浩然诗歌的传统评价体系，苏轼对于孟诗的批评可说是极其中肯的，因为孟诗的声誉的确不是靠"用典"这样的"学问"建立起来的，恰恰相反，孟诗最让评论者津津乐道的就是它"显然是在京城诗的发展主流之外，相对独立地形成了个人风格"①。而且，这种风格标签不仅仅只被贴在孟诗之上，同时也被贴在作为作者的孟浩然本人身上，这个风格标签就是所谓的"平淡"和"自由"：

> 他是一位闲适自得的乡村绅士，虽然向往朝廷的官位，却并未强烈到为此而深感忧愁。他爱好寻访风景和隐士朋友，却并未迷恋到使自己成为真正的隐士。他热爱岘山脚下的家园，却并未执着到像陶潜那样，一心一意地居住于此。
>
> ……同时代人最感兴趣的不是孟浩然的诗，而是他们所认为的孟浩然的个性，那些诗篇是接近这一个性的媒介。……②

在给孟浩然贴这种标签的人当中，为孟集作序的王士源的"文不按古"③四字是最能体现传统孟诗批评的梗概的。如果单就诗歌的辞面而言，所谓"文不按古"，"古"应该形容为一种"典切沉稳"的厚重风貌，因为只有这样才是与孟诗的平淡自由所截然不同的对立面，在这个理解基础上，似乎就可以引导出这样的结论：批评家们所认为的孟诗平淡自由之貌，其实根源在于"他的作品

---

① 宇文所安著，贾晋华译：《盛唐诗》，第87页。

② 宇文所安著，贾晋华译：《盛唐诗》，第88页。

③ 孟浩然著，佟培基笺注：《孟浩然诗集笺注》，上海古籍出版社，2000年，第432页。

实际上都是应景诗"①，"极少创造性地运用其他题材或古代诗人的风格"②，孟诗主要写作手法基本是直叙式的描写，而直叙式的描写，当然应是与"用典"无关的。

然而事实真是如此吗？依赖于当世注家的穷搜博引，现今可以看到，仔细追溯之下的孟诗词句，其实可以被目为是注入了大量的"典故"的。③就以宇文所安认为"散漫风格是自由的标志"④的《寻香山湛上人》一诗为例：

> 朝游访名山，山远在空翠。氛氲亘百里，日入行始至。
> 谷口闻钟声，林端识香气。杖策寻故人，解鞍暂停骑。
> 石门殊豁险，篁径转森邃。法侣欣相逢，清谈晓不寐。
> 平生慕真隐，累日探灵异。野老朝入田，山僧夜归寺。
> 松泉多逸响，苔壁饶古意。愿言投此山，身世两相弃。

如果不熟悉前此汉魏至六朝时期的诗赋，那么这首孟诗就极易被一个普通读者理解为仅仅是就"游寺而获得觉悟的主题"⑤，依照一路所见而刻画出来的优美的散淡自由之作。然而如果从六朝诗歌的文本来挖掘，却能令人惊奇地发现，这首诗歌看似无所拘束的表面文辞背后，其实处处牵扯着"用典"的巨大嫌疑："空翠"一词可以在谢灵运《过白岸亭》诗的"空翠强难名"中找到；"氛氲"一词可追溯到谢惠连《雪赋》中"氛氲萧索"；"亘百里"合于谢朓《敬亭山诗》中的"兹山亘百里"；"解鞍"见于颜延年《秋胡诗》"解鞍犯霜露"；"豁险"可溯及左思《蜀都赋》"豁险吞若巨防"；"清谈"虽为人熟知出自《晋书·王衍传》，但亦见刘桢《赠五官中郎将》诗"清谈同日夕"；"真隐"可于庾信《和王少保遥伤周处士诗》"望气求真隐"句得之；"灵异"也自可见于谢朓《敬亭山诗》"灵异居然栖"；"逸响"则可求得于《古诗十九首》之四"弹筝奋逸响"……⑥虽然未必可以将以上所有这些用语都肯定地说成是孟诗的一种"用典"，但如此之多的辞面语汇都可以在一个相同系统——以《文选》为代表的汉

---

① 宇文所安著，贾晋华译：《盛唐诗》，第93页。

② 宇文所安著，贾晋华译：《盛唐诗》，第93页。

③ 可详参孟浩然著，佟培基笺注：《孟浩然诗集笺注》，部分孟诗甚至可说是句句都在"用典"。

④ 宇文所安著，贾晋华译：《盛唐诗》，第95页。

⑤ 宇文所安著，贾晋华译：《盛唐诗》，第95页。

⑥ 俱详见孟浩然著，佟培基笺注：《孟浩然诗集笺注》，第4—5页。

魏六朝诗文——之中追寻得到"出典"①，就不得不使人产生莫大的怀疑，尤其是当其中竟然有三处遣词同可以在谢朓《敬亭山诗》之中找到契合时，难免催生出这样的推理：孟浩然写作这首看似朴实恬淡之作时，其实时时处处都在从《文选》中他所熟悉的六朝绮丽诗篇中寻求可供使用的语汇。而且这种推论无法用我们上文在分析李白《长相思》诗句时所使用的几种方法作否定的"反推测"，因为一来孟诗并未存有与如此多能寻溯到渊源的词汇在数量上相当的"异文"，二来孟诗中的这些词汇似乎也并不存在什么以客观物象作"托兴"的意味和目的，所以如果要全盘或大致地肯定这些词汇可能乃是出于孟浩然匠心独具的写作，是颇为困难且不易使人信服的。最后，即使是从语言的发展和普及角度进行考察的"常理法则"，在处理这首孟诗的语辞"用典"上也显得毫无办法，因为李白的"美人""如花""云端"无论从任何角度来看，都是比孟诗的优美词汇更为贴近日常现实生活语境的，孟诗的辞藻在明白如话的李诗词句面前，实在是显得太过"高级"。

如若以上推理成立，那么，对于苏轼的孟诗诗评，也就可以从一个全新的角度来进行阐释了。既然孟诗非为不用典，甚至可能的情况是有心的用典比比皆是，然则身为博学鸿儒的苏轼，自然不应该是丝毫没看出来的，故而可假设苏轼其实对孟诗这样大规模地在文辞上"用典"是知晓的，如此似乎就奇怪了，为何苏轼还要批评孟诗的缺点在于"造酒无料"呢？似仍可从宋代文坛"以学为诗"的气候来做推解。宋人喜好并崇尚的"以学问为诗"，应当并不仅仅是如孟诗般在文辞上向《文选》"取经"，而是从更广阔的"经史子集"的大范围来考评诗人，《文选》为代表的汉魏六朝文学系统，不过只是隶属于"集部"之下的一个小门类，如孟诗最大程度上也只是在这个小范围圈子中打转，可以想见苏轼因此对这种"用典"是并不看重的，孟诗欠缺的是"经""史""子"这三方面的根源，而这些在传统中位列于"集部"之前，在宋人心目中当然是处于更为重要的地位了。按现在的话说，孟诗的极限依然是属于"文艺"的范畴的，而宋人的诗评标准则是已经立于更高层的"学术"范畴进行"鸟瞰"了。

苏轼渊博的学识，是推测他知晓孟诗"用典"情况的重要前提，但不至于说除苏轼以外的历代其他论者，就理所当然地可以认为他们对此是全然未觉的，这中间肯定也应该不缺乏在学识上对于《文选》系统有着相当程度熟悉和认知的人，然而究竟是什么样的原因导致了只有苏轼在某种意义上明确指出了孟诗

---

① 据孟浩然著，佟培基笺注：《孟浩然诗集笺注》可知，孟诗绝大部分语辞"用典"，出处都在《文选》及《续文选》或汉魏六朝文集之中。

在"用典"方面的不足呢？难道就只是因为其他的大多数批评者都被孟诗表面上的质朴平淡迷惑了？显然其中还应该能再另找出一个相对可信的理由。而这个理由正是关乎着一种唐人用典的普遍风格的。此种关照依然可从孟诗之名篇作为切入口：

与诸子登岘山

人事有代谢，往来成古今。江山留胜迹，我辈复登临。

水落鱼梁浅，天寒梦泽深。羊公碑字在，读罢泪沾襟。

在这首孟诗名作中，第一联的两句真可谓是破空而来，完全不依照诗歌应有的铺垫过程写作，而且在下语这个环节上也真正做到了如李白"美人如花隔云端"一般的明白流畅。如果仍然是一个不熟谙"诗典"的"读者"，可能仍会由衷地赞叹于孟浩然笔下惊人的散淡自由，将看似神来之笔的写作成因，归结于诗人在登山时获得了某种超然感悟："一方面，它记录了一个瞬间的经历：诗人与其同伴登上岘山，从山顶向下眺望，并因为阅读纪念羊祜的碑文而深受感动；另一方面，羊祜、诗人及其友人都被视为历史这条漫长锁链中的一个个链环，必须遵从人事代谢和兴衰荣枯的法则。"①而第一联的两句诗也极易被人从"直抒"式的角度去做出理解："这里的警句不是总结一种体验的持久真理，而不过是开头的设想……"②上引两段文字中需要特别注意的就是"记录""被视为"和"警句""设想""认识"这两组措辞，这些其实就可以看作是分析者对于此诗首联写作方式的"定性"，即分析者认为首联的这两句诗，是孟浩然基于登山时的感悟而做的抒发，这种抒发直接来源于孟浩然的"诗心"而非其他。尤其傅汉思先生仿佛直译般的解说词——"羊祜、诗人及其友人都被视为历史这条漫长锁链中的一个个链环，必须遵从人事代谢和兴衰荣枯的法则。"似乎在其看来，这句话就如同孟浩然的一种"内心独白"（宇文所安对此曾有过明确的表述，"无论孟浩然具有多么出色的描写才能，他主要是一位内心体验的诗人"③），并不牵涉有太多的复杂背景。宇文所安则将之看作一种"对于无常的认识"④，差不多等于直接表明，他认为这句诗是孟浩然自发性的"感悟"。但追溯语辞根源后的事实却又一次令人惊讶，《文选》卷四九干宝《晋纪论晋武帝

① 傅汉思著，王蓓译：《梅花与宫闱佳丽》，生活·读书·新知三联书店，2010年，第213页。

② 宇文所安著，贾晋华译：《盛唐诗》，第102页。

③ 宇文所安著，贾晋华译：《盛唐诗》，第104页。

④ 宇文所安著，贾晋华译：《盛唐诗》，第104页。

革命》一文中恰好就有："帝王之兴，必有天命。苟有代谢，非人事也。"李善注解说："《淮南子》曰：'二者代谢舛驰。'"《鹖冠子·世兵》中早有如此表述："往古来今，事孰无邮。"《淮南子·齐俗训》中亦可见："往古来今谓之宙，四方上下谓之宇。"①从孟诗首联的深层意旨看，所谓"有代谢""成古今"，之间的对比隐约就包含着劝安"天命"这样一层认知色彩，可说和干宝原文意思的暗线关联极大，难免要让人对孟诗词句来源的性质打上一个大大的问号。而且这一次，同一联中的两句竟然都能与《淮南子》产生联系，恐怕更不能用"巧合"来作为说辞。

既然现在可以明确这种质疑极可能是事实：孟诗辞藻的真实面目可能并不"平淡"（基本出于纷繁绮丽的六朝诗赋），孟诗真实写作状况也许并非"自由"（牵扯着为数众多的"用典"）。那么孟诗的传统批评论调又为何全然与之相反？大概可以提出这样一个能解释得通的原因：只不过孟诗之造语极度浑融而使人不觉耳。（宇文所安对此其实是有所认识的："孟浩然熟悉较早的诗歌，但他却缺少王维或杜甫对诗歌传统力量的强烈感觉。"他认为，孟诗是"利用"了前人诗歌中的辞藻，将之"插入完全属于自己风格的诗中"。②这个看法比较准确，尤其是他用"插入"一词形容孟诗创作中的"用典"行为，可以说一针见血，这个话题下文将具体讨论。但宇文所安没有在这一发现的基础上，进而意识到"平淡自由"与"用典"的写作手法之间在原始、纯粹的诗学层面上的对立性。他既强调孟诗的"平淡自由"，又以"用典"作为其中一个方面的例子来证明之，本身就是一种悖论。③）这样一种"浑融而使人不觉"的用典风格，唐人运用得最普遍，也得之最深。此事说则容易，要真正做到却实难，但孟诗偏偏还竟达在此之上进一步发展的境界，其营造出的浑融、浑成之境，效果惊人处还在于，不但能令"辞典"使人不觉，即便是几乎可以认定的所谓运用"事典"，也能令诗评家将关注的焦点从"事典"上移开，进而居然反以此加深对其"平淡自由"诗风的赞赏。以孟诗《万山潭作》为例：

> 垂钓坐盘石，水清心益闲。鱼行潭树下，猿挂岛藤间。
> 游女昔解佩，传闻于此山。求之不可得，沿月棹歌还。

此诗第五句明用郑交甫于汉皋山遇神女解佩相赠"事典"。照理来说，这样

---

① 俱见孟浩然著，佟培基笺注：《孟浩然诗集笺注》，第20页。

② 宇文所安著，贾晋华译：《盛唐诗》，第106页。

③ 宇文所安对孟诗"用典"的看法，详见宇文所安著，贾晋华译：《盛唐诗》，第106—107页。

明白的"用典",应是不符合纯粹的"平淡""自由"之标准的。但评论者对孟诗中这处"事典"的运用,却并不觉其"香艳"和"厚重":

> 这首诗描述了两个发生时间相距甚远的事件:一个是即时即刻的个人经历,另一个则是关于遥远往昔的传说。……"解"字前面出现了一个时间标志的词"昔",从而直接将该行为推倒了过去。中国诗人总是能够自由地将时间模糊化(这在诗歌中是个无法估量的优势),但他们也有办法来具体化一个绝对或相对的时间点。在本诗中,诗人暗示读者,随着第二部分的开始,他正在步入过去。不过在走出这一步之后,他立即着手将过去与现在联系起来。他将自己所处的地点作为联系的纽带,因为两个事件发生于同一地点——"传闻于此山"。(更为散文化和"符合逻辑"的语序应该是:于此山,传闻,游女昔解佩。)
>
> ……传说中的人物的出现并不显突兀,而是得以循序渐进地呈现。……诗作立刻开始了一次积极的寻找:"求之不可得"。……在孟浩然的诗中,传说的过去和实际的现在(即一次安静的垂钓之旅)紧密地结合在一起,却并未相互造成负面影响。……①

孟诗第五句的"用典",就如同一次旅途中作者的感思因受地理地点的影响从而联想到了一个"故事",其性质就像是一段导游解说词、一段小插曲,虽不能说没有意义和作用("紧密地结合在一起"),但也仅此而已("并未相互造成负面影响")。一般诗人所极力寻求的是突出"用典",而孟浩然则恰相反,有意无意地弱化其在诗中的地位和作用,"事典"对其来说,仿佛是无足轻重的、可随意采用又可随意抛弃的中途插入式的"叙述"。

"孟浩然并未认真地试图重建传统的风格。他经常借用词语而不管上下文,但当他完整袭用原文时,却往往用于戏谑的形态。……将它作了戏剧性的反用。"②宇文所安这段评论虽是针对孟诗中"辞典"而发,但亦极契合用于考量上所引孟诗中"事典"的援用。孟诗这种"随意地从一个主题转向另一主题,从一种情绪转向另一种情绪"③,正体现了"散漫结构和不做结论是孟诗的特征,同时代读者正是从这些特征中感觉到一种疏野自由的个性,这些特征表现

---

① 傅汉思著,王蓓译:《梅花与宫闱佳丽》,第239—242页。

② 宇文所安著,贾晋华译:《盛唐诗》,第106—107页。

③ 宇文所安著,贾晋华译:《盛唐诗》,第94页。

了离开诗歌主题甚远的真诚和'忘机'"①。

宇文所安用"忘机"来形容孟浩然诗歌整体特征中的一面，而从孟诗久负盛名的《晚泊浔阳望庐山》，则又可看到"忘机"在"用典"方面的表现和特色：

> 挂席几千里，名山都未逢。泊舟浔阳郭，始见香炉峰。
> 尝读远公传，永怀尘外踪。东林精舍近，日暮但闻钟。

在这首诗中，尽管"挂席""尘外"两处颇显潇洒不群的用语仍然极具孟诗前述辞面用典之造语混融而使人不觉的特点。（"挂席"可以追溯至《文选》卷二二谢灵运《游赤石进帆海》："扬帆采石华，挂席拾海月。"而"尘外"此原本属于佛教术语的词汇，则可见于《文选》卷一五张衡《思玄赋》："游尘外而瞥天兮，据冥翳而哀鸣。"②）但这样的"辞典"却已经退居到了次要的位置，全是因为整首诗的氛围被一个"渗透"于全篇之中的"事典"所笼罩，这就是梁僧慧皎《高僧传》卷六的《晋庐山释慧远传》：

> 释慧远。……少为诸生，博综六经，尤善庄老。性度弘博，风鉴朗拔。……后闻道安讲《波若经》。豁然而悟。乃叹曰："儒道九流，皆糠秕耳。"便与弟慧持，投簪落彩，委命受业。既入乎道，厉然不群。……与弟子数十人，南适荆州住上明寺。后欲往罗浮山，及届浔阳，见庐峰清静，足以息心，始住龙泉精舍。……自远卜居庐阜，三十余年影不出山，迹不入俗，每送客，游履常以虎溪为界焉。③

了解完诗中"故事"的出典之后，就可以提出这样一个十分有趣的问题：孟诗中前四句这一连串的叙述，描绘的究竟是谁的活动轨迹？或者说，"挂席千里""未逢名山""泊舟浔阳""始见庐峰"这一连串行为动作的主体到底是何人？如果不经过对孟诗本身和"事典"的双重仔细审读，很容易脱口而出的对此问的回答是：当然是在说孟浩然自己。但且慢，如果把这趟旅程的主人公说成是遥远"事典"中的主角释慧远，难道就决不可以吗？答案应是无解的，或者说是模棱两可的。就像傅汉思搞不清楚《万山潭作》一诗中"求之不可得"句的指向："原文中对'求'的对象含糊其辞、指代不明，可能指游女，可能指

① 宇文所安著，贾晋华译：《盛唐诗》，第96页。

② 孟浩然著，佟培基笺注：《孟浩然诗集笺注》，第7—8页。

③ 孟浩然著，佟培基笺注：《孟浩然诗集笺注》，第7页。

佩饰，又或许两者兼指。"①不必因此讥讽西方汉学家求索的执着，其实这是一份仔细和认真，因为即使是一个长期受过中国传统诗歌解读训练的专业读者，也一定不能百分百肯定地对上面所提出的问题给出一个非此即彼的明确答案。为什么会产生这种情况？因为中国诗人不仅"总是能够自由地将时间模糊化"，还往往可以将所叙事件的主体行为人"模糊化"。在《晚泊浔阳望庐山》诗中，孟浩然的"随意自由"就体现在这里：根据《高僧传》对于慧远行踪的记述，慧远之到庐山，也是经过了一段长途跋涉的。（"南适荆州住上明寺。后欲往罗浮山，及届浔阳，见庐峰清静，足以息心，始住龙泉精舍。……"）慧远的起点荆州在今中国湖北省中南部，目的地本是广东惠州的罗浮山，但他中途只到江西庐山就结束了这段行程，庐山地理位置在江西省北部，慧远需要从西向东南跋涉近五百公里长，在古代也是实实在在的"千里之路"。从"挂席几千里"这句来说，忽略掉往往用以夸饰的"几"字，说此句就是在描述慧远的行程（这一段路程同时也有水路途径，"挂席"一词完全可以找到根据）也极符合。"名山都未逢"，也可从《慧远传》的前后文找到理据，正因从荆州到庐山的路程中间没有其他足以"息心"的名山，所以慧远才一路行至庐山始住。接下去的"泊舟浔阳郭，始见香炉峰"，则完全可认为是"及届浔阳，见庐峰清静"的翻版。全诗中除了第五句（一个很有意思的现象是，和《万山谭作》一首一样，关键的句子也是第五句）"尝读远公传"不可能按到慧远身上（因为不能说慧远读了记叙自己的传记，所以这句的主体形象只可能是诗人自己），后面的"东林精舍近，日暮但闻钟"也可以理解为是在说慧远（《高僧传》原文中提到了"始住东林精舍"，则精舍之名似非慧远命名，而是在其初到庐山时已有其名，而且上引《高僧传》省略的原文中还有"因号精舍为龙泉寺焉"的文字，可知慧远后来重新命名了这个居所），至于剩下的"永怀尘外踪"一句，既可以说是孟浩然自己怀想慧远当年的音踪，也可说是孟浩然读了《慧远传》后认为：慧远本人就是因为一直怀揣找个出世尘外的地方来修身养性的想法，所以才会千里跋涉、寻找名山。在这一理解里，第三联两句的行为活动分属于两个不同时空的人："尝读远公传"的人是孟浩然，"永怀尘外踪"的人则是释慧远。如果我们去除原先诗句的标点符号，把整首诗作一次全新的标点，用以说明上述的理解角度，应该是这样的：

"挂席几千里，名山都未逢。泊舟浔阳郭，始见香炉峰。"

---

① 傅汉思著，王蓓译：《梅花与宫闱佳丽》，第241页。

尝读远公传，永怀"尘外踪"："东林精舍近，日暮但闻钟。"

或者是：

"挂席几千里，名山都未逢。泊舟浔阳郭，始见香炉峰。"
尝读远公传；"永怀尘外踪"。"东林精舍近，日暮但闻钟。"

第一种标点表示：前二联是孟浩然依据《慧远传》进行的概括，第三联的主体行为人是孟浩然自己，尾联则是孟氏对慧远在庐山"尘外踪"生活的具体想象。第二种标点表示：前二联是孟浩然依据《慧远传》进行的概括，第五句的主体行为人是孟浩然自己，第六句是孟氏对《慧远传》中慧远形象及其"寻名山"这一事迹的总结和理解，尾联是孟氏对慧远庐山"尘外踪"生活的具体想象。可以看出，第二种标点表现出的层次更为复杂和曲折，第一种则相对更容易被普通读者所认可和接受。但无论哪一种，都比传统标点表面所显现的整诗行为主体都是孟浩然这样一种最浅近的理解更能体现"用典"的境界。

当然，也许有人会反驳道：孟诗的诗题既已说是"晚泊浔阳望庐山"，岂不是就确指了行为的主体是诗人自己吗？上述的另一种角度解读似无必要。诚然，诗题因为其自身属于脱离于诗歌文本之外的另一"文本"，且中国传统诗歌诗题中的主视角一般而言只能看作是诗人自己的视角，故无法将之也作出另种解读。但在此首诗中，这却是和上述诗歌文本的解读并不矛盾的，因为完全可将诗人因"尝读远公传"而产生的这些回忆、概括、总结、想象的内容看作是发生在诗题"晚泊浔阳望庐山"这一过程之中，也即可认为诗题在此只不过是提供了时间和地点坐标的一种背景说明而已，或者说是触发此诗写作的一个特定地理因素，就如同是"万山潭"那样。

如孟诗这般，模糊了"用典"与描写性叙述之间的差异，使读者竟走入了其笔下一个不辨是非和彼此的世界，居然放弃了对于"用典"的注意，全身心投入到对孟诗"平淡自由"诗风的欣赏中，确乎可称"忘机"。难怪到了清代，王渔洋甚至将其推到无以复加的地步："诗至此，色相俱空，真如羚羊挂角，无迹可求，画家所谓逸品是也。"其实孟浩然自己是早已很坦然地在写作之时就将所谓的用典之"迹"告诉了读者（"尝读远公传"），然而各朝各代的读者们却只顾沉醉于他们所认为的诗中孟浩然自身经历的"描写"之中，忘了或根本不愿去追寻其背后的用典"玄机"。

综上所论，或是造语浑融的"辞典"运用，或是"事典"的无心点缀，又

唐人用典的再评估

或者是"是也非是"的模糊化叙述，孟诗具备的三类主要用典风格，正是唐人用典的"高级境界"典型。殷璠在《河岳英灵集》卷中评价孟诗："文彩蓲茸，经纬绵密，半遵雅调，全削凡体。……无论兴象，兼复故实。"真可谓是孟诗的大知音矣。唐人这些优秀用典的背后一定是"厚积薄发"，以至于，甚或有时连作者都不知道自己用了典（李白"美人如花隔云端"就也可以这么认为），成为一种"直觉性"运用的"能事"，因为"典实"早已"烂熟于胸"，所以当写作之时，思维稍作"转动"，又或许根本不需"转动"，诗句便可善成。而有时则是作者虽自知，但笔下的诗句却又显出两面玲珑之面目。这后一种情况，其实还可有更为深厚浑成的一层境界可达——"在似与不似之间"，无法定义。而这，将在孟浩然之后的诗人手里，被运用到炉火纯青的极致。

三、杜牧的七绝神品

因为并称的关系，杜牧经常被拿来与李商隐作比较，这种比较的关键点，集中于七律和七绝两个主题上。从给人的总的印象上说，杜牧的七律成就确实差李商隐很多，但风格上的成就则应势均力敌。青少年读者很多极喜李义山的七律，但多数人到中年的读者则往往不喜，究其原因，义山之七律太过纠结，终未能放开，然沉厚之功力俱在，这是杜牧不能与之相较的根本。但李商隐的绝句终不及杜，也可说是有定论的，此事盖有天赋，也决计不可靠强求而得之。

简单举一个例子，杜牧《寄远》："前山极远碧云合，清夜一声白雪微。欲寄相思千里月，溪边残照雨霏霏。"乍读之下，云、雪、月、夕阳、雨同篇，着实令人茫然，需要三复方得其味：前两句纯是在为后半作铺垫，惟其如此，后半才能真使人觉余味无穷。这首杰作，大多数选家恐怕都未读懂。很普通的意思——欲对月怀人，然而今夜无月。但写来却是何等曲折而又自然，若义山下笔，必是有其曲折而无其自然的。一个"自然"，穷尽了其他一切语言和辩驳。义山绝句较杜牧更为精审，但却多尖刻语，故反落其后。所以说，杜牧的七绝杰作可说是适合所有年龄段读者的，这点李商隐却难做到。然而很多评论家却又因杜牧绝句的"随意""飘洒"，就步调一致地批评其诗风"轻佻"，认为下笔轻滑，且狭邪之游颇多，是其病也。还有论调认为，杜牧这样的"簪缨子弟"，内里的精气神不足，所以诗歌与韦应物这样清华世族体现出的涵养相比，难望项背。以上这些论调，似乎是未读过杜牧全集所造成的。首先需要强调的是，对于诗人年轻时的放荡行为，苟其为真君子，则其实不足为病。韦应物少时的狭邪之游亦复不少（可参见其自叙诗《逢杨开府》），倘无早年狭邪之游则绝无后日"扫地焚香"（王谠《唐语林·文学》所谓"韦应物立性高洁，鲜食寡欲，所居焚香扫地而坐"）、"简淡寡欲"之韦苏州，此一问题颇值人深思。再者，杜牧中年前后的诗风实则判若两人（此又与韦应物相同），其后期诗作自"茶烟轻扬落花风"之后，则风流云散，绝无下笔轻滑之作，唯选家多好其前、中期之作品。

杜牧优秀的七绝作品较多，一般读者最熟悉者即《寄扬州韩绰判官》（青山隐隐水迢迢）和《遣怀》（落魄江湖载酒行）等几首常见于各唐诗选本的"俊逸"风格代表作，但同时也就忽略了杜牧七绝中功力更深、情感更巨的极端"浑成"的"神品"，其中最值得予以重点关注的、在"用典"方面最具阐释价值的就是《重到襄阳哭亡友韦寿朋》（一作《重宿襄州哭韦楚老拾遗》[①]）：

> 故人坟树立秋风，伯道无儿迹更空。
> 重到笙歌分散地，隔江吹笛月明中。

需要先作辨析的是，宇文所安曾经认为："杜牧诗篇十分流行，特别是他的绝句，《樊川文集》中未收入的很多诗篇，后来至宋代都被收入各种对其文集的补遗中。不幸的是，诗歌一旦普遍流传，归属便常常改变，结果使得这些补遗集子中的很多诗篇，根据证据更可能是他人所作，而非出自杜牧之手。"[②]这首七绝虽然可见于《樊川文集》卷四，而并不是出自宇文所安怀有相当质疑的"补遗"的《别集》《外集》之中，却依然存有另一个归属，但幸好已有学人对此进行了考证和释疑：

> 此诗又见《全唐诗》卷三一八，作李涉诗。《全唐诗重出误收考》云："……见《樊川诗集》四，……题中'韦寿朋'一作'韦楚老'。《樊川诗集》三有《洛中监察病假满送韦楚老拾遗归朝》诗，冯集梧注：'盖寿朋其名而楚老字也。'杜牧集中多有与之交游之作，疑非李涉诗。韦楚老，字寿朋。长庆四年登进士第，大和末、开成初曾官拾遗。……"王西平、张田《杜牧诗文系年考辨》谓杜牧"自洛阳与韦楚老分别以后，有四次可能路过襄阳"。其中开成五年冬乞假往浔阳"仍取道汉上，途径襄阳"，会昌元年七月，由湖北归京师可经襄阳。而诗有"故人坟树立秋风"句，与会昌元年经襄阳在

① 杜牧著，冯集梧注：《樊川诗集注》，上海古籍出版社，1978年，第270页。
② 宇文所安著，贾晋华、钱彦译：《晚唐：九世纪中叶的中国诗歌（827—860）》，生活·读书·新知三联书店，2011年，第299页。

七月合，而四次经襄阳，仅此次在秋天，故系此诗于会昌元年（八四一）七月。①

之所以称杜牧这首为"神品"，除可模糊地说"直觉上乃是好诗"，准确地说，是因其笔端之克制力极为惊人，且非动真感情者绝不能写出。上已提到杜牧晚期的作品迥异于早年之"清隽"神姿，"风流云散"、沉稳内敛是其这一时期作品的表面和内在特质，而这从诗中的"用典"角度可以最深刻地反映出来。（杜牧此诗收于诗集的正编最后一卷，又被学者认为当系于会昌元年暨公元八四一年，而杜牧卒年一般被认为在公元八五二年，所以此诗是可归为其晚期作品的。）诗第二句中的"事典"应最无可争议：

"伯道无儿"：伯道，晋邓攸字。传见《晋书》卷九〇。《晋书·邓攸传》："攸弃子之后，妻子不复孕。过江，纳妾，甚宠之，讯其家属，说是北人遭乱，忆父母姓名，乃攸之甥。攸素有德行，闻之感恨，遂不复畜妾，卒以无嗣。时人义而哀之，为之语曰：'天道无知，使邓伯道无儿。'"②

但这个"事典"的运用，也由于全诗"悼亡"主旨的沉痛与"出典"的哀伤之间有着天然的情感共鸣，以致居然和全诗的氛围、措辞的风格融合无隙。即使完全不明白这个"事典"，也丝毫不会影响读者被全诗的情绪所感染。况且杜牧诗中用"伯道无儿"这一"典实"，重点乃是在于"无儿"——这一"典故"和"今事"（韦寿朋无子）之间的共同点，而非在于"邓伯道的德行"上。这在一定程度上摆脱了这个"出处"故事其他各方面的束缚（譬如"所纳之妾竟原是己之甥"），读者的注意力只被限定到"无儿"上面，而"无儿"一词又毫无晦涩、意思明白通畅，故读者不必非得详知"伯道"一词的具体确指，便已经能够读懂此句诗的大意，一定程度上弱化了"事典"在诗中对于诗句意思的影响和支配地位，成为一种"半虚设"性质的"用典"，自然也就不会使人感到有太多"明显"的"痕迹"，近似达到"浑化无迹"的效果。

而诗中的第三句则一般看来并无"用典"的迹象可供搜寻，如果有，大概也只能从"笙歌"一词上作发挥了，譬如冯集梧就认为其"辞典"出处是鲍照诗句"笙歌待明发"（《代陆平原君子有所思行》）③。至于这首绝句的末句，

① 吴在庆：《杜牧集系年校注》，中华书局，2008年，第二册，第499—500页。

② 吴在庆：《杜牧集系年校注》，第二册，第500页。

③ 杜牧著，冯集梧注：《樊川诗集注》，第270页。

表面看来也似是属于描写和记叙性质的，但其背后隐藏的"用典"还是易被注家"识破"：

> "隔江吹笛"句：《晋书·向秀传》记其作《思旧赋》云："余与嵇康、吕安居止接近，其人并有不羁之才，嵇志远而疏，吕心旷而放，其后并以事见法。……逝将西迈，经其旧庐。于时日薄虞泉，寒冰凄然。邻人有吹笛者，发声寥亮。追想曩昔游宴之好，感音而叹。"①

诗中这三、四两句，如果说冯集梧对"笙歌"的辞面追溯还多少有些勉强的话，那么末句用向秀作《思旧赋》之缘起的典故，用以切合"悼亡"之旨，则是很能令人信服的。这样的用典，由于在文字上只依靠"吹笛"这一动作描写词汇来做牵连，本来更多的是需要读者能深味到其诗句的主旨，从而去勾勒出此处"用典"的"暗纹"，然而杜牧的高明处就在于，即使读者没有意识到"吹笛"是在"用典"，也不至于损害或妨碍到对于诗歌主旨的深入感受，因为"隔江吹笛月明中"这句所描绘的场景本身，就已渲染出足够的迷茫和怅惘之境，也能十分自然且自足地在结尾处使诗篇情味臻于饱满和浓重。

至此，从第二句直到诗末的"用典"特色已经分析完毕，它们无疑也都属于"优秀"的用典行列，但似乎尚还都称不上是种"炉火纯青的极致境界"，然则，这一境界就必然是在起首的那句诗中才能见到"庐山真面目"的，而这第一句诗的"用典"，可说基本从未引起过此前一众注家、评论家的目光聚焦，他们的传统注解可谓丝毫没有找准方向：

> "故人坟树立秋风"：任昉《哭范仆射诗》："一朝万化尽，犹我故人情。"《白虎通》："天子坟高三仞，树以松；诸侯半之，树以柏；大夫八尺，树以栾；士四尺，树以槐；庶人无坟，树以杨柳。"《水经注·浿水篇》："薄伐城内有故冢方坟，有人着大冠绛单衣，杖竹立冢前，呼采薪孺子伊永昌曰：'我王子乔也，弗得取吾坟上树也。'"《易林》："秋风生哀，花落心悲。"……②

冯集梧分别在"故人""坟树""秋风"三个词汇的外围敲敲打打、兜了很大一个圈子，却还是没有真正地摸到门路——能最大程度读解清楚杜诗此句内在的可能出典之处。正如陈寅恪先生所提出的，最初的原始出典未必就是最恰

① 吴在庆：《杜牧集系年校注》，第二册，第500页。
② 杜牧著，冯集梧注：《樊川诗集注》，第270页。

切的注解。而冯集梧之后，基本上所有的注家和评论家也都没能对此有所发现，甚至干脆对此句不作任何注解工作，此句诸词汇的表面也似乎的确支持这种处理："故人坟树立秋风"不就是"故人坟头之树立于秋风之中"么？如此平实、如此明白易懂，还需要怎样的注解呢？又或者说，除了像冯集梧那样老学究似地挖出《白虎通义》里面关于"坟头立树"那遥远的典章制度式的说明文字，或者是任昉诗中、《易林》文中那样最多只能牵扯到"哭悼"和"悲哀"之意的"辞典"，还能有什么比不作注解更好的"创见"么？

其实当然是有的，只不过可能除了真正懂得从创作角度去体味的"诗人"外，没有多少人会注意到罢了。这就是《搜神记》卷十一所记录的一个"灵异"故事（亦见《后汉书·范式传》）：

> 汉，范式，字巨卿，山阳金乡人也，一名氾，与汝南张劭为友，劭字符伯。二人并游太学，后告归乡里，式谓元伯曰："后二年，当还。将过拜尊亲，见孺子焉。"乃共克期日。后期方至，元伯具以白母，请设馔以候之。母曰："二年之别，千里结言，尔何相信之审耶！"曰："巨卿信士，必不乖违。"母曰："若然，当为尔酝酒。"至期，果到。升堂，拜饮，尽欢而别。后元伯寝疾，甚笃，同郡郅君章殷子征晨夜省视之。元伯临终，叹曰："恨不见我死友。"子征曰："吾与君章尽心于子，是非死友，复欲谁求？"元伯曰："若二子者，吾生友耳。山阳范巨卿，所谓死友也。"寻而卒。式忽梦见元伯，玄冕、垂缨、屣履而呼曰："巨卿！吾以某日死，当以尔时葬。永归黄泉。子未忘我，岂能相及！"式恍然觉悟，悲叹泣下。便服朋友之服，投其葬日，驰往赴之。未及到而丧已发引。既至圹，将窆，而柩不肯进。其母抚之曰："元伯！岂有望耶？"遂停柩移时，乃见素车白马，号哭而来。其母望之，曰："是必范巨也。"既至，叩丧，言曰："行矣元伯！死生异路，永从此辞。"会葬者千人，咸为挥涕。式因执绋而引柩。于是乃前。式遂留止冢次，为修坟树，然后乃去。

由于"坟树"一词直至这个故事的最后才出现，而"故人"（在此仅指其表面意思"过去认识的朋友"）一词也需从文意上理解而得，所以可能才使得这个"坟树"一词的"第三出典"（"第一出典"为《白虎通义》，"第二出典"为《后汉书》），基本被所有历代注家和评论家略过了。也或许是因为这个典故后来主要被人错误地视为了孟浩然《过故人庄》诗中"故人具鸡黍"一句的"出典"。（明代冯梦龙《喻世明言》卷十六有《范巨卿鸡黍死生交》之故事，内容被改编成了范式和张劭相约重阳设鸡黍、赏菊花，而这个通俗改编版本的影响很大。）总之，这个可以用来彻底解清杜牧诗句的最恰当"出典"，一直被无视了。而只有当了解了这个故事之后，才能真正解开杜牧"故人坟树立秋风"一句背后隐藏的"密码"：杜牧这里的"故人"，除"过去认识的朋友"的意思外，其实还有一层更深藏的意思在其中——"死友"，如范式之于张劭般，生前未必经常能够相与过从、把酒言欢，但在承诺以后、在对方死后一定能够不辞风露、千里赴约的心灵相通的"死友"；生前未必常伴、死后必亲为送葬的能使千人"咸为挥涕"的具有至真性情的"死友"。杜牧在此中隐忍着的强烈情感，才真正得以浮现。

一首所谓"神品"的诗，其实未必是所有情绪都流露殆尽，可使人一览无余的，因为这样的作品缺乏一种张力；也未必是普通格局的，仅仅追求于可被轻松觉察到和咀嚼到"余味"的，因为这样的作品感人亦必不深；更不可能是靠刻意"用典"，明刀明枪式露出"人工斧痕"之态的，因为这样的作品只显"匠气"。所以杜牧在此诗中的"用典"，就更超越了孟浩然的"自由"境界，而达到了一种"在似与不似之间"，无法准确予以定义的高境。因为如果按上述"解码"，那就可以肯定其是在"用典"。而如若完全抛开这种"牵绊"，那么"故人"仍旧只是"过去认识的朋友"之"故人"，全诗之意就只是："故人坟头之树立于秋风之中，故人没有子嗣所有的一切都已成空。我归来此旧日笙歌分散之地，明月之下听着汉江隔岸那凄清的笛声。"如此直译之下，连一点典故的痕迹也寻觅不到。这般，既可说是在用典，又可说是没有用典，故云"在似与不似之间"，无法定义。诗艺至此，或为止境。

四、结语

本文通过三大部分的梳理，重新评估了唐人诗中"用典"的主要类型和境界。无论是倾向于可以被认为不是在"用典"（李白的"美人如花隔云端"。或者也可认为是"作者不自知"的"无意识用典"），还是倾向于可被认为确实是在"用典"，但"造语浑融而使人不觉"、境界"浑成"（孟浩然的诗歌），抑或是"在似与不似之间"，无法明确予以肯定之答案的"极致境界"（杜牧的诗歌），都体现出唐人诗创作的"天然去雕饰"。至于这样的用典风格，与宋人的用典风格孰优孰劣，则是见仁见智的问题。

一般来说，有痕迹的刻意用典总被认为是次于浑然无迹的用典的，所以历来评论黄山谷诗的人都有不少觉其用典不如唐人。好的用典，其实与辞藻的关联也极大，这从上述李白、孟浩然、杜牧的那些例子中都有体现，当诗与典故的联系被建立在一些寻常普通的词汇上时，往往就较容易达到"自由""无痕迹"的用典境界。譬如当我们看到"微雨落花天"的诗句，是否能绝对肯定地说是用晏几道"落花人独立，微雨燕双飞"的"辞典"呢？越贴近日常生活语境的词句，还有那些越寻常普适的描写性词句，越容易化去"用典"的"怀疑"。但一个很无奈的事实是，唐诗的风神是很难模仿的，明人极心尽力地刻意摹唐，到头来还是不免"终觉不逮"，清人有鉴于此故转宗宋诗，这一认识是很说明问题的。因为"天然""天真"总是任何事物在初始阶段才能拥有的状态，一经发展流变，就已很难再逆回了。

所以，看待诗歌乃至文艺发展的历程，大可不必宣扬"厚古薄今"或者"厚今薄古"，时代演变中的文艺自有其发展进程，就诗歌创作本身而言，真正创作属于当下时代的诗歌，并走一条通向"未来文学"的道路，方为"当代"之诗、"当代"之人。诗不过就是诗，人也不过是人，如是而已。

时润民，华东师范大学中文系 2014 届博士，现为华东师范大学出版社项目部副主任，副编审。本文原为作者博士生阶段于胡晓明教授"中国诗学专题"课程提交的课程作业。

辑五

接受和读者心理论

《管锥编》的语文诗学

樊梦瑶　胡晓明

　　关于钱锺书先生的语文诗学研究，目前学界前辈学者已有涉猎。主要分成以下几类：一是从陈寅恪、钱锺书、李泽厚、朱光潜等诗学（美学）研究大师的学术路径对比处着眼，探究钱锺书先生的修辞观、文化观。如胡晓明老师的《陈寅恪与钱锺书：一个隐含的诗学范式之争》①一文，就从"范式"的概念入手，列举大量实例，论证了陈寅恪与钱锺书之间长期未被发掘的"学术公案"，指出前者创立了一种以"语言学、心理学、哲学和艺术学配合以说诗的学术方法"；后者则开创了"以诗证史，以史解诗的学术方法"。并指出，二者在重视想象和心理分析方面存在的一致性，认为二者之间虽然存在争议，但其中也有互补的可能性。宛小平的《同中有异，异中有同——朱光潜、钱锺书谈艺比较》②从钱、朱二人谈艺方法的差异性入手，较为详细地分析了二人在论述"灵感""直觉""诗与言"及"隔与不隔"等美学范畴时的不同；还分析了二人对莱辛《拉奥孔》的不同批评意趣，指出二者的谈艺路径"各有所长，相得益彰"。二是论及"钱学"的学术体系。主要有姚婧的《钱锺书修辞研究的学术品格》③、张培锋的《"钱学"体系论》④。其中，前者主要从创新性、对话性、

---

　　① 胡晓明：《陈寅恪与钱锺书：一个隐含的诗学范式之争》，《华东师范大学学报》（哲学社会科学版），1998 年第 1 期。

　　② 宛小平：《同中有异，异中有同——朱光潜、钱锺书谈艺比较》，《社会科学辑刊》，2018 年第 1 期。

　　③ 姚婧：《钱锺书修辞研究的学术品格》，《西南交通大学学报》（社会科学版），2020 年第 1 期。

　　④ 张培锋：《"钱学"体系论》，《贵州大学学报》（社会科学版），1998 年第 4 期。

实践性、贯通性四个方面，对钱锺书先生的修辞学术品格加以概括；后者则从"钱学"体系非线性、开放性的具体特征，"钱学"体系语言—情感辩证法的内在逻辑等方面概括了"钱学"的系统性、体系性。三是从西方阐释学入手，论述钱锺书先生学术思想的意义和价值。如季进的《论钱锺书与阐释学》[①]。该文从钱锺书先生对阐释学的贡献入手，分析了钱先生所创立的"将文本字词、作者宗旨、文化背景、修辞机趣"等均纳入考察对象的"阐释之循环"论的生成与发展。四是从语言学、符号学等角度入手，分析钱锺书先生的诗学研究。如陆正兰的《用符号学推进诗歌研究：从钱锺书理论出发》[②]，该文从"符号学"与钱锺书先生诗学研究的契合点入手，凭借跨学科研究的"新文科"视域分析钱锺书先生与西方"符号学"学者，诸如雅各布森、巴尔特、布拉克墨尔、里法台尔等所创理论的契合之处，指出西方"符号学"理论与中国诗歌研究"精神相通"。

就目前学界的研究状况看，前辈学者虽着眼于对钱锺书先生以"修辞"为本的诗学观、文化观进行探讨，但大多数未能从"语文学"语辞符号的本身进行讨论。其中尽管也有少量论文从修辞角度探讨，但大部分将钱先生所谓的"修辞"等同于近代兴起的"修辞学"学科，而且缩小了钱先生所谓"修辞"的概念外延。未能真正细读《管锥编》文本，探求该文本折射出的文化价值与"语文学"包罗万象的概念所指间深层的逻辑关系。因此，本文拟从细读《管锥编》中涉及钱先生语文诗学研究的文本入手，以"反象以征""对写法""代言法""反设法""召唤法""一名三训"等技法为例进行探讨，力争深入分析钱锺书先生的语文诗学精髓。

早在20世纪，钱锺书先生在撰写学术著作《谈艺录》时就曾偶用"修辞"一语概括自身的文学观念。其实，"修辞立诚"的概念在中国古代早已有之。如《周易·干·文言》中的"子曰：君子进德修业，忠信所以进德也；修辞立其诚，所以居业也。"奉守儒家传统"言行忠信"观，认为"进德"为"修辞"之本。《周易·系辞下》："将叛者，其辞惭。中心疑者，其辞枝。吉人之辞寡。躁人之辞多。善诬之人，其辞游。失其守者，其辞屈。"更是直接将言辞风格与人的品性挂钩。无独有偶，刘勰《文心雕龙·祝盟》中也有"凡群言发华，而降

---

① 季进：《论钱锺书与阐释学》，《钱锺书研究集刊》（第一辑），生活·读书·新知三联书店，1992年。

② 陆正兰：《用符号学推进诗歌研究：从钱锺书理论出发》，《四川大学学报》（哲学社会科学版），2010年第5期。

神务实，修辞立诚，在于无愧。"表明绛神祝祷时"诚心"的重要性。但钱锺书先生的论断 "非谓立诚之后，修辞遂精，舍修辞而外，何由窥作者之诚伪乎？"①则将古已有之的"修辞"与"立诚"二者间的依存关系割裂开来，从而否定了"立诚"是"修辞"之本的论断，进一步强调和突出了语文诗学中"修辞"的重要地位。需要注意的是，这里所言的"修辞"，指的并非"修辞学"这个兴起于近代的语言学的分支学科。而是关系到以语文（符号）为本，还是诗人（创作心理）为本的诗学（美学）学术路径的古今之变。其中，前者以钱锺书为代表，后者以朱光潜、李泽厚为代表。二者的显著不同在于，前者重视发挥诗歌中语言的功用，重视语言与文化的结合，承认中国传统诗歌是一门意蕴丰厚的语言艺术；后者则过分看重心理与审美感受在诗学（美学）中的地位，极大地忽略和遮蔽了诗歌中语言的重要性，不利于对诗歌语言的重视和专注，也不利于聚焦古今中西之异的关键问题。②

一、从不成系统的"前科学"到研究人的"精神存在"："语文学"研究走笔

何谓"语文学"？"语文学"最早源于希腊语，意为 "对语辞的热爱"，引申为 "对于文献的喜爱"，是专门针对书面文献进行的研究。到了19世纪，历史（比较）语言学在欧洲兴起，"语言学"逐渐被用作历史（比较）语言学的代称。"19世纪，'语文学'是欧洲学术研究的主流，也是科学化人文学科的一个重要标志。严格说来，'语文学'是近代以来所有人文学科的源头。"③此外，"语文学"还特别重视通过文本的对勘和比较，挖掘文本背后的深意，因此也称为"文本语文学"。正因如此，日本学者将其称作"文献学"。"文本语文学"最早源于对《圣经》的研究和整理工作，力图重构《圣经》的原初文本。傅斯年先生在《历史语言研究所工作之旨趣》一文中首次对我国"语文学"学者提出在中国研究"语文学"的三点希冀。④英国学者哈特曼和斯托克主编的《语言与语

① 钱锺书：《谈艺录》，生活·读书·新知三联书店，2012年。

② 可参阅朱光潜《诗论》和李泽厚《华夏美学》。

③ 参阅沈卫荣《回归语文学·前言》，上海古籍出版社，2019年。

④ 傅斯年先生提出的三点希冀分别为：1.日耳曼系语言的发展导致了语言流变、审音的比较语言学的发展；2.汉学发展要重视周边少数民族语言文化（虏学）的发展；3.中国人必须借助"语文学"这个工具，来建设中国古代言语学，研究汉语、西南语、中央亚细亚语和语言学。出自傅斯年：《傅斯年自传》，安徽文艺出版社，2014年，第18—31页。还可参阅沈卫荣：《回归语文学·前言》，上海古籍出版社，2019年，第1页。

言学词典》中对"语文学"的定义作这样的解释："语文学……专门用来指根据文学作品和书面文献的研究所进行的历史语言分析。……广义的语文学有时包括文学和文化研究。"①语言学家普遍认为，在现代"语言学"成为一门独立系统的学科之前，"一般人所做的都是一些零散的语法工作和语文学工作"②。从上述所征引的材料中，我们发现语文学和语言学间存在不少共性特征，具体表现为以下几点：

1.语言学家为了将"语文学"的定义表述得更加明晰，多数将"语文学"与"语言学"进行比较。2."语文学"针对已有书面文献进行研究，因此中国传统"小学"（指文字、音韵、训诂之学）属于"语文学"的概念范畴。3.多数语言学家认为，同现代"语言学"的概念相比，"语文学"所承担的工作零碎且不成系统，多是对陈旧的历史性书面材料进行分析，因而具有不成熟的"前科学"，甚至"非科学"性质。4."语文学"与"语言学"最大的区别是二者研究的对象和目的不同。前者是针对书面语言进行的研究，目的是文献材料的考订与诠释，因而无法摆脱沦为哲学、经学学科附庸的局面；后者则既重视书面语言研究，也重视口语研究，甚至一度抛弃对书面语言系统的研究，仅做口语研究。研究的目的是探寻与总结语言发展演变的规律，是一门独立的、有自身发展规律的科学，不是任何一门其他学科的附庸。5.语言学家普遍认为"语文学"是现代"语言学"研究成熟之前的一种原始形态。推而广之，则认为"语文学"应该从属于"语言学"。6."语文学"研究中涵盖着各种非文学文本。

那么，脱离了经学、哲学等学科书面材料的"语言学"研究还能被叫作"语文学"吗？据上海辞书出版社出版的《语言大百科词典》："'语文学'来自希腊语，直译为'对语词的喜爱'。（笔者注："语文学"最初就是注重对语词本身进行研究，往往忽视其深层含义。）是通过对书面文本语言和风格的分析来研究人的精神文化的诸多学科———语言学、文艺学、文本学、史料学、古文字学等的总合学科……语文学在关注于文本并为文本做辅助性的注释的同时，（笔者注：这是语文学工作最古老的形式与古典的原型）从这一视角把人的存在首

---

① 哈特曼：《语言与语言学词典》，上海辞书出版社，1981年，第256页。

② 岑麟祥：《普通语言学》，科学出版社，1957年，第5页。语言学家王力也认为，传统"语文学"的工作是琐碎、缺乏系统性的。朱自清先生在《文艺常谈·经典常谈》中说："文字学从前称为'小学'。只是教给少年人如何识字，如何写字，所以称为'小学'。这原是实用的技术（笔者注：此之谓"语文学"）。后来才发展成为独立的学科，研究字形字音字义的演变。"（笔者注：这大致与现代"语言学"的概念相近）

先是精神存在的全部广泛深入的内容均纳入自己的视野。因此，"语文学的内部结构是具有两极的：一极是不允许脱离文本具体内容的附属于文本的最低的服务；另一极是界限无法预先划定的广大博深性……"①由此可见，"语文学"所包孕的内涵相当广阔，它将人的精神层面和文化心理研究完全纳入自己学科的研究视域之中，因而广博而精深，概念外延包罗万象。因此，我们甚至可以说，广义上的"语文学"研究应是一种精神研究、文化研究。

如前所述，"语文学"研究包含精神和文化研究。那么，摆脱了经学、哲学等学科束缚的现代"语言学"研究，从广义上讲仍旧属于"语文学"研究的范畴。但"语文学"也吸收了清代乾嘉朴学学风中的积极因素。乾嘉学派主要分为以惠栋为首的吴派和以戴震为首的皖派。前者主张"唯汉是从"，他们从汉儒的经典中穿凿附会，注重考据；后者则主张由字义训诂，到思想义理。②这样，我们就澄清和反驳了前面所述的第五个论断。反之，"语文学"应该具有研究人的精神特质、文化心理认知等更为广阔的视域和探索路径。事实证明，"语文学"研究本就具有多学科交叉的前瞻性和概念内涵的"广博精深"性，是一门研究"人的精神"和文化心理认知的科学。因此，"语文学"并不等于"前科学"或"非科学"。与之相反，它甚至可以被称作"文本之科学"。

此外，有的学者认为，"语文学"代表着一种新的世界观和生活方式。它从信息的处理和文本本身入手，对语言进行全面、深入、细致地把握和理解。这意味着能以开放、宽容、自在、和谐的心态和观念对他人和世界产生强大的"同理心"和责任感。③昭示着"语文学"为人文科学之源的学科属性。

令人扼腕的是，19世纪以后，随着近现代人文科学的精细划分，"语文学"研究面临着"腹背受敌"的窘境。在它的源头西方，"语文学"研究逐渐被"文化研究"所取代。学者们清楚地认识到，他们所从事的古典"语文学"研究正在逐渐衰落。在东方，"语文学"研究也江河日下，逐渐让位于"区域研究"。学者们更关注历史的"宏大叙事"，轻视从具体文本出发，深入探求文本生成肌理的"语文学"研究。面对着东西方学术传统新变的双面夹击，"语文学"——这位曾经风光无限的"19世纪欧洲大学中的科学女皇"，如今却显得风烛残年、容颜色衰，即将成为一门无人问津的冷门绝学。因此，在"后五四"时代，"回归语文学的学术实践"迫在眉睫。

---

① 郑述谱：《"语文学"求解》，《外语研究》，2003年第2期。

② 参阅樊树志：《国史概要20周年纪念版》，复旦大学出版社，2010年，第358—364页。

③ 转引自沈卫荣：《回归语文学》，上海古籍出版社，2019年，第22页。

钱锺书先生深刻地认识到了这一点，他的文学观可以概括为，以"语文学"研究为立足点，注重以文学文本、文字、词汇、词法、句法、篇章等为中心，开辟出一种"以语言学、心理学、哲学和艺术学配合以说诗的学术方法。"①在对既有文献的分析和考释中，力争"打通"中西、勾连古今。换言之，钱锺书先生的修辞学研究彻底摆脱儒家"修辞立诚"的传统模式与框架。更为重要的是，钱先生致力于打破文学与非文学两者间的界限，如将《周易》中的部分内容当作文学作品研究。在阐发逻辑与义理时，大量列举中西画论、诗话作品，甚至是笑话趣闻、民间谚语等非文学文本进行诠释，这进一步体现了钱锺书先生的语文诗学观念。

二、含英咀华论"语文"：《管锥编》语文诗学技法举隅

（一）反象以征：非文学的文学性之一

钱锺书先生在《管锥编·周易正义·革》中说："初九：巩用黄牛之革。象曰：巩用黄牛，不可以有为也。……牛之革，坚韧不可变也。"可《周易正义》中却说："革之为义，变改之名。"②联系《管锥编·周易正义》第一章《论易之三名》的相关内容，我们知道，这里"革"的解释属于"背出或歧出分训"，即兼有"难变"和"变革"两层相反相成的含义。再如训"衣"字，一为"隐"："盖衣者，所以隐障"；一为"显"，"郑玄注：'然而衣亦可姿炫饰'"这样兼有相反相成的两类含义，且从事物反面加以阐释事物义理的现象，钱锺书先生称其为"反象以征"。这体现出"中国汉字独特的符号性特征，其实与现实世界的复杂性密不可分"，"钱锺书在这里已经将对汉字话语符号的辨析，上升到了'相反相成，同体歧用'的辩证、理性的层面。"③同时，钱先生对汉字话语符号的辨析还包括"同时合训"和"并行分训"两种。这表明，钱锺书先生在用"语文学"方法训诂字义时，创造性地注意到蕴含在该字中的事理心理因素及其丰富的文化内涵。正所谓："求心始得通词，会意方可知言，譬文武之道，并物

---

① 胡晓明：《陈寅恪与钱锺书：一个隐含的诗学范式之争》，《华东师范大学学报》（哲学社会科学版），1998年第1期。

② 本节引述《管锥编》原文，均出自钱锺书：《管锥编（第一册）》，生活·读书·新知三联书店，2001年。

③ 季进：《论钱锺书与阐释学》，《钱锺书研究集刊》（第一辑），第40页。

而错，兼途而用，未许偏废尔。"①

那么，何为"非文学的文学性"？或者说"反象以征"的修辞方法为何属于非文学的文学性的具体表现呢？问题的关键实际上转变为如何阐释"文"的概念。刘若愚在《中国文学理论》中将"文"解释为"样式"。无独有偶，宇文所安在《中国文论》中认为，"文"是"心在宇宙身体中运作"②。不难看出，二位学者都承认"文"所具有的"图示性"。台湾学者郑毓瑜从"宇宙论"的角度将这种"图示性"与古代中国的"气感宇宙观"相联系，指出"天文"与"人文"（身体与宇宙）间具有的相互贯通关系。胡晓明老师则从"文本论"的角度认为"文"兼有基本义和引申义两重含义③其中，基本义中的"物相杂"一义又包含"自然型"和"图示型"两类。"图示型"的"物相杂"则包括"交错"（一致性）和"相间"（区别性）两类。进而推演出，"文"即"图示性的物相杂"。在论及"图示化"的表现及其要义时，则认为其表层义表现在"对偶、声韵、声调、句法以及其他语文技艺的文学"，推而广之，"一切语文技艺都有的格式"即"相间与交错"，从而强调了现代"语文学"具有的"图示化"倾向和语文学的"技艺性"。据此，笔者认为，钱锺书先生这里提到的"反象以征"的修辞技法可以视为非文学的文学性表现之一。这种从事物反面着眼陈述事实的修辞效果既表现出"图示化"中"相间"的一面，阐释着事物含义的区别性；同时，相反的两个含义之间又有"相成"的一面，阐释了事物含义的"交错"性。同时，"反象以征"的修辞技法可被运用于大量的非文学文本中，阐释句法义理。换言之，"反象以征"的修辞技法中蕴含的"相间"与"交错"的图示性 "作为文的根本思维，渗透、包含同时超越修辞学所说的修辞技艺，既是一种长期训练与默会的知识和文体要求，也是自觉的理论主张。"要之，这种相反相成的修辞技法中具有的非文学的文学性，标志着"反象以征"的修辞方法从一种未被阐明的"潜在理论"变为钱先生在训诂领域自觉的理论主张。甚至可以说，"古典中国文学的主流是图示化的艺术，即技艺化的文学"。

接着，钱锺书先生顺理成章，列举了"反向占梦"——"说凶得吉""梦棺贵象""梦粪富象"等具体实例阐释"反象以征"的理论要义。更进一步，他又将其上升到人的修养和品性方面。据此，他征引《韩非子·观行》语，证明佩

---

① 本节引述《管锥编》原文，均出自《管锥编（第一册）》。

② 胡晓明：《"文"即图式化》，祁志祥编《中国当代美学文选2023》，复旦大学出版社，2023年，第215页。

③ 胡晓明：《文：中国抒情技艺的一个秘密》，《长江学术》2016年第2期。

戴的物件不同，也可对主人形成一定程度的心理暗示，使其修正品性。"推而广之，凡是用相反的象做标志，名和实、表面和实际正好相反的现象就可称为'反象以征'"①。此外，古人所谓的"说反话""欲擒故纵""以退为进"等戏剧性手法，都属于广义上"反象以征"的类型。

此外，钱锺书先生在阐释"反象以征"的含义时，并没有仅从事物"相反"的角度，即理解事物的反面进行诠释。换言之，其中也涉及事物"相成"的一面。在引述《云仙杂记》中阮兵曹送杜甫之子宗武斧金的例子时，他说："则阮之赠斧，由君命臣自裁之赐剑，乃即物直指其用，宗武盖认直指之器为曲示之象也。"可见，宗武和阮兵曹对待同一件器物——剑的看法不同。前者曲解（反象以征），后者直解。在文学鉴赏方面，这启示我们：对于事物做"反象以征"式的反向阐释时，要预先判断该事物需要被直解还是曲解。这个重要的补充表明，语言符号具有开放性与非确定性，任何理论都有其不可周延的余地。这是钱先生一贯主张现象与文本优于理论与体系的态度。

在诗歌鉴赏中，较早提出从对面"曲解"诗歌含义的是王夫之《姜斋诗话》。该诗话在论及《诗经·小雅·采薇》"昔我往矣，杨柳依依；今我来思，雨雪霏霏"一句时曾说："以乐景写哀，以哀景写乐，一倍增其哀乐。"他在极言这样的"反语"描绘，这样的"反象以征"增添了其中蕴含的情感，使诗歌表情达意深邃而广远。

总之，钱锺书先生提出的"反象以征"的方法可以作为文学读解的一扇窗户。透过这种方法，能够帮助我们窥探文学文本中隐藏的深意。但是，在进行诗作的"反象"读解时，也要考虑文本的内在结构，从而判断其需做"直解"还是"曲解"。换言之，不加判断就直接选择"反象以征"，也有可能造成盲目误读，曲解其含义，破坏文学作品的真正价值。

（二）对写法：对面铺笔，以写其神

金圣叹在评点《西厢记》中的"绣幅开遥见英雄俺"这一句时，评价说："奇句！奇至于此。妙句！妙至于此。……斫山云：'美人于镜中照影，虽云看自，实是看他。细思千载以来只有离魂倩女一人曾看自也。他日读杜子美诗有句云："遥怜小儿女，未解忆长安。"却将自己肠肚，移置儿女分中，此真是自忆自。又他日读王摩诘诗有句云："遥知远林际，不见此檐端。"亦将自己眼光，

---

① 杜凤英，李人杰：《钱锺书"反象以征"理论的启示》，《电影评介》，2008年第6期。

移置远林分中，此真是自望自。'盖二先生皆用倩女离魂法作诗也。"①

无独有偶，钱锺书先生融汇中西，自创了"倩女离魂法"，或是用法文的"le— regardregarde"（我看人看我），讲的是视向的转移。②他在《管锥编·毛诗正义·陟岵》中列举大量实例，探讨诗词中常见的诗从对面飞来的"对写"法，将"曲笔"这种戏曲评点的方法运用到诗学研究领域。"词章中写心行之往而返、远而复者，或在此地想异地之思之地，或在今日想他日之忆今日。一施于时间，一施于空间，机杼不二也。"③那么，何为"对写法"？明明是主人公思念对方，作者却不直接描述，反而从对方角度下笔描写。这种主客调换、叙述视角随之切换的方法，也称"对写法"或"对面悬想法"。

在具体类型方面，"对写法"主要表现为以下三种：

首先表现在文本上，采用"对写法"写作的诗歌文本，往往传达出层层递进深入的复杂情绪感受。如白居易《邯郸冬至夜思家》中的"想得家中夜深坐，还应说着远行人"一句，就通过对面着笔的修辞方法巧妙地表现出抒情主人公对故土和亲人的思念之情。从对面宕开一笔的写法，加长了情感延展的时间，也进一步加深了情感的深度和浓度。

其次表现在伦理上，从对面着笔，放弃个人主观的第一人称的叙述视角，通过视角的转换，可以有效地避免第一人称视角下情感的抒发过于直露的特点，可超越伦理上的阻隔与限制，一任情感通过"对写法"任意地穿梭、回环。这在诗歌写作中体现得尤为明显：诗人往往以"我思君"侧面展现"君思我"。此种写法，相较于第一人称的直言，具有情感含蓄深沉、意蕴婉转曲折的特点。

最后表现在审美心理上，从对面着笔的"对写法"通过想象与回忆的穿插，完成了由实写到虚写的转化过程，更为贴合读者对于"陌生化效果"的审美心理需要。例如，李商隐诗："何当共剪西窗烛，却话巴山夜雨时。"未雨绸缪，在还未回到妻子身边时，就出人意料地遥想与她共同剪灭烛光，夜雨时分倾诉衷肠的场景。这种突如其来的从反面设想，延宕了情感抒发的时间，强化了"陌生感"的审美心理因素。"落笔于对面，所要表现的却在'本面'。是以'对面'来衬托'本面'，加一倍地表现'本面'。"④同时，通过"剪烛"这一动作便把诗人与妻子共同生活期间的回忆勾连了出来，使想象与回忆全然交织，诗

① 林乾主编：《金圣叹评点才子全集》第二卷，光明日报出版社，1999年，第103页。

② 陆文虎编：《钱锺书研究采辑》，生活·读书·新知三联书店，1992年，第48页。

③ 本节引述《管锥编》原文，均出自钱锺书《管锥编（第一册）》。

④ 师长泰：《唐人诗歌艺术探胜》，《唐都学刊》，1990年第4期。

辑五

《管锥编》的语文诗学

艺浑然天成。其中，"共剪西窗烛"的"共"字，传达出诗人流落在外的寂苦、"剪烛"时刻的忧伤和未来回到妻子身边与之倾诉衷肠的希望三种不同而复杂的情感，连结了过去、现在与未来三个特定的时间节点，表现出"对写法"在诗歌传情达意方面所特有的精准性。

同时，从浅层的"文本"层面，经由"伦理"层面直抵"心理"层面，也表现出"对写法"由"语文"技艺直通人文人心的根本特质，传达出其由浅入深的表达效果，也表现出"修辞"与"文心"间存在着的千丝万缕的联系。

总之，作诗尤为文也，喜曲不爱直。作为一种艺术样式的诗歌，自然也遵循这一特定的美学规律。直笔的赋，铺陈天地，慷慨激昂。但诗若直言，则总因过度直露而贬损其诗味，破坏其艺术境界，进而减损其艺术价值。诗从对面飞来，则以曲笔代替直言，以含蓄取代直露，虽用微言，却含大义也。

（三）代言法：化身宾白，以述己意

钱锺书先生在《管锥编·毛诗正义·桑中》篇中评价《诗经·桑中》一诗，"貌若现身说法，实是化身宾白。""《桑中》未必淫者自作，然其语气明为淫者自述。"[①]极言代言类诗歌中存在的角色互换属性。

中国古代"代人立言"一词最早出现于清代戏曲理论家李渔的《闲情偶寄》一书中。该书《词曲部》中称："言者，心之声也，欲代此一人言，先宜代此一人立心；若非梦往神游，何谓设身处地？……务使心曲隐微，随口唾出，说一人，肖一人，勿使雷同，弗使浮泛。"[②]这里，需要注意的是，清代戏剧评论家李渔肯定了言为心声的观念。同时指出，要按照人物原型的心理状态进行代言，确保代言者与被代言对象间的形似、神似，不能有所雷同。这样便涉及一个身份的转换及界定问题。

为了弄清楚这个逻辑层面上较为复杂的问题，我们需要引入西方"叙事学"理论中的"隐含作者"（代言者）、"作者"、"叙述者"（被代言者）三个概念进

---

① 本节引述《管锥编》原文，均出自钱锺书《管锥编（第一册）》。

② 李渔：《闲情偶寄·词曲部》，中华书局，2014年，第108页。

行阐释。①

钱锺书先生称《诗经·桑中》"未必淫者自作，然语气则明为淫者自述"，需要注意的是，这两个"淫者"的含义有所不同。前者指被代言的"叙述者"，后者则指具有角色属性，或称化妆成"叙述者"的代言者。这种代言关系，用图示表示为"被代言者（叙述者）——代替——代言者（隐含作者）——在诗中说话"。之所以产生这种情况，一个重要的原因在于，《桑中》篇中的"隐含作者"（即上文中化妆成角色身份的代言者）代替诗中被代言的"叙述者"发声，展现了其三次艳遇的场景。采用"代言法"，化身宾白，则在一定程度上使作者免于沦为好色之徒，不必陷入为"渔利好色之徒""记其总账"的尴尬境地。同时，由虚拟的"隐含作者"代为立言，更增添了诗歌的角色属性和艺术虚构性。此外，使用"隐含作者"这一带有戏剧角色属性的要素在诗歌中进行角色扮演，也将"作者"从文学与道德，文学与政治中的"不便说"与"不敢说"的尴尬境地中解脱出来，缓解了"作者"在直面涉及朝政或个人隐私题材写作内容时的身份焦虑问题，也在客观上使得"作者"的创作更加安全，一定程度上可以避祸。

"叙述者"即被代言者，在写定的文本中不发声，全由"隐含作者"为之代言。这样的修辞方法的使用，大多数是源于诗中的"被代言者"（多指女性）在诗歌文本所特定的语境中不便于发声，因而必须依据实际情况，由"隐含作者"代为传达。诚如钱锺书先生所言，"篇中之'我'，非必诗人自道"。尽管如此，在西方叙事学之前，"隐含作者"还是能够摹拟诗中"叙述者"的语气说话，从而完成文本中的角色扮演，我们称之为文本中"隐含作者"的"自我戏剧化"表达。同时，"隐含作者"借用角色的口吻和行动在诗中发声，还在一定程度上完成了"自我"与"角色"的双向情感互动，完成了一次次角色互换与扮演的"文本戏剧化"。

总之，采用"代言法"进行创造的代言类作品都在相当程度上避免了直言的苍白无力，而转由"隐含作者"曲笔扮演，化身宾白，从而间接进入了一种

---

① 注："作者"是文本内容的写定者，但文学文本一旦写定完成，文本（笔者注：这里是指狭义的"文本"概念，即专指文学性的诗歌文本）自身就演变为一个封闭的空间，继而开始它作为文学作品的第二个重要阶段——"批评"和"接受"过程，作者这时已经变成了文学文本的一种外部形式。"隐含作者"是作者写作时的一种特殊状态，也称作者的"第二个自我"。换言之，它是由作者在进入柏拉图所谓"迷狂"的创作状态时幻化出的艺术形象，是作者形象在文学作品中的"再造"，因而具有虚构的诗化特性。

对于艺术"含蓄美"的追求之中，体现出作者较高的文学审美造诣。

（四）反设法：情势急转，反中得趣

钱锺书先生在《管锥编·楚辞洪兴祖补注·九歌（三）》中曾明确将诗歌中经常运用"不可能"之事作喻的方法归结为两种类型——"事物之不可能"与"名理之不可能"。他指出："天与地卑""山与泽平"之于"埃飞碧海，浪涌青岑"等为事物之不可能，与实相乖，荒唐悠谬也。①而"狗非犬""白狗黑"等则为"名理之不可能"，"自语不贯，龃龉矛盾也"。在总结两种比喻方法的特点时，他说："前者发为文章，法语戏言，无施不可"，"后者只资诙谐"。但他也称，这两者之间"修词之道一贯而用万殊也"。极言二者都有一个共同的修辞学上的旨归，都是在创作中运用"不可能"事物的"反设法"作喻，达到一种新颖奇特，出人意表的文学效果。这种未在古人自觉的理论著作中加以说明，却在诗人的创作实践中加以运用的理论，我们称之为"潜在理论"或"潜理论"。②

何为"反设法"？"所谓'反设'，是指通过假设某种情况的出现和情况出现之后事态的变化，从而从反面说明某种思想意愿的坚定执着的一种修辞方法。这种修辞方法，应该有两个特点：第一个特点是，假设的情况是客观世界不可能会或根本不会出现的，除非是当事人死去。……第二个特点是，必须从反面说明某种思想意愿的坚定。"③亚里士多德在《诗学》中把这种方法称之为"突转"，"'突转'是指行动按照我们所说的原则转向相反的方向。"④例如钱锺书先生列举的汉乐府诗《上邪》。该诗中，作者共列举了五种自然界中不可能实现的现象对男女主人公之间坚贞不渝的爱情进行比喻。极言诗中女子忠贞不贰、恪守妇道的美好德行。需要注意的是，这种"反设法"与前面小节中所谈及的"诗从对面飞来"的"对写法"有本质上的不同。"反设法"多是通过"不可能之事物"作喻，达到新奇陌生的审美效果，其实质是比喻技法。而"对写法"则更多的是通过自我设想对方，其实质是联想与想象。但二者达到的目的却都是一致的——使读者产生"陌生化"般新奇的阅读体验，进入到一个全新的审美境界。在敦煌曲子词《菩萨蛮》中，诗人列举了"青山烂""黄河枯"等六种

---

① 本节引述《管锥编》原文,均出自钱锺书《管锥编(第一册)》。

② 此概念为胡晓明老师在《管锥编》精读课堂上提出。

③ 谢明：《一种别开生面的修辞方法——反设》,《当代修辞学》,1989年第5期。

④ 亚里士多德著,罗念生译：《诗学》,人民文学出版社,1982年,第33页。

现实生活中不可能发生的情况，用以象征男女主人公对爱情的忠贞。

此外，在俗文学作品中，作家经常使用"反设法"表示不可能性誓言的应验。元曲《感天动地窦娥冤》中，窦娥在临死之前发出的三桩誓愿——"血飞白练""六月飞雪""抗旱三年"，放在日常生活中也属于用"不可能之事"作喻的表现方法，虽在剧中都——应验，但那仅是由于剧作家所具有的悲天悯人的大爱情怀和故事情节的需要，与誓言本身的不可能或小概率性无关。因此，这也可以视作一种广义上的"反设法"。

另外，传统民歌中也有不少借用"反设法"表达爱情忠贞的生动实例。如，"烈火能把青山烧，暴风能吹大树倒，若要哥妹两分开，除非石头水上漂。"（壮族民歌，见《民间情歌三百首》）"生不丢来死不丢，除非黄鳝变泥鳅，要等鸡蛋出鸭息，冷饭发芽我才丢"（满族民歌，见《民间情歌三百首》）等。

总之，这种"不可能之事物"作喻的方法在诗歌文本中通过"反证"与"归谬"生成。多个"不可能之事物"的连缀叠加铺排，又造成了气势磅礴的"博喻"效果，使得诗歌语义层层递进，情感逐层深入，文脉气贯长虹。因此可以说，古典诗歌通过类似的"反设法"进行比喻，再综合以博喻手法的运用，不仅在文理和句法上给读者留下新奇深刻的印象，且于"反"中得"趣"，意蕴颇丰也。

（五）召唤法：因花生愁，沉浸体验

钱锺书先生在《管锥编·太平广记·卷三〇五》中称"郎子神诗二首皆饶有风致"[①]，并盛赞其第二首中的"折得莲花浑忘却，空将荷叶盖头归"两句。该诗作者将"惜春"的情绪抒写得淋漓尽致，在寻春归去的途中竟然饶有兴致地看取湖上白云的翻飞。其中，"不觉"两字用得极其高妙，仅仅两字便将闲适安逸的情绪传达了出来。诗人寻春惜春，却不觉舟中的春雨打湿了自己的衣裳。此句与"山路元无雨，空翠湿人衣"异曲同工，后者未说"不觉"而亦能显示"闲适平静"之意绪。诗末句，钱先生给予其"饶有风致"之评价，可谓非常精准。诗人本已采撷荷花，但却迷失在一片融融的春意之中，因而产生了记忆力的减退——"浑忘却"。此时，一连串问题顷刻摇荡在笔者心头，除却传递闲适平淡的意趣之外，这句诗究竟具有怎样的"风致"，让钱先生大加赞赏？

类似的诗例还有很多，如杜牧："尘世难逢开口笑，菊花须插满头归"、陆游："雾鬟风鬟归来晚，忘却荷花记得愁"、苏轼："似花还似非花，也无人惜从

①《管锥编》（第二册），第81页。

教坠"等等。这些诗句又具有怎样深层的情思？它们的余韵又在何处？

为了解决这些问题，我们采用伊瑟尔提出的"召唤结构"理论对此现象进行分析。"召唤结构理论"是由文论家伊瑟尔在其1970年发表的《文本的召唤结构》一文中明确提出的。主要侧重对文学作品完成写作后的接受与传播过程进行探讨。根据伊瑟尔的说法，这种"不确定性"和"意义空白"就是潜藏在作品中的"召唤结构"。

回到前面钱先生在这一节中所征引的诗歌作品，我们发现：无论是"折得莲花浑忘却，空将荷叶盖头归""雾鬟风鬓归来晚，忘却荷花记得愁""与君尽日闲临水，贪看飞花忘却愁"还是"折得海棠无觅处，依然遗却月明中""花下贪忙寻百草，不知遗却蠮金蝉"，抑或是前面所列举"菊花须插满头归"等诸诗，不仅都由"花"引发诗思，且在意境上都有一个共同特点，即都营造了一种隐而不发、含蓄幽渺的诗境，将读者拉入一个个诗意缠绵的"召唤结构"之中。这是语文诗学在审美心理方面的表现。按照朱光潜的说法，审美活动的过程是一种高度专注的精神状态，是"主体与客体的融合"，是"对象的孤立"，"迷失于对象之中"，是"超功利的关照"，"类似于一种被催眠而昏睡的精神状态"[1]。"当我们看见一朵美丽的花而入迷的时候，我们会有一刻暂时停止一切思想活动，仅在一种出神的状态中观赏引起美感的花的外表。"[2]处在非理性状态中的诗人因花而惹愁、因花而忘愁，读者在诗外因"花"而联想到自我的生活经历，因而能与诗人同频共振，在情感上产生相类似的感动与共鸣，这是由于诗歌文本自身的"召唤结构"产生的诗意的兴发与共情，这是作者无意写就，却又有意罗织的有情的"情网"。

（六）一名三训：由风引申，直抵文心

以《管锥编·周易正义·论易之三名》为起点，我们发现钱锺书先生对"三"这个概念情有独钟。无论是"易"者，变易、简易、不易的理性分析，还是其在《毛诗正义·关雎》（一）中对"风"字，"风谣""风教""讽诵"的解释，都透露出钱先生对于"一名三训"的重视和关注。

钱锺书先生在《管锥编》中征引《毛诗正义》的说法："微动若风，言出而过改，犹风行而草偃，故曰'风'。""风行草偃"指出了"风"具有鼓动性、弥散性、流逸性。这就引申出"风"的第二层含义——风教。"风"作为"教化"

---

① 朱光潜：《悲剧心理学》，中国文史出版社，2021年，第14页。

②《悲剧心理学》，第15—16页。

的意义最早见于《毛诗序》中，所谓"上以风化下，下以风刺上"也。可见，"风教"一词不只适用于统治者对于民众的教化，同时也适用于民众讽谏和监督统治者，即具有含义的两重性。无独有偶，《尚书·说命》中有"四海之内，咸仰朕德，时乃风"的说法，这里的"风"，孔传释为"教也"。另外，《尚书·君陈》中亦有"尔惟风，下民惟草"的说法，亦可与《说命》中的"风"相参。可见，"风"作为"教化"的含义也早已有之。

的确，《毛诗序》从诞生之日起，就与"温柔敦厚"的诗教观念和"主文谲谏"的表达传统有着密切的联系。《诗经》是春秋时期人们"微言相感"[①]的产物，由于外物的触发，使得原始先民们更注重"兴发感动"而非"直谏"，正所谓"气之动物，物之感人"。我们相信，先民们从自身出发的兴发感动在大多数时候都是委婉而温和的，这样发自内心的，温和的感动自然不同于发布谏言时的直截了当。这在某种程度上也符合"风"字最原始的意义——微风动，草木偃。

再来看"风"字作为"讽诵"的含义。《论语·侍坐章》中记载了孔子与子路、冉有、曾点、公西华四位弟子坐而论道的情景。此篇谈论弟子们的人生理想，最终孔子最为赞同曾点的理想"莫春者，春服既成，冠者五六人，童子六七人，浴乎沂，风乎舞雩，咏而归。"暮春时节，带领许多伙伴，在沂水洗了澡后，唱着歌，吟诵着清丽的诗句一同回来，这里的"风"就是"歌"的意思。孔子听后激动地说："吾与点也"。征引这个例子，意在说明"风"与吟诵的密切联系。

与一切艺术形式最早期的原始状态相同，最古老的音乐就出自对风声等一切自然之声的模拟。《吕氏春秋·古乐篇》云："惟天之合，正风乃行，其音若熙熙凄凄锵锵。帝颛顼好其音，乃令飞龙作乐效八风之音，命之曰《承云》，以祭上帝。""帝尧立，乃命质为乐。质乃效山林溪谷之音以作歌。"[②]可见，上古时期的音乐都是模仿自然界山川河流的声响而作。盛唐诗人王维有诗曰"独坐幽篁里，弹琴复长啸。"这里的"啸"颇为类似于今天吟诵时的"自语式"歌唱，不设置特定的歌词，一旦音乐响起，完全凭借自己的心意吟唱。东坡亦言"何妨吟啸且徐行"。可见"风"与"吟"近，"吟"与"啸"近。至此，"风"字作为"讽诵"的含义也已十分明晰。

---

① 注："微言相感"一词借用胡晓明《春秋称诗:意义共喻与早期的诗性共同体》一文,收录于《诗与文化心灵》,中华书局,2006年,第23页。

② 许维遹撰,梁运华整理:《吕氏春秋集释》卷五,中华书局,2009年,第123—125页。

总之,"一名三训"作为一种训诂方法在《管锥编》中十分常见。以"风"字的含义论:"风谣"是其体制,"风教"是其本原,"讽诵"则阐释了其与音乐的相关性。这样,从三个不同的侧面,阐释"风"字一字多义的实质,可以视为语文诗学在字义训诂方面的表现。此法对于我们从字源学上了解汉字背后的深刻含义,传承博大精深的语文诗学精髓具有十分重要的作用。

三、剖文心以立言:钱锺书先生"语文学"探索之道

首先,钱锺书先生的"语文学"研究从"文学本位"出发。他摒弃我国古代对"修辞立诚"的模式化刻板印象,创造性地运用贯通中西的研究方法勾连古今中外。同时也更为关注对经典文献的考据和参证,吸收和融合了清代乾嘉朴学的优良学风,这一点较为类似传统语文学家的做法。"在《中国文学小史序论》中,他指出要理解中国古代文学,就必须破除那种'执西方文学之门类,卤莽灭裂、强为比附'①的做法,回到中国古代文学的实际中。"②

其次,例证作品题材丰富多样。钱锺书先生特别注重运用"例证法"和"列举法"对引证材料进行细致精到的分析和比较,在他所引证的材料中,既有诗歌、散文、小说、戏剧,也有占卜、谚语、笑话、医学、趣闻等,类型不一而足,内容包罗万象。这正可以回应钱锺书先生力求打通文学与非文学间界限"③的论断。钱锺书先生认为,文字作品都可以当作文学来研究,文字作品中的修辞方法都可以作为文学修辞来看待。可见,他在讨论文学"修辞方法"时,摒弃了对于文体和文类的区隔,进一步拓展了"文"的概念外延,因而也"打通"了传统"文"的观念。从而以一种更加开放包容的心态承认文学与非文学文本之间存在的相互转化和演进关系,反对将"文学"的概念过度局限在狭小的阐释空间之中,进行狭隘的认识和理解。

复次,在研究文学文本修辞方法时他提出了"阐释之循环"论,认为文本的阐释需要经历由"字"到"篇",再以"篇"究"字"的"双向循环"阐释模式。将西方阐释学原理同中国诗学的具体发展阶段相结合,创造出具有中国特色的阐释学发展新模式。

---

① 钱锺书:《钱锺书散文》,浙江文艺出版社,1997年。

② 毛宣国:《钱锺书以"修辞"为本的文学观》,《东方丛刊》,2010年第3期。

③ 参阅钱锺书先生:《中国文学小史序论》,原载《国风半月刊》第三卷,第八、十一期,后收录于《钱锺书集·写在人生边上·边上的边上·石语》,生活·读书·新知三联书店,2002年,第92页。

最后，钱锺书先生在进行语文诗学的探讨时，还创造性地关注到作者在使用该修辞方法时的心理状态。如论述"代言法"时，钱先生指出，"篇中之我，非诗人自道"。从而注意到"代言"的修辞方法背后蕴含着的角色互换和角色扮演的特殊性及其背后潜藏的心理动因，可谓鞭辟入里。

综上所述，通过细读《管锥编》，我们探究了钱锺书先生以文学作品为中心，勾连古今中外、浑融各类文体，力图回归传统语文诗学的学术研究路径。这表明，钱锺书先生以"符号"为基础，重视诗歌中语言的功用，深入研究词法、句法、篇章的学术路径迥然不同于朱光潜、李泽厚所倡导的以审美和心理，甚至直观感受进入诗学（美学）研究，大大遮蔽诗歌语言功用的学术传统。同时亦可证明钱先生的"语文学"研究回归到传统的语言符号中，最大限度地留存了"旧时的语言记忆"，这"正是诗性自在自如表达的源头活水"，有效地应对了语言的"被拿掉"和"失落"现象。[1]与此同时，此举也深刻地反思了"五四"新文化运动以来，诗歌中能够打动读者的语言精华逐渐消失后，人们对语言文字失去了"记忆""神韵"与"温情"的无奈境况，重申了中国传统诗歌是一种语言艺术的真理，促进了语言与文化的深度结合，使传统诗歌对语言的重视和敬畏重新回归文学舞台。另外，"回归语文学也许可以理解为是语文学的一次自我革新，是在对人文学科后现代反思的基础上，将伴随传统语文学的好古主义、精英主义等意识形态去除，同时为文科研究提供一个扎实的基础和跨学科对话平台。"[2]此外，"语文学"研究更意味着对于人文学科学术传统和学术规范的坚守，对于"实证""科学""理性"的研究思路的复归，标志着人文学科具有的"科学性"和精确性。[3]这种研究模式使我们的目光聚焦到文学作品的语言本身，回归到"语文学"研究内部，也充分回应了萨义德、保罗·德曼等西方学者所指出的由"语文学"衰落带来的西方现代人文学科的没落问题。

"语文学源远流长，几千年来迭经流变，在今日之精英学术和大众文化语境中，它的涵义千变万化，人们对它的理解也众说纷纭。语文学可以是一门十分特殊的语言学科，一种实践已久的人文学术方法，或者是一个具体的知识和学术领域；它也可以是一种解读文本的手艺（the craft of interpreting texts），一门阅读的艺术和学问（the art and scholarship of reading），甚至说，它只是一种学术观

---

① 参阅胡晓明:《万川之月·新版后记》,北京大学出版社,2005年,第255页。

②《为何语文学——何彦霄评〈何谓语文学〉》,澎湃新闻,2021年9月23日。

③ 沈卫荣:《回归语文学》,上海古籍出版社,2019年;《我的心在哪里》,原载《文景》,2009年第6期,第1页。

念（academic perspective）或者一种学术和生活的态度，或者一段有趣的学术掌故。总之，今天没人能够三言两语把语文学的涵义说个明白，语文学是一个说不清、也说不尽的话题，但是，谁也不能否认 Philology Matters！"①毫无疑问，重新回归"语文学"研究传统，对于还原诗歌创作的"现场感"，重新回应具有中国特色的"中国叙事"传统具有重大意义。从这个意义上讲，钱锺书先生的《管锥编》及其背后蕴含的语文诗学，在今天仍有其积极意义和指导作用。

樊梦瑶，华东师范大学中文系2021级博士研究生，本文原载于复旦大学中国古代文学研究中心编《中国文学研究》（第三十八辑），收录时有修改。

---

① 参阅沈卫荣、姚霜：《何谓语文学：现代人文科学的方法和实践》导论，上海古籍出版社，2021年。

《文选颜鲍谢诗评》与方回的六朝诗学观

赵厚均

方回（1227—1307），字万里，号虚谷，晚号紫阳居士。徽州歙县（今属安徽）人。宋末历官至严州知州，降元后曾任建德路总管。一生创作宏富，著有诗文集《桐江集》八卷、《桐江续集》三十八卷，另编有《瀛奎律髓》四十九卷、《文选颜鲍谢诗评》四卷、《续古今考》三十七卷传世。《瀛奎律髓》选取的是唐宋人的律诗，主要体现方回的唐宋诗学观；《文选颜鲍谢诗评》乃选取《文选》收录的颜、鲍、谢诸人之作品，并进行较为详细的评点，体现了方回对六朝诗的看法，再结合其《桐江集》《桐江续集》中的有关论述，可以清晰地考察出方回的六朝诗学观。

《文选颜鲍谢诗评》原刻并未传世，是四库馆臣据《永乐大典》辑出。《提要》云："是编取《文选》所录颜延之、鲍照、谢灵运、谢惠连、谢朓之诗，各为论次。诸家书目皆不著录，惟《永乐大典》载之。……统观全集，究较《瀛奎律髓》为胜，殆作于晚年，所见又进欤？"[1]按，谢灵运《七里濑》篇，方回评云："《文选》注：'桐庐有七里濑，下数里至严陵濑。'予作郡七年，往来屡矣。今人皆混而言之。"按，方回于宋德佑元年（1275）知建德军府事兼节制往来驻戍军马，德佑二年（1276）二月举郡降元后仍知建德府事，元至元十八年（1281）解任建德路总管兼府尹，时年五十五岁。[2]方回在该任上正好七年，则此评语应作于其解官后；又谢灵运《登江中孤屿》评语云："此今永嘉郡江心寺无疑。予三十年前甲寅、乙卯寓郡斋往游，见徐灵晖'流来天际水，截断世间尘'诗牌，不见此诗。"甲寅为1254年、乙卯为1255年，则作此评语时为1285

---

① 永镕等撰：《四库全书总目》卷一八六，中华书局，1965年，第1686页。

② 参见毛飞明：《方回年谱与诗选》，杭州大学出版社，1993年，第28、35、40页。

年左右，方回时年五十九岁。诚如四库馆臣所言，其成书比《瀛奎律髓》稍晚①，体现了其诗学的进境。

一、推崇"建安体法"与"建安风味"

建安文学作为六朝文学的开端，一直被视为此期文学的高峰，历来受到很高的评价。方回也是把建安文学当作典范来看待的。在《文选颜鲍谢诗评》的诸家评语中，方回经常将其与建安文学作比较，推举"建安体法"与"建安风味"。

先看"建安体法"。鲍照《咏史诗》方回评云："此诗八韵，以七韵言繁盛之如彼，以一韵言寂寞之如此。左太冲《咏史》第四首亦八韵，前四韵言京城之豪侈，后四韵言子云之贫乐，盖一意也。明远多为不得志之辞，悯夫寒士下僚之不达，而恶夫逐物奔利者之苟贱无耻，每篇必致意于斯。唐以来诗人多有此体，李白、陈子昂集中可考，而近代刘屏山为五言古诗亦出于此，参以建安体法。"刘子翚，字彦冲，号屏山，又号病翁。宋代理学家、诗人。著有《屏山集》。朱熹《跋病翁先生诗》曰："此病翁先生少时所作《闻筝》诗也。规模意态，全是学《文选》乐府诸篇，不杂近世俗体，故其气韵高古，而音节华畅，一时辈流少能及之。"可知其对六朝诗多有取法。洪迈《容斋三笔》卷二"题咏绝唱"条云："吴传朋游丝书，赋诗者以百数，……刘子翚彦冲古风一篇盖为绝唱。……此章（指《吴传朋游丝帖歌》，见《屏山集》卷十四）尤为驰骋痛快，且卒章含讥讽，正中传朋之癖。"②《吴传朋游丝帖歌》卒章奏雅，与鲍照《咏史诗》章法相似，即方回所云"唐以来诗人多有此体"之体。刘屏山诗取法建安诗所体现出的"气韵高古，而音节华畅""驰骋痛快"的诗歌风貌，应是方回所云"建安体法"的内涵。胡仔曾引范温《潜溪诗眼》云："建安诗辩而不华，质而不俚，风调高雅，格力遒壮，其言直致而少对偶，指事情而绮丽，得风雅骚人之气骨，最为近古者也。"在这里，"辩而不华，质而不俚，风调高雅，格力遒壮"即是指"体"，乃诗歌的风格体貌③；"其言直致而少对偶，指事情而绮丽"即是指"法"。方回在《文选颜鲍谢诗评》中也多次言及。评谢惠连《泛湖

---

① 按，据《瀛奎律髓》卷前方回自序，知其成书于元至元二十年(1283)，方回时年五十六。

② 《容斋随笔》，上海古籍出版社，1978年，第440—441页。

③ 王运熙先生《中国古代文论中的"体"》一文，对"体"这一术语有详细的讨论，可参看。收入《中国古代文论管窥》（增补本），上海古籍出版社，2006年。

归出楼中玩月》云："惠连少年工诗文，此篇十六句之内十二句对语亲的，绮靡细润，然言景不可以无情，必有'近瞩窥幽蕴，远视荡喧嚣'及末句乃成好诗。若灵运，则尤情多于景，而为谢氏诗之冠。散义胜偶句，叙情胜述景，能如是者，建安可近矣。""散义胜偶句，叙情胜述景"，正是建安体法的主要特征。建安诗歌句法上的主要特点即是多散句，少对偶；内容上则"怜风月，狎池苑，述恩荣，叙酣宴"，情多于景。方回在这里肯定谢灵运的情多于景虽非康乐诗的真正成就所在①，属于比较保守的观念，但对建安诗歌的特质的把握还是非常精准的。

建安体法之外，方回还提出了建安风味的概念。在评颜延之《秋胡诗》时，方回云："此诗九章，章十句，颇伤于多。陶渊明赋桃源、三良、荆轲，何其简而明也。然此亦善铺叙。……'原隰多悲凉'以下四句、'岁暮临空房'四句，颇有建安风味。""原隰多悲凉"以下四句为"原隰多悲凉，回飙卷高树。离兽起荒蹊，惊鸟纵横去"，写秋胡行役途中之景；"岁暮临空房"以下四句为"岁暮临空房，凉风起坐隅。寝兴日已寒，白露生庭芜"，写秋胡妻独居空房凄冷之景。这几句诗以景写情，并有一股凄清之气。将其与曹植《赠白马王彪》中的"秋风发微凉，寒蝉鸣我侧。原野何萧条，白日忽西匿。归鸟赴乔林，翩翩厉羽翼。孤兽走索群，衔草不遑食"诸句相比较，即可见两者风味的接近。方回于谢灵运《拟魏太子邺中集诗八首》，摘拟曹丕、王粲句云："此全是晋宋诗，建安无此"；摘拟陈琳、徐干句云："皆不似建安"；摘拟刘桢、应场、阮瑀、曹植句云："皆规行矩步，整砌妆点而成，无可圈点，全无所谓建安风调"。风调亦即风味。康乐诗中"规行矩步，整砌妆点而成"的作品，是没有建安风调的。在方回这里，建安风味是比建安风骨内涵更为丰富的概念，指建安文学所体现出的独特艺术个性和风貌，一言以蔽之：混然天成。方回在《文选颜鲍谢诗评》中曾两度提及，评谢灵运《登池上楼》："此句（指'池塘生春草，园柳变鸣禽'）之工，不以字眼，不以句律，亦无甚深意奥旨，如古诗及建安诸子'明月照高楼''高台多悲风'，及灵运之'晓霜枫叶丹'，皆天然混成，学者当以是

《文选颜鲍谢诗评》与方回的六朝诗学观

---

① 方回评谢灵运《石壁精舍还湖中作》亦云："灵运所以可观者不在于言景，而在于言情。"实际上，谢灵运山水诗的优点不在情胜于景，而是情与景的结合，王夫之对其高度评价皆寓目于此。《古诗评选》卷五谢灵运《邻里相送至方山》评语云："情景相入，涯际不分，振往古，尽来今，唯康乐能之。"《登上戍石鼓山诗》评语云："言情则于往来动止、缥缈有无之中，得灵馨而执之有象；取景则于击目经心、丝分缕合之际，貌固有而言之不欺。而且情不虚情，情皆可景；景非滞景，景总含情。"（《船山全书》第14册，岳麓书社，2011年，第731、736页）

求之。"评《永初三年七月十六日之郡初发都》："此诗排比整密，建安诸子混然天成不如此，陶渊明剥落枝叶不如此。"虽然两处评语一是肯定康乐诗，一是批评康乐诗，所持的标准皆是建安诗的"天然混成"或"混然天成"。

方回论诗，主张"格高为第一，意到自无双"(《诗思十首》其五)①，建安诗之体法与风味无疑符合其标准的。在评论颜鲍谢诸家诗作时，方回乃悬置为高标，时常予以批评。如评谢灵运《从游京口北固应诏》："'原隰荑绿柳'一联，艳而过于工，建安诗岂有是哉？""原隰荑绿柳，墟囿散红桃"一联，色彩艳丽，对仗工整，与建安诗的天然混成有一定的距离；评谢灵运《于南山往北山经湖中瞻眺》云："'解作'谓雷雨，'升长'谓草木，用两卦名为偶，建安诗无是也。"以卦名对偶，过于尖巧，亦与建安诗"直致而少对偶"的诗法追求不符。评谢灵运《九日从宋公戏马台集送孔令》云："《易》曰：'有孚，饮酒，无咎。'《诗序》曰：'《鹿鸣》废则和乐缺矣。'此诗云：'饯宴光有孚，和乐隆所缺。'善用事，又善用韵，建安诗则不如此之细而必偶也。"虽肯定该诗"善用事，又善用韵"，但对其"细而必偶"仍致不满，认为与建安诗不类。评谢灵运《拟魏太子邺中集诗八首》云："建安诗有古诗十九首规格，晋人至高莫如阮籍《咏怀》，尚有径庭，灵运山水之作细润幽怨、纤余开爽则有之矣，非建安手也。"②方回于"细润"之作颇不以为然，评谢惠连《泛湖归出楼中玩月》云："此篇十六句之内十二句对语亲的，绮靡细润，然言景不可以无情，必有'近瞩窥幽蕴，远视荡喧嚣'及末句乃成好诗。"《瀛奎律髓》卷一评张祜《金山寺》云："大历十才子以前，诗格壮丽悲感。元和以后，渐尚细润，愈出愈新。而至晚唐，以老杜为祖，而又参此细润者，时出用之，则诗之法尽矣。"无论康乐、宣远诗，还是晚唐诗，一涉细润，即与建安诗的格力道壮存在较大差距，便为方回所批评。评谢朓《和王主簿艳情》："'花丛乱数蝶，风帘入双燕'，灵运、惠连、颜延年、鲍明远在宋元嘉中未有此等绮丽之作也。齐永明体自沈约立为声韵之说，诗渐以卑，而玄晖诗徇俗太甚，太工太巧，阴何徐庾继作，遂成唐人律诗，而晚唐尤纤琐，盖本原于斯。"对谢朓诗的批评主要在气格卑俗与

① 方回曾多次强调格高，《唐长孺艺圃小集序》："诗以格高为第一。"《瀛奎律髓》卷二十一："诗先看格高而语又到、意又工为上；意到语工而不高，次之；无格无意又无语，下矣。"据顾易生等先生的意见，"格高"的内涵包括：诗体浑大、剥落浮华、瘦硬枯劲、恢张悲壮、自然质朴、豪放深蕴等等，见顾易生、蒋凡、刘明今：《宋金元文学批评史》，上海古籍出版社，1996年，第934—935页。

② 李庆甲：《瀛奎律髓汇评》附录《文选颜鲍谢诗评》卷四，上海古籍出版社，2005年，第1906页。

过于工巧，这与其在《瀛奎律髓》卷十四中对许浑的批评如出一辙，"许用晦……其诗出于元、白之后，体格太卑，对偶太切。陈后山《次韵东坡》有云：'后世无高学，举俗爱许浑。'以此之故，予心甚不喜丁卯诗。……而近世晚进争由此入，所以卑之又卑也。"①在《瀛奎律髓》中对姚合以及永嘉四灵，他持同样的态度，"予谓诗家有大判断，有小结裹。姚之诗专在小结裹，故四灵学之。"（卷十）"盛唐律，诗体浑大，格高语壮。晚唐下细工夫，作小结裹，所以异也。"（卷十五）"所谓'小结裹'即是过求工巧，对偶细密，所见又窄，不过写些花竹茶酒等身边琐物，故格调不高，气象不宏。"②格卑与工巧的晚唐诗及永嘉四灵诗同样为方回所不喜。

由此可见，方回虽然没有直接评述建安诗歌，但是在品评元嘉、永明诗时却时常以建安诗为参照，对建安体法和建安风味予以推重，展现了他的诗学追求。

二、肯定元嘉、永明文学的成就

既然方回时常批评颜鲍谢诸家诗作，是否对元嘉、永明文学就全盘予以否定了呢？当然不是，否则他何苦在晚年来选评颜鲍谢诗呢！明陆时雍《诗镜总论》云："诗至于宋，古之终而律之始也。体制一变，便觉声色俱开。"③清沈德潜《说诗晬语》卷上亦云："诗至于宋，性情渐隐，声色大开，诗运一转关也。"④两人所论皆立足于刘宋诗坛的新变意义，并成为讨论元嘉文学的经典论断。其实远早于他们的方回，也是敏锐地把握了元嘉以来诗风的转变，故从《文选》中单独拈出元嘉、永明文学的大家来予以品评。

上文言及，方回常以建安体法和建安风味为准绳，对颜、鲍、谢诸家诗多有批评，主要是因诸家诗多追求对偶与组丽。不过，诸家中出于自然的作品也会得到方回的肯定。诸人中，方回最为欣赏的是谢灵运，对其正面的评价有很多。如评谢灵运《登池上楼》："此句（指'池塘生春草，园柳变鸣禽'）之工，不以字眼，不以句律，亦无甚深意奥旨，如古诗及建安诸子'明月照高楼''高台多悲风'，及灵运之'晓霜枫叶丹'，皆天然混成，学者当以是求之。"又评谢

---

① 《瀛奎律髓汇评》卷十四，第509—510页。

② 《宋金元文学批评史》，第932页。

③ 丁福保：《历代诗话续编》，中华书局，1983年，第1406页。

④ 沈德潜：《说诗晬语》，人民文学出版社，1979年，第203页。

灵运《石壁精舍还湖中作》："灵运所以可观者不在于言景，而在于言情。'虑澹物自轻，意惬理无违'，如此用工，同时诸人皆不能逮也。至其所言之景，如'山水含清晖''林壑敛暝色'及他日'天高秋月明''春晚绿野秀'，于细密之中时出自然，不皆出于织组。颜延年、鲍明远、沈休文虽各有所长，不到此地。"谢灵运天然混成、细密自然的作品为方回所激赏，其地位亦被置于颜鲍诸人之上。评颜延之《和谢监灵运》："此诗凡七八折，铺叙非不整矣，用事用字非不密矣，以鲍照之说裁之，则谓之雕缋满眼可也。如灵运诗'昏旦变气候，山水含清晖。清晖能娱人，游子憺忘归'，天趣流动，言有尽而意无穷，似此之类，恐延之未敢到也。"方回不喜颜延之诗的整密雕缋，推重谢灵运的天趣流动。"天趣者，自然之趣耳。"①谢灵运之诗，素有"如初发芙蓉，自然可爱"②之评，沈德潜亦云："陶诗合下自然，不可及处在真在厚；谢诗经营而返于自然，不可及处在新在俊。""（谢诗）大约匠心独造，少规往则，钩深极微，而渐近自然。"③谢灵运诗经雕琢而返于自然，方回对其肯定，是与欣赏建安风味一脉相承的。

方回论诗亦重意趣。前文曾引述方回评谢灵运诗"叙情胜述景"，虽然这"情"可能包含玄言说理的内容，对谢诗之意趣，方回还是十分嘉许的。评谢朓《始出尚书省》云："诗排比多而兴趣浅。三谢惟灵运诗喜以老庄说道理，写情愫，述景则不冗，寄意则极怨，为特高云。"方回不满谢朓诗的"兴趣浅"，而肯定谢灵运诗"以老庄说道理，写情愫"。评谢灵运《永初三年七月十六日之郡初发都》云："此诗排比整密，建安诸子混然天成不如此，陶渊明剥落枝叶不如此，但当以三谢诗观之，则灵运才高词富，意怆心惺，亦未易涯涘也。"方回虽不喜谢诗之"排比整密"，但亦肯定其"才高词富，意怆心惺"，所重者仍是灵运诗之意趣。

元嘉与永明文学处于古体向近体过渡的关键时期，其创作技巧、风貌等常为后世名家所取法，颜、鲍、谢诸人作为凌绝一代的大家，也必然给其后的文学创作带来较大的影响。方回在选评时亦会寓目于此，或对其正面影响予以肯定，或对其负面影响提出批评。评颜延之《和谢监灵运》云：

> 此诗凡七八折，铺叙非不整矣，用事用字非不密矣，以鲍照之说裁之，

---

① 何汶《竹庄诗话》卷二十引《禁脔》，中华书局，1984年，第396页。

② 《南史·颜延之传》，中华书局，1975年版，第881页。

③ 《说诗晬语》，第203页。

则谓之雕缋满眼可也。如灵运诗"昏旦变气候,山水含清晖。清晖能娱人,游子憺忘归",天趣流动,言有尽而意无穷。似此之类,恐延之未敢到也。如"桃李春风一杯酒,江湖夜雨十年灯",未是山谷奇处。"石吾甚爱之,勿遣牛砺角。牛砺角尚可,牛斗残我竹",乃山谷奇处也。学者学《选》诗,近世无其人。唯赵汝谠近三谢,犹有甃砌之迹,而失于舒缓,步步规随,无变化之妙云。

上文曾引述该段文字前半,谓方回欣赏康乐诗的天趣流动。在后半,方回忽宕开一笔,先说黄庭坚的名句"桃李春风一杯酒,江湖夜雨十年灯"尚不足为奇,因为此联看似平常,实则是经过精心锤炼的,与方回推举的"混然天成"或"天趣流动"不符;而"石吾甚爱之"诸句却是质朴自然,涉笔成趣。吕本中云:"或称鲁直'桃李春风一杯酒,江湖夜雨十年灯',以为极至。鲁直自以此犹砌合,须'石吾甚爱之,勿遣牛砺角。牛砺角尚可,牛斗残我竹',此乃可言至也。"[①]方回或许曾见过吕本中的记载,不过在此拈出,用以呼应他对"天趣流动"的偏爱,也是非常恰当的。随后,方回又举出赵汝谠学三谢,"有甃砌之迹","无变化之妙",亦是从元嘉诗人对后世的影响着眼。

谢朓作为永明新体诗的代表,往往被视为唐诗的先声,对后世诗风有较大的影响,前文曾举方回对谢朓《和王主簿艳情》的评语,针对太工太巧、过于卑俗的诗风,尤其是晚唐诗进行批评,其导源即在于谢朓诗。又评谢朓《游东田》云:"起句佳,'远树生烟'之联尤佳,'鱼戏新荷动,鸟散余花落',佳之尤佳,然磔元气甚矣。阴铿、何逊、庾信、徐陵、王褒、张正见、梁简文、薛道衡诸人诗皆务出此,而唐人诗无不袭此等语句。灵运、惠连在宋永初、元嘉间犹未甚也。宋六十岁至于齐,而玄晖出焉,唐子西之论有旨哉。""鱼戏"二句,陈祚明以为:"生动飞舞,写景物之最胜者,调亦未坠。"[②]方回也称其为"佳之尤佳",对谢朓诗的佳句予以充分肯定,随即笔锋一转,谓诸句"磔元气甚矣",则语含批评。所谓"磔元气",即是指其过于工巧,缺乏混然天成的意趣,已远离古体诗的风貌。故接下即云自阴铿以下,乃至唐人诗,皆承袭此风。子西之论,即宋人唐庚《语录》所云:"(诗)至玄晖,语益工,然萧散自得之趣亦复少减,渐有唐风矣,于此可以观世变也。"[③]"萧散自得之趣"即禀之

① 胡仔:《苕溪渔隐丛话》前集卷四十七引《吕氏童蒙训》,人民文学出版社,1962年,第321页。

② 陈祚明:《采菽堂古诗选》卷二十,上海古籍出版社,2008年,第646页。

③《苕溪渔隐丛话》前集卷二引,第8页。

"元气"而达成的"天趣"。两人对谢朓诗的工巧皆击节称赏而又略致批评。

其他如评鲍照《东武吟》云:"诗有笔力,如转石下千仞山,衮衮轰轰不可御,李太白诗甚似之。"评鲍照《出自蓟北门行》云:"少陵诗:'汉时长安雪一丈,牛马寒毛缩如猬。'鲍用又在先也。"评谢朓《郡内高斋闲坐答吕法曹》云:"柳子厚'遥怜郡斋好,谢守但临窗',用'窗中列远岫'是也。"评谢朓《和王主簿缘情》:"'一顾重'而'千金贱',此联乃绝佳。……杜荀鹤'风暖鸟声碎,日高花影重'之作,全得此格。"皆是从诗歌技巧的角度出发来观照元嘉永明诗人对后世的影响。评谢灵运《于南山往北山经湖中瞻眺一首》:"'孤游非情叹,赏废理谁通。'谓己之独游于此,不以真情形之叹咏,则赏心之事之人既废,此理谁与通乎?意极哀惋。柳子厚永州诸诗多近此。"以为柳宗元遭贬后作品的意蕴与谢灵运相近,又从思想情感着眼来分析谢灵运的影响。凡此,皆可见方回在评价颜鲍谢诸人诗时,是有较为敏锐的诗学发展眼光的。

三、江西诗法的批评实践

方回在《瀛奎律髓》一书中选评唐宋律诗,常从章法、句法、字法等角度着眼,对这些作品进行评价,体现了他对江西诗派诗法的承继和对宋末江湖、四灵诗风的反拨。《文选颜鲍谢诗评》也同样从章法等入手来评价诸人诗歌。

方回论诗重意脉,尝谓"律为骨,意为脉,字为眼,此诗家大概也"[①],被视为"方回论创作方法的总纲"[②]。其评谢灵运《过始宁墅》:"诗有形有脉,以偶句叙事叙景,形也;不必偶而必立论尽意,脉也。古诗不必与后世律诗不同,要当以脉为主。如此诗'剖竹守沧海'以下五联十句皆偶,未为奇也,前八句不偶,则有味矣。"在方回看来,用工整的对偶句叙事写景,只是外在的形式;在不必对偶之处,立论尽意,才是全诗的气脉,从而贯串全诗,品之有味。评谢惠连《泛湖归出楼中玩月》云:"惠连少年工诗文,此篇十六句之内十二句对语亲的,绮靡细润,然言景不可以无情,必有'近瞩窥幽蕴,远视荡喧嚣'及末句乃成好诗。"此评虽未提及形脉,但其认为"日落泛澄瀛"以下十二句"对语亲的,绮靡细润",乃偶句叙景,是其所说的"形";"近瞩窥幽蕴"以下四句言情,乃立论尽意,亦即是脉。评谢灵运《于南山往北山经湖中瞻眺》云:"此诗述事写景自'天鸡弄和风'以上十六句有人,佳句可脍炙,然非用'抚化'

①《汪斗山识悔吟稿序》,《桐江集》卷一,宛委别藏本。

②《宋金元文学批评史》,第936页。

'览物'一联以缴之，则无议论无归宿矣。此灵运诗高妙处。"亦是注重以议论立意，贯串上下文的脉络。因其对意脉的重视，故而常立足于诗歌的章法予以品评。如评颜延之《始安郡还都与张湘州登巴陵城楼作》云：

> 此诗十韵。"江汉分楚望，衡巫奠南服。三湘沦洞庭，七泽蔼荆牧。"起句二韵，大概言地势。郊外曰"牧"，"荆牧"言七泽之野也。末韵"请从上世人，归来艺桑竹"，有感于"存没竟何人，炯介在明淑"而云。初不明言"炯介""明淑"为进退，而为"松竹"之句，则意在退也。

于该诗之起结相承剖析得颇为细致。又如评谢瞻《张子房诗》《于安城答灵运》，几乎逐句分析诗意，于全诗之意脉也就了然；评鲍照《苦热行》亦立足于章法与立意。

方回《跋俞则大诗》云："一首中必当有一联佳，一联中必当有一句胜，一句中必当有一字为眼。"①故而方回对颜、鲍、谢诸人的佳句每多称赏。评颜延之《夏夜呈从兄散骑车长沙》："'夜蝉当夏急，阴虫先秋闻。岁候初过半，荃蕙岂久芳'，四句可书，'阴虫'一句尤佳。"评鲍照《白头吟》："'心赏''貌恭'一联，至佳，至佳！"评谢混《游西池》："起句十字亦佳。……'高台眺飞霞''水木湛清华'两句俱佳。"均立足于佳句而言。谢朓是永明新体诗的代表，"撰造精丽，风华映人"②，"奇章秀句，往往警遒"③，故方回对其佳句的评赏尤多。评《晚登三山还望京邑》："起句……极佳，李白云：'解道澄江净如练，令人却忆谢玄晖。'此一联尤佳也。"评《休沐重还道中》："此二句（指'还邛歌赋似，休汝车骑非'）极佳。……'楚山''吴岫'二句亦佳。……最后句终期退闲，其思缓而不迫，尤有味也。"评《游东田》云："起句佳，'远树生烟'之联尤佳，'鱼戏新荷动，鸟散余花落'，佳之尤佳。"评《之宣城出新林浦向板桥》："'天际识归舟，云中辨江树'，古今绝唱。"评《和王主簿怨情》"生平一顾重，宿昔千金贱"句："此联乃绝佳。"方东树《昭昧詹言》卷七云："玄晖之诗如花之初放，月之初盈，骀荡之情，圆满之辉，令人魂醉。"④尽管方回曾批评谢朓诗过于工巧，当面对谢朓的佳句时，方回还是由衷地喜欢。

① 方回：《桐江集》卷四，宛委别藏本。

② 王世贞：《艺苑卮言》卷三，《历代诗话续编》，第996页。

③ 钟嵘：《诗品》"谢朓"条，曹旭：《诗品集注》，上海古籍出版社，2011年，第392页。

④ 方东树：《昭昧詹言》卷七，人民文学出版社，1961年，第186页。

方回论诗极重诗眼，尝云："未有名为好诗而句中无眼者。"①在《瀛奎律髓》中时有"诗眼""字眼"和"句眼"等术语的运用②，品评颜、鲍、谢诸人诗，亦常立足于此。评谢灵运《登江中孤屿》："'孤屿媚中川'，'媚'字句中眼也。'怀新道转迥'，此句尤佳。"评《初发石首城》："'微命察如丝'，'察'字尤佳。"评谢惠连《西陵遇风献康乐》："五章，章八句，仅有四句佳。'积素惑原畴'，'惑'字佳。"评谢朓《京路夜发》："'徂两'二字甚佳。"诸评语或直接指出何字为句眼，或只称某字佳，无疑皆立足于诗眼而言。由此可见方回对江西诗法的服膺，这也是刘宋元嘉以来诗歌"俪采百字之偶，争价一句之奇。情必极貌以写物，辞必穷力而追新"③的诗学追求的结果。

尽管元嘉永明诗歌已渐趋雕琢，但对句法尚不是很在意。因此方回在《文选颜鲍谢诗评》中很少论及句法，仅见一例。评鲍照《结客少年场行》："'九途平若水，双阙似云浮'，此亦古诗蹉对句法。"则点出其特殊的蹉对句法。"九途"两句按正常的对偶应为"九途平若水，双阙浮似云"，但鲍照打破了正常的语序，形成了陌生化的对偶效果。蹉对的概念，最早由沈括提出，《梦溪笔谈》卷十五云："如《九歌》：'蕙肴蒸兮兰藉，奠桂酒兮椒浆。'当曰'蒸蕙肴'，对'奠桂酒'，今倒用之，谓之蹉对。"④唐宋人已习用该句法，唐前只是偶尔用之，方回将之抉发出来，亦可以见其诗学追求。

四、余论

方回在《文选颜鲍谢诗评》一书中，通过多角度、多层面的品评，展示了他对六朝文学的认识：既标举天然混成的建安风味，又不废元嘉永明新声。同时还时刻不忘其所秉承的江西诗法，对名章迥句进行品评。当然，由于选诗的限制，这并不能完全代表他的六朝诗学观。六朝诗人中，方回其实最看重的还是陶渊明。《文选颜鲍谢诗评》中曾两次以陶渊明诗与诸人比较，卷一评颜延之《秋胡行》云："此诗九章，章十句，颇伤于多，陶渊明赋桃源、三良、荆轲，

---

① 《瀛奎律髓汇评》卷十，第348页。

② 参见詹杭伦：《方回的唐宋律诗学》第140—143页（中华书局2002年版）、田金霞《方回〈瀛奎律髓〉研究》第175—180页（中国社会科学出版社2015年版）。

③ 詹锳：《文心雕龙义证》，上海古籍出版社，1989年，第208页。

④ 胡道静：《新校正梦溪笔谈》卷十五，中华书局，1957年，第161页。沈括之后，常有论及该句法者，侯体健对此问题有细致梳理，可参见《试谈唐宋诗文中的"交蹉语次"与"感官优先"——"石五六鹢"句修辞性诗艺的两种解读》，《中国韵文学刊》2010年第3期。

何其简而明也。"卷三评谢灵运《永初三年七月十六日之郡初发都》云："此诗排比整密，建安诸子混然天成不如此，陶渊明剥落枝叶不如此。"一以"简而明"批评"伤于多"，一以"剥落枝叶"批评"排比整密"，皆赞赏陶诗摒弃浮华、剥落枝叶的简劲和平淡。在其他文章中，方回也表达了对陶渊明的偏爱，《送喻唯道序》云："五言古陶渊明为根柢，三谢尚不满人意。"①以陶渊明为五言古诗之代表，三谢尚不能尽如人意。《跋冯庸居诗》云："诗有韵之文也……汉有建安四子，晋有陶渊明，唐有李、杜、陈、韦、韩、柳，此后世之所谓诗也。予独悲夫近日之诗，组丽浮华，祖李玉溪；偶比浅近，尚许鄞州。诗果如是而已乎？"②在标举六朝诗人时也仅举出建安四子和陶渊明，忽略颜、鲍、谢诸人。个中原因，一方面是与宋代陶渊明得到普遍的重视有关，另一方面则是由于方回欲以陶渊明之格高与淡而有味来扫除永嘉四灵和江湖诗派的卑弱，且力矫江西诗派末流之弊。③综合考察方回对六朝诗人的评价，大抵是以陶渊明居首，建安诸子次之，颜鲍谢诸人又次之。只是颜鲍谢诸人处于古体向近体过渡的关键时期，创作上有不少优秀的作品，且对后世产生较大的影响，故方回不惮辞费，在晚年选评诸人诗歌，开启"选诗"专题研究的先河，且充分展示其诗学见解，与其他著述一道构建其六朝诗学观。

赵厚均，复旦大学中文系 2000 级博士，华东师范大学中文系 2006 级博士后，现为华东师范大学教授、博士生导师。本文原载于《文艺理论研究》2018 年第 6 期，收录时有修改。

---

① 《桐江集》卷一，宛委别藏本。

② 《桐江集》卷四，宛委别藏本。

③ 参见刘飞、赵厚均：《方回崇陶与南宋后期江西诗派的自赎》，《文艺理论研究》2014 年第 1 期。

追体验、解码、暗道之寻找
——对徐复观《环绕李义山〔商隐〕〈锦瑟〉诗的诸问题》一文之发微

朱洪举

徐复观的《环绕李义山（商隐）〈锦瑟〉诗的诸问题》[①]一文，体现出一种文史打通的追求，他在此文中着力凸显文学中的"人格"要素，并使之与儒道传统结合，与现代化学术体制中的文学研究形成一种鲜明对峙。他对一些作品的阐释，继承古代考据之传统又不拘泥其中，往往不极力建构抽象的理论体系，不去用某个模式来套解某部作品，这种立场不仅体现在他的文学研究上，更体现在他对儒家经典的解释上（在这方面比较典型的文章是其《有关中国思想史中一个基题的考察———释〈论语〉"五十而知天命"》），这在现代学界以某派方法硬套中国文学之今日颇为难得。

《环绕李义山（商隐）〈锦瑟〉诗的诸问题》，从某个角度上，可以说此文所谈乃为这样一个问题：我们如何接近诗、诗人、世界。

关于这个问题，福柯有一篇甚为出名的文章，即《什么是作者》，他在此文中区分了"writer"和"author"二词，他把古典作家比喻为伏在意义平台上的工作师，首先构想好所指，然后用能指来填充，作品在完成之后，意义最终阐释权归结于他，因此，古典批评是对作者生平时代等诸因素之考察，在此基础上，方能实现对作品之理解，也因此，他把古典文本的作者称为"author"，此词本身含有"权力（authority）"的意味，即作者对"文本"是一种权力之关系。而现代意义上的作品及批评，不必以"作者"为中心，作品被作者完成后便自动

---

① 徐复观:《中国文学精神》,上海书店出版社,2004年。

进入另一个与读者对话之世界，作者不再能占有作品，作品可以在读者手中作任意解释，这种意义上的作者为"writer"。现代意义的批评者在解读作品时不必回到作者，文本自身构成一个世界，而且其意义可由读者填充，在此过程中，文本意义便始终在延异之中。

上面福柯所彰显的，可以看做是我们如何和诗、诗人打交道的问题。福柯宣称："作者"死了，这里面当然有对启蒙理性反思之意味，我们很难看出福柯是站在哪一方，他是在客观地描述还是在由衷地呐喊，现在大多学者往往一厢情愿地把这句话理解为呐喊，这恰好反映出我们对"后现代"的迷恋，但福柯是复杂的，"理性"的僭越在西方是一个现代性的问题，而现代批评理念所呈现的一个趋向则是"读者"的僭越，这和西方"理性"之僭越就成了一种明显的呼应。

徐复观的《环绕李义山（商隐）〈锦瑟〉诗的诸问题》，给我们提供了思考福柯关于读者与作者问题的一种途径。

在此文中他提到："《锦瑟》对读者的魅力，只因为它是道道地地的一首诗，是来自它由色泽、韵律所给与于人的诗的气氛情调，读者能读出这种气氛情调，而引起怅惘不甘之情，则读者之情已与作者之情，间千载而相遇相感。假定起义山于九原，问他这一句到底指的什么事，那一句到底谈的是什么情，恐怕义山也会惘然自失，期期未能出口，最后只好说'卿非解人，我眠且去'了。"[1]但他接下去笔头一转写道："不过，对于感觉有意味的事情，想诉之于理智，以求知道一个究竟，这也正是人情之常"；"读者对诗所作的理智活动，不仅不致妨碍了诗的本质，而且对创作与欣赏，多少可以提供若干意义"[2]由此，徐复观用清代考据学的功夫，结合诗内相证，对李义山生年问题、其婚于王氏之隐痛、其与令狐绹之关系等问题进行了细致的考察，进而提出自己对《锦瑟》诗的理解。

徐复观把自己解读李义山的方法总结为"追体验"。他在此文的最后提到："以上对《锦瑟》诗的解释、分析，并不是先拿一个什么格套，硬把这种格套用上去。我的解释分析，更不能说是对诗作解释或鉴赏时的范例。不过，我愿向对诗有欣赏兴趣的人，指出下面一点：即是读者与作者之间，不论在感情与理解方面，都有其可以相通的平面，因此，我们对每一作品，一经读过、看过后，立刻可以成立一种解释。但读者与一个伟大作者所生活的世界，并不是平面的，

---

① 徐复观:《中国文学精神》,第278—279页。

② 徐复观:《中国文学精神》,第279页。

而实是立体的世界。于是，读者在此立体世界中只会占到某一平面，而伟大的作者却会从平面中层层上透，透到我们平日所不曾到达的立体中的上层去了。因此，我们对一个伟大诗人的成功作品，最初成立的解释，若不怀成见，而肯再反复读下去，便会感到有所不足，即是越读越感到作品对自己所呈现出的气氛、情调，不断地溢出于自己原来所作的解释之外、之上，在不断地体会、欣赏中，作品会把我们导入向更广更深的意境里面去，这便是读者与作者，在立体世界中的距离不断地缩小，最后可能站在与作者相同的水平、相同的情境，以创作此诗时的心来读它，此之谓'追体验'。"①

徐复观以其特有的方法，在一步步走向作者，接近作者，他不像福柯所谈的现代意义的批评家，摒弃作者单独把文本作为一个自足的结构，也不像福柯所提到的古典批评者，单独科学主义式地考察作者生平及时代背景，作品成了没有生命力的"对象"。徐复观的"追体验"，乃是凭借历史文献的一步步考证，诗人渐渐复活，结合诗句的参证，从而探得诗歌中蕴涵的作者世界，进而与之沟通、交流。

徐复观在其《〈文心雕龙〉浅论》中也提到了这一点："'缀文者情动而辞发'，鉴赏者顺着文字深入进去，可以与作者创作时的心灵相接触，相融合。'观文者披文以入情'，这在今日，称为'追体验'，在彦和则是'沿波（文字）讨源（心），虽幽必显。世远莫见其面，觇文辄见其心'。能见作者之心，才算真正读懂了那篇作品。"②

这种"沿波（文字）讨源（心）"的"追体验"，在现代诗人西川看来，就是试图"找到通向所阅读作家的暗道"的工作。西川在其《个我 他我 一切我》中提道："找到通向所阅读作家的暗道看来是必要的，否则就不能达成有效的交流。我使用'暗道'一词并非故弄玄虚，它区别于通向作家的康庄大道。一个人不能因为知道屈原是一个爱国者而自称了解屈原，一个人也不能因为听说过鲁迅的愤世嫉俗而自称了解鲁迅。所谓'暗道'，或是一个符号，或是一种语言方式，或是一种价值观念，或是一个形象，或者甚至就是一个词。这个词、这个符号等等，就像一个按钮，你按到它，作品才向你完全打开，作家才对你一个人说话。每一个作家都有通向他的暗道。但是历史的代价是，随着作家的离去，这暗道也便自行封闭。在某些情况下，找到通向某一作家的暗道需要很长

---

① 徐复观:《中国文学精神》，第324—325页。

② 徐复观:《〈文心雕龙〉浅论》之五，《徐复观文集》（二），湖北人民出版社，2002年，第459页。

时间。"寻找通向已故作家暗道的目的，并不是要使死者复活，而是要从死者那里获得写作和道义上的支持，而这种支持一旦从死者那里发出，死者也便复活了。"

正如胡晓明先生阐释陈寅恪先生之诗时提出的"解码"，这和徐复观之"追体验"、西川所谓"找到通向所阅读作家的暗道"之精神，乃是相通的，都是试图经历他者的世界，在这种追索之过程中，和"作者"建立了一种"默契"关系，徐复观所谓"能见作者之心"，西川所谓读者与作者建立"精神上的私人关系"："在读者与作者之间如果建立不起精神上的私人关系，阅读行为便告失败。"

这种阐释方式不像福柯所谈到的现代批评家和鉴赏者，"作者"被作为和文本无关的人存在。现代诗人把文本的作者比作"在一幅照片之外的一个摆弄照相机的人"："他活动手指，他发出声音，他以他的行为存在。……这个'幽灵'就不像我们传统上所说的'作者'那么简单。帕斯称'艺术的幽灵'为'另一个声音'：'它（诗歌）的声音是另一个，因为这是激情与幻觉的声音，是这个世界与另一个世界、是古老又是今天的声音，是没有日期的古代的声音'"。

也许正是通过我们的"解码"，我们的"追体验"，我们对于"暗道"的寻找，我们和另外一个已经失去的世界建立了联系，我们和诗人建立了私人关系，正是在这种意义上，我们原来所面对的沉默的文本，现在可以与我们对谈，这个文本因为被我们的"钥匙"打开，因而其所护庇的又一次得到复活。

在此意义上，可以这么说，传统，其"作者"已经隐遁，所存的只有"文本"，如果我们在这个时代仍想与其建立关系，那只有使其文本和我们每一个个体建立起真正的"私人关系"，和那些原典性文本打交道，而不是把这种寻找"暗道"和"密码"的权力让渡给他者，这样就无法建立起个人的"体验"，谈论传统也成了一个空洞的姿势。

徐复观受文学研究现代化的影响不大，他的研究没有因为现代意味的启蒙革命而同传统中断，在《环绕李义山（商隐）〈锦瑟〉诗的诸问题》中谈到的"追体验"之精神，对已同传统中断的我们有着无穷的启发。

朱洪举，华东师范大学中文系 2007 届博士，现为上海大学文学院副教授。本文原载于《名作欣赏》2005 年第 8 期，收录时有修改。

追体验、解码、暗道之寻找

"兴于微言"而"止于至善"

——论叶嘉莹《小词大雅》的词学体系、诗性书写与生命体悟

朱兴和

最近几十年，我国文学研究发展迅猛，在各时段和各领域都取得了丰硕成果，但也出现了一些深层问题：第一，"空前专业化"和职业化，却缺少深刻的生命体验和学术"热情"①；第二，高度学院化，却对当代"精神生活的解体"束手无策②；第三，或埋头整理国故而对文化他者缺乏兴趣，或热衷于套用理论而不免方凿圆枘；第四，述学语言缺乏美感、诗意和感染力。本来，文学研究是围绕诗性心灵和审美文本而展开的精神劳作，可是，由于程序化地刻凿或谈论前人诗性的"灵光"，反而使文学和文学研究频频"失灵"③，一如本雅明所描述的"灵晕"之消散④。面对这一复杂而深刻的学术、思想危机，敏锐的人文学者们基于各自的专业背景发出各种各样的声音。在"众声喧哗"中⑤，叶嘉莹的《小词大雅》发出了一种独特的声音⑥。该书不过十五万字，但正如书名所暗示的那样，书虽小，却有大雅存焉。查慎行曾说："收拾光芒入小诗。"⑦《小词

---

① 马克斯·韦伯：《学术与政治》，冯克利译，生活·读书·新知三联书店，1998年，第23页。

② 卡尔·雅斯贝斯：《时代的精神状况》，王德峰译，上海译文出版社，2003年，第90页。

③ 李欧梵：《人文六讲》，中国人民大学出版社，2012年，第21页。

④ 本雅明：《发达资本主义时代的抒情诗人》，张旭东译，生活·读书·新知三联书店，1989年，第168页。

⑤ 巴赫金：《巴赫金全集》（第五卷"诗学与访谈"），白春仁、顾亚铃译，河北教育出版社，1998年，第4页。

⑥ 叶嘉莹：《小词大雅——叶嘉莹说词的修养与境界》，北京大学出版社，2015年。本文引文凡出自此书者皆随文注明页码。

⑦ 查慎行：《敬业堂诗集》，上海古籍出版社，2015年，第546页。

大雅》同样摄入了作者毕生学术、思想之灵光，不仅是一部成功的通俗读物，也是一部优秀的学术著作。该书蕴含着丰厚的学理、学养，特别是充满微言和诗性的写作方式、融通中西的学术取径以及穿透学术和人生的生命体悟，对当今文学研究的积弊颇有疗救之效，值得我们好好玩味、学习。

一、小制作背后的大学问：《小词大雅》的学理与学养

从开篇的"兴于微言"（第1页）到终章的"一蓑烟雨任平生"（第153页），《小词大雅》隐藏着两个"诠释的循环"（第96页）：第一，围绕小词中的微言，不断对照和剖析张惠言与王国维词论的差异，涉及词的起源、本质、艺术特点、词与诗骚传统之关系、词与文化伦常的关联等一系列理论问题，跋山涉水，最后以潜能、互文、象喻、符示四个关键词，析出两家词学的本质差异，并对"兴于微言"作出富于现代学理的回应（第162页），这是词学理论上的循环。第二，围绕小词中的修养与境界，从生命之发动、情窦之初开讲起，对照种种人生，经历风风雨雨，最终归于生命之本真及人道与天道的合一，这又是生命感悟上的一种循环。于是，诗学探讨与人生体悟如同一对舞伴，翩翩起舞，完成一系列精妙的舞美动作之后，止息于一种和谐与完美的平静。

《小词大雅》其实是叶嘉莹毕生词学论述的回顾版和浓缩本，背后有一个逻辑清晰、结构精严的词学体系。她自己也曾承认，经过多年的发展，"似乎颇形成了一个自我的体系"①。这一体系主要包括词学本体论、词史建构、词学史建构和批评实践四大模块。在词史建构上，叶嘉莹勾勒出歌辞之词→诗化之词→赋化之词→哲化之词的发展脉络②，每一环节又有非常精细的论述。在词学史建构上，她梳理、吸纳了从《花间集序》以来的重要词论，在宋代词人如晏殊、苏轼、黄庭坚、李之仪、李清照、张炎等人那里挖掘微妙的词学信息，对清代词学特别是常州词派和王国维用力尤多。在批评实践上，她对一系列词人都有非常精妙的论述，从温庭筠、韦庄开始，一直讲到陈子龙、朱彝尊、纳兰性德、王国维、陈曾寿，建构了一个五光十色的词人谱系，读来如行罨画溪中、山阴道上。她的词学本体论涉及词体发生学、词的美学特质、词与诗学大传统和文化大传统之关系等一系列重要命题，是其词学体系中最富原创性和普泛意义的部分，本文第二部分将详细阐述。

---

① 叶嘉莹：《清词丛论》，北京大学出版社，2014年，第143页。

② 《清词丛论》，第347页。

《小词大雅》从《花间集》讲起，颇有深意。首先，有一种词体发生学的意味，因为《花间集》是第一部编订成书的曲子集，其中蕴藏着词体产生的时间、空间、作者、内容、功能等方方面面的信息；其次，《花间集》写的"都是美女，都是爱情"（第7页），而美女和爱情反而能更微妙地保存作者的真性情，叶嘉莹由此而推尊词体，建立起独具个性的词学本体论；第三，由于书写的都是女性的生活和情感，所以，词体天然地呈现出要眇幽微的美学特质，叶嘉莹从这里发展出对词体的定性判断以及"挫伤""斫丧""弱德之美"等相关论述①；第四，从《花间集》开始，小词中就充满微言和寄托，由此出发，叶嘉莹将词学引向比兴和兴发感动，倡导"词史"与"史词"之概念②，同时，又因为女性的弱势地位，将词学引向对文化纲常的整体性反思。于是，由小见大，由近及远，她的词学诠释学便与道德、人伦、政治、社会、文教等宏大话题产生关联，发展成一个包罗万有的诗学体系。

《小词大雅》的主体部分是对张惠言和王国维词学诠释学的比较与阐发，所有论述的背后都有深厚的学理根基。关于王国维的诗学思想特别是《人间词话》的研究，贯穿了叶嘉莹的整个学术生涯，是她建构自家诗学体系和进行批评实践的基础。早在20世纪70年代初完成的《王国维及其文学批评》中，叶嘉莹已经展示出创造性阐释王国维诗学思想的能力，通过对一系列概念和观念的精微辨析，建构起一个立体网状的词学理论体系③，后来她又在大量论著中不断反刍和深化对王国维的创造性阐释。

对常州词派特别是张惠言词学思想的阐发，是叶嘉莹词学诠释学的另一理论支柱，与她对王国维的阐发形成齐头并进、互相激发的关系，譬如车之两轮、鸟之双翼，缺一不可。这方面较早的一篇论文是1969年写的《常州词派比兴寄托之说的新检讨》，其后，比较集中的阐释见于1986—1988年的《迦陵随笔》、1995年的《说张惠言〈水调歌头〉五首》和1996年的《对常州词派张惠言与周济二家词学的现代反思》④。分散的阐发和运用，则如对王国维的阐释一样，在叶嘉莹的整个理论建构和批评实践中，如空气一般无处不在。而《小词大雅》

---

① 相关论述在叶嘉莹著作中随处可见，如《唐宋词名家论稿》，北京大学出版社，2014年，第142页；《迦陵论诗丛稿》，北京大学出版社，2014年，第310页。

②《清词丛论》，第247—282页。

③ 叶嘉莹：《王国维及其文学批评》，北京大学出版社，2014年，第101—286页。

④ 参见叶嘉莹：《清词丛论》，第162—192页；《词学新诠》，北京大学出版社，2014年，第1—55页；《清词丛论》第193—246页；《词学新诠》第133—147页。

中关于张、王词学的论述，则是化繁为简的精华。反过来，会心读者也可从冰山一角，揣测水下部分的体积和重量。

《小词大雅》背后有非常丰厚的学养。在早期的《杜甫秋兴八首集说》中①，叶嘉莹就展示出整理旧学的功力和认真力学的姿态。后来，她的论述多以阐发为主，但大多都有扎实的文献基础，比如，关于吴文英和王沂孙的论文就展示出精细考辨材料和史实的能力②。当然，她的特长主要表现在对中西文论的融会贯通上。自20世纪50年代开始，她对20世纪群莺乱飞般的西方文论几乎都有涉猎和吸收，主要得益于以下几种理论资源：（一）英美新批评。主要包括艾略特、瑞恰慈、燕卜荪、卫姆斯特等人的理论。新批评式的文本细读成为叶嘉莹的看家本领，《小词大雅》中就有很多精妙的运用。（二）语言学、符号学。主要包括索绪尔、皮尔士、雅各布森、洛特曼、艾柯等人的理论。洛特曼的"文化符码"和艾柯的"显微结构"是《小词大雅》阐释张、王词学的重要工具（如第23、29页）。（三）接受美学。主要包括莫卡洛夫斯基、茵伽登、伊赛尔、姚斯、墨尔加利等人的理论。《小词大雅》的最后部分正是凭借伊赛尔的"潜能说"打通了张、王二家的词学壁垒（第161页），成功地完成了对微言的深度阐释。（四）精神分析。主要包括弗洛伊德、荣格及其影响下的文论家（如凯特·汉柏格和拉康）的理论。其中，关于显意识和潜意识的理论直接启发了叶嘉莹对微言的阐释。（五）女性主义和性别理论。主要包括波伏娃、克里斯蒂娃、Carolyn G. Heilbrun、利普金、特丽·莫艾等人的理论。其中，克里斯蒂娃关于"象喻"和"符示"的区分成为《小词大雅》中用来剖析张、王词学的重要工具（第162页），利普金的弃妇理论则在阐释温庭筠时发挥了重要作用（第104页）。（六）诠释学。主要包括李查·庞马、赫芝、伽达默尔等人的理论。伽达默尔的"诠释的循环"为叶嘉莹诠释王国维和自己提供了理论依据（第96页）。（七）现象学。主要包括胡塞尔、詹姆士·艾迪、梅洛—庞蒂等人的理论。现象学促使叶嘉莹对主客交互、心物交感的理论产生新的理解，对于重释比兴、兴发感动及词体发生学都有重要意义。（八）其他理论，比如，日内瓦学派的意识批评理论和结构主义诗学。

对于先秦以来的中国诗学，叶嘉莹也非常熟悉。从《论语》《礼记》《诗大序》《诗品》《文心雕龙》到严羽、王士禛，直至晚近以来众多的名家，如况周

---

① 该书最初于1966年由我国台湾地区的中华丛书编审委员会印行，后来在大陆多次再版。参见叶嘉莹：《杜甫秋兴八首集说》，北京大学出版社，2014年。

② 叶嘉莹：《迦陵论词丛稿》，北京大学出版社，2014年，第154—163、175—179页。

颐、冯煦、夏承焘、唐圭璋、缪钺、李冰若等，她都有所吸纳。道、释二家，她也耽溺甚深。比如，她曾用《俱舍论颂疏》"六根""六尘""六识"之说，结合现象学主客交互的理论，阐释心物交感理论和境界说①。

综合来看，叶嘉莹最重要的本土理论资源还是来自张惠言、王国维和顾随。张、王二家在叶氏词学中的地位勿庸多言，而顾随则是一位始终在场而又有些隐形意味的导师。顾随对叶嘉莹词学思想的精微影响没有得到充分的研究，虽然她曾反复表达对老师的感念之情②。从《人间词话》到《驼庵诗话》，再到《小词大雅》，其间存在着千丝万缕的学术链接和精神联系。学术链接主要表现为学术命题的接续与推进。精神联系则主要是性情的相契、信念的认同和灵感的启发。精神联系比学术链接更为重要。《驼庵诗话》将《人间词话》的悲悯翻转为一种刚健向上之力，处处鼓吹力的诗学，比如："诗是使人向上的、向前的、光明的。""力，有一分力便要尽一分力，不必问为谁。一切诗人皆是如此。""只要我有一口气在，我就要活个样给你看看，绝不投降，绝不气馁。"③在飘转生涯中，叶嘉莹一直将《驼庵诗话》带在身边，直到有机会将其整理出版。会心读者不难感觉到《驼庵诗话》在《人间词话》与《小词大雅》之间的中转作用。顾随如同一座容易被忽略却又至关重要的驿站，叶嘉莹只有在这里获得充足的补给之后，才能继续前行，从狭义的词学走向广义的诗学，从要眇幽微走向兴发感动，从无限低徊的为己之学走向关心文化命运的为人之学。总之，她继承了一个非常重要的学术脉络，经过一生的努力，最终也成为这一脉络的重要环节。《小词大雅》则是她一生学术、思想的精华与结晶，譬如蜂采百花，最后才酿成的一滴金黄的蜂蜜④。

二、"要眇幽微"与"弱德之美"：女性的微言与力量

词学本体论是叶嘉莹词学体系的核心。在她看来，诗是"显意识"的，而词是"无意识"或"潜意识"的⑤，因此，词比诗保存着更多的心灵本真，词体之尊由此而凸显。通过对"微言"和"要眇"的知识考古和理论阐发，叶嘉莹

①《词学新诠》，第8页。
② 叶嘉莹：《迦陵杂文集》，北京大学出版社，2014年，第119、155、166、349、423页。
③ 顾随：《驼庵诗话》，生活·读书·新知三联书店，2018年，第198、151页。
④ 这是叶嘉莹关于晚年杜甫的譬喻，参见《杜甫秋兴八首集说》，"代序"第40页。
⑤《清词丛论》，第13页。

创立了以"要眇幽微"说为中心的词学诠释学①。

"微言"在词学上主要来源于张惠言《词选序》的"兴于微言，以相感动"②。叶嘉莹将语源追溯到《汉书·艺文志》之"仲尼没而微言绝"，颜师古释"微言"为"精微要妙之言"，李奇则释为"隐微不显"之言，叶嘉莹认为其中兼具义理和美感的双重意味③。"要眇"在词学上主要来自张惠言和王国维。张惠言曾用"低徊要眇，以喻其致"描述词的审美特征④。王国维也说过："词之为体，要眇宜修。"⑤ 叶嘉莹将语源追溯到楚辞的"美要眇兮宜修"（《湘君》）和"神要眇以淫放"（《远游》），并通过串解古注的方式在"要眇"与"微言"之间建立起本质的联系⑥。由于洪兴祖释"要眇"为"好貌""精微貌"，又认为"眇"与"妙"通，叶嘉莹因而认为"要眇"与"微言"，王国维与颜师古，"乃大有可通之处"⑦。另外，她还认为："所谓'要眇'者盖专指一种精微细致的富于女性之锐感的特美。"⑧ 如此一来，既从传统词学中提炼出词体的本质属性，又暗示了词与女性的天然联系，为引入女性主义论述埋下了伏笔。

"要眇幽微"说的内在理路非常清晰：由于小词具有"要眇幽微"的审美特质，所以适合表达各种微言⑨；发出微言的主体是被侮辱、被抛弃的女性，或有"弃妇"心态的男性⑩；微言的产生是因为"弱德之美"受到"挫伤"或"斫丧"⑪；因为存在大量的"文化符码"或"显微结构"，微言具有丰富的"潜能"⑫；如果读者领会微言，则可"兴发感动"，进德修业，促成完美的人格，

① 早在 20 世纪 50 年代，叶嘉莹就曾以"窈眇幽微"概括李商隐诗歌的本质，参见《迦陵论诗丛稿》，第 294 页。后来，在张惠言和王国维的启发下，她修正为"要眇幽微"说，在其著述中随处可见。

② 张惠言：《茗柯文编》，上海古籍出版社，2015 年，第 60 页。

③《清词丛论》，第 201 页。

④《茗柯文编》，第 60 页。

⑤ 周锡山编校：《王国维文学美学论著集》，北岳文艺出版社，1987 年，第 372 页。

⑥《清词丛论》，第 201 页。

⑦《清词丛论》，第 201 页。

⑧《词学新诠》，第 166 页。

⑨《清词丛论》，第 263 页。

⑩《词学新诠》，第 83 页。

⑪ 相关论述随处可见，如《唐宋词名家论稿》，第 142 页；《迦陵论诗丛稿》，第 310 页。

⑫ 相关论述随处可见，如《词学新诠》，第 146、184、187 页。

最终有助于社会的和谐①。这是一棵通过理论联想和逻辑阐发而不断生长的"理论树"。底下盘根错节，上面枝繁叶茂。向下延伸，可以通向诗学发生学、性别、人性等一系列根本性的问题。向上伸展，则可通向文学的功能、文学与社会之关系、文学与文化大义等一系列宏大的问题。

"要眇幽微"说也是一株具有浓郁女性主义色彩的理论树，而且，无意中透露出叶嘉莹的生命体验。"要眇"是女性特有的灵光和神采。"幽微"则是女性受到压抑、挫伤或斫丧之后所表现出来的婉曲和低徊。叶嘉莹之所以如此解说令词乃至一切优秀词作的本质，与她独特的问题意识和生命体验密切相关。她是一位才德俱美的女性，然而一生坎坷，伤痕累累。除了时代苦难（如抗战时期的生离死别）和生命无常的打击（如1976年的痛失爱女），最大的苦难来自家庭生活中的情感创伤。涉及相关细节时，她通常比较含敛，但这正可说明，那些苦痛是何等的刻骨铭心。难能可贵是，她没有被苦痛吞噬，反而"含容忍耐"②，坚韧地背负起生活的重担和精神的枷锁。通过不停地阅读、演讲和写作，她的苦痛逐渐融解。可以说，她所有的著述都是一种自我疗治和自我救赎的微言。比如，《小词大雅》说："你就是在挫折困苦之中，也要懂得欣赏，也要懂得享乐，你要懂得排遣，你才能好好地生活下去。"（第77页）看似毫不起眼，背后是一生的修炼。她曾以此视角阐释欧阳修的豪放与沉着③，得其神髓。反过来讲，又何尝不是一种自我阐释？

更可贵的是，凭借对诗词的不断阐释，叶嘉莹将个人的生命体悟升华为对文学、文化乃至于人类、人性的深刻反思。在充满女性主义色彩的词学诠释学和对美女、爱情、微言的种种阐发中，闪耀着一种照彻幽冥的精神之光。

《小词大雅》中说："爱情是你把你真正的感情都投注进去了，你把你整个的这种感情都奉献出去了，这是一种很崇高的、很神圣的感情。"（第8页）这句话根基甚深。她认为情词、艳词之所以具有丰富的托喻性，源于爱的共相与共感，因为人世间各种爱，包括君臣、父子、夫妇、朋友之间各种伦理的爱，或对学说、思想、宗教、文化等各种精神的爱，在本质上都有相通之处，而男女之爱表现得最为深挚、热烈、自然，因此，美女和爱情最适合表达爱的共感，

---

① 这一理论比较集中地表现在《古典诗歌兴发感动之作用》一文中，参见《迦陵论词丛稿》，"代序"第1—19页。

②《王国维及其文学批评》，第289页。

③《唐宋词名家论稿》，第54—59页。

"越是香艳的体式，乃越有被用为托喻的可能"①。此种论述不仅是对小词本质的深刻理解，也是对爱情、人性、伦理和文化的深刻洞见。通过对情本体的阐发，叶嘉莹打通了横亘在词学与诗学、文学与文化之间的"任督二脉"，于是，整个理论经脉一下子活络起来，变成一个可以无限衍生的文化诗学体系。

叶嘉莹关于弃妇与纲常关系的阐释也是一种深刻的微言。比如，《小词大雅》在谈到爱情的投注时接着就将话题引渡到"三纲五常"："君臣、父子、夫妇，一个是在上位的，是统治的阶层，一个是在下边的，是附属的阶层。所以在夫妇的男女的这种感情之中，它就无形之中跟君臣的那一纲有相似之处。"（第8页）这一阐发意味甚深。早在20世纪70年代，她就对"夫权"及其负面影响做过文化溯源式的反思②。迁居北美后，在性别理论的启发下，她又发展出具有浓厚女性主义色彩的词学诠释学。比如，利普金认为，"弃妇"是男女两性共享的存在经验，因为男性通常也处于弱势和受挫的地位③，叶嘉莹的阐发就很有意味：她认为在中国文学传统中，失意男子还得承受"三纲五常"的压抑，因此，更要借女子的口吻来抒发挫辱感受④。于是，小词的女性本质与男性作者身份的冲突得到了很好的解释。另外，男性作者的挫伤体验与词史演进之关系，在她的体系中也发展成一个重要的命题。除了对词学理论的贡献，这种论述中还蕴含着一种对中国诗学和中国文化精神的深层反思。显然，叶嘉莹已经扬弃了晚年王国维身上的那种文化悲情和对纲常的迷恋。在这一点上，可以说叶嘉莹接续了"五四"而超越了王国维。当然，在对中国文化精髓的继承与阐发上，她又接续了王国维而扬弃了"五四"。

1993年，叶嘉莹首次论及"弱德之美"，将其定义为"在强大之外势压力下，所表现的不得不采取约束和收敛的属于隐曲之姿态的一种美"⑤。1998年，她又有新的阐发，认为"弱德之美""不仅只是一种自我约束和收敛的属于弱者的感情心态"，而且"蕴含有一种'德'之操守"⑥。2002年，她再次对"弱德之美"进行理论修正，认为"屈抑之情思之所以美，还不只是单纯的屈抑而已，还有一种坚持和担荷的力量"⑦。可以感觉到，论述的重心由"美"转移到

①《清词丛论》，第190页。

②《王国维及其文学批评》，第289—297页。

③《词学新诠》，第81—82页。

④《词学新诠》，第81页。

⑤《清词丛论》，第66页。

⑥《迦陵杂文集》，第199页。

⑦《词学新诠》，第215页。

「兴于微言」而「止于至善」

"德"，最后则发展为对"力"的强调。这是一种从女性的创伤经验出发，融合中西理论，打通文学与伦理学，并最终获得疗治能力的生命诗学。在另一场合，她还曾引述 Carolyn G. Heilbrun 的雌雄同体与双性人格理论，以老子的"知其雄，守其雌"应和酒神和上帝具有双性人格的观点，并转述了里尔克的观点："男女两性应密切携手，成为共同的人类而非相对的异类。"[①] 可以感觉到，在这里她超越了女性主义的立场，透露出对人类命运的终极关怀。

所以，叶嘉莹的词学虽然从一部很小的《花间集》、一个很小的字眼"微言"和一种很微妙的女性情感体验出发，却发展成一棵枝繁叶茂的理论大树，蕴含着自我救赎、文论重建、文化传承甚至终极关怀等多重意味。最可贵的是，她没有将受到的伤害还掷于人，而是将其转化升华为对普泛性命题的深刻反思，成功地对中国文化中根深蒂固的男性暴力和男权意识进行了纡曲而深刻的批判，彻底治愈了自己的创伤，同时也担当起一个现代知识女性的社会责任。

叶嘉莹深受西方女性主义的影响，但又与女权主义有所不同。她的方式不是那种站队式的反叛和对立，而是理性温和地对强者宰制弱者的世界发出委婉的抗辩和动人的规劝。这种方式比口号式的女权主义更深刻、有效，也更令人敬重。她的整个论述既是知识女性的微言，也处处传递出中国女性独特的精神能量。伊格尔顿在论述20世纪女性主义思潮时曾经说过："问题并不在于，有了更多的女性参与，世界就会更好一点儿；问题在于，要是没有人类历史的'女性化'，世界就不可能继续存在下去。"[②] 叶嘉莹的所有论述都充满女性的微言和力量，与伊格尔顿的洞见有某种相通之处。

三、"兴于微言，以相感动"：叶嘉莹的言说方式

《小词大雅》的言说方式值得注意。叶嘉莹说诗的方式经历了四个阶段的发展：最初是直觉和感性的解说，比如20世纪50年代关于李商隐《燕台四首》和《嫦娥》的解说[③]；然后是理性和逻辑的解说，比如20世纪70年代的《王国维及其文学批评》和80年代的《迦陵随笔》[④]；第三阶段则是在历史的脉络中把握与解说作品或理论，比如20世纪80年代《灵谿词说》中的词史建构和90年代对词

---

① 《词学新诠》，第79页。

② 伊格尔顿：《二十世纪西方文学理论》，伍晓明译，北京大学出版社，2007年，第147页。

③ 《迦陵论诗丛稿》，第276—366页。

④ 参见《王国维及其文学批评》；《词学新诠》，第1—55页。

史互动问题的关注①。这三个阶段与她本人所回顾的阅读历程及其引述的阅读三阶段理论正好合拍②。经过千锤百炼，三种言说方式彼此涵融，并在言说对象的影响下，发展出第四种言说方式，即比兴象喻式的言说。

《小词大雅》中，前三种言说方式依然存在，但更精妙的是第四种。比兴象喻式言说的最大特点是解说微言而充满微言，创造了一种关于微言的微言。比如，关于《水调歌头》微言的解说就有丰富的弦外之音。她说："'花外春来路，芳草不曾遮'，你要把春天留在你的心里，而不是向外去追求。"（第32页）表面上好像是在解说张词中的比兴意味，实际上很难分清她是在解说张词还是在阐发自己的存在感受。她还引用俞樾的"花落春仍在"和苏轼的"浮空眼缬散云霞，无数心花发桃李"继续阐发："我年老了，我眼睛花了，我就看见浮在空中都是模糊的云雾"，但是，"在我心里边有无数的花，桃花李花，在我的心里边开放啊……春天走了，花也落了，可是春天就在你的心里"（第32页）。很难分辨这是在解说张惠言、苏轼、俞樾，还是她自己。特别是在前后语境中，在大量的双重微言中，读者会明白，叶嘉莹不仅在解说古典诗词中的修养与境界，更是在借机表达生命的从容、淡定与欣悦。至少有这样的言外之意：虽然已届暮年，但我并不为生命的凋残而忧虑，因为自己的精神生命将在文化传承中获得永生，绽放出无数精彩的生命。所谓"桃李"当然也语带双关，既是真实春天的象征，也是学术生命的象征，一如她在一首小词中所暗示的那样："莲实有心应不死，人生易老梦偏痴，千春犹待发华滋。"③她的整个言说方式是充满比兴和象喻的。

比兴象喻式的言说不仅指向叶嘉莹本人的存在感受，也指向那些永恒的命题和超越的存在。比如，她在解说张惠言词句"游丝飞絮无绪，乱点碧云钗"时，同样有精妙的阐发，将游丝飞絮解读为"满空中都是那春天的诱惑"（第38页），接着楔入李商隐的《无题》诗，解说什么是"春天的诱惑"：对"飒飒东风细雨来，芙蓉塘外有轻雷。"她的解读是："植物惊醒了，昆虫也惊醒了，人也醒了。什么醒了？你的感情就醒了。"对"金蟾啮锁烧香入"，她的解读是："你的心就动了，你的内心就燃起了一种热情。"对"玉虎牵丝汲井回"，她的解读是："水代表你的感情……水动了，水被打上来了，你的感情也动了，你的心

---

① 参见缪钺、叶嘉莹：《灵谿词说》，上海古籍出版社，1987年；《清词丛论》，第1—93页、第247—282页。

②《清词丛论》，第132页。

③ 叶嘉莹：《谈我与荷花及南开的因缘》，《南开大学报》2013年7月16日。

也动了呢！"对"贾氏窥帘韩掾少，宓妃留枕魏王才"，她的解读是："所以当春天来了，当你动情了，当你动心了，你就有了感情的投注。"最后，对"春心莫共花争发，一寸相思一寸灰"，她的解读是："你的追求的结果都是落空的，都是断肠的。总而言之，你有了情，就有了悲哀。"（第39、40页）这是一种非常精彩的情感心理学的阐发。而所有关于春天、诱惑、爱情、悲哀的诗性解说，最后都是为了解读"莺燕不相猜"，即论证对外追求之虚妄，论证求爱、求学、求道等种种追求的唯一出路是"自己种出春天"（第46页），即自我之完成。如此曲尽其妙，最后却又说："就算你种出你的花朵……你的年华也是这样消逝的。"（第47页）让人在若有所悟的欣悦中，又体会到一种永恒的悲哀。这种阐发层层深进，无比婉妙、曲折。你以为她在讲爱情，其实她在讲人生。你以为她在讲人生，其实她在讲学术、思想和文化之真义。你以为她在讲学术和思想，其实她试图将思考一步步引向那些充满悖论的命题和超越象喻的永恒存在。

这种言说方式在叶嘉莹的说诗实践中早有苗头，但是，的确是在《小词大雅》中才达到炉火纯青的地步。而且，《小词大雅》的文体、形式和语言也很特别。在文体上，它不是学术写作而是讲辞。全书不以"章节"而以"讲"来切分，意味着有更多表达的自由。在形式上，《小词大雅》没有任何注释和参考文献，脱离了种种学术规范的掣肘，与此同时，却楔入了一些充满意味的卡片，创造了一种正文与旁白彼此补证的自由应答。在语言上，《小词大雅》在文言与白话、书面与口语之间自由切换，非常灵活，收放自如，而放松的言说显然能更微妙地流露出说诗人的真性情。

这种言说方式本身就是一种诗性的写作。当今的文学研究，满眼都是科研论文式的写作方式，充斥着数据、资料和理论，到处都是信息的爆炸，到处都是有意的炫技，却缺乏深刻的思想，更别说诗性心灵的跳跃了。一百年前，韦伯曾经哀叹，高度理性化、科层化和技术化的社会将会导致"专家没有灵魂，纵欲者没有心肝"[1]。今天，我们可以在各个领域感知到类似的情况。而叶嘉莹的《小词大雅》则是一个另类。可以说，《小词大雅》为文学研究和文学学者的生活提供了丰富的启示。如上文所言，它的背后是精密的学理、丰厚的学养和精妙的中西会通，更为难得的是作者对诗歌语料的体悟能力和锐感多情的诗性。正是因为凭借锐感多情的诗性心灵，叶嘉莹才能走进古典文学的心灵深处，获得一流的语言感觉和诗性解说的能力。比如，她从意象、声音、色彩、结构等

---

① 马克斯·韦伯：《新教伦理与资本主义精神》，于晓、陈维钢等译，生活·读书·新知三联书店，1987年，第143页。

多重角度，对"菡萏香销翠叶残"进行的文本细读（第108—116页），已经成为古典诗词阐释的经典案例。特别要指出的是，她有非常好的通感能力，灵光一照，即生异彩。比如，她对秦观"断尽金炉小篆香"的阐发尤为精彩：她对"金"的理解是"如此之珍贵"，对"炉"的理解是"如此之热烈"，对"小篆"的理解是"如此之缠绵"，对"香"的理解是"如此之芬芳"（第78页）。这种解读打通了视觉、触觉、嗅觉和第六感，令人拍案叫绝！法国诗人兰波说过，诗人应该成为一个通灵者，唯有通灵才能创造富于通感的语言，"这种语言将来自灵魂并为了灵魂，包容一切：芳香、音调和色彩，并通过思想的碰撞放射光芒"[①]。叶嘉莹的诗词解说往往富于奇妙的通感，能突破形象、声音、味道与色彩之间的壁垒，因而能透视诗歌的本质。通感，或者说通灵，正是诗性心灵独特的天赋，这是叶嘉莹能诗性言说的奥秘。

由于通感与会解，一切文本在叶嘉莹的言说中被赋予了鲜活的生命。比如，上文中提到的关于张惠言与李商隐的互释，就是一种精妙的诗词互文。更妙的是，除了文学文本之间的互文，《小词大雅》中还有大量的诗文与经义的自由穿插，特别是不断出现的《论语》和《孟子》。经、史、子、集经过她的巧妙编织，变成挂毯般美丽的艺术品。但是，她不是要编织一个纯粹审美的对象，而是要讲述中国诗学和中国文化之精义，就像唐卡不只为了审美更要用来宣说佛法一样。奇妙的是，叶嘉莹从未以儒学学者自居，甚至对"三纲五常"有过深刻的反思，却在很大程度上复活了儒家诗学的灵魂。比如，她在张惠言第三首《水调歌头》中解读出"诱惑""回来""觉悟""约束"等种种曲折与递进，又与《论语》中的"与适道""与立""与权"形成了巧妙的照应（第36、45页）。她在解说王国维三境界说的"断章取义"时，也穿插了《论语》中孔子与子贡和子夏的对话（第88页），暗示出王国维与儒家诗学始祖之间的内在关联，以及儒家诗学背后的宏大关切。叶嘉莹虽然吸纳了大量的西学理论，骨子里却是非常儒家的，她本人也曾多次提及发蒙时期记诵《论语》的情形以及《论语》对其生命的重大影响[②]。正如她最终选择回国定居一样，她的文论走过西方的千山万水，最后还是回到以儒家诗学为本根的梦里家山。有人称她为"穿着裙子的士"[③]，很有道理。

总之，叶嘉莹不满足做一个单纯的以诗文自限的说诗人，她的终极意图是

---

① 阿尔蒂尔·兰波：《兰波作品全集》，王以培译，作家出版社，2011年，第306页。

②《迦陵杂文集》，第5、349、505、514页。

③ 可延涛：《穿裙子的"士"：秘书眼中的叶嘉莹先生》，《秘书工作》2019年第3期。

以说诗的方式来触摸和言说那更高的存在者。她深知诗与"六义"的关系，最后还是回到"兴发感动"①。她的言说方式和效果也的确如此："兴于微言，以相感动。"② 而兴发感动的最终结果，无论对于个人还是社会而言，都将通往中国文学和中国文化的最高理想，即《大学》开篇所说的"止于至善"。

四、"迦陵频伽，出妙声音"：体悟、谛听与修持

诗性地触摸和言说古典诗词背后的最高存在者，并为日渐晦暗的现代生活带来一丝精神的曙光，乃是叶嘉莹能感动大批现代读者的关键原因。那最高存在者，即赋予个体生命以存在意义的终极真理，在古典世界中本是不证自明的，但在现代生活中却沦为失落之物，于是就成为一切现代文学、哲学和艺术工作者魂牵梦萦求之的终极目标。只有足够敏锐的心灵才能感知它的存在，也只有足够坚强的灵魂才能持续地与之同在。

叶嘉莹首先是一位敏感的现代女性，曾在现代生活中遭遇过严重的存在危机和精神苦难，所以，必须寻求真理之光和力量之源，"在极端痛苦中""给自己的生命寻找一个意义"③。她的确在古典世界中找到这些东西，并借助他山之石不断刻凿和打磨它们，使其焕发出不可思议之光泽。她很早就意识到，单纯效仿传统的说诗方式只能制造拙劣的赝品，不仅无法解决而且还会加重精神危机，只有经过现代转化，古典真理才可能被重新激活。所以，她很早就转向西方文论，借助那些充满现代感受的理论话语，在古典与现代的鸿沟之间架起一座桥梁。为化解个人的苦痛，她吸收和消化了大量的作品和理论，当她呼出时，自然就带有独特的生命气息。也就是说，她对中西学术的会通首先不是出于外在的知识兴趣，而是出于内在的精神需求。卡林内斯库说过："变得现代是一种选择，而且是一种英勇的选择，因为现代性的道路充满艰险。"④ 叶嘉莹的一生充满苦难，但她始终是一位坚韧的探索者，一位现代苦难的担荷者和现代社会的修行者，甚至有点类似于波德莱尔所说的"现代生活的英雄"⑤。经过现代生

---

① 20世纪70年代，叶嘉莹就已经强调，"兴发感动之作用，实为诗歌之基本生命力"（《王国维及其文化批评》，第284页）。后来，又在不同场合、不同时期，特别是在晚年反复强调。

②《茗柯文编》，第60页。

③《迦陵杂文集》，第423页。

④ 马泰·卡林内斯库：《现代性的五副面孔》，顾爱彬、李瑞华译，译林出版社，2015年，第52页。

⑤ 波德莱尔：《波德莱尔美学论文选》，人民文学出版社，1987年，第299页。

活之火的焚烧与淬炼，她获得了透视人生的"火眼金睛"。同样，在人生问题的指引下，经过一生的力学，她也获得了透视中国诗学的能力。透视人生也就意味着透视学术，反之亦然。总之，在她那里，生命体悟和诗性书写是合而为一的。

叶嘉莹颇有自知之明，多次谦称自己只是一位从事诗歌研读与教学的"工作者"①，不肯以学者自居。准确地说，她对自己的定位是说诗人而非学者。对于如何成为一个优秀而现代的说诗人，她有非常清醒的认识。早在20世纪70年代初，她就说过，优秀的说诗人必须有强大的诠释能力，不仅需要"探触到诗歌中真正生命之所在"，还必须"对之作精密的分析和说明"，"发展成精密完整的理论体系"，要具备此种能力，必须将中式感悟与西式理论有效地结合起来，实现中西诗学的会通②。她认为这是中国诗学诠释学的未来。她所有的研读和解说工作，都是这一学术取向的展开。

叶嘉莹的学问不以淹博翔实而以会通妙悟见长。杜甫《赠李白》诗云："亦有梁宋游，方期拾瑶草。"③叶嘉莹也是这样，善于利用本土和海外的各种学缘，拾掇瑶草，含英咀华，随时随地将各种滋养转化为自己的芳菲。她一生的学术得力于不断联想与融通中西文论的学习能力。因此，她一贯主张对中西资源的双向吸收，既反对拒人千里，又反对削足取容，在不同年代、不同语境中，不断发声，试图纠正学界之偏颇。比如，1964年，针对岛内学界盲目西化的倾向，她强调对本土资源的深度吸纳④。回国讲学之初，针对国内学界之闭塞，她强调"不求新不足以自存"⑤。20世纪80年代中期开始，她又对国内学界疏离传统的趋势忧心忡忡，1985年，曾借《杜甫秋兴八首集说》再版之机，对朦胧诗人有所针砭⑥。两种偏颇她都不以为然，她说："我文非古亦非今，言不求工但写心。恰似涌泉无择地，东坡妙语一沉吟。"⑦这里有一种主动转化古典诗学的意识，一种对主流学术风气的委婉批评，一种精妙的权变和有意的自我边缘化，还有一种自珍、自信与自赏。由于从童年开始即沉迷于古典诗文之中，后来又遭遇了深刻的现代性，并且拥有长时段的东西方生活体验，叶嘉莹的心灵已经被锻

①《迦陵杂文集》，第314、334、344、524页。

②《王国维及其文学批评》，第285页。

③仇兆鳌：《杜诗详注》，中华书局，1979年，第33页。

④《杜甫秋兴八首集说》，"代序"第53、54页。

⑤《迦陵杂文集》，第257页。

⑥《杜甫秋兴八首集说》，第470页。

⑦《清词丛论》，第160页。

造到融通中西的层级，她的自信有充足的理由。

因此，《小词大雅》不仅是解说古典诗词和文论的一种范本，同时也展示了文学学术的一种门径，还为人文学者的人生提供了丰富的启示。1934年，陈寅恪曾经指出，未来中国文史之学恐怕不能超出王国维所开出的三种路径：一是"取地下之实物与纸上之遗文互相释证"，二是"取异族之故书与吾国之旧籍互相补正"，三是"取外来之观念，与固有之材料相互参证"[①]。叶嘉莹的工作大致是沿着王国维的第三种路径而展开的，并最终形成别具一格的治学风格。在她那里，有四样东西值得我们认真学习：其一，开放的文化心态。她曾提及当年在哈佛大学看到的那副对联："文明新旧能相益，心理中西本自同。"[②]可以说这是她融会中西的理论基础。20世纪，此种观念一度成为知识群体的基本共识（比如严复、梁启超、钱锺书等人都有过类似的表述），但这种共识似乎在逐渐消解。20世纪中国学术史上卓有成就的学者，无一不在文化融通上有着独到的体悟。只有努力吸纳异质文化的长处，才能开出一个更有生命力和创造力的新学术、新文化，这应该继续成为学界的共识，而且切实地指导我们的研究工作。其二，对本土资源的珍重与耽溺。世界性与本土性是一体之两面，没有他者灵光之烛照，不可能看清自己的本来面目，同样，没有对本土文化的深刻领会，也不可能有眼力发现他者的光彩，因为只有深刻的灵魂才能看见灵魂的深刻。其三，纤敏多情的诗性。研究诗学的人如果没有诗性，可以休矣。其实诗性人人都有，只是，我们通常不能像叶嘉莹那样承受生命的苦难、护佑灵里的诗性，于是不断麻木、僵硬，不知不觉中丧失了天赋的美好。我们应当像爱护眼睛一样爱护天赐的诗性，才能去研读和解说诗歌。其四，热烈而执着地超越向度，这大概是叶嘉莹诗学体系背后最深刻、最本质的生命真气。正是此种真气由踵及顶的存在，才让她迸发出丰富的诗性和创造力。她曾说过："我是一个对于精神感情之痛苦感受较深，而对现实生活的艰苦并不十分在意的人。"[③]她在词作中也说过："炎天流火劫烧余，藐姑初识真仙子。"[④]她之所以能承受苦难、护佑诗性、创造诗性的学术和人生，说到底是因为有对超验世界的强烈渴慕。人文学者如果被现实生活束缚住心灵的想象力，恐怕很难有所创辟。

叶嘉莹以"迦陵"为号，颇有寓意。原来，少年时代，她的伯父曾经说过，

[①] 陈寅恪：《金明馆丛稿二编》，生活·读书·新知三联书店，2001年，第247页。

[②]《词学新诠》，第2页。

[③]《迦陵杂文集》，第349页。

[④]《迦陵杂文集》，第517页。

陈维崧和郭麐的别号合起来正好是佛经中的一种鸟名"迦陵频伽"。《正法念经》云："山谷旷野，多有迦陵频伽，出妙声音，若天若人，紧那罗等无能及者。"①紧那罗是佛经中的歌神，而迦陵频伽声音之婉妙更在紧那罗之上。这里蕴含着一种微妙的隐喻。中西哲人都喜欢以乐歌隐喻那些精妙的道理和体验。古希腊之善歌者，曰缪斯，曰阿波罗，曰俄耳甫斯，曰塞壬，曰玛尔希阿斯，曰皮厄里得斯，皆能发出种种妙音②。叶嘉莹的一生通过不断吸纳、转化中西思想之精髓，不断回旋与升华，最终实现了诗学探讨与人生修行的精妙结合。她发出的声音是美妙的，恰如生公说法，能令顽石点头，不仅对于普通诗词爱好者颇具感发意义，对于人文学者而言，同样也有丰富的启示。如今，妙音已出，就看我们如何谛听、领会与修持了。

朱兴和，华东师范大学中文系 2009 届博士。现为上海交通大学中文系副教授。

「兴于微言」而「止于至善」

---

① 《清词丛论》，第 349 页。

② 奥维德：《变形记》，杨周翰译，人民文学出版社，2008 年，第 97、225、200、103、118、97 页。

附

录

胡晓明教授著述编年

万振锐* 项念东 编

2024年6月

1978年

《〈梦游天姥吟留别〉试析》，刊于《语文教学与研究》（原《语文函授》）1978年第3期。

1981年

《笔补造化，代为传神——略谈〈史记〉的场面描写》，刊于《贵州民族学院学报》（社会科学版）1981年第1期。

1985年

《论司空图雄浑、冲淡的美学思想》，刊于《安徽师范大学学报》（哲学社会科学版）1985年第1期。

1986年

《崇高与阳刚之美：中西方美学思想比较举隅》（与陈育德合作，第二作者），刊于《安徽师范大学学报》（哲学社会科学版）1986年第1期。《中国前境界思想的逻辑发展》，刊于《安徽师范大学学报》（哲学社会科学版）1986年第4期。《阶梯家庭》，刊于《长江文艺》1986年第4期。

* 万振锐，安徽师范大学文学院2023级硕士研究生。

1987年

《传统诗歌与农业社会》，刊于《文学遗产》1987年第2期。《谈"多识于鸟兽草木之名"》，刊于《读书》1987年第4期。《谈"乐而不淫哀而不伤"》，刊于《读书》1987年第6期。《从文化视角看古典文论》，刊于《语文导报》1987年第8期。

1988年

《〈文赋〉新论：骈赋特征的内化与思维优势的形成》，刊于《华东师范大学学报》（哲学社会科学版）1988年第4期。《"移情"与"感应"——中西方诗学心物关系理论比较片论》，刊于《文艺理论研究》1988年第6期。《思想史家的文学研究——徐复观教授〈中国论文集〉〈中国文学论集续篇〉读后》，刊于《贵州社会科学》1988年第12期，后收入《徐复观与中国文化》，由湖北人民出版社出版。

1989年

《读〈馀墨〉》，刊于《读书》1989年第1期。

1990年

《论传统诗学的自适精神》，刊于《文艺理论研究》1990年第4期。《论中国怀乡诗人的人文精神》，刊于《文史哲》1990年第4期。《生生之证：中国诗学的时间感悟》，刊于《探索与争鸣》1990年第5期。《淘沙宽堰 守先待后——读王元化〈思辨短简〉散记》，刊于《读书》1990年第10期，后收入胡晓明著《丽娃河畔札记》，由凤凰出版社出版，收入胡晓明著《不寐》，由国家图书馆出版社出版。

1991年

《中国诗学之精神》，由江西人民出版社出版，2001年由江西人民出版社再版。

《尚意的诗学与宋代人文精神》，刊于《文学遗产》1991年第2期。《中国诗的空间意识及其人文精神》，刊于《南京社会科学》1991年第3期。《中国诗学中的清莹境界》，刊于《文艺理论研究》1991年第3期。《宋诗养气说与理学心性论之关系》，刊于《安徽师范大学学报》（哲学社会科学版）1991年第3期。《唐人诗境说中的禅与道》，刊于《华东师范大学学报》（哲学社会科学版）1991年第3期。《红叶·桃花·秋水》，刊于《读书》1991年第9期。

1992年

《万川之月：中国山水诗的心灵境界》，由生活·读书·新知三联书店出版，1993年由台湾锦绣出版公司、2005年由北京大学出版社、2020年由华东师范大学出版社再版。

《"窗"与"影"》，刊于《读书》1992年第1期。《仁学是儒家文艺思想的根本精神》，刊于《文艺理论研究》1992年第2期。《我读〈春江花月夜〉》，《中文自学指导》1992年第10期，后收入胡晓明著《不寐》，由国家图书馆出版社出版。

1993年

《书生情缘》，由浙江人民出版社出版，2022年由河北人民出版社再版，改名《余心有寄》。

《中国美学中的荒寒境界》，刊于《中国文化月刊》1993年第2期。《论郊祀歌与儒家乐论的关系》，刊于《文艺理论研究》1993年第4期。《王元化先生及其学术生涯》，刊于《阴山学刊》1993年第4期。《从〈采薇〉看中国文化的忧患意识》，刊于《中文自学指导》1993年第10期。

1994年

《灵根与情种：先秦文学思想研究》，由百花洲文艺出版社出版。

《陈寅恪"守老僧之旧义"诗文释证——一个富涵思想意义的学术史典掌》，收入《学术集林》第10卷，由上海远东出版社出版，后收入《不寐》，由国家图书馆出版社出版。《人生如树花同发》，刊于《百花洲》1994年第2期。《日之夕矣》，刊于《百花洲》1994年第2期。《诗如盘，酒如丸：刘扬忠〈诗与酒〉书后》，刊于《东岳论丛》1994年第3期。《书生情缘》，刊于《东方艺术》1994年第3期。《论阮籍的根本矛盾及其诗风》，刊于《华东师范大学学报》（哲学社会科学版）1994年第4期。《论两汉乐府诗歌中所体现的人性精神》，刊于《齐鲁学刊》1994年第5期。《史实、史识与良知》，刊于《上海文化》1994年第5期，《东方文化》1995年第1期全文转载。《略论杜甫诗学与中国文化精神》，《文艺理论研究》1994年第5期，后收入《唐代文学研究年鉴（1995、1996合辑）》，由广西师范大学出版社出版，后收入《唐代文学研究论著辑要（1990—2000年）》，由广西师范大学出版社出版。《一切诚念终当相遇》，刊于《收获》1994年第6期。《饶宗颐陈寅恪与四声外来说》，刊于《文汇读书周报》1994年第6期。

1995年

《文心雕龙学综览》（杨明照主编，负责"专著专书简介"），由上海书店出版社出版。

《饶宗颐与香港的因缘》，收入《学人》第8期，由江苏文艺出版社出版。《论陶渊明对儒家"德性之学"传统的体认》，收入《中国诗学》第4期，由南京大学出版社出版。《与友人谈陈寅恪先生》，刊于《文艺理论研究》1995年第1期，后收入胡晓明著《不寐》，由国家图书馆出版社出版。《略论两汉乐府民歌中所体现的人性精神》，刊于《齐鲁学刊》1995年第1期。《学贯中西的选堂先生》，刊于《上海文化》1995年第1期。《饶宗颐其人》，刊于《东方》1995年第3期。《存在感受与学术境界：论陈寅恪先生的学术性格及其学术思想史意义》，刊于《上海文化》1995年第6期。《寒柳诗的境界》，刊于《学术月刊》1995年第7期。《陈寅恪与〈长恨歌笺证〉》，刊于《社会科学报》1995年6月19日。《饶宗颐的治学态度与方法》，刊于《华东师范大学学报》（哲学社会科学版）1995年第6期，由《中国文化》1995年第2期全文转载。《熊十力的孤往精神》，刊于《社会科学报》1995年8月10日。《夏瞿禅与义理学》，刊于《社会科学报》1995年10月12日，后收入胡晓明著《不寐》，由国家图书馆出版社出版。

1996年

《饶宗颐学记》，由香港教育图书公司出版。《澄心论萃》，由上海文艺出版社出版。

《读〈文化苦旅〉偶记》，刊于《文艺理论研究》1996年第1期。《我的音乐经验》，刊于《音乐爱好者》1996年第1期。《论"陈思赠弟"与曹魏政权的文化品质》，《中国文化月刊》1996年第3期。《从〈十力语要〉看熊十力哲学的存在感受与学术性格》，刊于《华东师范大学学报》（哲学社会科学版）1996年第6期。《香江书简：关于知识与知识人的杂感》，刊于《作品》1996年第7期。《论陶诗中的道统问题》，刊于《鹅湖月刊》第254期，1996年8月1日。

1997年

《中国思想史话》（与韩亚成、李瑞明合著），由黄山书社出版。《小琉球漫志》（朱筠园著，胡晓明译），由台湾前卫出版社出版。

《从儒家思想论屈陶杜苏的相通境界》，刊于《安徽师范大学学报》（哲学社会科学版）1997年第1期。《从凤城到拂水山庄——论地点和地名要素在解诗中的方法与意义》，刊于《上海社会科学院学术季刊》1997年第2期。《关于〈柳如是别传〉的撰述主旨与思想寓意》，刊于《文艺理论研究》1997年第3期。《西湖的女画史》，刊于《创作评谭》1997年第3期。《是以诗证史还是借诗造史：高阳解诗的研究》，刊于《学术月刊》1997年第3期，由《新华文摘》1998年第5期摘载。《西湖的鹃声雨声：外二题》，刊于《百花洲》1997年第5期。《从文化角度看电视》，刊于《上海电视》1997年第1期。《唐宋诗的世界》，刊于《东方文化》1997年第4期。《与友人论王国维书》，刊于《东方文化》1997年第6期。《江南儿女生颜色》，刊于《古典文学知识》1997年第6期。《虞山行》，刊于《明报》1997年9月13日。《悲欣交集》《一个现代文化之谜》《用身体来理解》《嘉孺子而哀妇人》《虎跑寺的古今》，刊于《解放日报》1997年3月11日，后收入胡晓明著《文化的认同》，合为《论李叔同》，由安徽教育出版社出版。《现代知识人的乡愁》，刊于《解放日报》1997年11月2日。

1998年

《文化江南札记》，由浙江摄影出版社出版。《固庵文录》（编校），由辽宁教育出版社出版。《大学活叶文库（第4辑）》，由华东师范大学出版社出版。《释中国》（主编），由上海文艺出版社出版。《大海与众沤 熊十力集》（编选），由上海文艺出版社出版。

《陈寅恪与钱锺书：一个隐含的诗学范式之争》，刊于《华东师范大学学报》（哲学社会科学版）1998年第1期。《二十世纪中国诗学研究的五个传统》，刊于《文艺理论研究》1998年第2期。《从理性化到"陈寅恪现象"》，刊于《华东师范大学学报》（哲学社会科学版）1998年第5期。《说"衣"：古典文学札记二则》，刊于《散文》1998年第6期。《学问世界和生命世界互为体用：王元化近年来的学术思想脉络》，刊于《文汇报》1998年4月24日。《百年蕴蓄的文化尊严：〈释中国〉编后》，刊于《文汇读书周报》1998年5月16日。《台湾书简》（一——五），连载于《文汇读书周报》1998年12月—2000年1月。《春在堂》，刊于《东方文化》1998年第1期。《岳王庙》，刊于《东方文化》1998年第3期。《要离冢》，刊于《东方文化》1998年第5期。

1999年

《跨过的岁月：王元化画传》，由上海文艺出版社出版。《中国古代文学作品选（一）自学考试指要》（参编、统稿），由华东师范大学出版社出版。

《晚明金陵的一对英雄情人》，刊于《古典文学知识》1999年第1期。《释陈寅恪古典今事解诗法》，收入《学术集林》第十五卷，由上海远东出版社出版。《文心雕龙讲疏》（书评），刊于《文艺理论研究》1999年第5期。《高阳说诗：是以诗证史还是借诗造史——以"董小宛入宫"为中心的讨论》，刊于《学术月刊》1999年第11期。

2000年

《中国名胜旧影》，由浙江摄影出版社出版。《大学活叶文库（第13辑）》，由华东师范大学出版社出版。《古代散文集萃》（与李瑞明、秦蓁合编），由上海教育出版社出版。《饶宗颐学述》（与李瑞明合著），由浙江人民出版社出版。《中国古代文学作品选（二）自学考试指要》（参编、统稿），由华东师范大学出版社出版。

《给〈新民晚报〉的新世纪祝辞》，刊于《新民晚报》2000年1月3日，后收入胡晓明著《丽娃河畔札记》，由凤凰出版社出版。《出新何术得陈推？——1999古代文论保定年会随感》，刊于《文艺理论研究》2000年第2期。《徐珂的痛呻放言》，刊于《文汇读书周报》2000年7月1日，后收入胡晓明著《不寐》，由国家图书馆出版社出版。《何为新"父范"》，刊于《创意》2000年第3期。《论春秋称诗的文化史意蕴》，刊于《社会科学家》2000年第5期。《散原论诗诗二首释证》，刊于《华东师范大学学报》（哲学社会科学版）2000年第6期。《义宁陈氏之"变"论》，刊于《文汇读书周报》2000年11月4日。

2001年

《宋代诗歌评点》（徐中玉主编，与秦静梅合著），由广西教育出版社出版，2009年由广西教育出版社再版。《庆祝王元化教授八十岁论文集》（主编），由华东师范大学出版社出版。《中国学术大辞典》（参编），由汉语大词典出版社出版。

《唐宋诗之争：陈衍诗学的近代转义》，收入徐中玉主编《古代文学理论研究（第19辑）》，由华东师范大学出版社出版。《中国人文学的现代性问题论纲》，收入华东师范大学中国现代思想文化研究所编《思想与文化》第1辑，由华东师范大学出版社出版。《多元现代性如何可能》，收入华东师范大学中国现代思想文化研究所编《思想与文化》第1辑，由华东师范大学出版社出版。《"江山太无才思"及其他》，刊于《文汇读书周报》2001年9月1日，后收入胡晓明著《不寐》，由国家图书馆出版社出版。《二十世纪中国文化的经典叙事》，刊于《南方周末》2001年4月5日。《陈寅恪为何写〈柳如是别传〉》，刊于《人民日报（海外版）》2001年4月9日。《当代思想史的脚注》，刊于《南方周末》2001年8月16日。《关于知识人与二十一世纪》，刊于《南方周末》2001年9月11日。《再认文学上海》，刊于《文汇读书周报》2001年12月29日，后收入胡晓明著《丽娃河畔札记》，由凤凰出版社出版。

2002年

《大学活叶文库（第26辑）》，由华东师范大学出版社出版。《大学活叶文库（第30辑）》，由华东师范大学出版社出版。

《现代性的普世依据：重新认识中国文化与欧洲启蒙思想的真实融会》，收入华东师范大学中国现代思想文化研究所编《思想与文化》第2辑，由华东师范大学出版社出版。《重建中国文学的思想世界如何可能——以新儒家诗学一个案为中心的讨论》，刊于《文艺理论研究》2002年第6期，后收入胡晓明著《重建中国文学的思想世界》，由孔学堂书局出版。《存在感受与群体认同》，刊于《社会科学报》2002年2月7日。《读熊十力札记》（原题《那是我生命中的一段风力》），刊于《文景》2002年第1期，后收入胡晓明著《文化的认同》，由安徽教育出版社出版。《文化是制度之母》，刊于《文景》2002年第3期。《〈答苏武书〉正解》，刊于《文汇读书周报》2002年5月3日。《堂堂溪水出前村——〈清园文存〉书后》，刊于《文汇读书周报》2002年8月2日。《卡尼曼的启示》，刊于《解放日报》2002年11月18日。《最后的通人：饶宗颐》，刊于《社会科学报》2002年12月6日。《层峦叠嶂的林毓生》，刊于《文汇报》2002年12月7日。

2003年

《近代上海诗学系年初编》（与李瑞明合著），由上海教育出版社出版。

《读〈庄子〉〈文选〉札记》，收入《纪念施蛰存教授百岁文集》，由上海古籍出版社出版。《从自主性原则看传统思想与现代价值结合》，刊于《华东师范大学学报》（哲学社会科学版）2003年第1期。《龙舟舵手与陶渊明——以冈村繁〈陶渊明新论〉为中心的讨论》，刊于《中国文化》2003年第1期。《二十世纪中国诗学史小言》，刊于《社会科学家》2003年第3期。《知识人与21世纪》，刊于《文艺争鸣》2003年第4期。《客观的了解如何可能？——以冈村繁〈陶渊明新论〉为中心的讨论》，刊于《东南大学学报》（哲学社会科学版）2003年第4期。《什么是诗文考证的正路？——与冈村繁教授商榷》，刊于《社会科学》2003年第5期。《经济全球化大背景下的中国古代文学研究（笔谈）》，刊于《郑州大学学报》（哲学社会科学版）2003年第5期。《大学文化与古典文学》，刊于《文艺理论研究》2003年第6期，后收入《人文社会科学与当代中国——上海市社会科学界2003年度学术年会文集》，收入《郑州大学学报》（哲学社会科学版）2003年第5期。《〈石遗室诗话〉与晚清民初士人诗歌生活》，收入徐中玉主编《古代文学理论研究（第21辑）》，由华东师范大学出版社出版。《略说上海城市精神》，刊于《档案与史学》2003年第4期。《文化意识到自觉与上海城市精神》，刊于《中文自学指导》2003年第5期。《〈五岳游草〉的地名记述与研究》，刊于《中国地名》2003年第5期。《非典留下的政治文明遗产》，刊于《社会科学报》2003年第6期。《问道于百年学术》，刊于《文汇读书周报》2003年6月6日，后收入胡晓明著《不寐》，由国家图书馆出版社出版。《对五四的回应，对革命的化解：梁实秋宗白华朱光潜合论》，收入《纪念徐中玉教授九十文集》，由华东师范大学出版社出版。《远行回家的中国经典》，刊于《文汇报》2003年3月14日。《层峦叠嶂的林毓生》，刊于《联合报》（中国台湾）2003年3月18日。《春夜影话》，刊于《文汇报》2003年4月6日。《我欠晚清太多》，刊于《文汇报》2003年6月13日。

2004年

《中国人的生命精神 徐复观自述》（与王守雪合编），由华东师范大学出版社出版。《小品笔记类选》（与张炼红合编），由广东人民出版社出版。

《客观了解与文化意识——兼谈古代文论与文学史的诸问题》，刊于《文艺争鸣》2004年第2期，又刊于《文艺理论研究》2004年第2期。《质疑五四诗学的神话》（与王守雪合作，第一作者），刊于《中文自学指导》2004年第2期。《被放逐的诗学》，刊于《中文自学指导》2004年第3期。《春者，天之本怀也》（与张玲合作，第二作者），刊于《文汇报》2004年4月1日。《论陈衍诗学的理性特征》（与周薇合作，第一作者），刊于《江西社会科学》2004年第5期。《"这是我讲文学史的最大观"——试述钱穆关于魏晋文学观念自觉的阐释》（与芮宏明合作，第二作者），刊于《江西社会科学》2004年第6期。《马加爵的成长缺失了什么》（与张玲合作，第二作者），刊于《素质教育大参考》2004年第6期。《论钱锺书的以诗证史——以《汉译第一首英语诗〈人生颂〉及有关二三事》为中心的讨论》，收入华东师范大学中国现代思想文化研究所编《思想与文化》第4辑，由华东师范大学出版社出版。《读经的新意义》，收入《当代中国：发展·安全·价值——第二届（2004年度）上海市社会科学界学术年会文集（上）》，后刊于《晚霞》2007年第3B期。《沈曾植诗学的学术意识》（与李瑞明合作，第二作者），刊于《华东师范大学学报》（哲学社会科学版）2004年第5期。《经要读，理也要讲》，刊于《教育文汇》2004年第11期。《唐诗与中国文化精神》，刊于《解放日报》2004年9月5、12日，又刊于《新华文摘》2004年第22期、《中华活页文选：成人版》，2005年第1期、《基础教育》2005年第4期、《小学语文教师》2005年第7/8期、《词刊》2018年第1期、《岁月》2018年第3B期、《雪莲》，2019年第2期。《文化是城市的灵魂》，刊于《粤海风》2004年第4期。《知识分子的认同迷思》，刊于《世界文化与比较文学》（创刊号），2003年3月28日。《清园墨迹叙》，刊于《文汇报》2004年12月15日，后收入胡晓明著《丽娃河畔札记》，由国家图书馆出版社出版。《用什么样的文化和价值观来影响学生——与郑逸农老师商榷》（与李令清合作，第二作者），刊于《人民教育》2004年第12期。

2005年

《春华秋实 上海中国画院珍藏精品集》（与施大畏合编），由上海书画出版社出版。《柏枧山房诗文集》（梅曾亮著，与彭国忠点校），由上海古籍出版社出版，2012年由上海古籍出版社再版，2020年由上海古籍出版社出版增补本。

《孤儿·残阳·游魂：陈三立诗歌的悲情人格》（与孙虎合作，第二作者），刊于《浙江社会科学》2005年第1期。《文化是家》（在上海文化发展基金会第二届国际文化沙龙上的发言），刊于《粤海风》2005年第4期，又刊于《当代学生》2005年第10期。

《中国文论的正名——近年中国文学理论研究的"去西方中心主义"思潮》，刊于《西北大学学报》（哲学社会科学版）2005年第5期，后收入胡晓明著《重建中国文学的思想世界》，由孔学堂书局出版。《新儒家诗学：从文化心灵看中国文学》，刊于《西北大学学报》（哲学社会科学版）2005年第5期。《说李白的瑰丽与皎洁》，刊于《中华活页文选》，2005年第9期。《陈三立陈寅恪海棠诗笺证》，刊于《九州学林》，2005夏季3卷2期。《从文化心灵的角度看中国文论》（中国古代文学理论第十五次年会及国际学术研讨会论文），2005年6月。《古典文学阅读的思想维度——再认七十年前朱光潜与鲁迅关于"曲终人不见"的争论》（"中国文学：传统与现代的对话"国际学术研讨会论文），2005年6月。《从官员胡子到人民广场——在上海文化发展基金会第二届国际文化沙龙上的发言》（原题《文化是家》），刊于《文汇报》2005年，后收入胡晓明著《丽娃河畔札记》，由凤凰出版社出版。《生气凛然的儒家》，刊于《南方周末》2005年1月1日，由《华东师范大学校报》2005年1月4日全文转载。《什么样的人可以读大学——致大学新生》，刊于《新一代》2005年第1期。《母亲创造了最好的读书空气》，刊于《新语文学习》2005年第Z1期。《江南是一口深井》，刊于《文汇报》2005年5月1日。《李白诗歌的三种精神》，刊于《中华活页文选》2005年第9期。《〈生死劫〉是什么劫?》，刊于《新民周刊》2005年第34期。

2006年

《诗与文化心灵》，由中华书局出版。《文选讲读》，由华东师范大学出版社出版，2020年由华东师范大学出版社再版。《陌上花开缓缓归》（主编），由北京大学出版社出版。《读经：启蒙还是愚昧？来自民间的声音》（编著），由华东师范大学出版社出版。

《中国文论的乡愁》，刊于《浙江大学学报》2006年第1期，后收入《人大复印资料文学理论》2006年第5期。《真诗的现代性：七十年前朱光潜与鲁迅关于"曲终人不见"的争论及其余响》，刊于《江海学刊》2006年第3期。《判教与分科：马一浮的六艺论与近代中国的学术分科》（与刘炜合作，第一作者），刊于《江西社会科学》2006年第4期。《论钱锺书的以诗证史》，收入蒋寅、张伯伟主编《中国诗学》第10辑，由人民文学出版社出版。《〈清代松江府望族与文学研究〉序》，收入朱丽霞著《清代松江府望族与文学研究》，由上海古籍出版社出版。《从桃花诗看中国诗的文化心灵——胡晓明教授在华东师范大学的讲演》，刊于《文汇报》2006年4月2日。《清初、江南与家族文学》，刊于《文汇报》2006年8月6日，后收入胡晓明著《不寐》，由国家图书馆出版社出版。《永恒的女性》，刊于《新民周刊》2006年第33期。《去那小河淌水的地方》，刊于《北方音乐》2006年第5期。《两个老先生和两个禅师（节选）》，刊于《新读写》2006

年第6期。《崇祯十二年春天，西子湖畔，柳如是》，刊于《生活周刊》2006年第6期。《陶渊明的三个自我与那村的关系》，刊于《生活周刊》2006年第12期。《我看文化江南——浙江人文大讲堂的讲演》，刊于《江西青年》2012年第11期。

2007年

《文化江南札记》，由华东师范大学出版社出版，2019年由华东师范大学出版社出版增补版。《王元化画传》，由文化艺术出版社出版。《唐诗宋词一百句》，由复旦大学出版社出版。

《略论中国文化意象的生产》，刊于《文艺理论研究》2007年第1期。《刘禹锡：唐代怀古诗史上的一个预言——对刘禹锡唐代怀古诗坛地位之重估》（与陈蕾合作，第二作者），刊于《厦门广播电视大学学报》2007年第1期。《寒山诗里的马祖与石头》（与小川隆、陈蕾合作，第二作者），刊于《华东师范大学学报》（哲学社会科学版）2007年第4期。《中国美学与解释学札记》，刊于《文艺理论研究》2007年第4期。《读经读新意义》，刊于《晚霞》2007年第6期。《自主精神、生活世界与多元传统》，收入莫砺锋编《谁是诗中疏凿手：中国诗学研讨会论文集》，由凤凰出版社出版。《一切诚念终当相遇》，刊于《社会科学论坛（学术评论卷）》2007年第7期。《1976年的那场考试》，刊于《四川文学》2007年第1B期。《新春，谈谈中国文化意象》，刊于《文汇报》2007年2月14日。《确立生命尊严的文化》，刊于《文汇报》2007年6月24日，后收入胡晓明著《丽娃河畔札记》，由凤凰出版社出版。《跋单凡画竹》，刊于《文汇报》2007年7月17日，后收入胡晓明著《丽娃河畔札记》，由凤凰出版社出版。《执大象，天下往——〈选堂序跋集〉书后》，刊于《书品》2007年第2期，后收入胡晓明著《不寐》，由国家图书馆出版社出版。《摇一竿星星当灯烛》，刊于《文景》2007年第7期。《戏将桃核裹红泥》，刊于《人大论坛》2007年第9期。

2008年

《文化的认同》，由安徽教育出版社出版。《大学语文》，由中国财政经济出版社出版。《江南女性别集初集》（与彭国忠合编），由黄山书社出版。

《以诗说法：马一浮的诗歌创作取向》（与刘炜合作，第二作者），刊于《文艺理论研究》2008年第1期。《王元化：一个存在感受丰沛的思者》，刊于《上海文艺界》2008年第2期。《王闿运与同光体的诗学取向》（与赵厚均合作，第一作者），《浙江大学学报》（人文社会科学版）2008年第3期。《画说王元化》，刊于

《传记文学》2008年第6期。《变脸的神女：〈文选·神女赋〉在后世的转义》，收入《华学》第9、10辑合刊，由上海古籍出版社出版。《王元化先生的学术与思想》，刊于《社会科学报》2008年5月15日。《一生探索自由的义谛》，刊于《文汇报》笔会版2008年5月13日，后收入胡晓明著《丽娃河畔札记》，由凤凰出版社出版。《大地是病、大地是药》，刊于《文汇报》2008年5月20日，后收入胡晓明著《丽娃河畔札记》，由凤凰出版社出版。《诗在江南二钱家——评〈二钱诗学之研究〉》，刊于《东方早报》2008年9月5日。《风雪夜行人》，刊于《书城》2008年第11期，由《传记文学》2013年第10期全文转载。《解读张艺谋式的奥运诗学》，刊于《新民周报》2008年第33期，由《法制与社会》2008年第10B期全文转载，后收入胡晓明著《丽娃河畔札记》，由凤凰出版社出版。

2009年

《伟大传统：唐诗二十讲》（选编），由华夏出版社出版。《伟大传统：楚辞二十讲》（选编），由华夏出版社出版。

《略论文化意象的诗学》，收入《风清骨峻：庆祝祖保泉教授九十华诞论文集》，由人民出版社出版。《略论民国诗坛龚自珍形象的四个问题》，收入《龚自珍与二十世纪诗词研讨会论文集》，由浙江古籍出版社出版。《风雪夜行人（饶宗颐诗词论稿序）》，收入赵松元、刘梦芙、陈伟著《选堂诗词论稿》，由黄山书社出版。《宋辩才法师年谱》，收入上海社会科学院《传统中国研究集刊》编辑委员会编《传统中国研究》第六辑，由上海人民出版社出版。《文学失了才华，戏曲失了唱叹》，刊于《新民周刊》2009年第1期。《单凡的毛竹世界》（原题《不是心动，不是幡动，而是风：看单凡画毛竹》），刊于《文景》2009年第1期，后收入胡晓明著《丽娃河畔札记》，由凤凰出版社出版。《新春必读》，刊于《文汇报》2009年2月1日，后收入胡晓明著《丽娃河畔札记》，由凤凰出版社出版。《相遇于遥远的天边——在王元化先生追思会上的发言》，收入《跨文化对话》第24辑，后收入胡晓明著《丽娃河畔札记》，由凤凰出版社出版。《在中国词学国际研讨会上的致词》（原题《兴于微言，以相感动》），刊于《文汇报》2009年10月21日，后收入胡晓明著《丽娃河畔札记》，由凤凰出版社出版。《世上学中文的人必去的一个地方》，刊于《文汇报》2009年3月29日，后收入胡晓明著《丽娃河畔札记》，由凤凰出版社出版。《君子成人之美——中国文化的一个特点》，刊于《文学报》2009年4月30日，后收入胡晓明著《不寐》，由国家图书馆出版社出版。《一种馨逸美好的心灵如何可能？——在中国词学国际研讨会上的致辞》，刊于《文汇报》2009 年 10 月 21 日，后收入胡晓明著《不寐》，由国家图书馆出版社出版。《中国的主流文化》，刊于《中国市场·学术丛刊》2009 年第 6B 期。《丰子恺为今天画了什么?》，刊于《新华日报》2009 年 5 月 27 日，由《书与画》2009 年第 8 期、《名人传记》2009 年第 10A 期全文转载。

2010 年

《中国读本：中国思想史话》（与李瑞明合著），由中国国际广播出版社出版。《江南女性别集二编》（与彭国忠合编），由黄山书社出版。

《〈读通鉴论〉二题》，刊于《船山学刊》2010 年第 2 期。《真隐士的看不见与道家是一个零?——略说客观的了解与文学史的编写》，刊于《北京大学学报》（哲学社会科学版）2010 年第 3 期。《略论钱振锽的陶渊明评论》，刊于《九江学院学报》（社会科学版）2010 年第 4 期。《深刻影响古代文献学的"以类相从"编撰思想：从〈史记〉"通古今之变"谈起》，刊于《出版发行研究》2010 年第 7 期。《如何评价中国隐士文学传统》，刊于《新华文摘》2010 年第 15 期。《文体、读者与思想：读文选札记》，收入《第六届魏晋南北朝文学与思想国际学术研讨会论文集》，由台湾里仁书局出版。《天籁是一个意义》，刊于《社会科学报》2010 年 2 月 4 日。《什么样的理由要考语文?》，刊于《文汇报》2010 年 2 月 8 日，后收入胡晓明著《丽娃河畔札记》，由凤凰出版社出版。《寸稊寒柳待春分》，《文汇报》2010 年 4 月 28 日，后收入胡晓明著《不寐》，由国家图书馆出版社出版。《天下关怀，道义担当——答〈第一财经日报〉提问》，《第一财经日报》2010 年 11 月 15 日，后收入胡晓明著《丽娃河畔札记》，由凤凰出版社出版，收入胡晓明著《不寐》，由国家图书馆出版社出版。《请守护神圣的天伦》，刊于《文汇报》2010 年 12 月 1 日，后收入胡晓明著《丽娃河畔札记》，由凤凰出版社出版。《知识分子的吃饭问题》，刊于《社会科学报》2010 年 12 月 9 日，后收入胡晓明著《丽娃河畔札记》，由凤凰出版社出版。《文化忧愤与文明忧思》（序刘炜《马一浮诗学研究》），刊于《文景》2010 年第 12 期，后收入胡晓明著《丽娃河畔札记》，由凤凰出版社出版。

2011 年

《古代文学理论研究（第 33 辑）中国文论的经典与文体》（主编），由华东师范大学出版社出版。

《"江南"再发现——略论中国历史与文学中的"江南认同"》，刊于《华东师范大学学报》（哲学社会科学版）2011年第2期。《解决"美真二分"的难题如何可能？》，刊于《文艺理论研究》2011年第4期。《正人君、变今俗与文学话语权——〈毛诗序〉郑笺孔疏今读》，刊于《文学评论》2011年第6期，后收入《第六届东方诗话学国际学术会议论文集》，由香港大学出版社出版。《陈子龙气论与诗学》（与吴思增合作，第二作者），收入胡晓明主编《古代文学理论研究（第32辑）中国文论的古与今》，由华东师范大学出版社出版。《通津万载、弥纶万象的中国文论大典》，收入《古代文学理论研究（第32辑）中国文论的古与今》，由华东师范大学出版社出版。《与友人论梁漱〈中国文化要义〉书》，刊于《文汇报》2011年1月2日，后收入胡晓明著《丽娃河畔札记》，由凤凰出版社出版。《我的美国文化观察》，刊于《中国教育报》2011年1月17日。《"江南"再发现》，刊于《文汇报》2011年2月19日。《与中学生论唐诗精神书》，刊于《文汇报》笔会版2011年2月28日，后收入胡晓明著《丽娃河畔札记》，由凤凰出版社出版。《那些苍凉而温暖的声音》，《文汇报》笔会版2011年5月15日，后收入胡晓明著《丽娃河畔札记》，由凤凰出版社出版。《江南研究走向国际化》，刊于《社会科学报》2011年4月11日。《梦里家山渺何处？》，刊于《文汇读书周报》2011年5月26日，后收入胡晓明著《丽娃河畔札记》，由凤凰出版社出版。《天上星河转 人间帘幕垂》（原题《到加油站去买杯咖啡》），刊于《文汇报》2011年6月26日，后收入胡晓明著《丽娃河畔札记》，由凤凰出版社出版。《漫画曾经这样让人心疼让人温暖》，刊于《文汇报》2011年6月25日。《〈富春山居图〉的前史与今生》，刊于《文汇报》2011年9月2日。《〈富春山居图〉为何画了这么久？——再说〈富春山居图〉的前史》，刊于《文汇报》2011年9月20日，后收入胡晓明著《丽娃河畔札记》，由凤凰出版社出版。《诗卷长留天地间，钓竿欲拂珊瑚树》，刊于《文汇报》2011年12月22日。

2012年

《江南女性别集三编》（与彭国忠合编），由黄山书社出版。《文学丛编 上海卷》（与彭国忠合编），由安徽教育出版社出版。《古代文学理论研究（第34辑）中国文论的思想与情境》（主编），由华东师范大学出版社出版。

《论江南认同之四要义》，刊于《华东师范大学学报》（哲学社会科学版）2012年第5期。《说不完的郑子尹》，刊于《当代贵州》2012年第23期。《台北二手书店》，刊于《新民周刊》2012年第5期。《"中国文化的复兴还要一百年"——在"清风峻骨：沪浙山水画家交流展学术探讨会"上的讲话》，刊于

《书与画》2012年第6期。《我看江南文化》，刊于《山西青年》2012年第6期。《水乡的诗学：中国文学艺术中有关"水乡"的一些审美经验》，收入《江南文化研究》第6辑，由学苑出版社出版。《问题意识，内在学理与典范融合》，刊于《文汇报》2012年5月28日。《弃尔幼志 顺尔成德》（原题《启动生命的责任意识》），刊于《文汇报》2012年6月8日，后收入胡晓明著《丽娃河畔札记》，由凤凰出版社出版。《二十一世纪的人性图景》，《文汇报》2012年8月2日，后收入胡晓明著《丽娃河畔札记》，由凤凰出版社出版。

2013年

《古典今义札记》，由海天出版社出版。《丽娃河畔札记》，由凤凰出版社出版。《巴黎美学札记》，由华东师范大学出版社出版。

《如何讲述中国故事？——"中国文化走出去"的若干理论与实践问题》，刊于《华东师范大学学报》（哲学社会科学版）2013年第5期。《"偶象破坏时期"的江南意象——哈佛燕京所见近代日本江南纪游诗四种述略（草）》，收入《第二届江南文化论坛——江南都市与中国文学》论文集。《"中国文化走出去"的认知误区及应对之策》，刊于《教育文化论坛》2013年第6期。《现代化=世俗化？——中西结合的多元考察》（与袁进合作，第一作者），刊于《社会科学报》2013年1月30日。《以古典中国向现代中国提问——2013年元月14日在华东师范大学国际汉语教师研修基地的演讲》，刊于《文汇报》2013年2月18日（有删节），后收入胡晓明著《不寐》，由国家图书馆出版社出版。《我所思兮在何所？》，刊于《社会科学报》2013年2月19日，后收入胡晓明著《不寐》，由国家图书馆出版社出版。《梦中的橄榄树》，刊于《文汇报》2013年10月17日，后收入胡晓明著《不寐》，由国家图书馆出版社出版。《文学的撤退》，刊于《新民晚报》2013年12月25日，后收入胡晓明著《不寐》，由国家图书馆出版社出版。

2014年

《江南女性别集四编》（与彭国忠合编），由黄山书社出版。《中国文史上的江南 从江南看中国学术研讨会论文集》（主编），由上海辞书出版社出版。

《斜阳冉冉春无极——在纪念程千帆先生会上的发言》，刊于《古典文学知识》2014年第1期。《略论后五四时代建设性的中国文论》，刊于《文学遗产》，2014年第2期。《"偶像破坏时期"的江南意象——哈佛燕京所见近代日本江南纪游诗四种述略》，刊于《文献》2014年第5期。《落花之咏：陈宝琛王国维吴宓陈寅恪之心灵诗学》，刊于《安徽师范大学学报》（人文社会科学版）2014年第5期，后收入马卫中主编《中国近代文学论文集·诗词卷》，由苏州大学出版社出版。《美国地方公共图书馆危机管理研究：基于各州图书馆法的分析》，刊于《新世纪图书馆》2014年第8期。《考据的诗学如何可能？——〈20世纪诗学考据学之研究——以岑仲勉、陈寅恪为中心〉序》，收入项念东著《20世纪诗学考据学之研究——以岑仲勉、陈寅恪为中心》，由安徽教育出版社出版，后收入胡晓明著《不寐》，由国家图书馆出版社出版。《我的图书馆飘流小史》，刊于《文汇报》2014年1月1日，后收入胡晓明著《不寐》，由国家图书馆出版社出版。《不寐记》，刊于《文汇报》2014年2月25日。《文科生、理科生通读书单》，刊于《高中生》2014年第31期。《王气既苏》，刊于《文汇读书周报》2014年2月24日，后收入胡晓明著《不寐》，由国家图书馆出版社出版。《陶渊明为何不能做一个"龙舟舵手"？》，刊于《文汇报》2014年7月24日，后收入胡晓明著《不寐》，由国家图书馆出版社出版。《白色的雪轻柔翩舞》，刊于《文汇报》2014年10月11日，后收入胡晓明著《不寐》，由国家图书馆出版社出版。

2015年

《江南文化意象研究》，由上海书店出版社出版。

《"衣"之华夏美学》，刊于《岭南学报》2015年第Z1期。《再论后五四时代建设性的中国文论》，刊于《社会科学战线》2015年第2期。《王元化与儒家思想之分合》，刊于《深圳大学学报》（人文社会科学版）2015年第2期。《不死的风雅与人类文明永恒的尊严——关于范景中教授〈中华竹韵〉的访谈录》（与刘晶晶合作，第一作者），刊于《诗书画》2015年第4期。《蓝蛇之首尾与诗学之古今》，刊于《学术研究》2015年第10期。《RFID图书馆流通管理影响因素的实证研究》，刊于《图书馆杂志》2015年第11期。《生气凛然的儒家》，刊于《南方周末》2015年1月1日，后收入胡晓明著《不寐》，由国家图书馆出版社出版。《略说春联的文化大义》，刊于《文汇报》2015年1月4日，后收入胡晓明著《不寐》，由国家图书馆出版社出版。《艺术中的服饰与文学中的心灵秘史》，刊于《文汇报》2015年1月9日。《一个写诗的理想的地方》，刊于《文汇报》2015年4月29日。《水云、飞鸟与南朝的鞋子》，刊于《文汇报》2015年6月5日，后收入胡晓明著《不寐》，由国家图书馆出版社出版。《我的电子书阅读小史》，刊于《文汇报》2015年6月19日，后收入胡晓明著《不寐》，由国家图书馆出版社出版。《重建被五四误解的文学传统》，刊于《文汇报》2015年9月13日，后收入胡晓明著《不寐》，由国家图书馆出版社出版。

2016年

《历代女性诗词鉴赏辞典》（与叶嘉莹、陈尚君合编），由上海辞书出版社出版。

《"文"：中国抒情技艺的一个秘密》，刊于《长江学术》2016年第2期。《从严子陵到黄公望：富春江的文化意象——〈富春山居图〉的前传及其展开》，刊于《华东师范大学学报》（哲学社会科学版）2016年第4期。《我对现代思想的一些批评以及古今对话的建言》，刊于《华东师范大学学报》（哲学社会科学版）2016年第5期。《好父母的秘密武器》（与张玲合作，第一作者），收入《浙大人文大讲堂》，由浙江工商大学出版社出版。《两代人，两代情》，刊于《浦江纵横》2016年第5期。《"韦郎穿越"的文化奥秘》，刊于《词刊》2016年第6期。《春联是中国文化的一双眼睛》，刊于《文汇报》2016年2月9日。《借着炉火的温暖给你写信》，刊于《文汇报》2016年10月29日。

2017年

《江南诗学：中国文化意象之江南篇》，由上海书店出版社出版。《华东师范大学图书馆馆藏珍本图录》（参编），由上海书店出版社出版。《笔记小品》（与张炼红合编），由上海人民出版社出版。

《论〈宋诗精华录〉所选东坡诗》，刊于《华东师范大学学报》（哲学社会科学版）2017年第6期。《活古化今：接续中华文明体系中的文学思想如何可能——四论后五四时代建设性的中国文论》，刊于《社会科学战线》2017年第12期。《努力提高馆藏民国文献的社会能见度》，刊于《上海高校图书情报工作研究》2017第1期。《年画与中国美学精神》，刊于《文汇报》2017年1月27日。《韦郎的穿越》，刊于《文汇报》2017年3月16日。《文字与声音之魅——略说〈朗读者〉》，刊于《解放日报》2017年6月29日，后收入胡晓明著《不寐》，由国家图书馆出版社出版。

2018年

《巴黎美学札记》，由华东师范大学出版社出版。《后五四时代中国思想学术路：王元化教授逝世十周年纪念文集》（主编），由华东师范大学出版。《江南文化诗学》，由上海书店出版社出版。

《唐诗与魅的世界》，刊于《云南大学学报》（社会科学版）2018 年第 3 期。《饶宗颐教授的新经学构想》，刊于《文汇读书周报》2018 年 2 月 12 日。《中国文论如何有益于现代人的心智？》，《解放日报》2018 年 3 月 15 日，后收入胡晓明著《不寐》，由国家图书馆出版社出版。《做一个刚健深厚、温馨灵秀的人》，刊于《文汇报》2018 年 5 月 4 日后收入胡晓明著《不寐》，由国家图书馆出版社出版。《王元化：为思想而生的人》，刊于《文汇报》2018 年 5 月 31 日。《"我深爱的沼泽地啊"——序〈陈鸿森自选诗 50 首〉》，《社会科学报》2018 年 6 月 5 日，后收入胡晓明著《不寐》，由国家图书馆出版社出版。《强化中国文论的阐释力》，《人民日报》2018 年 7 月 23 日，后收入胡晓明著《不寐》，由国家图书馆出版社出版。

2019 年

《文化江南札记（增补版）》，由华东师范大学出版社出版。《九首古诗里的中国》，由上海文艺出版社出版。《不寐——胡晓明文集》，由国家图书馆出版社出版。《江南女性别集五编》（与彭国忠合编，本册主编赵厚均），由黄山书社出版。《江南文化丛书：江南诗》，由上海科学技术文献出版社出版。《江南文化丛书：江南文》（主编，与沈喜阳编著），由上海科学技术文献出版社出版。《江南文化丛书：江南赋》（主编，陈引驰编著），由上海科学技术文献出版社出版。《华东师范大学西文藏书票图录选刊》（与魏明扬合编），由华东师范大学出版社出版。

《江南·中原·吴越》，刊于《苏州科技大学学报》（社会科学版）2019 年第 1 期。《近年来最好的唐诗选本》，刊于《中国诗学研究》2019 年第 2 期。《"文"之再认——应场〈文质论〉诠释》（与冯坚培合作，第二作者），刊于《贵州文史丛刊》2019 年第 2 期。《唐诗与中国文化精神——胡晓明教授在上海图书馆的演讲（2004 年 9 月 5 日）》，刊于《雪莲》2019 年第 2 期。《王元化学案》（与王守雪合作，第二作者），刊于《上海文化》2019 年第 4 期。《王元化与后五四反思（笔谈）：王元化先生留下的思想课题》，刊于《华东师范大学学报》（哲学社会科学版）2019 年第 4 期。《治理艺术、文明习性与文体观念——〈中国早期文体观念的发生〉序》，由三联书店（香港）有限公司出版，后收入胡晓明主编《古代文学理论研究（第 48 辑）诗道、诗情与诗教》，由华东师范大学出版社出版。《岭南亦可成为一个诗性的地方——〈唐宋诗歌中的岭南〉序》，收入侯艳、梁欢华著《唐宋诗歌中的岭南》，由九州出版社出版。《如何用古典诗表达现代生活》，刊于《中国文化》2019 年第 1 期。《为什么读经典》，刊于《五月花》2019 年第 6 期。《中国的江南文化，是东亚世界共同的文明因缘》，刊于《文汇报》2019 年 1 月 11 日。《"水之德"：江南文化的大义》，刊于《文汇报》2019 年 1 月 25 日。《中国诗所承载的三种精神》，刊于《文汇报》2019 年 3 月 9 日。《这九首诗里，有我们的文化精神》，刊于《文汇报》2019 年 3 月 9 日。《江南大义与中国美感》，刊于《文汇报》2019 年 9 月 30 日。《中国文章学"专""转""传"》，刊于《文汇报》2019 年 12 月 29 日。

2020 年

《人间要好诗：唐宋诗百句》，由北京大学出版社出版。《重建中国文学的思想世界》，由孔学堂书局出版。《论王元化》（与沈喜阳合编），由上海教育出版社出版。

《六论后五四时代建设性的中国文论——兼序颜昆阳教授〈学术突围〉》，刊于《社会科学战线》2020 年第 2 期。《重建中国文学思想的话语体系——〈管锥编〉"中国本位学术"论》（与沈喜阳合作，第二作者），刊于《文化与诗学》2020 年第 2 期。《"后五四"时代中国文论如何再上层楼》，刊于《南国学术》2020 年第 3 期。《王元化的人文世界及其拓展》，刊于《华东师范大学学报》（哲学社会科学版）2020 年第 6 期。《一个人的百年史——略论王元化思想的内在紧张及其原因》，《华东师范大学学报》（哲学社会科学版）2020 年第 6 期。《万古中流去复还——〈饶宗颐研究论集〉序》，刊于《汕头大学学报》（人文社会科学版）2020 年第 11 期。《徐中玉老师》，收入胡晓明主编《古代文学理论研究（第 49 辑）中国文论的作家论》，由华东师范大学出版社出版。《诗林撷英》，刊于《诗刊》2020 年第 8A 期。《略论钱谷融教授为何喜读〈世说新语〉》，刊于《文汇报》2020 年 3 月 3 日。《生者日已亲——疫情时期的读诗生活片断》，刊于《文汇报》2020 年 3 月 13 日。《我的太极拳小史》，刊于《文汇报》2020 年 7 月 10 日。《千帆渺杳水云期》，刊于《文汇报》2020 年 10 月 8 日。《万山雪尽马蹄轻——读〈钱锺书的学术人生〉想到的》，刊于《文汇报》2020 年 12 月 24 日。

2021 年

《华东师范大学图书馆藏民国书刊选辑图录 中国近代文献保护工程》（与韩进合编），由西泠印社出版社出版。

《呼吸内科：当代短诗中的创伤记忆与自我疗治——以"第四届当代大学生

华语短诗大赛入围作品"为中心的研究》（与张玲合作，第一作者），刊于《文化艺术研究》2021年第4期。《水德江南——江南精神的七项辩证》，刊于《华东师范大学学报》（哲学社会科学版）2021年第5期。《中国文论理论性的三个维度——八论后五四时代建设性的中国文论》，刊于《社会科学战线》2021年第9期。《钱锺书论"神道设教"补说》（与胡晓明合作，第二作者），收入胡晓明主编《古代文学理论研究（第53辑）中国文论的虚与实》，由华东师范大学出版社出版。《一位杰出校长为华东师大留下的精神遗产——〈乱世清流——王伯群及其时代〉序》，收入汤涛著《乱世清流——王伯群及其时代》，由上海书店出版社出版。《看一棵树慢慢长大——〈一位博士生写给本科生儿子的48封信〉序》，收入沈喜阳著《一位博士生写给本科生儿子的48封信》，由合肥工业大学出版社出版，后刊于《安庆晚报》2021年11月26日。《雕龙、游龙与卧龙——略说我的三位国学老师》，刊于《文汇报》2021年1月25日。《问题意识、内在学理与典范融合——"新汉学与〈剑桥中华文史丛〉"国际圆桌座谈会侧记》，刊于《文汇报》2021年5月28日，后收入胡晓明著《丽娃河畔札记》，由凤凰出版社出版。《在台风来临的日子，写一封信》，《文汇报》2021年8月5日。《那些文学地名，那些江南精神》（与徐蓓合作，第一作者），刊于《解放日报》2021年10月22日。《手稿展，见字如面的感觉很不一样》，刊于《文汇报》2021年11月19日。

2022年

《江南女性别集六编》，由黄山书社出版。《鹏背集》，由国家图书馆出版社出版。

《百年中国诗学之回顾与前瞻》，刊于《中国文化》2022年第2期。《中国心灵诗学之理论建构》（与沈喜阳、Zhu Yuan合作，第一作者），刊于《孔学堂》2022年第3期。《江南文化的审美品格》，刊于《艺术广角》2022年第4期。《当"良知"遇到〈自私的基因〉——〈论语〉新解》，刊于《国际儒学》2022年第4期。《微信时代的图文诗学——九论后五四时代建设性的中国文论》，刊于《华东师范大学学报》（哲学社会科学版）2022年第5期。《在两个方面，我们特别有共同语言——"追说阮国华"之三》，刊于《博览群书》2022年第6期。《略论高步瀛〈唐宋诗举要〉的编选观念》（与雷文昕合作，第一作者），《聊城大学学报》（社会科学版）2022年第6期。《历史—社会—个人："文化亲缘"视角下的金庸小说》，刊于《文化艺术研究》2022年第6期。《当代国学思潮的复兴》，刊于《文史天地》2022年第7期。《篇终破体接微茫》，刊于《名作欣赏》2022年第34期。《略说中国文论与古今之争的思想整体性——〈保守主义视域的中国文论〉序》，收入王守雪著《保守主义视域的中国文论》，由中国社会科学出版社出版。《花溪随笔》，收入黄平主编《师大忆旧（华东师范大学卷）》，由江苏凤凰文艺出版社出版。《钱锺书说"边"》，刊于《文汇报》2022年2月12日。《上海抗疫：人生体验之哀乐相生》，刊于《文汇报》2022年4月19日。《"枕边的图书馆"带来阅读新契机》，刊于《文汇报》2022年5月27日。《家书，失落于忘川》，刊于《文汇报》2022年8月3日，《天津老干部》2022年第9B期全文转载。《苏东坡为何说"问汝平生功业，黄州惠州儋州"，而不说"问汝平生志业"？》，刊于《文汇报》2022年8月17日。《从来没有哪一个饭店，有这样绝处求生的风水》，刊于《文汇报》2022年12月16日。

2023年

《花溪集》，由江西教育出版社出版。《中国文论九辩》，由安徽人民出版社出版。《百年新新：站在中国近代史的阳台上》，由华东师范大学出版社出版。《纳兰性德词鉴赏辞典》（与曾庆雨合编），由上海辞书出版社出版。

《〈明亮的阅读〉序》，收入郎净著《明亮的阅读》，由华东师范大学出版社出版。《〈管锥编〉的语文诗学》（与樊梦瑶合作，为第二作者），刊于《中国文学研究》2023年第2期。《与陈伯海教授论学书》，收入《古代文学理论研究（第57辑）秘响潜通的文脉》，由华东师范大学出版社出版。《诗如何与我皮肉相连》，刊于《诗刊》2023年第5期。《胡晓明绝句选》，刊于《诗刊》2023年第5期。《40多年，看了30多遍》，刊于《文汇报》2023年1月15日。《天水文章照眼新》，刊于《文汇报》2023年5月17日。《当手机沉入大海》，刊于《文汇报》2023年9月23日。

2024年

《江南大义》，由学林出版社出版。

《基于ⅢF A/V规范和Avalon系统的大学图书馆视听数据库建设研究》（与张毅、熊泽泉、陈丹合作，第三作者），刊于《图书馆杂志》2024年第1期。《冬日径山寺》，刊于《文汇报》2024年1月8日。《我教AI写古诗》，刊于《文汇报》2024年1月23日。《我是一个铁杆的"母党"》，刊于《文汇报》2024年4月25日。《瓠舟的漂流》，刊于《文汇报》2024年5月9日。

胡晓明教授自述

一、我的大学以及启蒙老师赖高翔先生

虽然我没有上高中，十五岁离家，到离贵阳二百多公里外的济南内迁机床厂，当了一名车工，然而在那里结识了好几位六十年代的大学生，因而八年的工人生活，也读了不少古今中外的书籍。我后来在大学里，为什么会提出一二年级的大学生，旨在培养一种"知识享受的乐趣"，应充分地在知识与文化的大海里游泳，懂得享受人类文明的美好成果，……现在回想起来，这事还就跟这些老大学生的熏陶有关。每天的黄昏，我们在四楼的栏杆边，都有极为充分的"聚谈时间"，几乎就是一"单身汉沙龙"；夏天的夜晚，我们常常在走廊里铺席而卧，抵足而眠，星光带诗意入梦乡。我从他们那里，差不多是选修了一门中西方文学史、艺术史，不仅读了当时的很多禁书，而且渐渐知道了逻辑的方法，论辩的技巧，以及一串中外名人的故事。更重要的是他们的生活风格、知识品位与文化素养，作为一种无形的空气，其实成了最好的大学预科，他们成为名符其实的"学导"，真实地影响了我接下来大学生活的精神背景。

1977年，考入贵州民族学院汉语言文学专业，从此离开都匀东方机床厂。念大学的时候，父亲给我介绍了赖高翔先生，赖先生是我古典文学的启蒙老师。我的祖母胡佩玖先生，她是赖先生的同学，也是晚年相依为命的伴侣。我在《灵根与情种：先秦文学思想研究》后记中写道：

　　我十九岁的那年，我的祖母胡佩玖从河南信阳返成都，途经贵阳，小住了一段时期。那年她近七十了，行动虽缓，精神却极旺健。谈笑风生之际，一双大眼睛，显得亲切、智慧而富有神采。我就是在这一年，在她随意而轻松的闲谈之中，断断续续，听她讲了《论语》里的若干古训。后来记得的，大约只有"吾十有五而志于学"，以及"三年学，不至于谷，不易得也"这两句话了。有一回我问了一个什么问题，她微微一笑，说："我们读书的时候，大人讲：'人各有志，长短自裁'"。我与祖母在一起生活的时间虽然不长，但以后的印象甚深。这是我第一次从一个三十年代的中学女教务长、国文教员那里，很切近地感知了中国文化的精义，即以"求学"来提升"做人"的精义。后来，我由工人而大学本科，由本科而硕士，由硕士而念完博士，用自己走过的道路，亲证、亲验了这一番古训对一个青年人文化生命的启示意义。（百花洲文艺出版社，1994）

赖高翔先生是祖母胡佩玖先生介绍给我的。七十年代末我上大学时，暑期常到成都沙河桥董家山祖母寓所，听他讲诗论学。那个房子有一个后院，我们就坐在屋檐下，面对着红红白白、青青翠翠的满园蔬菜与花卉，听赖先生讲庄子的文章，以及诗词典故。譬如我会拿《廿四诗品》问他如何解，他就会举出一些诗例来讲如何如何。印象最深的是他讲王渔洋的《再过露筋祠》："翠羽明珰尚俨然，湖云祠树碧如烟。行人系缆月初堕，门外野风开白莲。"那微吟的声调，傍晚的野风，缓缓开放的白莲，赖先生好像讲得那里面神秘的女子都活转过来了一样。我曾在一篇文章里，回忆赖先生给我讲诗的具体情形：

　　我还想起我在四川的启蒙老师赖高翔先生。有一回在老家的后院，给我们讲八代诗文，背诵王壬秋的"空山花落十二秋，车辙重寻九衢路"，说好诗，却不说好在哪里。又背诵徐祯卿的五言律："洞庭叶未下，潇湘秋欲生。高斋今夜雨，独卧武昌城。重以桑梓念，凄其江汉情。不知天外雁，何事乐长征？"以及高子业的"二月莺花少，千家雨雪飞。可怜值寒食，犹未换春衣。积水生空雾，高城背落晖。忍看杨柳色，从此去王畿"，也不说好在哪里。至今，犹能想见赖先生的神情音容。其实我过了好多年才领悟到，这两首古诗所传达的意境，以及八代三唐诗的意境，重要的不是诗艺如何，情景如何，语言如何，而是指向一种人的性情风度，人的风神意态。这才是古典诗的精妙之处。呵呵，那些飞花令，真是为诗益多，为道益损呵。

高翔先生毕业于四川大学中文系，为林山腴（思敬）先生最为看重的弟子。

国学造诣深闳，性好庄学、写得一手好骈文，程千帆先生四十年代到成都时，与赖先生有交往，曾称许赖先生的骈文是"汪容甫之后，晋宋高文，一人而已。"他的五七言诗亦有第一流成就，2020年终于出版了《赖皋翔集》，作为《巴蜀全书》的一种。他的诗主要记述自己隐居乡间的生活，又有时代变迁的面影在其中晃动，融陶诗杜诗于一炉，诗味深醇而格韵高搴，题材单纯而诗思幽渺。赖先生亦是一优秀的教育家，1940年代，出任成都蜀华中学校长。但他平生不过问政治，亦不参加任何党派。1950年后，高翔先生归田务农于成都东郊董家山，不久移居沙河桥我祖母宅，躬耕自养，长达近四十年。有多次外面的工作邀约，先生皆不为所动。

高翔先生就是在那个时代，保持自己的独立自由。高翔先生自题联云："立身有本末，所乐非穷通。"独立自由之人格，是高翔先生安身立命之本，快乐之根源。至于命运之穷通，或为世人所看重，而为高翔先生所看轻。

赖先生给我讲的学问，我那时记得庄子讲得比较多，儒家讲得比较少。但是他说的一句话我印象很深，就是："儒家讲是非，道家讲利害"。后来再读他的《学本》："儒家所争者在名，名者天下之论，是非所由定也。道家所贵者在生，生者利害之所由养也。趋利避害，道家之由生也；求名于善，儒家所论是非也。"，明白了他对两家思想都有肯定。儒家所追求的是天下的善，是超越于一家一姓的全社会共同价值；道家所主张的是个人的生，个人的生，并不是自私自利，而即我们今天所说的生命权、生存权。在那个时代，这是何等珍贵呵。高翔先生真正是儒道互证。对人间的大善与对个人的生命权同时加以肯定的，不只是学问与理论，更是高翔先生道成肉身，对中国文化的坚守与实践。

我后来读研究生，还与赖先生保持通信，最早的一封信是我请教他如何读书治学，他提到两点，一个是刘知几才学识"三长兼备"的说法。一个是多看近人的书，近人是一座桥梁，走过去即可以看到河对岸古典的风景。有一次是我的大学老师李华年先生写了一篇关于说文解字的论文，我寄给赖先生看，赖先生竟然写了很长的回信，我只记得仅是讨论什么是"辞"，就讨论了很长的篇幅。最后一次通信是想请他介绍去访问程千帆先生，但赖先生回信说：学人自己的文章，才是最好的自我介绍。

二、读硕士研究生与邓小军师兄

大学期间我发表的第一篇论文是《略论史记的场面描写》（1981，贵州民院学报），其实真正用大力气写作的是毕业论文《论阮籍咏怀诗的三个世界》，四万多字。可惜本科的大学根本不保存学生的毕业论文，多少年后再去查找时，告诉我早就搬家时当废品卖了。还有相当多的期末论文，都是很用心写作的。可惜都没有留底稿。大学毕业后，我留校任教，一年半后，我考入地处芜湖小城的安徽师范大学，这还跟朱光潜先生有点关系。1982年我读大二那个暑假，住在我家楼上、母亲单位里一个老大学生，要回上海探亲，让我帮他看房间。其中令我印象尤为深刻的即是朱光潜《文艺心理学》（开明书店的老版本）。这本书又诗意又理论，又中国又西方，有古典的珠光宝气，又富于现代的人性奥秘。对我考研的影响是决定性的。

安徽师大当然有很强的文艺学专业实力，有优秀的老师，但是地方比较偏，所以影响比较小，当我的导师组给我设定了一个阅读书目和培养方案的时候，我一看，全是现代文艺学的书目，不要说没有我想要学的古代文论，而且跟我们八十年代本科生的头脑相比，也显得陈旧了。我就去跟方可畏老师商量，说我是来学古代文论的。我这个决定是十分重要的。我后来自定的硕士论文的题目是：《唐代意境论研究》，完全是一个古代文论的题目，在三年后黄山召开的硕士论文的答辩会上，受到了答辩委员会主席蒋孔阳教授的高度评价，我一直记得他的评阅书第一句："这是我近几年来所看到最优秀的一篇硕士论文。"有这一句话，三年的读书生活就没有白过了。当然，我的几位老师，给了我很大的自由度，能够在自己有兴趣研究的题目上下功夫，读自己决定读的书。他们的自由包容与尊重学生，不仅是八十年代老师的风范，而且是安徽这样学脉深厚的地方，才会有的学问风气。这是我对安徽师大最初的一个重要印象。当时整个安徽师范大学的研究生非常少，有一个好处，就是一起去听文秉模老师开的哲学史课程，从古希腊的巴门尼德讲起，虽然半懂不懂，但是一个课程听下来，毕竟受到了一些哲学思维的训练，一点哲学气息的熏陶，对后来的读书治学，还是有受用的。不说别的，元化师是黑格尔哲学素养非常深厚的，我与他之所以接得上，跟安徽师大文老师有点关系。读博士的时候，特别能够跟得上王先生的思路，先生也觉得我的文章对路。那个时代是个哲学的时代，我们跟哲学系的同学，都住在三号楼，经常在一起讨论。

我们那个时代，有时候，同学可能才是最重要的。我在安师大的读研期间，对我影响最重要的同学，就是邓小军兄。可以说影响了一生。小军与我是世交。因为我在贵阳，只是几个假期去成都跟赖先生读古诗文，我从来没有与小军兄见过面，当我要去考取安师大研究生后，我就跟赖先生辞行，他就提到了已经在安师大读古代文学专业的邓小军，让我去见他。这真的是一个生命中的奇缘。同一个启蒙老师，又同一个学校。安师大是成全我们的奇缘之地。我跟小军兄一见如故。每天晚饭后，都约好一同去镜湖边散步，无话不谈，从家庭，学问，到国家大事。他看问题很有深切宽广的历史意识、文化意识、世界意识以及敏锐深细的文字感觉，真是我此生最为受用的益友知己，我之所以能够对新儒家的一些东西，产生浓厚的兴趣，小军也是其中最重要的接引人。陈寅恪、熊十力的书，都是小军给我推荐的，我在那里第一次读了《十力语要》《新唯识论》以及陈寅恪的《柳如是别传》等。这无疑打开了一个广大幽深的世界。可惜的是，他只跟我同学了两年，第三年就毕业回西师了。那一年我非常孤独，常常在镜湖边漫步，想念长江上游的小军兄。后来我们几乎每周一封的通信，维持了差不多十年。都是谈思想谈学问，是那个时代最宝贵的心灵记录，将来可以整理出来发表。

镜湖是一个很秀美的城中小湖。安师大就在镜湖边上，一出校门，迎面就是碧波荡漾，柳树轻拂。芜湖这个小城市有了镜湖，一下子就有了灵气，有了江南水乡的妩媚。我与小军兄，很爱镜湖的美，每天都围着湖转上两圈，讲很多话。湖边还有一座电影院，记得有一次放越剧《红楼梦》，王文娟、徐玉兰演的，看了一遍不过瘾，我们连续重复看了三个晚上。这是我受到中国戏曲最深切的一个影响。到今天我觉得，没有哪一部中国的戏剧电影能够赶得上这部越剧的《红楼梦》。读研究生，一定要有一部震撼心灵的电影。当然还看到很多其他的电影。但都没有印象了。

湖边还有一个书店，买过一些书，回想起来有印象的，只有叶嘉莹老师的《嘉陵论诗丛稿》《论词丛稿》和曹旭编的那本陈衍的《宋诗精华录》了，后者一直到后来我都用来做研究生的教材。叶老师的那本书，亦成为读研期间影响我最深的书之一。艺术感受之细腻深入，文字表达之宛转述情，生命感发之沦肌浃髓，我欣喜在读研期间有这样神交一样的相遇。多年后，我在温哥华叶老师的讲堂里、餐桌前，以及 UBC 的图书馆里，欣然与叶老师相对，谛听其言，沐其音容笑语之中，恍如梦寐。

三、读博时代与王元化先生

我读硕士时，赖先生就在信中告诫我：吴学很精密，但也琐碎。不要被吴学牵着走，要回到蜀学传统，先立其大者。我读了很多诸如熊十力、蒙文通、

505

唐君毅、徐复观、方东美等人的书。现在很多人怀念八十年代，然而那个时代既没有学术，也没有思想。尤其是，八十年代其实是非常看不起中国文化的。而我却与那个时代背对着。我深受赖先生的影响，他说读中国文学，"佳赏须从胜处寻"。因而延续读硕士时的兴奋点，从儒家人文精神的角度去探索中国诗学根本价值，讲中国的历史与文学，除了讲辞章之学，考据之学外，仍须讲文学大义。中国文化脉络中的诗学大义，如何表述？成为我博士论文的选题方向。后来跟王元化先生学习，从王先生非常强调的黑格尔《小逻辑》中得到启发。

先生的思维方式受到黑格尔以及马克思《资本论》第一卷很深的影响，即一种思辨的风格。我个人长期跟随王先生学习的体会，我觉得元化导师思维方式当中最为得力、最为受用的核心——内在化，即是非抽象的抽象、非形式的形式化、非主体的主体化，包含了个人与时代、中国与世界、理论与生命等等。

其实，我在读硕士与博士初年，就已经翻遍了历代诗话、历代诗话续编、宋诗话、清诗话等书，其结果是大为失望，我要寻找的思想性的东西、文化意识的东西，真的太少了。顺着中国人文精神狂想曲的方向，我不得不放宽研究的范围与文献对象，同时，试图赋予中国诗学一种理论的宏观，宏观，是八十年代人的一种时代嗜好。当然，我要将其落实在诗歌的历史中。

我的博士论文叫《中国诗学之人文精神》，在论文的导论部分这样提到："比兴""意境""弘道""养气""尚意"五大范畴不仅含蕴着中国诗与人文精神的深刻的相通要素，而且亦展开了中国人文精神之嬗递史：宗教世界之理性化（秦汉），经验世界之心灵化（晋、唐），对象世界之人文化（宋），以及人文世界之自然化（中、晚明）。上篇所采取的叙述方式，乃是将一般的人文精神（哲）、特殊的时代精神（史）、个别的诗学范畴（文），看作一有机统一体，由此求得中国诗学之精神及其嬗变史之有机联系。"这是博士论文当中引用王先生的三范畴——一般、特殊、个别，做了一个框架。

博士论文是1987年动工，1990年完成的，当时我的心中，隐含的一个意愿，明显是为整个被戴上封建主义帽子的古典文学翻案的。我们知道，陈独秀当初对中国古典文学的态度，是要打倒贵族文学、山林文学、廊庙文学。而我这里所说的"理性化""人文化"其实是为"贵族文学""廊庙文学"辩护；"心灵化"与"自然化"，是为"山林文学"辩护。一般、特殊、个别，这就是三范畴。有了这三范畴，诗不仅是诗本身，不仅是文艺学，而且是文化诗学、诗思合一。而且，运用这个框架，"诗"（文学）观即变成一条流动的河水，同时又倒映着两岸的风光，时代主潮及儒道思想融化于其中。这就是一种"厚"的文学观。

王先生在讲三范畴的同时讲到古典文学研究要有三个结合：古今结合、中外结合、文史哲结合，这当然是一种"厚"的文学观，区别于五四的抒情、叙事或语文、民间的艺术，这种"薄"的文学观。今天已经有了更新更好的诗学的著作，今天的中国古典文学的博士论文和写作远远超过我那个时代，我觉得他们开拓得非常广了，早就从文体、文章、文本、文化、文人、文道（新六艺）等方面将五四那种浅碟子的西方化的文学观，大大地开拓了，但今天的中国文学研究，仍然不能打通中西、活古化今。

今天再来看中国诗学学术界，返回或还原真实具体性，还是比较容易的，而"证明其中的神秘的相互联系"，需要勇气，比较不容易。我受那个时代风气的鼓舞，是这方面较早做出探索的人，虽不成功，也不必自悔少作。

四、后五四时代的中国文论愿力与进路

除了博士论文的思路，从修改文章、引导思想到为人处世、待人接物，元化师都给我很多重要的帮助。这里简单归纳为三点：古今贯通、学思并进、新旧融合。首先是古今贯通，和现时的许多学院派教授不同，王先生治学将古典文学与现代文学一脉延续、贯通而非割裂式的研究。他认为古今学术的断开是人为的学科设计，不是文化与学术的真实状态，王先生的代表作《文心雕龙讲疏》，既是古典学的著作，又有相当浓郁的现代理论气息。而他的全部文学理论与文化评论，既有关于古典传统的，又有关于现代思想的，并常常更关注其中的有机联系。

其次是学思并进，王元化先生一直倡导"有学术的思想和有思想的学术"。八十年代是思想、观念与理论充分激荡的年代，九十年代是文献、材料、个案极为丰富涌现的时代，我认为下一个新的阶段应该是理论与材料、学术与思想的充分融合。让中国古典文学变成有思想的古典学。

再次是新旧融合，这更多的是一种文化与学术上的品位。王元化先生喜新而不厌旧。现代学者中，许多人是在西方学术的熏陶下成长起来的，他们不读中国书，不仅缺少了中国文化的知识结构，而且缺少了内在的价值系统。面对现代与传统，中国的学问其实要落实在体认受用上。先生九十年代日记大段关于治学与做人的论述。尤其是其中大段摘录批注朱一新的《无邪堂答问录》，可以看出这个特点。王先生看人是有一些自己的判断和标准的。他曾对我说"我

附录

胡晓明教授自述

看人，要看他有没有'旧道德'。如果没有一点旧道德，这个人不值得交往的。"虽然他是"五四的儿子"（1920年生人），承继的是"五四"的传统，但他却在一定程度上又会回到中国文化的旧道德——仁爱忠信，礼义廉耻。他也特别看重中国文化当中家庭的价值，他常常说我这个人没有家庭就完蛋了。他曾私下里告诉过我，他其实不甚赞成巴金的对家庭的看法，认为五四把中国的家庭贬低得太厉害了，总说家庭是万恶之源，他说他所亲身感受的家庭不是这样的。

王元化先生的一生治学，初步做到了：活化古典学术资源、介入当代文化问题、打破古今文学界限、思想学术相互缘助、引领中国精神潮流。王先生极为看重"四不主义"：不追赶时髦、不回避危险、不枯干生命、不简化问题。前面两"不"，是他明确说的。后面两"不"，是我总结的。尤其是不简化问题，他多次给我说，"我最反对说话写文章，追求'痛快'"。生活中的事情，世界上的问题，不一定只有一个答案，甚至不一定有答案，并不是那么痛痛快快可以了结的。

哈佛大学的林同奇曾在给王先生的信中谈道："你的文章无不发轫于国家民族的劫难和个人生活的遭遇，往往是'灵魂的拷打（煎熬）'与'心灵的解放'并存，是痛苦与欢乐的交集。这是因为正如有人说你属于一种学者，'他们将其时代生命的体验，一点一滴融入其学术生命之中，其学问生命与时代痛痒相关；其思也深，其言也切，这正是一般书斋学者所未能企及的'，此言一语中的。"——这个就是我说的"不枯干生命"。

在文论与诗学的研究中，我注意到"五四"新文学观与西方现代文学理论所造成的弊端与遮蔽的真相，学术界也在反思这些研究方式。在后五四时代，中国文论之路如何走，可以参看我的《中国文论九辩》（安徽人民出版社，2022年版）。其中大多数文章都发表过。"五四"新文学观与西方现代文学理论所造成的弊端与遮蔽的真相，其实学术界真正有力的反思并不多，系统全面的揭示更有待于将来。这个方面，我深受林毓生先生和王元化先生的影响，想顺着他们的路，从文学上走下去。

后五四时代中国文论之路，做现代文论的人比较关心，而做古代文论的人根本不在意。后者只是做好一份还原历史真相的工作。有些学者认为只有先把材料、把基础做扎实了，再来做创造性转化的事情。我觉得完全可以同时做，两个轮子。譬如有人说，不要盖房子，等我把所有最好的、最充分的木材砖石都准备好了，你再盖。但是可能永远准备不完这些东西。我们其实可以有多少材料盖多大房子。小房子大房子都能住人。

后五四时代中国文论之路，当然是充分吸收中国古典资源的创造之路。批评史的路子已经走完，范畴体系、关键词、诗学史与文体学的路子也走到头了，不新鲜了。但是语汇史、意象史与专题史的路子，还可以走下去。比较诗学，地域诗学、大文论，都可以试一下。

还应该区分不同的研究宗旨，对于中国文论的研究者来说，认识过去，指向未来，是不同的取向。举个例子，从来没有人注意到《清代朱卷集成》（顾廷龙主编，成文出版社，1992），具有的文学批评的价值。这套书收录清代八千多官员的履历、传记、谱系、撰述、行谊。有传记的作用，更重要的是，他收入了科举文章，朱批就是当时的考官在卷子上考试的批语，这些批语评点其实是对当时文章的一个很重要的文学批评，同时也是一个取士的标准。可以看得出来文学的训练、标准，也可以看得出清代的文士教育状况。因为这八千多位进士就是制造了清史的干部队伍，所以考察他们的文章写作的优点就是看他们的教育成长的资源和成就。以及当时的标准，怎么去造就一个优秀的人才的。文学在当中所起到了什么样的作用？如果我们研究中国的文学批评，我们不要把简单的文学批评看成是文艺批评本身。而是关系到社会日常生活，教育政治，从三种方式辐射出去，那么这本书就非常重要了。这个就是认识过去。

关于中国文论的自主知识体系，近年来渐成热点。我注意到另一套大书，即王圻《三才图会》。我注意到他的知识体系，分成天文、地理、人物、时令、宫室、器用、身体、衣服、人士、仪制、珍宝、文史、鸟兽草木共十三类。那么，如果我们借鉴这一套知识体系，加以调适修改，用来编写一部中国文论要义，把文学批评与鉴赏的文献编辑进去，这样是不是就把中国文论做大了？关注的人更多，是不是可以解构十九世纪以来西式的知识体系呢？这是指向未来。

中国文论的路子，可以走的空间很大，一定要走出十九世纪的知识体系与价值体系。

我最近在文论学会的课题，用了一个框架，即古今贯通和跨域研究。一是古今贯通，将传统诗文评里（小说、戏曲等批评同样）蕴藏着的普遍性意义发掘出来，给予合理的阐发，使之与现代人的文学活动、审美经验乃至生存智慧相连结，一句话，使传统面向现代而开放其自身，激活中国文论丰厚的资源。可充分发挥理论的效用，通古今、衡新旧，解释现象、建构文本。

二是跨域研究。以中国文论为核心，倡导跨学科、跨文类、跨领域、中西比较等的研究，包括科技、人文的打通。根据问题本身或文化思想的需求为序，譬如：阅读类、治疗类、生态保育类、公共批评类、景观类、文化创意类、品位类、物质美感类、美文类、礼仪类、知识人精神传统类……让文论参与生活，让走进中国文论这座宝殿的年轻人，与之彼此悦纳，身心享受，各取所需，以需求启动资源，以古典服务现代，实现文化传承与创新。框架与思路变了，才会源泉滚滚，活水丰沛而流动起来。

五、华东师大的学科建设与古典教育

华东师范大学是一个有学术传统的学校。其中的一个重要传统就是古今中西的兼容并包。现代新感觉派作家施蛰存先生推崇《昭明文选》、庄子，因而与鲁迅起争议的故事，是现代文学史的著名典掌。现代文学史家钱谷融教授对《世说新语》的终身酷爱以及与其老师国文教授伍叔傥的一生追随，也是一段佳话。徐先生的老师老舍，是著名的新文学家，但由于他在国学传统深厚的中央大学读本科，深深受到了这个区别于北大"五四"新文学学术传统的影响。我因为老父曾是中大政治系的学生，在重庆与南京各读两年书，因而有机会以此为话题，与中大的前辈（包括蒋孔阳先生等）叙旧，谈那里的一些旧人旧事，吴宓、宗白华、方东美、胡小石、柳诒徵、唐君毅等。我是"自我懿亲化"，抱一份"怡然敬父执"的情怀。我心中的学术，正是这样的长河千里；我心中的大学，正是这样的传薪不绝。而徐先生在中大重庆时期显露出其领袖才华，做文学会主席，更为活跃趋新，先后邀请郭沫若、李长之等新文学的代表人物来校讲学，在中央大学乃至在重庆都引起了轰动和争议。我以为，施、钱、徐三先生，以及先师，都有一种喜新而不厌旧的包容风范，这一点，似乎在我们这一代学人中，比较少了。有一回陈平原兄有点无奈，又有点宿命地说："我们无论如何跨界，在别人的眼中，永远都是XXX是做这个的，XXX是做那个的"。学科的专业定位当然带来了学术的专精，然而也失去了一些格局、通识与时代情怀。某种意义上，我们越来越像日本汉学家了，然而并不一定学得到日本人的精致与从容。

华东师大的老先生拥有的另一个财富是"人格魅力"。在坎坷的时代人生际遇中，他们都立身有本，高风淑世，一个大写"人"字的生命故事，各自都讲得精彩。徐中玉先生因为不汇报许杰的言论而被错划成右派，已成为佳话传颂。就四位先生的特点而言，以我个人的交往，无论是施先生的冰雪聪明，钱先生的豪华落尽，元化师的健爽英发，都是一时之选。

510

我1979年大学二年级即购入《管锥编》，深受其影响，其中的迷魅，可以用第二次启蒙来形容（第一次启蒙是在工厂里读中外诗歌与小说）。最重要的是结束徘徊，立志不做现代文学理论与研究，而一意做古典文学。也从此开始知道古书有专书之学，要一本本读过去，1995年我访学香港中文大学回来，即主持设计了一个国学专书的系列课程。中文系当时正在进行本科生阶段文科基地班的一个教学改革，系主任齐森华老师让我负责古典文学基础课程的改革试验（后来我的两个方案全部被齐老师采用，一是本科生的专书导读，二是研究生的国学概要）。我正好在香港中文大学了解了他们的课程，吴宏一跟我吃饭，他讲的是《史记》，我问他怎么讲，他说一本专书就是讲一个学期的课程，老师拿一本书，学生拿一本书，一句句讲。我很羡慕，这才是古典学。我就做了一个"国学专书讲读"的系列。主要是想改变中国文学系课程只讲一些概论或专题的这种办法，直接回归到民国时期的专书学问，专书并不限于文学，实即黄季刚先生所说的八部书之类重要的文史经典，老师手上拿一本书，学生手上拿一本书，然后一句句地讲述其中的字词句段落以及篇章，以及关于这本书的学问。我们初步选的书，经部选的是《论语》，子部选的是《庄子》，史部选的是《史记》，集部一开始选的是《文心雕龙》，后来嫌其太专门了，改成《文选》，课程的宗旨，是为了改变中文系的学生学了大学本科四年之后，其实对传统文化当中重要的经典根本翻都没有翻，如此一种详今略古、粗疏浮躁，浅学无根之弊。后来就有很大的影响，北大复旦清华他们都开了专书的课程。可以查一下有关的文献，我想我们在内地当之无愧的应该是第一家，在当代高等教育史上，将来应有其贡献的。当时我讲过《庄子》，后来改成讲《文选》。讲了五个学期的《庄子》，被评为全系最受欢迎的老师。后来引进了一个老师，评审时，有人不同意引进他，说他的文章都是一些小刊物发表的，关于《庄子》又大谈什么草蛇灰线之类传统评点，有点村气。但是我想他既然有一种专门的著作研究《庄子》，就让他来讲《庄子》吧，我自己的《庄子》课已经很成熟，还得到了96分这样的学生最高评分。可是我当时想的是整个课程系统需要师资，一方面，我不能武大郎开店，不让其他老师来讲《庄子》，另外一方面，一门课如果有两人上，可以持续下去。师资其实是非常重要的。多少年后我问当时的学生，学生说就是其实也只有胡老师你，才算最认真地去讲专书。别的老师大都讲自己的一套。但是这样的开课方式其实是对学生有很大的一个影响，让他们能够直接地面对原典，而不是那些概论或者文学史，文学史毕竟是西方来的一种文学训练的方式，概论的训练方式的好处是有一个大的一个导览，它的缺点是不能够真正地进入中国文学重要的经典当中去，真正亲近原典。

谈到对今天大学文科教育的一些观察和思考，最大的缺点，还是没有把专书放在重要的课程里，西式概念式的东西过多。学生还是要打下经典的基础。我们在每年面试研究生的时候，无论是硕士还是博士，我们都会问他们，你们读过些什么书？经部哪些？史部哪些？往往好的学生他们学校都组织有这方面的一些课程，而一些基础粗浅的学校，在专书的方面就没有一些很好的训练，这样的孩子就不能够有原汁原味的、扎实的学文史的基础。经典的教育分成两个方面，一个是"传承"。传承就是原汁原味的认真的去把古典的知识，包括小学的知识，学术史的知识，义理辞章考据，传承下来，不一定要去有多少发明创造，毕竟我们这样一个民族要对自己的文化要有长远的眼光，千秋万代的传承，这是中文系的一项根本的任务，越来越多的老师和学校认识到，中文系的一个很重要的一个任务就是传承文明传承本民族的文学遗产。

但光是传承还是不够，还有一个方面就是"活化"。就是要古典的一些重要的东西，让它经过我们的解释，能够跟我们的生活、跟我们的现代社会因此而发生一种关联，所以在这个方面就要去做一些筛选，特别是古代传统当中的那些非常有趣的、智慧的、聪明的东西，那些代表着中国文化的一些精华的东西，我觉得应该把这些东西加以重新解释，让它跟我们现代社会发生关联。

当然在传承和活化之间，有着很重要的关联。越是真正的传承，就可能越是真正的活化。如果对经典、对传统缺少一种客观的了解，那么有些时候你的那个活化，你的那个创造性的生发可能是很浅薄的。我们今天还缺少这两条腿走路，两个轮子一起都用力的人。要么传承的功夫学问好，要么创造的生发好。这个很不容易，教师一方面要有非常好的扎实的客观的了解，这个对文献功夫上、史实了解是很高的要求，但同时，在此基础上，对文本内涵要有深入地研究和生发，让它跟今天的思想，跟我们现代社会发生关联，所以这是很高的一个要求。

另外一点就是中文系不应该是培养书呆子与书虫，而是更适宜于培养复合型的人才。我们今天也非常的需要这样的人才。从根本上说，中国语言文学本身就不仅仅是一个中国语文文学的问题，我们今天往往是把它仅仅看成是一种文学。其实汉语非常深厚，本身它就已经包含了文史哲，甚至宗教学，甚至社会学、政治学、艺术学，还有传播学。所以我们要对中文有一种大中文的概念。这样的话我们就可以在当中去培养复合型的人才，勇于交叉，大胆跨类，这是当今中文教育当中非常薄弱的一环。也就是说，一个中文系主任，如果他认识到中文本身是代表着中国文化有深度、有浓度、有含量的好大一个富矿，他拥有的是这么一座富矿，那么他的眼界就不一样了。我经常引用吕思勉先生在任职中文系主任时的就职讲话，那里面讲了一个故事，下了一个大判断，认为汉语文字是世界上最精深的文字，那是有很高智慧的一个指导性意见。还有陈寅恪的话："每一个汉字都是一部文化史"。从这个意义上来说的话，那么他一定会打开一个人才培养的新的思路，不会局限于中文本身，而是要跟历史哲学、跟传播教育艺术甚至外语交叉发展，这样的一个视野，这样一种观念。在中文系主任当中还是非常缺少的。有一次我给学校某领导发微信说："我个人在中文系的意义，是多年持续做打通中文壁垒的工作。一是中文与哲学，长期以来担任教育部基地中国思想文化所副所长，做了两项基地重大课题，正在做第三项，也做了其他中文与思想的交叉学术；二是中文与历史，我创建了中文与历史的交叉边缘江南学，做了大量事情，为华东师大成立江南研究院组织了校内外的队伍，后来江南学成为上海市政府的三大文化品牌之一；三是中文与文献，我在图书馆整理出版了一些重要古籍，带起一些项目，并倡议创建成立华东师范大学古籍研究院。我的工作特色就是在边界与交叉处用心用力。"然而由于我们太受教育部有关学科发展与建设的思路影响，交叉与打通的工作，并未真正受到学校的重视。

六、培养研究生

我培养硕士与博士，第一个特点是厚基础、宽领域，有博雅的传统。我不喜欢把学生限制在一个时段，甚至一个作家身上。这样越读越窄。我给中文系古代文学硕士生开过《现代中国学术原典导读》这样的课程，以我和傅杰主编的《释中国》为教材。这套教材在网上很容易找到电子版，评价很高。我分为"中外文化之关系""学术传统之源流""历史人文之脉络"三个部分选文授课，非常受欢迎。我的基本理念是"可靠解释中国文化的精彩与大义"，作为中文系研究生的基本学养。

我设计的另一课程是所有硕士研究生的必修课《国学概要》，也是厚根柢的。那时是齐森华老师主系政，齐老师的特点是非常善于用人，而且视野很开阔，不拘一格。他不仅让我负责本科生的教学课程改革，而且让我主持全系研究生《国学概要》，全权让我负责。那也很早，约在1995年。我就分成义理、考据、辞章三个部分。由我负责讲义理，主要讲论语、孟子原典及熊十力的《十力语要》。分六次上课。考据由詹鄞鑫教授授课。詹老师是著名古文字学家，同时也不止于文字学，更由文字而通上古宗教与社会文化史。辞章由刘永翔教授授课。刘老师是上海做旧诗骈文做得最好的人，得到过钱默存先生的赞誉。可惜系里只坚持了几年，也不知道为什么，就没有人开了。近年系里又在重新设计研究生的课程改革，我提出两个方案，一个是以钱穆《国学概要》为大纲，一个是因人设课，看师资的情况，最后他们只能采用后者，因为前者没有这样的老师，拼盘起来也不行。我设计的三分法成为绝唱，主要不是没有考据学与辞学，而是没有义理学的老师。中国高教的事情总是像翻烧饼一样，一个人上台了又换一套，没有可持续性与长久性。

我带研究生，都有文化诗学、近代诗学与江南文学三个方向。我主张硕士的课程与博士在一起上课，这样可以相互促进。台湾就是这样。我在台湾"中央大学"开设研究生课程《中国文学思想专题》，硕士博士一起上。现在很形式主义，为了照顾到老师的报酬，刻意区分成两门课。

在《学术研究》某期，我曾如此介绍中国文化心灵诗学的研究内容与框架：

中国文化心灵诗学，旨在建立一种富于中国文化核心意义的诗学。期望透过对中国诗与文化的重新理解与深度解读，透过中西古今的深度对话，改变西方文学理论与思想中心论的时代取向，更激活其创造活力，重建体用本末兼重的理论话语。包括以下内容：一、中国文化诗学之体用观：系列论文论述"后五四时代建设性的中国文论"，从诗道、诗人、诗境、诗用、诗生态等领域，全面用力，力图重写被五四新文化改变的古典中国诗学话语。二、中国文化诗学之古今观：以"中国文化意象"的系列研究，以文化解码诗意发掘为进路，打通古今，力图发展为一套既有诗学历史脉络，又有现代意义的诗性诠释。三、中国文化诗学之空间论述：以《江南再发现：中国历史与文学上的"江南认同"》等系列论文为中心，重建富于意象与文献交汇的"江南诗学"。四、中国文化诗学之时间脉络：以"晚清民国学人与文士"的系列研究为中心，将诗学上接近代传统。五、中国文化诗学之方法路径：新辞章学旨在汇通中西文论（《生生之证：中国诗学的时间感悟》等）、新义理学旨在接引诗与儒学（《重建中国文学的思想世界如何可能》等）、新考据学旨在继承陈寅恪诗学（《落花之咏：陈宝琛王国维吴宓陈寅恪之心灵诗学》《陈三立、陈寅恪海棠诗笺证》等，提出思想典掌、今典多型、家族暗码以及近代谱系等新考据学内涵）。在此诸家基础上，继续综合创造新诗学的方法论与诗学学术体系。

我自己建立的这个目标其实有生之年很难完成。近年越来越感觉到时不我待。尽管如此，我也不悔初心。先立乎大，是我们那个时代的治学风格，其中有空疏浅陋自恋自大之处，然而其中也有很值得珍惜的东西，就是不把学术当作稻粱谋的工具，而是当作一种追求生命价值的自由精神之旅，一种心智的狂想曲与灵魂的冒险经历。

再具体讲一下文化诗学这个学术生长点带学生的一些情况。第一是文化意象的方向，这是通过意象学的研究来探索打通古今，打通文学艺术界线、文学与思想界线的一些非常重要的文化意象。学生在这一方面做出了成果，比如"渔樵意象研究""宋代暮夜诗学研究""宋代物候诗学研究""伍子胥意象研究""唐宋棹歌意象""唐宋潇湘意象""阳关意象""唐宋诗中的孔子形象研究""近代诗歌中的西湖意象"等。

第二是比较诗学方面，主要是从唐宋比较来入手，试图所达到的目标和解决的问题，是证明唐宋诗型是中国诗学的根本两型，是最重要的诗学传统。硕士生所选论文当中唐宋比较研究也相当多的，比方说《唐宋诗比较研究》《中国诗学之双仙美典：李白苏轼诗歌比较五题》《苏轼李白的庄子典故比较研究》《唐宋诗歌之书信意象的比较研究》等。

第三个就是学术史，比方说《钱穆文艺思想研究》《人心与文学：徐复观文学思想研究》《"新宋学"之建构：从陈寅恪、钱穆到余英时》《20世纪诗学考据学之研究》及《中国诗学中的人权思想资源：以生存权为中心的研究》等。

第四个方向是江南诗学，比方说《栖霞山文学研究初探》《虎丘文学小史》《唐代富春江文学史》《南唐诗学》《明末清初遗民金陵怀古诗研究》《水乡诗歌研究》等。

第五个方向是近代诗学，学生选题有沈曾植、郑孝胥、郑珍、陈三立、陈衍、范当世、陈曾寿以及近代诗社等，都有人写博士论文。我如果专一做近代诗学，也可以自成一个系列，但我志不在此，更想做文化诗学，近代只是其中一环。

前十年我带博士生，雄心很大，义理讲钱穆、熊十力、徐复观等，考据专讲陈寅恪，辞章专讲钱锺书，后来渐渐只讲钱锺书的《管锥编》，讨论其中的诗学问题。一方面是我事情太多精力不济，另一方面是学生程度跟不上了。

七、儒家思想的再认与中国文论大义

我十多年前曾经为《读经：启蒙还是蒙昧？》写过一篇小序，序言中提出一个观点，这个观点窃以为是独创的。关于中国近代思想发展的一个基本框架，要么就是救亡，要么就是启蒙，或是启蒙压倒救亡，或是救亡的正当性至高无上，等等。但我认为这个框架本身就是有问题的，难道除了救亡和启蒙之外就没有其他价值了吗？所以我就提出了第三种选项，"正本"。我那篇文章写的是"读经的新意义"。中国的儒道释，包括西方的基督教，为何时至今日仍有其超越于救亡和启蒙的意义？救亡是一种国家取向；启蒙是个人取向或是一种生命的权利；除此之外是不是还有一个超越于两者的人类文明和文化的基本价值？这就是"正本"，所谓"本"就是来自于根本性的价值，如果人类这个物种要在地球上生活下去，一定有一个根本的价值；"正"就是让这个东西在每一个小孩子、年轻人和成年人当中能够一代代"守正"。所以我认为这就是他们在讨论救亡与启蒙时忽略的东西，因为他们不管宗教也不管传统。启蒙谈的是人的解放，解放之后往何处去也成为问题，这个过程中道德的东西完全可以弃之不顾，用史华慈（Benjamin I. Schwartz）（1916—1999）的话来说就是"排他性的物质主义"，这个"排他性"是非常可怕的，这样一来其他价值就没有了。

从编那本书到今天，时间过去了十六年，时代的大脉络与问题仍然没有变，也就是说，读经所回应的时代问题，仍然没有变化。对于时代的大判断，毫无疑问，我们仍然处于转型时代，从传统中国转型为现代中国。但是，这里有两个要义，第一个要义是转型为现代化强国，会不会因为强调科技第一的战略，而相对忽略了人文，或将人文渐渐变成手段与工具。这是需要清醒认识的。第二个要义是转型时代应分为两个阶段，"五四"新文化及其相当长的一个时期，是第一个阶段，是早期现代化；而近三十年，我们开启了第二个阶段，即成熟的现代化。西方许多国家经历早期现代化到成熟的现代化，往往花了三四百年的历史。我们才三十年，刚刚开始这个阶段，文化与思想有很多工作要做。一个真正成熟的现代化国家民族，一定是植根于自己的民族文化传统的。因而，固本复元的读经，是一个伟大文化民族生命自身的事情。而儒家经典的背后，温柔敦厚、知书达理、和平理性、社会和谐、乐善好施、刚健积极、注重人道人生人性的儒家文明观，这样的文化所熏陶的人，可能是中国人未来十年走向世界而更受欢迎的形象。所以我认为读经不止是少年教育的事情，而更是国际政治，是关系到国家未来以什么样的形象出现在世界舞台上的重要事情。

从文学研究来说，郭绍虞《中国文学批评史》认为孔门之文学观"论其本身，未尝不有相当的价值；可是论其影响所及，则非惟不足助文学之发展，有时且足摧残文学之生命"，这种观点可以说自五四以来，直到今天，依然代表着大多数人对儒家文艺思想的认知，如何看待儒家文艺思想在历史上之作用与意义？郭绍虞其实是持五四新文化引进的纯文学观念。如果是大文学观念，则可以超越简单的五四角度。其实，这种反传统的文学观，章太炎和罗根泽等，都提出过批评。我曾经撰文讨论儒家文艺思想的重要内涵，简单列举，大致有：

一、分久必合：再认人类共同体的共同价值；

二、天人一体同仁的心灵；

三、刚健积极的人性精神；

四、心性理与才情气统一的人文主义；

五、中庸原则与义利人禽之辩。

六、感时忧国、文与载道、国身通一的文学传统。

七、人品重于文品的原则。

为何如此关注新儒家？有如此的原因：一是赖先生的影响。由赖入唐门。有一次杜维明先生到武汉大学参加徐复观的纪念研讨会，离开时专门找我去他的房间谈，当着郭齐勇的面表扬我，说我在王先生的身边起了很大的作用。二是陈寅恪与熊十力的影响。1984 年在北京读了大量的新儒家。1994 年又在香港读了大量的新儒家。长期作为《鹅湖》的读者，也在《中国文化月刊》及《鹅湖》发表过好几篇文章。

其二，我所成长的时代的反映。"文革"的刺激。母亲的影响。她是一个人道主义者，是一个善良的中国民间良知传统、家族伦理传统的代表。与人道主义思想一拍即合。

其三，我的父亲是一位坚定的社会主义者。我在工厂当工人时，每次回家，最讨厌而又不能反抗的事情，就是他临行前语重心长的谈话，往往一个小时以上，我低头听，他只管说。总是从革命道理、阶级认同讲起。他一生有坚定的革命者的信仰，也有精熟的马列理论的修养。有一回妈妈说起朱厚泽，他居然狂妄地说："他的理论水平差我差得远嘞！"我虽然不赞成父亲的一套，然而在潜意识中，常常内化了他的影响，譬如对国家与民族的强烈的爱，譬如有关社会意识与个人意识孰为重要的看法，我就不是黑白二分。父亲写过一本正式出版的书《个人权利与社会意识》，黄楠森给他写的序。我虽然不能同意，但不知不觉受其影响。譬如他每日必看新闻，我也有这个习惯，不看新闻好像觉得没有吃饭一样。社会主义与儒家是有些相通之处的。

其四，我虽然不跟风，但是风气似乎跟在我的后面。八十年代到现代，我是一以贯之的儒家同情者与参与者。而时代则落在我的后面，近十年党和政府

附录

胡晓明教授自述

才开始认同儒家，余英时说死亡之吻，这个我不能同意，也有点迎合西方自由主义的意思在里面。

我对陈寅恪的诗歌与著作有一些研究，认为他是一个旷古难逢的畸人，他的胸襟、他的终极关怀，以及他的痛苦和孤独，都是并世莫二，甚至是前无古人，后无来者的。九十年代的陈寅恪热，我应该算一个推手。元化先生晚年读《柳如是别传》，赞叹不已，说，"最追悔不及的事情，是我没有好好懂中国的诗。中国诗太高妙了！"我想陈先生的重要意义，说来话长，也可以从以下几个悖论简单表述：他虽然不是诗学家，但要真正懂中国诗，不能不读陈；他虽然不是儒学家，但却是一个纯正的儒家。他虽然不是现代思想家与文学家，但却具有一流的思想家与文学家的气息。读中国现代思想史，不能绕过陈。他虽然不是战士，却是没有硝烟的战场上了不起的战士。他虽然没有多少爱情故事，但却是懂得最优秀的爱情故事，懂得最优秀女人的中国男人。

八、江南文化诗学

由于担任中文系古典文学教研室主任，必须发展出学科特色，这不能不提到彭国忠教授与我之间长期而高效的团队合作。彭国忠教授既是十分出色的古典学研究专家，也是儒雅敦厚的君子，与他的友情也是我在华东师大的最值得珍视的缘份。我们的两项重要工作，一是江南文化诗学，一是江南女性诗歌，后者是集体项目，获得古籍出版奖的书是《江南女性别集》（与彭国忠教授合编，一至七）、《历代女性诗词鉴赏辞典》（与曾庆雨博士合编），无疑是从陈寅恪的研究中受到的激励。这是失而复得的收获。学术研究的不确定性与魅力，犹如船行水上，不能预先知道哪里是可以靠岸的风景。

我提出了"江南文化诗学"的概念，主张不仅要以江南作为研究材料，而且要将江南作为思想本身。为何关注江南？江南作为一个"地方"，何以能够成为一种观念，一种带着情感与记忆的思想，一种富于文化意味的诗学？江南研究对于当下的文史研究有何启示？

读陈寅恪先生《柳如是别传》，从明末名士才媛的故事，开始对江南关注。那一代人物特别有光彩有气质。我第一篇论柳传的文章，即梳理陈寅恪如何考订嘉兴园林与柳如是的事迹，以及钱谦益在常熟、南湖与柳如是的交往。然后在1997年写作了《文化江南札记》，其实是在柳传的基础上作人物和地事的增补。开始提出"文化江南"的概念。

为什么要关注江南？江南很特别，不是一般的地域文化，区别于地域文化的特点是地理位置与自然环境特别好，本身的文化积淀很深厚，南北融合也特为充分深厚，不是一般的人文地理，我不是简单限于用文学地理学的概念，这个概念过于狭窄了，似乎是一种地域文学的方法，我认识到要真正了解江南，不止是文学，要把文学跟其他学问打通，所以要提出江南文化诗学。最近我在上海历史博物馆的一个讲座题目是：《为什么说江南美是一个中国文化之谜?》江南文化诗学其实是中国文化诗学的一个缩影。

"江南"为何成为观念、思想？可以参看我的书《江南文化诗学》，尤其是其中四万字的大论文《江南再发现：中国历史与文学上的"江南认同"》。我提出"江南认同"这个概念，史学界的一些学者也引用了。

"江南"核心思想，学界多有概括。我在这本书中提出八个字：刚健、深厚、温馨、灵秀。以及刚健与温馨的相兼，深厚与灵秀的辩证，这个没有人讲过。

我还有一篇论文《水德江南——江南精神的七项辩证》，也是从一个具体的抽象来表达江南精神。这个很有中国美学的"具身性"。

江南研究对于当下的文史研究有很多启示。当下的文史研究，都很注重地方地域，也很关注文脉传承、文旅结合、文史相生，但我觉得江南还可以有更大的视野与格局，因为她特有的南北汇通，不止是思古之幽情，而且最重要的是贯通古今、融合学科以及在地建构一种代表华夏优秀文明传统的典范，培养一种文化共同体的文史素养。

九、古典文论研究的新路径

我认为古典文论研究的新路径还是结合新辞章学和新考据学。即合陈寅恪与钱锺书为一炉。程千帆先生和钱锺书先生说的，从具体作品中发现文论，非常重要。我写过的关于钱先生的研究论文不多，只有四篇。即：《陈寅恪与钱锺书：一个隐含的中国诗学范式之争》《论钱锺书的以诗证史》《发现人类情感心理的深层语法》《真隐士的看不见与道家是一个零》。但我从他的著作中学到的东西，远非写出来的那么少。我讲《管锥编》二十多年了，有大量笔记有待整理。总之，对钱先生，我主要是赞，偶尔也会有批评，不是一味佞钱。

我有一个课叫《现代中国学术原典导读》，一开始讲很多人，结果讲到后来，只讲钱的《管锥编》了。原因是《管锥编》很适合于做研究生的原典导读课。又有趣，又有深度、浓度，很耐读，每年都可以读出新东西。

另一个原因是语文的重要性。我越来越觉得中国诗学文艺学，有两个系统，一个是朱光潜李泽厚的系统，讲心理、情感结构；另一个是钱，讲语文。这个系统现在正在上升，成为学术主流。当然，这两个系统还是要结合起来，从语文，回到心理。

考据与心灵诗学非常有关系。我写的《什么是诗文考证的正路》，是一篇批评日本学者冈村繁先生论陶渊明的书评，应该也是我的代表作之一。其中举例详细论述了冈村先生的考证路子不对，一一批驳，我不怕得罪人，我的文章给王先生看过，他没有说什么。我认为冈村先生那里面并没有真正的考证，主要是缺少了陈寅恪先生所说的时地人三者的密合。

关于考据与审美和理论研究的关系，还可以参看我《陈寅恪与钱锺书：一个隐含的诗学范式之争》，以及我给项念东博士论文《20世纪诗学考据学之研究》的序。在俗学那里是排斥的，在高手那里，并不排斥。

当下的古典文学研究，发展得很好。缺点是其重复性的研究多，只见树木不见森林的研究多，就文学而文学的研究多，年轻人习于套路而略于思想的研究多（如文体学、叙事学等都是套路），真正既具有可持续发展的内在生命，又具有外向性的学术辐射力的研究少。最后这一点，跟中国史学、中国哲学相比较，就很明显。

此外，学艺兼修的学者少。放眼看民国时代的古典学者，如龚自珍、张之洞、梁启超、康有为、严复、谭嗣同、王国维、鲁迅、陈寅恪、马一浮、钱锺书、饶宗颐、赵朴初、余英时等，都是既是学者、思想家，又是诗家。又如吴宓、吴梅、胡先骕、叶圣陶、郁达夫、闻一多、唐圭璋、夏承焘、钱仲联、俞平伯、龙榆生、施蛰存、沈祖棻、苏渊雷、程千帆、霍松林、叶嘉莹等，既是文学研究者，又是诗人。当下，这个传统正在复苏中。

我绝不敢说有什么治学经验，至今我不敢说我已成功。只能说说四十年来读书教书写作比较深的几点体会。

一是语言。我们的专业是中国古代文学，学习的最核心关键词应该是"语言"。我们区别于哲学、历史学与社会学的，也应该是语言。陈寅恪说考对对子，见学生的语汇之丰瘠与心思之粗细，大有深意。当然，我们跟学语言学的人也不一样，我们不完全把语言当科学，而更注意其中感性的部分。

二是经典。马一浮说"六艺该摄一切学术"，我们越来越体会其精义。我看到一些年轻学人正是如此，譬如从《易》学中发展出天文历法，又从天文历法通音律、通艺术学，这就比单纯讲音乐学，讲得好。譬如从道教中收集诗歌文学，看出其修行、体物、观人的意涵，哲学与宗教界已经反思到：把道教作为宗教、作为哲学，从道家体系里分离出来加以研究，其实是狭窄化了它原先包罗万象、贯彻九流的自身体系及其华夏精神寄托的深切宗旨，这个批评，文学也同样。因为学界越来越认识到，"文学"也是一个经日本而来的舶来的概念，同样会狭窄化了中土的知识与价值。因而，六艺兼摄一切学术，有三层意思：一是回到中国自己的学科体系，而能见广大。二是学有根柢，能见其幽深，见其悠久高明。沦肌浃髓，得其受用。三是古今贯通，活古化今。熊十力说根柢无易其固，裁断必求乎己。我改一个字，裁断必求乎通。通即古今相通。比较，研究任何学问，还是为了今天的人的生活得更加有意义。

熊十力在《十力语要》当中讲到两种心态也是要避免的：轻心与贱心。前者是太轻视作者，老是不断地要去挑作者这个那个的毛病；贱心，就是太看轻自己，老是把自己的思想当作其他作者的一个跑马场，任意地践踏。这两种心态都是不好的。

古今贯通的一个关键就是文学与思想的关系。民国时代的一些大学者，他们研究古典文学的时候，他们是对他们那个时代有真切的关怀和切入。在用心，所以他们的著作能够回应那个时代的问题，无论是王国维的《人间词话》，还是鲁迅、朱光潜、钱锺书、闻一多那些经典作品，包括李长之、梁宗岱等人的作品，我们现在缺少这样的学人。

第四个问题，文体太单一，就只是八股式的论文体。随着体制对学术的规训，这个情况变得越来越严重。其实，文体和思想的关系是非常密切的。里尔克、罗兰·巴尔特、车尔尼雪夫斯基、别林斯基都是文体大师，我们的文体这样写下去是出不来大师的。鲁迅的文体多好，如《魏晋风骨与药及酒的关系》，朱光潜的诗论的文体也很好，梁实秋的文体也很好。不知道什么时候开始，我们就只有一种文体，这是很可悲的。希望年轻人能够大胆地探索，这也需要学校以及社会对各种不同的文体要有宽容，像李泽厚的《美的历程》多么好的文体，现在没有了。

如何做到上面的四点，其实是老话，即桐城派讲上的义理、考据、辞章，不可偏废。刘知几讲的，才、学、识，一同着力。治学之道，讲来讲去，卑之无甚高论。

二〇二二年八月四日改订于贵阳孔学堂

二〇二五年再改订于上海

胡晓明教授自述

后　记

　　中国人将天地精神内化于心灵，渊源于上古。此内化是一种信仰，也是"工夫"，也可以理解为一种人文精神。心灵的自觉感通宇宙万物，涵容外在世界的图像，显示的是一种负责任的精神，周秦汉诸子莫不如此，所谓"天下一致而百虑，同归而殊途。"其中儒道二家"内化"的"工夫"最深，心斋成就虚静之心，为己成就仁爱之心，二者皆具有人格修养的意义；因而也最能成就文化理想、审美理想，成为中国文化的骨干，也成为中国文艺精神的典型。汉儒云："诗者，天地之心。"传达了汉代知识分子对信仰与社会的双重坚守，揭示了文艺精神的心灵之源。这种说法与"诗言志""发愤说""诗缘情"当然是一致的，只是更加强调了心灵的整体性、本源性。六朝时期，天地精神偏重对物色的欣赏，这是玄佛思想的影响，与儒道文艺精神不甚一致，但未尝不能理解为一种扩大，一种兼容，一种重建。其中的超越性、心物的融合性、艺术境界的创造，显示了中国文化的繁华异彩。唐代诗歌的两座高峰李白与杜甫，前者的天地精神表现为自由高贵的人格世界，后者则呈现为家国一体，内恕孔悲的仁者情怀。唐人高张意兴而理在象中。宋明儒"为天地立心"，与诗文家、通俗的文艺家分途发展，整体上交相映发。清代知识人虽然在乾嘉之学的方向下精神有所敛抑，但潜流涌动，心灵的活力未尝或息；至晚清，中国文化精神特为开张，如楚江开流，波澜壮阔。古人的内圣外王之学，常常无意于诗文，无意于文艺，然而此学乃铸造人心、心灵外发的过程，乃文化传承发展的工程，以一己之生命融入宇宙大生命，以宇宙大生命规约一己之生命，心灵的凝练如灵丹九转，往往结出诗艺之果！近世以来，中国文化精神得西学之助而益大，新文学、新儒家、新道家，多少豪杰之士打造中国文化的未来！观澜索源，则往往可以发现古圣先贤的精神血脉。

吾师胡晓明教授，长期提倡建设"中国文化心灵诗学"。既是一种打通经史文哲为特色的诗歌研究学术进路，又是一种兼顾古代文学与文艺学美学的价值系统；既是一种贯通古今诗学传统的创作主张，也是超越诗学、企求走向更广大的性情之学与淑世关怀。尤其是人工智能时代，作为华夏优秀传统中最精华之诗学，首当其冲，危机起伏，神魔变幻，诗心文脉，活古化今，能无感乎！今喜迎吾师七十华诞，经筵讲论，金欣颂祷！文果载心，诗可寄兴；摹习之什，宁超敬礼；传薪之业，待乎其人。弟子发起者十人组成编委会，编成此集。安徽师范大学出版社大力支持本书出版，嘉惠学林，特致以崇高的敬意！

《中国文化心灵诗学论集》编委会

二〇二五年五月三十一日